鲁迅
作品精选及讲析

鲁迅 著

温儒敏 讲析

人民文学出版社

图书在版编目(CIP)数据

鲁迅作品精选及讲析/鲁迅著;温儒敏讲析.—北京:人民文学出版社,2021(2024.3重印)
ISBN 978-7-02-016471-4

Ⅰ.①鲁… Ⅱ.①鲁…②温… Ⅲ.①鲁迅著作—选集 Ⅳ.①I210.2

中国版本图书馆 CIP 数据核字(2021)第 054948 号

责任编辑	周方舟 于 敏
装帧设计	崔欣晔
责任印制	王重艺

出版发行	人民文学出版社
社 址	北京市朝内大街 166 号
邮政编码	100705

印 刷	三河市宏盛印务有限公司
经 销	全国新华书店等

字 数	531 千字
开 本	710 毫米×1000 毫米 1/16
印 张	37.75 插页 3
印 数	13001—16000
版 次	2021 年 9 月北京第 1 版
印 次	2024 年 3 月第 3 次印刷

书 号	978-7-02-016471-4
定 价	63.00 元

如有印装质量问题,请与本社图书销售中心调换。电话:010-65233595

目 录

代序言：在这个浮躁的时代要读点鲁迅 ………………… 温儒敏 1

小说 …………………………………………………………… 1
 狂人日记 ……………………………………………………… 5
 孔乙己 ………………………………………………………… 17
 药 ……………………………………………………………… 23
 风波 …………………………………………………………… 32
 故乡 …………………………………………………………… 41
 阿Q正传 ……………………………………………………… 51
 社戏 …………………………………………………………… 88
 祝福 …………………………………………………………… 99
 在酒楼上 ……………………………………………………… 115
 肥皂 …………………………………………………………… 125
 示众 …………………………………………………………… 136
 孤独者 ………………………………………………………… 142
 伤逝 …………………………………………………………… 161
 离婚 …………………………………………………………… 179
 补天 …………………………………………………………… 189
 理水 …………………………………………………………… 199
 铸剑 …………………………………………………………… 216
 起死 …………………………………………………………… 234

散文诗 245

  秋夜 248

  影的告别 252

  好的故事 255

  死火 258

  墓碣文 262

  腊叶 265

  夜颂 268

散文 271

  阿长与《山海经》 274

  《二十四孝图》 281

  五猖会 290

  无常 297

  从百草园到三味书屋 308

  藤野先生 316

  记念刘和珍君 325

  忆刘半农君 332

  女吊 338

  关于太炎先生二三事 345

旧体诗 353

  自题小像（灵台无计） 355

  无题（惯于长夜） 357

  自嘲 359

  答客诮 362

  阻郁达夫移家杭州 364

  题《呐喊》《彷徨》 366

戌年初夏偶作 ······ 370

亥年残秋偶作 ······ 372

杂文 ······ 375

随感录第三十五 ······ 378

我们现在怎样做父亲 ······ 381

论雷峰塔的倒掉 ······ 393

看镜有感 ······ 397

灯下漫笔 ······ 402

论睁了眼看 ······ 410

这个与那个 ······ 417

学界的三魂 ······ 426

无声的中国 ······ 431

读书杂谈 ······ 437

文艺与政治的歧途 ······ 443

魏晋风度及文章与药及酒之关系 ······ 451

关于知识阶级 ······ 471

流氓的变迁 ······ 479

中国无产阶级革命文学和前驱的血 ······ 482

二丑艺术 ······ 484

小品文的危机 ······ 486

由聋而哑 ······ 491

《北平笺谱》序 ······ 494

拿来主义 ······ 498

从孩子的照相说起 ······ 502

门外文谈 ······ 507

中国人失掉自信力了吗 ······ 528

说"面子" ······ 531

运命 ······ 536

病后杂谈 …………………………………………………… 540
　　在现代中国的孔夫子 ………………………………………… 554
　　论"人言可畏" ……………………………………………… 563

书信 …………………………………………………………… 569
　　致李秉中 ……………………………………………………… 571
　　《两地书》之一、二 ………………………………………… 574
　　《两地书》之八二、八三 …………………………………… 581
　　致曹聚仁 ……………………………………………………… 587

代序言:在这个浮躁的时代要读点鲁迅

温儒敏

这本《鲁迅作品精选及讲析》是专为普通读者,特别是青年学生编的。鲁迅作品很多,《鲁迅全集》(人民文学出版社 2005 年版)就有十八卷,七百五十多万字,一般读者没有必要全部都读。那么精选一种精粹的简本,可以满足大多数读者的需求。

《鲁迅作品精选及讲析》约四十三万字,所选的都是鲁迅有代表性又比较好读的诗文,一共七十八篇(首)。分文体编排,其中小说十八篇,散文诗七篇,散文十篇,旧体诗九首,杂文二十八篇,书信四通(另选收许广平致鲁迅信三封),基本上覆盖鲁迅创作的各种类型。

每一文体前面有一"阅读提示",简介鲁迅该文体创作的概况和主要特色,提示一些阅读的建议。每一文体的作品都大致依照发表的先后时序编排,但《故事新编》与《朝花夕拾》相对集中。文后所附注释,在 2005 年版《鲁迅全集》注释基础上有所增删或修改。每篇作品都有"讲析",千把字,尽量贴近作品来解读,帮助读者扫除阅读障碍,抓住阅读要点,领会和欣赏鲁迅作品的思想内容和艺术形式。

多年来我在北京大学、山东大学讲授现代文学课,鲁迅是重点,这些"讲析"也有部分是以原来讲课内容为基础的,但更多是重新研究和撰写。有关鲁迅的研究汗牛充栋,既要参考前人的相关研究观点,又不能人云亦云,要有一些自己的心得,还得考虑读者的阅读需要,颇花费一番功夫。

翻开这本书，首先碰到一个问题：为什么要读鲁迅？

回答是，为了了解和认识我们民族的文化，为了精神的拯救、建设与升华。

一百多年来，对中国文化有最深入理解的，鲁迅是第一人。鲁迅的眼光很"毒"，他是要重新发现"中国与中国人"。有关中国文化的研究论著很多，但鲁迅作品很特别，是别人无法替代的。他对中国文化的观察和思考，不是书斋里隔岸观火的学问，而是痛切的感受，是从生命体验中总结出来的人生智慧。这和读一些学问家的概论和历史著作之类，是不一样的，功能和感觉都不一样。

现今强调继承优秀的传统文化，毫无疑问，这是"主心骨"，是精神支柱。但传统文化不能照搬，它是在古代特定的历史条件下形成的，有精华，也有糟粕，有不适合现代社会的部分。我们要继承的是精华，是优秀的部分。这就有一个选择和扬弃的问题。读鲁迅，可以认识他了解和分析传统文化的角度与方法，看这位思想家型的文学家是如何批判地继承传统文化，而传统文化的优秀部分，又如何体现在鲁迅的思想与创作里的。我们既要读孔子、孟子，读古代史、现代史，同时也要读点鲁迅，知识结构才比较全面，思想方法也比较辩证。读鲁迅，还可以带给我们对于自身所处文化的真切的体验，克服在文化问题上"民粹式""愤青式"的粗糙思维。

鲁迅对文化的批判性认知，是基于对人性的深透了解，基于对自身思想心理不断的"自剖"，他反传统、反专制、反精英、反庸众，思维是辩证而尖刻的，是"不合群"也"不合作"的，有时说的话很"难听"，但那是知人论世，能让人警醒，换一个角度去打量我们所熟悉的世界。在网络时代，过量的信息冲刷可能会让思维碎片化、平面化，过度强调娱乐消费的流俗文化，又使人们的精神趋于粗鄙，而鲁迅那种批判性的深度思考，是有助于拯救文化滑坡的。读点鲁迅，让我们的思想变得深邃，精神得到升华，意识更加清醒。

鲁迅不是优雅、平和、休闲的，而是真实、严峻、深邃的。读鲁迅是"思想爬坡"，并不轻松，甚至费力、难受。从"生活化"的立场，也许一些人并不"喜欢"鲁迅，我们读鲁迅也并非模仿鲁迅的脾气或生活，甚至也不必让自己变得尖刻；读鲁迅，是要学习鲁迅的思想方法、他的批判意识，从他那里获取对我们民族历史与现实的清醒认识,激发思想的活力。

一些年轻朋友不喜欢鲁迅,也因为语言的隔膜。鲁迅写作的年代刚开始倡导白话文,他的文章有些文白夹杂,是时代的印记,但也是有意为之。鲁迅不愿意俯就过于平直的白话,宁可保留一些文言的因素,加上那种迂回曲折的句式和游弋的语感,所表达的含义往往是复杂而多义的,更能体现其思想的张力。如果不了解这一点,就会觉得鲁迅的作品"难读"。但理解鲁迅式语言表达的风格,尽量读懂读进去了,就能体味到它的特别有味。在充斥周遭的四平八稳的八股文风中,在到处可见的夸张虚假的广告式语言旋涡中,读点鲁迅,会豁然开朗,有所超拔,甚至还能从鲁迅那里吸取语言运用的灵感,学会想问题与写文章。作为当代中国人,如果没有读过几种鲁迅的书,无论如何是说不过去的。

其实,在中学语文课上我们已经读过鲁迅的一些文章,有了一些印象。有一种说法是中学生"一怕写作文,二怕周树人"。可见,应试式的相对刻板的语文教学,已经在一定程度上败坏了我们阅读鲁迅的"胃口"。这种对鲁迅"敬而远之"的印象,应该得到改变,而且随着年龄和阅历的增长,对于鲁迅这份重要的精神遗产,我们会越来越体会到它的分量。这是肯定的,也是我们编这本鲁迅精选集的信心和期待。

近年来社会上有一种观点认为,鲁迅批判传统文化,附和激进的思潮,造成传统文化在"五四"的断裂。鲁迅便被贬斥为"全盘否定传统"的一个代表。

这观点表面上似乎不无根据。鲁迅的确是对传统文化批判最深刻、攻打最猛烈的人之一。他对传统的批判是采取决绝的态度,很"偏激"。大家最熟悉的,是《狂人日记》,通过"狂人"之口,把中国历史,特别是封建礼教和专制制度概括和比喻为"吃人的筵席"。"狂人"晚上睡不着,翻开历史书,在满纸仁义道德的字里行间,看到的只有两个字:"吃人"。这当然是一种小说的形象表现,不是逻辑判断,但其中有鲁迅独特的体验和发现。在"五四"时期,鲁迅一谈到旧礼教、旧制度,往往深恶痛绝,有时把话说得很"绝"。他甚至曾经用这样义无反顾的语气来表示:"我们目下的当务之急,是:一要生存,二要温饱,三要发展。苟有阻碍这前途者,无论是古是今,是人是鬼,是三坟五典,百宋千元,天球河图,金人玉佛,祖传丸散,秘制膏丹,全都踏倒他。"(《华盖集·忽然想到》)鲁迅的"偏激"不只是感情的表达,也是一种思想策略。

不能否认,在对待传统的问题上,鲁迅的确常采取与惯常思维不同的逆反质询。这可能让人震撼、惊愕,却又顿觉清醒,思路洞开:"从来如此,便对么?"——这是《狂人日记》中的话,其实也是鲁迅式的质疑。对普通人来说理所当然、司空见惯的事情,或者场面上的"官样"文章,到鲁迅那里,就有疑问和反思,还可能有独特的发现。举个例子。清代乾隆年间修《四库全书》,由纪昀等三百六十多位高官、学者编撰,三千八百多人抄写,耗时十三年,共收录三千多种著作,书目提要一万余种。一般认为这是伟大的文化建设,所谓"盛世修史",有大气魄。从文化史的角度来看,这种结论是毫无疑义的。《四库全书》的确了不起,给后世保留了多少古代的典籍!但鲁迅对此不以为然,视为一种"文化统制",是"以胜者的看法,来批评被征服的汉族的文化和人情","文字狱只是由此而来的辣手的一种"。(《买〈小学大全〉记》)鲁迅不是否定《四库全书》,而是要揭示其中有统治阶级把握着的"历史的阐释权"。事实上,很多被认为不适合所谓正统文化,特别是不利于清朝统治的书籍和文献,或认为内容"悖谬"和有"违碍字句"的书,都被分别"销毁"和"撤毁"。当人们都在称赞这项文化工程时,鲁迅却来揭露真相,认为官修史书往往把历史上的真实抹去了,这就是所谓篡改历史,强迫遗忘。类似这样说出真话,指明"皇帝的新衣"的例子,在鲁迅作品中比比皆是。因为鲁迅对传统首先采取的是怀疑的态度,他常常另辟一种眼光,透入历史的本质去重新思考评判。鲁迅有意用这种逆反式的评判去警醒人们,挣脱被传统习惯所捆绑的思维定式,揭示历史上被遮蔽的真实,正视传统文化中不适于时代发展的腐朽成分。

如果不领会鲁迅的这种批判的意图和姿态,就可能以为鲁迅太片面和绝对。鲁迅最为一些人所"诟病"的,是他甚至主张不要读中国书。在《青年必读书》一文(1925年)中,鲁迅这样说:"我看中国书时,总觉得就沉静下去,与实人生离开;读外国书——但除了印度——时,往往就与人生接触,想做点事。中国书虽有劝人入世的话,也多是僵尸的乐观;外国书即使是颓唐和厌世的,但却是活人的颓唐和厌世。我以为要少——或者竟不——看中国书,多看外国书。"光就这言论来看,的确又很绝对。问题是如何理解鲁迅说这些话时的"语境"。鲁迅是针对"五四"落潮后,那些尊孔读经的复古思潮,而提出要"少看中国书"的。其中也蕴涵有鲁迅对"中国书"也就是传统文化的整体感受,特别是对那种麻木人心的"僵尸的乐观"的反感。注意,鲁迅不是写学术论文,他是写杂文,一种批判式的文学的表达。传统文化当然有精华也有糟粕,不宜笼统褒贬,但当传统作为一个整体,仍然严重牵绊着中国社会进步时,要冲破传统的"铁屋子",觉醒奋起,就不能不采取断然的态度,大声呐喊。这大概就是"五四"启蒙主义往往表现得有些激进、有些矫枉过正的历史理由,也是文化转型期的一种常见现象。我们应当理解鲁迅的"偏激"。

而且从实际内容看,鲁迅所反对和坚决批判的,主要是传统文化中那些封建性、落后性的东西,是专制主义制度和文化,包括"存天理、灭人欲"的假道学,以及种种使国民精神愚昧、麻木、迷信的那些糟粕。要剥掉这些缠绕在我们民族躯体上鳞甲上千年的沉重的旧物,若没有果断的措施和决心,恋恋不舍,优柔寡断,那谈何容易。

要理解鲁迅所处的那个年代,是中国正受外敌入侵、挨打的时代,处于"弱肉强食"的国际环境,中华民族面临亡国灭种的危险,但另一方面,封建传统的思想文化又仍然在严重地禁锢民族精神,消解活力。一面是保国保种的焦虑,一面是"老大的国民尽钻在僵硬的传统里,不肯变革,衰朽到毫无精力了,还要自相残杀"。在这种情形下,鲁迅为了警醒人们,当然要大声疾呼,用决绝的而不是温温吞吞的态度立场,去告别旧时代。所以,"吃人"也好,"不读中国书"也好,这种急需突破传统的态度,即使有些偏激,也是符合那时代变革需要的。不能当"事后诸葛亮",离开特定的语境,摘出一些句子,就来否定鲁迅。

其实,鲁迅并不讳言自己反传统之激烈、绝对,乃至要"全盘否定"。但这是一种策略。封建传统如此根深蒂固,"搬动一张桌子……也要血",如果不用"全盘否定"式的决裂的态度,如果一开始就总是强调"因时制宜,折衷至当",那势必被调和折中的社会惰性所裹挟,任何改革都只能流于空谈。正是在彻底地不妥协地反传统这个意义上,我们高度肯定鲁迅在思想史文学史上的崇高地位。

鲁迅绝非历史虚无主义者。在如何为民族文化寻求新的出路这一点上,鲁迅有其明确的主张,那就是,对于传统一要批判,二要继承,三要转化。鲁迅毕生在做两方面工作:一是对传统的批判、攻打、破坏;二是梳理、继承、创新。

鲁迅在批判传统的同时,又用大量精力认真整理、研究文化遗产。鲁迅用了差不多三十年(大部分)的时间,整理了二十二部古籍,包括《嵇康集》《唐宋传奇集》《小说旧闻钞》等等。他收集过大量古代的碑帖、拓片,曾试图写一部中国书法变迁史。他在北大等校上课并写出《中国小说史略》《汉文学史纲要》等讲稿和著作,其中有些已经成了古代文化研究典范性的学术成果,其研究的某些方法、命题和概念,半个多世纪以来一直广为学术界采用,影响巨大。鲁迅自己的创作也从传统文化中吸纳丰富的养分,特别是与"魏晋文章"的风格一脉相承。据孙伏园回忆:刘半农曾送鲁迅一副联语"托尼学说,魏晋文章",当时的朋友都认为这副联语很恰当,鲁迅对此也默认。可见,鲁迅攻打传统,但并不认为自己已经或可以割断传统。

关于鲁迅"骂人"的现象,也是有较多非议的。

现今读鲁迅的杂文和小说,给人印象最深的,恐怕还是其对国民性的猛烈的批判。有的人可能并不了解鲁迅所批判的国民性的具体内涵,也不了解鲁迅是在什么背景下进行这种批判,所以直观地对鲁迅的批判方式反感,不能接受,甚至担心会丑化了中国人,伤害民族的自尊与自信。鲁迅的确毕生致力于批判国民性,其实也就是他所理解的实现文化转型的切要的工作。他的小说、杂文,时时不忘从人性与国民性的角度去剖析与批判国人的劣根性,如奴性、面子观念、看客心态、马虎作风,以及麻木、卑怯、自私、狭隘、保守、愚昧,等等,在鲁迅笔下都被揭露无遗。作为一个清醒而深刻的文学家,一个以其批判性而为社会与文明发展提供清醒的思想参照的知识分子,鲁迅对国民性的批判真是我们民族更新改造的苦口良药。

因此,重要的是理解鲁迅的用心。我们读《阿Q正传》,看那些"丑陋的中国人"的表现,会很不舒服。但仔细一想,这又的确是真实的,一种毫无伪饰的真实。就如鲁迅所说,这作品的目的就是要写出国民沉默的魂灵来。

鲁迅的国民性批判带有社会心理研究的性质,而且往往注目于最普通最常见的生活现象。例如鲁迅对"看客"心态的揭示,就很能说明鲁迅批判国民性的苦心和特色。鲁迅写得最多的,就是这种世态炎凉,人心麻木。人们隔岸观火、玩味、欣赏别人的苦难,是如同看戏。而只会看戏、做戏的民族是可悲的。这也是鲁迅批判国民性时反复关注的问题。

鲁迅生活在中国社会转型、各派势力斗争非常激烈的时代,鲁迅当然有他的政治选择,比较倾向于当时变革社会的革命的力量,他的创作包括杂文有很强的现实性,但鲁迅又是独立的作家,他的价值主要还是思想文化层面的批判性和预警性。鲁迅生前和死后往往都被政治化,这也难免,现在时代不同了,读鲁迅,还是要摆脱政治上拔高或者贬低的怪圈,理解作为现代知识分子的鲁迅独特的贡献。

现代知识分子具有独立批判的精神,与他所生活的现实世界总有一种不相容性,揭示现实人生真相,揭示社会思想文化的困境,是他们的使命与习惯。从社会文化结构来说,有这样一部分批判的成分,有这些不那么和谐的声音,社会才活跃、有生机,在不断的反省与批判中往前推进。从这个角度看,鲁迅有棱有角的批判精神是非常可贵的,我们不能被所谓"尖刻""骂人"之类的表象所左右,轻视乃至抛弃了这份可贵的精神遗产。

在如今这个网络化、物质化、娱乐化的时代,貌似很"现代",其实周遭很多灰暗和庸俗的东西在鲁迅那个时期他都面对过,有什么办法拯救精神的堕坠?读书是好的办法之一。我们要有意识与流俗文化保留一点距离,尽可能不要让无聊而又浪费生命的微信、自媒体牵着鼻子走,稍微超越一点,让自己的生活充实一点,那就多读一点鲁迅吧。

但愿这本精选集的出版,能开启一扇进入鲁迅思想艺术殿堂的大门,引起大家阅读鲁迅的兴趣。

2020 年 12 月 18 日

小　说

　　鲁迅有三本小说集。第一本是《呐喊》，收 1918 年至 1922 年小说十四篇，这里选了七篇。第二本是《彷徨》，收 1924 年和 1925 年这两年的小说十一篇，本书选了七篇。第三本是《故事新编》，属于历史题材小说，共八篇，写作延续时间很长，最早一篇写于 1922 年，最末一篇写于 1935 年，这里选了其中四篇。

　　通常认为鲁迅的小说体现了五四启蒙运动和思想革命的要求。我们语文教学也大都从鲁迅批判封建礼教的角度去分析和评价鲁迅的《祝福》《孔乙己》《阿 Q 正传》等小说。但阅读时需注意，鲁迅并非直接"配合"五四运动，也并非完全以"战士"的姿态写小说，要特别关注鲁迅小说"忧愤深广"的基调。好好体会这"忧愤深广"四个字，才能真正进入鲁迅的文学世界。

　　大家读一读鲁迅的《呐喊·自序》就可以知道，和"五四"前后许多"前驱者"不同，鲁迅对现实对未来从不乐观，甚至有些消沉，但却是更冷静清醒，有深入的体察和思考。这就形成了他作品中特有的"忧愤深广"的底色。鲁迅的小说并非简单地"听将令"，冲锋陷阵，也没有正面去表现新文化运动，或者诠释革命。他更关注和极力要表现的是社会变动和文化转型时期人的精神困扰和出路等问题。他的"忧"、他的"愤"，都和深受封建礼教与制度所束缚和毒害的国民性病苦相关，和对民族命运的思考与焦虑相关。这个特点明显区别于"五四"当年浪漫感伤或暴躁凌厉的文坛空气。有人说，鲁迅作品的蕴藉深邃并不大适合青年，而更适合有生活历练的中年人。所以给中学生讲鲁迅的小说，也要调整一下阅读心态,让他们多少知道一些鲁迅当年创作的背景,并努力顺着作品"忧愤深广"的格调,去理解其独特的艺术世界,包括前面所论及的国民性批判等问题。

另外,我们要注意鲁迅在哪些方面实现了对传统小说的革命性的突破,从而完成了小说形式向现代的转型。

首先是题材的变革。《呐喊》《彷徨》中的大多数作品,取材都是现实中常见的事,普通的人,是日常人们司空见惯的平凡的生活。与传统小说比较,就会发现,从鲁迅开始的这种题材的变化,是一大革命。传统小说历来都追求奇特、曲折的情节,讲求传奇性和故事性,无巧不成书。小说中的人物,也大都是帝王将相,才子佳人,或者神仙鬼怪,总之,极少是普通平凡的角色。如《今古奇观》《拍案惊奇》《聊斋志异》,等等,连书名都是"奇"呀"异"的。这类作品当然也有其艺术特色,符合一般国民欣赏习惯,但远离现实,而且以因果报应、道德说教之类为多。像鲁迅那样的取材和写法,显然借鉴了西方现代小说的体式,主要是现实主义,是对传统写法自觉的、大胆的突破,带有先锋的性质,旧式的阅读习惯还不容易接受。

《呐喊》《彷徨》的魅力,还在于偏是从普通平凡的人事中,发现那"一切的永久的悲哀"。出于启蒙主义的意旨,鲁迅总是把一个貌似完整的世界分出上流和底层,看到"吃人"与"被吃"。鲁迅用更多的笔墨写底层"被吃"者的悲苦与不幸。他所观察到的平凡现实原来是荒谬而窒息的。鲁迅有多半小说写到病痛、疯狂、死亡、丧仪、坟墓……原来这是一个灰暗绝望的世界。读鲁迅这些小说,会有压抑感,但也会点燃思考,让人重新打量自己所熟悉的甚至已经有些麻木的生活。鲁迅从人们司空见惯的普通人事中,发现了被"理所当然"所包裹的黑暗,发现了"无事的悲剧",于是对历史和现实的体验变得沉重,催逼人不能不去重新思考了。

鲁迅就是这样,题材平凡,发掘很深,并总是有令人震惊的发现。读鲁迅的小说可能会很累,他的惊悚而沉重的发现总是缠绕着你,使你不可能再像读传统小说那样隔岸观火,而一定会去重新感觉和思考生活。鲁迅的发现是那样透彻,总带有悲悯与同情,作品弥漫着不尽的悲哀,阅读是不会轻松的。

鲁迅小说对传统的突破还在于其揭示灵魂的深。传统小说比较注重曲折的情节和非凡的人事，人物描写比较类型化，缺少深入的心理刻画。像《红楼梦》这样，有着比较细腻的心理描写的作品是绝无仅有的。鲁迅小说则非常重视写人物心理，深掘精神上的病苦，勾画出国人的灵魂。对病态国民性入骨的分析，始终是鲁迅小说的中心主题。

鲁迅小说的艺术格局也和传统小说大异其趣，有明显的突破与创新。我国传统小说基本上是勾栏瓦舍讲故事发展起来的，与传记和讲史也密切相关，注重的是吸引人的故事性、传奇性，多以第三人称全能视角叙说，结构完整，有头有尾。这好比是盆景，景致虽小，却应有尽有。即使是短篇，也会有完整的故事。如《聊斋志异》就如此，哪怕几百字也足够拍个电视剧。这种传统的小说艺术当然有其优长，但结构比较单一，不太适合深入揭示生活，尤其是短于心理刻画。鲁迅基本上不再采用传统的写法，而借鉴外国现代小说的结构和叙事，创造出属于他自己的崭新的格式。

从结构看，他的小说有三分之二是采用了"横切面"的方式，即选取几个细节或生活场面，连缀起来表现。其余的有些亦有相对完整的故事，但不再像传统的小说那样情节浓缩，而是打破时空的限制，按内容表现的需要去剪接场景和细节。叙事方式突破了传统小说的单一的第三人称全知视角，而尝试了第一人称叙述（如《孔乙己》）、双线结构（如《药》）、反讽结构（如《狂人日记》）以及抒情独白体（如《伤逝》）、类散文体（如《故乡》）、类独幕剧体（如《风波》），等等。鲁迅真是现代小说形式创造的先锋。

特别要讲讲《故事新编》。那种古今杂糅的"穿越"和讽刺的手法，在似乎"油滑"的叙事中隐含的快意的"发现"，生长出许多杂感，是完全不讲"小说作法"的"捣乱"，让人大开眼界：世界上还有这样畅快而"好玩"的小说！2019年高考语文考卷的现代文阅读题，要求读懂《理水》的部分内容，很多考生无所适从，主要是读书太少，对鲁迅小说的特殊样式感到惘然。这里特别选了《故事新编》的四篇供大家欣赏。

鲁迅小说的语言有些文白夹杂，多用复句和转折词，句式迂回曲折，虽然比较难懂，但细细品读，可以发现这比平直的白话更富于表现力，曲折与幽深的语感，非常适合鲁迅思想的张力。而且这种语言加上特别的格式，也就共同促成了鲁迅小说那诗一样的韵致，那种精粹、凝练和含蓄。阅读时应需格外注意其中的氛围、象征与多义，方得其味。

鲁迅的小说不多，又都是短篇，却能异峰突起，赢得如此巨大的声誉，这在世界文学史上都是极为罕见的。中国现代小说从鲁迅这里开始，又在鲁迅这里成熟，并成为中国现代各体小说发展的主要源头。

初版《呐喊》

初版《彷徨》

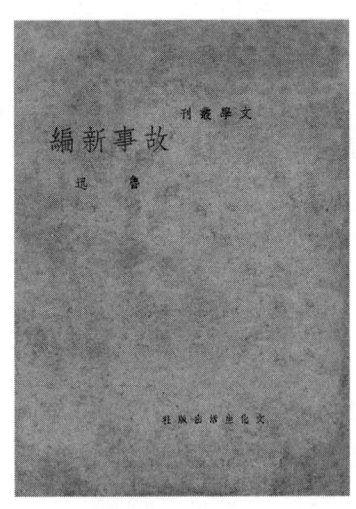
初版《故事新编》

狂 人 日 记*

　　某君昆仲①，今隐其名，皆余昔日在中学校时良友；分隔多年，消息渐阙。日前偶闻其一大病；适归故乡，迂道往访，则仅晤一人，言病者其弟也。劳君远道来视，然已早愈，赴某地候补②矣。因大笑，出示日记二册，谓可见当日病状，不妨献诸旧友。持归阅一过，知所患盖"迫害狂"之类。语颇错杂无伦次，又多荒唐之言；亦不著月日，惟墨色字体不一，知非一时所书。间亦有略具联络者，今撮录③一篇，以供医家研究。记中语误，一字不易；惟人名虽皆村人，不为世间所知，无关大体，然亦悉易去。至于书名，则本人愈后所题，不复改也。七年四月二日识④。

一

　　今天晚上，很好的月光。
　　我不见他，已是三十多年；今天见了，精神分外爽快。才知道以前的三十多年，全是发昏；然而须十分小心。不然，那赵家的狗，何以看我两眼呢？

---

　　* 本文写于1918年4月，发表于1918年5月《新青年》第四卷第五号，首次采用"鲁迅"这一笔名。
　　① 昆仲　对别人兄弟的尊称。
　　② 候补　清代官制，只有官衔而没有实际职务，由吏部抽签分发到某部或某省，听候委用，称为候补。
　　③ 撮录　记录整理之意。撮，撮合，收集。
　　④ 识　标识，附加说明。

我怕得有理。

二

今天全没月光，我知道不妙。早上小心出门，赵贵翁的眼色便怪：似乎怕我，似乎想害我。还有七八个人，交头接耳的议论我，又怕我看见。一路上的人，都是如此。其中最凶的一个人，张着嘴，对我笑了一笑；我便从头直冷到脚跟，晓得他们布置，都已妥当了。

我可不怕，仍旧走我的路。前面一伙小孩子，也在那里议论我；眼色也同赵贵翁一样，脸色也都铁青。我想我同小孩子有什么仇，他也这样。忍不住大声说，"你告诉我！"他们可就跑了。

我想：我同赵贵翁有什么仇，同路上的人又有什么仇；只有廿年以前，把古久先生的陈年流水簿子①，踹了一脚，古久先生很不高兴。赵贵翁虽然不认识他，一定也听到风声，代抱不平；约定路上的人，同我作冤对。但是小孩子呢？那时候，他们还没有出世，何以今天也睁着怪眼睛，似乎怕我，似乎想害我。这真教我怕，教我纳罕而且伤心。

我明白了。这是他们娘老子教的！

三

晚上总是睡不着。凡事须得研究，才会明白。

他们——也有给知县打枷②过的，也有给绅士掌过嘴的，也有衙役占了他妻子的，也有老子娘被债主逼死的；他们那时候的脸色，全没有昨天这么怕，也没有这么凶。

最奇怪的是昨天街上的那个女人，打他儿子，嘴里说道，"老子呀！我要咬你几口才出气！"他眼睛却看着我。我出了一惊，遮掩不住；那青面獠牙的一伙人，便都哄笑起来。陈老五赶上前，硬把我拖回家中了。

---

① 古久先生的陈年流水簿子　这里比喻我国封建主义统治的长久历史。
② 打枷　指给犯人脖子套上枷锁，以防逃脱。

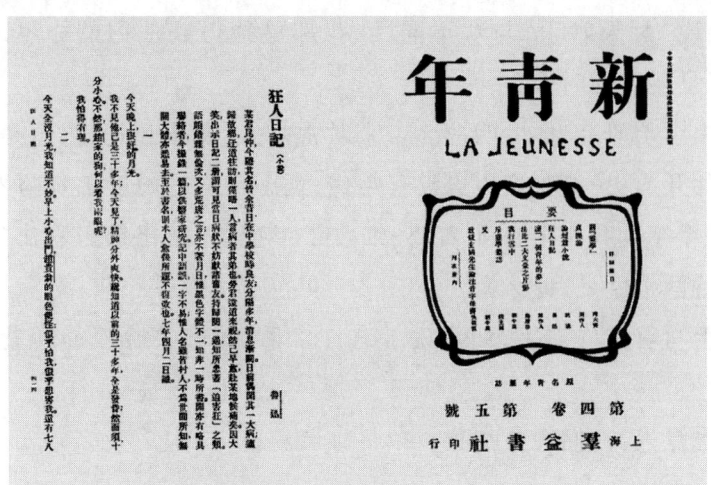

《狂人日记》发表于1918年5月《新青年》第四卷第五号

拖我回家,家里的人都装作不认识我;他们的眼色,也全同别人一样。进了书房,便反扣上门,宛然是关了一只鸡鸭。这一件事,越教我猜不出底细。

前几天,狼子村的佃户①来告荒,对我大哥说,他们村里的一个大恶人,给大家打死了;几个人便挖出他的心肝来,用油煎炒了吃,可以壮壮胆子。我插了一句嘴,佃户和大哥便都看我几眼。今天才晓得他们的眼光,全同外面的那伙人一模一样。

想起来,我从顶上直冷到脚跟。

他们会吃人,就未必不会吃我。

你看那女人"咬你几口"的话,和一伙青面獠牙人的笑,和前天佃户的话,明明是暗号。我看出他②话中全是毒,笑中全是刀。他们的牙齿,全是白厉厉的排着,这就是吃人的家伙。

照我自己想,虽然不是恶人,自从踹了古家的簿子,可就难说了。他们似乎别有心思,我全猜不出。况且他们一翻脸,便说人是恶人。我还记得大哥教我做论,无论怎样好人,翻他几句,他便打上几个圈;原谅坏人几

---

① 佃户　旧时租种地主地的农民。
② 他　即"她"。白话文开始时第三人称没有性别之分,刘半农1920年6月作《她字问题》,建议以"她"来称呼女性,后通行。

句,他便说"翻天妙手,与众不同"。我那里猜得到他们的心思,究竟怎样;况且是要吃的时候。

凡事总须研究,才会明白。古来时常吃人,我也还记得,可是不甚清楚。我翻开历史一查,这历史没有年代,歪歪斜斜的每叶上都写着"仁义道德"几个字。我横竖睡不着,仔细看了半夜,才从字缝里看出字来,满本都写着两个字是"吃人"!

书上写着这许多字,佃户说了这许多话,却都笑吟吟的睁着怪眼睛看我。

我也是人,他们想要吃我了!

四

早上,我静坐了一会。陈老五送进饭来,一碗菜,一碗蒸鱼;这鱼的眼睛,白而且硬,张着嘴,同那一伙想吃人的人一样。吃了几筷,滑溜溜的不知是鱼是人,便把他兜肚连肠的吐出。

我说"老五,对大哥说,我闷得慌,想到园里走走。"老五不答应,走了;停一会,可就来开了门。

我也不动,研究他们如何摆布我;知道他们一定不肯放松。果然!我大哥引了一个老头子,慢慢走来;他满眼凶光,怕我看出,只是低头向着地,从眼镜横边暗暗看我。大哥说,"今天你仿佛很好。"我说"是的。"大哥说,"今天请何先生来,给你诊一诊。"我说"可以!"其实我岂不知道这老头子是刽子手扮的!无非借了看脉这名目,揣一揣肥瘠:因这功劳,也分一片肉吃。我也不怕;虽然不吃人,胆子却比他们还壮。伸出两个拳头,看他如何下手。老头子坐着,闭了眼睛,摸了好一会,呆了好一会;便张开他鬼眼睛说,"不要乱想。静静的养几天,就好了。"

不要乱想,静静的养!养肥了,他们是自然可以多吃;我有什么好处,怎么会"好了"?他们这群人,又想吃人,又是鬼鬼祟祟,想法子遮掩,不敢直捷下手,真要令我笑死。我忍不住,便放声大笑起来,十分快活。自己晓得这笑声里面,有的是义勇和正气。老头子和大哥,都失了色,被我这勇气正气镇压住了。

但是我有勇气,他们便越想吃我,沾光一点这勇气。老头子跨出门,走不多远,便低声对大哥说道,"赶紧吃罢!"大哥点点头。原来也有你!这一件大发见,虽似意外,也在意中:合伙吃我的人,便是我的哥哥!

吃人的是我哥哥!

我是吃人的人的兄弟!

我自己被人吃了,可仍然是吃人的人的兄弟!

五

这几天是退一步想:假使那老头子不是刽子手扮的,真是医生,也仍然是吃人的人。他们的祖师李时珍做的"本草什么"①上,明明写着人肉可以煎吃;他还能说自己不吃人么?

至于我家大哥,也毫不冤枉他。他对我讲书的时候,亲口说过可以"易子而食"②;又一回偶然议论起一个不好的人,他便说不但该杀,还当"食肉寝皮"③。我那时年纪还小,心跳了好半天。前天狼子村佃户来说吃心肝的事,他也毫不奇怪,不住的点头。可见心思是同从前一样狠。既然可以"易子而食",便什么都易得,什么人都吃得。我从前单听他讲道理,也胡涂过去;现在晓得他讲道理的时候,不但唇边还抹着人油,而且心里满装着吃人的意思。

六

黑漆漆的,不知是日是夜。赵家的狗又叫起来了。

---

① "本草什么" 指明代医学家李时珍的药物学著作《本草纲目》。该书曾经提到唐代陈藏器《本草拾遗》中以人肉医治痨病的记载,并表示了异议。这里说李时珍的书"明明写着人肉可以煎吃",当是"狂人"的"记中语误"。

② "易子而食" 语出《左传·宣公十五年》,是宋将华元对楚将子反叙说宋国都城被楚军围困时的惨状:"敝邑易子而食,析骸以爨。"

③ "食肉寝皮" 语出《左传·襄公二十一年》,晋国州绰对齐庄公说:"然二子者,譬于禽兽,臣食其肉而寝处其皮矣。"(按,"二子"指齐国的殖绰和郭最,他们曾被州绰俘虏过。)

狮子似的凶心,兔子的怯弱,狐狸的狡猾,……

七

我晓得他们的方法,直捷杀了,是不肯的,而且也不敢,怕有祸祟。

最好是解下腰带,挂在梁上,自己紧紧勒死……(赵延年 作)

所以他们大家连络,布满了罗网,逼我自戕。试看前几天街上男女的样子,和这几天我大哥的作为,便足可悟出八九分了。最好是解下腰带,挂在梁上,自己紧紧勒死;他们没有杀人的罪名,又偿了心愿,自然都欢天喜地的发出一种呜呜咽咽的笑声。否则惊吓忧愁死了,虽则略瘦,也还可以首肯几下。

他们是只会吃死肉的!——记得什么书上说,有一种东西,叫"海乙那"①的,眼光和样子都很难看;时常吃死肉,连极大的骨头,都细细嚼烂,咽下肚子去,想起来也教人害怕。"海乙那"是狼的亲眷,狼是狗的本家。前天赵家的狗,看我几眼,可见他也同谋,早已接洽。老头子眼看着地,岂能瞒得我过。

最可怜的是我的大哥,他也是人,何以毫不害怕;而且合伙吃我呢?还是历来惯了,不以为非呢?还是丧了良心,明知故犯呢?

我诅咒吃人的人,先从他起头;要劝转吃人的人,也先从他下手。

---

① "海乙那" 英语 hyena 的音译,即鬣狗(又名土狼),一种食肉兽,常跟在狮虎等猛兽之后,以其吃剩的兽类的残尸为食。

八

其实这种道理，到了现在，他们也该早已懂得，……

忽然来了一个人；年纪不过二十左右，相貌是不很看得清楚，满面笑容，对了我点头，他的笑也不像真笑。我便问他，"吃人的事，对么？"他仍然笑着说，"不是荒年，怎么会吃人。"我立刻就晓得，他也是一伙，喜欢吃人的；便自勇气百倍，偏要问他。

"对么？"

"这等事问他什么。你真会……说笑话。……今天天气很好。"

天气是好，月色也很亮了。可是我要问你，"对么？"

他不以为然了。含含胡胡的答道，"不……"

"不对？他们何以竟吃？！"

"没有的事……"

"没有的事？狼子村现吃；还有书上都写着，通红斩新！"

他便变了脸，铁一般青。睁着眼说，"有许有的，这是从来如此……"

"从来如此，便对么？"

"我不同你讲这些道理；总之你不该说，你说便是你错！"

我直跳起来，张开眼，这人便不见了。全身出了一大片汗。他的年纪，比我大哥小得远，居然也是一伙；这一定是他娘老子先教的。还怕已经教给他儿子了；所以连小孩子，也都恶狠狠的看我。

九

自己想吃人，又怕被别人吃了，都用着疑心极深的眼光，面面相觑。……

去了这心思，放心做事走路吃饭睡觉，何等舒服。这只是一条门槛，一个关头。他们可是父子兄弟夫妇朋友师生仇敌和各不相识的人，都结成一伙，互相劝勉，互相牵掣，死也不肯跨过这一步。

十

大清早，去寻我大哥；他立在堂门外看天，我便走到他背后，拦住门，格外沉静，格外和气的对他说，

"大哥，我有话告诉你。"

"你说就是，"他赶紧回过脸来，点点头。

"我只有几句话，可是说不出来。大哥，大约当初野蛮的人，都吃过一点人。后来因为心思不同，有的不吃人了，一味要好，便变了人，变了真的人。有的却还吃，——也同虫子一样，有的变了鱼鸟猴子，一直变到人。有的不要好，至今还是虫子。这吃人的人比不吃人的人，何等惭愧。怕比虫子的惭愧猴子，还差得很远很远。

"易牙①蒸了他儿子，给桀纣吃，还是一直从前的事。谁晓得从盘古开辟天地以后，一直吃到易牙的儿子；从易牙的儿子，一直吃到徐锡林②；从徐锡林，又一直吃到狼子村捉住的人。去年城里杀了犯人，还有一个生痨病的人，用馒头蘸血舐。

"他们要吃我，你一个人，原也无法可想；然而又何必去入伙。吃人的人，什么事做不出；他们会吃我，也会吃你，一伙里面，也会自吃。但只要转一步，只要立刻改了，也就人人太平。虽然从来如此，我们今天也可以格外要好，说是不能！大哥，我相信你能说，前天佃户要减租，你说过不能。"

当初，他还只是冷笑，随后眼光便凶狠起来，一到说破他们的隐情，那就满脸都变成青色了。大门外立着一伙人，赵贵翁和他的狗，也在里面，

---

① 易牙　春秋时齐国人。据《管子·小称》："夫易牙以调和事公（按，指齐桓公），公曰'惟蒸婴儿之未尝'，于是蒸其首子而献之公。"桀、纣分别为夏朝和商朝的最后一代君主，易牙和他们不是同时代人。这里说的"易牙蒸了他儿子，给桀纣吃"，是有意误记，以符合"狂人""语颇错杂无伦次"的口吻。

② 徐锡林　隐指徐锡麟（1873—1907），浙江绍兴人，清末革命团体光复会的重要成员。1907年与秋瑾准备在浙、皖两省同时起义。7月6日，他以安徽巡警处会办兼巡警学堂监督身份为掩护，乘学堂举行毕业典礼之机刺死安徽巡抚恩铭，率领学生攻占军械局，弹尽被捕，当日惨遭杀害，心肝被恩铭的卫队挖出炒食。

都探头探脑的挨进来。有的是看不出面貌,似乎用布蒙着;有的是仍旧青面獠牙,抿着嘴笑。我认识他们是一伙,都是吃人的人。可是也晓得他们心思很不一样,一种是以为从来如此,应该吃的;一种是知道不该吃,可是仍然要吃,又怕别人说破他,所以听了我的话,越发气愤不过,可是抿着嘴冷笑。

这时候,大哥也忽然显出凶相,高声喝道,

"都出去!疯子有什么好看!"

这时候,我又懂得一件他们的巧妙了。他们岂但不肯改,而且早已布置;预备下一个疯子的名目罩上我。将来吃了,不但太平无事,怕还会有人见情。佃户说的大家吃了一个恶人,正是这方法。这是他们的老谱!

陈老五也气愤愤的直走进来。如何按得住我的口,我偏要对这伙人说,

"你们可以改了,从真心改起!要晓得将来容不得吃人的人,活在世上。

"你们要不改,自己也会吃尽。即使生得多,也会给真的人除灭了,同猎人打完狼子一样!——同虫子一样!"

那一伙人,都被陈老五赶走了。大哥也不知那里去了。陈老五劝我回屋子里去。屋里面全是黑沉沉的。横梁和椽子都在头上发抖;抖了一会,就大起来,堆在我身上。

万分沉重,动弹不得;他的意思是要我死。我晓得他的沉重是假的,便挣扎出来,出了一身汗。可是偏要说,

"你们立刻改了,从真心改起!你们要晓得将来是容不得吃人的人,……"

十一

太阳也不出,门也不开,日日是两顿饭。

我捏起筷子,便想起我大哥;晓得妹子死掉的缘故,也全在他。那时我妹子才五岁,可爱可怜的样子,还在眼前。母亲哭个不住,他却劝母亲

不要哭;大约因为自己吃了,哭起来不免有点过意不去。如果还能过意不去,……

妹子是被大哥吃了,母亲知道没有,我可不得而知。

母亲想也知道;不过哭的时候,却并没有说明,大约也以为应当的了。记得我四五岁时,坐在堂前乘凉,大哥说爷娘生病,做儿子的须割下一片肉来,煮熟了请他吃,①才算好人;母亲也没有说不行。一片吃得,整个的自然也吃得。但是那天的哭法,现在想起来,实在还教人伤心,这真是奇极的事!

救救孩子……(裘沙、王伟君、裘大力 作)

十二

不能想了。

四千年来时时吃人的地方,今天才明白,我也在其中混了多年;大哥正管着家务,妹子恰恰死了,他未必不和在饭菜里,暗暗给我们吃。

我未必无意之中,不吃了我妹子的几片肉,现在也轮到我自己,……

有了四千年吃人履历的我,当初虽然不知道,现在明白,难见真的人!

---

① 指"割股疗亲",古代宣扬的一种忠孝德行。《庄子·盗跖》篇载有:"介子推至忠也,自割其股以食(晋)文公。"行孝中的"割股疗亲",是割取自己的股肉为药引煎药,以医治父母的重病。《新五代史·何泽传》:"五代之际,民苦于兵,往往因亲疾以割股,或既丧而割乳庐墓,以规免州县赋役。"此行得到朝廷褒扬,以孝取士,流弊更多。宋苏轼在给宋神宗奏议《议学校贡举状》中批评说:"上以孝取人,则勇者割股,怯者庐墓。……凡可以中上意,无所不至矣,德行之弊,一至于此。"

十三

没有吃过人的孩子,或者还有?

救救孩子……

一九一八年四月。

【讲析】

《狂人日记》是第一篇现代体式的白话小说,有"里程碑"的性质。

从日记分析,"狂人"患的是"迫害狂",属于妄想型精神分裂症,时刻都在怀疑周围的人在暗算自己,要把自己"吃掉"。这种妄想反复出现,贯穿整部日记,构成小说的基本内容。但鲁迅写这篇小说并不是要展示精神分裂症,而是另有深意,是要借"狂人"之口,毫无遮拦地痛快地揭示历来被掩盖的历史"真相",发出"铁屋子里的呐喊"!

"狂人"的"日记"中不时跃出一些类似诗歌而又令人惊悚的句段,类似哲学家诗人尼采的"警句",让人意识到这是一篇不同寻常的小说,不宜用通常欣赏情节和人物的办法去读,而要一边读,一边猜度"话中有话",特别是那些发人深思的句子。比如:

> 我翻开历史一查,这历史没有年代,歪歪斜斜的每叶上都写着"仁义道德"几个字。我横竖睡不着,仔细看了半夜,才从字缝里看出字来,满本都写着两个字是"吃人"!

这既是"疯话",又是"实话",是对传统礼教的犀利攻击。而鲁迅借"狂人"的所思所感,凝聚到"吃人"这个词,就把整个历史"打发"了,虽然"偏激",却也入木三分。我们的确从《狂人日记》中感受到鲁迅对于传统,特别是封建礼教压抑人性的"发现",并为此而震惊。

小说中写得最多的是"狂人"对于"吃人"的恐惧心理,这本是感知觉障碍,是"起病"的刺激点,但关于"吃人"的恐惧频频出现,如同诗歌的复叠重章，形成一种特别的旋律，贯穿全篇，甚至缠绕着读者，迫使他们在阅读中不时要停下来想想：原来鲁迅写这篇小说，"意在暴露家族制度和礼教的弊害"。"狂人"的"日记"混乱而荒诞，仔细琢磨却是"狂"中有"醒"，"狂"中有"暴躁凌厉"的情绪宣泄，代表了"五四"反传统的精神。

但《狂人日记》所表达的情绪很复杂，既有抗争与批判，又有寂寞与悲哀，这一切融合在一起，造成特有的氛围与底色，可以用"忧愤深广"这四个字来表述。只有读出"忧愤深广"，才真"懂"了这篇博大深奥的杰作。

阅读时还要注意日记的"小序"，其所提供的信息是和"日记"内容有矛盾的。这就造成双重叙述：一种是"日记"的叙述，"狂人"的感受；另一种是"小序"的叙述，对"日记"的否定。这双重叙述观点对立，连语言也分别采用文言与白话，表示彼此的根本不同。显然，"小序"和"日记"的矛盾形成了小说的反讽结构，这种结构手法很特别，其功能就是拓展阅读空间，强化读者的思考与判断。

孔乙己*

鲁镇的酒店的格局,是和别处不同的:都是当街一个曲尺形的大柜台,柜里面预备着热水,可以随时温酒。做工的人,傍午傍晚散了工,每每花四文铜钱,买一碗酒,——这是二十多年前的事,现在每碗要涨到十文,——靠柜外站着,热热的喝了休息;倘肯多花一文,便可以买一碟盐煮笋,或者茴香豆,做下酒物了,如果出到十几文,那就能买一样荤菜,但这些顾客,多是短衣帮,大抵没有这样阔绰。只有穿长衫的,才踱进店面隔壁的房子里,要酒要菜,慢慢地坐喝。

我从十二岁起,便在镇口的咸亨酒店里当伙计,掌柜说,样子太傻,怕侍候不了长衫主顾,就在外面做点事罢。外面的短衣主顾,虽然容易说话,但唠唠叨叨缠夹不清的也很不少。他们往往要亲眼看着黄酒从坛子里舀出,看过壶子底里有水没有,又亲看将壶子放在热水里,然后放心:在这严重监督之下,羼水也很为难。所以过了几天,掌柜又说我干不了这事。幸亏荐头①的情面大,辞退不得,便改为专管温酒的一种无聊职务了。

我从此便整天的站在柜台里,专管我的职务。虽然没有什么失职,但总觉有些单调,有些无聊。掌柜是一副凶脸孔,主顾也没有好声气,教人活泼不得;只有孔乙己到店,才可以笑几声,所以至今还记得。

孔乙己是站着喝酒而穿长衫的唯一的人。他身材很高大;青白脸色,

---

* 本文1919年4月发表于《新青年》第六卷第四号,后收入《呐喊》。发表时篇末有作者"附记",说"那时的意思,单在描写社会上的或一种生活"。

① 荐头 推荐或介绍工作的人。

孔乙己是站着喝酒而穿长衫的唯一的人。（赵延年　作）

皱纹间时常夹些伤痕；一部乱蓬蓬的花白的胡子。穿的虽然是长衫，可是又脏又破，似乎十多年没有补，也没有洗。他对人说话，总是满口之乎者也，教人半懂不懂的。因为他姓孔，别人便从描红纸①上的"上大人孔乙己"这半懂不懂的话里，替他取下一个绰号，叫作孔乙己。孔乙己一到店，所有喝酒的人便都看着他笑，有的叫道，"孔乙己，你脸上又添上新伤疤了！"他不回答，对柜里说，"温两碗酒，要一碟茴香豆。"便排出九文大钱。他们又故意的高声嚷道，"你一定又偷了人家的东西了！"孔乙己睁大眼睛说，"你怎么这样凭空污人清白……""什么清白？我前天亲眼见你偷了何家的书，吊着打。"孔乙己便涨红了脸，额上的青筋条条绽出，争辩道，"窃书不能算偷……窃书！……读书人的事，能算偷么？"接连便是难懂的话，什么"君子固穷"②，什么"者乎"之类，引得众人都哄笑起来：店内外充满了快活的空气。

听人家背地里谈论，孔乙己原来也读过书，但终于没有进学③，又不会营生；于是愈过愈穷，弄到将要讨饭了。幸而写得一笔好字，便替人家

---

① 描红纸　一种印有红色楷字，供儿童摹写毛笔字用的字帖。旧时最通行的一种，印有"上大人孔（明代以前作丘）乙己化三千"等一些笔画简单、三字一句和似通非通的文字。

② "君子固穷"　语出《论语·卫灵公》：孔子"曰：'君子固穷，小人穷斯滥矣。'""固穷"即"固守其穷"，不以穷困而改变操守的意思。

③ 进学　明清科举制度，童生经过县考初试，府考复试，再参加由学政主持的院考（道考），考取的列名府、县学籍，叫进学，也就成了秀才。又规定每三年举行一次乡试（省一级考试），由秀才或监生应考，取中的就是举人。

钞钞书，换一碗饭吃。可惜他又有一样坏脾气，便是好喝懒做。坐不到几天，便连人和书籍纸张笔砚，一齐失踪。如是几次，叫他钞书的人也没有了。孔乙己没有法，便免不了偶然做些偷窃的事。但他在我们店里，品行却比别人都好，就是从不拖欠；虽然间或没有现钱，暂时记在粉板上，但不出一月，定然还清，从粉板上拭去了孔乙己的名字。

孔乙己喝过半碗酒，涨红的脸色渐渐复了原，旁人便又问道，"孔乙己，你当真认识字么？"孔乙己看着问他的人，显出不屑置辩的神气。他们便接着说道，"你怎的连半个秀才也捞不到呢？"孔乙己立刻显出颓唐不安模样，脸上笼上了一层灰色，嘴里说些话；这回可是全是之乎者也之类，一些不懂了。在这时候，众人也都哄笑起来：店内外充满了快活的空气。

在这些时候，我可以附和着笑，掌柜是决不责备的。而且掌柜见了孔乙己，也每每这样问他，引人发笑。孔乙己自己知道不能和他们谈天，便只好向孩子说话。有一回对我说道，"你读过书么？"我略略点一点头。他说，"读过书，……我便考你一考。茴香豆的茴字，怎样写的？"我想，讨饭一样的人，也配考我么？便回过脸去，不再理会。孔乙己等了许久，很恳切的说道，"不能写罢？……我教给你，记着！这些字应该记着。将来做掌柜的时候，写账要用。"我暗想我和掌柜的等级还很远呢，而且我们掌柜也从不将茴香豆上账；又好笑，又不耐烦，懒懒的答他道，"谁要你教，不是草头底下一个来回的回字么？"孔乙己显出极高兴的样子，将两个指头的长指甲敲着柜台，点头说，"对呀对呀！……回字有四样写法①，你知道么？"我愈不耐烦了，努着嘴走远。孔乙己刚用指甲蘸了酒，想在柜上写字，见我毫不热心，便又叹一口气，显出极惋惜的样子。

有几回，邻舍孩子听得笑声，也赶热闹，围住了孔乙己。他便给他们茴香豆吃，一人一颗。孩子吃完豆，仍然不散，眼睛都望着碟子。孔乙己着了慌，伸开五指将碟子罩住，弯腰下去说道，"不多了，我已经不多了。"

---

① 回字有四样写法　回字通常只有三种写法：回、囘、囬，第四种写作𡇌（见《康熙字典·备考》），极少见。

"温一碗酒。"（丰子恺 作）

直起身又看一看豆，自己摇头说，"不多不多！多乎哉？不多也。"①于是这一群孩子都在笑声里走散了。

孔乙己是这样的使人快活，可是没有他，别人也便这么过。

有一天，大约是中秋前的两三天，掌柜正在慢慢的结账，取下粉板，忽然说，"孔乙己长久没有来了。还欠十九个钱呢！"我才也觉得他的确长久没有来了。一个喝酒的人说道，"他怎么会来？……他打折了腿了。"掌柜说，"哦！""他总仍旧是偷。这一回，是自己发昏，竟偷到丁举人家里去了。他家的东西，偷得的么？""后来怎么样？""怎么样？先写服辩②，后来是打，打了大半夜，再打折了腿。""后来呢？""后来打折了腿了。""打折了怎样呢？""怎样？……谁晓得？许是死了。"掌柜也不再问，仍然慢慢的算他的账。

中秋过后，秋风是一天凉比一天，看看将近初冬；我整天的靠着火，也须穿上棉袄了。一天的下半天，没有一个顾客，我正合了眼坐着。忽然间听得一个声音，"温一碗酒。"这声音虽然极低，却很耳熟。看时又全没有人。站起来向外一望，那孔乙己便在柜台下对了门槛坐着。他脸上黑而且瘦，已经不成样子；穿一件破夹袄，盘着两腿，下面垫一个蒲包，用草绳在肩上挂住；见了我，又说道，"温一碗酒。"掌柜也伸出头去，一面说，"孔

---

① "多乎哉？不多也" 语出《论语·子罕》："太宰问于子贡曰：'夫子圣者与？何其多能也！'子贡曰：'固天纵之将圣，又多能也。'子闻之，曰：'太宰知我乎？吾少也贱，故多能鄙事。'君子多乎哉？不多也。"这里与原意无关。

② 服辩 又作伏辩，即认罪书。《唐律疏议·断狱》："诸狱结竟，……仍取囚服辩。"

乙己么？你还欠十九个钱呢！"孔乙己很颓唐的仰面答道，"这……下回还清罢。这一回是现钱，酒要好。"掌柜仍然同平常一样，笑着对他说，"孔乙己，你又偷了东西了！"但他这回却不十分分辩，单说了一句"不要取笑！""取笑？要是不偷，怎么会打断腿？"孔乙己低声说道，"跌断，跌，跌……"他的眼色，很像恳求掌柜，不要再提。此时已经聚集了几个人，便和掌柜都笑了。我温了酒，端出去，放在门槛上。他从破衣袋里摸出四文大钱，放在我手里，见他满手是泥，原来他便用这手走来的。不一会，他喝完酒，便又在旁人的说笑声中，坐着用这手慢慢走去了。

自此以后，又长久没有看见孔乙己。到了年关，掌柜取下粉板说，"孔乙己还欠十九个钱呢！"到第二年的端午，又说"孔乙己还欠十九个钱呢！"到中秋可是没有说，再到年关也没有看见他。

我到现在终于没有见——大约孔乙己的确死了。

一九一九年三月。①

【讲析】

"孔乙己"这个名字是有些来路的。旧时学童开蒙练习写字，常用句子便是"上大人，孔乙己，化三千，可知礼，八九子，七十士"，等等，并没有什么意思，只是比较押韵，字的笔画也较简单而已。但小说用"孔乙己"作为主人公的名字和篇名，却是有些特别的涵义的，容易让人联想到"万世师表"孔夫子，联想到旧时代的读书人。《孔乙己》写的就是封建社会崩溃、科举制度取消（1905年废止科举考试）之时读书人的一种生存状态。他们的酸腐、潦倒，被社会所抛弃，是一种悲剧，却是"几乎无事的"悲剧。这种悲剧司空见惯，人们对它已经麻木，不当回事了。

这个短篇写"孔乙己"的遭遇，我们很自然会肯定主人公就是孔乙己。其实不然，小说写得最多也最"关注"的，是鲁镇酒店的"空气"：那些

---

① 据本文发表时的作者"附记"，本文当作于1918年冬天。按，《呐喊》各篇最初发表时都未署写作日期，现在篇末的日期应为作者在编集时所补记。

"短衣帮"顾客、掌柜,甚至围住孔乙己要吃茴香豆的孩子,等等。他们都在议论、起哄,嘲笑唯一穿长衫的孔乙己,这些"旁观"构成了孔乙己的生存环境。不能只是从科举文化毒害或社会等级不公的角度去看待这篇小说的批判意义,更深刻的还有对人性与国民性的观察。那句话是点题的:"孔乙己是这样的使人快活,可是没有他,别人也便这么过。"所谓"使人快活"也就是以他人的痛苦取乐。而作者以"我"的眼睛和心始终在观察、感受鲁镇酒店的"空气",写出了孔乙己周围的世态炎凉,心灵麻木,缺少同情心。就这个意义而言,《孔乙己》的主人公应当是鲁镇酒店的"看客"。

小说结尾那句话很有意思:"我到现在终于没有见——大约孔乙己的确死了。"这是"很鲁迅"的句式。"的确"是对"孔乙己死了"的肯定。在当时的社会背景下,孔乙己的名分、地位已被社会所淘汰,腿也被打断了,又没有劳动能力,所以他的死是"的确"的。而作者又并不确实知道孔乙己已死的事实,只是推论和揣测,所以又说"大约"。鲁迅的句子常有这种语义的反复、犹疑或转折,所表达的意思是复杂甚至矛盾的,需要仔细琢磨品味。

鲁迅1919年3月写的《孔乙己》,当时读者几乎都还没有见过这样"平淡"的小说,情节一点都不"出奇",孔乙己的事情三两句话就可以说完,而且以第一人称"我"来观察和叙述小说中人物以及周遭的环境,这种写法和传统小说大相径庭。传统小说一般都讲究情节的曲折,主要以第三人称的"全能叙事"视角为主,完全是另外一种味道。"五四"前后的读者读《孔乙己》时,还缺少审美接受的准备。所以这篇小说发表时,鲁迅还要在"附记"中交代,说写此篇无非是"描写社会上的或一种生活",而并非"泼污水"要"糟蹋"谁。现在我们读这样的第一人称叙事的小说,已经习以为常,但不要忘记类似的写法和格式,是从鲁迅开始的。

药[*]

一

秋天的后半夜,月亮下去了,太阳还没有出,只剩下一片乌蓝的天;除了夜游的东西,什么都睡着。华老栓忽然坐起身,擦着火柴,点上遍身油腻的灯盏,茶馆的两间屋子里,便弥满了青白的光。

"小栓的爹,你就去么?"是一个老女人的声音。里边的小屋子里,也发出一阵咳嗽。

"唔。"老栓一面听,一面应,一面扣上衣服;伸手过去说,"你给我罢。"

华大妈在枕头底下掏了半天,掏出一包洋钱[①],交给老栓,老栓接了,抖抖的装入衣袋,又在外面按了两下;便点上灯笼,吹熄灯盏,走向里屋子去了。那屋子里面,正在窸窸窣窣的响,接着便是一通咳嗽。老栓候他平静下去,才低低的叫道,"小栓……你不要起来。……店么?你娘会安排的。"

老栓听得儿子不再说话,料他安心睡了;便出了门,走到街上。街上黑沉沉的一无所有,只有一条灰白的路,看得分明。灯光照着他的两脚,一前一后的走。有时也遇到几只狗,可是一只也没有叫。天气比屋子里

---

[*] 本文写于1919年4月,最初发表于1919年5月《新青年》第六卷第五号。后收入《呐喊》。
[①] 洋钱 指银元。银元最初是从外国流入我国的,所以俗称洋钱;我国自清代后期开始自铸银元,但民间仍沿用这个旧称。

冷得多了；老栓倒觉爽快，仿佛一旦变了少年，得了神通，有给人生命的本领似的，跨步格外高远。而且路也愈走愈分明，天也愈走愈亮了。

老栓正在专心走路，忽然吃了一惊，远远里看见一条丁字街，明明白白横着。他便退了几步，寻到一家关着门的铺子，蹩进①檐下，靠门立住了。好一会，身上觉得有些发冷。

"哼，老头子。"

"倒高兴……。"

老栓又吃一惊，睁眼看时，几个人从他面前过去了。一个还回头看他，样子不甚分明，但很像久饿的人见了食物一般，眼里闪出一种攫取的光。老栓看看灯笼，已经熄了。按一按衣袋，硬硬的还在。仰起头两面一望，只见许多古怪的人，三三两两，鬼似的在那里徘徊；定睛再看，却也看不出什么别的奇怪。

没有多久，又见几个兵，在那边走动；衣服前后的一个大白圆圈，远地里也看得清楚，走过面前的，并且看出号衣②上暗红色的镶边。——一阵脚步声响，一眨眼，已经拥过了一大簇人。那三三两两的人，也忽然合作一堆，潮一般向前赶；将到丁字街口，便突然立住，簇成一个半圆。

老栓也向那边看，却只见一堆人的后背；颈项都伸得很长，仿佛许多鸭，被无形的手捏住了的，向上提着。静了一会，似乎有点声音，便又动摇起来，轰的一声，都向后退；一直散到老栓立着的地方，几乎将他挤倒了。

"喂！一手交钱，一手交货！"一个浑身黑色的人，站在老栓面前，眼光正像两把刀，刺得老栓缩小了一半。那人一只大手，向他摊着；一只手却撮着一个鲜红的馒头③，那红的还是一点一点的往下滴。

老栓慌忙摸出洋钱，抖抖的想交给他，却又不敢去接他的东西。那人便焦急起来，嚷道，"怕什么？怎的不拿！"老栓还踌躇着；黑的人便抢过灯笼，一把扯下纸罩，裹了馒头，塞与老栓；一手抓过洋钱，捏一捏，转身去

---

① 蹩进　躲躲闪闪进去。
② 号衣　指清朝士兵的军衣，前后胸都缀有一块圆形白布，上有"兵"或"勇"字样。
③ 鲜红的馒头　即蘸有人血的馒头。旧时迷信，以为人血可以医治肺痨，刽子手便借此骗取钱财。

了。嘴里哼着说,"这老东西……。"

"这给谁治病的呀?"老栓也似乎听得有人问他,但他并不答应;他的精神,现在只在一个包上,仿佛抱着一个十世单传的婴儿,别的事情,都已置之度外了。他现在要将这包里的新的生命,移植到他家里,收获许多幸福。太阳也出来了;在他面前,显出一条大道,直到他家中,后面也照见丁字街头破匾上"古□亭口"这四个黯淡的金字。

二

老栓走到家,店面早经收拾干净,一排一排的茶桌,滑溜溜的发光。但是没有客人;只有小栓坐在里排的桌前吃饭,大粒的汗,从额上滚下,夹袄也帖住了脊心,两块肩胛骨高高凸出,印成一个阳文①的"八"字。老栓见这样子,不免皱一皱展开的眉心。他的女人,从灶下急急走出,睁着眼睛,嘴唇有些发抖。

"得了么?"

"得了。"

两个人一齐走进灶下,商量了一会;华大妈便出去了,不多时,拿着一片老荷叶回来,摊在桌上。老栓也打开灯笼罩,用荷叶重新包了那红的馒头。小栓也吃完饭,他的母亲慌忙说:

"小栓——你坐着,不要到这里来。"

一面整顿了灶火,老栓便把一个碧绿的包,一个红红白白的破灯笼,一同塞在灶里;一阵红黑的火焰过去时,店屋里散满了一种奇怪的香味。

"好香!你们吃什么点心呀?"这是驼背五少爷到了。这人每天总在茶馆里过日,来得最早,去得最迟,此时恰恰蹩到临街的壁角的桌边,便坐下问话,然而没有人答应他。"炒米粥么?"仍然没有人应。老栓匆匆走出,给他泡上茶。

"小栓进来罢!"华大妈叫小栓进了里面的屋子,中间放好一条凳,小

---

① 阳文　刻在器物上笔画凸起的文字。凹下的叫阴文。

栓坐了。他的母亲端过一碟乌黑的圆东西,轻轻说:

"吃下去罢,——病便好了。"

小栓撮起这黑东西,看了一会,似乎拿着自己的性命一般,心里说不出的奇怪。十分小心的拗开了,焦皮里面窜出一道白气,白气散了,是两半个白面的馒头。——不多工夫,已经全在肚里了,却全忘了什么味;面前只剩下一张空盘。他的旁边,一面立着他的父亲,一面立着他的母亲,两人的眼光,都仿佛要在他身里注进什么又要取出什么似的;便禁不住心跳起来,按着胸膛,又是一阵咳嗽。

"睡一会罢,——便好了。"

小栓依他母亲的话,咳着睡了。华大妈候他喘气平静,才轻轻的给他盖上了满幅补钉的夹被。

三

店里坐着许多人,老栓也忙了,提着大铜壶,一趟一趟的给客人冲茶;两个眼眶,都围着一圈黑线。

"老栓,你有些不舒服么?——你生病么?"一个花白胡子的人说。

"没有。"

"没有?——我想笑嘻嘻的,原也不像……"花白胡子便取消了自己的话。

"老栓只是忙。要是他的儿子……"驼背五少爷话还未完,突然闯进了一个满脸横肉的人,披一件玄色布衫,散着纽扣,用很宽的玄色腰带,胡乱捆在腰间。刚进门,便对老栓嚷道:

"吃了么?好了么?老栓,就是运气了你!你运气,要不是我信息灵……。"

老栓一手提了茶壶,一手恭恭敬敬的垂着;笑嘻嘻的听。满座的人,也都恭恭敬敬的听。华大妈也黑着眼眶,笑嘻嘻的送出茶碗茶叶来,加上一个橄榄,老栓便去冲了水。

"这是包好!这是与众不同的。你想,趁热的拿来,趁热吃下。"横肉的人只是嚷。

"真的呢,要没有康大叔照顾,怎么会这样……"华大妈也很感激的谢他。

"包好,包好!这样的趁热吃下。这样的人血馒头,什么痨病都包好!"

华大妈听到"痨病"这两个字,变了一点脸色,似乎有些不高兴;但又立刻堆上笑,搭赸着走开了。这康大叔却没有觉察,仍然提高了喉咙只是嚷,嚷得里面睡着的小栓也合伙咳嗽起来。

"原来你家小栓碰到了这样的好运气了。这病自然一定全好;怪不得老栓整天的笑着呢。"花白胡子一面说,一面走到康大叔面前,低声下气的问道,"康大叔——听说今天结果的一个犯人,便是夏家的孩子,那是谁的孩子?究竟是什么事?"

"谁的?不就是夏四奶奶的儿子么?那个小家伙!"康大叔见众人都耸起耳朵听他,便格外高兴,横肉块块饱绽,越发大声说,"这小东西不要命,不要就是了。我可是这一回一点没有得到好处;连剥下来的衣服,都给管牢的红眼睛阿义拿去了。——第一要算我们栓叔运气;第二是夏三爷赏了二十五两雪白的银子,独自落腰包,一文不花。"

小栓慢慢的从小屋子走出,两手按了胸口,不住的咳嗽;走到灶下,盛出一碗冷饭,泡上热水,坐下便吃。华大妈跟着他走,轻轻的问道,"小栓,你好些么?——你仍旧只是肚饿?……"

"包好,包好!"康大叔瞥了小栓一眼,仍然回过脸,对众人说,"夏三爷真是乖角儿,要是他不先告官,连他满门抄斩。现在怎样?银子!——这小东西也真不成东西!关在牢里,还要劝牢头造反。"

"阿呀,那还了得。"坐在后排的一个二十多岁的人,很现出气愤模样。

"你要晓得红眼睛阿义是去盘盘底细的,他却和他攀谈了。他说:这大清的天下是我们大家的。你想:这是人话么?红眼睛原知道他家里只有一个老娘,可是没有料到他竟会那么穷,榨不出一点油水,已经气破肚皮了。他还要老虎头上搔痒,便给他两个嘴巴!"

"义哥是一手好拳棒,这两下,一定够他受用了。"壁角的驼背忽然高兴起来。

"他这贱骨头打不怕,还要说可怜可怜哩。"

花白胡子的人说,"打了这种东西,有什么可怜呢?"

康大叔显出看他不上的样子,冷笑着说,"你没有听清我的话;看他神气,是说阿义可怜哩!"

听着的人的眼光,忽然有些板滞;话也停顿了。小栓已经吃完饭,吃得满身流汗,头上都冒出蒸气来。

"阿义可怜——疯话,简直是发了疯了。"花白胡子恍然大悟似的说。

"发了疯了。"二十多岁的人也恍然大悟的说。

店里的坐客,便又现出活气,谈笑起来。小栓也趁着热闹,拚命咳嗽;康大叔走上前,拍他肩膀说:

"包好!小栓——你不要这么咳。包好!"

"疯了。"驼背五少爷点着头说。

四

西关外靠着城根的地面,本是一块官地;中间歪歪斜斜一条细路,是贪走便道的人,用鞋底造成的,但却成了自然的界限。路的左边,都埋着死刑和瘐毙①的人,右边是穷人的丛冢。两面都已埋到层层叠叠,宛然阔人家里祝寿时候的馒头。

这一年的清明,分外寒冷;杨柳才吐出半粒米大的新芽。天明未久,华大妈已在右边的一坐新坟前面,排出四碟菜,一碗饭,哭了一场。化过纸②,呆呆的坐在地上;仿佛等候什么似的,但自己也说不出等候什么。微风起来,吹动他短发,确乎比去年白得多了。

小路上又来了一个女人,也是半白头发,褴褛的衣裙;提一个破旧的

---

① 瘐毙　在狱中因用刑或伤病致死。
② 化过纸　纸指纸钱,即冥币,一种迷信用品,旧俗认为把它火化后可供死者在"阴间"使用。下文说的纸锭,是用纸或锡箔折成的元宝。

朱漆圆篮,外挂一串纸锭,三步一歇的走。忽然见华大妈坐在地上看他,便有些踌躇,惨白的脸上,现出些羞愧的颜色;但终于硬着头皮,走到左边的一坐坟前,放下了篮子。

那坟与小栓的坟,一字儿排着,中间只隔一条小路。华大妈看他排好四碟菜,一碗饭,立着哭了一通,化过纸锭;心里暗暗地想,"这坟里的也是儿子了。"那老女人徘徊观望了一回,忽然手脚有些发抖,跄跄踉踉退下几步,瞪着眼只是发怔。

华大妈见这样子,生怕他伤心到快要发狂了;便忍不住立起身,跨过小路,低声对他说,"你这位老奶奶不要伤心了,——我们还是回去罢。"

那人点一点头,眼睛仍然向上瞪着;也低声吃吃的说道,"你看,——看这是什么呢?"

华大妈跟了他指头看去,眼光便到了前面的坟,这坟上草根还没有全合,露出一块一块的黄土,煞是难看。再往上仔细看时,却不觉也吃一惊;——分明有一圈红白的花,围着那尖圆的坟顶。

他们的眼睛都已老花多年了,但望这红白的花,却还能明白看见。花

……再往上仔细看时,却不觉也吃一惊;——分明有一圈红白的花,围着那尖圆的坟顶。(丁聪 作)

也不很多,圆圆的排成一个圈,不很精神,倒也整齐。华大妈忙看他儿子和别人的坟,却只有不怕冷的几点青白小花,零星开着;便觉得心里忽然感到一种不足和空虚,不愿意根究。那老女人又走近几步,细看了一遍,自言自语的说,"这没有根,不像自己开的。——这地方有谁来呢?孩子不会来玩;——亲戚本家早不来了。——这是怎么一回事呢?"他想了又想,忽又流下泪来,大声说道:

"瑜儿,他们都冤枉了你,你还是忘不了,伤心不过,今天特意显点灵,要我知道么?"他四面一看,只见一只乌鸦,站在一株没有叶的树上,便接着说,"我知道了。——瑜儿,可怜他们坑了你,他们将来总有报应,天都知道;你闭了眼睛就是了。——你如果真在这里,听到我的话,——便教这乌鸦飞上你的坟顶,给我看罢。"

微风早经停息了;枯草支支直立,有如铜丝。一丝发抖的声音,在空气中愈颤愈细,细到没有,周围便都是死一般静。两人站在枯草丛里,仰面看那乌鸦;那乌鸦也在笔直的树枝间,缩着头,铁铸一般站着。

许多的工夫过去了;上坟的人渐渐增多,几个老的小的,在土坟间出没。

华大妈不知怎的,似乎卸下了一挑重担,便想到要走;一面劝着说,"我们还是回去罢。"

那老女人叹一口气,无精打采的收起饭菜;又迟疑了一刻,终于慢慢地走了。嘴里自言自语的说,"这是怎么一回事呢?……"

他们走不上二三十步远,忽听得背后"哑——"的一声大叫;两个人都竦然的回过头,只见那乌鸦张开两翅,一挫身,直向着远处的天空,箭也似的飞去了。

一九一九年四月。

【讲析】

《药》写了两个主要人物:旧民主主义革命者夏瑜,因本家夏三爷的告发而被捕，入狱后仍坚贞不屈，宣传革命，结果被反动统治者杀害；贫困的小茶馆老板华老栓的儿子小栓患了痨病，老栓为了给儿子治病，从刽子手那里买来处决夏瑜时蘸有夏瑜鲜血的馒头，给儿子当"药"吃，但儿子还是死了。这两件事情交织在一起，形成了一幅触目惊心的社会图景：革命者不惜抛弃自己的生命去救民于水火，但他们的血竟流得那样寂寞；群众愚昧落后，对于代表他们利益的革命是那样麻木冷漠。文中人物夏瑜隐喻清末遭清政府杀害的女革命党人秋瑾，就义地点在绍兴轩亭口。"华老栓"和"夏瑜"两个名字也隐喻"华夏"，他们的遭遇代表着中华民族的命运。《药》描写的是群众的愚昧和革命者的悲哀，或者说，因群众的愚昧而来的革命者的悲哀。可以从这里去理解这篇小说的主旨。

这篇小说的构思很精巧。作品安排了明暗两条线索，明线写华老栓买"药"为儿子治病，暗线写夏瑜为革命牺牲，两条线索通过小说四个段落渐次展开。小说制造了一种悬念，让两条线索步步深入地展示给读者，阅读时会产生某些紧张和吸引力。

《药》的描写简洁传神，又蕴藉含蓄，给读者留下丰富的思索余地。这与在写实的基础上采用的某些象征手法有关。小说最后写了扫墓作为尾声。两个年轻人的坟"宛然阔人家里祝寿时候的馒头"，既是实写，又是象征，暗示着他们的死都是封建统治者"吃人"的恶果。甚至以"药"作为全篇的情节发展的契机与标题，也有其象征含义，暗示着革命者需要寻求真正能拯救中华的"药"。而最后夏瑜的坟上虽然"平添"了花圈，似乎是为了听先驱者的"将令"而略增些微的希望，但整个坟地却还是"死一般静"，乌鸦也没有"显灵"，而是"箭也似的飞去了"，两位上坟的老妇都为之"竦然"。这一切如鲁迅所言，是"分明的留着安特莱夫式的阴冷"。俄国作家安特莱夫的作品富于神秘幽深的象征气息，鲁迅曾翻译过，也自言受其影响很深。

风　波[*]

临河的土场上,太阳渐渐的收了他通黄的光线了。场边靠河的乌桕树叶,干巴巴的才喘过气来,几个花脚蚊子在下面哼着飞舞。面河的农家的烟突里,逐渐减少了炊烟,女人孩子们都在自己门口的土场上泼些水,放下小桌子和矮凳;人知道,这已经是晚饭时候了。

老人男人坐在矮凳上,摇着大芭蕉扇闲谈,孩子飞也似的跑,或者蹲在乌桕树下赌玩石子。女人端出乌黑的蒸干菜和松花黄的米饭,热蓬蓬冒烟。河里驶过文人的酒船,文豪见了,大发诗兴,说,"无思无虑,这真是田家乐呵!"

但文豪的话有些不合事实,就因为他们没有听到九斤老太的话。这时候,九斤老太正在大怒,拿破芭蕉扇敲着凳脚说:

"我活到七十九岁了,活够了,不愿意眼见这些败家相,——还是死的好。立刻就要吃饭了,还吃炒豆子,吃穷了一家子!"

伊的曾孙女儿六斤捏着一把豆,正从对面跑来,见这情形,便直奔河边,藏在乌桕树后,伸出双丫角的小头,大声说,"这老不死的!"

九斤老太虽然高寿,耳朵却还不很聋,但也没有听到孩子的话,仍旧自己说,"这真是一代不如一代!"

这村庄的习惯有点特别,女人生下孩子,多喜欢用秤称了轻重,便用斤数当作小名。九斤老太自从庆祝了五十大寿以后,便渐渐的变了不平家,常说伊年青的时候,天气没有现在这般热,豆子也没有现在这般硬:总

---

[*] 本文最初发表于1920年9月《新青年》第八卷第一号,后收入《呐喊》。

之现在的时世是不对了。何况六斤比伊的曾祖,少了三斤,比伊父亲七斤,又少了一斤,这真是一条颠扑不破的实例。所以伊又用劲说,"这真是一代不如一代!"

伊的儿媳①七斤嫂子正捧着饭篮走到桌边,便将饭篮在桌上一摔,愤愤的说,"你老人家又这么说了。六斤生下来的时候,不是六斤五两么?你家的秤又是私秤,加重称,十八两秤;用了准十六,我们的六斤该有七斤多哩。我想便是太公和公公,也不见得正是九斤八斤十足,用的秤也许是十四两……"

"一代不如一代!"

七斤嫂还没有答话,忽然看见七斤从小巷口转出,便移了方向,对他嚷道,"你这死尸怎么这时候才回来,死到那里去了!不管人家等着你开饭!"

七斤虽然住在农村,却早有些飞黄腾达的意思。从他的祖父到他,三代不捏锄头柄了;他也照例的帮人撑着航船,每日一回,早晨从鲁镇进城,傍晚又回到鲁镇,因此很知道些时事:例如什么地方,雷公劈死了蜈蚣精;什么地方,闺女生了一个夜叉之类。他在村人里面,的确已经是一名出场人物了。但夏天吃饭不点灯,却还守着农家习惯,所以回家太迟,是该骂的。

七斤一手捏着象牙嘴白铜斗六尺多长的湘妃竹烟管,低着头,慢慢地走来,坐在矮凳上。六斤也趁势溜出,坐在他身边,叫他爹爹。七斤没有应。

"一代不如一代!"九斤老太说。

七斤慢慢地抬起头来,叹一口气说,"皇帝坐了龙庭了。"

七斤嫂呆了一刻,忽而恍然大悟的道,"这可好了,这不是又要皇恩大赦了么!"

七斤又叹一口气,说,"我没有辫子。"

"皇帝要辫子么?"

---

① 伊的儿媳　伊,即她。从上下文看,这里的"儿媳"应是"孙媳"。

"皇帝要辫子。"

"你怎么知道呢?"七斤嫂有些着急,赶忙的问。

"咸亨酒店里的人,都说要的。"

七斤嫂这时从直觉上觉得事情似乎有些不妙了,因为咸亨酒店是消息灵通的所在。伊一转眼瞥见七斤的光头,便忍不住动怒,怪他恨他怨他;忽然又绝望起来,装好一碗饭,搡在七斤的面前道,"还是赶快吃你的饭罢!哭丧着脸,就会长出辫子来么?"

太阳收尽了他最末的光线了,水面暗暗地回复过凉气来;土场上一片碗筷声响,人人的脊梁上又都吐出汗粒。七斤嫂吃完三碗饭,偶然抬起头,心坎里便禁不住突突地发跳。伊透过乌桕叶,看见又矮又胖的赵七爷正从独木桥上走来,而且穿着宝蓝色竹布的长衫。

赵七爷是邻村茂源酒店的主人,又是这三十里方圆以内的唯一的出色人物兼学问家;因为有学问,所以又有些遗老的臭味。他有十多本金圣叹批评的《三国志》①,时常坐着一个字一个字的读;他不但能说出五虎将姓名,甚而至于还知道黄忠表字汉升和马超表字孟起。革命以后,他便将辫子盘在顶上,像道士一般;常常叹息说,倘若赵子龙在世,天下便不会乱到这地步了。七斤嫂眼睛好,早望见今天的赵七爷已经不是道士,却变成光滑头皮,乌黑发顶;伊便知道这一定是皇帝坐了龙庭,而且一定须有辫子,而且七斤一定是非常危险。因为赵七爷的这件竹布长衫,轻易是不常穿的,三年以来,只穿过两次:一次是和他呕气的麻子阿四病了的时候,一次是曾经砸烂他酒店的鲁大爷死了的时候;现在是第三次了,这一定又是于他有庆,于他的仇家有殃了。

七斤嫂记得,两年前七斤喝醉了酒,曾经骂过赵七爷是"贱胎",所以这时便立刻直觉到七斤的危险,心坎里突突地发起跳来。

---

① 金圣叹批评的《三国志》 指小说《三国演义》。金圣叹(1608—1661),名人瑞,字圣叹,江苏吴县(今江苏苏州)人,明末清初文人。《三国演义》是元末明初罗贯中所著,后经清代毛宗岗改编,卷首有假托金圣叹所作的序,并有"圣叹外书"字样,每回前均附加评语,通常把这评语视为金圣叹所作。

赵七爷一路走来,坐着吃饭的人都站起身,拿筷子点着自己的饭碗说,"七爷,请在我们这里用饭!"七爷也一路点头,说道"请请",却一径走到七斤家的桌旁。七斤们连忙招呼,七爷也微笑着说"请请",一面细细的研究他们的饭菜。

"好香的干菜,——听到了风声了么?"赵七爷站在七斤的后面七斤嫂的对面说。

"皇帝坐了龙庭了。"七斤说。

七斤嫂看着七爷的脸,竭力陪笑道,"皇帝已经坐了龙庭,几时皇恩大赦呢?"

"……没有辫子,该当何罪,……"(丁聪 作)

"皇恩大赦?——大赦是慢慢的总要大赦罢。"七爷说到这里,声色忽然严厉起来,"但是你家七斤的辫子呢,辫子?这倒是要紧的事。你们知道:长毛时候,留发不留头,留头不留发,……"

七斤和他的女人没有读过书,不很懂得这古典的奥妙,但觉得有学问的七爷这么说,事情自然非常重大,无可挽回,便仿佛受了死刑宣告似的,耳朵里嗡的一声,再也说不出一句话。

"一代不如一代,——"九斤老太正在不平,趁这机会,便对赵七爷说,"现在的长毛,只是剪人家的辫子,僧不僧道不道的。从前的长毛,这样的么？我活到七十九岁了，活够了。从前的长毛是——整匹的红缎子裹头，拖下去，拖下去，一直拖到脚跟；王爷是黄缎子，拖下去，黄缎子；红缎子，黄缎子，——我活够了，七十九岁了。"

七斤嫂站起身，自言自语的说，"这怎么好呢？这样的一班老小，都靠他养活的人，……"

赵七爷摇头道，"那也没法。没有辫子，该当何罪，书上都一条一条明明白白写着的。不管他家里有些什么人。"

七斤嫂听到书上写着，可真是完全绝望了；自己急得没法，便忽然又恨到七斤。伊用筷子指着他的鼻尖说，"这死尸自作自受！造反的时候，我本来说，不要撑船了，不要上城了。他偏要死进城去，滚进城去，进城便被人剪去了辫子。从前是绢光乌黑的辫子，现在弄得僧不僧道不道的。这囚徒自作自受，带累了我们又怎么说呢？这活死尸的囚徒……"

村人看见赵七爷到村，都赶紧吃完饭，聚在七斤家饭桌的周围。七斤自己知道是出场人物，被女人当大众这样辱骂，很不雅观，便只得抬起头，慢慢地说道：

"你今天说现成话，那时你……"

"你这活死尸的囚徒……"

看客中间，八一嫂是心肠最好的人，抱着伊的两周岁的遗腹子，正在七斤嫂身边看热闹；这时过意不去，连忙解劝说，"七斤嫂，算了罢。人不是神仙，谁知道未来事呢？便是七斤嫂，那时不也说，没有辫子倒也没有什么丑么？况且衙门里的大老爷也还没有告示，……"

七斤嫂没有听完，两个耳朵早通红了；便将筷子转过向来，指着八一嫂的鼻子，说，"阿呀，这是什么话呵！八一嫂，我自己看来倒还是一个人，会说出这样昏诞胡涂话么？那时我是，整整哭了三天，谁都看见；连六斤这小鬼也都哭，……"六斤刚吃完一大碗饭，拿了空碗，伸手去嚷着要添。七斤嫂正没好气，便用筷子在伊的双丫角中间，直扎下去，大喝道，"谁要你来多嘴！你这偷汉的小寡妇！"

扑的一声，六斤手里的空碗落在地上了，恰巧又碰着一块砖角，立刻破成一个很大的缺口。七斤直跳起来，检起破碗，合上了检查一回，也喝道,"入娘的!"一巴掌打倒了六斤。六斤躺着哭,九斤老太拉了伊的手,连说着"一代不如一代",一同走了。

八一嫂也发怒,大声说,"七斤嫂,你'恨棒打人'……"

赵七爷本来是笑着旁观的;但自从八一嫂说了"衙门里的大老爷没有告示"这话以后,却有些生气了。这时他已经绕出桌旁,接着说,"'恨棒打人',算什么呢。大兵是就要到的。你可知道,这回保驾的是张大帅①,张大帅就是燕人张翼德②的后代,他一支丈八蛇矛,就有万夫不当之勇,谁能抵挡他,"他两手同时捏起空拳,仿佛握着无形的蛇矛模样,向八一嫂抢进几步道,"你能抵挡他么!"

八一嫂正气得抱着孩子发抖,忽然见赵七爷满脸油汗,瞪着眼,准对伊冲过来,便十分害怕,不敢说完话,回身走了。赵七爷也跟着走去,众人一面怪八一嫂多事,一面让开路,几个剪过辫子重新留起的便赶快躲在人丛后面,怕他看见。赵七爷也不细心察访,通过人丛,忽然转入乌桕树后,说道"你能抵挡他么!"跨上独木桥,扬长去了。

村人们呆呆站着,心里计算,都觉得自己确乎抵不住张翼德,因此也决定七斤便要没有性命。七斤既然犯了皇法,想起他往常对人谈论城中的新闻的时候,就不该含着长烟管显出那般骄傲模样,所以对于七斤的犯法,也觉得有些畅快。他们也仿佛想发些议论,却又觉得没有什么议论可发。嗡嗡的一阵乱嚷,蚊子都撞过赤膊身子,闯到乌桕树下去做市;他们也就慢慢地走散回家,关上门去睡觉。七斤嫂咕哝着,也收了家伙和桌子矮凳回家,关上门睡觉了。

七斤将破碗拿回家里,坐在门槛上吸烟;但非常忧愁,忘却了吸咽,象牙嘴六尺多长湘妃竹烟管的白铜斗里的火光,渐渐发黑了。他心里但觉得事情似乎十分危急,也想想些方法,想些计画,但总是非常模糊,贯穿不得:"辫子呢辫子?丈八蛇矛。一代不如一代!皇帝坐龙庭。破的碗须

---

① 张大帅 指张勋(1854—1923),江西奉新人,北洋军阀之一。原为清朝军官,辛亥革命后,他和所部官兵仍留着辫子,表示忠于清王朝,被称为"辫子军"。1917 年 7 月 1 日他在北京扶持清废帝溥仪复辟,7 月 12 日即告失败。

② 张翼德(?—221) 三国时蜀国大将张飞,字翼德,为上文所说的"五虎将"之一。

得上城去钉好。谁能抵挡他？书上一条一条写着。入娘的！……"

第二日清晨，七斤依旧从鲁镇撑航船进城，傍晚回到鲁镇，又拿着六尺多长的湘妃竹烟管和一个饭碗回村。他在晚饭席上，对九斤老太说，这碗是在城内钉合的，因为缺口大，所以要十六个铜钉，三文一个，一总用了四十八文小钱。

九斤老太很不高兴的说，"一代不如一代，我是活够了。三文钱一个钉；从前的钉，这样的么？从前的钉是……我活了七十九岁了，——"

此后七斤虽然是照例日日进城，但家景总有些黯淡，村人大抵回避着，不再来听他从城内得来的新闻。七斤嫂也没有好声气，还时常叫他"囚徒"。

过了十多日，七斤从城内回家，看见他的女人非常高兴，问他说，"你在城里可听到些什么？"

"没有听到些什么。"

"皇帝坐了龙庭没有呢？"

"他们没有说。"

"咸亨酒店里也没有人说么？"

"也没人说。"

"我想皇帝一定是不坐龙庭了。我今天走过赵七爷的店前，看见他又坐着念书了，辫子又盘在顶上了，也没有穿长衫。"

"…………"

"你想，不坐龙庭了罢？"

"我想，不坐了罢。"

现在的七斤，是七斤嫂和村人又都早给他相当的尊敬，相当的待遇了。到夏天，他们仍旧在自家门口的土场上吃饭；大家见了，都笑嘻嘻的招呼。九斤老太早已做过八十大寿，仍然不平而且康健。六斤的双丫角，已经变成一支大辫子了；伊虽然新近裹脚，却还能帮同七斤嫂做事，捧着十八个铜钉①的饭碗,在土场上一瘸一拐的往来。

一九二〇年十月。②

【讲析】

《风波》描写的背景是张勋复辟。事件发生于1917年6月,军阀张勋借调停北洋政府的矛盾为名,率五千"辫子兵"进京,拥戴已退位的清末代皇帝溥仪复辟。后孙中山发表《讨逆宣言》,段祺瑞组成讨逆军击溃"辫子军",复辟闹剧仅仅上演了十二天。《风波》没有正面写复辟,而选择了远在千里之外浙东的一个乡下土场上,一户农家吃晚饭的场景。饭桌上吵闹的话题是"皇帝坐了龙庭",那么"造反"的时候(指辛亥革命)被人剪掉辫子的七斤也就麻烦了,"犯了皇法",会被问罪。而邻村开酒店的遗老赵七爷更是气焰嚣张,说"张大帅"马上就要飞舞丈八蛇矛杀进村来,村民也就忧心忡忡。可是后来七斤进城,并没有听到皇帝坐龙庭的确切消息,"风波"也就过去了,村民们照常过日子,在自家门口的土场上吃饭。

鲁迅是要借这个极普通的农村生活情景,作为一个"切片",来观看"后辛亥"的中国。辛亥革命推翻了清朝帝制,后来又建立了民国,可是这一切对于普通国民(特别是农民)影响甚微,虽然围绕"辫子的去留"也曾产生一些心理震荡,可是未能从根本上祛除对"皇权"的崇拜与敬畏。鲁迅笔下的农民是愚昧、麻木的,《风波》再次揭示了这种普遍的精神病苦。

这篇小说给人印象深的是九斤老太。她唠唠叨叨的就是那句话,"我活到七十九岁了,活够了","一代不如一代",是重复的噪音,营造着作品的氛围。如果"考证"一下,1917年九斤老太七十九岁,那么她应该

---

① 十八个铜钉　据上文应是"十六个"。作者在1926年11月23日致李霁野的信中曾说:"六斤家只有这一个钉过的碗,钉是十六或十八,我也记不清了。总之两数之一是错的,请改成一律。"
② 据鲁迅日记,本文当作于1920年8月5日。

出生于 1839 年,正是林则徐虎门销烟、鸦片战争即将爆发之时。这位老太太一生经历了中国近代史天翻地覆的变化,她对时局变迁虽然也有感觉,却又那样蒙昧和念旧,所以才有"一代不如一代"的"退化论"感慨。这"噪音"似乎又是谶语,在读者耳边萦绕,加深了我们对鲁迅创作《风波》主旨的理解。

  秤砣虽小压千斤。鲁迅以极寻常的生活场景折射大的社会变迁,而且生动地勾勒出"民众的灵魂",字里行间既幽默又有些悲凉。不愧为大手笔!

故　乡[*]

我冒了严寒,回到相隔二千余里,别了二十余年的故乡去。

时候既然是深冬;渐近故乡时,天气又阴晦了,冷风吹进船舱中,呜呜的响,从篷隙向外一望,苍黄的天底下,远近横着几个萧索的荒村,没有一些活气。我的心禁不住悲凉起来了。

阿！这不是我二十年来时时记得的故乡？

我所记得的故乡全不如此。我的故乡好得多了。但要我记起他的美丽,说出他的佳处来,却又没有影像,没有言辞了。仿佛也就如此。于是我自己解释说:故乡本也如此,——虽然没有进步,也未必有如我所感的悲凉,这只是我自己心情的改变罢了,因为我这次回乡,本没有什么好心绪。

我这次是专为了别他而来的。我们多年聚族而居的老屋,已经公同卖给别姓了,交屋的期限,只在本年,所以必须赶在正月初一以前,永别了熟识的老屋,而且远离了熟识的故乡,搬家到我在谋食的异地去。

第二日清早晨我到了我家的门口了。瓦楞上许多枯草的断茎当风抖着,正在说明这老屋难免易主的原因。几房的本家大约已经搬走了,所以很寂静。我到了自家的房外,我的母亲早已迎着出来了,接着便飞出了八岁的侄儿宏儿。

我的母亲很高兴,但也藏着许多凄凉的神情,教我坐下,歇息,喝茶,且不谈搬家的事。宏儿没有见过我,远远的对面站着只是看。

---

[*] 本文最初发表于 1921 年 5 月《新青年》第九卷第一号,后收入《呐喊》。

但我们终于谈到搬家的事。我说外间的寓所已经租定了，又买了几件家具，此外须将家里所有的木器卖去，再去增添。母亲也说好，而且行李也略已齐集，木器不便搬运的，也小半卖去了，只是收不起钱来。

"你休息一两天，去拜望亲戚本家一回，我们便可以走了。"母亲说。

"是的。"

"还有闰土，他每到我家来时，总问起你，很想见你一回面。我已经将你到家的大约日期通知他，他也许就要来了。"

这时候，我的脑里忽然闪出一幅神异的图画来：深蓝的天空中挂着一轮金黄的圆月，下面是海边的沙地，都种着一望无际的碧绿的西瓜，其间有一个十一二岁的少年，项带银圈，手捏一柄钢叉，向一匹猹①尽力的刺去，那猹却将身一扭，反从他的胯下逃走了。

这少年便是闰土。我认识他时，也不过十多岁，离现在将有三十年了；那时我的父亲还在世，家景也好，我正是一个少爷。那一年，我家是一件大祭祀的值年②。这祭祀，说是三十多年才能轮到一回，所以很郑重；正月里供祖像，供品很多，祭器很讲究，拜的人也很多，祭器也很要防偷去。我家只有一个忙月（我们这里给人做工的分三种：整年给一定人家做工的叫长年；按日给人做工的叫短工；自己也种地，只在过年过节以及收租时候来给一定的人家做工的称忙月），忙不过来，他便对父亲说，可以叫他的儿子闰土来管祭器的。

我的父亲允许了；我也很高兴，因为我早听到闰土这名字，而且知道他和我仿佛年纪，闰月生的，五行缺土③，所以他的父亲叫他闰土。他是能装弶捉小鸟雀的。

我于是日日盼望新年，新年到，闰土也就到了。好容易到了年末，有

---

① 猹　一种小兽。按照作者说法，大约是獾。而"猹"字是他据乡下人所说的声音，生造出来的，读音如"查"。

② 值年　旧时大家族每年都有祭祀祖先的活动，由各房按年轮流主持，轮到的称为"值年"。

③ 五行缺土　旧时用天干（甲、乙、丙、丁、戊、己、庚、辛、壬、癸）配地支（子、丑、寅、卯、辰、巳、午、未、申、酉、戌、亥），来记一个人出生的年、月、日、时，各得两字，合为"八字"；又认为"八字"在五行（金、木、水、火、土）中各有所属，如甲乙寅卯属木、丙丁巳午属火等。八个字能包括五者，就是五行俱全。如有欠缺，便需设法弥补。"五行缺土"，是说八个字中没有属土的字，需用土或土做偏旁的字取名。

一日,母亲告诉我,闰土来了,我便飞跑的去看。他正在厨房里,紫色的圆脸,头戴一顶小毡帽,颈上套一个明晃晃的银项圈,这可见他的父亲十分爱他,怕他死去,所以在神佛面前许下愿心,用圈子将他套住了。他见人很怕羞,只是不怕我,没有旁人的时候,便和我说话,于是不到半日,我们便熟识了。

我们那时候不知道谈些什么,只记得闰土很高兴,说是上城之后,见了许多没有见过的东西。

第二日,我便要他捕鸟。他说:

"这不能。须大雪下了才好。我们沙地上,下了雪,我扫出一块空地来,用短棒支起一个大竹匾,撒下秕谷,看鸟雀来吃时,我远远地将缚在棒上的绳子只一拉,那鸟雀就罩在竹匾下了。什么都有:稻鸡,角鸡,鹁鸪,蓝背……"

我于是又很盼望下雪。

闰土又对我说:

"现在太冷,你夏天到我们这里来。我们日里到海边检贝壳去,红的绿的都有,鬼见怕也有,观音手①也有。晚上我和爹管西瓜去,你也去。"

"管贼么?"

"不是。走路的人口渴了摘一个瓜吃,我们这里是不算偷的。要管的是獾猪,刺猬,猹。月亮地下,你听,啦啦的响了,猹在咬瓜了。你便捏了胡叉,轻轻地走去……"

我那时并不知道这所谓猹的是怎么一件东西——便是现在也没有知道——只是无端的觉得状如小狗而很凶猛。

"他不咬人么?"

"有胡叉呢。走到了,看见猹了,你便刺。这畜生很伶俐,倒向你奔来,反从胯下窜了。他的皮毛是油一般的滑……"

我素不知道天下有这许多新鲜事:海边有如许五色的贝壳;西瓜有这样危险的经历,我先前单知道他在水果店里出卖罢了。

---

① 鬼见怕和观音手是小贝壳的名称。旧时浙江沿海的人把这种小贝壳用线穿在一起,戴在孩子的手腕或脚踝上,借以"避邪"。这类名称多是根据"避邪"的意思取的。

"我们沙地里，潮汛要来的时候，就有许多跳鱼儿只是跳，都有青蛙似的两个脚……"

阿！闰土的心里有无穷无尽的希奇的事，都是我往常的朋友所不知道的。他们不知道一些事，闰土在海边时，他们都和我一样只看见院子里高墙上的四角的天空。

可惜正月过去了，闰土须回家里去，我急得大哭，他也躲到厨房里，哭着不肯出门，但终于被他父亲带走了。他后来还托他的父亲带给我一包贝壳和几支很好看的鸟毛，我也曾送他一两次东西，但从此没有再见面。

现在我的母亲提起了他，我这儿时的记忆，忽而全都闪电似的苏生过来，似乎看到了我的美丽的故乡了。我应声说：

"这好极！他，——怎样？……"

"他？……他景况也很不如意……"母亲说着，便向房外看，"这些人又来了。说是买木器，顺手也就随便拿走的，我得去看看。"

母亲站起身，出去了。门外有几个女人的声音。我便招宏儿走近面前，和他闲话：问他可会写字，可愿意出门。

"我们坐火车去么？"

"我们坐火车去。"

"船呢？"

"先坐船，……"

"哈！这模样了！胡子这么长了！"一种尖利的怪声突然大叫起来。

我吃了一吓，赶忙抬起头，却见一个凸颧骨，薄嘴唇，五十岁上下的女人站在我面前，两手搭在髀间，没有系裙，张着两脚，正像一个画图仪器里细脚伶仃的圆规。

我愕然了。

"不认识了么？我还抱过你咧！"

我愈加愕然了。幸而我的母亲也就进来，从旁说：

"他多年出门，统忘却了。你该记得罢，"便向着我说，"这是斜对门的杨二嫂，……开豆腐店的。"

哦，我记得了。我孩子时候，在斜对门的豆腐店里确乎终日坐着一个杨二嫂,人都叫伊"豆腐西施"①。但是擦着白粉,颧骨没有这么高,嘴唇也没有这么薄,而且终日坐着,我也从没有见过这圆规式的姿势。那时人说:因为伊,这豆腐店的买卖非常好。但这大约因为年龄的关系,我却并未蒙着一毫感化,所以竟完全忘却了。然而圆规很不平,显出鄙夷的神色,仿佛嗤笑法国人不知道拿破仑,美国人不知道华盛顿似的,冷笑说:

"忘了?这真是贵人眼高……"

"那有这事……我……"我惶恐着,站起来说。

"那么,我对你说。迅哥儿,你阔了,搬动又笨重,你还要什么这些破烂木器,让我拿去罢。我们小户人家,用得着。"

"我并没有阔哩。我须卖了这些,再去……"

"阿呀呀,你放了道台②了,还说不阔?你现在有三房姨太太;出门便是八抬的大轿,还说不阔?吓,什么都瞒不过我。"

我知道无话可说了,便闭了口,默默的站着。

"阿呀阿呀,真是愈有钱,便愈是一毫不肯放松,愈是一毫不肯放松,便愈有钱……"圆规一面愤愤的回转身,一面絮絮的说,慢慢向外走,顺便将我母亲的一副手套塞在裤腰里,出去了。

此后又有近处的本家和亲戚来访问我。我一面应酬,偷空便收拾些行李,这样的过了三四天。

一日是天气很冷的午后,我吃过午饭,坐着喝茶,觉得外面有人进来了,便回头去看。我看时,不由的非常出惊,慌忙站起身,迎着走去。

这来的便是闰土。虽然我一见便知道是闰土,但又不是我这记忆上的闰土了。他身材增加了一倍;先前的紫色的圆脸,已经变作灰黄,而且加上了很深的皱纹;眼睛也像他父亲一样,周围都肿得通红,这我知道,在海边种地的人,终日吹着海风,大抵是这样的。他头上是一顶破毡帽,身上只一件极薄的棉衣,浑身瑟索着;手里提着一个纸包和一支长烟管,那手也不是我所记得的红活圆实的手,却又粗又笨而且开裂,像是松树

---

① 西施　春秋时苎罗(今浙江诸暨)人,越国的美女。后借以泛称漂亮的女子。
② 道台　清朝官职道员的俗称,分总管一个区域行政职务的道员和专掌某一特定职务的道员。前者是省以下、府州以上的行政长官;后者掌管一省特定事务,如督粮道、兵备道等。

皮了。

我这时很兴奋,但不知道怎么说才好,只是说:

"阿!闰土哥,——你来了?……"

我接着便有许多话,想要连珠一般涌出:角鸡,跳鱼儿,贝壳,猹,……但又总觉得被什么挡着似的,单在脑里面回旋,吐不出口外去。

他站住了,脸上现出欢喜和凄凉的神情;动着嘴唇,却没有作声。他的态度终于恭敬起来了,分明的叫道:

"老爷!……"

我似乎打了一个寒噤;我就知道,我们之间已经隔了一层可悲的厚障壁了。我也说不出话。

他回过头去说,"水生,给老爷磕头。"便拖出躲在背后的孩子来,这正是一个廿年前的闰土,只是黄瘦些,颈子上没有银圈罢了。"这是第五个孩子,没有见过世面,躲躲闪闪……"

母亲和宏儿下楼来了,他们大约也听到了声音。

"老太太。信是早收到了。我实在喜欢的了不得,知道老爷回来……"闰土说。

"阿,你怎的这样客气起来。你们先前不是哥弟称呼么?还是照旧:迅哥儿。"母亲

他回过头去说,"水生,给老爷磕头。"便拖出躲在背后的孩子来……(司徒乔 作)

高兴的说。

"阿呀,老太太真是……这成什么规矩。那时是孩子,不懂事……"闰土说着,又叫水生上来打拱,那孩子却害羞,紧紧的只贴在他背后。

"他就是水生?第五个?都是生人,怕生也难怪的;还是宏儿和他去

走走。"母亲说。

宏儿听得这话，便来招水生，水生却松松爽爽同他一路出去了。母亲叫闰土坐，他迟疑了一回，终于就了坐，将长烟管靠在桌旁，递过纸包来，说：

"冬天没有什么东西了。这一点干青豆倒是自家晒在那里的，请老爷……"

我问问他的景况。他只是摇头。

"非常难。第六个孩子也会帮忙了，却总是吃不够……又不太平……什么地方都要钱，没有定规……收成又坏。种出东西来，挑去卖，总要捐几回钱，折了本；不去卖，又只能烂掉……"

他只是摇头；脸上虽然刻着许多皱纹，却全然不动，仿佛石像一般。他大约只是觉得苦，却又形容不出，沉默了片时，便拿起烟管来默默的吸烟了。

母亲问他，知道他的家里事务忙，明天便得回去；又没有吃过午饭，便叫他自己到厨下炒饭吃去。

他出去了；母亲和我都叹息他的景况：多子，饥荒，苛税，兵，匪，官，绅，都苦得他像一个木偶人了。母亲对我说，凡是不必搬走的东西，尽可以送他，可以听他自己去拣择。

下午，他拣好了几件东西：两条长桌，四个椅子，一副香炉和烛台，一杆抬秤。他又要所有的草灰（我们这里煮饭是烧稻草的，那灰，可以做沙地的肥料），待我们启程的时候，他用船来载去。

夜间，我们又谈些闲天，都是无关紧要的话；第二天早晨，他就领了水生回去了。

又过了九日，是我们启程的日期。闰土早晨便到了，水生没有同来，却只带着一个五岁的女儿管船只。我们终日很忙碌，再没有谈天的工夫。来客也不少，有送行的，有拿东西的，有送行兼拿东西的。待到傍晚我们上船的时候，这老屋里所有破旧大小粗细东西，已经一扫而空了。

我们的船向前走，两岸的青山在黄昏中，都装成了深黛颜色，连着退向船后梢去。

宏儿和我靠着船窗,同看外面模糊的风景,他忽然问道:

"大伯!我们什么时候回来?"

"回来?你怎么还没有走就想回来了。"

"可是,水生约我到他家玩去咧……"他睁着大的黑眼睛,痴痴的想。

我和母亲也都有些惘然,于是又提起闰土来。母亲说,那豆腐西施的杨二嫂,自从我家收拾行李以来,本是每日必到的,前天伊在灰堆里,掏出十多个碗碟来,议论之后,便定说是闰土埋着的,他可以在运灰的时候,一齐搬回家里去;杨二嫂发现了这件事,自己很以为功,便拿了那狗气杀(这是我们这里养鸡的器具,木盘上面有着栅栏,内盛食料,鸡可以伸进颈子去啄,狗却不能,只能看着气死),飞也似的跑了,亏伊装着这么高底的小脚,竟跑得这样快。

老屋离我愈远了;故乡的山水也都渐渐远离了我,但我却并不感到怎样的留恋。我只觉得我四面有看不见的高墙,将我隔成孤身,使我非常气闷;那西瓜地上的银项圈的小英雄的影像,我本来十分清楚,现在却忽地模糊了,又使我非常的悲哀。

母亲和宏儿都睡着了。

我躺着,听船底潺潺的水声,知道我在走我的路。我想:我竟与闰土隔绝到这地步了,但我们的后辈还是一气,宏儿不是正在想念水生么。我希望他们不再像我,又大家隔膜起来……然而我又不愿意他们因为要一气,都如我的辛苦展转而生活,也不愿意他们都如闰土的辛苦麻木而生活,也不愿意都如别人的辛苦恣睢①而生活。他们应该有新的生活,为我们所未经生活过的。

我想到希望,忽然害怕起来了。闰土要香炉和烛台的时候,我还暗地里笑他,以为他总是崇拜偶像,什么时候都不忘却。现在我所谓希望,不也是我自己手制的偶像么?只是他的愿望切近,我的愿望茫远罢了。

我在朦胧中,眼前展开一片海边碧绿的沙地来,上面深蓝的天空中挂

---

① 恣睢　放任无拘束。

着一轮金黄的圆月。我想：希望是本无所谓有，无所谓无的。这正如地上的路；其实地上本没有路，走的人多了，也便成了路。

一九二一年一月。

【讲析】

1919年12月，鲁迅从北京返回故乡绍兴，出售祖屋，接母亲到京定居。1921年1月，鲁迅写了《故乡》，回顾了那次返乡的印象与感受。这篇散文体的小说，抒情意味很浓，其中的"我"大致可以看作是鲁迅自己，但作品中的人物也有些虚构和想象。比如，写闰土装弶捕小鸟雀，那是闰土父亲的事；"豆腐西施"杨二嫂，则是虚构的人物；平常街坊的女人，有衍太太的影子。这篇小说主要不是刻画人物的，也没有主人公，而重在抒情。

这篇小说发表不久，就被选收到中学国语教科书中，从民国时期到现今，近百年来，一直都是（"文革"时期除外）超稳定的语文教材选目。但不同时期对于《故乡》的理解和接受，侧重点有所不同。以至有人专门研究《故乡》阅读史，从语文教学对于《故乡》的不同解释，来看不同时期思潮与"文学接受"的变化。

一种常见的解释是指向"启蒙"，认为《故乡》写的是城乡的隔膜，知识者与农民的隔膜，比如闰土与"我"见面是叫"老爷"，让"我""似乎打了一个寒噤"，感觉到彼此之间"已经隔了一层可悲的厚障壁了"。

另外一种常见的观点是认为《故乡》是揭示现实，写农村的衰败，比如闰土的境况：多子、饥荒、苛税、兵、匪、官、绅，这一切都在压榨他，以至苦得像个木偶了，闰土的命运代表了农民。两种解读都不无根据，中学语文教学往往也都这样阐释。但要注意，《故乡》主要是抒情，而不是揭示，最令人感慨的，是"忆旧"时产生的怅惘与悲哀。这也是人之常情，任何时代都会有的。《故乡》开头那段描写是"点题"的："我"回到别了二十余年的故乡，感觉那样萧条，"没有一些活气"，心里不禁悲凉。

"阿！这不是我二十年来时时记得的故乡？我所记得的故乡全不如此。我的故乡好得多了。但要我记起他的美丽，说出他的佳处来，却又没有影像，没有言辞了。仿佛也就如此。""——虽然没有进步，也未必如我所感的悲凉，这只是我自己心情的改变罢了，因为我这次回乡，本没有什么好心绪。"

这段话很重要，实际说出来两个"故乡"，一个是回忆中的故乡，是童年生活；另一个是现实的故乡，是成年的生活。"我"和闰土的见面，"虽然我一见便知道是闰土，但又不是我这记忆上的闰土了"。记忆和现实两者分裂，却又彼此叠合，所引起的心绪是忧伤的，是永远失去了童年生活的成年人的悲哀。阅读这篇小说，重在体味这种剪不断理还乱的抒情，而不要满足于归纳什么主题意义。

一篇作品能够触动人的心灵和感觉，即使没有附加什么"意义"，也有一种难得的审美。

其实地上本没有路，走的人多了，也便成了路。（丰子恺　作）

阿Q正传*

第一章　序

　　我要给阿Q做正传,已经不止一两年了。但一面要做,一面又往回想,这足见我不是一个"立言"①的人,因为从来不朽之笔,须传不朽之人,于是人以文传,文以人传——究竟谁靠谁传,渐渐的不甚了然起来,而终于归结到传阿Q,仿佛思想里有鬼似的。

　　然而要做这一篇速朽的文章,才下笔,便感到万分的困难了。第一是文章的名目。孔子曰,"名不正则言不顺"②。这原是应该极注意的。传的名目很繁多:列传,自传,内传③,外传,别传,家传,小传……,而可惜都不合。"列传"么,这一篇并非和许多阔人排在"正史"④里;"自传"么,我又并非就是阿Q。说是"外传","内传"在那里呢?倘用"内传",阿Q又决不是神仙。"别传"呢,阿Q实在未曾有大总统上谕宣付国史馆立"本传"⑤——虽说英国正

---

　　* 本文最初分章发表于北京《晨报副刊》,自1921年12月4日起至1922年2月12日止,每周或隔周刊登一次,署名巴人。后收入《呐喊》。
　① "立言"　语见《左传》,鲁国大夫叔孙豹曰:"大上有立德,其次有立功,其次有立言,虽久不废,此之谓不朽。"大上,即太上,指黄帝尧舜。
　② "名不正则言不顺"　语见《论语·子路》。
　③ 内传　小说体传记的一种。作者在1931年3月3日为山上正义的日译本《阿Q正传》所写的校释中说:"昔日道士写仙人的事多以'内传'题名。"
　④ "正史"　封建时代由官方编修或认可的史书。清代乾隆时,规定自《史记》到《明史》历代二十四部史书为正史。
　⑤ 宣付国史馆立"本传"　国史馆,清代编撰史书的机构。名人死后由政府明令褒扬者,令文末常有"宣付国史馆立传"的话。所谓"本传",指正统的传记。

史上并无"博徒列传",而文豪迭更司也做过《博徒别传》这一部书①,但文豪则可,在我辈却不可的。其次是"家传",则我既不知与阿 Q 是否同宗,也未曾受他子孙的拜托;或"小传",则阿 Q 又更无别的"大传"了。总而言之,这一篇也便是"本传",但从我的文章着想,因为文体卑下,是"引车卖浆者流"所用的话②,所以不敢僭称,便从不入三教九流的小说家所谓"闲话休题言归正传"这一句套话里,取出"正传"两个字来,作为名目,即使与古人所撰《书法正传》的"正传"字面上很相混,也顾不得了。

第二,立传的通例,开首大抵该是"某,字某,某地人也",而我并不知道阿 Q 姓什么。有一回,他似乎是姓赵,但第二日便模糊了。那是赵太爷的儿子进了秀才的时候,锣声镗镗的报到村里来,阿 Q 正喝了两碗黄酒,便手舞足蹈的说,这于他也很光采,因为他和赵太爷原来是本家,细细的排起来他还比秀才长三辈呢。其时几个旁听人倒也肃然的有些起敬了。那知道第二天,地保便叫阿 Q 到赵太爷家里去;太爷一见,满脸溅朱,喝道:

"阿 Q,你这浑小子!你说我是你的本家么?"

阿 Q 不开口。

赵太爷愈看愈生气了,抢进几步说:"你敢胡说!我怎么会有你这样的本家?你姓赵么?"

阿 Q 不开口,想往后退了;赵太爷跳过去,给了他一个嘴巴。

"你怎么会姓赵!——你那里配姓赵!"

阿 Q 并没有抗辩他确凿姓赵,只用手摸着左颊,和地保退出去了;外

---

① 迭更司 (C. Dickens,1812—1870) 通译狄更斯,英国小说家。著有《大卫·科波菲尔》《双城记》等。《博徒别传》原名《劳特奈·斯吞》,英国小说家柯南·道尔(C. Doyle,1859—1930)著。鲁迅在 1926 年 8 月 8 日致韦素园信中曾说:"《博徒别传》是 Rodney Stone 的译名,但是 C. Doyle 做的。《阿 Q 正传》中说是迭更司作,乃是我误记。"1931 年 3 月 3 日鲁迅为山上正义所译日文版《阿 Q 正传》写的校释中说:"林琴南氏曾译柯南·道尔的小说,取名《博徒别传》,这里是讽刺此事。写为迭更司,系作者之错。"

② "引车卖浆者流" 这是当时林琴南攻击白话的用语。据 1931 年 3 月 3 日鲁迅给山上正义日译本《阿 Q 正传》所写的校释,所谓"引车卖浆者",影射蔡元培氏之父。那时,蔡元培为北京大学校长,积极支持推广白话文,所以成为被攻击的对象。蔡元培曾做过钱庄的经理,并非以"卖浆"为业。

面又被地保训斥了一番,谢了地保二百文酒钱。知道的人都说阿Q太荒唐,自己去招打;他大约未必姓赵,即使真姓赵,有赵太爷在这里,也不该如此胡说的。此后便再没有人提起他的氏族来,所以我终于不知道阿Q究竟什么姓。

　　第三,我又不知道阿Q的名字是怎么写的。他活着的时候,人都叫他阿Quei,死了以后,便没有一个人再叫阿Quei了,那里还会有"著之竹帛"①的事。若论"著之竹帛",这篇文章要算第一次,所以先遇着了这第一个难关。我曾经仔细想:阿Quei,阿桂还是阿贵呢?倘使他号叫月亭,或者在八月间做过生日,那一定是阿桂了;而他既没有号——也许有号,只是没有人知道他,——又未尝散过生日征文的帖子:写作阿桂,是武断的。又倘若他有一位老兄或令弟叫阿富,那一定是阿贵了;而他又只是一个人:写作阿贵,也没有佐证的。其余音Quei的偏僻字样,更加凑不上了。先前,我也曾问过赵太爷的儿子茂才②先生,谁料博雅如此公,竟也茫然,但据结论说,是因为陈独秀办了《新青年》提倡洋字③,所以国粹沦亡,无可查考了。我的最后的手段,只有托一个同乡去查阿Q犯事的案卷,八个月之后才有回信,说案卷里并无与阿Quei的声音相近的人。我虽不知道是真没有,还是没有查,然而也再没有别的方法了。生怕注音字母还未通行,只好用了"洋字",照英国流行的拼法写他为阿Quei,略作阿Q。这近于盲从《新青年》,自己也很抱歉,但茂才公尚且不知,我还有什么好办法呢。

　　第四,是阿Q的籍贯了。倘他姓赵,则据现在好称郡望的老例,可以照《郡名百家姓》④上的注解,说是"陇西天水人也",但可惜这姓是不甚

---

① "著之竹帛"　语出《吕氏春秋》:"著乎竹帛,传乎后世。"竹,竹简;帛,绢绸,古代用来书写的文具。
② 茂才　即秀才。
③ 陈独秀办了《新青年》提倡洋字　1918年前后,《新青年》杂志曾开展关于是否要废除汉字、改用罗马字母拼音的讨论。当时主张废除汉字的是文字学家钱玄同。陈独秀于1915年创办《青年》杂志,后改为《新青年》,是新文化运动的重要思想阵地。
④ 《郡名百家姓》　《百家姓》是以前学塾所用的识字课本之一,宋初人编纂。为便于诵读,将姓氏连缀为四言韵语。《郡名百家姓》则在每一姓上都附注郡(古代地方区域的名称)名,表示某姓望族曾居古代某地,如赵为"天水"、钱为"彭城"之类。

可靠的,因此籍贯也就有些决不定。他虽然多住未庄,然而也常常宿在别处,不能说是未庄人,即使说是"未庄人也",也仍然有乖史法的。

我所聊以自慰的,是还有一个"阿"字非常正确,绝无附会假借的缺点,颇可以就正于通人。至于其余,却都非浅学所能穿凿,只希望有"历史癖与考据癖"的胡适之①先生的门人们,将来或者能够寻出许多新端绪来,但是我这《阿Q正传》到那时却又怕早经消灭了。

以上可以算是序。

第二章　优胜记略

阿Q不独是姓名籍贯有些渺茫,连他先前的"行状"②也渺茫。因为未庄的人们之于阿Q,只要他帮忙,只拿他玩笑,从来没有留心他的"行状"的。而阿Q自己也不说,独有和别人口角的时候,间或瞪着眼睛道:

"我们先前——比你阔的多啦!你算是什么东西!"

阿Q没有家,住在未庄的土谷祠③里;也没有固定的职业,只给人家做短工,割麦便割麦,舂米便舂米,撑船便撑船。工作略长久时,他也或住在临时主人的家里,但一完就走了。所以,人们忙碌的时候,也还记起阿Q来,然而记起的是做工,并不是"行状";一闲空,连阿Q都早忘却,更不必说"行状"了。只是有一回,有一个老头子颂扬说:"阿Q真能做!"这时阿Q赤着膊,懒洋洋的瘦伶仃的正在他面前,别人也摸不着这话是真心还是讥笑,然而阿Q很喜欢。

阿Q又很自尊,所有未庄的居民,全不在他眼睛里,甚而至于对于两位"文童"④也有以为不值一笑的神情。夫文童者,将来恐怕要变秀才者也;赵太爷钱太爷大受居民的尊敬,除有钱之外,就因为都是文童的爹爹,而阿Q在精神上独不表格外的崇奉,他想:我的儿子会阔得多啦!加以

---

① 胡适之　即胡适(1891—1962),字适之,安徽绩溪人。"五四"新文化运动的领袖人物之一。他在1920年7月所作《〈水浒传〉考证》中自称"有历史癖与考据癖""两种老毛病"。
② "行状"　原指一种记叙死者品行事迹的文字。这里泛指经历。
③ 土谷祠　土地庙。土谷,指土地神和五谷神。
④ "文童"　也称"童生",指科举时代习举业而尚未考取秀才的人。

进了几回城，阿Q自然更自负，然而他又很鄙薄城里人，譬如用三尺长三寸宽的木板做成的凳子，未庄叫"长凳"，他也叫"长凳"，城里人却叫"条凳"，他想：这是错的，可笑！油煎大头鱼，未庄都加上半寸长的葱叶，城里却加上切细的葱丝，他想：这也是错的，可笑！然而未庄人真是不见世面的可笑的乡下人呵，他们没有见过城里的煎鱼！

阿Q"先前阔"，见识高，而且"真能做"，本来几乎是一个"完人"了，但可惜他体质上还有一些缺点。最恼人的是在他头皮上，颇有几处不知起于何时的癞疮疤。这虽然也在他身上，而看阿Q的意

"我们先前——比你阔的多啦！……"（赵延年　作）

思，倒也似乎以为不足贵的，因为他讳说"癞"以及一切近于"赖"的音，后来推而广之，"光"也讳，"亮"也讳，再后来，连"灯""烛"都讳了。一犯讳，不问有心与无心，阿Q便全疤通红的发起怒来，估量了对手，口讷的他便骂，气力小的他便打；然而不知怎么一回事，总还是阿Q吃亏的时候多。于是他渐渐的变换了方针，大抵改为怒目而视了。

谁知道阿Q采用怒目主义之后，未庄的闲人们便愈喜欢玩笑他。一见面，他们便假作吃惊的说：

"哙，亮起来了。"

阿Q照例的发了怒，他怒目而视了。

"原来有保险灯在这里！"他们并不怕。

阿Q没有法，只得另外想出报复的话来：

"你还不配……"这时候，又仿佛在他头上的是一种高尚的光荣的癞

头疮,并非平常的癞头疮了;但上文说过,阿Q是有见识的,他立刻知道和"犯忌"有点抵触,便不再往底下说。

闲人还不完,只撩他,于是终而至于打。阿Q在形式上打败了,被人揪住黄辫子,在壁上碰了四五个响头,闲人这才心满意足的得胜的走了,阿Q站了一刻,心里想,"我总算被儿子打了,现在的世界真不像样……"于是也心满意足的得胜的走了。

阿Q想在心里的,后来每每说出口来,所以凡有和阿Q玩笑的人们,几乎全知道他有这一种精神上的胜利法,此后每逢揪住他黄辫子的时候,人就先一着对他说:

"阿Q,这不是儿子打老子,是人打畜生。自己说:人打畜生!"

阿Q两只手都捏住了自己的辫根,歪着头,说道:

"打虫豸,好不好?我是虫豸——还不放么?"

但虽然是虫豸,闲人也并不放,仍旧在就近什么地方给他碰了五六个响头,这才心满意足的得胜的走了,他以为阿Q这回可遭了瘟。然而不到十秒钟,阿Q也心满意足的得胜的走了,他觉得他是第一个能够自轻自贱的人,除了"自轻自贱"不算外,余下的就是"第一个"。状元不也是"第一个"么?"你算是什么东西"呢?!

阿Q以如是等等妙法克服怨敌之后,便愉快的跑到酒店里喝几碗酒,又和别人调笑一通,口角一通,又得了胜,愉快的回到土谷祠,放倒头睡着了。假使有钱,他便去押牌宝①,一堆人蹲在地面上,阿Q即汗流满面的夹在这中间,声音他最响:

"青龙四百!"

"咳~~~开~~~啦!"桩家揭开盒子盖,也是汗流满面的唱。"天门啦~~~角回啦~~~!人和穿堂空在那里啦~~~!阿Q的铜钱拿过来~~~!"

"穿堂一百——一百五十!"

阿Q的钱便在这样的歌吟之下,渐渐的输入别个汗流满面的人物的

---

① 押牌宝　一种赌博。赌局中为主的人叫"桩家";下文的"青龙""天门""穿堂"等都是押牌宝的用语,指押赌注的位置;"四百""一百五十"是押赌注的钱数。

腰间。他终于只好挤出堆外,站在后面看,替别人着急,一直到散场,然后恋恋的回到土谷祠,第二天,肿着眼睛去工作。

但真所谓"塞翁失马安知非福"①罢,阿Q不幸而赢了一回,他倒几乎失败了。

这是未庄赛神②的晚上。这晚上照例有一台戏,戏台左近,也照例有许多的赌摊。做戏的锣鼓,在阿Q耳朵里仿佛在十里之外;他只听得桩家的歌唱了。他赢而又赢,铜钱变成角洋,角洋变成大洋,大洋又成了叠。他兴高采烈得非常:

"天门两块!"

他不知道谁和谁为什么打起架来了。骂声打声脚步声,昏头昏脑的一大阵,他才爬起来,赌摊不见了,人们也不见了,身上有几处很似乎有些痛,似乎也挨了几拳几脚似的,几个人诧异的对他看。他如有所失的走进土谷祠,定一定神,知道他的一堆洋钱不见了。赶赛会的赌摊多不是本村人,还到那里去寻根柢呢?

很白很亮的一堆洋钱!而且是他的——现在不见了!说是算被儿子拿去了罢,总还是忽忽不乐;说自己是虫豸罢,也还是忽忽不乐:他这回才有些感到失败的苦痛了。

但他立刻转败为胜了。他擎起右手,用力的在自己脸上连打了两个嘴巴,热剌剌的有些痛;打完之后,便心平气和起来,似乎打的是自己,被打的是别一个自己,不久也就仿佛是自己打了别个一般,——虽然还有些热剌剌,——心满意足的得胜的躺下了。

他睡着了。

---

① "塞翁失马安知非福" 典出《淮南子·人间训》:"近塞上之人有善术者,马无故亡而入胡。人皆吊之,其父曰:'此何遽不能为福乎?'居数月,其马将胡骏马而归。人皆贺之,其父曰:'此何遽不能为祸乎?'家富马良,其子好骑,堕而折其髀。人皆吊之,其父曰:'此何遽不能为福乎?'居一年,胡人大入塞,丁壮者引弦而战。近塞之人,死者十九。此独以跛之故,父子相保。故福之为祸,祸之为福,化不可极,深不可测也。"
② 赛神 即迎神赛会,旧时习俗。以鼓乐仪仗和杂戏等迎神出庙,周游街巷,以酬神祈福。

第三章　续优胜记略

　　然而阿Q虽然常优胜，却直待蒙赵太爷打他嘴巴之后，这才出了名。

　　他付过地保二百文酒钱，愤愤的躺下了，后来想："现在的世界太不成话，儿子打老子……"于是忽而想到赵太爷的威风，而现在是他的儿子了，便自己也渐渐的得意起来，爬起身，唱着《小孤孀上坟》①到酒店去。这时候，他又觉得赵太爷高人一等了。

　　说也奇怪，从此之后，果然大家也仿佛格外尊敬他。这在阿Q，或者以为因为他是赵太爷的父亲，而其实也不然。未庄通例，倘如阿七打阿八，或者李四打张三，向来本不算一件事，必须与一位名人如赵太爷者相关，这才载上他们的口碑。一上口碑，则打的既有名，被打的也就托庇有了名。至于错在阿Q，那自然是不必说。所以者何？就因为赵太爷是不会错的。但他既然错，为什么大家又仿佛格外尊敬他呢？这可难解，穿凿起来说，或者因为阿Q说是赵太爷的本家，虽然挨了打，大家也还怕有些真，总不如尊敬一些稳当。否则，也如孔庙里的太牢②一般，虽然与猪羊一样，同是畜生，但既经圣人下箸，先儒们便不敢妄动了。

　　阿Q此后倒得意了许多年。

　　有一年的春天，他醉醺醺的在街上走，在墙根的日光下，看见王胡在那里赤着膊捉虱子，他忽然觉得身上也痒起来了。这王胡，又癞又胡，别人都叫他王癞胡，阿Q却删去了一个癞字，然而非常渺视他。阿Q的意思，以为癞是不足为奇的，只有这一部络腮胡子，实在太新奇，令人看不上眼。他于是并排坐下去了。倘是别的闲人们，阿Q本不敢大意坐下去。但这王胡旁边，他有什么怕呢？老实说：他肯坐下去，简直还是抬举他。

　　阿Q也脱下破夹袄来，翻检了一回，不知道因为新洗呢还是因为粗

---

① 《小孤孀上坟》　当时绍兴流行的一出地方戏。
② 太牢　按，古代祭礼，原指牛、羊、豕三牲，但后来单称牛为太牢。

心,许多工夫,只捉到三四个。他看那王胡,却是一个又一个,两个又三个,只放在嘴里毕毕剥剥的响。

阿 Q 最初是失望,后来却不平了:看不上眼的王胡尚且那么多,自己倒反这样少,这是怎样的大失体统的事呵!他很想寻一两个大的,然而竟没有,好容易才捉到一个中的,恨恨的塞在厚嘴唇里,狠命一咬,劈的一声,又不及王胡响。

他癞疮疤块块通红了,将衣服摔在地上,吐一口唾沫,说:
"这毛虫!"
"癞皮狗,你骂谁?"王胡轻蔑的抬起眼来说。

阿 Q 近来虽然比较的受人尊敬,自己也更高傲些,但和那些打惯的闲人们见面还胆怯,独有这回却非常武勇了。这样满脸胡子的东西,也敢出言无状么?

"谁认便骂谁!"他站起来,两手叉在腰间说。
"你的骨头痒了么?"王胡也站起来,披上衣服说。

阿 Q 以为他要逃了,抢进去就是一拳。这拳头还未达到身上,已经被他抓住了,只一拉,阿 Q 踉踉跄跄的跌进去,立刻又被王胡扭住了辫子,要拉到墙上照例去碰头。

"'君子动口不动手'!"阿 Q 歪着头说。

王胡似乎不是君子,并不理会,一连给他碰了五下,又用力的一推,至于阿 Q 跌出六尺多远,这才满足的去了。

在阿 Q 的记忆上,这大约要算是生平第一件的屈辱,因为王胡以络腮胡子的缺点,向来只被他奚落,从没有奚落他,更不必说动手了。而他现在竟动手,很意外,难道真如市上所说,皇帝已经停了考[①],不要秀才和举人了,因此赵家减了威风,因此他们也便小觑了他么?

阿 Q 无可适从的站着。

远远的走来了一个人,他的对头又到了。这也是阿 Q 最厌恶的一个人,就是钱太爷的大儿子。他先前跑上城里去进洋学堂,不知怎么又跑到

---

① 皇帝已经停了考　光绪三十一年(1905),清政府下令废止科举考试。

东洋去了,半年之后他回到家里来,腿也直了,辫子也不见了,他的母亲大哭了十几场,他的老婆跳了三回井。后来,他的母亲到处说,"这辫子是被坏人灌醉了酒剪去的。本来可以做大官,现在只好等留长再说了。"然而阿Q不肯信,偏称他"假洋鬼子",也叫作"里通外国的人",一见他,一定在肚子里暗暗的咒骂。

阿Q尤其"深恶而痛绝之"的,是他的一条假辫子。辫子而至于假,就是没有了做人的资格;他的老婆不跳第四回井,也不是好女人。

这"假洋鬼子"近来了。

"秃儿。驴……"阿Q历来本只在肚子里骂,没有出过声,这回因为正气忿,因为要报仇,便不由的轻轻的说出来了。

不料这秃儿却拿着一支黄漆的棍子——就是阿Q所谓哭丧棒①——大踏步走了过来。阿Q在这刹那,便知道大约要打了,赶紧抽紧筋骨,耸了肩膀等候着,果然,拍的一声,似乎确凿打在自己头上了。

"我说他!"阿Q指着近旁的一个孩子,分辩说。

拍!拍拍!

在阿Q的记忆上,这大约要算是生平第二件的屈辱。幸而拍拍的响了之后,于他倒似乎完结了一件事,反而觉得轻松些,而且"忘却"这一件祖传的宝贝也发生了效力,他慢慢的走,将到酒店门口,早已有些高兴了。

但对面走来了静修庵里的小尼姑。阿Q便在平时,看见伊也一定要唾骂,而况在屈辱之后呢?他于是发生了回忆,又发生了敌忾了。

"我不知道我今天为什么这样晦气,原来就因为见了你!"他想。

他迎上去,大声的吐一口唾沫:

"咳,呸!"

小尼姑全不睬,低了头只是走。阿Q走近伊身旁,突然伸出手去摩着伊新剃的头皮,呆笑着,说:

"秃儿!快回去,和尚等着你……"

---

① 哭丧棒　旧时在为父母送殡时,儿子须手拄"孝杖",以表示悲痛难支。阿Q因厌恶假洋鬼子,所以把他的手杖咒为"哭丧棒"。

"你怎么动手动脚……"尼姑满脸通红的说,一面赶快走。

酒店里的人大笑了。阿Q看见自己的勋业得了赏识,便愈加兴高采烈起来:

"和尚动得,我动不得?"他扭住伊的面颊。

酒店里的人大笑了。阿Q更得意,而且为满足那些赏鉴家起见,再用力的一拧,才放手。

他这一战,早忘却了王胡,也忘却了假洋鬼子,似乎对于今天的一切"晦气"都报了仇;而且奇怪,又仿佛全身比拍拍的响了之后更轻松,飘飘然的似乎要飞去了。

"这断子绝孙的阿Q!"远远地听得小尼姑的带哭的声音。

"哈哈哈!"阿Q十分得意的笑。

"哈哈哈!"酒店里的人也九分得意的笑。

第四章　恋爱的悲剧

有人说:有些胜利者,愿意敌手如虎,如鹰,他才感得胜利的欢喜;假使如羊,如小鸡,他便反觉得胜利的无聊。又有些胜利者,当克服一切之后,看见死的死了,降的降了,"臣诚惶诚恐死罪死罪",他于是没有了敌人,没有了对手,没有了朋友,只有自己在上,一个,孤另另,凄凉,寂寞,便反而感到了胜利的悲哀。然而我们的阿Q却没有这样乏,他是永远得意的:这或者也是中国精神文明冠于全球的一个证据了。

看哪,他飘飘然的似乎要飞去了!

然而这一次的胜利,却又使他有些异样。他飘飘然的飞了大半天,飘进土谷祠,照例应该躺下便打鼾。谁知道这一晚,他很不容易合眼,他觉得自己的大拇指和第二指有点古怪:仿佛比平常滑腻些。不知道是小尼姑的脸上有一点滑腻的东西粘在他指上,还是他的指头在小尼姑脸上磨得滑腻了?……

"断子绝孙的阿Q!"

阿Q的耳朵里又听到这句话。他想:不错,应该有一个女人,断子绝孙便没有人供一碗饭,……应该有一个女人。夫"不孝有三无后为大"①,而"若敖之鬼馁而"②,也是一件人生的大哀,所以他那思想,其实是样样合于圣经贤传的,只可惜后来有些"不能收其放心"③了。

"女人,女人!……"他想。

"……和尚动得……女人,女人!……女人!"他又想。

我们不能知道这晚上阿Q在什么时候才打鼾。但大约他从此总觉得指头有些滑腻,所以他从此总有些飘飘然;"女……"他想。

即此一端,我们便可以知道女人是害人的东西。

中国的男人,本来大半都可以做圣贤,可惜全被女人毁掉了。商是妲己④闹

阿Q(蒋兆和 作)

亡的;周是褒姒弄坏的;秦……虽然史无明文,我们也假定他因为女人,大约未必十分错;而董卓可是的确给貂蝉害死了。

阿Q本来也是正人,我们虽然不知道他曾蒙什么明师指授过,但他对于"男女之大防"⑤却历来非常严;也很有排斥异端——如小尼姑及假

---

① "不孝有三无后为大" 语见《孟子·离娄(上)》。据汉代赵岐注:"于礼有不孝者三事,谓阿意曲从,陷亲不义,一不孝也;家穷亲老,不为禄仕,二不孝也;不娶无子,绝先祖祀,三不孝也。三者之中,无后为大。"

② "若敖之鬼馁而" 语出《左传·宣公四年》:楚国令尹子良(若敖氏)的儿子越椒长相凶恶,子良的哥哥子文认为越椒长大后会招致灭族之祸,要子良杀死他。子良没有依从。子文临死时说:"鬼犹求食,若敖氏之鬼不其馁而。"意思是若敖氏以后没有子孙供饭,鬼魂都要挨饿了。馁,饥饿。而,语尾助词。

③ "不能收其放心" 《尚书·毕命》:"虽收放心,闲之惟艰。"放心,心无约束的意思。

④ 妲己 殷纣王的妃子。下文的褒姒是周幽王的妃子。《史记》中有商因妲己而亡、周因褒姒而衰的记载。貂蝉是《三国演义》中王允家的一个歌妓,书中有吕布为争夺她而杀董卓的故事。作者在这里是讽刺那种把历史上亡国败家的原因都归罪于女性的观点。

⑤ "男女之大防" 指封建礼教对男女之间所规定的严格界限,如"男子居外,女子居内"(《礼记·内则》),"男女授受不亲"(《孟子·离娄》),等等。

洋鬼子之类——的正气。他的学说是:凡尼姑,一定与和尚私通;一个女人在外面走,一定想引诱野男人;一男一女在那里讲话,一定要有勾当了。为惩治他们起见,所以他往往怒目而视,或者大声说几句"诛心"①话,或者在冷僻处,便从后面掷一块小石头。

谁知道他将到"而立"②之年,竟被小尼姑害得飘飘然了。这飘飘然的精神,在礼教上是不应该有的,——所以女人真可恶,假使小尼姑的脸上不滑腻,阿Q便不至于被蛊,又假使小尼姑的脸上盖一层布,阿Q便也不至于被蛊了,——他五六年前,曾在戏台下的人丛中拧过一个女人的大腿,但因为隔一层裤,所以此后并不飘飘然,——而小尼姑并不然,这也足见异端之可恶。

"女……"阿Q想。

他对于以为"一定想引诱野男人"的女人,时常留心看,然而伊并不对他笑。他对于和他讲话的女人,也时常留心听,然而伊又并不提起关于什么勾当的话来。哦,这也是女人可恶之一节:伊们全都要装"假正经"的。

这一天,阿Q在赵太爷家里舂了一天米,吃过晚饭,便坐在厨房里吸旱烟。倘在别家,吃过晚饭本可以回去的了,但赵府上晚饭早,虽说定例不准掌灯,一吃完便睡觉,然而偶然也有一些例外:其一,是赵大爷未进秀才的时候,准其点灯读文章;其二,便是阿Q来做短工的时候,准其点灯舂米。因为这一条例外,所以阿Q在动手舂米之前,还坐在厨房里吸旱烟。

吴妈,是赵太爷家里唯一的女仆,洗完了碗碟,也就在长凳上坐下了,而且和阿Q谈闲天:

"太太两天没有吃饭哩,因为老爷要买一个小的……"

"女人……吴妈……这小孤孀……"阿Q想。

"我们的少奶奶是八月里要生孩子了……"

---

① "诛心" 犹"诛意"。不问实际情形如何而主观地推究别人的行为动机,欲加之罪。
② "而立" 语出《论语·为政》:"三十而立。"原是孔丘说他三十岁在学问上有所自立的话,后来就常用"而立"代指三十岁。

"女人……"阿Q想。

阿Q放下烟管,站了起来。

"我们的少奶奶……"吴妈还唠叨说。

"我和你困觉,我和你困觉!"阿Q忽然抢上去,对伊跪下了。

一刹时中很寂然。

"阿呀!"吴妈楞了一息,突然发抖,大叫着往外跑,且跑且嚷,似乎后来带哭了。

阿Q对了墙壁跪着也发楞,于是两手扶着空板凳,慢慢的站起来,仿佛觉得有些糟。他这时确也有些忐忑了,慌张的将烟管插在裤带上,就想去舂米。蓬的一声,头上着了很粗的一下,他急忙回转身去,那秀才便拿了一支大竹杠站在他面前。

"你反了,……你这……"

大竹杠又向他劈下来了。阿Q两手去抱头,拍的正打在指节上,这可很有一些痛。他冲出厨房门,仿佛背上又着了一下似的。

"忘八蛋!"秀才在后面用了官话这样骂。

阿Q奔入舂米场,一个人站着,还觉得指头痛,还记得"忘八蛋",因为这话是未庄的乡下人从来不用,专是见过官府的阔人用的,所以格外怕,而印象也格外深。但这时,他那"女……"的思想却也没有了。而且打骂之后,似乎一件事也已经收束,倒反觉得一无挂碍似的,便动手去舂米。舂了一会,他热起来了,又歇了手脱衣服。

脱下衣服的时候,他听得外面很热闹,阿Q生平本来最爱看热闹,便即寻声走出去了。寻声渐渐的寻到赵太爷的内院里,虽然在昏黄中,却辨得出许多人,赵府一家连两日不吃饭的太太也在内,还有间壁的邹七嫂,真正本家的赵白眼,赵司晨。

少奶奶正拖着吴妈走出下房来,一面说:

"你到外面来,……不要躲在自己房里想……"

"谁不知道你正经,……短见是万万寻不得的。"邹七嫂也从旁说。

吴妈只是哭,夹些话,却不甚听得分明。

阿Q想:"哼,有趣,这小孤孀不知道闹着什么玩意儿了?"他想打听,走近赵司晨的身边。这时他猛然间看见赵大爷向他奔来,而且手里捏着一支大竹杠。他看见这一支大竹杠,便猛然间悟到自己曾经被打,和这一场热闹似乎有点相关。他翻身便走,想逃回舂米场,不图这支竹杠阻了他的去路,于是他又翻身便走,自然而然的走出后门,不多工夫,已在土谷祠内了。

阿Q坐了一会,皮肤有些起粟,他觉得冷了,因为虽在春季,而夜间颇有余寒,尚不宜于赤膊。他也记得布衫留在赵家,但倘若去取,又深怕秀才的竹杠。然而地保进来了。

"阿Q,你的妈妈的!你连赵家的用人都调戏起来,简直是造反。害得我晚上没有觉睡,你的妈妈的!……"

如是云云的教训了一通,阿Q自然没有话。临末,因为在晚上,应该送地保加倍酒钱四百文,阿Q正没有现钱,便用一顶毡帽做抵押,并且订定了五条件:

一　明天用红烛——要一斤重的——一对,香一封,到赵府上去赔罪。

二　赵府上请道士祓除缢鬼,费用由阿Q负担。

三　阿Q从此不准踏进赵府的门槛。

四　吴妈此后倘有不测,惟阿Q是问。

五　阿Q不准再去索取工钱和布衫。

阿Q自然都答应了,可惜没有钱。幸而已经春天,棉被可以无用,便质了二千大钱,履行条约。赤膊磕头之后,居然还剩几文,他也不再赎毡帽,统统喝了酒了。但赵家也并不烧香点烛,因为太太拜佛的时候可以用,留着了。那破布衫是大半做了少奶奶八月间生下来的孩子的衬尿布,那小半破烂的便都做了吴妈的鞋底。

第五章　生计问题

阿Q礼毕之后,仍旧回到土谷祠,太阳下去了,渐渐觉得世上有些古怪。他仔细一想,终于省悟过来:其原因盖在自己的赤膊。他记得破夹袄还在,便披在身上,躺倒了,待张开眼睛,原来太阳又已经照在西墙上头了。他坐起身,一面说道,"妈妈的……"

他起来之后,也仍旧在街上逛,虽然不比赤膊之有切肤之痛,却又渐渐的觉得世上有些古怪了。仿佛从这一天起,未庄的女人们忽然都怕了羞,伊们一见阿Q走来,便个个躲进门里去。甚而至于将近五十岁的邹七嫂,也跟着别人乱钻,而且将十一岁的女儿都叫进去了。阿Q很以为奇,而且想:"这些东西忽然都学起小姐模样来了。这娼妇们……"

但他更觉得世上有些古怪,却是许多日以后的事。其一,酒店不肯赊欠了;其二,管土谷祠的老头子说些废话,似乎叫他走;其三,他虽然记不清多少日,但确乎有许多日,没有一个人来叫他做短工。酒店不赊,熬着也罢了;老头子催他走,噜苏一通也就算了;只是没有人来叫他做短工,却使阿Q肚子饿:这委实是一件非常"妈妈的"的事情。

阿Q忍不下去了,他只好到老主顾的家里去探问,——但独不许踏进赵府的门槛,——然而情形也异样:一定走出一个男人来,现了十分烦厌的相貌,像回复乞丐一般的摇手道:

"没有没有!你出去!"

阿Q愈觉得稀奇了。他想,这些人家向来少不了要帮忙,不至于现在忽然都无事,这总该有些蹊跷在里面了。他留心打听,才知道他们有事都去叫小Don①。这小D,是一个穷小子,又瘦又乏,在阿Q的眼睛里,位置是在王胡之下的,谁料这小子竟谋了他的饭碗去。所以阿Q这一气,更与平常不同,当气愤愤的走着的时候,忽然将手一扬,唱道:

"我手执钢鞭将你打!②……"

几天之后,他竟在钱府的照壁前遇见了小D。"仇人相见分外眼明",阿Q便迎上去,小D也站住了。

"畜生!"阿Q怒目而视的说,嘴角上飞出唾沫来。

---

① 小Don 即小同。作者在《且介亭杂文·寄〈戏〉周刊编者信》中说:"他叫'小同',大起来,和阿Q一样。"

② "我手执钢鞭将你打!" 这一句及下文的"悔不该,酒醉错斩了郑贤弟",都是当时绍兴地方戏《龙虎斗》中的唱词。这出戏演的是宋太祖赵匡胤和呼延赞交战的故事。郑贤弟,指赵匡胤部下猛将郑子明。

"我是虫豸,好么?……"小 D 说。

这谦逊反使阿 Q 更加愤怒起来,但他手里没有钢鞭,于是只得扑上去,伸手去拔小 D 的辫子。小 D 一手护住了自己的辫根,一手也来拔阿 Q 的辫子,阿 Q 便也将空着的一只手护住了自己的辫根。从先前的阿 Q 看来,小 D 本来是不足齿数的,但他近来挨了饿,又瘦又乏已经不下于小 D,所以便成了势均力敌的现象,四只手拔着两颗头,都弯了腰,在钱家粉墙上映出一个蓝色的虹形,至于半点钟之久了。

"好了,好了!"看的人们说,大约是解劝的。

"好,好!"看的人们说,不知道是解劝,是颂扬,还是煽动。

然而他们都不听。阿 Q 进三步,小 D 便退三步,都站着;小 D 进三步,阿 Q 便退三步,又都站着。大约半点钟,——未庄少有自鸣钟,所以很难说,或者二十分,——他们的头发里便都冒烟,额上便都流汗,阿 Q 的手放松了,在同一瞬间,小 D 的手也正放松了,同时直起,同时退开,都挤出人丛去。

"记着罢,妈妈的……"阿 Q 回过头去说。

"妈妈的,记着罢……"小 D 也回过头来说。

这一场"龙虎斗"似乎并无胜败,也不知道看的人可满足,都没有发什么议论,而阿 Q 却仍然没有人来叫他做短工。

有一日很温和,微风拂拂的颇有些夏意了,阿 Q 却觉得寒冷起来,但这还可担当,第一倒是肚子饿。棉被,毡帽,布衫,早已没有了,其次就卖了棉袄;现在有裤子,却万不可脱的;有破夹袄,又除了送人做鞋底之外,决定卖不出钱。他早想在路上拾得一注钱,但至今还没有见;他想在自己的破屋里忽然寻到一注钱,慌张的四顾,但屋内是空虚而且了然。于是他决计出门求食去了。

他在路上走着要"求食",看见熟识的酒店,看见熟识的馒头,但他都走过了,不但没有暂停,而且并不想要。他所求的不是这类东西了;他求的是什么东西,他自己不知道。

未庄本不是大村镇,不多时便走尽了。村外多是水田,满眼是新秧的嫩绿,夹着几个圆形的活动的黑点,便是耕田的农夫。阿 Q 并不赏鉴这田家乐,却只是走,因为他直觉的知道这与他的"求食"之道是很辽远的。但他终于走到静修庵的墙外了。

庵周围也是水田,粉墙突出在新绿里,后面的低土墙里是菜园。阿Q迟疑了一会,四面一看,并没有人。他便爬上这矮墙去,扯着何首乌藤,但泥土仍然簌簌的掉,阿Q的脚也索索的抖;终于攀着桑树枝,跳到里面了。里面真是郁郁葱葱,但似乎并没有黄酒馒头,以及此外可吃的之类。靠西墙是竹丛,下面许多笋,只可惜都是并未煮熟的,还有油菜早经结子,芥菜已将开花,小白菜也很老了。

阿Q仿佛文童落第似的觉得很冤屈,他慢慢走近园门去,忽而非常惊喜了,这分明是一畦老萝卜。他于是蹲下便拔,而门口突然伸出一个很圆的头来,又即缩回去了,这分明是小尼姑。小尼姑之流是阿Q本来视若草芥的,但世事须"退一步想",所以他便赶紧拔起四个萝卜,拧下青叶,兜在大襟里。然而老尼姑已经出来了。

"阿弥陀佛,阿Q,你怎么跳进园里来偷萝卜!……阿呀,罪过呵,阿唷,阿弥陀佛!……"

"我什么时候跳进你的园里来偷萝卜?"阿Q且看且走的说。

"现在……这不是?"老尼姑指着他的衣兜。

"这是你的?你能叫得他答应你么?你……"

阿Q没有说完话,拔步便跑;追来的是一匹很肥大的黑狗。这本来在前门的,不知怎的到后园来了。黑狗哼而且追,已经要咬着阿Q的腿,幸而从衣兜里落下一个萝卜来,那狗给一吓,略略一停,阿Q已经爬上桑树,跨到土墙,连人和萝卜都滚出墙外面了。只剩着黑狗还在对着桑树嗥,老尼姑念着佛。

阿Q怕尼姑又放出黑狗来,拾起萝卜便走,沿路又检了几块小石头,但黑狗却并不再出现。阿Q于是抛了石块,一面走一面吃,而且想道,这里也没有什么东西寻,不如进城去……

待三个萝卜吃完时,他已经打定了进城的主意了。

第六章　从中兴到末路

　　在未庄再看见阿 Q 出现的时候,是刚过了这年的中秋。人们都惊异,说是阿 Q 回来了,于是又回上去想道,他先前那里去了呢？阿 Q 前几回的上城,大抵早就兴高采烈的对人说,但这一次却并不,所以也没有一个人留心到。他或者也曾告诉过管土谷祠的老头子,然而未庄老例,只有赵太爷钱太爷和秀才大爷上城才算一件事。假洋鬼子尚且不足数,何况是阿 Q：因此老头子也就不替他宣传,而未庄的社会上也就无从知道了。

　　但阿 Q 这回的回来,却与先前大不同,确乎很值得惊异。天色将黑,他睡眼蒙胧的在酒店门前出现了,他走近柜台,从腰间伸出手来,满把是银的和铜的,在柜上一扔说,"现钱！打酒来！"穿的是新夹袄,看去腰间还挂着一个大搭连,沉钿钿的将裤带坠成了很弯很弯的弧线。未庄老例,看见略有些醒目的人物,是与其慢也宁敬的,现在虽然明知道是阿 Q,但因为和破夹袄的阿 Q 有些两样了,古人云,"士别三日便当刮目相待"①,所以堂倌,掌柜,酒客,路人,便自然显出一种疑而且敬的形态来。掌柜既先之以点头,又继之以谈话：

　　"嚄,阿 Q,你回来了！"

　　"回来了。"

　　"发财发财,你是——在……"

　　"上城去了！"

　　这一件新闻,第二天便传遍了全未庄。人人都愿意知道现钱和新夹袄的阿 Q 的中兴史,所以在酒店里,茶馆里,庙檐下,便渐渐的探听出来了。这结果,是阿 Q 得了新敬畏。

---

① "士别三日便当刮目相待"　语出《三国志·吴书·吕蒙传》裴松之注："士别三日,即更刮目相待。"刮目,拭目的意思。

《阿Q正传》手稿

据阿Q说,他是在举人老爷家里帮忙。这一节,听的人都肃然了。这老爷本姓白,但因为合城里只有他一个举人,所以不必再冠姓,说起举人来就是他。这也不独在未庄是如此,便是一百里方圆之内也都如此,人们几乎多以为他的姓名就叫举人老爷的了。在这人的府上帮忙,那当然是可敬的。但据阿Q又说,他却不高兴再帮忙了,因为这举人老爷实在太"妈妈的"了。这一节,听的人都叹息而且快意,因为阿Q本不配在举人老爷家里帮忙,而不帮忙是可惜的。

据阿Q说,他的回来,似乎也由于不满意城里人,这就在他们将长凳称为条凳,而且煎鱼用葱丝,加以最近观察所得的缺点,是女人的走路也扭得不很好。然而也偶有大可佩服的地方,即如未庄的乡下人不过打三十二张的竹牌①,只有假洋鬼子能够叉"麻酱",城里却连小乌龟子都叉得精熟的。什么假洋鬼子,只要放在城里的十几岁的小乌龟子的手里,也就立刻是"小鬼见阎王"。这一节,听的人都赧然了。

"你们可看见过杀头么?"阿Q说,"咳,好看。杀革命党。唉,好看好看,……"他摇摇头,将唾沫飞在正对面的赵司晨的脸上。这一节,听的人都凛然了。但阿Q又四面一看,忽然扬起右手,照着伸长脖子听得出神的王胡的后项窝上直劈下去道:

"嚓!"

王胡惊得一跳,同时电光石火似的赶快缩了头,而听的人又都悚然而且欣然了。从此王胡瘟头瘟脑的许多日,并且再不敢走近阿Q的身边;别的人也一样。

阿Q这时在未庄人眼睛里的地位,虽不敢说超过赵太爷,但谓之差不多,大约也就没有什么语病的了。

然而不多久,这阿Q的大名忽又传遍了未庄的闺中。虽然未庄只有钱赵两姓是大屋,此外十之九都是浅闺,但闺中究竟是闺中,所以也算得一件神异。女人们见面时一定说,邹七嫂在阿Q那里买了一条蓝绸裙,

---

① 三十二张的竹牌 一种赌具。即牙牌或骨牌,用象牙或兽骨所制,简陋的就用竹制成。下文的"麻酱"指麻雀牌,俗称麻将,也是一种赌具。阿Q把"麻将"讹为"麻酱"。

旧固然是旧的,但只化了九角钱。还有赵白眼的母亲,——一说是赵司晨的母亲,待考,——也买了一件孩子穿的大红洋纱衫,七成新,只用三百大钱九二串①。于是伊们都眼巴巴的想见阿Q,缺绸裙的想问他买绸裙,要洋纱衫的想问他买洋纱衫,不但见了不逃避,有时阿Q已经走过了,也还要追上去叫住他,问道:

"阿Q,你还有绸裙么?没有?纱衫也要的,有罢?"

后来这终于从浅闺传进深闺里去了。因为邹七嫂得意之余,将伊的绸裙请赵太太去鉴赏,赵太太又告诉了赵太爷而且着实恭维了一番。赵太爷便在晚饭桌上,和秀才大爷讨论,以为阿Q实在有些古怪,我们门窗应该小心些;但他的东西,不知道可还有什么可买,也许有点好东西罢。加以赵太太也正想买一件价廉物美的皮背心。于是家族决议,便托邹七嫂即刻去寻阿Q,而且为此新辟了第三种的例外:这晚上也姑且特准点油灯。

油灯干了不少了,阿Q还不到。赵府的全眷都很焦急,打着呵欠,或恨阿Q太飘忽,或怨邹七嫂不上紧。赵太太还怕他因为春天的条件不敢来,而赵太爷以为不足虑:因为这是"我"去叫他的。果然,到底赵太爷有见识,阿Q终于跟着邹七嫂进来了。

"他只说没有没有,我说你自己当面说去,他还要说,我说……"邹七嫂气喘吁吁的走着说。

"太爷!"阿Q似笑非笑的叫了一声,在檐下站住了。

"阿Q,听说你在外面发财,"赵太爷踱开去,眼睛打量着他的全身,一面说。"那很好,那很好的。这个,……听说你有些旧东西,……可以都拿来看一看,……这也并不是别的,因为我倒要……"

"我对邹七嫂说过了。都完了。"

"完了?"赵太爷不觉失声的说,"那里会完得这样快呢?"

"那是朋友的,本来不多。他们买了些,……"

---

① 三百大钱九二串 即"三百大钱,以九十二文作为一百"(见《华盖集续编·〈阿Q正传〉的成因》)。旧时我国用的铜钱,中有方孔,可用绳子串在一起,每千枚(或每枚"当十"的大钱一百枚)为一串,称作一吊,但实际上常不足数。

"总该还有一点罢。"

"现在,只剩了一张门幕了。"

"就拿门幕来看看罢。"赵太太慌忙说。

"那么,明天拿来就是,"赵太爷却不甚热心了。"阿 Q,你以后有什么东西的时候,你尽先送来给我们看,……"

"价钱决不会比别家出得少!"秀才说。秀才娘子忙一瞥阿 Q 的脸,看他感动了没有。

"我要一件皮背心。"赵太太说。

阿 Q 虽然答应着,却懒洋洋的出去了,也不知道他是否放在心上。这使赵太爷很失望,气愤而且担心,至于停止了打呵欠。秀才对于阿 Q 的态度也很不平,于是说,这忘八蛋要提防,或者竟不如吩咐地保,不许他住在未庄。但赵太爷以为不然,说这也怕要结怨,况且做这路生意的大概是"老鹰不吃窝下食",本村倒不必担心的;只要自己夜里警醒点就是了。秀才听了这"庭训"①,非常之以为然,便即刻撤消了驱逐阿 Q 的提议,而且叮嘱邹七嫂,请伊万不要向人提起这一段话。

但第二日,邹七嫂便将那蓝裙去染了皂,又将阿 Q 可疑之点传扬出去了,可是确没有提起秀才要驱逐他这一节。然而这已经于阿 Q 很不利。最先,地保寻上门了,取了他的门幕去,阿 Q 说是赵太太要看的,而地保也不还,并且要议定每月的孝敬钱。其次,是村人对于他的敬畏忽而变相了,虽然还不敢来放肆,却很有远避的神情,而这神情和先前的防他来"嚓"的时候又不同,颇混着"敬而远之"的分子了。

只有一班闲人们却还要寻根究底的去探阿 Q 的底细。阿 Q 也并不讳饰,傲然的说出他的经验来。从此他们才知道,他不过是一个小脚色,不但不能上墙,并且不能进洞,只站在洞外接东西。有一夜,他刚才接到一个包,正手再进去,不一会,只听得里面大嚷起来,他便赶紧跑,连夜爬出城,逃回未庄来了,从此不敢再去做。然而这故事却于阿 Q 更不利,村人对于阿 Q 的"敬而远之"者,本因为怕结怨,谁料他不过是一个不敢再

---

① "庭训" 父亲的教训。

偷的偷儿呢？这实在是"斯亦不足畏也矣"①。

第七章 革 命

宣统三年九月十四日②——即阿Q将搭连卖给赵白眼的这一天——三更四点，有一只大乌篷船到了赵府上的河埠头。这船从黑魆魆中荡来，乡下人睡得熟，都没有知道；出去时将近黎明，却很有几个看见的了。据探头探脑的调查来的结果，知道那竟是举人老爷的船！

那船便将大不安载给了未庄，不到正午，全村的人心就很摇动。船的使命，赵家本来是很秘密的，但茶坊酒肆里却都说，革命党要进城，举人老爷到我们乡下来逃难了。惟有邹七嫂不以为然，说那不过是几口破衣箱，举人老爷想来寄存的，却已被赵太爷回复转去。其实举人老爷和赵秀才素不相能，在理本不能有"共患难"的情谊，况且邹七嫂又和赵家是邻居，见闻较为切近，所以大概该是伊对的。

然而谣言很旺盛，说举人老爷虽然似乎没有亲到，却有一封长信，和赵家排了"转折亲"。赵太爷肚里一轮，觉得于他总不会有坏处，便将箱子留下了，现就塞在太太的床底下。至于革命党，有的说是便在这一夜进了城，个个白盔白甲：穿着崇正皇帝的素③。

阿Q的耳朵里，本来早听到过革命党这一句话，今年又亲眼见过杀掉革命党。但他有一种不知从那里来的意见，以为革命党便是造反，造反便是与他为难，所以一向是"深恶而痛绝之"的。殊不料这却使百里闻名的举人老爷有这样怕，于是他未免也有些"神往"了，况且未庄的一群鸟男女的慌张的神情，也使阿Q更快意。

"革命也好罢，"阿Q想，"革这伙妈妈的的命，太可恶！太可

---

① "斯亦不足畏也矣" 语出《论语·子罕》。
② 宣统三年九月十四 即1911年11月4日，辛亥革命武昌起义后的第二十五天。据《中国革命记》第三册（1911年上海自由社编印）记载：这一天绍兴府宣布光复。
③ 穿着崇正皇帝的素 崇正，作品中人物对崇祯的讹称。崇祯是明思宗（朱由检）的年号。明亡于清，后来有些农民起义的部队，常用"反清复明"的口号来反对清朝统治，因此直到清末还有人认为革命军起义是替崇祯皇帝报仇。

恨！……便是我,也要投降革命党了。"

阿Q近来用度窘,大约略略有些不平;加以午间喝了两碗空肚酒,愈加醉得快,一面想一面走,便又飘飘然起来。不知怎么一来,忽而似乎革命党便是自己,未庄人却都是他的俘虏了。他得意之余,禁不住大声的嚷道:

"造反了！造反了！"

未庄人都用了惊惧的眼光对他看。这一种可怜的眼光,是阿Q从来没有见过的,一见之下,又使他舒服得如六月里喝了雪水。他更加高兴的走而且喊道：

"好,……我要什么就是什么,我欢喜谁就是谁。

得得,锵锵！

悔不该,酒醉错斩了郑贤弟,

悔不该,呀呀呀……

得得,锵锵,得,锵令锵！

我手执钢鞭将你打……"

赵府上的两位男人和两个真本家,也正站在大门口论革命。阿Q没有见,昂了头直唱过去。

"得得,……"

"老Q,"赵太爷怯怯的迎着低声的叫。

"锵锵,"阿Q料不到他的名字会和"老"字联结起来,以为是一句别的话,与己无干,只是唱。"得,锵,锵令锵,锵！"

"老Q。"

"悔不该……"

"阿Q！"秀才只得直呼其名了。

阿Q这才站住,歪着头问道,"什么？"

"老Q,……现在……"赵太爷却又没有话,"现在……发财么？"

"发财？自然。要什么就是什么……"

"阿……Q哥,像我们这样穷朋友是不要紧的……"赵白眼惴惴的说,似乎想探革命党的口风。

"穷朋友?你总比我有钱。"阿Q说着自去了。

大家都怃然,没有话。赵太爷父子回家,晚上商量到点灯。赵白眼回家,便从腰间扯下搭连来,交给他女人藏在箱底里。

阿Q飘飘然的飞了一通,回到土谷祠,酒已经醒透了。这晚上,管祠的老头子也意外的和气,请他喝茶;阿Q便向他要了两个饼,吃完之后,又要了一支点过的四两烛和一个树烛台,点起来,独自躺在自己的小屋里。他说不出的新鲜而且高兴,烛火像元夜似的闪闪的跳,他的思想也迸跳起来了:

"造反?有趣,……来了一阵白盔白甲的革命党,都拿着板刀,钢鞭,炸弹,洋炮,三尖两刃刀,钩镰枪,走过土谷祠,叫道,'阿Q!同去同去!'于是一同去。……

"这时未庄的一伙鸟男女才好笑哩,跪下叫道,'阿Q,饶命!'谁听他!第一个该死的是小D和赵太爷,还有秀才,还有假洋鬼子,……留几条么?王胡本来还可留,但也不要了。……

"东西,……直走进去打开箱子来:元宝,洋钱,洋纱衫,……秀才娘子的一张宁式床①先搬到土谷祠,此外便摆了钱家的桌椅,——或者也就用赵家的罢。自己是不动手的了,叫小D来搬,要搬得快,搬得不快打嘴巴。……

"赵司晨的妹子真丑。邹七嫂的女儿过几年再说。假洋鬼子的老婆会和没有辫子的男人睡觉,吓,不是好东西!秀才的老婆是眼胞上有疤的。……吴妈长久不见了,不知道在那里,——可惜脚太大。"

阿Q没有想得十分停当,已经发了鼾声,四两烛还只点去了小半寸,红焰焰的光照着他张开的嘴。

"荷荷!"阿Q忽而大叫起来,抬了头仓皇的四顾,待到看见四两烛,却又倒头睡去了。

第二天他起得很迟,走出街上看时,样样都照旧。他也仍然肚饿,他想着,想不起什么来;但他忽而似乎有了主意了,慢慢的跨开步,有意无意

---

① 宁式床 浙江宁波一带制作的一种比较豪华的床。

的走到静修庵。

庵和春天时节一样静,白的墙壁和漆黑的门。他想了一想,前去打门,一只狗在里面叫。他急急拾了几块断砖,再上去较为用力的打,打到黑门上生出许多麻点的时候,才听得有人来开门。

阿Q连忙捏好砖头,摆开马步,准备和黑狗来开战。但庵门只开了一条缝,并无黑狗从中冲出,望进去只有一个老尼姑。

"你又来什么事?"伊大吃一惊的说。

"革命了……你知道?……"阿Q说得很含胡。

"革命革命,革过一革的,……你们要革得我们怎么样呢?"老尼姑两眼通红的说。

"什么?……"阿Q诧异了。

"你不知道,他们已经来革过了!"

"谁?……"阿Q更其诧异了。

"那秀才和洋鬼子!"

阿Q很出意外,不由的一错愕;老尼姑见他失了锐气,便飞速的关了门,阿Q再推时,牢不可开,再打时,没有回答了。

那还是上午的事。赵秀才消息灵,一知道革命党已在夜间进城,便将辫子盘在顶上,一早去拜访那历来也不相能的钱洋鬼子。这是"咸与维新"①的时候了,所以他们便谈得很投机,立刻成了情投意合的同志,也相约去革命。他们想而又想,才想出静修庵里有一块"皇帝万岁万万岁"的龙牌,是应该赶紧革掉的,于是又立刻同到庵里去革命。因为老尼姑来阻挡,说了三句话,他们便将伊当作满政府,在头上很给了不少的棍子和栗凿。尼姑待他们走后,定了神来检点,龙牌固然已经碎在地上了,而且又不见了观音娘娘座前的一个宣德炉②。

这事阿Q后来才知道。他颇悔自己睡着,但也深怪他们不来招呼他。他又退一步想道:

---

① "咸与维新" 语见《尚书·胤征》:"旧染污俗,咸与维新。"原意是对一切受恶习影响的人都不予追究。这里指辛亥革命时革命派与反对势力妥协,地主官僚等乘此投机的现象。
② 宣德炉 明宣宗宣德年间制造的一种小型铜香炉。

"难道他们还没有知道我已经投降了革命党么?"

第八章　不准革命

　　未庄的人心日见其安静了。据传来的消息,知道革命党虽然进了城,倒还没有什么大异样。知县大老爷还是原官,不过改称了什么,而且举人老爷也做了什么——这些名目,未庄人都说不明白——官,带兵的也还是先前的老把总①。只有一件可怕的事是另有几个不好的革命党夹在里面捣乱,第二天便动手剪辫子,听说那邻村的航船七斤便着了道儿,弄得不像人样子了。但这却还不算大恐怖,因为未庄人本来少上城,即使偶有想进城的,也就立刻变了计,碰不着这危险。阿Q本也想进城去寻他的老朋友,一得这消息,也只得作罢了。

　　但未庄也不能说是无改革。几天之后,将辫子盘在顶上的逐渐增加起来了,早经说过,最先自然是茂才公,其次便是赵司晨和赵白眼,后来是阿Q。倘在夏天,大家将辫子盘在头顶上或者打一个结,本不算什么稀奇事,但现在是暮秋,所以这"秋行夏令"的情形,在盘辫家不能不说是万分的英断,而在未庄也不能说无关于改革了。

　　赵司晨脑后空荡荡的走来,看见的人大嚷说,

　　"嚄,革命党来了!"

　　阿Q听到了很羡慕。他虽然早知道秀才盘辫的大新闻,但总没有想到自己可以照样做,现在看见赵司晨也如此,才有了学样的意思,定下实行的决心。他用一支竹筷将辫子盘在头顶上,迟疑多时,这才放胆的走去。

　　他在街上走,人也看他,然而不说什么话,阿Q当初很不快,后来便很不平。他近来很容易闹脾气了;其实他的生活,倒也并不比造反之前反艰难,人见他也客气,店铺也不说要现钱。而阿Q总觉得自己太失意:既然革了命,不应该只是这样的。况且有一回看见小D,愈使他气破肚

---

①　把总　清代级别最低的武官。

皮了。

　　小 D 也将辫子盘在头顶上了,而且也居然用一支竹筷。阿 Q 万料不到他也敢这样做,自己也决不准他这样做!小 D 是什么东西呢?他很想即刻揪住他,拗断他的竹筷,放下他的辫子,并且批他几个嘴巴,聊且惩罚他忘了生辰八字,也敢来做革命党的罪。但他终于饶放了,单是怒目而视的吐一口唾沫道"呸!"

　　这几日里,进城去的只有一个假洋鬼子。赵秀才本也想靠着寄存箱子的渊源,亲身去拜访举人老爷的,但因为有剪辫的危险,所以也就中止了。他写了一封"黄伞格"①的信,托假洋鬼子带上城,而且托他给自己绍介绍介,去进自由党。假洋鬼子回来时,向秀才讨还了四块洋钱,秀才便有一块银桃子挂在大襟上了;未庄人都惊服,说这是柿油党的顶子②,抵得一个翰林③;赵太爷因此也骤然大阔,远过于他儿子初隽秀才的时候,所以目空一切,见了阿 Q,也就很有些不放在眼里了。

　　阿 Q 正在不平,又时时刻刻感着冷落,一听得这银桃子的传说,他立即悟出自己之所以冷落的原因了:要革命,单说投降,是不行的;盘上辫子,也不行的;第一着仍然要和革命党去结识。他生平所知道的革命党只有两个,城里的一个早已"嚓"的杀掉了,现在只剩了一个假洋鬼子。他除却赶紧去和假洋鬼子商量之外,再没有别的道路了。

　　钱府的大门正开着,阿 Q 便怯怯的蹩进去。他一到里面,很吃了惊,只见假洋鬼子正站在院子的中央,一身乌黑的大约是洋衣,身上也挂着一块银桃子,手里是阿 Q 曾经领教过的棍子,已经留到一尺多长的辫子都拆开了披在肩背上,蓬头散发的像一个刘海仙④。对面挺直的站着赵白

---

① "黄伞格"　一种写信格式。八行竖写,中央一行写受信人的名号,并抬高一格,下面的字也多一些,看起来像一把黄伞的伞柄。黄伞是封建时代高贵的仪仗之一,故称"黄伞格"。这样的信表示对于对方的恭敬。

② 柿油党的顶子　柿油党是"自由党"的谐音,作者在《华盖集续编·〈阿 Q 正传〉的成因》中说:"'柿油党'……原是'自由党',乡下人不能懂,便讹成他们能懂的'柿油党'了。"顶子是清代官员帽顶上表示官阶的帽珠。这里是未庄人把自由党的徽章比作官员的"顶子"。

③ 翰林　唐代以来皇帝的文学侍从的名称。明、清时代凡进士选入翰林院供职者通称翰林,担任编修国史、起草文件等工作,是一种名望较高的文职官衔。

④ 刘海仙　指五代时的刘海蟾。相传他在终南山修道成仙。流行于民间的他的画像,一般都是披着长发,前额覆有短发。

眼和三个闲人,正在必恭必敬的听说话。

阿 Q 轻轻的走近了,站在赵白眼的背后,心里想招呼,却不知道怎么说才好:叫他假洋鬼子固然是不行的了,洋人也不妥,革命党也不妥,或者就应该叫洋先生了罢。

洋先生却没有见他,因为白着眼睛讲得正起劲:

"我是性急的,所以我们见面,我总是说:洪哥①! 我们动手罢! 他却总说道 No! ——这是洋话,你们不懂的。否则早已成功了。然而这正是他做事小心的地方。他再三再四的请我上湖北,我还没有肯。谁愿意在这小县城里做事情。……"

"唔,……这个……"阿 Q 候他略停,终于用十二分的勇气开口了,但不知道因为什么,又并不叫他洋先生。

听着说话的四个人都吃惊的回顾他。洋先生也才看见:

"什么?"

"我……"

"出去!"

"我要投……"

"滚出去!"洋先生扬起哭丧棒来了。

赵白眼和闲人们便都吆喝道:"先生叫你滚出去,你还不听么!"

阿 Q 将手向头上一遮,不自觉的逃出门外;洋先生倒也没有追。他快跑了六十多步,这才慢慢的走,于是心里便涌起了忧愁:洋先生不准他革命,他再没有别的路;从此决不能望有白盔白甲的人来叫他,他所有的抱负,志向,希望,前程,全被一笔勾销了。至于闲人们传扬开去,给小 D 王胡等辈笑话,倒是还在其次的事。

他似乎从来没有经验过这样的无聊。他对于自己的盘辫子,仿佛也觉得无意味,要侮蔑;为报仇起见,很想立刻放下辫子来,但也没有竟放。他游到夜间,赊了两碗酒,喝下肚去,渐渐的高兴起来了,思想里才又出现

---

① 洪哥　指黎元洪(1864—1928)。他原任清朝新军第二十一混成协的统领(相当于以后的旅长),1911 年武昌起义时,被拉出来担任革命军的鄂军都督。他并未参与武昌起义的筹划。南京临时政府成立,当选为副总统,袁世凯死后继任大总统。

白盔白甲的碎片。

有一天，他照例的混到夜深，待酒店要关门，才踱回土谷祠去。

拍，吧～～！

他忽而听得一种异样的声音，又不是爆竹。阿 Q 本来是爱看热闹，爱管闲事的，便在暗中直寻过去。似乎前面有些脚步声；他正听，猛然间一个人从对面逃来了。阿 Q 一看见，便赶紧翻身跟着逃。那人转弯，阿 Q 也转弯，既转弯，那人站住了，阿 Q 也站住。他看后面并无什么，看那人便是小 D。

"什么？"阿 Q 不平起来了。

"赵……赵家遭抢了！"小 D 气喘吁吁的说。

阿 Q 的心怦怦的跳了。小 D 说了便走；阿 Q 却逃而又停的两三回。但他究竟是做过"这路生意"的人，格外胆大，于是蹩出路角，仔细的听，似乎有些嚷嚷，又仔细的看，似乎许多白盔白甲的人，络绎的将箱子抬出了，器具抬出了，秀才娘子的宁式床也抬出了，但是不分明，他还想上前，两只脚却没有动。

这一夜没有月，未庄在黑暗里很寂静，寂静到像羲皇①时候一般太平。阿 Q 站着看到自己发烦，也似乎还是先前一样，在那里来来往往的搬，箱子抬出了，器具抬出了，秀才娘子的宁式床也抬出了，……抬得他自己有些不信他的眼睛了。但他决计不再上前，却回到自己的祠里去了。

土谷祠里更漆黑；他关好大门，摸进自己的屋子里。他躺了好一会，这才定了神，而且发出关于自己的思想来：白盔白甲的人明明到了，并不来打招呼，搬了许多好东西，又没有自己的份，——这全是假洋鬼子可恶，不准我造反，否则，这次何至于没有我的份呢？阿 Q 越想越气，终于禁不住满心痛恨起来，毒毒的点一点头："不准我造反，只准你造反？妈妈的假洋鬼子，——好，你造反！造反是杀头的罪名呵，我总要告一状，看你抓进县里去杀头，——满门抄斩，——嚓！嚓！"

---

① 羲皇　指伏羲氏。传说中我国上古时代的帝王，他的时代过去曾被形容为太平盛世。

第九章 大团圆

赵家遭抢之后,未庄人大抵很快意而且恐慌,阿Q也很快意而且恐慌。但四天之后,阿Q在半夜里忽被抓进县城里去了。那时恰是暗夜,一队兵,一队团丁,一队警察,五个侦探,悄悄地到了未庄,乘昏暗围住土谷祠,正对门架好机关枪;然而阿Q不冲出。许多时没有动静,把总焦急起来了,悬了二十千的赏,才有两个团丁冒了险,踰垣①进去,里应外合,一拥而入,将阿Q抓出来;直待擒出祠外面的机关枪左近,他才有些清醒了。

到进城,已经是正午,阿Q见自己被搀进一所破衙门,转了五六个弯,便推在一间小屋里。他刚刚一跄踉,那用整株的木料做成的栅栏门便跟着他的脚跟阖上了,其余的三面都是墙壁,仔细看时,屋角上还有两个人。

阿Q虽然有些忐忑,却并不很苦闷,因为他那土谷祠里的卧室,也并没有比这间屋子更高明。那两个也仿佛是乡下人,渐渐和他兜搭起来了,一个说是举人老爷要追他祖父欠下来的陈租,一个不知道为了什么事。他们问阿Q,阿Q爽利的答道,"因为我想造反。"

他下半天便又被抓出栅栏门去了,到得大堂,上面坐着一个满头剃得精光的老头子。阿Q疑心他是和尚,但看见下面站着一排兵,两旁又站着十几个长衫人物,也有满头剃得精光像这老头子的,也有将一尺来长的头发披在背后像那假洋鬼子的,都是一脸横肉,怒目而视的看他;他便知道这人一定有些来历,膝关节立刻自然而然的宽松,便跪了下去了。

"站着说!不要跪!"长衫人物都吆喝说。

阿Q虽然似乎懂得,但总觉得站不住,身不由己的蹲了下去,而且终于趁势改为跪下了。

"奴隶性!……"长衫人物又鄙夷似的说,但也没有叫他起来。

---

① 踰垣 翻墙。"踰"是"逾"的异体字。垣,墙。

"你从实招来罢,免得吃苦。我早都知道了。招了可以放你。"那光头的老头子看定了阿Q的脸,沉静的清楚的说。

"招罢!"长衫人物也大声说。

"我本来要……来投……"阿Q胡里胡涂的想了一通,这才断断续续的说。

"那么,为什么不来的呢?"老头子和气的问。

"假洋鬼子不准我!"

"胡说!此刻说,也迟了。现在你的同党在那里?"

"什么?……"

"那一晚打劫赵家的一伙人。"

"他们没有来叫我。他们自己搬走了。"阿Q提起来便愤愤。

"走到那里去了呢?说出来便放你了。"老头子更和气了。

"我不知道,……他们没有来叫我……"

然而老头子使了一个眼色,阿Q便又被抓进栅栏门里了。他第二次抓出栅栏门,是第二天的上午。

大堂的情形都照旧。上面仍然坐着光头的老头子,阿Q也仍然下了跪。

老头子和气的问道,"你还有什么话说么?"

阿Q一想,没有话,便回答说,"没有。"

于是一个长衫人物拿了一张纸,并一支笔送到阿Q的面前,要将笔塞在他手里。阿Q这时很吃惊,几乎"魂飞魄散"了:因为他的手和笔相关,这回是初次。他正不知怎样拿;那人却又指着一处地方教他画花押。

"我……我……不认得字。"阿Q一把抓住了笔,惶恐而且惭愧的说。

"那么,便宜你,画一个圆圈!"

阿Q要画圆圈了,那手捏着笔却只是抖。于是那人替他将纸铺在地上,阿Q伏下去,使尽了平生的力画圆圈。他生怕被人笑话,立志要画得圆,但这可恶的笔不但很沉重,并且不听话,刚刚一抖一抖的几乎要合缝,却又向外一耸,画成瓜子模样了。

阿Q正羞愧自己画得不圆,那人却不计较,早已掣了纸笔去,许多人

阿Q要画圆圈了,那手捏着笔却只是抖。(丁聪 作)

又将他第二次抓进栅栏门。

他第二次进了栅栏,倒也并不十分懊恼。他以为人生天地之间,大约本来有时要抓进抓出,有时要在纸上画圆圈的,惟有圈而不圆,却是他"行状"上的一个污点。但不多时也就释然了,他想:孙子才画得很圆的圆圈呢。于是他睡着了。

然而这一夜,举人老爷反而不能睡:他和把总呕了气了。举人老爷主张第一要追赃,把总主张第一要示众。把总近来很不将举人老爷放在眼里了,拍案打凳的说道,"惩一儆百!你看,我做革命党还不上二十天,抢案就是十几件,全不破案,我的面子在那里?破了案,你又来迂。不成!这是我管的!"举人老爷窘急了,然而还坚持,说是倘若不追赃,他便立刻辞了帮办民政的职务。而把总却道,"请便罢!"于是举人老爷在这一夜竟没有睡,但幸而第二天倒也没有辞。

阿Q第三次抓出栅栏门的时候,便是举人老爷睡不着的那一夜的明天的上午了。他到了大堂,上面还坐着照例的光头老头子;阿Q也照例的下了跪。

老头子很和气的问道,"你还有什么话么?"

阿Q一想，没有话，便回答说，"没有。"

许多长衫和短衫人物，忽然给他穿上一件洋布的白背心，上面有些黑字。阿Q很气苦：因为这很像是带孝，而带孝是晦气的。然而同时他的两手反缚了，同时又被一直抓出衙门外去了。

阿Q被抬上了一辆没有篷的车，几个短衣人物也和他同坐在一处。这车立刻走动了，前面是一班背着洋炮的兵们和团丁，两旁是许多张着嘴的看客，后面怎样，阿Q没有见。但他突然觉到了：这岂不是去杀头么？他一急，两眼发黑，耳朵里喤的一声，似乎发昏了。然而他又没有全发昏，有时虽然着急，有时却也泰然；他意思之间，似乎觉得人生天地间，大约本来有时也未免要杀头的。

他还认得路，于是有些诧异了：怎么不向着法场走呢？他不知道这是在游街，在示众。但即使知道也一样，他不过便以为人生天地间，大约本来有时也未免要游街要示众罢了。

他省悟了，这是绕到法场去的路，这一定是"嚓"的去杀头。他惘惘的向左右看，全跟着马蚁似的人，而在无意中，却在路旁的人丛中发见了一个吴妈。很久违，伊原来在城里做工了。阿Q忽然很羞愧自己没志气：竟没有唱几句戏。他的思想仿佛旋风似的在脑里一回旋：《小孤孀上坟》欠堂皇，《龙虎斗》里的"悔不该……"也太乏，还是"手执钢鞭将你打"罢。他同时想将手一扬，才记得这两手原来都捆着，于是"手执钢鞭"也不唱了。

"过了二十年又是一个……"阿Q在百忙中，"无师自通"的说出半句从来不说的话。

"好！！！"从人丛里，便发出豺狼的嗥叫一般的声音来。

车子不住的前行，阿Q在喝采声中，轮转眼睛去看吴妈，似乎伊一向并没有见他，却只是出神的看着兵们背上的洋炮。

阿Q于是再看那些喝采的人们。

这刹那中，他的思想又仿佛旋风似的在脑里一回旋了。四年之前，他曾在山脚下遇见一只饿狼，永是不近不远的跟定他，要吃他的肉。他那时吓得几乎要死，幸而手里有一柄斫柴刀，才得仗这壮了胆，支持到未庄；可是永远记得那狼眼睛，又凶又怯，闪闪的像两颗鬼火，似乎远远的来穿透了他的皮肉。而这回他又看见从来没有见过的更可怕的眼睛了,又钝又锋利,不但已经咀嚼了他的话,并且还要咀嚼他皮肉以外的东西,永是不远不近的跟他走。

这些眼睛们似乎连成一气,已经在那里咬他的灵魂。

"救命,……"

然而阿 Q 没有说。他早就两眼发黑,耳朵里嗡的一声,觉得全身仿佛微尘似的迸散了。

至于当时的影响,最大的倒反在举人老爷,因为终于没有追赃,他全家都号咷了。其次是赵府,非特秀才因为上城去报官,被不好的革命党剪了辫子,而且又破费了二十千的赏钱,所以全家也号咷了。从这一天以来,他们便渐渐的都发生了遗老的气味。

至于舆论,在未庄是无异议,自然都说阿 Q 坏,被枪毙便是他的坏的证据;不坏又何至于被枪毙呢?而城里的舆论却不佳,他们多半不满足,以为枪毙并无杀头这般好看;而且那是怎样的一个可笑的死囚呵,游了那么久的街,竟没有唱一句戏:他们白跟一趟了。

一九二一年十二月。

【讲析】

作者在 1925 年曾为这篇小说的俄文译本写过一篇短序,后收在《集外集》中。1926 年又写过《〈阿 Q 正传〉的成因》一文,收在《华盖集续编》中,都可参看。

这篇小说问世近百年来,影响巨大。一说"阿 Q"或者"阿 Q 精神",大家就知道指那种"自欺欺人"的心理。这已经成为带某种象征意味的"共名",大家平时会很自然地拿这个形象来交流。一部作品刻画的形象能被人们广泛地接受,以至于变成了一个"共名",这是非常成功的标志。

《阿Q正传》是中篇小说，情节与结构并不复杂，吸引人的主要是人物刻画，以及用杂文的笔法来叙述的小人物故事，写得很俏皮，又常带点讽刺，人物性格特征有一种"漫画式"的夸张，让人过目不忘。阅读时注意这些特点，看它如何叙说故事，又如何达到讽刺与幽默的效果，写出国民的灵魂。

　　注意感受和理解阿Q的"精神胜利法"，这是全篇集中要表达的一种精神状态。阿Q处于社会底层，他的人生很失败，没有家，没有职业，甚至没有自己的姓；但是，阿Q要生存，自有他心理上的"平衡"，要靠自我欺骗来粉饰自己，为自己的屈辱辩护。阿Q也有自尊，不过这往往是他的自我虚构和安慰。他的口头禅"我们先前——比你阔的多啦"，就是很可笑的"自慰"，一种自我保护的心理。阿Q的"精神胜利法"又表现为容易忘却和转移，他受到屈辱时便采取这种办法。有时阿Q还自轻自贱，把自己贬到绝路上去，比如他和别人吵架，打不过别人，就骂自己是"虫豸"，祈求饶恕，躲过一劫。这些表现全都是自我欺骗，以心理"造假"获得一种麻木和安慰。当然，这可以从心理学上得到解释，普通人多少都会"有点阿Q"，这是心理调节的本能。但鲁迅刻画"精神胜利法"的本意，是要揭示一种普遍的社会心理，是一种心理类型。阿Q的"精神胜利法"实际上是一种麻木自己、为自己的奴隶地位辩护的心理，鲁迅写阿Q是为了批判落后的"国民性"。

　　对此要结合鲁迅的写作年代去理解。鲁迅的《阿Q正传》写于"五四"时代，要批判和突破传统的束缚，寻求民族的生路。鲁迅深感那种闭关锁国、夜郎自大的心态，以及愚昧、麻木的"国民性"，是难于应对严酷的国力之争的，因此，民族国家要复兴，就要改造"国民性"，要"立人"，祛除"阿Q"心态。《阿Q正传》通过"精神胜利法"的勾画，批判那种动辄以祖业骄人、隐瞒缺陷，制造"奇妙逃路"的社会病态心理，希望能摆脱"瞒和骗"的圈子，克服麻木和惰性，去争取民族复兴。阅读时我们会觉得阿Q可笑，同时又可悲，阿Q毕竟是一个底层的子民，鲁迅写他的弱点也是带有同情，"哀其不幸，怒其不争"。当阿Q被当作革命党拉去杀头时，糊里糊涂中看到的是喝彩的看客，是闪闪的鬼火似的"狼眼睛"，有谁为他悲悯？如果我们能读出"可笑"中的"沉重"，那才是得其真味。

社　戏[*]

我在倒数上去的二十年中,只看过两回中国戏,前十年是绝不看,因为没有看戏的意思和机会,那两回全在后十年,然而都没有看出什么来就走了。

第一回是民国元年我初到北京的时候,当时一个朋友对我说,北京戏最好,你不去见见世面么?我想,看戏是有味的,而况在北京呢。于是都兴致勃勃的跑到什么园,戏文已经开场了,在外面也早听到冬冬地响。我们挨进门,几个红的绿的在我的眼前一闪烁,便又看见戏台下满是许多头,再定神四面看,却见中间也还有几个空座,挤过去要坐时,又有人对我发议论,我因为耳朵已经喤喤的响着了,用了心,才听到他是说"有人,不行!"

我们退到后面,一个辫子很光的却来领我们到了侧面,指出一个地位来。这所谓地位者,原来是一条长凳,然而他那坐板比我的上腿要狭到四分之三,他的脚比我的下腿要长过三分之二。我先是没有爬上去的勇气,接着便联想到私刑拷打的刑具,不由的毛骨悚然的走出了。

走了许多路,忽听得我的朋友的声音道,"究竟怎的?"我回过脸去,原来他也被我带出来了。他很诧异的说,"怎么总是走,不答应?"我说,"朋友,对不起,我耳朵只在冬冬喤喤的响,并没有听到你的话。"

后来我每一想到,便很以为奇怪,似乎这戏太不好,——否则便是我近来在戏台下不适于生存了。

---

　　[*] 本文最初发表于 1922 年 12 月上海《小说月报》第十三卷第十二号,后收入《呐喊》。

第二回忘记了那一年,总之是募集湖北水灾捐而谭叫天①还没有死。捐法是两元钱买一张戏票,可以到第一舞台去看戏,扮演的多是名角,其一就是小叫天。我买了一张票,本是对于劝募人聊以塞责的,然而似乎又有好事家乘机对我说了些叫天不可不看的大法要了。我于是忘了前几年的冬冬喤喤之灾,竟到第一舞台去了,但大约一半也因为重价购来的宝票,总得使用了才舒服。我打听得叫天出台是迟的,而第一舞台却是新式构造,用不着争座位,便放了心,延宕到九点钟才出去,谁料照例,人都满了,连立足也难,我只得挤在远处的人丛中看一个老旦在台上唱。那老旦嘴边插着两个点火的纸捻子,旁边有一个鬼卒,我费尽思量,才疑心他或者是目连②的母亲,因为后来又出来了一个和尚。然而我又不知道那名角是谁,就去问挤小在我的左边的一位胖绅士。他很看不起似的斜瞥了我一眼,说道,"龚云甫③!"我深愧浅陋而且粗疏,脸上一热,同时脑里也制出了决不再问的定章,于是看小旦唱,看花旦唱,看老生唱,看不知什么角色唱,看一大班人乱打,看两三个人互打,从九点多到十点,从十点到十一点,从十一点到十一点半,从十一点半到十二点,——然而叫天竟还没有来。

我向来没有这样忍耐的等候过什么事物,而况这身边的胖绅士的吁吁的喘气,这台上的冬冬喤喤的敲打,红红绿绿的晃荡,加之以十二点,忽而使我省悟到在这里不适于生存了。我同时便机械的拧转身子,用力往外只一挤,觉得背后便已满满的,大约那弹性的胖绅士早在我的空处胖开了他的右半身了。我后无回路,自然挤而又挤,终于出了大门。街上除了专等看客的车辆之外,几乎没有什么行人了,大门口却还有十几个人昂着头看戏目,别有一堆人站着并不看什么,我想:他们大概是看散戏之后出来的女人们的,而叫天却还没有来……

然而夜气很清爽,真所谓"沁人心脾",我在北京遇着这样的好空气,

---

① 谭叫天(1847—1917) 即谭鑫培,又称小叫天,京剧老生演员。
② 目连 释迦牟尼的弟子。据《盂兰盆经》说,目连是佛的大弟子,有大神通,其母因生前违犯佛教戒律,堕入地狱,他曾入地狱救母。民间流传有《目连救母》一戏。
③ 龚云甫(1862—1932) 京剧老旦演员。

仿佛这是第一遭了。

这一夜,就是我对于中国戏告了别的一夜,此后再没有想到他,即使偶而经过戏园,我们也漠不相关,精神上早已一在天之南一在地之北了。

但是前几天,我忽在无意之中看到一本日本文的书,可惜忘记了书名和著者,总之是关于中国戏的。其中有一篇,大意仿佛说,中国戏是大敲,大叫,大跳,使看客头昏脑眩,很不适于剧场,但若在野外散漫的所在,远远的看起来,也自有他的风致。我当时觉着这正是说了在我意中而未曾想到的话,因为我确记得在野外看过很好的好戏,到北京以后的连进两回戏园去,也许还是受了那时的影响哩。可惜我不知道怎么一来,竟将书名忘却了。

至于我看那好戏的时候,却实在已经是"远哉遥遥"的了,其时恐怕我还不过十一二岁。我们鲁镇的习惯,本来是凡有出嫁的女儿,倘自己还未当家,夏间便大抵回到母家去消夏。那时我的祖母虽然还康健,但母亲也已分担了些家务,所以夏期便不能多日的归省了,只得在扫墓完毕之后,抽空去住几天,这时我便每年跟了我的母亲住在外祖母的家里。那地方叫平桥村,是一个离海边不远,极偏僻的,临河的小村庄;住户不满三十家,都种田,打鱼,只有一家很小的杂货店。但在我是乐土:因为我在这里不但得到优待,又可以免念"秩秩斯干幽幽南山"①了。

和我一同玩的是许多小朋友,因为有了远客,他们也都从父母那里得了减少工作的许可,伴我来游戏。在小村里,一家的客,几乎也就是公共的。我们年纪都相仿,但论起行辈来,却至少是叔子,有几个还是太公,因为他们合村都同姓,是本家。然而我们是朋友,即使偶而吵闹起来,打了太公,一村的老老小小,也决没有一个会想出"犯上"这两个字来,而他们也百分之九十九不识字。

我们每天的事情大概是掘蚯蚓,掘来穿在铜丝做的小钩上,伏在河沿上去钓虾。虾是水世界里的呆子,决不惮用了自己的两个钳捧着钩尖送到嘴里去的,所以不半天便可以钓到一大碗。这虾照例是归我吃的。其

---

① "秩秩斯干幽幽南山" 语出《诗经·小雅·斯干》。郑玄注:"秩秩,流行也;干,涧也;幽幽,深远也。"

次便是一同去放牛,但或者因为高等动物了的缘故罢,黄牛水牛都欺生,敢于欺侮我,因此我也总不敢走近身,只好远远地跟着,站着。这时候,小朋友们便不再原谅我会读"秩秩斯干",却全都嘲笑起来了。

至于我在那里所第一盼望的,却在到赵庄去看戏。赵庄是离平桥村五里的较大的村庄;平桥村太小,自己演不起戏,每年总付给赵庄多少钱,算作合做的。当时我并不想到他们为什么年年要演戏。现在想,那或者是春赛,是社戏[①]了。

就在我十一二岁时候的这一年,这日期也看看等到了。不料这一年真可惜,在早上就叫不到船。平桥村只有一只早出晚归的航船是大船,决没有留用的道理。其余的都是小船,不合用;央人到邻村去问,也没有,早都给别人定下了。外祖母很气恼,怪家里的人不早定,絮叨起来。母亲便宽慰伊,说我们鲁镇的戏比小村里的好得多,一年看几回,今天就算了。只有我急得要哭,母亲却竭力的嘱咐我,说万不能装模装样,怕又招外祖母生气,又不准和别人一同去,说是怕外祖母要担心。

总之,是完了。到下午,我的朋友都去了,戏已经开场了,我似乎听到锣鼓的声音,而且知道他们在戏台下买豆浆喝。

这一天我不钓虾,东西也少吃。母亲很为难,没有法子想。到晚饭时候,外祖母也终于觉察了,并且说我应当不高兴,他们太怠慢,是待客的礼数里从来所没有的。吃饭之后,看过戏的少年们也都聚拢来了,高高兴兴的来讲戏。只有我不开口;他们都叹息而且表同情。忽然间,一个最聪明的双喜大悟似的提议了,他说,"大船?八叔的航船不是回来了么?"十几个别的少年也大悟,立刻撺掇起来,说可以坐了这航船和我一同去。我高兴了。然而外祖母又怕都是孩子们,不可靠;母亲又说是若叫大人一同去,他们白天全有工作,要他熬夜,是不合情理的。在这迟疑之中,双喜可又看出底细来了,便又大声的说道,"我写包票!船又大;迅哥儿向来不乱跑;我们又都是识水性的!"

诚然!这十多个少年,委实没有一个不会凫水的,而且两三个还是弄

[①] 社戏 "社"原指土地神或土地庙。在绍兴,社是一种区域名称,社戏就是社中每年所演的"年规戏"。

潮的好手。

外祖母和母亲也相信，便不再驳回，都微笑了。我们立刻一哄的出了门。

我的很重的心忽而轻松了，身体也似乎舒展到说不出的大。一出门，便望见月下的平桥内泊着一只白篷的航船，大家跳下船，双喜拔前篙，阿发拔后篙，年幼的都陪我坐在舱中，较大的聚在船尾。母亲送出来吩咐"要小心"的时候，我们已经点开船，在桥石上一磕，退后几尺，即又上前出了桥。于是架起两支橹，一支两人，一里一换，有说笑的，有嚷的，夹着潺潺的船头激水的声音，在左右都是碧绿的豆麦田地的河流中，飞一般径向赵庄前进了。

两岸的豆麦和河底的水草所发散出来的清香，夹杂在水气中扑面的吹来；月色便朦胧在这水气里。淡黑的起伏的连山，仿佛是踊跃的铁的兽脊似的，都远远地向船尾跑去了，但我却还以为船慢。他们换了四回手，渐望见依稀的赵庄，而且似乎听到歌吹了，还有几点火，料想便是戏台，但或者也许是渔火。

那声音大概是横笛，宛转，悠扬，使我的心也沉静，然而又自失起来，觉得要和他弥散在含着豆麦蕴藻之香的夜气里。

那火接近了，果然是渔火；我才记得先前望见的也不是赵庄。那是正对船头的一丛松柏林，我去年也曾经去游玩过，还看见破的石马倒在地下，一个石羊蹲在草里呢。过了那林，船便弯进了叉港，于是赵庄便真在眼前了。

最惹眼的是屹立在庄外临河的空地上的一座戏台，模胡在远处的月夜中，和空间几乎分不出界限，我疑心画上见过的仙境，就在这里出现了。这时船走得更快，不多时，在台上显出人物来，红红绿绿的动，近台的河里一望乌黑的是看戏的人家的船篷。

"近台没有什么空了，我们远远的看罢。"阿发说。

这时船慢了，不久就到，果然近不得台旁，大家只能下了篙，比那正对戏台的神棚还要远。其实我们这白篷的航船，本也不愿意和乌篷的船在一处，而况并没有空地呢……

在停船的匆忙中，看见台上有一个黑的长胡子的背上插着四张旗，捏着长枪，和一群赤膊的人正打仗。……（丁聪　作）

在停船的匆忙中，看见台上有一个黑的长胡子的背上插着四张旗，捏着长枪，和一群赤膊的人正打仗。双喜说，那就是有名的铁头老生，能连翻八十四个筋斗，他日里亲自数过的。

我们便都挤在船头上看打仗，但那铁头老生却又并不翻筋斗，只有几个赤膊的人翻，翻了一阵，都进去了，接着走出一个小旦来，咿咿呀呀的唱。双喜说，"晚上看客少，铁头老生也懈了，谁肯显本领给白地看呢？"我相信这话对，因为其时台下已经不很有人，乡下人为了明天的工作，熬不得夜，早都睡觉去了，疏疏朗朗的站着的不过是几十个本村和邻村的闲汉。乌篷船里的那些土财主的家眷固然在，然而他们也不在乎看戏，多半是专到戏台下来吃糕饼水果和瓜子的。所以简直可以算白地。

然而我的意思却也并不在乎看翻筋斗。我最愿意看的是一个人蒙了白布，两手在头上捧着一支棒似的蛇头的蛇精，其次是套了黄布衣跳老虎。但是等了许多时都不见，小旦虽然进去了，立刻又出来了一个很老的小生。我有些疲倦了，托桂生买豆浆去。他去了一刻，回来说，"没有。卖豆浆的聋子也回去了。日里倒有，我还喝了两碗呢。现在去舀一瓢水来给你喝罢。"

我不喝水,支撑着仍然看,也说不出见了些什么,只觉得戏子的脸都渐渐的有些稀奇了,那五官渐不明显,似乎融成一片的再没有什么高低。年纪小的几个多打呵欠了,大的也各管自己谈话。忽而一个红衫的小丑被绑在台柱子上,给一个花白胡子的用马鞭打起来了,大家才又振作精神的笑着看。在这一夜里,我以为这实在要算是最好的一折。

然而老旦终于出台了。老旦本来是我所最怕的东西,尤其是怕他坐下了唱。这时候,看见大家也都很扫兴,才知道他们的意见是和我一致的。那老旦当初还只是踱来踱去的唱,后来竟在中间的一把交椅上坐下了。我很担心;双喜他们却就破口喃喃的骂。我忍耐的等着,许多工夫,只见那老旦将手一抬,我以为就要站起来了,不料他却又慢慢的放下在原地方,仍旧唱。全船里几个人不住的吁气,其余的也打起呵欠来。双喜终于熬不住了,说道,怕他会唱到天明还不完,还是我们走的好罢。大家立刻都赞成,和开船时候一样踊跃,三四人径奔船尾,拔了篙,点退几丈,回转船头,架起橹,骂着老旦,又向那松柏林前进了。

月还没有落,仿佛看戏也并不很久似的,而一离赵庄,月光又显得格外的皎洁。回望戏台在灯火光中,却又如初来未到时候一般,又漂渺得像一座仙山楼阁,满被红霞罩着了。吹到耳边来的又是横笛,很悠扬;我疑心老旦已经进去了,但也不好意思说再回去看。

不多久,松柏林早在船后了,船行也并不慢,但周围的黑暗只是浓,可知已经到了深夜。他们一面议论着戏子,或骂,或笑,一面加紧的摇船。这一次船头的激水声更其响亮了,那航船,就像一条大白鱼背着一群孩子在浪花里蹿,连夜渔的几个老渔父,也停了艇子看着喝采起来。

离平桥村还有一里模样,船行却慢了,摇船的都说很疲乏,因为太用力,而且许久没有东西吃。这回想出来的是桂生,说是罗汉豆①正旺相,柴火又现成,我们可以偷一点来煮吃的。大家都赞成,立刻近岸停了船;岸上的田里,乌油油的便都是结实的罗汉豆。

"阿阿,阿发,这边是你家的,这边是老六一家的,我们偷那一边的

---

① 罗汉豆　即蚕豆。

呢?"双喜先跳下去了,在岸上说。

我们也都跳上岸。阿发一面跳,一面说道,"且慢,让我来看一看罢,"他于是往来的摸了一回,直起身来说道,"偷我们的罢,我们的大得多呢。"一声答应,大家便散开在阿发家的豆田里,各摘了一大捧,抛入船舱中。双喜以为再多偷,倘给阿发的娘知道是要哭骂的,于是各人便到六一公公的田里又各偷了一大捧。

我们中间几个年长的仍然慢慢的摇着船,几个到后舱去生火,年幼的和我都剥豆。不久豆熟了,便任凭航船浮在水面上,都围起来用手撮着吃。吃完豆,又开船,一面洗器具,豆荚豆壳全抛在河水里,什么痕迹也没有了。双喜所虑的是用了八公公船上的盐和柴,这老头子很细心,一定要知道,会骂的。然而大家议论之后,归结是不怕。他如果骂,我们便要他归还去年在岸边拾去的一枝枯柏树,而且当面叫他"八癞子"。

"都回来了!那里会错。我原说过写包票的!"双喜在船头上忽而大声的说。

我向船头一望,前面已经是平桥。桥脚上站着一个人,却是我的母亲,双喜便是对伊说着话。我走出前舱去,船也就进了平桥了,停了船,我们纷纷都上岸。母亲颇有些生气,说是过了三更了,怎么回来得这样迟,但也就高兴了,笑着邀大家去吃炒米。

大家都说已经吃了点心,又渴睡,不如及早睡的好,各自回去了。

第二天,我向午才起来,并没有听到什么关系八公公盐柴事件的纠葛,下午仍然去钓虾。

不久豆熟了,便任凭航船浮在水面上,都围起来用手撮着吃。(丰子恺 作)

"双喜,你们这班小鬼,昨天偷了我的豆了罢?又不肯好好的摘,踏坏了不少。"我抬头看时,是六一公公棹着小船,卖了豆回来了,船肚里还有剩下的一堆豆。

"是的。我们请客。我们当初还不要你的呢。你看,你把我的虾吓跑了!"双喜说。

六一公公看见我,便停了楫,笑道,"请客?——这是应该的。"于是对我说,"迅哥儿,昨天的戏可好么?"

我点一点头,说道,"好。"

"豆可中吃呢?"

我又点一点头,说道,"很好。"

不料六一公公竟非常感激起来,将大拇指一翘,得意的说道,"这真是大市镇里出来的读过书的人才识货!我的豆种是粒粒挑选过的,乡下人不识好歹,还说我的豆比不上别人的呢。我今天也要送些给我们的姑奶奶尝尝去……"他于是打着楫子过去了。

待到母亲叫我回去吃晚饭的时候,桌上便有一大碗煮熟了的罗汉豆,就是六一公公送给母亲和我吃的。听说他还对母亲极口夸奖我,说"小小年纪便有见识,将来一定要中状元。姑奶奶,你的福气是可以写包票的了。"但我吃了豆,却并没有昨夜的豆那么好。

真的,一直到现在,我实在再没有吃到那夜似的好豆,——也不再看到那夜似的好戏了。

一九二二年十月。

【讲析】

很多人都在中学语文课上学过《社戏》，这篇散文化的小说给人印象最深的，是童年的回忆。小说中的"我"大约也可以看作是鲁迅，十一二岁时随母亲到外婆家玩，那是海边偏僻的村庄，对于"我"却是"乐土"。在那里可以和小伙伴无拘无束地玩耍，掘蚯蚓，钓虾，放牛，不必再念"秩秩斯干幽幽南山"。晚上划着大白鱼似的篷船去看社戏，即使没看到能翻八十四个筋斗的"铁头老生"，也不在乎。到岸上偷罗汉豆煮着吃，被偷了豆子的六一公竟还称赞"识货"，都是极为美妙的经历。这些其实是鲁迅回忆中"过滤"了的自由自在的童年，带有梦幻的味道。文中那些美妙的段落，是通过孩子的眼睛和感受去写的，如"两岸的豆麦和河底的水草所发散出来的清香"，月色"朦胧在这水气里"，点点"渔火"，远处传来悠扬的笛声，也仿佛梦中才有。这一切使得孩子"心也沉静"，"觉得要和他弥散在含着豆麦蕴藻之香的夜气里"。可以想象鲁迅写这些回忆时，是在享受思乡的蛊惑，在其中添加了许多有趣的事物。这种童年记忆中往往都有的童话般的梦幻感，是阅读中最感人的，它会引起读者联想各自的童年。

然而中学语文中的《社戏》只是截取了原作的后半部分。前一部分写的也是回忆，是回忆中在北京两次观看京剧。台上是"冬冬喤喤的敲打，红红绿绿的晃荡"，台下是无聊、恶俗的观众和污浊的"不适于生存"的空气，以至于弄得"头昏脑眩"，冲出戏院才感到夜气的"沁人心脾"。鲁迅特别把北京观剧的回忆和童年的回忆放到一起，以前者的恶俗来衬托后者的清新，前者是都市的、现实的、成年的，后者是乡土的、梦幻的、童年的，若先读北京观剧，接着读故乡的社戏，那感觉也如同"我"冲出戏园子的那种"沁人心脾"。当人们沉浸于童年纯真和美好的回忆时，大概现实人生已经陷于平凡与无奈，这是人之常情吧。

鲁迅不喜欢京剧，甚至嘲笑过梅兰芳，这有点偏颇，和他个人的审美选择有关，也和"五四"时期围绕京剧的论争有关系。当时的先驱者提倡戏剧表现人生，批判京剧"团圆迷信"，只是"玩把戏"的"百纳体"。鲁迅也参与过这一批判活动。《社戏》前半部分对于京剧演出的观看也是带有某些批判性的。但《社戏》毕竟是小说，不必刻意搜寻其批判的涵义，阅读时能发现倔强的战士鲁迅内心也有那么柔软的部分，并且多少能引发对于人生"逝者如斯"的体味，那就很好了。

祝　福*

旧历的年底毕竟最像年底,村镇上不必说,就在天空中也显出将到新年的气象来。灰白色的沉重的晚云中间时时发出闪光,接着一声钝响,是送灶①的爆竹;近处燃放的可就更强烈了,震耳的大音还没有息,空气里已经散满了幽微的火药香。我是正在这一夜回到我的故乡鲁镇的。虽说故乡,然而已没有家,所以只得暂寓在鲁四老爷的宅子里。他是我的本家,比我长一辈,应该称之曰"四叔",是一个讲理学的老监生②。他比先前并没有什么大改变,单是老了些,但也还未留胡子,一见面是寒暄,寒暄之后说我"胖了",说我"胖了"之后即大骂其新党③。但我知道,这并非借题在骂我:因为他所骂的还是康有为④。但是,谈话是总不投机的了,

---

* 本文是《彷徨》的首篇,最初发表于1924年3月25日上海《东方杂志》半月刊第二十一卷第六号。

① 送灶　旧俗以夏历十二月二十四日为灶神升天的日子,在这一天或前一天祭送灶神,称为送灶。

② 理学　又称道学,是宋代周敦颐、程颐、朱熹等人阐释儒家学说而形成的思想体系。它认为"理"是宇宙的本体,把三纲五常等封建伦理道德说成是天理,提出"存天理,灭人欲"的主张。监生,国子监生员的简称。国子监原是封建时代中央最高学府,清代乾隆以后可以通过援例捐资取得监生名义,不一定在监读书。

③ 新党　清末对主张或倾向维新的人的称呼,辛亥革命前后,也用来称呼革命党人及拥护革命的人。

④ 康有为(1858—1927)　字广厦,号长素,广东南海人,清末维新运动领袖。他主张"变法维新",改君主专制为君主立宪。甲午中日战争失败后,清政府于1895年与日本签订丧权辱国的《马关条约》,康有为与当时同在北京参加会试的各省举人一千三百多人,联名向光绪皇帝上书,要求"拒和、迁都、变法",成为后来戊戌变法运动的前奏。1898年他与谭嗣同、梁启超等受光绪皇帝任用,参与政事,实行变法,因遭到以慈禧太后为首的封建顽固派的激烈反对而失败。康有为在变法失败后逃亡国外,后组织保皇党,反对孙中山领导的民主革命运动,辛亥革命后又联络军阀张勋扶植清废帝溥仪复辟。

于是不多久,我便一个人剩在书房里。

　　第二天我起得很迟,午饭之后,出去看了几个本家和朋友;第三天也照样。他们也都没有什么大改变,单是老了些;家中却一律忙,都在准备着"祝福"①。这是鲁镇年终的大典,致敬尽礼,迎接福神,拜求来年一年中的好运气的。杀鸡,宰鹅,买猪肉,用心细细的洗,女人的臂膊都在水里浸得通红,有的还带着绞丝银镯子。煮熟之后,横七竖八的插些筷子在这类东西上,可就称为"福礼"了,五更天陈列起来,并且点上香烛,恭请福神们来享用;拜的却只限于男人,拜完自然仍然是放爆竹。年年如此,家家如此,——只要买得起福礼和爆竹之类的,——今年自然也如此。天色愈阴暗了,下午竟下起雪来,雪花大的有梅花那么大,满天飞舞,夹着烟霭和忙碌的气色,将鲁镇乱成一团糟。我回到四叔的书房里时,瓦楞上已经雪白,房里也映得较光明,极分明的显出壁上挂着的朱拓②的大"壽"字,陈抟③老祖写的;一边的对联已经脱落,松松的卷了放在长桌上,一边的还在,道是"事理通达心气和平"④。我又无聊赖的到窗下的案头去一翻,只见一堆似乎未必完全的《康熙字典》,一部《近思录集注》和一部《四书衬》⑤。无论如何,我明天决计要走了。

　　况且,一想到昨天遇见祥林嫂的事,也就使我不能安住。那是下午,我到镇的东头访过一个朋友,走出来,就在河边遇见她;而且见她瞪着的眼睛的视线,就知道明明是向我走来的。我这回在鲁镇所见的人们中,改变之大,可以说无过于她的了:五年前的花白的头发,即今已经全白,全不像四十上下的人;脸上瘦削不堪,黄中带黑,而且消尽了先前悲哀的神色,

---

① "祝福"　旧时江南一带每年年终的一种习俗。清代范寅《越谚·风俗》载:"祝福,岁暮谢年,谢神祖,名此。"
② 朱拓　用银朱等红颜料从碑刻上拓下的文字或图形。
③ 陈抟(? —989)　五代时亳州真源(今河南鹿邑)人。后唐长庆年间举进士不第,先后隐居武当山和华山修道。后人把他附会为"神仙"。
④ "事理通达心气和平"　语出朱熹《论语集注》。朱熹在《季氏》篇中"不学诗无以言"和"不学礼无以立"语下分别注云:"事理通达而心气和平,故能言";"品节详明而德性坚定,故能立"。
⑤ 《康熙字典》　清代康熙年间张玉书、陈廷敬等奉旨编纂的一部大型字典,四十二卷,收四万七千余字,康熙五十五年(1716)刊行。《近思录集注》,《近思录》是一部所谓理学入门书,由宋代朱熹、吕祖谦选周敦颐、程颢、程颐以及张载四人的语录编成,清代学者茅星来和江永分别作集注。《四书衬》,清代骆培解说"四书"的一种书。

仿佛是木刻似的;只有那眼珠间或一轮①,还可以表示她是一个活物。她一手提着竹篮,内中一个破碗,空的;一手拄着一支比她更长的竹竿,下端开了裂:她分明已经纯乎是一个乞丐了。

我就站住,豫备②她来讨钱。

"你回来了?"她先这样问。

"是的。"

"这正好。你是识字的,又是出门人,见识得多。我正要问你一件事——"她那没有精采的眼睛忽然发光了。

我万料不到她却说出这样的话来,诧异的站着。

她分明已经纯乎是一个乞丐了。(古元 作)

"就是——"她走近两步,放低了声音,极秘密似的切切的说,"一个人死了之后,究竟有没有魂灵的?"

我很悚然,一见她的眼钉着我的,背上也就遭了芒刺一般,比在学校里遇到不及豫防的临时考,教师又偏是站在身旁的时候,惶急得多了。对于魂灵的有无,我自己是向来毫不介意的;但在此刻,怎样回答她好呢?我在极短期的踌蹰中,想,这里的人照例相信鬼,然而她,却疑惑了,——或者不如说希望:希望其有,又希望其无……。人何必增添末路的人的苦恼,为她起见,不如说有罢。

---

① 间或一轮　偶尔转动一下。
② 豫备　现在写作"预备"。下文"豫防""豫感",现在写作"预防""预感"。

"也许有罢,——我想。"我于是吞吞吐吐的说。

"那么,也就有地狱了?"

"阿!地狱?"我很吃惊,只得支梧着,"地狱?——论理,就该也有。——然而也未必,……谁来管这等事……。"

"那么,死掉的一家的人,都能见面的?"

"唉唉,见面不见面呢?……"这时我已知道自己也还是完全一个愚人,什么踌躇,什么计画,都挡不住三句问。我即刻胆怯起来了,便想全翻过先前的话来,"那是,……实在,我说不清……。其实,究竟有没有魂灵,我也说不清。"

我乘她不再紧接的问,迈开步便走,匆匆的逃回四叔的家中,心里很觉得不安逸。自己想,我这答话怕于她有些危险。她大约因为在别人的祝福时候,感到自身的寂寞了,然而会不会含有别的什么意思的呢?——或者是有了什么豫感了?倘有别的意思,又因此发生别的事,则我的答话委实该负若干的责任……。但随后也就自笑,觉得偶尔的事,本没有什么深意义,而我偏要细细推敲,正无怪教育家要说是生着神经病;而况明明说过"说不清",已经推翻了答话的全局,即使发生什么事,于我也毫无关系了。

"说不清"是一句极有用的话。不更事的勇敢的少年,往往敢于给人解决疑问,选定医生,万一结果不佳,大抵反成了怨府[①],然而一用这说不清来作结束,便事事逍遥自在了。我在这时,更感到这一句话的必要,即使和讨饭的女人说话,也是万不可省的。

但是我总觉得不安,过了一夜,也仍然时时记忆起来,仿佛怀着什么不祥的豫感;在阴沉的雪天里,在无聊的书房里,这不安愈加强烈了。不如走罢,明天进城去。福兴楼的清燉鱼翅,一元一大盘,价廉物美,现在不知增价了否?往日同游的朋友,虽然已经云散,然而鱼翅是不可不吃的,即使只有我一个……。无论如何,我明天决计要走了。

我因为常见些但愿不如所料,以为未必竟如所料的事,却每每恰如

[①] 怨府　怨恨凝集处,指怨恨的对象。

所料的起来,所以很恐怕这事也一律。① 果然,特别的情形开始了。傍晚,我竟听到有些人聚在内室里谈话,仿佛议论什么事似的,但不一会,说话声也就止了,只有四叔且走而且高声的说:

"不早不迟,偏偏要在这时候,——这就可见是一个谬种!"

我先是诧异,接着是很不安,似乎这话于我有关系。试望门外,谁也没有。好容易待到晚饭前他们的短工来冲茶,我才得了打听消息的机会。

"刚才,四老爷和谁生气呢?"我问。

"还不是和祥林嫂?"那短工简捷的说。

"祥林嫂?怎么了?"我又赶紧的问。

"老了。"

"死了?"我的心突然紧缩,几乎跳起来,脸上大约也变了色。但他始终没有抬头,所以全不觉。我也就镇定了自己,接着问:

"什么时候死的?"

"什么时候?——昨天夜里,或者就是今天罢。——我说不清。"

"怎么死的?"

"怎么死的?——还不是穷死的?"他淡然的回答,仍然没有抬头向我看,出去了。

然而我的惊惶却不过暂时的事,随着就觉得要来的事,已经过去,并不必仰仗我自己的"说不清"和他之所谓"穷死的"的宽慰,心地已经渐渐轻松;不过偶然之间,还似乎有些负疚。晚饭摆出来了,四叔俨然的陪着。我也还想打听些关于祥林嫂的消息,但知道他虽然读过"鬼神者二气之良能也"②,而忌讳仍然极多,当临近祝福时候,是万不可提起死亡疾病之类的话的;倘不得已,就该用一种替代的隐语③,可惜我又不知道,因此屡

---

① 我因为常见……所以很恐怕这事也一律 这句意思是,我常遇到这样一些事,本不希望它如自己所料的那样发生了,也以为未必真的会发生,却还是那样发生了,所以我一再担心祥林嫂会死的事,恐怕也要发生。

② "鬼神者二气之良能也" 语出北宋张载《张子正蒙·太和》,也见《近思录》。意思是,鬼神是阴阳二气自然变化而成。良能,先天具有的能力。

③ 隐语 不明确说出要表达的意思,而借用其他说法来表示。如下文用"老了"代替"死了",就是隐语。

次想问，而终于中止了。我从他俨然的脸色上，又忽而疑他正以为我不早不迟，偏要在这时候来打搅他，也是一个谬种，便立刻告诉他明天要离开鲁镇，进城去，趁早放宽了他的心。他也不很留。这样闷闷的吃完了一餐饭。

冬季日短，又是雪天，夜色早已笼罩了全市镇。人们都在灯下匆忙，但窗外很寂静。雪花落在积得厚厚的雪褥上面，听去似乎瑟瑟有声，使人更加感得沉寂。我独坐在发出黄光的菜油灯下，想，这百无聊赖的祥林嫂，被人们弃在尘芥堆中的，看得厌倦了的陈旧的玩物，先前还将形骸露在尘芥里，从活得有趣的人们看来，恐怕要怪讶她何以还要存在，现在总算被无常①打扫得干干净净了。魂灵的有无，我不知道；然而在现世，则无聊生者不生，即使厌见者不见，为人为己，也还都不错。② 我静听着窗外似乎瑟瑟作响的雪花声，一面想，反而渐渐的舒畅起来。

然而先前所见所闻的她的半生事迹的断片，至此也联成一片了。

她不是鲁镇人。有一年的冬初，四叔家里要换女工，做中人的卫老婆子带她进来了，头上扎着白头绳，乌裙，蓝夹袄，月白背心，年纪大约二十六七，脸色青黄，但两颊却还是红的。卫老婆子叫她祥林嫂，说是自己母家的邻舍，死了当家人，所以出来做工了。四叔皱了皱眉，四婶已经知道了他的意思，是在讨厌她是一个寡妇。但看她模样还周正，手脚都壮大，又只是顺着眼，不开一句口，很像一个安分耐劳的人，便不管四叔的皱眉，将她留下了。试工期内，她整天的做，似乎闲着就无聊，又有力，简直抵得过一个男子，所以第三天就定局，每月工钱五百文。

大家都叫她祥林嫂；没问她姓什么，但中人是卫家山人，既说是邻居，那大概也就姓卫了。她不很爱说话，别人问了才回答，答的也不多。直到十几天之后，这才陆续的知道她家里还有严厉的婆婆；一个小叔子，十多

---

① 无常　佛家语，原指世间一切事物都在变异灭坏的过程中；后引申为死的意思，也用作迷信传说中"勾魂使者"的名称。参看本书"散文"一辑中所收的《无常》。
② 然而在现世……也还都不错　意思是，在现在这样的人世间，无所依靠的活不下去的人不如死去，那么讨厌他的人也眼不见为净，这样对人对己也都还不错。这是作者沉重愤激的反语。

岁,能打柴了;她是春天没了丈夫的;他本来也打柴为生,比她小十岁:大家所知道的就只是这一点。

日子很快的过去了,她的做工却毫没有懈,食物不论,力气是不惜的。人们都说鲁四老爷家里雇着了女工,实在比勤快的男人还勤快。到年底,扫尘,洗地,杀鸡,宰鹅,彻夜的煮福礼,全是一人担当,竟没有添短工。然而她反满足,口角边渐渐的有了笑影,脸上也白胖了。

新年才过,她从河边淘米回来时,忽而失了色,说刚才远远地看见一个男人在对岸徘徊,很像夫家的堂伯,恐怕是正为寻她而来的。四婶很惊疑,打听底细,她又不说。四叔一知道,就皱一皱眉,道:

"这不好。恐怕她是逃出来的。"

她诚然是逃出来的,不多久,这推想就证实了。

此后大约十几天,大家正已渐渐忘却了先前的事,卫老婆子忽而带了一个三十多岁的女人进来了,说那是祥林嫂的婆婆。那女人虽是山里人模样,然而应酬很从容,说话也能干,寒暄之后,就赔罪,说她特来叫她的儿媳回家去,因为开春事务忙,而家中只有老的和小的,人手不够了。

"既是她的婆婆要她回去,那有什么话可说呢。"四叔说。

于是算清了工钱,一共一千七百五十文,她全存在主人家,一文也还没有用,便都交给她的婆婆。那女人又取了衣服,道过谢,出去了。其时已经是正午。

"阿呀,米呢?祥林嫂不是去淘米的么?……"好一会,四婶这才惊叫起来。她大约有些饿,记得午饭了。

于是大家分头寻淘箩。她先到厨下,次到堂前,后到卧房,全不见淘箩的影子。四叔踱出门外,也不见,直到河边,才见平平正正的放在岸上,旁边还有一株菜。

看见的人报告说,河里面上午就泊了一只白篷船,篷是全盖起来的,不知道什么人在里面,但事前也没有人去理会他。待到祥林嫂出来淘米,刚刚要跪下去,那船里便突然跳出两个男人来,像是山里人,一个抱住她,一个帮着,拖进船去了。祥林嫂还哭喊了几声,此后便再没有什么声息,大约给用什么堵住了罢。接着就走上两个女人来,一个不认识,一个就是卫婆子。窥探舱里,不很分明,她像是捆了躺在船板上。

"可恶!然而……。"四叔说。

这一天是四婶自己煮午饭;他们的儿子阿牛烧火。

午饭之后,卫老婆子又来了。

"可恶!"四叔说。

"你是什么意思?亏你还会再来见我们。"四婶洗着碗,一见面就愤愤的说,"你自己荐她来,又合伙劫她去,闹得沸反盈天①的,大家看了成个什么样子?你拿我们家里开玩笑么?"

"阿呀阿呀,我真上当。我这回,就是为此特地来说说清楚的。她来求我荐地方,我那里料得到是瞒着她的婆婆的呢。对不起,四老爷,四太太。总是我老发昏不小心,对不起主顾。幸而府上是向来宽洪大量,不肯和小人计较的。这回我一定荐一个好的来折罪……。"

"然而……。"四叔说。

于是祥林嫂事件便告终结,不久也就忘却了。

只有四婶,因为后来雇用的女工,大抵非懒即馋,或者馋而且懒,左右不如意,所以也还提起祥林嫂。每当这些时候,她往往自言自语的说,"她现在不知道怎么样了?"意思是希望她再来。但到第二年的新正②,她也就绝了望。

新正将尽,卫老婆子来拜年了,已经喝得醉醺醺的,自说因为回了一趟卫家山的娘家,住下几天,所以来得迟了。她们问答之间,自然就谈到祥林嫂。

"她么?"卫老婆子高兴的说,"现在是交了好运了。她婆婆来抓她回去的时候,是早已许给了贺家墺的贺老六的,所以回家之后不几天,也就装在花轿里抬去了。"

"阿呀,这样的婆婆!……"四婶惊奇的说。

"阿呀,我的太太!你真是大户人家的太太的话。我们山里人,小户

---

① 沸反盈天　形容极度喧闹混乱。
② 新正　农历新年正月。

人家,这算得什么?她有小叔子,也得娶老婆。不嫁了她,那有这一注钱来做聘礼?她的婆婆倒是精明强干的女人呵,很有打算,所以就将她嫁到里山去。倘许给本村人,财礼就不多;惟独肯嫁进深山野墺里去的女人少,所以她就到手了八十千①。现在第二个儿子的媳妇也娶进了,财礼只花了五十,除去办喜事的费用,还剩十多千。吓,你看,这多么好打算?……"

"祥林嫂竟肯依?……"

"这有什么依不依。——闹是谁也总要闹一闹的;只要用绳子一捆,塞在花轿里,抬到男家,捺上花冠,拜堂,关上房门,就完事了。可是祥林嫂真出格,听说那时实在闹得利害②,大家还都说大约因为在念书人家做过事,所以与众不同呢。太太,我们见得多了:回头人③出嫁,哭喊的也有,说要寻死觅活的也有,抬到男家闹得拜不成天地的也有,连花烛都砸了的也有。祥林嫂可是异乎寻常,他们说她一路只是嚎,骂,抬到贺家墺,喉咙已经全哑了。拉出轿来,两个男人和她的小叔子使劲的擒住她也还拜不成天地。他们一不小心,一松手,阿呀,阿弥陀佛,她就一头撞在香案角上,头上碰了一个大窟窿,鲜血直流,用了两把香灰,包上两块红布还止不住血呢。直到七手八脚的将她和男人反关在新房里,还是骂,阿呀呀,这真是……。"她摇一摇头,顺下眼睛,不说了。

"后来怎么样呢?"四婶还问。

"听说第二天也没有起来。"她抬起眼来说。

"后来呢?"

"后来?——起来了。她到年底就生了一个孩子,男的,新年就两岁了。我在娘家这几天,就有人到贺家墺去,回来说看见他们娘儿俩,母亲也胖,儿子也胖;上头又没有婆婆;男人所有的是力气,会做活;房子是自家的。——唉唉,她真是交了好运了。"

---

① 八十千 旧时以一千文钱为一贯或一吊,所以几千文钱也称为几贯或几吊,但也有些地方直称为多少千。八十千即八十吊。
② 利害 现在写作"厉害"。
③ 回头人 指再嫁的寡妇。

从此之后,四婶也就不再提起祥林嫂。

但有一年的秋季,大约是得到祥林嫂好运的消息之后的又过了两个新年,她竟又站在四叔家的堂前了。桌上放着一个荸荠式的圆篮,檐下一个小铺盖。她仍然头上扎着白头绳,乌裙,蓝夹袄,月白背心,脸色青黄,只是两颊上已经消失了血色,顺着眼,眼角上带些泪痕,眼光也没有先前那样精神了。而且仍然是卫老婆子领着,显出慈悲模样,絮絮的对四婶说:

"……这实在是叫作'天有不测风云',她的男人是坚实人,谁知道年纪青青,就会断送在伤寒上?本来已经好了的,吃了一碗冷饭,复发了。幸亏有儿子;她又能做,打柴摘茶养蚕都来得,本来还可以守着,谁知道那孩子又会给狼衔去的呢?春天快完了,村上倒反来了狼,谁料到?现在她只剩了一个光身了。大伯来收屋,又赶她。她真是走投无路了,只好来求老主人。好在她现在已经再没有什么牵挂,太太家里又凑巧要换人,所以我就领她来。——我想,熟门熟路,比生手实在好得多……。"

"我真傻,真的,"祥林嫂抬起她没有神采的眼睛来,接着说。"我单知道下雪的时候野兽在山墺里没有食吃,会到村里来;我不知道春天也会有。我一清早起来就开了门,拿小篮盛了一篮豆,叫我们的阿毛坐在门槛上剥豆去。他是很听话的,我的话句句听;他出去了。我就在屋后劈柴,淘米,米下了锅,要蒸豆。我叫阿毛,没有应,出去一看,只见豆撒得一地,没有我们的阿毛了。他是不到别家去玩的;各处去一问,果然没有。我急了,央人出去寻。直到下半天,寻来寻去寻到山墺里,看见刺柴上挂着一只他的小鞋。大家都说,糟了,怕是遭了狼了。再进去;他果然躺在草窠里,肚里的五脏已经都给吃空了,手上还紧紧的捏着那只小篮呢。……"她接着但是①呜咽,说不出成句的话来。

四婶起初还踌蹰,待到听完她自己的话,眼圈就有些红了。她想了一想,便教拿圆篮和铺盖到下房去。卫老婆子仿佛卸了一肩重担似的嘘一

---

① 但是 只是。

口气;祥林嫂比初来时候神气舒畅些,不待指引,自己驯熟的安放了铺盖。她从此又在鲁镇做女工了。

大家仍然叫她祥林嫂。

然而这一回,她的境遇却改变得非常大。上工之后的两三天,主人们就觉得她手脚已没有先前一样灵活,记性也坏得多,死尸似的脸上又整日没有笑影,四婶的口气上,已颇有些不满了。当她初到的时候,四叔虽然照例皱过眉,但鉴于向来雇用女工之难,也就并不大反对,只是暗暗地告诫四婶说,这种人虽然似乎很可怜,但是败坏风俗的,用她帮忙还可以,祭祀时候可用不着她沾手,一切饭菜,只好自己做,否则,不干不净,祖宗是不吃的。

四叔家里最重大的事件是祭祀,祥林嫂先前最忙的时候也就是祭祀,这回她却清闲了。桌子放在堂中央,系上桌帏,她还记得照旧的去分配酒杯和筷子。

"祥林嫂,你放着罢!我来摆。"四婶慌忙的说。

她讪讪的缩了手,又去取烛台。

"祥林嫂,你放着罢!我来拿。"四婶又慌忙的说。

她转了几个圆圈,终于没有事情做,只得疑惑的走开。她在这一天可做的事是不过坐在灶下烧火。

镇上的人们也仍然叫她祥林嫂,但音调和先前很不同;也还和她讲话,但笑容却冷冷的了。她全不理会那些事,只是直着眼睛,和大家讲她自己日夜不忘的故事:

"我真傻,真的,"她说。"我单知道雪天是野兽在深山里没有食吃,会到村里来;我不知道春天也会有。我一大早起来就开了门,拿小篮盛了一篮豆,叫我们的阿毛坐在门槛上剥豆去。他是很听话的孩子,我的话句句听;他就出去了。我就在屋后劈柴,淘米,米下了锅,打算蒸豆。我叫,'阿毛!'没有应。出去一看,只见豆撒得满地,没有我们的阿毛了。各处去一问,都没有。我急了,央人去寻去。直到下半天,几个人寻到山墺里,看见刺柴上挂着一只他的小鞋。大家都说,完了,怕是遭了狼了。再进去;果然,他躺在草窠里,肚里的五脏已经都给吃空了,可怜他手里还紧紧的捏着那只小篮呢。……"她于是淌下眼泪来,声音也呜咽了。

这故事倒颇有效,男人听到这里,往往敛起笑容,没趣的走了开去;女人们却不独宽恕了她似的,脸上立刻改换了鄙薄的神气,还要陪出许多眼泪来。有些老女人没有在街头听到她的话,便特意寻来,要听她这一段悲惨的故事。直到她说到呜咽,她们也就一齐流下那停在眼角上的眼泪,叹息一番,满足的去了,一面还纷纷的评论着。

她就只是反复的向人说她悲惨的故事,常常引住了三五个人来听她。但不久,大家也都听得纯熟了,便是最慈悲的念佛的老太太们,眼里也再不见有一点泪的痕迹。后来全镇的人们几乎都能背诵她的话,一听到就烦厌得头痛。

"我真傻,真的,"她开首说。

"是的,你是单知道雪天野兽在深山里没有食吃,才会到村里来的。"他们立即打断她的话,走开去了。

她张着口怔怔的站着,直着眼睛看他们,接着也就走了,似乎自己也觉得没趣。但她还妄想,希图从别的事,如小篮,豆,别人的孩子上,引出她的阿毛的故事来。倘一看见两三岁的小孩子,她就说:

"唉唉,我们的阿毛如果还在,也就有这么大了。……"

孩子看见她的眼光就吃惊,牵着母亲的衣襟催她走。于是又只剩下她一个,终于没趣的也走了。后来大家又都知道了她的脾气,只要有孩子在眼前,便似笑非笑的先问她,道:

"祥林嫂,你们的阿毛如果还在,不是也就有这么大了么?"

她未必知道她的悲哀经大家咀嚼赏鉴了许多天,早已成为渣滓,只值得烦厌和唾弃;但从人们的笑影上,也仿佛觉得这又冷又尖,自己再没有开口的必要了。她单是一瞥他们,并不回答一句话。

鲁镇永远是过新年,腊月二十以后就忙起来了。四叔家里这回须雇男短工,还是忙不过来,另叫柳妈做帮手,杀鸡,宰鹅;然而柳妈是善女人①,吃素,不杀生的,只肯洗器皿。祥林嫂除烧火之外,没有别的事,却

---

① 善女人　佛家语,指信佛的女人。

闲着了,坐着只看柳妈洗器皿。微雪点点的下来了。

"唉唉,我真傻,"祥林嫂看了天空,叹息着,独语似的说。

"祥林嫂,你又来了。"柳妈不耐烦的看着她的脸,说。"我问你:你额角上的伤疤,不就是那时撞坏的么?"

"唔唔。"她含胡的回答。

"我问你:你那时怎么后来竟依了呢?"

"我么?……"

"你呀。我想:这总是你自己愿意了,不然……。"

"阿阿,你不知道他力气多么大呀。"

"我不信。我不信你这么大的力气,真会拗他不过。你后来一定是自己肯了,倒推说他力气大。"

"阿阿,你……你倒自己试试看。"她笑了。

柳妈的打皱的脸也笑起来,使她蹙缩得像一个核桃;干枯的小眼睛一看祥林嫂的额角,又钉住她的眼。祥林嫂似乎很局促了,立刻敛了笑容,旋转眼光,自去看雪花。

"祥林嫂,你实在不合算。"柳妈诡秘的说。"再一强,或者索性撞一个死,就好了。现在呢,你和你的第二个男人过活不到两年,倒落了一件大罪名。你想,你将来到阴司去,那两个死鬼的男人还要争,你给了谁好呢?阎罗大王只好把你锯开来,分给他们。我想,这真是……。"

她脸上就显出恐怖的神色来,这是在山村里所未曾知道的。

"我想,你不如及早抵当。你到土地庙里去捐一条门槛,当作你的替身,给千人踏,万人跨,赎了这一世的罪名,免得死了去受苦。"

她当时并不回答什么话,但大约非常苦闷了,第二天早上起来的时候,两眼上便都围着大黑圈。早饭之后,她便到镇的西头的土地庙里去求捐门槛。庙祝①起初执意不允许,直到她急得流泪,才勉强答应了。价目是大钱十二千。

她久已不和人们交口,因为阿毛的故事是早被大家厌弃了的;但自从

---

① 庙祝　旧时庙宇中管理香火的人。

和柳妈谈了天,似乎又即传扬开去,许多人都发生了新趣味,又来逗她说话了。至于题目,那自然是换了一个新样,专在她额上的伤疤。

"祥林嫂,我问你:你那时怎么竟肯了?"一个说。

"唉,可惜,白撞了这一下。"一个看着她的疤,应和道。

她大约从他们的笑容和声调上,也知道是在嘲笑她,所以总是瞪着眼睛,不说一句话,后来连头也不回了。她整日紧闭了嘴唇,头上带着大家以为耻辱的记号的那伤痕,默默的跑街,扫地,洗菜,淘米。快够一年,她才从四婶手里支取了历来积存的工钱,换算了十二元鹰洋①,请假到镇的西头去。但不到一顿饭时候,她便回来,神气很舒畅,眼光也分外有神,高兴似的对四婶说,自己已经在土地庙捐了门槛了。

冬至的祭祖时节,她做得更出力,看四婶装好祭品,和阿牛将桌子抬到堂屋中央,她便坦然的去拿酒杯和筷子。

"你放着罢,祥林嫂!"四婶慌忙大声说。

她像是受了炮烙②似的缩手,脸色同时变作灰黑,也不再去取烛台,只是失神的站着。直到四叔上香的时候,教她走开,她才走开。这一回她的变化非常大,第二天,不但眼睛窈陷③下去,连精神也更不济了。而且很胆怯,不独怕暗夜,怕黑影,即使看见人,虽是自己的主人,也总惴惴的,有如在白天出穴游行的小鼠;否则呆坐着,直是一个木偶人。不半年,头发也花白起来了,记性尤其坏,甚而至于常常忘却了去淘米。

"祥林嫂怎么这样了?倒不如那时不留她。"四婶有时当面就这样说,似乎是警告她。

然而她总如此,全不见有怜悧起来的希望。他们于是想打发她走了,教她回到卫老婆子那里去。但当我还在鲁镇的时候,不过单是这样说;看现在的情状,可见后来终于实行了。然而她是从四叔家出去就成了乞丐的呢,还是先到卫老婆子家然后再成乞丐的呢?那我可不

---

① 鹰洋 指墨西哥银元,币面铸有鹰的图案。鸦片战争后曾大量流入我国。
② 炮烙 亦作炮格,相传为殷纣王时的一种酷刑。据《史记·殷本纪》裴骃集解引《列女传》:"膏铜柱,下加之炭,令有罪者行焉,辄堕炭中,妲己笑,名曰炮格之刑。"
③ 窈陷 深陷。

知道。

　　我给那些因为在近旁而极响的爆竹声惊醒,看见豆一般大的黄色的灯火光,接着又听得毕毕剥剥的鞭炮,是四叔家正在"祝福"了;知道已是五更将近时候。我在蒙胧中,又隐约听到远处的爆竹声联绵不断,似乎合成一天音响的浓云,夹着团团飞舞的雪花,拥抱了全市镇。我在这繁响的拥抱中,也懒散而且舒适,从白天以至初夜的疑虑,全给祝福的空气一扫而空了,只觉得天地圣众歆享了牲醴和香烟①,都醉醺醺的在空中蹒跚,豫备给鲁镇的人们以无限的幸福。

一九二四年二月七日。

【讲析】

　　《祝福》写的是一个普通的农村妇女祥林嫂的悲剧故事。这个故事不是直接叙述,而是"包裹"在作品叙述者"我"的遭遇和感受之中的。"我"大约是有新思想的知识分子,他对祥林嫂之死感到无力,而且有道德自审。可见小说的涵义很复杂深厚,并不只是"反封建"。

　　小说开头就写鲁镇旧历年底祭送灶神的热闹喜庆,而刚回到鲁镇的"我"却感到非常孤独和隔膜。他暂寓在本家鲁四老爷的宅子里,忍受不了这位寒暄之后即大骂其新党的"老监生"以及鲁镇那沉闷无聊的空气,于是产生了"无论如何""决计要走"的念头。其实"我"的"决计要走"还有另外的原因,那就是遇到了祥林嫂,还与她有了一场关于"魂灵"的对话。祥林嫂认为"我"是"出门人",见识多,很迫切要知道"人死后究竟有没有魂灵"这个"大问题"。而"我"却如同经历一场大考,"遭了芒刺一般","吞吞吐吐"地回答说"也许有罢",又"实在说不清"。对于祥林嫂来说,死后有无灵魂,是非常紧要而又左右为难的问题。若有灵魂,自己

---

① 天地圣众歆享了牲醴和香烟　天地间的众神享用了祭祀的酒肉和香火。歆享,神灵享用供品。牲醴,泛指供品。醴,甜酒。香烟,祭奠点燃的香火。

因为是嫁过两次的寡妇,怕是到地狱就有两个死鬼男人要争,阎罗王只好把她锯成两半分给两人。这是她从佣人柳妈那里得知的恐怖知识。若死后没有灵魂,那她就不能到阴间和儿子阿毛见面。这真是无解的"悖论",祥林嫂最后就是被这个"悖论"折磨死的。可是她死前还是希望"我"能给她一个回答,这是绝望的求助吧。而"我"在这个"悖论"面前的"悚然",也表示了在弱者悲剧面前的无力,于是也显示出所谓启蒙与被启蒙的尴尬。

遇到祥林嫂后的第二天便得知她的死讯,"我"感到内疚与惶恐,也就在这惶恐之中把有关见闻与回忆"联成一片",叙述了祥林嫂的故事,一个被压迫的弱者的悲惨故事,更是一个精神被摧毁的恐怖故事。阅读时注意这种叙事结构带有对启蒙主义的质疑与反思。

祥林嫂善良、勤劳、安分,所遭遇的灾难却接踵而来,先后经历了夫死,被婆婆出卖被迫再嫁,又是夫死,儿子被狼衔去了,等等。尽管她再回鲁镇后有了些精神障碍,见人就讲"我真傻",反复诉说她的悲惨遭遇,但她仍坚韧顽强地想靠自己双手劳动活下去。当她为了避免死后被阎罗王锯成两半,用积存的工钱到庙里捐了门槛后,神气比较舒畅了。可是四叔家祭祖上香时还是嫌她"不干净",让她走开。这一回她的精神彻底崩溃了,终于沦为乞丐。祥林嫂悲剧的成因,除了贫穷、疾病,更主要的是封建礼教的压迫和迷信,是她所处的以鲁镇为代表的愚昧、冷漠的社会环境。四叔、四婶、柳妈这些人,集体无意识都以封建礼教卫道者的身份出现,他们把持的世界是和祥林嫂隔绝的。镇上的人们也都缺乏同情心,有意无意"逗"祥林嫂数说苦难,嘲笑她,咀嚼和"鉴赏"她的痛苦。最后听腻了祥林嫂的反复诉说,更是转为对她的"厌烦"。祥林嫂之死,首先是心死,她被摈弃于人间社会之外,去阴间也不得安心。小说结尾是鲁镇爆竹声中的岁暮"祝福",和祥林嫂孤寂死亡的叙述构成反讽,更深化了作品的批判性涵义。

鲁迅的小说善于画眼睛,写灵魂。文中对祥林嫂神情样貌的变化,特别是眼睛的刻写,是极为精彩的,读后印象会很深。

(本书2022年9月重印,吸收谷兴云教授的意见,对本篇讲析略做修改。)

在酒楼上[*]

我从北地向东南旅行，绕道访了我的家乡，就到 S 城。这城离我的故乡不过三十里，坐了小船，小半天可到，我曾在这里的学校里当过一年的教员。深冬雪后，风景凄清，懒散和怀旧的心绪联结起来，我竟暂寓在 S 城的洛思旅馆里了；这旅馆是先前所没有的。城圈本不大，寻访了几个以为可以会见的旧同事，一个也不在，早不知散到那里去了；经过学校的门口，也改换了名称和模样，于我很生疏。不到两个时辰，我的意兴早已索然，颇悔此来为多事了。

我所住的旅馆是租房不卖饭的，饭菜必须另外叫来，但又无味，入口如嚼泥土。窗外只有渍痕斑驳的墙壁，帖着枯死的莓苔；上面是铅色的天，白皑皑的绝无精采，而且微雪又飞舞起来了。我午餐本没有饱，又没有可以消遣的事情，便很自然的想到先前有一家很熟识的小酒楼，叫一石居的，算来离旅馆并不远。我于是立即锁了房门，出街向那酒楼去。其实也无非想姑且逃避客中的无聊，并不专为买醉。一石居是在的，狭小阴湿的店面和破旧的招牌都依旧；但从掌柜以至堂倌却已没有一个熟人，我在这一石居中也完全成了生客。然而我终于跨上那走熟的屋角的扶梯去了，由此径到小楼上。上面也依然是五张小板桌；独有原是木棂的后窗却换嵌了玻璃。

"一斤绍酒。——菜？十个油豆腐，辣酱要多！"

我一面说给跟我上来的堂倌听，一面向后窗走，就在靠窗的一张桌旁

---

[*] 本文最初发表于 1924 年 5 月 10 日上海《小说月报》第十五卷第五号，后收入《彷徨》。

坐下了。楼上"空空如也",任我拣得最好的坐位:可以眺望楼下的废园。这园大概是不属于酒家的,我先前也曾眺望过许多回,有时也在雪天里。但现在从惯于北方的眼睛看来,却很值得惊异了:几株老梅竟斗雪开着满树的繁花,仿佛毫不以深冬为意;倒塌的亭子边还有一株山茶树,从暗绿的密叶里显出十几朵红花来,赫赫的在雪中明得如火,愤怒而且傲慢,如蔑视游人的甘心于远行。我这时又忽地想到这里积雪的滋润,著物不去,晶莹有光,不比朔雪的粉一般干,大风一吹,便飞得满空如烟雾。……

"客人,酒。……"

堂倌懒懒的说着,放下杯,筷,酒壶和碗碟,酒到了。我转脸向了板桌,排好器具,斟出酒来。觉得北方固不是我的旧乡,但南来又只能算一个客子,无论那边的干雪怎样纷飞,这里的柔雪又怎样的依恋,于我都没有什么关系了。我略带些哀愁,然而很舒服的呷一口酒。酒味很纯正;油豆腐也煮得十分好;可惜辣酱太淡薄,本来S城人是不懂得吃辣的。

大概是因为正在下午的缘故罢,这虽说是酒楼,却毫无酒楼气,我已经喝下三杯酒去了,而我以外还是四张空板桌。我看着废园,渐渐的感到孤独,但又不愿有别的酒客上来。偶然听得楼梯上脚步响,便不由的有些懊恼,待到看见是堂倌,才又安心了,这样的又喝了两杯酒。

我想,这回定是酒客了,因为听得那脚步声比堂倌的要缓得多。约略料他走完了楼梯的时候,我便害怕似的抬头去看这无干的同伴,同时也就吃惊的站起来。我竟不料在这里意外的遇见朋友了,——假如他现在还许我称他为朋友。那上来的分明是我的旧同窗,也是做教员时代的旧同事,面貌虽然颇有些改变,但一见也就认识,独有行动却变得格外迂缓,很不像当年敏捷精悍的吕纬甫了。

"阿,——纬甫,是你么?我万想不到会在这里遇见你。"

"阿阿,是你?我也万想不到……"

我就邀他同坐,但他似乎略略踌蹰之后,方才坐下来。我起先很以为奇,接着便有些悲伤,而且不快了。细看他相貌,也还是乱蓬蓬的须发;苍白的长方脸,然而衰瘦了。精神很沉静,或者却是颓唐;又浓又黑的眉毛底下的眼睛也失了精采,但当他缓缓的四顾的时候,却对废园忽地闪出我在学校时代常常看见的射人的光来。

"我们,"我高兴的,然而颇不自然的说,"我们这一别,怕有十年了罢。我早知道你在济南,可是实在懒得太难,终于没有写一封信。……"

"彼此都一样。可是现在我在太原了,已经两年多,和我的母亲。我回来接她的时候,知道你早搬走了,搬得很干净。"

"你在太原做什么呢?"我问。

"教书,在一个同乡的家里。"

"这以前呢?"

"这以前么?"他从衣袋里掏出一支烟卷来,点了火衔在嘴里,看着喷出的烟雾,沉思似的说,"无非做了些无聊的事情,等于什么也没有做。"

他也问我别后的景况;我一面告诉他一个大概,一面叫堂倌先取杯筷来,使他先喝着我的酒,然后再去添二斤。其间还点菜,我们先前原是毫不客气的,但此刻却推让起来了,终于说不清那一样是谁点的,就从堂倌的口头报告上指定了四样菜:茴香豆,冻肉,油豆腐,青鱼干。

"我一回来,就想到我可笑。"他一手擎着烟卷,一只手扶着酒杯,似笑非笑的向我说。"我在少年时,看见蜂子或蝇子停在一个地方,给什么来一吓,即刻飞去了,但是飞了一个小圈子,便又回来停在原地点,便以为这实在很可笑,也可怜。可不料现在我自己也飞回来了,不过绕了一点小圈子。又不料你也回来了。你不能飞得更远些么?"

"这难说,大约也不外乎绕点小圈子罢。"我也似笑非笑的说。"但是你为什么飞回来的呢?"

"也还是为了无聊的事。"他一口喝干了一杯酒,吸几口烟,眼睛略为张大了。"无聊的。——但是我们就谈谈罢。"

堂倌搬上新添的酒菜来,排满了一桌,楼上又添了烟气和油豆腐的热气,仿佛热闹起来了;楼外的雪也越加纷纷的下。

"你也许本来知道,"他接着说,"我曾经有一个小兄弟,是三岁上死掉的,就葬在这乡下。我连他的模样都记不清楚了,但听母亲说,是一个很可爱念的孩子,和我也很相投,至今她提起来还似乎要下泪。今年春天,一个堂兄就来了一封信,说他的坟边已经渐渐的浸了水,不久怕要陷入河里去了,须得赶紧去设法。母亲一知道就很着急,几乎几夜睡不着,——她又自己能看信的。然而我能有什么法子呢?没有钱,没有工夫:当时什么法也没有。

"一直挨到现在,趁着年假的闲空,我才得回南给他来迁葬。"他又喝干一杯酒,看着窗外,说,"这在那边那里能如此呢?积雪里会有花,雪地下会不冻。就在前天,我在城里买了一口小棺材,——因为我豫料那地下的应该早已朽烂了,——带着棉絮和被褥,雇了四个土工,下乡迁葬去。我当时忽而很高兴,愿意掘一回坟,愿意一见我那曾经和我很亲睦的小兄弟的骨殖:这些事我生平都没有经历过。到得坟地,果然,河水只是咬进来,离坟已不到二尺远。可怜的坟,两年没有培土,也平下去了。我站在雪中,决然的指着他对土工说,'掘开来!'我实在是一个庸人,我这时觉得我的声音有些希奇,这命令也是一个在我一生中最为伟大的命令。但土工们却毫不骇怪,就动手掘下去了。待到掘着圹穴,我便过去看,果然,棺木已经快要烂尽了,只剩下一堆木丝和小木片。我的心颤动着,自去拨开这些,很小心的,要看一看我的小兄弟。然而出乎意外!被褥,衣服,骨骼,什么也没有。我想,这些都消尽了,向来听说最难烂的是头发,也许还有罢。我便伏下去,在该是枕头所在的泥土里仔仔细细的看,也没有。踪影全无!"

我忽而看见他眼圈微红了,但立即知道是有了酒意。他总不很吃菜,单是把酒不停的喝,早喝了一斤多,神情和举动都活泼起来,渐近于先前所见的吕纬甫了。我叫堂倌再添二斤酒,然后回转身,也拿着酒杯,正对面默默的听着。

"其实,这本已可以不必再迁,只要平了土,卖掉棺材,就此完事了的。我去卖棺材虽然有些离奇,但只要价钱极便宜,原铺子就许要,至少总可以捞回几文酒钱来。但我不这样,我仍然铺好被褥,用棉花裹了些他先前身体所在的地方的泥土,包起来,装在新棺材里,运到我父亲埋着的坟地上,在他坟旁埋掉了。因为外面用砖墎,昨天又忙了我大半天:监工。但这样总算完结了一件事,足够去骗骗我的母亲,使她安心些。——阿阿,你这样的看我,你怪我何以和先前太不相同了么?是的,我也还记得

他又掏出一支烟卷来,衔在嘴里,点了火。(丁聪 作)

"我们同到城隍①庙里去拔掉神像的胡子的时候,连日议论些改革中国的方法以至于打起来的时候。但我现在就是这样了,敷敷衍衍,模模胡胡。我有时自己也想到,倘若先前的朋友看见我,怕会不认我做朋友了。——然而我现在就是这样。"

他又掏出一支烟卷来,衔在嘴里,点了火。

"看你的神情,你似乎还有些期望我,——我现在自然麻木得多了,但是有些事也还看得出。这使我很感激,然而也使我很不安:怕我终于辜负了至今还对我怀着好意的老朋友。……"他忽而停住了,吸几口烟,才又慢慢的说,"正在今天,刚在我到这一石居来之前,也就做了一件无聊事,然而也是我自己愿意做的。我先前的东边的邻居叫长富,是一个船户。他有一个女儿叫阿顺,你那时到我家里来,也许见过的,但你一定没有留心,因为那时她还小。后来她也长得并不好看,不过是平常的瘦瘦的瓜子脸,黄脸皮;独有眼睛非常大,睫毛也很长,眼白又青得如夜的晴天,而且是北方的无风的晴天,这里的就没有那么明净了。她很能干,十多岁没了母亲,招呼两个小弟妹都靠她;又得服侍父亲,事事都周到;也经济,家计倒渐渐的稳当起来了。邻居几乎没有一个不夸奖她,连长富也时常说些感激的话。这一次我动身回来的时候,我的母亲又记得她了,老年人

---

① 城隍 迷信传说中主管城池的神。

记性真长久。她说她曾经知道顺姑因为看见谁的头上戴着红的剪绒花，自己也想有一朵，弄不到，哭了，哭了小半夜，就挨了她父亲的一顿打，后来眼眶还红肿了两三天。这种剪绒花是外省的东西，S城里尚且买不出，她那里想得到手呢？趁我这一次回南的便，便叫我买两朵去送她。

"我对于这差使倒并不以为烦厌，反而很喜欢；为阿顺，我实在还有些愿意出力的意思的。前年，我回来接我母亲的时候，有一天，长富正在家，不知怎的我和他闲谈起来了。他便要请我吃点心，荞麦粉，并且告诉我所加的是白糖。你想，家里能有白糖的船户，可见决不是一个穷船户了，所以他也吃得很阔绰。我被劝不过，答应了，但要求只要用小碗。他也很识世故，便嘱咐阿顺说，'他们文人，是不会吃东西的。你就用小碗，多加糖！'然而等到调好端来的时候，仍然使我吃一吓，是一大碗，足够我吃一天。但是和长富吃的一碗比起来，我的也确乎算小碗。我生平没有吃过荞麦粉，这回一尝，实在不可口，却是非常甜。我漫然的吃了几口，就想不吃了，然而无意中，忽然间看见阿顺远远的站在屋角里，就使我立刻消失了放下碗筷的勇气。我看她的神情，是害怕而且希望，大约怕自己调得不好，愿我们吃得有味。我知道如果剩下大半碗来，一定要使她很失望，而且很抱歉。我于是同时决心，放开喉咙灌下去了，几乎吃得和长富一样快。我由此才知道硬吃的苦痛，我只记得还做孩子时候的吃尽一碗拌着驱除蛔虫药粉的沙糖才有这样难。然而我毫不抱怨，因为她过来收拾空碗时候的忍着的得意的笑容，已尽够赔偿我的苦痛而有余了。所以我这一夜虽然饱胀得睡不稳，又做了一大串恶梦，也还是祝赞她一生幸福，愿世界为她变好。然而这些意思也不过是我的那些旧日的梦的痕迹，即刻就自笑，接着也就忘却了。

"我先前并不知道她曾经为了一朵剪绒花挨打，但因为母亲一说起，便也记得了荞麦粉的事，意外的勤快起来了。我先在太原城里搜求了一遍，都没有；一直到济南……"

窗外沙沙的一阵声响，许多积雪从被他压弯了的一枝山茶树上滑下去了，树枝笔挺的伸直，更显出乌油油的肥叶和血红的花来。天空的铅色来得更浓；小鸟雀啾唧的叫着，大概黄昏将近，地面又全罩了雪，寻不出什么食粮,都赶早回巢来休息了。

"一直到了济南,"他向窗外看了一回,转身喝干一杯酒,又吸几口烟,接着说。"我才买到剪绒花。我也不知道使她挨打的是不是这一种,总之是绒做的罢了。我也不知道她喜欢深色还是浅色,就买了一朵大红的,一朵粉红的,都带到这里来。

"就是今天午后,我一吃完饭,便去看长富,我为此特地耽搁了一天。他的家倒还在,只是看去很有些晦气色了,但这恐怕不过是我自己的感觉。他的儿子和第二个女儿——阿昭,都站在门口,大了。阿昭长得全不像她姊姊,简直像一个鬼,但是看见我走向她家,便飞奔的逃进屋里去。我就问那小子,知道长富不在家。'你的大姊呢?'他立刻瞪起眼睛,连声问我寻她什么事,而且恶狠狠的似乎就要扑过来,咬我。我支吾着退走了,我现在是敷敷衍衍……

"你不知道,我可是比先前更怕去访人了。因为我已经深知道自己之讨厌,连自己也讨厌,又何必明知故犯的去使人暗暗地不快呢?然而这回的差使是不能不办妥的,所以想了一想,终于回到就在斜对门的柴店里。店主的母亲,老发奶奶,倒也还在,而且也还认识我,居然将我邀进店里坐去了。我们寒暄几句之后,我就说明了回到 S 城和寻长富的缘故。不料她叹息说:

"'可惜顺姑没有福气戴这剪绒花了。'

"她于是详细的告诉我,说是'大约从去年春天以来,她就见得黄瘦,后来忽而常常下泪了,问她缘故又不说;有时还整夜的哭,哭得长富也忍不住生气,骂她年纪大了,发了疯。可是一到秋初,起先不过小伤风,终于躺倒了,从此就起不来。直到咽气的前几天,才肯对长富说,她早就像她母亲一样,不时的吐红和流夜汗。但是瞒着,怕他因此要担心。有一夜,她的伯伯长庚又来硬借钱,——这是常有的事,——她不给,长庚就冷笑着说:你不要骄气,你的男人比我还不如!她从此就发了愁,又怕羞,不好问,只好哭。长富赶紧将她的男人怎样的挣气的话说给她听,那里还来得及?况且她也不信,反而说:好在我已经这样,什么也不要紧了。'

"她还说,'如果她的男人真比长庚不如,那就真可怕呵!比不上一个偷鸡贼,那是什么东西呢?然而他来送殓的时候,我是亲眼看见他的,衣服很干净,人也体面;还眼泪汪汪的说,自己撑了半世小船,苦熬苦省的积起钱来聘了一个女人,偏偏又死掉了。可见他实在是一个好人,长庚说的全是谎。只可惜顺姑竟会相信那样的贼骨头的谎话,白送了性命。——但这也不能去怪谁,只能怪顺姑自己没有这一份好福气。'

"那倒也罢,我的事情又完了。但是带在身边的两朵剪绒花怎么办呢?好,我就托她送了阿昭。这阿昭一见我就飞跑,大约将我当作一只狼或是什么,我实在不愿意去送她。——但是我也就送她了,对母亲只要说阿顺见了喜欢的了不得就是。这些无聊的事算什么?只要模模胡胡。模模胡胡的过了新年,仍旧教我的'子曰诗云'去。"

"你教的是'子曰诗云'么?"我觉得奇异,便问。

"自然。你还以为教的是 ABCD 么?我先是两个学生,一个读《诗经》①,一个读《孟子》②。新近又添了一个,女的,读《女儿经》③。连算学也不教,不是我不教,他们不要教。"

"我实在料不到你倒去教这类的书,……"

"他们的老子要他们读这些;我是别人,无乎不可的。这些无聊的事算什么?只要随随便便,……"

他满脸已经通红,似乎很有些醉,但眼光却又消沉下去了。我微微的叹息,一时没有话可说。楼梯上一阵乱响,拥上几个酒客来:当头的是矮子,拥肿的圆脸;第二个是长的,在脸上很惹眼的显出一个红鼻子;此后还有人,一叠连的走得小楼都发抖。我转眼去看吕纬甫,他也正转眼来看我,我就叫堂倌算酒账。

"你借此还可以支持生活么?"我一面准备走,一面问。

"是的。——我每月有二十元,也不大能够敷衍。"

"那么,你以后豫备怎么办呢?"

---

① 《诗经》 我国最早的诗歌总集,共三百零五篇。编成于春秋时代,大抵是周初到春秋中期的作品,相传曾经孔子删定。为儒家经典之一。

② 《孟子》 儒家经典之一。记载儒家学派代表人物孟轲(约前372—前289)言行的书,由他的弟子纂辑而成。

③ 《女儿经》 一种向妇女宣传封建礼教的通俗读物。

"以后?——我不知道。你看我们那时豫想的事可有一件如意?我现在什么也不知道,连明天怎样也不知道,连后一分……"

堂倌送上账来,交给我;他也不像初到时候的谦虚了,只向我看了一眼,便吸烟,听凭我付了账。

我们一同走出店门,他所住的旅馆和我的方向正相反,就在门口分别了。我独自向着自己的旅馆走,寒风和雪片扑在脸上,倒觉得很爽快。见天色已是黄昏,和屋宇和街道都织在密雪的纯白而不定的罗网里。

一九二四年二月一六日。

【讲析】

《在酒楼上》写"我"返乡时,在一家酒楼上和旧时的同事吕纬甫相遇,吕说起他这些年来的生活变迁,勾起彼此对人生变化莫测的感慨。他们年轻时也曾对生活充满热情,叛逆而且激进,曾一起去城隍庙拔掉神像胡子,为争论"改革中国"的方法几乎要打起来。如今却因为革命的消沉以及生活的艰难而沮丧彷徨。给人印象深而且常被论者发挥的,是吕纬甫对自己的评价。他说:"我在少年时,看见蜂子或蝇子停在一个地方,给什么来一吓,即刻飞去了,但是飞了一个小圈子,便又回来停在原地点,便以为这实在很可笑,也可怜。可不料现在我自己也飞回来了,不过绕了一点小圈子。"一般评论认为其中的"我"和吕纬甫有所不同,对吕纬甫的遭际给予同情,又不满他对待现实的那种"敷敷衍衍"的消极情绪,寄托了鲁迅对于知识分子软弱性的批判。其实细读可以发现,"我"和吕纬甫身上都有鲁迅的影子,是作者借了两个人的对话而表达自己内心的矛盾与无奈。

读这篇小说,即使撇开上述具有时代感的批判性涵义,仍然会被感动,引发沉思。因为作品中所表达的"中年忧郁",那种随着年龄增大而产生的生活的颓唐感,也是普通人的常有之情,即使不赞同,仍然要做一个勇者,这种情绪也难免成为生活的一部分。所以也没有必要把小说结尾写两人酒后各自顺着来时的路返回,看作是代表两种思想选择的分道扬镳。其实那不过是各有各的生活,各有各的苦恼与无奈而已。很多经典名作都是这样:既有真实的生活描写和批判性,又能写出人性与命运的某些普遍的悲哀。

这篇小说没有精巧而曲折的情节,就是一个酌酒闲话的场景,通篇都在制造某种无聊、孤独、负疲的氛围。吕纬甫所述的"迁坟"、"送剪绒花"、教授"子曰诗云"等事情,絮叨"模模胡胡"的生活状态,许多追求和努力全都化为虚无,表达的是普通人难以绕过的"中年危机"的情绪。吕纬甫反复咀嚼自己的生活体验和感受,让人能体察到他隐秘而细微的内心。比如"迁坟"过程中,当他决然地指令土工"掘开来"时,感受到了自己"声音有些希奇",并不无嘲讽地发现"这命令也是一个在我一生中最为伟大的命令"。类似的复杂内心活动的刻写深入隐秘,令人震惊。而文中几次穿插的对雪中梅花的描写,给寂寞无聊的氛围增加了些许活气,却愈加显得悲凉。

肥　皂[*]

　　四铭太太正在斜日光中背着北窗和她八岁的女儿秀儿糊纸锭，忽听得又重又缓的布鞋底声响，知道四铭进来了，并不去看他，只是糊纸锭。但那布鞋底声却愈响愈逼近，觉得终于停在她的身边了，于是不免转过眼去看，只见四铭就在她面前耸肩曲背的狠命掏着布马挂底下的袍子的大襟后面的口袋。

　　他好容易曲曲折折的汇出手来，手里就有一个小小的长方包，葵绿色的，一径递给四太太。她刚接到手，就闻到一阵似橄榄非橄榄的说不清的香味，还看见葵绿色的纸包上有一个金光灿烂的印子和许多细簇簇的花纹。秀儿即刻跳过来要抢着看，四太太赶忙推开她。

　　"上了街？……"她一面看，一面问。

　　"唔唔。"他看着她手里的纸包，说。

　　于是这葵绿色的纸包被打开了，里面还有一层很薄的纸，也是葵绿色，揭开薄纸，才露出那东西的本身来，光滑坚致，也是葵绿色，上面还有细簇簇的花纹，而薄纸原来却是米色的，似橄榄非橄榄的说不清的香味也来得更浓了。

　　"唉唉，这实在是好肥皂。"她捧孩子似的将那葵绿色的东西送到鼻子下面去，嗅着说。

　　"唔唔，你以后就用这个……。"

　　她看见他嘴里这么说，眼光却射在她的脖子上，便觉得颧骨以下的脸

---

[*]　本文最初发表于1924年3月27、28日北京《晨报副刊》，后收入《彷徨》。

上似乎有些热。她有时自己偶然摸到脖子上,尤其是耳朵后,指面上总感着些粗糙,本来早就知道是积年的老泥,但向来倒也并不很介意。现在在他的注视之下,对着这葵绿异香的洋肥皂,可不禁脸上有些发热了,而且这热又不绝的蔓延开去,即刻一径到耳根。她于是就决定晚饭后要用这肥皂来拚命的洗一洗。

"有些地方,本来单用皂荚子是洗不干净的。"她自对自的说。

"妈,这给我!"秀儿伸手来抢葵绿纸;在外面玩耍的小女儿招儿也跑到了。四太太赶忙推开她们,裹好薄纸,又照旧

他好容易曲曲折折的汇出手来,手里就有一个小小的长方包,葵绿色的,一径递给四太太。(裘沙、王伟君、裘大力 作)

包上葵绿纸,欠过身去搁在洗脸台上最高的一层格子上,看一看,翻身仍然糊纸锭。

"学程!"四铭记起了一件事似的,忽而拖长了声音叫,就在她对面的一把高背椅子上坐下了。

"学程!"她也帮着叫。

她停下糊纸锭,侧耳一听,什么响应也没有,又见他仰着头焦急的等着,不禁很有些抱歉了,便尽力提高了喉咙,尖利的叫:

"绤儿呀!"

这一叫确乎有效,就听到皮鞋声橐橐的近来,不一会,绤儿已站在她面前了,只穿短衣,肥胖的圆脸上亮晶晶的流着油汗。

"你在做什么?怎么爹叫也不听见?"她谴责的说。

"我刚在练八卦拳①……。"他立即转身向了四铭,笔挺的站着,看着他,意思是问他什么事。

"学程,我就要问你:'恶毒妇'是什么?"

"'恶毒妇'?……那是,'很凶的女人'罢?……"

"胡说!胡闹!"四铭忽而怒得可观。"我是'女人'么!?"

学程吓得倒退了两步,站得更挺了。他虽然有时觉得他走路很像上台的老生,却从没有将他当作女人看待,他知道自己答的很错了。

"'恶毒妇'是'很凶的女人',我倒不懂,得来请教你?——这不是中国话,是鬼子话,我对你说。这是什么意思,你懂么?"

"我,……我不懂。"学程更加局促起来。

"吓,我白化钱送你进学堂,连这一点也不懂。亏煞你的学堂还夸什么'口耳并重',倒教得什么也没有。说这鬼话的人至多不过十四五岁,比你还小些呢,已经叽叽咕咕的能说了,你却连意思也说不出,还有这脸说'我不懂'!——现在就给我去查出来!"

学程在喉咙底里答应了一声"是",恭恭敬敬的退出去了。

"这真叫作不成样子,"过了一会,四铭又慷慨的说,"现在的学生是。其实,在光绪年间,我就是最提倡开学堂的,②可万料不到学堂的流弊竟至于如此之大:什么解放咧,自由咧,没有实学,只会胡闹。学程呢,为他化了的钱也不少了,都白化。好容易给他进了中西折中的学堂,英文又专是'口耳并重'的,你以为这该好了罢,哼,可是读了一年,连'恶毒妇'也不懂,大约仍然是念死书。吓,什么学堂,造就了些什么?我简直说:应该统统关掉!"

"对咧,真不如统统关掉的好。"四太太糊着纸锭,同情的说。

"秀儿她们也不必进什么学堂了。'女孩子,念什么书?'九公公先前这样说,反对女学的时候,我还攻击他呢;可是现在看起来,究竟是老年人的话对。你想,女人一阵一阵的在街上走,已经很不雅观的

---

① 八卦拳 拳术的一种,多用掌法,按八卦的特定形式运行。
② 关于光绪年间开学堂,戊戌变法(1898)前后,在维新派的推动下,我国开始兴办近代教育;1902 年(光绪二十八年)清廷颁布《钦定学堂章程》,开始兴办学堂。

了,她们却还要剪头发。我最恨的就是那些剪了头发的女学生,我简直说,军人土匪倒还情有可原,搅乱天下的就是她们,应该很严的办一办……。"

"对咧,男人都像了和尚还不够,女人又来学尼姑了。"

"学程!"

学程正捧着一本小而且厚的金边书快步进来,便呈给四铭,指着一处说:

"这倒有点像。这个……。"

四铭接来看时,知道是字典,但文字非常小,又是横行的。他眉头一皱,擎向窗口,细着眼睛,就学程所指的一行念过去:

"'第十八世纪创立之共济讲社①之称'。——唔,不对。——这声音是怎么念的?"他指着前面的"鬼子"字,问。

"恶特拂罗斯(Oddfellows)。"

"不对,不对,不是这个。"四铭又忽而愤怒起来了。"我对你说:那是一句坏话,骂人的话,骂我这样的人的。懂了么?查去!"

学程看了他几眼,没有动。

"这是什么闷胡卢,没头没脑的?你也先得说说清,教他好用心的查去。"她看见学程为难,觉得可怜,便排解而且不满似的说。

"就是我在大街上广润祥买肥皂的时候,"四铭呼出了一口气,向她转过脸去,说。"店里又有三个学生在那里买东西。我呢,从他们看起来,自然也怕太噜苏一点了罢。我一气看了六七样,都要四角多,没有买;看一角一块的,又太坏,没有什么香。我想,不如中通的好,便挑定了那绿的一块,两角四分。伙计本来是势利鬼,眼睛生在额角上的,早就撅着狗嘴的了;可恨那学生这坏小子又都挤眉弄眼的说着鬼话笑。后来,我要打开来看一看才付钱:洋纸包着,怎么断得定货色的好坏呢。谁知道那势利鬼不但不依,还蛮不讲理,说了许多可恶的废话;坏小子们又附和着说笑。那一句是顶小的一个说的,而且眼睛看着我,他们就都笑起来了:可见一

---

① 共济讲社(Oddfellows) 又译共济社,18世纪在英国出现的一种有宗教性质的秘密结社。后以秘密支部的形式传布于许多国家。

定是一句坏话。"他于是转脸对着学程道,"你只要在'坏话类'里去查去!"

学程在喉咙底里答应了一声"是",恭恭敬敬的退去了。

"他们还嚷什么'新文化新文化','化'到这样了,还不够?"他两眼钉着屋梁,尽自说下去。"学生也没有道德,社会上也没有道德,再不想点法子来挽救,中国这才真个要亡了。——你想,那多么可叹?……"

"什么?"她随口的问,并不惊奇。

"孝女。"他转眼对着她,郑重的说。"就在大街上,有两个讨饭的。一个是姑娘,看去该有十八九岁了。——其实这样的年纪,讨饭是很不相宜的了,可是她还讨饭。——和一个六七十岁的老的,白头发,眼睛是瞎的,坐在布店的檐下求乞。大家多说她是孝女,那老的是祖母。她只要讨得一点什么,便都献给祖母吃,自己情愿饿肚皮。可是这样的孝女,有人肯布施①么?"他射出眼光来钉住她,似乎要试验她的识见。

她不答话,也只将眼光钉住他,似乎倒是专等他来说明。

"哼,没有。"他终于自己回答说。"我看了好半天,只见一个人给了一文小钱;其余的围了一大圈,倒反去打趣。还有两个光棍,竟肆无忌惮的说:'阿发,你不要看得这货色脏。你只要去买两块肥皂来,咯支咯支遍身洗一洗,好得很哩!'哪,你想,这成什么话?"

"哼,"她低下头去了,久之,才又懒懒的问,"你给了钱么?"

"我么?——没有。一两个钱,是不好意思拿出去的。她不是平常的讨饭,总得……。"

"嗡。"她不等说完话,便慢慢地站起来,走到厨下去。昏黄只显得浓密,已经是晚饭时候了。

四铭也站起身,走出院子去。天色比屋子里还明亮,学程就在墙角落上练习八卦拳:这是他的"庭训",利用昼夜之交的时间的经济法,学程奉行了将近大半年了。他赞许似的微微点一点头,便反背着两手在空院子里来回的踱方步。不多久,那惟一的盆景万年青的阔叶又已消失在昏暗

---

① 布施　原指向僧道施舍财物或斋食。这里是借用。

中,破絮一般的白云间闪出星点,黑夜就从此开头。四铭当这时候,便也不由的感奋起来,仿佛就要大有所为,与周围的坏学生以及恶社会宣战。他意气渐渐勇猛,脚步愈跨愈大,布鞋底声也愈走愈响,吓得早已睡在笼子里的母鸡和小鸡也都唧唧足足的叫起来了。

堂前有了灯光,就是号召晚餐的烽火,合家的人们便都齐集在中央的桌子周围。灯在下横;上首是四铭一人居中,也是学程一般肥胖的圆脸,但多两撇细胡子,在菜汤的热气里,独据一面,很像庙里的财神。左横是四太太带着招儿;右横是学程和秀儿一列。碗筷声雨点似的响,虽然大家不言语,也就是很热闹的晚餐。

招儿带翻了饭碗了,菜汤流得小半桌。四铭尽量的睁大了细眼睛瞪着,看得她要哭,这才收回眼光,伸筷自去夹那早先看中了的一个菜心去。可是菜心已经不见了,他左右一瞥,就发见学程刚刚夹着塞进他张得很大的嘴里去,他于是只好无聊的吃了一筷黄菜叶。

"学程,"他看着他的脸说,"那一句查出了没有?"

"那一句?——那还没有。"

"哼,你看,也没有学问,也不懂道理,单知道吃!学学那个孝女罢,做了乞丐,还是一味孝顺祖母,自己情愿饿肚子。但是你们这些学生那里知道这些,肆无忌惮,将来只好像那光棍……。"

"想倒想着了一个,但不知可是。——我想,他们说的也许是'阿尔特肤尔'①。"

"哦哦,是的!就是这个!他们说的就是这样一个声音:'恶毒夫咧。'这是什么意思?你也就是他们这一党:你知道的。"

"意思,——意思我不很明白。"

"胡说!瞒我。你们都是坏种!"

"'天不打吃饭人',你今天怎么尽闹脾气,连吃饭时候也是打鸡骂狗的。他们小孩子们知道什么。"四太太忽而说。

"什么?"四铭正想发话,但一回头,看见她陷下的两颊已经鼓起,而

---

① "阿尔特肤尔" 英语 Old fool 的音译,意为"老傻瓜"。

且很变了颜色,三角形的眼里也发着可怕的光,便赶紧改口说,"我也没有闹什么脾气,我不过教学程应该懂事些。"

"他那里懂得你心里的事呢。"她可是更气忿了。"他如果能懂事,早就点了灯笼火把,寻了那孝女来了。好在你已经给她买好了一块肥皂在这里,只要再去买一块……"

"胡说!那话是那光棍说的。"

"不见得。只要再去买一块,给她咯支咯支的遍身洗一洗,供起来,天下也就太平了。"

"什么话?那有什么相干?我因为记起了你没有肥皂……"

"怎么不相干?你是特诚买给孝女的,你咯支咯支的去洗去。我不配,我不要,我也不要沾孝女的光。"

"这真是什么话?你们女人……"四铭支吾着,脸上也像学程练了八卦拳之后似的流出油汗来,但大约大半也因为吃了太热的饭。

"我们女人怎么样?我们女人,比你们男人好得多。你们男人不是骂十八九岁的女学生,就是称赞十八九岁的女讨饭:都不是什么好心思。'咯支咯支',简直是不要脸!"

"我不是已经说过了?那是一个光棍……"

"四翁!"外面的暗中忽然起了极响的叫喊。

"道翁么?我就来!"四铭知道那是高声有名的何道统,便遇赦似的,也高兴的大声说。"学程,你快点灯照何老伯到书房去!"

学程点了烛,引着道统走进西边的厢房里,后面还跟着卜薇园。

"失迎失迎,对不起。"四铭还嚼着饭,出来拱一拱手,说。"就在舍间用便饭,何如?……"

"已经偏过①了。"薇园迎上去,也拱一拱手,说。"我们连夜赶来,就为了那移风文社的第十八届征文题目,明天不是'逢七'么?"

"哦!今天十六?"四铭恍然的说。

"你看,多么胡涂!"道统大嚷道。

---

① 偏过 谓已用过餐。有私自占先之意,多用作谦词。

"那么,就得连夜送到报馆去,要他明天一准登出来。"

"文题我已经拟下了。你看怎样,用得用不得?"道统说着,就从手巾包里挖出一张纸条来交给他。

四铭踱到烛台面前,展开纸条,一字一字的读下去:

"'恭拟全国人民合词吁请贵大总统特颁明令专重圣经崇祀孟母①以挽颓风而存国粹文'。——好极好极。可是字数太多了罢?"

"不要紧的!"道统大声说。"我算过了,还无须乎多加广告费。但是诗题呢?"

"诗题么?"四铭忽而恭敬之状可掬了。"我倒有一个在这里:孝女行。那是实事,应该表彰表彰她。我今天在大街上……"

"哦哦,那不行。"薇园连忙摇手,打断他的话。"那是我也看见的。她大概是'外路人',我不懂她的话,她也不懂我的话,不知道她究竟是那里人。大家倒都说她是孝女;然而我问她可能做诗,她摇摇头。要是能做诗,那就好了。"

"然而忠孝是大节,不会做诗也可以将就……。"

"那倒不然,而孰知不然!"薇园摊开手掌,向四铭连摇带推的奔过去,力争说。"要会做诗,然后有趣。"

"我们,"四铭推开他,"就用这个题目,加上说明,登报去。一来可以表彰表彰她;二来可以借此针砭社会。现在的社会还成个什么样子,我从旁考察了好半天,竟不见有什么人给一个钱,这岂不是全无心肝……"

"阿呀,四翁!"薇园又奔过来,"你简直是在'对着和尚骂贼秃'了。我就没有给钱,我那时恰恰身边没有带着。"

"不要多心,薇翁。"四铭又推开他,"你自然在外,又作别论。你听我讲下去:她们面前围了一大群人,毫无敬意,只是打趣。还有两个光棍,那是更其肆无忌惮了,有一个简直说,'阿发,你去买两块肥皂来,咯支咯支遍身洗一洗,好得很哩。'你想,这……"

"哈哈哈!两块肥皂!"道统的响亮的笑声突然发作了,震得人耳朵

---

① 孟母 孟轲的母亲,传说她是善于教子的贤母。

嘡嘡的叫。"你买,哈哈,哈哈!"

"道翁,道翁,你不要这么嚷。"四铭吃了一惊,慌张的说。

"咯支咯支,哈哈!"

"道翁!"四铭沉下脸来了,"我们讲正经事,你怎么只胡闹,闹得人头昏。你听,我们就用这两个题目,即刻送到报馆去,要他明天一准登出来。这事只好偏劳你们两位了。"

"可以可以,那自然。"薇园极口应承说。

"呵呵,洗一洗,咯支……唏唏……"

"道翁!!!"四铭愤愤的叫。

道统给这一喝,不笑了。他们拟好了说明,薇园誊在信笺上,就和道统跑往报馆去。四铭拿着烛台,送出门口,回到堂屋的外面,心里就有些不安逸,但略一踌躇,也终于跨进门槛去了。他一进门,迎头就看见中央的方桌中间放着那肥皂的葵绿色的小小的长方包,包中央的金印子在灯光下明晃晃的发闪,周围还有细小的花纹。

秀儿和招儿都蹲在桌子下横的地上玩;学程坐在右横查字典。最后在离灯最远的阴影里的高背椅子上发见了四太太,灯光照处,见她死板板的脸上并不显出什么喜怒,眼睛也并不看着什么东西。

"咯支咯支,不要脸不要脸……"

四铭微微的听得秀儿在他背后说,回头看时,什么动作也没有了,只有招儿还用了她两只小手的指头在自己脸上抓。

他觉得存身不住①,便熄了烛,踱②出院子去。他来回的踱,一不小心,母鸡和小鸡又唧唧足足的叫了起来,他立即放轻脚步,并且走远些。经过许多时,堂屋里的灯移到卧室里去了。他看见一地月光,仿佛满铺了无缝的白纱,玉盘似的月亮现在白云间,看不出一点缺。

他很有些悲伤,似乎也像孝女一样,成了"无告之民"③,孤苦零丁了。

---

① 存身不住 意思是烦躁不安。存身,原意是保全身体。语出《易·系辞(下)》:"尺蠖之屈,以求信也。龙蛇之蛰,以存身也。"
② 踱 慢步行走。
③ "无告之民" 语出《礼记·王制》:"天民之穷而无告者也。"天民,无依无靠的穷人;无告,有苦无处诉说。

他这一夜睡得非常晚。

但到第二天的早晨,肥皂就被录用了。这日他比平日起得迟,看见她已经伏在洗脸台上擦脖子,肥皂的泡沫就如大螃蟹嘴上的水泡一般,高高的堆在两个耳朵后,比起先前用皂荚时候的只有一层极薄的白沫来,那高低真有霄壤之别了。从此之后,四太太的身上便总带着些似橄榄非橄榄的说不清的香味;几乎小半年,这才忽而换了样,凡有闻到的都说那可似乎是檀香。

一九二四年三月二二日。

【讲析】

小说题为《肥皂》,基本情节围绕"肥皂"展开,人物的心理活动又大都与"肥皂"紧密关联,那么这"肥皂"就不会是普通的"道具",而是理解通篇小说的契机。阅读时应当注意探究"肥皂"成为人物心理活动"触媒"所可能具有的象征意蕴。

小说写四铭回到家里,"好容易曲曲折折的"从口袋里掏了半天,掏出一块"肥皂"。小说用精细的笔触去描绘那"肥皂"的形状、香味、颜色。这种描绘主要是以四铭的视角为出发点的。而四铭这时正沉陷于"咯支咯支"的幻想中,并不清醒,所以与他太太的对话心不在焉,支支吾吾。"于是这葵绿色的纸包被打开了……"那一段虽用了写实的笔触,所写仍主要是四铭的感觉,其中含有性的暗示。

第二天四太太起床后,"肥皂就被录用了"。小说没有再直接写到肥皂,只由迟起的四铭的视点出发,写四太太洗头的一大堆肥皂泡。这时的四铭似乎只留意肥皂的"使用价值",而不再感受得到"绿"的颜色了,"绿"的意象已在他的潜意识中消失了。显然经过一夜之后,四铭的欲望已经淡薄。这也说明"肥皂"确实有性的暗示。

整篇作品所写的主要就是四铭潜在的"性心理"活动:焦躁、亢奋、畸变与渐次平缓的过程。小说对"焦躁"的描写最多,是作品的"主干"。

以往论者一般比较注重揭示四铭维护旧道德的立场,对于四铭的"焦躁"心理发掘甚少。这种"焦躁"引发的愤世嫉俗中,有一种典型的"外射"心理现象。当四铭回忆起学生对他的嘲笑,部分地意识到自己感情上的"出轨"之后,可能多少产生一种罪恶感,觉得丧气。但在潜意识支配下,他又不能面对自己真正的感觉。所以他就不自觉地"外射"这些"罪恶感",把自己所要面对的事实伪装成是别人的罪过,让别人去做"替罪羔羊",借着意识上对"不道德"的反感,来"倒转"自己原有的感觉的性质。与其把四铭的"无名火"看作是一种明确的阶级意识的表露,或明确的两面派手段,不如看作是一种受下意识支配的"失态",一种貌似正常其实不正常的精神变态与人格分裂。

四铭表彰女乞丐为"孝女",既是理性的考虑,也有潜意识的操纵。借着"意象升级",在自我感觉中,四铭就可以"合理地"辩解他的"出轨",仿佛这就使别人也使自己相信他对"性对象"的好感并非出于非道德的肉欲,而是出于道德的热诚。这是一种为潜意识所操纵的"真诚的虚伪"。

鲁迅写《肥皂》,显然参照运用了弗洛伊德有关潜意识的理论,想深入地触及人物潜意识,并通过一个"反讽角色"的精神状态描写,探讨人性问题。由于作品深入潜意识层次,去刻画理性(道统)与情欲的矛盾冲突,其深刻程度就惊人地超越于一般揭露性作品。封建统治思想与道德观念是从根本上束缚与戕害人性的,当然也包括束缚与戕害道学家的人性。像四铭这样的道学家,他们也是人,也有"性欲内驱力",也会碰上理性与情欲的矛盾。不过他们这一类人的心理往往是最不健全的,他们在推行封建道德观念的同时,又由自己的手去扭曲自己的人性,以致在感情方式或心理模式上,表现出比其他任何社会成员都可能更多更严重的虚伪与矫饰,甚至常常导致自身人格与精神的分裂。以此观《肥皂》,是更能见其深度的。

示　众*

首善之区①的西城的一条马路上，这时候什么扰攘也没有。火焰焰的太阳虽然还未直照，但路上的沙土仿佛已是闪烁地生光；酷热满和在空气里面，到处发挥着盛夏的威力。许多狗都拖出舌头来，连树上的乌老鸦也张着嘴喘气，——但是，自然也有例外的。远处隐隐有两个铜盏相击的声音，使人忆起酸梅汤，依稀感到凉意，可是那懒懒的单调的金属音的间作，却使那寂静更其深远了。

只有脚步声，车夫默默地前奔，似乎想赶紧逃出头上的烈日。

"热的包子咧！刚出屉的……。"

十一二岁的胖孩子，细着眼睛，歪了嘴在路旁的店门前叫喊。声音已经嘶嗄了，还带些睡意，如给夏天的长日催眠。他旁边的破旧桌子上，就有二三十个馒头包子，毫无热气，冷冷地坐着。

"荷阿！馒头包子咧，热的……。"

像用力掷在墙上而反拨过来的皮球一般，他忽然飞在马路的那边了。在电杆旁，和他对面，正向着马路，其时也站定了两个人：一个是淡黄制服的挂刀的面黄肌瘦的巡警，手里牵着绳头，绳的那头就拴在别一个穿蓝布大衫上罩白背心的男人的臂膊上。这男人戴一顶新草帽，帽檐四面下垂，遮住了眼睛的一带。但胖孩子身体矮，仰起脸来看时，却正撞见这人的眼睛了。那眼睛也似乎正在看他的脑壳。他连忙顺下眼，去看白背心，只见

---

* 本文最初发表于1925年4月13日北京《语丝》周刊第二十二期，后收入《彷徨》。

① 首善之区　指首都。《汉书·儒林传》载："故教化之行也，建首善，自京师始。"这里指北洋军阀时代的首都北京。

刹时间,也就围满了大半圈的看客。……(丁聪 作)

背心上一行一行地写着些大大小小的什么字。

刹时间,也就围满了大半圈的看客。待到增加了秃头的老头子之后,空缺已经不多,而立刻又被一个赤膊的红鼻子胖大汉补满了。这胖子过于横阔,占了两人的地位,所以续到的便只能屈在第二层,从前面的两个脖子之间伸进脑袋去。

秃头站在白背心的略略正对面,弯了腰,去研究背心上的文字,终于读起来:

"嗡,都,哼,八,而,……"

胖孩子却看见那白背心正研究着这发亮的秃头,他也便跟着去研究,就只见满头光油油的,耳朵左近还有一片灰白色的头发,此外也不见得有怎样新奇。但是后面的一个抱着孩子的老妈子却想乘机挤进来了;秃头怕失了位置,连忙站直,文字虽然还未读完,然而无可奈何,只得另看白背心的脸:草帽檐下半个鼻子,一张嘴,尖下巴。

又像用了力掷在墙上而反拨过来的皮球一般,一个小学生飞奔上来,一手按住了自己头上的雪白的小布帽,向人丛中直钻进去。但他钻到第三——也许是第四——层,竟遇见一件不可动摇的伟大的东西了,抬头看时,蓝裤腰上面有一座赤条条的很阔的背脊,背脊上还有汗正在流下来。

他知道无可措手,只得顺着裤腰右行,幸而在尽头发现了一条空处,透着光明。他刚刚低头要钻的时候,只听得一声"什么",那裤腰以下的屁股向右一歪,空处立刻闭塞,光明也同时不见了。

但不多久,小学生却从巡警的刀旁边钻出来了。他诧异地四顾:外面围着一圈人,上首是穿白背心的,那对面是一个赤膊的胖小孩,胖小孩后面是一个赤膊的红鼻子胖大汉。他这时隐约悟出先前的伟大的障碍物的本体了,便惊奇而且佩服似的只望着红鼻子。胖小孩本是注视着小学生的脸的,于是也不禁依了他的眼光,回转头去了,在那里是一个很胖的奶子,奶头四近有几枝很长的毫毛。

"他,犯了什么事啦?……"

大家都愕然看时,是一个工人似的粗人,正在低声下气地请教那秃头老头子。

秃头不作声,单是睁起了眼睛看定他。他被看得顺下眼光去,过一会再看时,秃头还是睁起了眼睛看定他,而且别的人也似乎都睁了眼睛看定他。他于是仿佛自己就犯了罪似的局促起来,终至于慢慢退后,溜出去了。一个挟洋伞的长子就来补了缺;秃头也旋转脸去再看白背心。

长子弯了腰,要从垂下的草帽檐下去赏识白背心的脸,但不知道为什么忽又站直了。于是他背后的人们又须竭力伸长了脖子;有一个瘦子竟至于连嘴都张得很大,像一条死鲈鱼。

巡警,突然间,将脚一提,大家又愕然,赶紧都看他的脚;然而他又放稳了,于是又看白背心。长子忽又弯了腰,还要从垂下的草帽檐下去窥测,但即刻也就立直,擎起一只手来拚命搔头皮。

秃头不高兴了,因为他先觉得背后有些不太平,接着耳朵边就有唧咕唧咕的声响。他双眉一锁,回头看时,紧挨他右边,有一只黑手拿着半个大馒头正在塞进一个猫脸的人的嘴里去。他也就不说什么,自去看白背心的新草帽了。

忽然,就有暴雷似的一击,连横阔的胖大汉也不免向前一踉跄。同时,从他肩膊上伸出一只胖得不相上下的臂膊来,展开五指,拍的一声正打在胖孩子的脸颊上。

"好快活！你妈的……"同时,胖大汉后面就有一个弥勒佛①似的更圆的胖脸这么说。

胖孩子也跄踉了四五步,但是没有倒,一手按着脸颊,旋转身,就想从胖大汉的腿旁的空隙间钻出去。胖大汉赶忙站稳,并且将屁股一歪,塞住了空隙,恨恨地问道:

"什么?"

胖孩子就像小鼠子落在捕机里似的,仓皇了一会,忽然向小学生那一面奔去,推开他,冲出去了。小学生也返身跟出去了。

"吓,这孩子……。"总有五六个人都这样说。

待到重归平静,胖大汉再看白背心的脸的时候,却见白背心正在仰面看他的胸脯;他慌忙低头也看自己的胸脯时,只见两乳之间的洼下的坑里有一片汗,他于是用手掌拂去了这些汗。

然而形势似乎总不甚太平了。抱着小孩的老妈子因为在骚扰时四顾,没有留意,头上梳着的喜鹊尾巴似的"苏州俏"②便碰了站在旁边的车夫的鼻梁。车夫一推,却正推在孩子上;孩子就扭转身去,向着圈外,嚷着要回去了。老妈子先也略略一跄踉,但便即站定,旋转孩子来使他正对白背心,一手指点着,说道:

"阿,阿,看呀!多么好看哪!……"

空隙间忽而探进一个戴硬草帽的学生模样的头来,将一粒瓜子之类似的东西放在嘴里,下颚向上一磕,咬开,退出去了。这地方就补上了一个满头油汗而粘着灰土的椭圆脸。

挟洋伞的长子也已经生气,斜下了一边的肩膊,皱眉疾视着肩后的死鲈鱼。大约从这么大的大嘴里呼出来的热气,原也不易招架的,而况又在盛夏。秃头正仰视那电杆上钉着的红牌上的四个白字,仿佛很觉得有趣。胖大汉和巡警都斜了眼研究着老妈子的钩刀般的鞋尖。

"好!"

---

① 弥勒佛　佛教菩萨之一,佛经说他将继承释迦牟尼的佛位而成佛。常见的他的塑像是胖圆笑脸,袒胸露腹,俗称大肚子弥勒佛。

② "苏州俏"　旧时妇女所梳发髻的一种式样,先流行于苏州一带,故有此称。

什么地方忽有几个人同声喝采。都知道该有什么事情起来了,一切头便全数回转去。连巡警和他牵着的犯人也都有些摇动了。

"刚出屉的包子咧! 荷阿,热的……。"

路对面是胖孩子歪着头,磕睡似的长呼;路上是车夫们默默地前奔,似乎想赶紧逃出头上的烈日。大家都几乎失望了,幸而放出眼光去四处搜索,终于在相距十多家的路上,发见了一辆洋车停放着,一个车夫正在爬起来。

圆阵立刻散开,都错错落落地走过去。胖大汉走不到一半,就歇在路边的槐树下;长子比秃头和椭圆脸走得快,接近了。车上的坐客依然坐着,车夫已经完全爬起,但还在摩自己的膝髁。周围有五六个人笑嘻嘻地看他们。

"成么?"车夫要来拉车时,坐客便问。

他只点点头,拉了车就走;大家就惘惘然目送他。起先还知道那一辆是曾经跌倒的车,后来被别的车一混,知不清了。

马路上就很清闲,有几只狗伸出了舌头喘气;胖大汉就在槐阴下看那很快地一起一落的狗肚皮。

老妈子抱了孩子从屋檐阴下蹩①过去了。胖孩子歪着头,挤细了眼睛,拖长声音,磕睡地叫喊——

"热的包子咧! 荷阿! ……刚出屉的……。"

一九二五年三月一八日。

【讲析】

这篇不太像小说的小说,没有什么故事情节,只写了大街上一个犯人被示众,而各色路人你挤我拥围观的场景。如果说这小说有主人公,那么就是"看客",用现在的话说就是"吃瓜群众"。他们全都是没名没姓、面目模糊的"无名者",只有带形象特征的绰号,不知道为何聚集一起,只是

---

① 蹩　歪斜着身子费力地走。

随大流看热闹。小说用漫画笔触勾勒这些"庸众"在"看"与"被看"中的种种行为片断:挂刀的面黄肌瘦的巡警用绳子牵着犯人"白背心",到底犯的什么罪,人们不清楚,只是看热闹。"秃头"关注的是"白背心"上的文字,"胖孩子"却像"白背心"一样在研究油光光的"秃头","长子"则在赏识"白背心"的脸;"瘦子"把嘴张得像死鲈鱼般,"弥勒佛似的更圆的胖脸"直说"好快活!你妈的……";"戴硬草帽的学生"一离开,紧接着就补上了一个"满头油汗而粘着灰土的椭圆脸";"老妈子"指点地说道:"阿,阿,看呀!多么好看哪!……";巡警提起他的脚时,大家赶紧都看他的脚,而他放稳后,大家又接着去看"白背心";抱着小孩的"老妈子"碰到了旁边"车夫"的鼻梁,而"车夫"一躲却推到了孩子身上;当"车夫"跌倒后,看客们又发现了新的热闹,立即将兴趣从"白背心"转向"车夫",寻找新的刺激点。

鲁迅的作品中常出现"看客",这篇有更加集中而强烈的表现。这是鲁迅的重要发现。"看客"玩赏他人的痛苦,实际上他们也是悲剧的在场者,在"看"与"被看"中展现一种虚无的"常态",属于悲剧的一部分,是吞噬个体灵魂的群体。这篇小说带有象征性,有类似于哲学的很高的概括意义,实际上是在批判普遍存在的人性与麻木的国民性。

小说写"看客"采用了类似电影的"蒙太奇"的手法,将一个个表现"看客"形态的"特写镜头"组合,在交错并置中产生某种特别的涵义:"看"与"被看"中的那种麻木、愚昧与空虚的精神状态。而酷热的夏日,以及前后反复出现的"热的包子咧"叫卖声,愈加让人感到烦闷和压抑。

孤 独 者[*]

一

我和魏连殳相识一场,回想起来倒也别致,竟是以送殓始,以送殓终。

那时我在S城,就时时听到人们提起他的名字,都说他很有些古怪:所学的是动物学,却到中学堂去做历史教员;对人总是爱理不理的,却常喜欢管别人的闲事;常说家庭应该破坏,一领薪水却一定立即寄给他的祖母,一日也不拖延。此外还有许多零碎的话柄;总之,在S城里也算是一个给人当作谈助的人。有一年的秋天,我在寒石山的一个亲戚家里闲住;他们就姓魏,是连殳的本家。但他们却更不明白他,仿佛将他当作一个外国人看待,说是"同我们都异样的"。

这也不足为奇,中国的兴学虽说已经二十年了,寒石山却连小学也没有。全山村中,只有连殳是出外游学的学生,所以从村人看来,他确是一个异类;但也很妒羡,说他挣得许多钱。

到秋末,山村中痢疾流行了;我也自危,就想回到城中去。那时听说连殳的祖母就染了病,因为是老年,所以很沉重;山中又没有一个医生。所谓他的家属者,其实就只有一个这祖母,雇一名女工简单地过活;他幼小失了父母,就由这祖母抚养成人的。听说她先前也曾经吃过许多苦,现在可是安乐了。但因为他没有家小,家中究竟非常寂寞,这大概也就是大

---

[*] 本文收入《彷徨》前未在报刊上发表过。

家所谓异样之一端罢。

寒石山离城是旱道一百里,水道七十里,专使人叫连殳去,往返至少就得四天。山村僻陋,这些事便算大家都要打听的大新闻,第二天便轰传她病势已经极重,专差也出发了;可是到四更天竟咽了气,最后的话,是:"为什么不肯给我会一会连殳的呢?……"

族长,近房,他的祖母的母家的亲丁,闲人,聚集了一屋子,豫计连殳的到来,应该已是入殓的时候了。寿材寿衣早已做成,都无须筹画;他们的第一大问题是在怎样对付这"承重孙"①,因为逆料他关于一切丧葬仪式,是一定要改变新花样的。聚议之后,大概商定了三大条件,要他必行。一是穿白,二是跪拜,三是请和尚道士做法事②。总而言之:是全都照旧。

他们既经议妥,便约定在连殳到家的那一天,一同聚在厅前,排成阵势,互相策应,并力作一回极严厉的谈判。村人们都咽着唾沫,新奇地听候消息;他们知道连殳是"吃洋教"的"新党",向来就不讲什么道理,两面的争斗,大约总要开始的,或者还会酿成一种出人意外的奇观。

传说连殳的到家是下午,一进门,向他祖母的灵前只是弯了一弯腰。族长们便立刻照豫定计画进行,将他叫到大厅上,先说过一大篇冒头,然后引入本题,而且大家此唱彼和,七嘴八舌,使他得不到辩驳的机会。但终于话都说完了,沉默充满了全厅,人们全数悚然地紧看着他的嘴。只见连殳神色也不动,简单地回答道:

"都可以的。"

这又很出于他们的意外,大家的心的重担都放下了,但又似乎反加重,觉得太"异样",倒很有些可虑似的。打听新闻的村人们也很失望,口口相传道,"奇怪!他说'都可以'哩!我们看去罢!"都可以就是照旧,本来是无足观了,但他们也还要看,黄昏之后,便欣欣然聚满了一堂前。

我也是去看的一个,先送了一份香烛;待到走到他家,已见连殳在给死者穿衣服。原来他是一个短小瘦削的人,长方脸,蓬松的头发和浓黑

---

① "承重孙" 承重,即承受丧祭重任。按封建宗法制度,长子先亡,由嫡长孙代替亡父充当祖父母丧礼的主持人,称承重孙。
② 法事 原指佛教徒念经、供佛一类活动。这里指和尚、道士超度亡魂的仪式,也叫"做道场"。

的须眉占了一脸的小半,只见两眼在黑气里发光。那穿衣也穿得真好,井井有条,仿佛是一个大殓的专家,使旁观者不觉叹服。寒石山老例,当这些时候,无论如何,母家的亲丁是总要挑剔的;他却只是默默地,遇见怎么挑剔便怎么改,神色也不动。站在我前面的一个花白头发的老太太,便发出羡慕感叹的声音。

其次是拜;其次是哭,凡女人们都念念有词。其次入棺;其次又是拜;又是哭,直到钉好了棺盖。沉静了一瞬间,大家忽而扰动了,很有惊异和不满的形势。我也不由的突然觉到:连殳就始终没有落过一滴泪,只坐在草荐上,两眼在黑气里闪闪地发光。

大殓便在这惊异和不满的空气里面完毕。大家都怏怏地,似乎想走散,但连殳却还坐在草荐上沉思。忽然,他流下泪来了,接着就失声,立刻又变成长嚎,像一匹受伤的狼,当深夜在旷野中嗥叫,惨伤里夹杂着愤怒和悲哀。这模样,是老例上所没有的,先前也未曾豫防到,大家都手足无措了,迟疑了一会,就有几个人上前去劝止他,愈去愈多,终于挤成一大堆。但他却只是兀坐着号啕,铁塔似的动也不动。

忽然,他流下泪来了,接着就失声,立刻又变成长嚎,像一匹受伤的狼,……(吴永良 作)

大家又只得无趣地散开;他哭着,哭着,约有半点钟,这才突然停了下来,也不向吊客招呼,径自往家里走。接着就有前去窥探的人来报告:他走进他祖母的房里,躺在床上,而且,似乎就睡熟了。

隔了两日,是我要动身回城的前一天,便听到村人都遭了魔似的发议论,说连殳要将所有的器具大半烧给他祖母,余下的便分赠生时侍奉,死时送终的女工,并且连房屋也要无期地借给她居住了。亲戚本家都说到舌敝唇焦,也终于阻当不住。

恐怕大半也还是因为好奇心,我归途中经过他家的门口,便又顺便去吊慰。他穿了毛边的白衣出见,神色也还是那样,冷冷的。我很劝慰了一番;他却除了唯唯诺诺之外,只回答了一句话,是:

"多谢你的好意。"

二

我们第三次相见就在这年的冬初,S城的一个书铺子里,大家同时点了一点头,总算是认识了。但使我们接近起来的,是在这年底我失了职业之后。从此,我便常常访问连殳去。一则,自然是因为无聊赖;二则,因为听人说,他倒很亲近失意的人的,虽然素性这么冷。但是世事升沉无定,失意人也不会长是失意人,所以他也就很少长久的朋友。这传说果然不虚,我一投名片,他便接见了。两间连通的客厅,并无什么陈设,不过是桌椅之外,排列些书架,大家虽说他是一个可怕的"新党",架上却不很有新书。他已经知道我失了职业;但套话一说就完,主客便只好默默地相对,逐渐沉闷起来。我只见他很快地吸完一枝烟,烟蒂要烧着手指了,才抛在地面上。

"吸烟罢。"他伸手取第二枝烟时,忽然说。

我便也取了一枝,吸着,讲些关于教书和书籍的,但也还觉得沉闷。我正想走时,门外一阵喧嚷和脚步声,四个男女孩子闯进来了。大的八九岁,小的四五岁,手脸和衣服都很脏,而且丑得可以。但是连殳的眼里却即刻发出欢喜的光来了,连忙站起,向客厅间壁的房里走,一面说道:

"大良,二良,都来!你们昨天要的口琴,我已经买来了。"

孩子们便跟着一齐拥进去,立刻又各人吹着一个口琴一拥而出,一出客厅门,不知怎的便打将起来。有一个哭了。

"一人一个,都一样的。不要争呵!"他还跟在后面嘱咐。

"这么多的一群孩子都是谁呢?"我问。

"是房主人的。他们都没有母亲,只有一个祖母。"

"房东只一个人么?"

"是的。他的妻子大概死了三四年了罢,没有续娶。——否则,便要不肯将余屋租给我似的单身人。"他说着,冷冷地微笑了。

我很想问他何以至今还是单身,但因为不很熟,终于不好开口。

只要和连殳一熟识,是很可以谈谈的。他议论非常多,而且往往颇奇警。使人不耐的倒是他的有些来客,大抵是读过《沉沦》①的罢,时常自命为"不幸的青年"或是"零余者",螃蟹一般懒散而骄傲地堆在大椅子上,一面唉声叹气,一面皱着眉头吸烟。还有那房主的孩子们,总是互相争吵,打翻碗碟,硬讨点心,乱得人头昏。但连殳一见他们,却再不像平时那样的冷冷的了,看得比自己的性命还宝贵。听说有一回,三良发了红斑痧,竟急得他脸上的黑气愈见其黑了;不料那病是轻的,于是后来便被孩子们的祖母传作笑柄。

"孩子总是好的。他们全是天真……。"他似乎也觉得我有些不耐烦了,有一天特地乘机对我说。

"那也不尽然。"我只是随便回答他。

"不。大人的坏脾气,在孩子们是没有的。后来的坏,如你平日所攻击的坏,那是环境教坏的。原来却并不坏,天真……。我以为中国的可以希望,只在这一点。"

"不。如果孩子中没有坏根苗,大起来怎么会有坏花果?譬如一粒种子,正因为内中本含有枝叶花果的胚,长大时才能够发出这些东西来。何尝是无端……。"我因为闲着无事,便也如大人先生们一下野,就要吃素谈禅②一样,正在看佛经。佛理自然是并不懂得的,但竟也不自检点,一味任意地说。

然而连殳气忿了,只看了我一眼,不再开口。我也猜不出他是无话可

---

① 《沉沦》 小说集,郁达夫著,内收中篇小说《沉沦》和短篇小说《南迁》《银灰色的死》。这些作品以"不幸的青年"或"零余者"为主人公,在表达对社会黑暗的反抗情绪时,常流露颓废与病态的心理。

② 吃素谈禅 谈禅,指谈论佛教教义。当时军阀官僚在失势后,往往发表下野"宣言"或"通电",宣称出洋游历或隐居山林、吃斋念佛,从此不问国事。

说呢,还是不屑辩。但见他又显出许久不见的冷冷的态度来,默默地连吸了两枝烟;待到他再取第三枝时,我便只好逃走了。

这仇恨是历了三月之久才消释的。原因大概是一半因为忘却,一半则他自己竟也被"天真"的孩子所仇视了,于是觉得我对于孩子的冒渎的话倒也情有可原。但这不过是我的推测。其时是在我的寓里的酒后,他似乎微露悲哀模样,半仰着头道:

"想起来真觉得有些奇怪。我到你这里来时,街上看见一个很小的小孩,拿了一片芦叶指着我道:杀!他还不很能走路……。"

"这是环境教坏的。"

我即刻很后悔我的话。但他却似乎并不介意,只竭力地喝酒,其间又竭力地吸烟。

"我倒忘了,还没有问你,"我便用别的话来支梧,"你是不大访问人的,怎么今天有这兴致来走走呢?我们相识有一年多了,你到我这里来却还是第一回。"

"我正要告诉你呢:你这几天切莫到我寓里来看我了。我的寓里正有很讨厌的一大一小在那里,都不像人!"

"一大一小?这是谁呢?"我有些诧异。

"是我的堂兄和他的小儿子。哈哈,儿子正如老子一般。"

"是上城来看你,带便玩玩的罢?"

"不。说是来和我商量,就要将这孩子过继给我的。"

"呵!过继给你?"我不禁惊叫了,"你不是还没有娶亲么?"

"他们知道我不娶的了。但这都没有什么关系。他们其实是要过继给我那一间寒石山的破屋子。我此外一无所有,你是知道的;钱一到手就化完。只有这一间破屋子。他们父子的一生的事业是在逐出那一个借住着的老女工。"

他那词气的冷峭,实在又使我悚然。但我还慰解他说:

"我看你的本家也还不至于此。他们不过思想略旧一点罢了。譬如,你那年大哭的时候,他们就都热心地围着使劲来劝你……。"

"我父亲死去之后,因为夺我屋子,要我在笔据上画花押,我大哭着的时候,他们也是这样热心地围着使劲来劝我……。"他两眼向上凝视,仿佛要在空中寻出那时的情景来。

"总而言之:关键就全在你没有孩子。你究竟为什么老不结婚的呢?"我忽而寻到了转舵的话,也是久已想问的话,觉得这时是最好的机会了。

他诧异地看着我,过了一会,眼光便移到他自己的膝髁上去了,于是就吸烟,没有回答。

三

但是,虽在这一种百无聊赖的境地中,也还不给连殳安住。渐渐地,小报上有匿名人来攻击他,学界上也常有关于他的流言,可是这已经并非先前似的单是话柄,大概是于他有损的了。我知道这是他近来喜欢发表文章的结果,倒也并不介意。S城人最不愿意有人发些没有顾忌的议论,一有,一定要暗暗地来叮他,这是向来如此的,连殳自己也知道。但到春天,忽然听说他已被校长辞退了。这却使我觉得有些兀突;其实,这也是向来如此的,不过因为我希望着自己认识的人能够幸免,所以就以为兀突罢了,S城人倒并非这一回特别恶。

其时我正忙着自己的生计,一面又在接洽本年秋天到山阳去当教员的事,竟没有工夫去访问他。待到有些余暇的时候,离他被辞退那时大约快有三个月了,可是还没有发生访问连殳的意思。有一天,我路过大街,偶然在旧书摊前停留,却不禁使我觉到震悚,因为在那里陈列着的一部汲古阁初印本《史记索隐》①,正是连殳的书。他喜欢书,但不是藏书家,这种本子,在他是算作贵重的善本,非万不得已,不肯轻易变卖的。难道他失业刚才两三月,就一贫至此么?虽然他向来一有钱即随手散去,没有什么贮蓄。于是我便决意访问连殳去,顺便在街上买了一瓶烧酒,两包花生米,两个熏鱼头。

---

① 《史记索隐》 唐代司马贞注释《史记》的书,共三十卷。汲古阁,是明末藏书家毛晋的藏书室。《史记索隐》是毛晋重刻的宋版书之一。

他的房门关闭着,叫了两声,不见答应。我疑心他睡着了,更加大声地叫,并且伸手拍着房门。

"出去了罢!"大良们的祖母,那三角眼的胖女人,从对面的窗口探出她花白的头来了,也大声说,不耐烦似的。

"那里去了呢?"我问。

"那里去了?谁知道呢?——他能到那里去呢,你等着就是,一会儿总会回来的。"

我便推开门走进他的客厅去。真是"一日不见,如隔三秋"①,满眼是凄凉和空空洞洞,不但器具所余无几了,连书籍也只剩了在 S 城决没有人会要的几本洋装书。屋中间的圆桌还在,先前曾经常常围绕着忧郁慷慨的青年,怀才不遇的奇士和腌臜吵闹的孩子们的,现在却见得很闲静,只在面上蒙着一层薄薄的灰尘。我就在桌上放了酒瓶和纸包,拖过一把椅子来,靠桌旁对着房门坐下。

的确不过是"一会儿",房门一开,一个人悄悄地阴影似的进来了,正是连殳。也许是傍晚之故罢,看去仿佛比先前黑,但神情却还是那样。

"阿!你在这里?来得多久了?"他似乎有些喜欢。

"并没有多久。"我说,"你到那里去了?"

"并没有到那里去,不过随便走走。"

他也拖过椅子来,在桌旁坐下;我们便开始喝烧酒,一面谈些关于他的失业的事。但他却不愿意多谈这些;他以为这是意料中的事,也是自己时常遇到的事,无足怪,而且无可谈的。他照例只是一意喝烧酒,并且依然发些关于社会和历史的议论。不知怎地我此时看见空空的书架,也记起汲古阁初印本的《史记索隐》,忽而感到一种淡漠的孤寂和悲哀。

"你的客厅这么荒凉……。近来客人不多了么?"

"没有了。他们以为我心境不佳,来也无意味。心境不佳,实在是可以给人们不舒服的。冬天的公园,就没有人去……。"他连喝两口酒,默默地想着,突然,仰起脸来看着我问道,"你在图谋的职业也还是毫无把

---

① "一日不见,如隔三秋" 语出《诗经·王风·采葛》:"一日不见,如三秋兮。"

握罢?……"

我虽然明知他已经有些酒意,但也不禁愤然,正想发话,只见他侧耳一听,便抓起一把花生米,出去了。门外是大良们笑嚷的声音。

但他一出去,孩子们的声音便寂然,而且似乎都走了。他还追上去,说些话,却不听得有回答。他也就阴影似的悄悄地回来,仍将一把花生米放在纸包里。

"连我的东西也不要吃了。"他低声,嘲笑似的说。

"连殳,"我很觉得悲凉,却强装着微笑,说,"我以为你太自寻苦恼了。你看得人间太坏……。"

他冷冷的笑了一笑。

"我的话还没有完哩。你对于我们,偶而来访问你的我们,也以为因为闲着无事,所以来你这里,将你当作消遣的资料的罢?"

"并不。但有时也这样想。或者寻些谈资。"

"那你可错误了。人们其实并不这样。你实在亲手造了独头茧①,将自己裹在里面了。你应该将世间看得光明些。"我叹惜着说。

"也许如此罢。但是,你说:那丝是怎么来的? ——自然,世上也尽有这样的人,譬如,我的祖母就是。我虽然没有分得她的血液,却也许会继承她的运命。然而这也没有什么要紧,我早已豫先一起哭过了……。"

我即刻记起他祖母大殓时候的情景来,如在眼前一样。

"我总不解你那时的大哭……。"于是鹘突地问了。

"我的祖母入殓的时候罢?是的,你不解的。"他一面点灯,一面冷静地说,"你的和我交往,我想,还正因为那时的哭哩。你不知道,这祖母,是我父亲的继母;他的生母,他三岁时候就死去了。"他想着,默默地喝酒,吃完了一个熏鱼头。

"那些往事,我原是不知道的。只是我从小时候就觉得不可解。那时我的父亲还在,家景也还好,正月间一定要悬挂祖像,盛大地供养起来。看着这许多盛装的画像,在我那时似乎是不可多得的眼福。但那时,抱着

---

① 独头茧　绍兴方言称孤独的人为独头。这里拿蚕作茧自缚比喻自甘孤独。

我的一个女工总指了一幅像说：'这是你自己的祖母。拜拜罢,保佑你生龙活虎似的大得快。'我真不懂得我明明有着一个祖母,怎么又会有什么'自己的祖母'来。可是我爱这'自己的祖母',她不比家里的祖母一般老;她年青,好看,穿着描金的红衣服,戴着珠冠,和我母亲的像差不多。我看她时,她的眼睛也注视我,而且口角上渐渐增多了笑影：我知道她一定也是极其爱我的。

"然而我也爱那家里的,终日坐在窗下慢慢地做针线的祖母。虽然无论我怎样高兴地在她面前玩笑,叫她,也不能引她欢笑,常使我觉得冷冷地,和别人的祖母们有些不同。但我还爱她。可是到后来,我逐渐疏远她了;这也并非因为年纪大了,已经知道她不是我父亲的生母的缘故,倒是看久了终日终年的做针线,机器似的,自然免不了要发烦。但她却还是先前一样,做针线;管理我,也爱护我,虽然少见笑容,却也不加呵斥。直到我父亲去世,还是这样;后来呢,我们几乎全靠她做针线过活了,自然更这样,直到我进学堂……。"

灯火销沉下去了,煤油已经将涸,他便站起,从书架下摸出一个小小的洋铁壶来添煤油。

"只这一月里,煤油已经涨价两次了……。"他旋好了灯头,慢慢地说。"生活要日见其困难起来。——她后来还是这样,直到我毕业,有了事做,生活比先前安定些;恐怕还直到她生病,实在打熬不住了,只得躺下的时候罢……。

"她的晚年,据我想,是总算不很辛苦的,享寿也不小了,正无须我来下泪。况且哭的人不是多着么？连先前竭力欺凌她的人们也哭,至少是脸上很惨然。哈哈！……可是我那时不知怎地,将她的一生缩在眼前了,亲手造成孤独,又放在嘴里去咀嚼的人的一生。而且觉得这样的人还很多哩。这些人们,就使我要痛哭,但大半也还是因为我那时太过于感情用事……。

"你现在对于我的意见,就是我先前对于她的意见。然而我的那时的意见,其实也不对的。便是我自己,从略知世事起,就的确逐渐和她疏远起来了……。"

他沉默了,指间夹着烟卷,低了头,想着。灯火在微微地发抖。

"呵,人要使死后没有一个人为他哭,是不容易的事呵。"他自言自语似的说;略略一停,便仰起脸来向我道,"想来你也无法可想。我也还得赶紧寻点事情做……。"

"你再没有可托的朋友了么?"我这时正是无法可想,连自己。

"那倒大概还有几个的,可是他们的境遇都和我差不多……。"

我辞别连殳出门的时候,圆月已经升在中天了,是极静的夜。

四

山阳的教育事业的状况很不佳。我到校两月,得不到一文薪水,只得连烟卷也节省起来。但是学校里的人们,虽是月薪十五六元的小职员,也没有一个不是乐天知命的,仗着逐渐打熬成功的铜筋铁骨,面黄肌瘦地从早办公一直到夜,其间看见名位较高的人物,还得恭恭敬敬地站起,实在都是不必"衣食足而知礼节"[①]的人民。我每看见这情状,不知怎的总记起连殳临别托付我的话来。他那时生计更其不堪了,窘相时时显露,看去似乎已没有往时的深沉,知道我就要动身,深夜来访,迟疑了许久,才吞吞吐吐地说道:

"不知道那边可有法子想?——便是钞写,一月二三十块钱的也可以的。我……。"

我很诧异了,还不料他竟肯这样的迁就,一时说不出话来。

"我……,我还得活几天……。"

"那边去看一看,一定竭力去设法罢。"

这是我当日一口承当的答话,后来常常自己听见,眼前也同时浮出连殳的相貌,而且吞吞吐吐地说道"我还得活几天"。到这些时,我便设法向各处推荐一番;但有什么效验呢,事少人多,结果是别人给我几句抱歉的话,我就给他几句抱歉的信。到一学期将完的时候,那情形就更加坏了

[①] "衣食足而知礼节" 语出《管子·牧民》:"仓廪实则知礼节,衣食足则知荣辱。"

起来。那地方的几个绅士所办的《学理周报》上,竟开始攻击我了,自然是决不指名的,但措辞很巧妙,使人一见就觉得我是在挑剔学潮①,连推荐连殳的事,也算是呼朋引类。

我只好一动不动,除上课之外,便关起门来躲着,有时连烟卷的烟钻出窗隙去,也怕犯了挑剔学潮的嫌疑。连殳的事,自然更是无从说起了。这样地一直到深冬。

下了一天雪,到夜还没有止,屋外一切静极,静到要听出静的声音来。我在小小的灯火光中,闭目枯坐,如见雪花片片飘坠,来增补这一望无际的雪堆;故乡也准备过年了,人们忙得很;我自己还是一个儿童,在后园的平坦处和一伙小朋友塑雪罗汉。雪罗汉的眼睛是用两块小炭嵌出来的,颜色很黑,这一闪动,便变了连殳的眼睛。

"我还得活几天!"仍是这样的声音。

"为什么呢?"我无端地这样问,立刻连自己也觉得可笑了。

这可笑的问题使我清醒,坐直了身子,点起一枝烟卷来;推窗一望,雪果然下得更大了。听得有人叩门;不一会,一个人走进来,但是听熟的客寓杂役的脚步。他推开我的房门,交给我一封六寸多长的信,字迹很潦草,然而一瞥便认出"魏缄"两个字,是连殳寄来的。

这是从我离开S城以后他给我的第一封信。我知道他疏懒,本不以杳无消息为奇,但有时也颇怨他不给一点消息。待到接了这信,可又无端地觉得奇怪了,慌忙拆开来。里面也用了一样潦草的字体,写着这样的话:

"申飞……。

"我称你什么呢?我空着。你自己愿意称什么,你自己添上去罢。我都可以的。

"别后共得三信,没有复。这原因很简单:我连买邮票的钱也没有。

---

① 挑剔学潮 1925年5月,作者和北京女子师范大学其他六位教授发表了支持该校学生反对学校当局压制的宣言,陈西滢于同月《现代评论》第一卷第二十五期发表的《闲话》中,攻击作者等人是"暗中挑剔风潮"。作者在这里借用此语,含有讽刺陈西滢文句不通的意味。

"你或者愿意知道些我的消息,现在简直告诉你罢:我失败了。先前,我自以为是失败者,现在知道那并不,现在才真是失败者了。先前,还有人愿意我活几天,我自己也还想活几天的时候,活不下去;现在,大可以无须了,然而要活下去……。

"然而就活下去么?

"愿意我活几天的,自己就活不下去。这人已被敌人诱杀了。谁杀的呢?谁也不知道。

"人生的变化多么迅速呵!这半年来,我几乎求乞了,实际,也可以算得已经求乞。然而我还有所为,我愿意为此求乞,为此冻馁,为此寂寞,为此辛苦。但灭亡是不愿意的。你看,有一个愿意我活几天的,那力量就这么大。然而现在是没有了,连这一个也没有了。同时,我自己也觉得不配活下去;别人呢?也不配的。同时,我自己又觉得偏要为不愿意我活下去的人们而活下去;好在愿意我好好地活下去的已经没有了,再没有谁痛心。使这样的人痛心,我是不愿意的。然而现在是没有了,连这一个也没有了。快活极了,舒服极了;我已经躬行我先前所憎恶,所反对的一切,拒斥我先前所崇仰,所主张的一切了。我已经真的失败,——然而我胜利了。

"你以为我发了疯么?你以为我成了英雄或伟人了么?不,不的。这事情很简单;我近来已经做了杜师长的顾问,每月的薪水就有现洋八十元了。

"申飞……。

"你将以我为什么东西呢,你自己定就是,我都可以的。

"你大约还记得我旧时的客厅罢,我们在城中初见和将别时候的客厅。现在我还用着这客厅。这里有新的宾客,新的馈赠,新的颂扬,新的钻营,新的磕头和打拱,新的打牌和猜拳,新的冷眼和恶心,新的失眠和吐血……。

"你前信说你教书很不如意。你愿意也做顾问么?可以告诉我,我给你办。其实是做门房也不妨,一样地有新的宾客和新的馈赠,新的颂扬……。

"我这里下大雪了。你那里怎样？现在已是深夜，吐了两口血，使我清醒起来。记得你竟从秋天以来陆续给了我三封信，这是怎样的可以惊异的事呵。我必须寄给你一点消息，你或者不至于倒抽一口冷气罢。

　　"此后，我大约不再写信的了，我这习惯是你早已知道的。何时回来呢？倘早，当能相见。——但我想，我们大概究竟不是一路的；那么，请你忘记我罢。我从我的真心感谢你先前常替我筹划生计。但是现在忘记我罢；我现在已经'好'了。

连殳。十二月十四日。"

　　这虽然并不使我"倒抽一口冷气"，但草草一看之后，又细看了一遍，却总有些不舒服，而同时可又夹杂些快意和高兴；又想，他的生计总算已经不成问题，我的担子也可以放下了，虽然在我这一面始终不过是无法可想。忽而又想写一封信回答他，但又觉得没有话说，于是这意思也立即消失了。

　　我的确渐渐地在忘却他。在我的记忆中，他的面貌也不再时常出现。但得信之后不到十天，S城的学理七日报社忽然接续着邮寄他们的《学理七日报》来了。我是不大看这些东西的，不过既经寄到，也就随手翻翻。这却使我记起连殳来，因为里面常有关于他的诗文，如《雪夜谒连殳先生》《连殳顾问高斋雅集》等等；有一回，《学理闲谭》里还津津地叙述他先前所被传为笑柄的事，称作"逸闻"，言外大有"且夫非常之人，必能行非常之事"①的意思。

　　不知怎地虽然因此记起，但他的面貌却总是逐渐模胡；然而又似乎和我日加密切起来，往往无端感到一种连自己也莫明其妙的不安和极轻微的震颤。幸而到了秋季，这《学理七日报》就不寄来了；山阳的《学理周刊》上却又按期登起一篇长论文：《流言即事实论》。里面还说，关于某君们的流言，已在公正士绅间盛传了。这是专指几个人的，有我在内；我只

---

① "且夫非常之人，必能行非常之事"　语出《史记·司马相如列传》："盖世必有非常之人，然后有非常之事。"

好极小心,照例连吸烟卷的烟也谨防飞散。小心是一种忙的苦痛,因此会百事俱废,自然也无暇记得连殳。总之:我其实已经将他忘却了。

但我也终于敷衍不到暑假,五月底,便离开了山阳。

五

从山阳到历城,又到太谷,一总转了大半年,终于寻不出什么事情做,我便又决计回S城去了。到时是春初的下午,天气欲雨不雨,一切都罩在灰色中;旧寓里还有空房,仍然住下。在道上,就想起连殳的了,到后,便决定晚饭后去看他。我提着两包闻喜名产的煮饼,走了许多潮湿的路,让道给许多拦路高卧的狗,这才总算到了连殳的门前。里面仿佛特别明亮似的。我想,一做顾问,连寓里也格外光亮起来了,不觉在暗中一笑。但仰面一看,门旁却白白的,分明帖着一张斜角纸①。我又想,大良们的祖母死了罢;同时也跨进门,一直向里面走。

微光所照的院子里,放着一具棺材,旁边站一个穿军衣的兵或是马弁②,还有一个和他谈话的,看时却是大良的祖母;另外还闲站着几个短衣的粗人。我的心即刻跳起来了。她也转过脸来凝视我。

"阿呀!您回来了?何不早几天……。"她忽而大叫起来。

"谁……谁没有了?"我其实是已经大概知道的了,但还是问。

"魏大人,前天没有的。"

我四顾,客厅里暗沉沉的,大约只有一盏灯;正屋里却挂着白的孝帏③,几个孩子聚在屋外,就是大良二良们。

"他停在那里,"大良的祖母走向前,指着说,"魏大人恭喜之后,我把正屋也租给他了;他现在就停在那里。"

孝帏上没有别的,前面是一张条桌,一张方桌;方桌上摆着十来碗饭

---

① 斜角纸 旧时习俗,人死后在大门旁斜贴一张白纸,纸上写明死者的性别和年龄,入殓时需要避开的是哪些生肖的人,以及"殃"和"煞"的种类、日期,使别人知道避忌。
② 马弁 指当官的身边带的随从。
③ 孝帏 悬挂在灵床或灵柩前的帷帐。

菜。我刚跨进门,当面忽然现出两个穿白长衫的来拦住了,瞪了死鱼似的眼睛,从中发出惊疑的光来,钉住了我的脸。我慌忙说明我和连殳的关系,大良的祖母也来从旁证实,他们的手和眼光这才逐渐弛缓下去,默许我近前去鞠躬。

我一鞠躬,地下忽然有人呜呜的哭起来了,定神看时,一个十多岁的孩子伏在草荐上,也是白衣服,头发剪得很光的头上还络着一大绺苎麻丝①。

我和他们寒暄后,知道一个是连殳的从堂兄弟,要算最亲的了;一个是远房侄子。我请求看一看故人,他们却竭力拦阻,说是"不敢当"的。然而终于被我说服了,将孝帏揭起。

这回我会见了死的连殳。但是奇怪!他虽然穿一套皱的短衫裤,大襟上还有血迹,脸上也瘦削得不堪,然而面目却还是先前那样的面目,宁静地闭着嘴,合着眼,睡着似的,几乎要使我伸手到他鼻子前面,去试探他可是其实还在呼吸着。

一切是死一般静,死的人和活的人。我退开了,他的从堂兄弟却又来周旋,说"舍弟"正在年富力强,前程无限的时候,竟遽尔"作古"了,这不但是"衰宗"不幸,也太使朋友伤心。言外颇有替连殳道歉之意;这样地能说,在山乡中人是少有的。但此后也就沉默了,一切是死一般静,死的人和活的人。

我觉得很无聊,怎样的悲哀倒没有,便退到院子里,和大良们的祖母闲谈起来。知道入殓的时候是临近了,只待寿衣送到;钉棺材钉时,"子午卯酉"四生肖是必须躲避的。她谈得高兴了,说话滔滔地泉流似的涌出,说到他的病状,说到他生时的情景,也带些关于他的批评。

"你可知道魏大人自从交运之后,人就和先前两样了,脸也抬高起来,气昂昂的。对人也不再先前那么迂。你知道,他先前不是像一个哑子,见我是叫老太太的么?后来就叫'老家伙'。唉唉,真是有趣。人送

---

① 苎麻丝 指"麻冠"(用苎麻编成)。旧时习俗,死者的儿子或承重孙在守灵和送殡时戴用,作为"重孝"的标志。

他仙居术①,他自己是不吃的,就摔在院子里,——就是这地方,——叫道,'老家伙,你吃去罢。'他交运之后,人来人往,我把正屋也让给他住了,自己便搬在这厢房里。他也真是一走红运,就与众不同,我们就常常这样说笑。要是你早来一个月,还赶得上看这里的热闹,三日两头的猜拳行令,说的说,笑的笑,唱的唱,做诗的做诗,打牌的打牌……。

"他先前怕孩子们比孩子们见老子还怕,总是低声下气的。近来可也两样了,能说能闹,我们的大良们也很喜欢和他玩,一有空,便都到他的屋里去。他也用种种方法逗着玩;要他买东西,他就要孩子装一声狗叫,或者磕一个响头。哈哈,真是过得热闹。前两月二良要他买鞋,还磕了三个响头哩,哪,现在还穿着,没有破呢。"

一个穿白长衫的人出来了,她就住了口。我打听连殳的病症,她却不大清楚,只说大约是早已瘦了下去的罢,可是谁也没理会,因为他总是高高兴兴的。到一个多月前,这才听到他吐过几回血,但似乎也没有看医生;后来躺倒了;死去的前三天,就哑了喉咙,说不出一句话。十三大人从寒石山路远迢迢地上城来,问他可有存款,他一声也不响。十三大人疑心他装出来的,也有人说有些生痨病死的人是要说不出话来的,谁知道呢……。

"可是魏大人的脾气也太古怪,"她忽然低声说,"他就不肯积蓄一点,水似的化钱。十三大人还疑心我们得了什么好处。有什么屁好处呢?他就冤里冤枉胡里胡涂地化掉了。譬如买东西,今天买进,明天又卖出,弄破,真不知道是怎么一回事。待到死了下来,什么也没有,都糟掉了。要不然,今天也不至于这样地冷静……。

"他就是胡闹,不想办一点正经事。我是想到过的,也劝过他。这么年纪了,应该成家;照现在的样子,结一门亲很容易;如果没有门当户对的,先买几个姨太太也可以:人是总应该像个样子的。可是他一听到就笑起来,说道,'老家伙,你还是总替别人惦记着这等事么?'你看,他近来就浮而不实,不把人的好话当好话听。要是早听了我的话,现在何至于独自

---

① 仙居术　浙江省仙居县所产的中药白术。

冷清清地在阴间摸索,至少,也可以听到几声亲人的哭声……。"

一个店伙背了衣服来了。三个亲人便检出里衣,走进帏后去。不多久,孝帏揭起了,里衣已经换好,接着是加外衣。这很出我意外。一条土黄的军裤穿上了,嵌着很宽的红条,其次穿上去的是军衣,金闪闪的肩章,也不知道是什么品级,那里来的品级。到入棺,是连殳很不妥帖地躺着,脚边放一双黄皮鞋,腰边放一柄纸糊的指挥刀,骨瘦如柴的灰黑的脸旁,是一顶金边的军帽。

三个亲人扶着棺沿哭了一场,止哭拭泪;头上络麻线的孩子退出去了,三良也避去,大约都是属"子午卯酉"之一的。

粗人扛起棺盖来,我走近去最后看一看永别的连殳。

他在不妥帖的衣冠中,安静地躺着,合了眼,闭着嘴,口角间仿佛含着冰冷的微笑,冷笑着这可笑的死尸。

敲钉的声音一响,哭声也同时迸出来。这哭声使我不能听完,只好退到院子里;顺脚一走,不觉出了大门了。潮湿的路极其分明,仰看太空,浓云已经散去,挂着一轮圆月,散出冷静的光辉。

我快步走着,仿佛要从一种沉重的东西中冲出,但是不能够。耳朵中有什么挣扎着,久之,久之,终于挣扎出来了,隐约像是长嗥,像一匹受伤的狼,当深夜在旷野中嗥叫,惨伤里夹杂着愤怒和悲哀。

我的心地就轻松起来,坦然地在潮湿的石路上走,月光底下。

一九二五年十月十七日毕。

【讲析】

小说主人公魏连殳冷峻怪异,性格矛盾,有点《世说新语》中魏晋人物的气息。仔细阅读,发现他身上似乎还有鲁迅的影子:"一个短小瘦削的人,长方脸,蓬松的头发和浓黑的须眉占了一脸的小半,只见两眼在黑气里发光。"真有点像鲁迅的自画像,他那种孤独、寂寞、不入流俗的气质,也挺像鲁迅的。但读下去又发现,小说是要通过魏连殳这个人物来反思"五四"新思潮,只不过在反思时连自己也"烧"进去了。

魏连殳是个"吃洋教"的新党,被人看作不合群的"异类"。他也有些访客,"大抵是读过《沉沦》的罢,时常自命为'不幸的青年'或是'零余者',螃蟹一般懒散而骄傲地堆在大椅子上,一面唉声叹气,一面皱着眉头吸烟。"魏连殳看见小孩,眼里立刻放出光来,以为"中国的可以希望,只在这一点"。只是后来"街上看见一个很小的小孩,拿了一片芦叶指着我道:杀!他还不很能走路……"这些讽刺性的描写都带有鲁迅对新思潮特别是自己曾信奉过的进化论的省思。

魏连殳谈到他死去的祖母时有这样一句话,说她是"亲手造成孤独,又放在嘴里去咀嚼的人的一生"的人。其实说的也是魏连殳自己,他打小就从祖母那里感受到人生在世那种茕茕孑立的孤单。这句话可以当作全篇的主旨。小说"以送殓始,以送殓终",写魏连殳的一生,先前如何怀抱理想,特立独行,其后失业乞讨,走投无路,只好当军阀杜师长的顾问,躬行自己原先所蔑视与反对的一切。他"有新的宾客,新的馈赠,新的颂扬,新的钻营,新的磕头和打拱,新的打牌和猜拳,新的冷眼和恶心,新的失眠和吐血……",但唯独失去了自己,最终这位孤独的"强人"承认"失败了"。魏连殳因肺痨病死,入殓时那模样也是死不安宁,讽刺而又令人哀伤的:他很不妥帖地躺着,穿的是土黄的军衣,金闪闪的肩章,脚边放一双黄皮鞋,腰边放一柄纸糊的指挥刀,骨瘦如柴的灰黑的脸旁,是一顶金边的军帽。鲁迅对魏连殳持有批判态度的,批判他的堕落,但批判中又有无限的同情,有对人生多变和生与死的深切的思考。

小说多处写人物的特异表现,读来惊心动魄。比如,开头写魏连殳的祖母入殓时,他一言不发,在惊异和不满的空气里沉思。"忽然,他流下泪来了,接着就失声,立刻又变成长嚎,像一匹受伤的狼,当深夜在旷野中嗥叫,惨伤里夹杂着愤怒和悲哀。"这描写给人印象太深了,也可以看作是对生与死的彻悟吧。阅读《孤独者》,要导向这种"彻悟",才理解它那惊悚而冷峭的风格。

伤　逝[*]

——涓生的手记

如果我能够，我要写下我的悔恨和悲哀，为子君，为自己。

会馆[①]里的被遗忘在偏僻里的破屋是这样地寂静和空虚。时光过得真快，我爱子君，仗着她逃出这寂静和空虚，已经满一年了。事情又这么不凑巧，我重来时，偏偏空着的又只有这一间屋。依然是这样的破窗，这样的窗外的半枯的槐树和老紫藤，这样的窗前的方桌，这样的败壁，这样的靠壁的板床。深夜中独自躺在床上，就如我未曾和子君同居以前一般，过去一年中的时光全被消灭，全未有过，我并没有曾经从这破屋子搬出，在吉兆胡同创立了满怀希望的小小的家庭。

不但如此。在一年之前，这寂静和空虚是并不这样的，常常含着期待；期待子君的到来。在久待的焦躁中，一听到皮鞋的高底尖触着砖路的清响，是怎样地使我骤然生动起来呵！于是就看见带着笑涡的苍白的圆脸，苍白的瘦的臂膊，布的有条纹的衫子，玄色的裙。她又带了窗外的半枯的槐树的新叶来，使我看见，还有挂在铁似的老干上的一房一房的紫白的藤花。

然而现在呢，只有寂静和空虚依旧，子君却决不再来了，而且永远，永远地！……

子君不在我这破屋里时，我什么也看不见。在百无聊赖中，随手抓过

---

[*] 本文收入《彷徨》前未在报刊上发表过。
① 会馆　旧时都市中同乡会或同业公会设立的馆舍，供同乡或同业旅居、聚会之用。

一本书来,科学也好,文学也好,横竖什么都一样;看下去,看下去,忽而自己觉得,已经翻了十多页了,但是毫不记得书上所说的事。只是耳朵却分外地灵,仿佛听到大门外一切往来的履声,从中便有子君的,而且橐橐地逐渐临近,——但是,往往又逐渐渺茫,终于消失在别的步声的杂沓中了。我憎恶那不像子君鞋声的穿布底鞋的长班①的儿子,我憎恶那太像子君鞋声的常常穿着新皮鞋的邻院的搽雪花膏的小东西!

莫非她翻了车么?莫非她被电车撞伤了么?……

我便要取了帽子去看她,然而她的胞叔就曾经当面骂过我。

蓦然,她的鞋声近来了,一步响于一步,迎出去时,却已经走过紫藤棚下,脸上带着微笑的酒窝。她在她叔子的家里大约并未受气;我的心宁帖了,默默地相视片时之后,破屋里便渐渐充满了我的语声,谈家庭专制,谈打破旧习惯,谈男女平等,谈伊孛生,谈泰戈尔,谈雪莱②……。她总是微笑点头,两眼里弥漫着稚气的好奇的光泽。壁上就钉着一张铜板的雪莱半身像,是从杂志上裁下来的,是他的最美的一张像。当我指给她看时,她却只草草一看,便低了头,似乎不好意思了。这些地方,子君就大概还未脱尽旧思想的束缚,——我后来也想,倒不如换一张雪莱淹死在海里的纪念像或是伊孛生的罢;但也终于没有换,现在是连这一张也不知那里去了。

"我是我自己的,他们谁也没有干涉我的权利!"

这是我们交际了半年,又谈起她在这里的胞叔和在家的父亲时,她默想了一会之后,分明地,坚决地,沉静地说了出来的话。其时是我已经说尽了我的意见,我的身世,我的缺点,很少隐瞒;她也完全了解的了。这几

---

① 长班　旧时官员的随身仆人,也用来称呼一般的"听差"。
② 伊孛生(H. Ibsen,1828—1906)　通译易卜生,挪威剧作家。他的作品《人民公敌》、《玩偶之家》(又译《娜拉》)等,以人的精神反叛与追求为主题,在"五四"时期译介到中国,影响巨大。泰戈尔(R. Tagore,1861—1941),印度诗人。1924年曾来过我国。当时他的诗作译成中文的有《新月集》《飞鸟集》等。雪莱(P. B. Shelley,1792—1822),英国诗人。曾参加爱尔兰民族独立运动,因传播革命思想和争取婚姻自由而屡遭迫害,后在海里覆舟淹死。他的《西风颂》《云雀颂》等著名短诗,"五四"后被译介到我国。

1981年水华导演电影《伤逝》剧照

句话很震动了我的灵魂,此后许多天还在耳中发响,而且说不出的狂喜,知道中国女性,并不如厌世家所说那样的无法可施,在不远的将来,便要看见辉煌的曙色的。

送她出门,照例是相离十多步远;照例是那鲇鱼须的老东西的脸又紧帖在脏的窗玻璃上了,连鼻尖都挤成一个小平面;到外院,照例又是明晃晃的玻璃窗里的那小东西的脸,加厚的雪花膏。她目不邪视地骄傲地走了,没有看见;我骄傲地回来。

"我是我自己的,他们谁也没有干涉我的权利!"这彻底的思想就在她的脑里,比我还透澈,坚强得多。半瓶雪花膏和鼻尖的小平面,于她能算什么东西呢?

我已经记不清那时怎样地将我的纯真热烈的爱表示给她。岂但现在,那时的事后便已模胡,夜间回想,早只剩了一些断片了;同居以后一两月,便连这些断片也化作无可追踪的梦影。我只记得那时以前的十几天,曾经很仔细地研究过表示的态度,排列过措辞的先后,以及倘或遭了拒绝以后的情形。可是临时似乎都无用,在慌张中,身不由己地竟用了在电影上见过的方法了。后来一想到,就使我很愧恧①,但在记忆上却偏只有这一点永远留遗,至今还如暗室的孤灯一般,照见我含泪握着她的手,一条腿跪了下去……。

不但我自己的,便是子君的言语举动,我那时就没有看得分明;仅知道她已经允许我了。但也还仿佛记得她脸色变成青白,后来又渐渐转作绯红,——没有见过,也没有再见的绯红;孩子似的眼里射出悲喜,但是夹着惊疑的光,虽然力避我的视线,张皇地似乎要破窗飞去。然而我知道她已经允许我了,没有知道她怎样说或是没有说。

她却是什么都记得:我的言辞,竟至于读熟了的一般,能够滔滔背诵;我的举动,就如有一张我所看不见的影片挂在眼下,叙述得如生,很细微,自然连那使我不愿再想的浅薄的电影的一闪。夜阑人静,是相对温习的时候了,我常是被质问,被考验,并且被命复述当时的言语,然而常须由她补足,由她纠正,像一个丁等的学生。

这温习后来也渐渐稀疏起来。但我只要看见她两眼注视空中,出神似的凝想着,于是神色越加柔和,笑窝也深下去,便知道她又在自修旧课了,只是我很怕她看到我那可笑的电影的一闪。但我又知道,她一定要看见,而且也非看不可的。

然而她并不觉得可笑。即使我自己以为可笑,甚而至于可鄙的,她也毫不以为可笑。这事我知道得很清楚,因为她爱我,是这样地热烈,这样地纯真。

去年的暮春是最为幸福,也是最为忙碌的时光。我的心平静下去了,但又有别一部分和身体一同忙碌起来。我们这时才在路上同行,也到过几回公园,最多的是寻住所。我觉得在路上时时遇到探索,讥笑,猥亵和轻蔑的眼光,一不小心,便使我的全身有些瑟缩,只得即刻提起我的骄傲和反抗来支持。她却是大无畏的,对于这些全不关心,只是镇静地缓缓前行,坦然如入无人之境。

寻住所实在不是容易事,大半是被托辞拒绝,小半是我们以为不相

---

① 愧恧　意思是惭愧。《宋书·张畅传》:"道民忝为城主,而损威延寇,其为愧恧,亦已深矣。"

宜。起先我们选择得很苛酷,——也非苛酷,因为看去大抵不像是我们的安身之所;后来,便只要他们能相容了。看了二十多处,这才得到可以暂且敷衍的处所,是吉兆胡同一所小屋里的两间南屋;主人是一个小官,然而倒是明白人,自住着正屋和厢房。他只有夫人和一个不到周岁的女孩子,雇一个乡下的女工,只要孩子不啼哭,是极其安闲幽静的。

我们的家具很简单,但已经用去了我的筹来的款子的大半;子君还卖掉了她唯一的金戒指和耳环。我拦阻她,还是定要卖,我也就不再坚持下去了;我知道不给她加入一点股分去,她是住不舒服的。

和她的叔子,她早经闹开,至于使他气愤到不再认她做侄女;我也陆续和几个自以为忠告,其实是替我胆怯,或者竟是嫉妒的朋友绝了交。然而这倒很清静。每日办公散后,虽然已近黄昏,车夫又一定走得这样慢,但究竟还有二人相对的时候。我们先是沉默的相视,接着是放怀而亲密的交谈,后来又是沉默。大家低头沉思着,却并未想着什么事。我也渐渐清醒地读遍了她的身体,她的灵魂,不过三星期,我似乎于她已经更加了解,揭去许多先前以为了解而现在看来却是隔膜,即所谓真的隔膜了。

子君也逐日活泼起来。但她并不爱花,我在庙会时买来的两盆小草花,四天不浇,枯死在壁角了,我又没有照顾一切的闲暇。然而她爱动物,也许是从官太太那里传染的罢,不一月,我们的眷属便骤然加得很多,四只小油鸡,在小院子里和房主人的十多只在一同走。但她们却认识鸡的相貌,各知道那一只是自家的。还有一只花白的叭儿狗,从庙会买来,记得似乎原有名字,子君却给它另起了一个,叫作阿随。我就叫它阿随,但我不喜欢这名字。

这是真的,爱情必须时时更新,生长,创造。我和子君说起这,她也领会地点点头。

唉唉,那是怎样的宁静而幸福的夜呵!

安宁和幸福是要凝固的,永久是这样的安宁和幸福。我们在会馆里时,还偶有议论的冲突和意思的误会,自从到吉兆胡同以来,连这一点也没有了;我们只在灯下对坐的怀旧谭中,回味那时冲突以后的和解的重生一般的乐趣。

　　子君竟胖了起来,脸色也红活了;可惜的是忙。管了家务便连谈天的工夫也没有,何况读书和散步。我们常说,我们总还得雇一个女工。

　　这就使我也一样地不快活,傍晚回来,常见她包藏着不快活的颜色,尤其使我不乐的是她要装作勉强的笑容。幸而探听出来了,也还是和那小官太太的暗斗,导火线便是两家的小油鸡。但又何必硬不告诉我呢?人总该有一个独立的家庭。这样的处所,是不能居住的。

　　我的路也铸定了,每星期中的六天,是由家到局,又由局到家。在局里便坐在办公桌前钞,钞,钞些公文和信件;在家里是和她相对或帮她生白炉子,煮饭,蒸馒头。我的学会了煮饭,就在这时候。

　　但我的食品却比在会馆里时好得多了。做菜虽不是子君的特长,然而她于此却倾注着全力;对于她的日夜的操心,使我也不能不一同操心,来算作分甘共苦。况且她又这样地终日汗流满面,短发都粘在脑额上;两只手又只是这样地粗糙起来。

　　况且还要饲阿随,饲油鸡,……都是非她不可的工作。

　　我曾经忠告她:我不吃,倒也罢了;却万不可这样地操劳。她只看了我一眼,不开口,神色却似乎有点凄然;我也只好不开口。然而她还是这样地操劳。

　　我所豫期的打击果然到来。双十节的前一晚,我呆坐着,她在洗碗。听到打门声,我去开门时,是局里的信差,交给我一张油印的纸条。我就有些料到了,到灯下去一看,果然,印着的就是:

```
       奉
    局长谕史涓生着毋庸到局办事
          秘书处启　十月九号
```

　　这在会馆里时,我就早已料到了;那雪花膏便是局长的儿子的赌友,一定要去添些谣言,设法报告的。到现在才发生效验,已经要算是很晚的了。其实这在我不能算是一个打击,因为我早就决定,可以给别人去钞写,或者教读,或者虽然费力,也还可以译点书,况且《自由之友》的总编辑便是见过几次的熟人,两月前还通过信。但我的心却跳跃着。那么一个无畏的子君也变了色,尤其使我痛心;她近来似乎也较为怯弱了。

"那算什么。哼,我们干新的。我们……。"她说。

她的话没有说完;不知怎地,那声音在我听去却只是浮浮的;灯光也觉得格外黯淡。人们真是可笑的动物,一点极微末的小事情,便会受着很深的影响。我们先是默默地相视,逐渐商量起来,终于决定将现有的钱竭力节省,一面登"小广告"去寻求钞写和教读,一面写信给《自由之友》的总编辑,说明我目下的遭遇,请他收用我的译本,给我帮一点艰辛时候的忙。

"说做,就做罢!来开一条新的路!"

我立刻转身向了书案,推开盛香油的瓶子和醋碟,子君便送过那黯淡的灯来。我先拟广告;其次是选定可译的书,迁移以来未曾翻阅过,每本的头上都满漫着灰尘了;最后才写信。

我很费踌蹰,不知道怎样措辞好,当停笔凝思的时候,转眼去一瞥她的脸,在昏暗的灯光下,又很见得凄然。我真不料这样微细的小事情,竟会给坚决的,无畏的子君以这么显著的变化。她近来实在变得很怯弱了,但也并不是今夜才开始的。我的心因此更缭乱,忽然有安宁的生活的影像——会馆里的破屋的寂静,在眼前一闪,刚刚想定睛凝视,却又看见了昏暗的灯光。

许久之后,信也写成了,是一封颇长的信;很觉得疲劳,仿佛近来自己也较为怯弱了。于是我们决定,广告和发信,就在明日一同实行。大家不约而同地伸直了腰肢,在无言中,似乎又都感到彼此的坚忍崛强的精神,还看见从新萌芽起来的将来的希望。

外来的打击其实倒是振作了我们的新精神。局里的生活,原如鸟贩子手里的禽鸟一般,仅有一点小米维系残生,决不会肥胖;日子一久,只落得麻痹了翅子,即使放出笼外,早已不能奋飞。现在总算脱出这牢笼了,我从此要在新的开阔的天空中翱翔,趁我还未忘却了我的翅子的扇动。

小广告是一时自然不会发生效力的；但译书也不是容易事，先前看过，以为已经懂得的，一动手，却疑难百出了，进行得很慢。然而我决计努力地做，一本半新的字典，不到半月，边上便有了一大片乌黑的指痕，这就证明着我的工作的切实。《自由之友》的总编辑曾经说过，他的刊物是决不会埋没好稿子的。

可惜的是我没有一间静室，子君又没有先前那么幽静，善于体帖了，屋子里总是散乱着碗碟，弥漫着煤烟，使人不能安心做事，但是这自然还只能怨我自己无力置一间书斋。然而又加以阿随，加以油鸡们。加以油鸡们又大起来了，更容易成为两家争吵的引线。

加以每日的"川流不息"的吃饭；子君的功业，仿佛就完全建立在这吃饭中。吃了筹钱，筹来吃饭，还要喂阿随，饲油鸡；她似乎将先前所知道的全都忘掉了，也不想到我的构思就常常为了这催促吃饭而打断。即使在坐中给看一点怒色，她总是不改变，仍然毫无感触似的大嚼起来。

使她明白了我的作工不能受规定的吃饭的束缚，就费去五星期。她明白之后，大约很不高兴罢，可是没有说。我的工作果然从此较为迅速地进行，不久就共译了五万言，只要润色一回，便可以和做好的两篇小品，一同寄给《自由之友》去。只是吃饭却依然给我苦恼。菜冷，是无妨的，然而竟不够；有时连饭也不够，虽然我因为终日坐在家里用脑，饭量已经比先前要减少得多。这是先去喂了阿随了，有时还并那近来连自己也轻易不吃的羊肉。她说，阿随实在瘦得太可怜，房东太太还因此嗤笑我们了，她受不住这样的奚落。

于是吃我残饭的便只有油鸡们。这是我积久才看出来的，但同时也如赫胥黎①的论定"人类在宇宙间的位置"一般，自觉了我在这里的位置：不过是叭儿狗和油鸡之间。

后来，经多次的抗争和催逼，油鸡们也逐渐成为肴馔，我们和阿随都

---

① 赫胥黎（T. Huxley，1825—1895）　英国生物学家。他的《人类在宇宙间的位置》（今译《人类在自然界的位置》），是宣传达尔文的进化论的重要著作。

享用了十多日的鲜肥；可是其实都很瘦，因为它们早已每日只能得到几粒高粱了。从此便清静得多。只有子君很颓唐，似乎常觉得凄苦和无聊，至于不大愿意开口。我想，人是多么容易改变呵！

但是阿随也将留不住了。我们已经不能再希望从什么地方会有来信，子君也早没有一点食物可以引它打拱或直立起来。冬季又逼近得这么快，火炉就要成为很大的问题；它的食量，在我们其实早是一个极易觉得的很重的负担。于是连它也留不住了。

倘使插了草标到庙市去出卖，也许能得几文钱罢，然而我们都不能，也不愿这样做。终于是用包袱蒙着头，由我带到西郊去放掉了，还要追上来，便推在一个并不很深的土坑里。

我一回寓，觉得又清静得多多了；但子君的凄惨的神色，却使我很吃惊。那是没有见过的神色，自然是为阿随。但又何至于此呢？我还没有说起推在土坑里的事。

到夜间，在她的凄惨的神色中，加上冰冷的分子了。

"奇怪。——子君，你怎么今天这样儿了？"我忍不住问。

"什么？"她连看也不看我。

"你的脸色……。"

"没有什么，——什么也没有。"

我终于从她言动上看出，她大概已经认定我是一个忍心的人。其实，我一个人，是容易生活的，虽然因为骄傲，向来不与世交来往，迁居以后，也疏远了所有旧识的人，然而只要能远走高飞，生路还宽广得很。现在忍受着这生活压迫的苦痛，大半倒是为她，便是放掉阿随，也何尝不如此。但子君的识见却似乎只是浅薄起来，竟至于连这一点也想不到了。

我拣了一个机会，将这些道理暗示她；她领会似的点头。然而看她后来的情形，她是没有懂，或者是并不相信的。

天气的冷和神情的冷，逼迫我不能在家庭中安身。但是，往那里去呢？大道上，公园里，虽然没有冰冷的神情，冷风究竟也刺得人皮肤欲裂。我终于在通俗图书馆里觅得了我的天堂。

那里无须买票；阅览室里又装着两个铁火炉。纵使不过是烧着不死不活的煤的火炉，但单是看见装着它，精神上也就总觉得有些温暖。书却无可看：旧的陈腐，新的是几乎没有的。

好在我到那里去也并非为看书。另外时常还有几个人，多则十余人，都是单薄衣裳，正如我，各人看各人的书，作为取暖的口实。这于我尤为合式。道路上容易遇见熟人，得到轻蔑的一瞥，但此地却决无那样的横祸，因为他们是永远围在别的铁炉旁，或者靠在自家的白炉边的。

那里虽然没有书给我看，却还有安闲容得我想。待到孤身枯坐，回忆从前，这才觉得大半年来，只为了爱，——盲目的爱，——而将别的人生的要义全盘疏忽了。第一，便是生活。人必生活着，爱才有所附丽①。世界上并非没有为了奋斗者而开的活路；我也还未忘却翅子的扇动，虽然比先前已经颓唐得多……。

屋子和读者渐渐消失了，我看见怒涛中的渔夫，战壕中的兵士，摩托车②中的贵人，洋场上的投机家，深山密林中的豪杰，讲台上的教授，昏夜的运动者和深夜的偷儿……。子君，——不在近旁。她的勇气都失掉了，只为着阿随悲愤，为着做饭出神；然而奇怪的是倒也并不怎样瘦损……。

冷了起来，火炉里的不死不活的几片硬煤，也终于烧尽了，已是闭馆的时候。又须回到吉兆胡同，领略冰冷的颜色去了。近来也间或遇到温暖的神情，但这却反而增加我的苦痛。记得有一夜，子君的眼里忽而又发出久已不见的稚气的光来，笑着和我谈到还在会馆时候的情形，时时又很带些恐怖的神色。我知道我近来的超过她的冷漠，已经引起她的忧疑来，只得也勉力谈笑，想给她一点慰藉。然而我的笑貌一上脸，我的话一出口，却即刻变为空虚，这空虚又即刻发生反响，回向我的耳目里，给我一个难堪的恶毒的冷嘲。

子君似乎也觉得的，从此便失掉了她往常的麻木似的镇静，虽然竭力掩饰，总还是时时露出忧疑的神色来，但对我却温和得多了。

我要明告她，但我还没有敢，当决心要说的时候，看见她孩子一般的

---

① 附丽　附着，依附。《文选·魏都赋》（左思）："而子大夫之贤者，尚弗曾庶翼等威，附丽皇极。"
② 摩托车　当时对小汽车的称呼。

眼色,就使我只得暂且改作勉强的欢容。但是这又即刻来冷嘲我,并使我失却那冷漠的镇静。

她从此又开始了往事的温习和新的考验,逼我做出许多虚伪的温存的答案来,将温存示给她,虚伪的草稿便写在自己的心上。我的心渐被这些草稿填满了,常觉得难于呼吸。我在苦恼中常常想,说真实自然须有极大的勇气的;假如没有这勇气,而苟安于虚伪,那也便是不能开辟新的生路的人。不独不是这个,连这人也未尝有!

子君有怨色,在早晨,极冷的早晨,这是从未见过的,但也许是从我看来的怨色。我那时冷冷地气愤和暗笑了;她所磨练的思想和豁达无畏的言论,到底也还是一个空虚,而对于这空虚却并未自觉。她早已什么书也不看,已不知道人的生活的第一着是求生,向着这求生的道路,是必须携手同行,或奋身孤往的了,倘使只知道捶①着一个人的衣角,那便是虽战士也难于战斗,只得一同灭亡。

我觉得新的希望就只在我们的分离;她应该决然舍去,——我也突然想到她的死,然而立刻自责,忏悔了。幸而是早晨,时间正多,我可以说我的真实。我们的新的道路的开辟,便在这一遭。

我和她闲谈,故意地引起我们的往事,提到文艺,于是涉及外国的文人,文人的作品:《诺拉》《海的女人》②。称扬诺拉的果决⋯⋯。也还是去年在会馆的破屋里讲过的那些话,但现在已经变成空虚,从我的嘴传入自己的耳中,时时疑心有一个隐形的坏孩子,在背后恶意地刻毒地学舌。

她还是点头答应着倾听,后来沉默了。我也就断续地说完了我的话,连余音都消失在虚空中了。

"是的。"她又沉默了一会,说,"但是,⋯⋯涓生,我觉得你近来很两样了。可是的? 你,——你老实告诉我。"

我觉得这似乎给了我当头一击,但也立即定了神,说出我的意见和主

---

① 捶　同"搋",口语中读 duī,意思是往下牵拉。
② 《诺拉》　通译《娜拉》(又译作《玩偶之家》);《海的女人》,通译《海的夫人》,都是易卜生的著名剧作。

张来:新的路的开辟,新的生活的再造,为的是免得一同灭亡。

临末,我用了十分的决心,加上这几句话:

"……况且你已经可以无须顾虑,勇往直前了。你要我老实说;是的,人是不该虚伪的。我老实说罢:因为,因为我已经不爱你了!但这于你倒好得多,因为你更可以毫无挂念地做事……。"

我同时豫期着大的变故的到来,然而只有沉默。她脸色陡然变成灰黄,死了似的;瞬间便又苏生,眼里也发了稚气的闪闪的光泽。这眼光射向四处,正如孩子在饥渴中寻求着慈爱的母亲,但只在空中寻求,恐怖地回避着我的眼。

我不能看下去了,幸而是早晨,我冒着寒风径奔通俗图书馆。

在那里看见《自由之友》,我的小品文都登出了。这使我一惊,仿佛得了一点生气。我想,生活的路还很多,——但是,现在这样也还是不行的。

我开始去访问久已不相闻问的熟人,但这也不过一两次;他们的屋子自然是暖和的,我在骨髓中却觉得寒冽。夜间,便蜷伏在比冰还冷的冷屋中。

冰的针刺着我的灵魂,使我永远苦于麻木的疼痛。生活的路还很多,我也还没有忘却翅子的扇动,我想。——我突然想到她的死,然而立刻自责,忏悔了。

在通俗图书馆里往往瞥见一闪的光明,新的生路横在前面。她勇猛地觉悟了,毅然走出这冰冷的家,而且,——毫无怨恨的神色。我便轻如行云,漂浮空际,上有蔚蓝的天,下是深山大海,广厦高楼,战场,摩托车,洋场,公馆,晴明的闹市,黑暗的夜……。

而且,真的,我豫感得这新生面便要来到了。

我们总算度过了极难忍受的冬天,这北京的冬天;就如蜻蜓落在恶作剧的坏孩子的手里一般,被系着细线,尽情玩弄,虐待,虽然幸而没有送掉性命,结果也还是躺在地上,只争着一个迟早之间。

写给《自由之友》的总编辑已经有三封信,这才得到回信,信封里只有两张书券:两角的和三角的。我却单是催,就用了九分的邮票,一天的饥饿,又都白挨给于己一无所得的空虚了。

然而觉得要来的事,却终于来到了。

这是冬春之交的事,风已没有这么冷,我也更久地在外面徘徊;待到回家,大概已经昏黑。就在这样一个昏黑的晚上,我照常没精打采地回来,一看见寓所的门,也照常更加丧气,使脚步放得更缓。但终于走进自己的屋子里了,没有灯火;摸火柴点起来时,是异样的寂寞和空虚!

正在错愕中,官太太便到窗外来叫我出去。

"今天子君的父亲来到这里,将她接回去了。"她很简单地说。

这似乎又不是意料中的事,我便如脑后受了一击,无言地站着。

"她去了么?"过了些时,我只问出这样一句话。

"她去了。"

"她,——她可说什么?"

"没说什么。单是托我见你回来时告诉你,说她去了。"

我不信;但是屋子里是异样的寂寞和空虚。我遍看各处,寻觅子君;只见几件破旧而黯淡的家具,都显得极其清疏,在证明着它们毫无隐匿一人一物的能力。我转念寻信或她留下的字迹,也没有;只是盐和干辣椒,面粉,半株白菜,却聚集在一处了,旁边还有几十枚铜元。这是我们两人生活材料的全副,现在她就郑重地将这留给我一个人,在不言中,教我借此去维持较久的生活。

我似乎被周围所排挤,奔到院子中间,有昏黑在我的周围;正屋的纸窗上映出明亮的灯光,他们正在逗着孩子玩笑。我的心也沉静下来,觉得在沉重的迫压中,渐渐隐约地现出脱走的路径:深山大泽,洋场,电灯下的盛筵,壕沟,最黑最黑的深夜,利刃的一击,毫无声响的脚步……。

心地有些轻松,舒展了,想到旅费,并且嘘一口气。

躺着,在合着的眼前经过的豫想的前途,不到半夜已经现尽;暗中忽然仿佛看见一堆食物,这之后,便浮出一个子君的灰黄的脸来,睁了孩子气的眼睛,恳托似的看着我。我一定神,什么也没有了。

但我的心却又觉得沉重。我为什么偏不忍耐几天,要这样急急地告诉她真话的呢?现在她知道,她以后所有的只是她父亲——儿女的债主——的烈日一般的严威和旁人的赛过冰霜的冷眼。此外便是虚空。负着虚空的重担,在严威和冷眼中走着所谓人生的路,这是怎么可怕的事呵!而况这路的尽头,又不过是——连墓碑也没有的坟墓。

我不应该将真实说给子君,我们相爱过,我应该永久奉献她我的说谎。如果真实可以宝贵,这在子君就不该是一个沉重的空虚。谎语当然也是一个空虚,然而临末,至多也不过这样地沉重。

我以为将真实说给子君,她便可以毫无顾虑,坚决地毅然前行,一如我们将要同居时那样。但这恐怕是我错误了。她当时的勇敢和无畏是因为爱。

我没有负着虚伪的重担的勇气,却将真实的重担卸给她了。她爱我之后,就要负了这重担,在严威和冷眼中走着所谓人生的路。

我想到她的死……。我看见我是一个卑怯者,应该被摈于强有力的人们,无论是真实者,虚伪者。然而她却自始至终,还希望我维持较久的生活……。

我要离开吉兆胡同,在这里是异样的空虚和寂寞。我想,只要离开这里,子君便如还在我的身边;至少,也如还在城中,有一天,将要出乎意表地访我,像住在会馆时候似的。

然而一切请托和书信,都是一无反响;我不得已,只好访问一个久不问候的世交去了。他是我伯父的幼年的同窗,以正经出名的拔贡[①],寓京很久,交游也广阔的。

大概因为衣服的破旧罢,一登门便很遭门房的白眼。好容易才相见,也还相识,但是很冷落。我们的往事,他全都知道了。

[①] 拔贡　清代科举考试制度:在规定的年限(原定六年,后改为十二年)选拔"文行兼优"的秀才,保送到京师,贡入国子监,称为"拔贡"。是贡生的一种。

"自然,你也不能在这里了,"他听了我托他在别处觅事之后,冷冷地说,"但那里去呢？很难。——你那,什么呢,你的朋友罢,子君,你可知道,她死了。"

我惊得没有话。

"真的？"我终于不自觉地问。

"哈哈。自然真的。我家的王升的家,就和她家同村。"

"但是,——不知道是怎么死的？"

"谁知道呢。总之是死了就是了。"

我已经忘却了怎样辞别他,回到自己的寓所。我知道他是不说谎话的;子君总不会再来的了,像去年那样。她虽是想在严威和冷眼中负着虚空的重担来走所谓人生的路,也已经不能。她的命运,已经决定她在我所给与的真实——无爱的人间死灭了！

自然,我不能在这里了;但是,"那里去呢？"

四围是广大的空虚,还有死的寂静。死于无爱的人们的眼前的黑暗,我仿佛一一看见,还听得一切苦闷和绝望的挣扎的声音。

我还期待着新的东西到来,无名的,意外的。但一天一天,无非是死的寂静。

我比先前已经不大出门,只坐卧在广大的空虚里,一任这死的寂静侵蚀着我的灵魂。死的寂静有时也自己战栗,自己退藏,于是在这绝续之交,便闪出无名的,意外的,新的期待。

一天是阴沉的上午,太阳还不能从云里面挣扎出来,连空气都疲乏着。耳中听到细碎的步声和咻咻的鼻息,使我睁开眼。大致一看,屋子里还是空虚;但偶然看到地面,却盘旋着一匹小小的动物,瘦弱的,半死的,满身灰土的……。

我一细看,我的心就一停,接着便直跳起来。

那是阿随。它回来了。

我的离开吉兆胡同,也不单是为了房主人们和他家女工的冷眼,大半就为着这阿随。但是,"那里去呢?"新的生路自然还很多,我约略知道,也间或依稀看见,觉得就在我面前,然而我还没有知道跨进那里去的第一步的方法。

经过许多回的思量和比较,也还只有会馆是还能相容的地方。依然是这样的破屋,这样的板床,这样的半枯的槐树和紫藤,但那时使我希望,欢欣,爱,生活的,却全都逝去了,只有一个虚空,我用真实去换来的虚空存在。

新的生路还很多,我必须跨进去,因为我还活着。但我还不知道怎样跨出那第一步。有时,

我的离开吉兆胡同,也不单是为了房主人们和他家女工的冷眼,大半就为着这阿随。(赵延年 作)

仿佛看见那生路就像一条灰白的长蛇,自己蜿蜒地向我奔来,我等着,等着,看看临近,但忽然便消失在黑暗里了。

初春的夜,还是那么长。长久的枯坐中记起上午在街头所见的葬式,前面是纸人纸马,后面是唱歌一般的哭声。我现在已经知道他们的聪明了,这是多么轻松简截的事。

然而子君的葬式却又在我的眼前,是独自负着虚空的重担,在灰白的长路上前行,而又即刻消失在周围的严威和冷眼里了。

我愿意真有所谓鬼魂,真有所谓地狱,那么,即使在孽风怒吼之中,我也将寻觅子君,当面说出我的悔恨和悲哀,祈求她的饶恕;否则,地狱的毒焰将围绕我,猛烈地烧尽我的悔恨和悲哀。

我将在孽风和毒焰中拥抱子君,乞她宽容,或者使她快意……。

但是,这却更虚空于新的生路;现在所有的只是初春的夜,竟还是那

么长。我活着,我总得向着新的生路跨出去,那第一步,——却不过是写下我的悔恨和悲哀,为子君,为自己。

我仍然只有唱歌一般的哭声,给子君送葬,葬在遗忘中。

我要遗忘;我为自己,并且要不再想到这用了遗忘给子君送葬。

我要向着新的生路跨进第一步去,我要将真实深深地藏在心的创伤中,默默地前行,用遗忘和说谎做我的前导……。

一九二五年十月二十一日毕。

【讲析】

《伤逝》是鲁迅唯一的以爱情为题材的小说,写得很特别,甚至有点"煞风景"——他不是讴歌自由恋爱,而是为"五四"式的爱情唱起了挽歌。这篇小说很好读,但引起的歧义也很多。许多研究者认为,《伤逝》写的是"五四"一代青年的精神追求及其困境,是在思考"解放"之后怎么办的问题,诠释中国式"娜拉"的命运。

但是如果采取细读方法,寻找作品情感或思维展开的理路,会发现某些"缝隙",有利于打开思路,深化对作品的了解。

比如,小说开头一句是:"如果我能够,我要写下我的悔恨和悲哀,为子君,为自己。"写下悔恨与悲哀为什么要以"如果我能够"作为前提呢?难道会有什么原因"不能够"吗?仔细考究,涓生未曾真的写下他的悔恨与悲哀。当涓生听说子君已经死去时,非常痛苦与悔恨,但他悔恨的不是自己在情感上抛弃了子君,结果导致子君的死,而是不该"将真实说给子君",恨自己"没有负着虚伪的重担的勇气"。小说中大部分篇幅其实就是写涓生对子君感觉的变化。涓生其实已经不爱子君了,在潜意识中,他已经厌倦子君,他的悔恨是有限的,不能完全说出缘由的。

那么,导致涓生厌倦子君的原因到底是什么?是同居之后"川流不息"的琐碎生活逐渐淹没了爱的激情?是子君从浪漫走向平庸?是这对年轻人尚没有真正做好建立家庭的准备?是男人常见的毛病?好像都有一点关系。所以小说是很真实的。但涓生的厌倦，骨子里还是自私。作品对此显然有道德层面的谴责。

这种谴责的实现主要靠作品所精心经营的叙事结构。

整个小说都是"伤逝"，是涓生对他们恋爱、同居，乃至最后分手过程的追忆，其中重点是回忆感情如何从高峰走向低谷，包括涓生对子君"变化"的细微的感觉。但这全都是涓生自己的回忆与感觉，子君并不"在场"，她始终是被动、"失语"的。涓生的悔恨也是打了折扣，未能触及私心。于是对涓生的道德谴责也就油然而生。这就是为什么读者会更多地同情子君的原因。

表面上"我"（涓生）是叙述者，其实小说作者是隐藏着的另一叙述者，两者的立场显然是有差别、有距离的。潜隐的叙述者有意让表面叙述者（涓生）的悔恨记录（手记）不那么"完整"，留下某些矛盾与缝隙，让细心的读者再深入发现其中的奥妙，想象涓生到底是什么样的人物；他的内心世界到底怎样；他的所为哪些值得同情，哪些应当批判。这样，我们就走进了人物的复杂而鲜活的内心世界。

在道德谴责之余，读者是可能会给涓生一些同情的。涓生对同居生活的逐渐厌倦也有可以理解之处。子君可以满足于"过日子"，但涓生不能。这就是他们的差别。小说的潜隐叙述者对这一切都不做直接的评判，而是让细心的读者有些超越，去发现与体味人生的种种情味，这正是《伤逝》艺术的高妙之处。

离　婚[*]

"阿阿,木叔!新年恭喜,发财发财!"

"你好,八三!恭喜恭喜!……"

"唉唉,恭喜!爱姑也在这里……"

"阿阿,木公公!……"

庄木三和他的女儿——爱姑——刚从木莲桥头跨下航船去,船里面就有许多声音一齐嗡的叫了起来,其中还有几个人捏着拳头打拱;同时,船旁的坐板也空出四人的坐位来了。庄木三一面招呼,一面就坐,将长烟管倚在船边;爱姑便坐在他左边,将两只钩刀样的脚正对着八三摆成一个"八"字。

"木公公上城去?"一个蟹壳脸的问。

"不上城,"木公公有些颓唐似的,但因为紫糖色脸上原有许多皱纹,所以倒也看不出什么大变化,"就是到庞庄去走一遭。"

合船都沉默了,只是看他们。

"也还是为了爱姑的事么?"好一会,八三质问了。

"还是为她。……这真是烦死我了,已经闹了整三年,打过多少回架,说过多少回和,总是不落局……。"

"这回还是到慰老爷家里去?……"

"还是到他家。他给他们说和也不止一两回了,我都不依。这倒没有什么。这回是他家新年会亲,连城里的七大人也在……。"

---

[*] 本文最初发表于1925年11月23日北京《语丝》周刊第五十四期,后收入《彷徨》。

"七大人?"八三的眼睛睁大了。"他老人家也出来说话了么?……那是……。其实呢,去年我们将他们的灶都拆掉了,①总算已经出了一口恶气。况且爱姑回到那边去,其实呢,也没有什么味儿……。"他于是顺下眼睛去。

"我倒并不贪图回到那边去,八三哥!"爱姑愤愤地昂起头,说,"我是赌气。你想,'小畜生'姘上了小寡妇,就不要我,事情有这么容易的?'老畜生'只知道帮儿子,也不要我,好容易呀!七大人怎样?难道和知县大老爷换帖②,就不说人话了么?他不能像慰老爷似的不通,只说是'走散好走散好'。我倒要对他说说我这几年的艰难,且看七大人说谁不错!"

八三被说服了,再开不得口。

只有潺潺的船头激水声;船里很静寂。庄木三伸手去摸烟管,装上烟。

斜对面,挨八三坐着的一个胖子便从肚兜里掏出一柄打火刀,打着火绒,给他按在烟斗上。

"对对。"③木三点头说。

"我们虽然是初会,木叔的名字却是早已知道的。"胖子恭敬地说。"是的,这里沿海三六十八村,谁不知道?施家的儿子姘上了寡妇,我们也早知道。去年木叔带了六位儿子去拆平了他家的灶,谁不说应该?……你老人家是高门大户都走得进的,脚步开阔,怕他们甚的!……"

"你这位阿叔真通气,"爱姑高兴地说,"我虽然不认识你这位阿叔是谁。"

"我叫汪得贵。"胖子连忙说。

"要撇掉我,是不行的。七大人也好,八大人也好。我总要闹得他们

---

① 拆灶是旧时绍兴等地农村的一种风俗。当民间发生纠纷时,一方将对方的锅灶拆掉,认为这是给对方很大的侮辱。

② 换帖　旧时朋友相契,结为异姓兄弟,各人将姓名、生辰、籍贯、家世等项写在帖子上,彼此交换保存,称为换帖。

③ "对对"是"对不起对不起"之略,或"得罪得罪"的合音:未详。——作者原注。

家败人亡!慰老爷不是劝过我四回么?连爹也看得赔贴的钱有点头昏眼热了……。"

"你这妈的!"木三低声说。

"可是我听说去年年底施家送给慰老爷一桌酒席哩,八公公。"蟹壳脸道。

"那不碍事。"汪得贵说,"酒席能塞得人发昏么?酒席如果能塞得人发昏,送大菜①又怎样?他们知书识理的人是专替人家讲公道话的,譬如,一个人受众人欺侮,他们就出来讲公道话,倒不在乎有没有酒喝。去年年底我们敝村的荣大爷从北京回来,他见过大场面的,不像我们乡下人一样。他就说,那边的第一个人物要算光太太,又硬……。"

"汪家汇头的客人上岸哩!"船家大声叫着,船已经要停下来。

"有我有我!"胖子立刻一把取了烟管,从中舱一跳,随着前进的船走在岸上了。

"对对!"他还向船里面的人点头,说。

船便在新的静寂中继续前进;水声又很听得出了,潺潺的。八三开始打磕睡了,渐渐地向对面的钩刀式的脚张开了嘴。前舱中的两个老女人也低声哼起佛号来,她们撮着念珠,又都看爱姑,而且互视,努嘴,点头。

爱姑瞪着眼看定篷顶,大半正在悬想将来怎样闹得他们家败人亡;"老畜生""小畜生",全都走投无路。慰老爷她是不放在眼里的,见过两回,不过一个团头团脑的矮子:这种人本村里就很多,无非脸色比他紫黑些。

庄木三的烟早已吸到底,火逼得斗底里的烟油吱吱地叫了,还吸着。他知道一过汪家汇头,就到庞庄;而且那村口的魁星阁②也确乎已经望得见。庞庄,他到过许多回,不足道的,以及慰老爷。他还记得女儿的哭回来,他的亲家和女婿的可恶,后来给他们怎样地吃亏。想到这里,过去的

---

① 大菜　旧时对西餐的俗称。
② 魁星阁　供奉魁星的阁楼。魁星原是我国古代天文学中所谓二十八宿之一奎星的俗称。最初在汉代人的纬书《孝经援神契》中有"奎主文昌"的说法,后奎星被附会为主宰科名和文运兴衰的神。

情景便在眼前展开,一到惩治他亲家这一局,他向来是要冷冷地微笑的,但这回却不,不知怎的忽而横梗着一个胖胖的七大人,将他脑里的局面挤得摆不整齐了。

船在继续的寂静中继续前进;独有念佛声却宏大起来;此外一切,都似乎陪着木叔和爱姑一同浸在沉思里。

"木叔,你老上岸罢,庞庄到了。"

木三他们被船家的声音警觉时,面前已是魁星阁了。

他跳上岸,爱姑跟着,经过魁星阁下,向着慰老爷家走。朝南走过三十家门面,再转一个弯,就到了,早望见门口一列地泊着四只乌篷船。

他们跨进黑油大门时,便被邀进门房去;大门后已经坐满着两桌船夫和长年。爱姑不敢看他们,只是溜了一眼,倒也不见有"老畜生"和"小畜生"的踪迹。

当工人搬出年糕汤来时,爱姑不由得越加局促不安起来了,连自己也不明白为什么。"难道和知县大老爷换帖,就不说人话么?"她想。"知书识理的人是讲公道话的。我要细细地对七大人说一说,从十五岁嫁过去做媳妇的时候起……。"

她喝完年糕汤;知道时机将到。果然,不一会,她已经跟着一个长年,和她父亲经过大厅,又一弯,跨进客厅的门槛去了。

客厅里有许多东西,她不及细看;还有许多客,只见红青缎子马挂发闪。在这些中间第一眼就看见一个人,这一定是七大人了。虽然也是团头团脑,却比慰老爷们魁梧得多;大的圆脸上长着两条细眼和漆黑的细胡须;头顶是秃的,可是那脑壳和脸都很红润,油光光地发亮。爱姑很觉得稀奇,但也立刻自己解释明白了:那一定是擦着猪油的。

"这就是'屁塞'①,就是古人大殓的时候塞在屁股眼里的。"七大人正拿着一条烂石似的东西,说着,又在自己的鼻子旁擦了两擦,接着道,

---

① "屁塞" 古时,人死后常用小型的玉、石等塞在死者的口、耳、鼻、肛门等处,据说可以保持尸体长久不烂。塞在肛门的叫"屁塞"。殉葬的金、玉等物,经后人发掘,其出土不久的叫"新坑",出土年代久远的叫"旧坑",又古人大殓时,常用水银粉涂在尸体上,以保持长久不烂;出土的殉葬的金、玉等物,浸染了水银的斑点,叫"水银浸"。

"可惜是'新坑'。倒也可以买得,至迟是汉。你看,这一点是'水银浸'……。"

"水银浸"周围即刻聚集了几个头,一个自然是慰老爷;还有几位少爷们,因为被威光压得像瘪臭虫了,爱姑先前竟没有见。

她不懂后一段话;无意,而且也不敢去研究什么"水银浸",便偷空向四处一看望,只见她后面,紧挨着门旁的墙壁,正站着"老畜生"和"小畜生"。虽然只一瞥,但较之半年前偶然看见的时候,分明都见得苍老了。

接着大家就都从"水银浸"周围散开;慰老爷接过"屁塞",坐下,用指头摩挲着,转脸向庄木三说话。

"就是你们两个么?"

"是的。"

"你的儿子一个也没有来?"

"他们没有工夫。"

"本来新年正月又何必来劳动你们。但是,还是只为那件事,……我想,你们也闹得够了。不是已经有两年多了么?我想,冤仇是宜解不宜结的。爱姑既然丈夫不对,公婆不喜欢……也还是照先前说过那样:走散的好。我没有这么大面子,说不通。七大人是最爱讲公道话的,你们也知道。现在七大人的意思也这样:和我一样。可是七大人说,两面都认点晦气罢,叫施家再添十块钱:九十元!"

"…………"

"九十元!你就是打官司打到皇帝伯伯跟前,也没有这么便宜。这话只有我们的七大人肯说。"

七大人睁起细眼,看着庄木三,点点头。

爱姑觉得事情有些危急了,她很怪平时沿海的居民对他都有几分惧怕的自己的父亲,为什么在这里竟说不出话。她以为这是大可不必的;她自从听到七大人的一段议论之后,虽不很懂,但不知怎的总觉得他其实是和蔼近人,并不如先前自己所揣想那样的可怕。

"七大人是知书识理,顶明白的;"她勇敢起来了。"不像我们乡下人。我是有冤无处诉;倒正要找七大人讲讲。自从我嫁过去,真是低头进,低头出,一礼不缺。他们就是专和我作对,一个个都像个'气杀钟馗'①。那年的黄鼠狼咬死了那匹大公鸡,那里是我没有关好吗?那是那只杀头癞皮狗偷吃糠拌饭,拱开了鸡橱门。那'小畜生'不分青红皂白,就夹脸一嘴巴……。"

七大人对她看了一眼。

"我知道那是有缘故的。这也逃不出七大人的明鉴;知书识理的人什么都知道。他就是着了那滥婊子的迷,要赶我出去。我是三茶六礼②定来的,花轿抬来的呵!那么容易吗?……我一定要给他们一个颜色看,就是打官司也不要紧。县里不行,还有府里呢……。"

"那些事是七大人都知道的。"慰老爷仰起脸来说。"爱姑,你要是不转头,没有什么便宜的。你就总是这模样。你看你的爹多少明白;你和你的弟兄都不像他。打官司打到府里,难道官府就不会问问七大人么?那时候是,'公事公办',那是,……你简直……。"

"那我就拚出一条命,大家家败人亡。"

"那倒并不是拚命的事,"七大人这才慢慢地说了。"年纪青青。一个人总要和气些:'和气生财'。对不对?我一添就是十块,那简直已经是'天外道理'了。要不然,公婆说'走!'就得走。莫说府里,就是上海北京,就是外洋,都这样。你要不信,他就是刚从北京洋学堂里回来的,自己问他去。"于是转脸向着一个尖下巴的少爷道,"对不对?"

"的的确确。"尖下巴少爷赶忙挺直了身子,必恭必敬地低声说。

爱姑觉得自己是完全孤立了;爹不说话,弟兄不敢来,慰老爷是原本帮他们的,七大人又不可靠,连尖下巴少爷也低声下气地像一个瘪臭虫,还打"顺风锣"。但她在胡里胡涂的脑中,还仿佛决定要作一回最后的奋斗。

---

① "气杀钟馗" 据旧小说《捉鬼传》:钟馗是唐代秀才,后来考取状元,因为皇帝嫌他相貌丑陋,打算另选,于是"钟馗气得暴跳如雷,自刎而死。民间"气杀钟馗"(凶相、难看的面孔等意思)的成语即由此而来。

② 三茶六礼 意为明媒正娶。按旧时习俗,娶妻多用茶为聘礼,所以女子受聘称为受茶。据明代陈耀文的《天中记》卷四十四说:"凡种茶树必下子,移植则不复生,故俗聘妇必以茶为礼,义固有所取也。""六礼",据《仪礼·士昏礼》(按,昏即婚),即纳采、问名、纳吉、纳征、请期、亲迎六种仪式。

"那个'娘滥十十万人生'的叫你'逃生子'？"（丁聪　作）

"怎么连七大人……。"她满眼发了惊疑和失望的光。"是的……。我知道,我们粗人,什么也不知道。就怨我爹连人情世故都不知道,老发昏了。就专凭他们'老畜生''小畜生'摆布；他们会报丧似的急急忙忙钻狗洞,巴结人……。"

"七大人看看,"默默地站在她后面的"小畜生"忽然说话了。"她在大人面前还是这样。那在家里是,简直闹得六畜不安。叫我爹是'老畜生',叫我是口口声声'小畜生''逃生子'①。"

"那个'娘滥十十万人生'的叫你'逃生子'？"爱姑回转脸去大声说,便又向着七大人道,"我还有话要当大众面前说说哩。他那里有好声好气呵,开口'贱胎',闭口'娘杀'。自从结识了那婊子,连我的祖宗都入起来了。七大人,你给我批评批评,这……。"

她打了一个寒噤,连忙住口,因为她看见七大人忽然两眼向上一翻,圆脸一仰,细长胡子围着的嘴里同时发出一种高大摇曳的声音来了。

"来～～兮！"七大人说。

她觉得心脏一停,接着便突突地乱跳,似乎大势已去,局面都变了；仿佛失足掉在水里一般,但又知道这实在是自己错。

---

① 私生儿。——作者原注。

立刻进来一个蓝袍子黑背心的男人,对七大人站定,垂手挺腰,像一根木棍。

全客厅里是"鸦雀无声"。七大人将嘴一动,但谁也听不清说什么。然而那男人,却已经听到了,而且这命令的力量仿佛又已钻进了他的骨髓里,将身子牵了两牵,"毛骨耸然"似的;一面答应道:

"是。"他倒退了几步,才翻身走出去。

爱姑知道意外的事情就要到来,那事情是万料不到,也防不了的。她这时才又知道七大人实在威严,先前都是自己的误解,所以太放肆,太粗卤了。她非常后悔,不由的自己说:

"我本来是专听七大人吩咐……。"

全客厅里是"鸦雀无声"。她的话虽然微细得如丝,慰老爷却像听到霹雳似的了;他跳了起来。

"对呀!七大人也真公平;爱姑也真明白!"他夸赞着,便向庄木三,"老木,那你自然是没有什么说的了,她自己已经答应。我想你红绿帖①是一定已经带来了的,我通知过你。那么,大家都拿出来……。"

爱姑见她爹便伸手到肚兜里去掏东西;木棍似的那男人也进来了,将小乌龟模样的一个漆黑的扁的小东西②递给七大人。爱姑怕事情有变故,连忙去看庄木三,见他已经在茶几上打开一个蓝布包裹,取出洋钱来。

七大人也将小乌龟头拔下,从那身子里面倒一点东西在掌心上;木棍似的男人便接了那扁东西去。七大人随即用那一只手的一个指头蘸着掌心,向自己的鼻孔里塞了两塞,鼻孔和人中立刻黄焦焦了。他皱着鼻子,似乎要打喷嚏。

庄木三正在数洋钱。慰老爷从那没有数过的一叠里取出一点来,交还了"老畜生";又将两份红绿帖子互换了地方,推给两面,嘴里说道:

"你们都收好。老木,你要点清数目呀。这不是好当玩意儿的,银钱事情……。"

"嗐啾"的一声响,爱姑明知道是七大人打喷嚏了,但不由得转过眼

---

① 红绿帖 旧时男女订婚时两家交换的帖子。
② 小东西 指鼻烟壶。鼻烟是一种由鼻孔吸入的粉末状的烟。

去看。只见七大人张着嘴,仍旧在那里皱鼻子,一只手的两个指头却撮着一件东西,就是那"古人大殓的时候塞在屁股眼里的",在鼻子旁边摩擦着。

好容易,庄木三点清了洋钱;两方面各将红绿帖子收起,大家的腰骨都似乎直得多,原先收紧着的脸相也宽懈下来,全客厅顿然见得一团和气了。

"好!事情是圆功了。"慰老爷看见他们两面都显出告别的神气,便吐一口气,说。"那么,嗡,再没有什么别的了。恭喜大吉,总算解了一个结。你们要走了么?不要走,在我们家里喝了新年喜酒去:这是难得的。"

"我们不喝了。存着,明年再来喝罢。"爱姑说。

"谢谢慰老爷。我们不喝了。我们还有事情……。"庄木三,"老畜生"和"小畜生",都说着,恭恭敬敬地退出去。

"唔?怎么?不喝一点去么?"慰老爷还注视着走在最后的爱姑,说。

"是的,不喝了。谢谢慰老爷。"

一九二五年十一月六日。

【讲析】

小说篇名《离婚》,写的应是民国以后的事情。在古代只有"休妻",丈夫写一纸休书,就脱离了夫妻关系。但这也是极少出现的,有所谓"七出、三不去"的规定(见《仪礼》),只有如下七种情况可以"休妻",即无子,淫泆,不事舅姑(公婆),口舌,盗窃,妒忌,恶疾。古代夫权之下,夫妻地位不平等,妻子一般处于弱势。若按封建的道德规范,小说中施家"小畜生"与姘子姘居可以,但不能"休妻"。所以,爱姑坚信她的抗争符合礼俗,自认为守妇道,"一礼不缺"。她振振有词宣称丈夫"就是着了那滥婊子的迷,要赶我出去。我是三茶六礼定来的,花轿抬来的呵!那么容易吗?……我一定给他们一个颜色看,就是打官司也不要紧。"爱姑心想她不会被"休妻",真要赶她走,就要"闹得他们家败人亡"。但爱姑到底要达到什么目的?是制止"休妻"?是希望"知书识理"的士绅主持公道,把"小畜生"教训一番?她"维权"诉求的目标并不清楚,多半只能是赌气。

结果呢,爱姑见到七大人,立马被那种威严气势吓住了。从中可见专制主义秩序对于普通人心理行为的威慑作用。七大人显然得到施家的好处,偏袒"小畜生",所以才预先交代爱姑的父亲把"红绿帖"(旧时男女订婚交换的帖子)带来,那是早就决定要给爱姑办"离婚"了。面对爱姑的抗争,七大人柔中带硬地告诫:闹是无用的,最好各自取回"红绿帖",那也算是事情"圆功"了。这可是爱姑完全没有料到的结局。但有什么办法呢?七大人已经发话:"要不然,公婆说'走!'就得走。"七大人此时对老规矩"七出"是为我所用了,他讲的是公婆对媳妇的命运有决定权,反正他都有他们的"说辞"。七大人还吓唬爱姑,官府是站在公婆一边的,你把官司打到哪里都不管用,"莫说府里,就是上海北京,就是外洋,都这样。"这番话对爱姑是致命的打击。但一个小媳妇,尽管泼辣,还能怎么样?只有俯首听命,懵懵懂懂就被"离婚"了。

小说读起来很压抑。作为弱者和受欺凌者,爱姑是那样愚昧,即使如她那样的泼辣,最终还是被强势的封建势力所镇压,从物质到精神都输光了。不只是七大人,小说所写的全体人物(包括爱姑的父亲)几乎都是势利、虚伪或者愚顽不化的,整个环境是那样恐怖,在吞灭一切正常的人生。

这篇小说的结构和技巧非常圆熟。前一部分写船上,言谈中交代爱姑的家事矛盾,以及决意去"闹堂",请乡绅主持公道;后一部分在厅堂,爱姑的"气焰"马上被七大人的气场"镇"住,"打了一个寒噤",蔫了,糊里糊涂就被"离婚"了。两个场景的"预设"与"结局"有戏剧性的"突变",却又是必然的衔接。人物描写简练传神,爱姑摆着"八"字的"两只钩刀样的脚",七大人嘴里发出"高大摇曳"的"来～～～兮",还有他那在鼻子边摩擦的"屁塞",等等,都如漫画般勾勒,三笔两笔,让人过目不忘。对爱姑的性格以及心理变化的刻画尤为深刻,达到了令人震惊的"写灵魂"的深度。

补　天[*]

一

女娲①忽然醒来了。

伊②似乎是从梦中惊醒的,然而已经记不清做了什么梦;只是很懊恼,觉得有什么不足,又觉得有什么太多了。煽动的和风,暖暾的将伊的气力吹得弥漫在宇宙里。

伊揉一揉自己的眼睛。

粉红的天空中,曲曲折折的漂着许多条石绿色的浮云,星便在那后面忽明忽灭的睒眼③。天边的血红的云彩里有一个光芒四射的太阳,如流动的金球包在荒古的熔岩中;那一边,却是一个生铁一般的冷而且白的月亮。然而伊并不理会谁是下去,和谁是上来。

地上都嫩绿了,便是不很换叶的松柏也显得格外的娇嫩。桃红和青白色的斗大的杂花,在眼前还分明,到远处可就成为斑斓的烟霭了。

"唉唉,我从来没有这样的无聊过!"伊想着,猛然间站立起来了,擎

---

[*] 本文最初发表于1922年12月1日北京《晨报四周纪念增刊》,题名《不周山》,曾收入《呐喊》;1930年1月《呐喊》第十三次印刷时,作者将此篇抽去,后改为现名,收入《故事新编》。

① 女娲　我国古代神话中的人类始祖。传说她用黄土造人,并炼五色石补天,折断鳌足支撑四极,治洪水,杀猛兽,使人得以安居。《太平御览》卷七十八引汉代应劭《风俗通》说:"俗说:天地开辟,未有人民;女娲抟黄土作人,剧务力不暇供,乃引绳于缊泥中,举以为人。故富贵者黄土人也;贫贱凡庸者缊人也。"(按,《风俗通》全名《风俗通义》,今传本无此条。)

② 伊　女性第三人称代名词。鲁迅写此文时还未普及使用"她"字。

③ 睒眼　睒,眨的异体字,眨眼的意思。

上那非常圆满而精力洋溢的臂膊，向天打一个欠伸，天空便突然失了色，化为神异的肉红，暂时再也辨不出伊所在的处所。

伊在这肉红色的天地间走到海边，全身的曲线都消融在淡玫瑰似的光海里，直到身中央才浓成一段纯白。波涛都惊异，起伏得很有秩序了，然而浪花溅在伊身上。这纯白的影子在海水里动摇，仿佛全体都正在四面八方的进散。但伊自己并没有见，只是不由的跪下一足，伸手掬起带水的软泥来，同时又揉捏几回，便有一个和自己差不多的小东西在两手里。

《补天》手稿

"阿，阿！"伊固然以为是自己做的，但也疑心这东西就白薯似的原在泥土里，禁不住很诧异了。

然而这诧异使伊喜欢，以未曾有的勇往和愉快继续着伊的事业，呼吸吹嘘着，汗混和着……

"Nga！nga！"①那些小东西可是叫起来了。

"阿，阿！"伊又吃了惊，觉得全身的毛孔中无不有什么东西飞散，于是地上便罩满了乳白色的烟云，伊才定了神，那些小东西也住了口。

"Akon，Agon！"有些东西向伊说。

"阿阿，可爱的宝贝。"伊看定他们，伸出带着泥土的手指去拨他肥白的脸。

---

① "Nga！nga！"以及下文的"Akon，Agon！""Uvu，Ahaha！"都是用拉丁字母拼写的象声词。"Nga！nga！"译音似"嗯啊！嗯啊！"，"Akon，Agon！"译音似"阿空，阿公！"，"Uvu，Ahaha！"译音似"呜唔，啊哈哈！"。

"Uvu, Ahaha!"他们笑了。这是伊第一回在天地间看见的笑,于是自己也第一回笑得合不上嘴唇来。

伊一面抚弄他们,一面还是做,被做的都在伊的身边打圈,但他们渐渐的走得远,说得多了,伊也渐渐的懂不得,只觉得耳朵边满是嘈杂的嚷,嚷得颇有些头昏。

伊在长久的欢喜中,早已带着疲乏了。几乎吹完了呼吸,流完了汗,而况又头昏,两眼便蒙眬起来,两颊也渐渐的发了热,自己觉得无所谓了,而且不耐烦。然而伊还是照旧的不歇手,不自觉的只是做。

终于,腰腿的酸痛逼得伊站立起来,倚在一座较为光滑的高山上,仰面一看,满天是鱼鳞样的白云,下面则是黑压压的浓绿。伊自己也不知道怎样,总觉得左右不如意了,便焦躁的伸出手去,信手一拉,拔起一株从山上长到天边的紫藤,一房一房的刚开着大不可言的紫花,伊一挥,那藤便横搭在地面上,遍地散满了半紫半白的花瓣。

伊接着一摆手,紫藤便在泥和水里一翻身,同时也溅出拌着水的泥土来,待到落在地上,就成了许多伊先前做过了一般的小东西,只是大半呆头呆脑,獐头鼠目的有些讨厌。然而伊不暇理会这等事了,单是有趣而且烦躁,夹着恶作剧的将手只是抡,愈抡愈飞速了,那藤便拖泥带水的在地上滚,像一条给沸水烫伤了的赤练蛇。泥点也就暴雨似的从藤身上飞溅开来,还在空中便成了哇哇地啼哭的小东西,爬来爬去的撒得满地。

伊近于失神了,更其抡,但是不独腰腿痛,连两条臂膊也都乏了力,伊于是不由的蹲下身子去,将头靠着高山,头发漆黑的搭在山顶上,喘息一回之后,叹一口气,两眼就合上了。紫藤从伊的手里落了下来,也困顿不堪似的懒洋洋的躺在地面上。

二

轰!!!

在这天崩地塌价的声音中,女娲猛然醒来,同时也就向东南方直溜下去了。① 伊伸了脚想踏住，然而什么也踹不到，连忙一舒臂揪住了山峰，这才没有再向下滑的形势。

但伊又觉得水和沙石都从背后向伊头上和身边滚泼过去了，略一回头，便灌了一口和两耳朵的水，伊赶紧低了头，又只见地面不住的动摇。幸而这动摇也似乎平静下去了，伊向后一移，坐稳了身子，这才挪出手来拭去额角上和眼睛边的水，细看是怎样的情形。

情形很不清楚，遍地是瀑布般的流水；大概是海里罢，有几处更站起很尖的波浪来。伊只得呆呆的等着。

可是终于大平静了，大波不过高如从前的山，像是陆地的处所便露出棱棱的石骨。伊正向海上看，只见几座山奔流过来，一面又在波浪堆里打旋子。伊恐怕那些山碰了自己的脚，便伸手将他们撮住，望那山坳里，还伏着许多未曾见过的东西。

伊将手一缩，拉近山来仔细的看，只见那些东西旁边的地上吐得很狼藉，似乎是金玉的粉末②，又夹杂些嚼碎的松柏叶和鱼肉。他们也慢慢的陆续抬起头来了，女娲圆睁了眼睛，好容易才省悟到这便是自己先前所做的小东西，只是怪模怪样的已经都用什么包了身子，有几个还在脸的下半截长着雪白的毛毛了，虽然被海水粘得像一片尖尖的白杨叶。

"阿，阿！"伊诧异而且害怕的叫，皮肤上都起粟，就像触着一支毛刺虫。

"上真③救命……"一个脸的下半截长着白毛的昂了头，一面呕吐，一面断断续续的说，"救命……臣等……是学仙的。谁料坏劫到来，天地分崩了。……现在幸而……遇到上真，……请救蚁命，……并赐仙……仙药……"他于是将头一起一落的做出异样的举动。

伊都茫然，只得又说，"什么？"

---

① 这里采用共工怒触不周山的神话。《淮南子·天文训》："昔者共工与颛顼争为帝，怒而触不周之山，天柱折，地维绝。天倾西北，故日月星辰移焉；地不满东南，故水潦尘埃归焉。"按，共工、颛顼，都是我国古代神话传说中的人物。过去史家说，共工是上古一个诸侯，炎帝（神农氏）的后代；颛顼是黄帝之孙，上古史上"五帝"之一，号高阳氏。

② 金玉的粉末　指道士服食的丹砂金玉之类炼丹的东西，道士认为服食后可以长生不老。

③ 上真　道教称修炼得道的人为真人。上真即上仙，是一种尊称。

他们中的许多也都开口了,一样的是一面呕吐,一面"上真上真"的只是嚷,接着又都做出异样的举动。伊被他们闹得心烦,颇后悔这一拉,竟至于惹了莫名其妙的祸。伊无法可想的向四处看,便看见有一队巨鳌①正在海面上游玩,伊不由的喜出望外了,立刻将那些山都搁在他们的脊梁上,嘱咐道,"给我驼到平稳点的地方去罢!"巨鳌们似乎点一点头,成群结队的驼远了。可是先前拉得过于猛,以致从山上摔下一个脸有白毛的来,此时赶不上,又不会凫水,便伏在海边自己打嘴巴。这倒使女娲觉得可怜了,然而也不管,因为伊实在也没有工夫来管这些事。

伊嘘一口气,心地较为轻松了,再转过眼光来看自己的身边,流水已经退得不少,处处也露出广阔的土石,石缝里又嵌着许多东西,有的是直挺挺的了,有的却还在动。伊瞥见有一个正在白着眼睛呆看伊;那是遍身多用铁片包起来的,脸上的神情似乎很失望而且害怕。

"那是怎么一回事呢?"伊顺便的问。

"呜呼,天降丧。"那一个便凄凉可怜的说,"颛顼不道,抗我后,我后躬行天讨,战于郊,天不祐德,我师反走,……"②

"什么?"伊向来没有听过这类话,非常诧异了。

"我师反走,我后爰以厥首触不周之山③,折天柱,绝地维,我后亦殂落。呜呼,是实惟……"

"够了够了,我不懂你的意思。"伊转过脸去了,却又看见一个高兴而且骄傲的脸,也多用铁片包了全身的。

"那是怎么一回事呢?"伊到此时才知道这些小东西竟会变这么花样不同的脸,所以也想问出别样的可懂的答话来。

"人心不古,康回实有豕心,觑天位,我后躬行天讨,战于郊,天实祐

---

① 巨鳌 见《列子·汤问》:"渤海之东,不知几亿万里,……其中有五山焉:一曰岱舆、二曰员峤、三曰方壶、四曰瀛洲、五曰蓬莱。……所居之人,皆仙圣之种。……而五山之根,无所连箸(著),常随潮波,上下往还,不得暂(暂)峙焉。仙圣毒之,诉之于帝,帝恐流于西极,失群圣之居,乃命禺彊使巨鳌十五举首而戴之,迭为三番,六万岁一交焉,五山始峙。"按,禺彊,见《山海经·大荒北经》:"北海之渚,中有神,人面鸟身,珥两青蛇,践两赤蛇,名曰禺彊。"
② 这是共工与颛顼之战中共工一方的话。后,君主,这里指共工。这几句和后面两处文言句子,都是对《尚书》一类古书文字的戏仿。
③ 不周之山 据《淮南子·原道训》后汉高诱注,此山在"昆仑西北"。

德,我师攻战无敌,殛康回于不周之山。"①

"什么?"伊大约仍然没有懂。

"人心不古,……"

"够了够了,又是这一套!"伊气得从两颊立刻红到耳根,火速背转头,另外去寻觅,好容易才看见一个不包铁片的东西,身子精光,带着伤痕还在流血,只是腰间却也围着一块破布片。他正从别一个直挺挺的东西的腰间解下那破布来,慌忙系上自己的腰,但神色倒也很平淡。

伊料想他和包铁片的那些是别一种,应该可以探出一些头绪了,便问道:

"那是怎么一回事呢?"

"那是怎么一回事呵。"他略一抬头,说。

"那刚才闹出来的是?……"

"那刚才闹出来的么?"

"是打仗罢?"伊没有法,只好自己来猜测了。

"打仗罢?"然而他也问。

女娲倒抽了一口冷气,同时也仰了脸去看天。天上一条大裂纹,非常深,也非常阔。伊站起来,用指甲去一弹,一点不清脆,竟和破碗的声音相差无几了。伊皱着眉心,向四面察看一番,又想了一会,便拧去头发里的水,分开了搭在左右肩膀上,打起精神来向各处拔芦柴:伊已经打定了"修补起来再说"②的主意了。

伊从此日日夜夜堆芦柴,柴堆高多少,伊也就瘦多少,因为情形不比先前,——仰面是歪斜开裂的天,低头是龌龊破烂的地,毫没有一些可以赏心悦目的东西了。

芦柴堆到裂口,伊才去寻青石头。当初本想用和天一色的纯青石的,然而地上没有这么多,大山又舍不得用,有时到热闹处所去寻些零碎,看

---

① 这是颛顼一方的话。康回,共工名。后,这里指颛顼。
② 关于女娲炼石补天的神话,见《淮南子·览冥训》:"往古之时,四极废,九州裂;天不兼复,墬(地)不周载;火爁炎而不灭,水浩洋而不息;……于是女娲炼五色石以补苍天,断鳌足以立四极,杀黑龙以济冀州,积芦灰以止淫水。"

见的又冷笑,痛骂,或者抢回去,甚而至于还咬伊的手。伊于是只好挱些白石,再不够,便凑上些红黄的和灰黑的,后来总算将就的填满了裂口,止要一点火,一熔化,事情便完成,然而伊也累得眼花耳响,支持不住了。

"唉唉,我从来没有这样的无聊过。"伊坐在一座山顶上,两手捧着头,上气不接下气的说。

这时昆仑山上的古森林的大火①还没有熄,西边的天际都通红。伊向西一瞟,决计从那里拿过一株带火的大树来点芦柴积,正要伸手,又觉得脚趾上有什么东西刺着了。

伊顺下眼去看,照例是先前所做的小东西,然而更异样了,累累坠坠的用什么布似的东西挂了一身,腰间又格外挂上十几条布,头上也罩着些不知什么,顶上是一块乌黑的小小的长方板②,手里拿着一片物件,刺伊脚趾的便是这东西。

那顶着长方板的却偏站在女娲的两腿之间向上看,见伊一顺眼,便仓皇的将那小片递上来了。伊接过来看时,是一条很光滑的青竹片,上面还有两行黑色的细点,比槲树叶上的黑斑小得多。伊倒也很佩服这手段的细巧。

"这是什么?"伊还不免于好奇,又忍不住要问了。

顶长方板的便指着竹片,背诵如流的说道,"裸裎淫佚,失德蔑礼败度,禽兽行。国有常刑,惟禁!"

女娲对那小方板瞪了一眼,倒暗笑自己问得太悖了,伊本已知道和这类东西扳谈,照例是说不通的,于是不再开口,随手将竹片搁在那头顶上面的方板上,回手便从火树林里抽出一株烧着的大树来,要向芦柴堆上去点火。

忽而听到呜呜咽咽的声音了,可也是闻所未闻的玩艺,伊姑且向下再一瞟,却见方板底下的小眼睛里含着两粒比芥子还小的眼泪。因为这和伊先前听惯的"nga nga"的哭声大不同了,所以竟不知道这也是一种哭。

---

① 昆仑山上的古森林的大火 据《山海经·大荒西经》:"有大山名曰昆仑之丘……其外有炎火之山,投物辄然(燃)。"
② 长方板 古代帝王、诸侯礼冠顶上的饰板,古名为"延",亦名"冕板"。

伊就去点上火,而且不止一地方。

火势并不旺,那芦柴是没有干透的,但居然也烘烘的响,很久很久,终于伸出无数火焰的舌头来,一伸一缩的向上舔,又很久,便合成火焰的重台花①,又成了火焰的柱,赫赫的压倒了昆仑山上的红光。大风忽地起来,火柱旋转着发吼,青的和杂色的石块都一色通红了,饴糖似的流布在裂缝中间,像一条不灭的闪电。

风和火势卷得伊的头发都四散而且旋转,汗水如瀑布一般奔流,大光焰烘托了伊的身躯,使宇宙间现出最后的肉红色。

火柱逐渐上升了,只留下一堆芦柴灰。伊待到天上一色青碧的时候,才伸手去一摸,指面上却觉得还很有些参差。

"养回了力气,再来罢。……"伊自己想。

伊于是弯腰去捧芦灰了,一捧一捧的填在地上的大水里,芦灰还未冷透,蒸得水澌澌的沸涌,灰水泼满了伊的周身。大风又不肯停,夹着灰扑来,使伊成了灰土的颜色。

"吁!……"伊吐出最后的呼吸来。

天边的血红的云彩里有一个光芒四射的太阳,如流动的金球包在荒古的熔岩中;那一边,却是一个生铁一般的冷而且白的月亮。但不知道谁是下去和谁是上来。这时候,伊的以自己用尽了自己一切的躯壳,便在这中间躺倒,而且不再呼吸了。

上下四方是死灭以上的寂静。

三

有一日,天气很寒冷,却听到一点喧嚣,那是禁军终于杀到了,因为他们等候着望不见火光和烟尘的时候,所以到得迟。他们左边一柄黄斧头,右边一柄黑斧头,后面一柄极大极古的大纛②,躲躲闪闪的攻到女娲死尸的旁边,却并不见有什么动静。他们就在死尸的肚皮上扎了寨,因为这一

---

① 重台花 复瓣花。
② 大纛 读音为 dà dào,指古代行军或重要典礼上的大旗。

处最膏腴,他们检选这些事是很伶俐的。然而他们却突然变了口风,说惟有他们是女娲的嫡派,同时也就改换了大纛旗上的科斗字,写道"女娲氏之肠"①。

落在海岸上的老道士也传了无数代了。他临死的时候,才将仙山被巨鳌背到海上这一件要闻传授徒弟,徒弟又传给徒孙,后来一个方士想讨好,竟去奏闻了秦始皇,秦始皇便教方士去寻去②。

方士寻不到仙山,秦始皇终于死掉了;汉武帝又教寻,也一样的没有影③。

大约巨鳌们是并没有懂得女娲的话的,那时不过偶而凑巧的点了点头。模模胡胡的背了一程之后,大家便走散去睡觉,仙山也就跟着沉下了,所以直到现在,总没有人看见半座神仙山,至多也不外乎发见了若干野蛮岛。

他们就在死尸的肚皮上扎了寨,因为这一处最膏腴,他们检选这些事是很伶俐的。然而他们却突然变了口风,说惟有他们是女娲的嫡派,……(裘沙、王伟君、裘大力 作)

一九二二年十一月作。

---

① 关于"女娲氏之肠"的神话,见《山海经·大荒西经》:"西北海之外,大荒之隅,有山而不合,名曰不周负子。……有国名曰淑士,颛顼之子。有神十人,名曰女娲之肠,化为神,处栗广之野。"郭璞注:"女娲,古神女而帝者,人面蛇身,一日中七十变,其腹化为此神。"科斗字,古代文字,笔画头粗尾细,形如蝌蚪。

② 秦始皇寻仙山的故事,见《史记·秦始皇本纪》:"齐人徐市(芾)等上书,言海中有三神山,名曰蓬莱、方丈、瀛洲,仙人居之。请得斋戒,与童男女求之。于是遣徐市发童男女数千人,入海求仙人。……数岁不得。"

③ 汉武帝寻仙山的故事,见《史记·封禅书》:方士"(李)少君言上(汉武帝)曰:'……臣尝游海上,见安期生,安期生食巨枣,大如瓜。安期生仙者,通蓬莱中,合则见人,不合则隐。'于是天子始亲祠灶,遣方士入海求蓬莱安期生之属,而事化丹沙诸药齐(剂)为黄金矣。……而方士之候祠神人,入海求蓬莱,终无有验。"

【讲析】

几乎每个民族都有自己的关于人类起源的神话,这不是迷信,它表达了远古人类对大自然和超能力现象的原始想象,这些想象的丰富与神奇,即使在科学发达的当今,仍然让人神往。中国汉族神话中的人类始祖是女娲,她用黄土造人和炼石补天的传说,以及巨鳌戴山、共工怒触不周山等神话,在汉代《风俗通》《淮南子》以及战国时期《列子》等典籍中是有记载的。鲁迅《故事新编》的首篇《补天》(原名《不周山》,写于1922年11月),就取材于典籍上的这些神话,基本情节都有所本。鲁迅写《补天》,是要缅怀古人的神思,想象和欣赏洪荒时代创世神话的宏伟瑰丽,焕发浪漫主义的才情。

一开始写女娲的懊恼与无聊,然后揉捏"小东西",表现的是性苦闷以及作为"苦闷的象征"的创造物。中间写各类"小东西"的表现,实际上是伟大创造难于避免的异化。这是一个悖论,也有现实所指。结尾写女娲在创造中的献身,以及自称"嫡派"的不肖子孙如何"利用"女娲的"遗存",也都带有现实批判的涵义。

古籍记载的相关神话不过三五百字,鲁迅却"演义"为一个短篇小说,重现女娲造人补天的宏伟过程,包括那些艰辛与喜悦,让诡奇的神话带上能与凡俗生活相通的气息。阅读时不妨放开想象,感受鲁迅笔下那些惊心动魄的创世场景,以及神异的色彩斑斓的画面,让自己的精神放飞。

《补天》写于1922年11月,与此同时鲁迅还写了《社戏》等作品,都是懊恼于当时社会环境的恶浊、带着沙漠似的寂寞而创作的,显然是要借对远古的神思的畅想来冲决现实的萎靡锢蔽。

小说中可能让读者感到比较"不协调"和"难理解"的是那些站在女娲两腿之间的古衣冠"小人物",以及女娲死后在她肚皮上扎寨的所谓"嫡派"后裔。这些都是讽刺,感叹"不肖子孙"的卑琐与无聊。读此,让人不禁想起马克思引用德国诗人海涅的一句话:"我播下的是龙种,收获的却是跳蚤。"鲁迅自己说这写法有点"油滑",其实也增加了作品的现实批判性,产生某种"间离效果",让读者在"神游"之余,跳出来思考人类与历史等"大问题"。

理　水[*]

一

这时候是"汤汤洪水方割,浩浩怀山襄陵"[①];舜爷[②]的百姓,倒并不都挤在露出水面的山顶上,有的捆在树顶,有的坐着木排,有些木排上还搭有小小的板棚,从岸上看起来,很富于诗趣。

远地里的消息,是从木排上传过来的。大家终于知道鲧大人因为治了九整年的水,什么效验也没有,上头龙心震怒,把他充军到羽山去了,[③]接任的好像就是他的儿子文命少爷,乳名叫作阿禹。[④]

灾荒得久了,大学早已解散,连幼稚园也没有地方开,所以百姓们都

---

[*] 本文收入《故事新编》前未在报刊上发表过。

[①] "汤汤洪水方割,浩浩怀山襄陵"　语出《尚书·尧典》:"汤汤洪水方割,荡荡怀山襄陵,浩浩滔天。"汉代孔安国注:"割,害也。""怀,包;襄,上也。"意思是:洪水为害,浩浩荡荡地包围着山并且淹上了部分的丘陵。

[②] 舜　传说中的上古五帝之一,史称虞舜。相传尧时洪水泛滥,舜继位后,命禹治水,才将水患平息。

[③] 关于鲧治水的故事,见《史记·夏本纪》:"当帝尧之时,鸿水滔天,浩浩怀山襄陵,下民其忧。尧求能治水者;群臣四岳皆曰鲧可。……于是尧听四岳,用鲧治水。九年而水不息,功用不成。于是帝尧乃求人,更得舜。舜登用,摄行天子之政,巡狩,行视鲧之治水无状,乃殛鲧于羽山以死。天下皆以舜之诛为是。"按,"殛"通常解作"诛"的意思,但《尚书·舜典》孔颖达疏则以为"流""放""窜""殛"俱是流徙;照这说法,则鲧是被流放到羽山后死在那里的。

[④] 禹　又称大禹,古代治水英雄。《史记·夏本纪》说禹在他的父亲鲧被殛以后,奉命治水:"尧崩,帝舜问四岳曰:'有能成美尧之事(按,即治水之事)者,使居官。'皆曰:'伯禹为司空,可成美尧之功。'舜曰:'嗟,然!'命禹:'女(汝)平水土,维是勉之!'禹拜稽首,让于契、后稷、皋陶。舜曰:'女其往视尔事矣!'"关于他治水事迹的传说,在《尚书》《孟子》及其他先秦古籍中多有记述。

有些混混沌沌。只在文化山上①，还聚集着许多学者，他们的食粮，是都从奇肱国②用飞车运来的，因此不怕缺乏，因此也能够研究学问。然而他们里面，大抵是反对禹的，或者简直不相信世界上真有这个禹。

每月一次，照例的半空中要簌簌的发响，愈响愈厉害，飞车看得清楚了，车上插一张旗，画着一个黄圆圈在发毫光。离地五尺，就挂下几只篮子来，别人可不知道里面装的是什么，只听得上下在讲话：

"古貌林！"③

"好杜有图！"④

"古鲁几哩……"

"O.K！"⑤

飞车向奇肱国疾飞而去，天空中不再留下微声，学者们也静悄悄，这是大家在吃饭。独有山周围的水波，撞着石头，不住的澎湃的在发响。午觉醒来，精神百倍，于是学说也就压倒了涛声了。

"禹来治水，一定不成功，如果他是鲧的儿子的话，"一个拿拄杖的学者说。"我曾经搜集了许多王公大臣和豪富人家的家谱，很下过一番研

---

① 本篇作为插曲所写的聚集在"文化山"上的学者们的活动，是对1932年10月北平文教界江瀚、刘复、徐炳昶、马衡等三十余人向国民党政府呈文建议明定北平为"文化城"一事的讽刺。当时日本帝国主义已经侵占我国东北，华北也在危殆中；国民党政府放弃东北之后，又准备从华北撤退，已开始着手把可以卖钱的古文物从北平搬到南京。江瀚等想阻止古文物南移，却以北平在政治和军事上没有重要性为由，提出请国民党政府从北平撤除军备，将它划为一个不设防的文化区域的主张。对所谓"文化城"的主张，鲁迅在当时的一篇杂文里讽刺过。参看《伪自由书·崇实》。本篇在"文化山"的插曲中所讽刺的就是江瀚等的呈文中所反映的那种荒谬言论，其中几个所谓学者，是以当时文化界一些具有代表性的人物为模型的。

"一个拿拄杖的学者"，暗指潘光旦（1899—1967）。潘是社会学家，研究社会学、优生学以及社会思想史等。曾根据一些官僚地主家族的家谱来解释遗传现象，著有《潘光旦文集》。鸟头先生，暗指顾颉刚（1893—1980）。顾是历史学家、民俗学家，创立"古史辨"学，注重考据，曾据《说文解字》对"鲧"字和"禹"字的解释，说鲧是鱼，禹是蜥蜴之类的虫。"鸟头"这名字即从"顧"字而来；据《说文解字》，顾字从页雇声，雇是鸟名，页本义是头。顾颉刚曾在北京大学研究所歌谣研究会工作，搜集苏州歌谣，出版过一册《吴歌甲集》，所以下文说鸟头先生"另去搜集民间的曲子了"。

② 奇肱国　见《山海经·海外西经》："奇肱之国……在其北，其人一臂三目，有阴有阳，乘文马。"

③ 古貌林　英语 Good morning 的音译，意为"早安"。

④ 好杜有图　英语 How do you do 的音译，意为"你好"。

⑤ O.K　美国式的英语："对啦。"

理水 咃俙第第三衍

一 修俙第三衍

这时候是「汤汤洪水方割，浩浩怀山襄陵」；舜爷的百姓倒並不都挤在露生水的山顶上，有的綢在树顶有的坐着木排，木排上搭有小小的板棚，從岸上看起来很富于诗趣。

遠地云的雨息是从木排上传来的。大家终于知道鲧大人因为治了九整年的水什麼效验也没有，上頭龍心震怒把他充軍到羽山去了，接任的

《理水》手稿

究工夫,得到一个结论:阔人的子孙都是阔人,坏人的子孙都是坏人——这就叫作'遗传'。所以,鲧不成功,他的儿子禹一定也不会成功,因为愚人是生不出聪明人来的!"

"O.K!"一个不拿拄杖的学者说。

"不过您要想想咱们的太上皇①,"别一个不拿拄杖的学者道。

"他先前虽然有些'顽',现在可是改好了。倘是愚人,就永远不会改好……"

"O.K!"

"这这些些都是费话,"又一个学者吃吃的说,立刻把鼻尖胀得通红。"你们是受了谣言的骗的。其实并没有所谓禹,'禹'是一条虫,虫虫会治水的吗?我看鲧也没有的,'鲧'是一条鱼,鱼鱼会治水水水的吗?"他说到这里,把两脚一蹬,显得非常用劲。

"不过鲧却的确是有的,七年以前,我还亲眼看见他到昆仑山脚下去赏梅花的。"

"那么,他的名字弄错了,他大概不叫'鲧',他的名字应该叫'人'!至于禹,那可一定是一条虫,我有许多证据,可以证明他的乌有,叫大家来公评……"

于是他勇猛的站了起来,摸出削刀,刮去了五株大松树皮,用吃剩的面包末屑和水研成浆,调了炭粉,在树身上用很小的蝌蚪文写上抹杀阿禹的考据,足足化掉了三九廿七天工夫。但是凡有要看的人,得拿出十片嫩榆叶,如果住在木排上,就改给一贝壳鲜水苔。

横竖到处都是水,猎也不能打,地也不能种,只要还活着,所有的是闲工夫,来看的人倒也很不少。松树下挨挤了三天,到处都发出叹息的声音,有的是佩服,有的是疲劳。但到第四天的正午,一个乡下人终于说话了,这时那学者正在吃炒面。

"人里面,是有叫作阿禹的,"乡下人说。"况且'禹'也不是虫,这是我们乡下人的简笔字,老爷们都写作'禺'②,是大猴子……"

---

① 太上皇 指舜的父亲瞽叟。
② "禺" 清代段玉裁注引郭璞《山海经》:"禺似猕猴而大,赤目长尾。"据《说文解字》,"禺"字笔画较"禹"字简单,所以这里说"禹"是"禺"的简笔字。

"人有叫作大大猴子的吗？……"学者跳起来了，连忙咽下没有嚼烂的一口面，鼻子红到发紫，吆喝道。

"有的呀，连叫阿狗阿猫的也有。"

"鸟头先生，您不要和他去辩论了，"拿拄杖的学者放下面包，拦在中间，说。"乡下人都是愚人。拿你的家谱来，"他又转向乡下人，大声道，"我一定会发现你的上代都是愚人……"

"我就从来没有过家谱……"

"呸，使我的研究不能精密，就是你们这些东西可恶！"

"不过这这也用不着家谱，我的学说是不会错的。"鸟头先生更加愤愤的说。"先前，许多学者都写信来赞成我的学说，那些信我都带在这里……"

"不不，那可应该查家谱……"

"但是我竟没有家谱，"那"愚人"说。"现在又是这么的人荒马乱，交通不方便，要等您的朋友们来信赞成，当作证据，真也比螺蛳壳里做道场还难。证据就在眼前：您叫鸟头先生，莫非真的是一个鸟儿的头，并不是人吗？"

"哼！"鸟头先生气忿到连耳轮都发紫了。"你竟这样的侮辱我！说我不是人！我要和你到皋陶①大人那里去法律解决！如果我真的不是人，我情愿大辟——就是杀头呀，你懂了没有？要不然，你是应该反坐的。你等着罢，不要动，等我吃完了炒面。"

"先生，"乡下人麻木而平静的回答道，"您是学者，总该知道现在已是午后，别人也要肚子饿的。可恨的是愚人的肚子却和聪明人的一样：也要饿。真是对不起得很，我要捞青苔去了，等您上了呈子之后，我再来投案罢。"于是他跳上木排，拿起网兜，捞着水草，泛泛的远开去了。看客也渐渐的走散，鸟头先生就红着耳轮和鼻尖从新吃炒面，拿拄杖的学者在摇头。

---

① 皋陶　传说是舜时掌握狱讼的臣子。1927年鲁迅在广州时，顾颉刚教授曾致书鲁迅，说鲁迅在文字上侵害了他，"拟于九月中回粤后提起诉讼，听候法律解决。"要鲁迅"暂勿离粤，以俟开审"。鲁迅当时复他："请即就近在浙起诉，尔时仆必到杭，以负应负之责。"这里鸟头先生与乡下人的对话，隐指此事。参看《三闲集·答顾颉刚教授令"候审"》。

然而"禹"究竟是一条虫,还是一个人呢,却仍然是一个大疑问。

二

禹也真好像是一条虫。

大半年过去了,奇肱国的飞车已经来过八回,读过松树身上的文字的木排居民,十个里面有九个生了脚气病,治水的新官却还没有消息。直到第十回飞车来过之后,这才传来了新闻,说禹是确有这么一个人的,正是鲧的儿子,也确是简放①了水利大臣,三年之前,已从冀州启节②,不久就要到这里了。

大家略有一点兴奋,但又很淡漠,不大相信,因为这一类不甚可靠的传闻,是谁都听得耳朵起茧了的。

然而这一回却又像消息很可靠,十多天之后,几乎谁都说大臣的确要到了,因为有人出去捞浮草,亲眼看见过官船;他还指着头上一块乌青的疙瘩,说是为了回避得太慢一点了,吃了一下官兵的飞石;这就是大臣确已到来的证据。这人从此就很有名,也很忙碌,大家都争先恐后的来看他头上的疙瘩,几乎把木排踏沉;后来还经学者们召了他去,细心研究,决定了他的疙瘩确是真疙瘩,于是使鸟头先生也不能再执成见,只好把考据学让给别人,自己另去搜集民间的曲子了。

一大阵独木大舟的到来,是在头上打出疙瘩的大约二十多天之后,每只船上,有二十名官兵打桨,三十名官兵持矛,前后都是旗帜;刚靠山顶,绅士们和学者们已在岸上列队恭迎,过了大半天,这才从最大的船里,有两位中年的胖胖的大员出现,约略二十个穿虎皮的武士簇拥着,和迎接的人们一同到最高巅的石屋里去了。

大家在水陆两面,探头探脑的悉心打听,才明白原来那两位只是考察的专员,却并非禹自己。

大员坐在石屋的中央,吃过面包,就开始考察。

---

① 简放 古代君主任命高级官员。简,授官的简册。
② 节 指古代使臣出行时所持的信物。

"灾情倒并不算重,粮食也还可敷衍,"一位学者们的代表,苗民言语学专家说。"面包是每月会从半空中掉下来的;鱼也不缺,虽然未免有些泥土气,可是很肥,大人。至于那些下民,他们有的是榆叶和海苔,他们'饱食终日,无所用心',——就是并不劳心,原只要吃这些就够。我们也尝过了,味道倒并不坏,特别得很……"

"况且,"别一位研究《神农本草》①的学者抢着说,"榆叶里面是含有维他命W②的;海苔里有碘质,可医瘰疬病,两样都极合于卫生。"

"O.K!"又一个学者说。大员们瞪了他一眼。

"饮料呢,"那《神农本草》学者接下去道,"他们要多少有多少,一万代也喝不完。可惜含一点黄土,饮用之前,应该蒸馏一下的。敝人指导过许多次了,然而他们冥顽不灵,绝对的不肯照办,于是弄出数不清的病人来……"

"就是洪水,也还不是他们弄出来的吗?"一位五绺长须,身穿酱色长袍的绅士又抢着说。"水还没来的时候,他们懒着不肯填,洪水来了的时候,他们又懒着不肯戽……"

"是之谓失其性灵,"坐在后一排,八字胡子的伏羲朝小品文学家笑道。"吾尝登帕米尔之原,天风浩然,梅花开矣,白云飞矣,金价涨矣,耗子眠矣,见一少年,口衔雪茄,面有蚩尤氏之雾……哈哈哈!没有法子……"③

"O.K!"

这样的谈了小半天。大员们都十分用心的听着,临末是叫他们合拟

---

① 《神农本草》 我国最早记载药物的专书。成书年代不可考,当是秦汉间人托神农之名而作。
② 维他命W 维他命现在通称维生素,但并未发现维他命W。下文的瘰疬病,指颈部淋巴结核一类疾病,而因缺碘所致的甲状腺肿大(俗称大脖子)叫"瘿",不叫瘰疬。这里是讽刺当时一些学者的妄说。
③ "伏羲朝小品文学家"的这段话,是对当时林语堂一派人提倡"语录体"小品文的戏仿。所谓"语录体",按林语堂自己的说法是"文言中不避俚语,白话中多放之乎",是一种半文不白的"性灵"文字。这段话中的"见一少年,口衔雪茄,面有蚩尤氏之雾",是影射林语堂在《游杭再记》里对进步青年漫画化的一段话,"见有二青年,口里含一枝苏俄香烟,手里夹一本什么斯基的译本"云云。蚩尤是传说中我国九黎族的首领,相传他和黄帝作战时,施放大雾,后为黄帝所擒杀。在正统史书中,把他描写成邪恶的怪物。1926 年,北洋军阀吴佩孚为了"讨赤",称曾查得蚩尤是"赤化"的始祖,因"蚩"和"赤"同音,"蚩尤"即"赤化之尤"云云。

一个公呈,最好还有一种条陈,沥述着善后的方法。

于是大员们下船去了。第二天,说是因为路上劳顿,不办公,也不见客;第三天是学者们公请在最高峰上赏偃盖古松,下半天又同往山背后钓黄鳝,一直玩到黄昏。第四天,说是因为考察劳顿了,不办公,也不见客;第五天的午后,就传见下民的代表。

下民的代表,是四天以前就在开始推举的,然而谁也不肯去,说是一向没有见过官。于是大多数就推定了头有疙瘩的那一个,以为他曾有见过官的经验。已经平复下去的疙瘩,这时忽然针刺似的痛起来了,他就哭着一口咬定:做代表,毋宁死!大家把他围起来,连日连夜的责以大义,说他不顾公益,是利己的个人主义者,将为华夏所不容;激烈点的,还至于捏起拳头,伸在他的鼻子跟前,要他负这回的水灾的责任。他渴睡得要命,心想与其逼死在木排上,还不如冒险去做公益的牺牲,便下了绝大的决心,到第四天,答应了。

大家就都称赞他,但几个勇士,却又有些妒忌。

就是这第五天的早晨,大家一早就把他拖起来,站在岸上听呼唤。果然,大员们呼唤了。他两腿立刻发抖,然而又立刻下了绝大的决心,决心之后,就又打了两个大呵欠,肿着眼眶,自己觉得好像脚不点地,浮在空中似的走到官船上去了。

奇怪得很,持矛的官兵,虎皮的武士,都没有打骂他,一直放进了中舱。舱里铺着熊皮、豹皮,还挂着几副弩箭,摆着许多瓶罐,弄得他眼花缭乱。定神一看,才看见在上面,就是自己的对面,坐着两位胖大的官员。什么相貌,他不敢看清楚。

"你是百姓的代表吗?"大员中的一个问道。

"他们叫我上来的。"他眼睛看着铺在舱底上的豹皮的艾叶一般的花纹,回答说。

"你们怎么样?"

"……"他不懂意思,没有答。

"你们过得还好么?"

"托大人的鸿福,还好……"他又想了一想,低低的说道,"敷敷衍衍……混混……"

"吃的呢？"

"有，叶子呀，水苔呀……"

"都还吃得来吗？"

"吃得来的。我们是什么都弄惯了的，吃得来的。只有些小畜生还要嚷，人心在坏下去哩，妈的，我们就揍他。"

大人们笑起来了，有一个对别一个说道："这家伙倒老实。"

这家伙一听到称赞，非常高兴，胆子也大了，滔滔的讲述道：

"我们总有法子想。比如水苔，顶好是做滑溜翡翠汤，榆叶就做一品当朝羹。剥树皮不可剥光，要留下一道，那么，明年春天树枝梢还是长叶子，有收成。如果托大人的福，钓到了黄鳝……"

然而大人好像不大爱听了，有一位也接连打了两个大呵欠，打断他的讲演道："你们还是合具一个公呈来罢，最好是还带一个贡献善后方法的条陈。"

"我们可是谁也不会写……"他惴惴的说。

"你们不识字吗？这真叫作不求上进！没有法子，把你们吃的东西拣一份来就是！"

他又恐惧又高兴的退了出来，摸一摸疙瘩疤，立刻把大人的吩咐传给岸上，树上和排上的居民，并且大声叮嘱道："这是送到上头去的呵！要做得干净，细致，体面呀！……"

所有居民就同时忙碌起来，洗叶子，切树皮，捞青苔，乱作一团。他自己是锯木版，来做进呈的盒子。有两片磨得特别光，连夜跑到山顶上请学者去写字，一片是做盒子盖的，求写"寿山福海"，一片是给自己的木排上做匾额，以志荣幸的，求写"老实堂"。但学者却只肯写了"寿山福海"的一块。

三

当两位大员回到京都的时候，别的考察员也大抵陆续回来了，只有禹还在外。他们在家里休息了几天,水利局的同事们就在局里大排筵宴,替他们接风,份子分福禄寿三种,最少也得出五十枚大贝壳①。这一天真是车水马龙,不到黄昏时候,主客就全都到齐了,院子里却已经点起庭燎②来,鼎中的牛肉香,一直透到门外虎贲③的鼻子跟前,大家就一齐咽口水。酒过三巡,大员们就讲了一些水乡沿途的风景,芦花似雪,泥水如金,黄鳝膏腴,青苔滑溜……等等。微醺之后,才取出大家采集了来的民食来,都装着细巧的木匣子,盖上写着文字,有的是伏羲八卦体④,有的是仓颉鬼哭体⑤,大家就先来赏鉴这些字,争论得几乎打架之后,才决定以写着"国泰民安"的一块为第一,因为不但文字质朴难识,有上古淳厚之风,而且立言也很得体,可以宣付史馆的。

评定了中国特有的艺术之后,文化问题总算告一段落,于是来考察盒子的内容了:大家一致称赞着饼样的精巧。然而大约酒也喝得太多了,便议论纷纷:有的咬一口松皮饼,极口叹赏它的清香,说自己明天就要挂冠归隐⑥,去享这样的清福;咬了柏叶糕的,却道质粗味苦,伤了他的舌头,要这样与下民共患难,可见为君难,为臣亦不易。有几个又扑上去,想抢下他们咬过的糕饼来,说不久就要开展览会募捐,这些都得去陈列,咬得太多是很不雅观的。

局外面也起了一阵喧嚷。一群乞丐似的大汉,面目黧黑,衣服破旧,竟冲破了断绝交通的界线,闯到局里来了。卫兵们大喝一声,连忙左右交叉了明晃晃的戈,挡住他们的去路。

"什么?——看明白!"当头是一条瘦长的莽汉,粗手粗脚的,怔了一下,大声说。

卫兵们在昏黄中定睛一看,就恭恭敬敬的立正,举戈,放他们进去了,

---

① 贝壳 上古时期,曾用贝壳为货币。
② 庭燎 庭院中照明的火炬。
③ 虎贲 勇士,即下文所说的卫兵们。
④ 伏羲八卦体 伏羲,我国古代传说中的帝王。《周易》说他"始作八卦"。
⑤ 仓颉鬼哭体 仓颉,一作苍颉,相传是黄帝的史官,创造文字的人。《淮南子·本经训》中记有关于苍颉的一种传说:"昔者苍颉作书而天雨粟,鬼夜哭。"
⑥ 挂冠归隐 辞官退隐。

只拦住了气喘吁吁的从后面追来的一个身穿深蓝土布袍子,手抱孩子的妇女。

"怎么?你们不认识我了吗?"她用拳头揩着额上的汗,诧异的问。

"禹太太,我们怎会不认识您家呢?"

"那么,为什么不放我进去的?"

"禹太太,这个年头儿,不大好,从今年起,要端风俗而正人心,男女有别了。现在那一个衙门里也不放娘儿们进去,不但这里,不但您。这是上头的命令,怪不着我们的。"

禹太太呆了一会,就把双眉一扬,一面回转身,一面嚷叫道:

"这杀千刀的!奔什么丧!走过自家的门口,看也不进来看一下,①就奔你的丧!做官做官,做官有什么好处,仔细像你的老子,做到充军,还掉在池子里变大忘八②!这没良心的杀千刀的!……"

这时候,局里的大厅上也早发生了扰乱。大家一望见一群莽汉们奔来,纷纷都想躲避,但看不见耀眼的兵器,就又硬着头皮,定睛去看。奔来的也临近了,头一个虽然面貌黑瘦,但从神情上,也就认识他正是禹;其余的自然是他的随员。

这一吓,把大家的酒意都吓退了,沙沙的一阵衣裳声,立刻都退在下面。禹便一径跨到席上,在上面坐下,大约是大模大样,或者生了鹤膝风③罢,并不屈膝而坐,却伸开了两脚,把大脚底对着大员们,又不穿袜子,满脚底都是栗子一般的老茧。随员们就分坐在他的左右。

"大人是今天回京的?"一位大胆的属员,膝行而前了一点,恭敬的问。

"你们坐近一点来!"禹不答他的询问,只对大家说。"查的怎么样?"

大员们一面膝行而前,一面面面相觑,列坐在残筵的下面,看见咬过

---

① 禹过家门不入的故事,见《孟子·滕文公》:"禹八年于外,三过其门而不入。"又《史记·夏本纪》:"(禹)劳身焦思,居外十三年,过家门不敢入。"
② 忘八　乌龟的俗称。古代传说鲧死后化为三足鳖。
③ 鹤膝风　中医病名,结核性关节炎的一种。战国时楚国人尸佼所著的《尸子》中记有禹生"偏枯之疾"的传说:"(禹)疏河决江,十年未阚其家,手不爪,胫不毛,生偏枯之疾,步不相过。"

的松皮饼和啃光的牛骨头。非常不自在——却又不敢叫膳夫来收去。

"禀大人，"一位大员终于说。"倒还像个样子——印象甚佳。松皮水草，出产不少；饮料呢，那可丰富得很。百姓都很老实，他们是过惯了的。禀大人，他们都是以善于吃苦，驰名世界的人们。"

"卑职可是已经拟好了募捐的计划，"又一位大员说。"准备开一个奇异食品展览会，另请女隗①小姐来做时装表演。只卖票，并且声明会里不再募捐，那么，来看的可以多一点。"

"这很好。"禹说着，向他弯一弯腰。

"不过第一要紧的是赶快派一批大木筏去，把学者们接上高原来。"第三位大员说，"一面派人去通知奇肱国，使他们知道我们的尊崇文化，接济也只要每月送到这边来就好。学者们有一个公呈在这里，说的倒也很有意思，他们以为文化是一国的命脉，学者是文化的灵魂，只要文化存在，华夏也就存在，别的一切，倒还在其次……"

"他们以为华夏的人口太多了，"第一位大员道，"减少一些倒也是致太平之道。况且那些不过是愚民，那喜怒哀乐，也决没有智者所推想的那么精微的。知人论事，第一要凭主观。例如莎士比亚②……"

"放他妈的屁！"禹心里想，但嘴上却大声的说道："我经过查考，知道先前的方法：'湮'，确是错误了。以后应该用'导'③！不知道诸位的意见怎么样？"

静得好像坟山；大员们的脸上也显出死色，许多人还觉得自己生了病，明天恐怕要请病假了。

"这是蚩尤的法子！"一个勇敢的青年官员悄悄的愤激着。

"卑职的愚见，窃以为大人是似乎应该收回成命的。"一位白须白发

---

① 女隗　《左传》中狄人之女多姓隗，如叔隗、季隗等。匈奴就是春秋时的狄人。本篇中女隗这个人名，是根据这类记载而虚拟出来的。

② 莎士比亚（W. Shakespeare，1564—1616）　欧洲文艺复兴时期英国戏剧家、诗人，著有剧本《仲夏夜之梦》《罗密欧与朱丽叶》《哈姆雷特》等三十七种。杜衡在1934年6月《文艺风景》创刊号发表《莎剧凯撒传里所表现的群众》一文，借评莎士比亚作品，说人民群众"没有理性"，"没有明确的利害观念"，"感情"被人控制等。鲁迅曾在《又是"莎士比亚"》(《花边文学》)中批评过这种观点。

③ "湮"　鲧用的治水方法。湮，填塞。"导"，禹用的治水方法。导，疏通。

的大员,这时觉得天下兴亡,系在他的嘴上了,便把心一横,置死生于度外,坚决的抗议道:"湮是老大人的成法。'三年无改于父之道,可谓孝矣。'——老大人升天还不到三年。"

禹一声也不响。

"况且老大人化过多少心力呢。借了上帝的息壤①,来湮洪水,虽然触了上帝的恼怒,洪水的深度可也浅了一点了。这似乎还是照例的治下去。"另一位花白须发的大员说,他是禹的母舅的干儿子。

禹一声也不响。

"我看大人还不如'幹父之蛊'②,"一位胖大官员看得禹不作声,以为他就要折服了,便带些轻薄的大声说,不过脸上还流出着一层油汗。"照着家法,挽回家声。大人大约未必知道人们在怎么讲说老大人罢……"

"要而言之,'湮'是世界上已有定评的好法子,"白须发的老官恐怕胖子闹出岔子来,就抢着说道。"别的种种,所谓'摩登'者也,昔者蚩尤氏就坏在这一点上。"

禹微微一笑:"我知道的。有人说我的爸爸变了黄熊,也有人说他变了三足鳖③,也有人说我在求名,图利。说就是了。我要说的是我查了山泽的情形,征了百姓的意见,已经看透实情,打定主意,无论如何,非'导'不可!这些同事,也都和我同意的。"

他举手向两旁一指。白须发的,花须发的,小白脸的,胖而流着油汗的,胖而不流油汗的官员们,跟着他的指头看过去,只见一排黑瘦的乞丐似的东西,不动,不言,不笑,像铁铸的一样。

---

① 息壤　传说中一种能够自己生长、永不耗减的土壤。
② "幹父之蛊"　语出《周易·蛊》初六:"幹父之蛊,有子,考无咎。"三国时魏国王弼注:"幹父之事,能承先轨,堪其任者也。"后称儿子能完成父亲所未竟的事业,因而掩盖了父亲的过错为"幹蛊"。
③ 这是古代关于鲧的一种传说。《左传》昭公七年:"昔尧殛鲧于羽山,其神化为黄熊,以入于羽渊。"唐代陆德明《释文》:"黄熊,音雄,兽名。亦作能,如字,一音奴来反,三足鳖也。"能,一写作熊。《史记·夏本纪》替代张守节《正义》说:"鲧之羽山,化为黄熊,入于羽渊。熊,音乃来反,下三点为三足也。束晳《发蒙记》云:'鳖三足曰熊。'"

四

禹爷走后,时光也过得真快,不知不觉间,京师的景况日见其繁盛了。首先是阔人们有些穿了茧绸袍,后来就看见大水果铺里卖着橘子和柚子,大绸缎店里挂着华丝葛;富翁的筵席上有了好酱油,清炖鱼翅,凉拌海参;再后来他们竟有熊皮褥子狐皮褂,那太太也戴上赤金耳环银手镯了。

只要站在大门口,也总有什么新鲜的物事看:今天来一车竹箭,明天来一批松板,有时抬过了做假山的怪石,有时提过了做鱼生的鲜鱼;有时是一大群一尺二寸长的大乌龟,都缩了头装着竹笼,载在车子上,拉向皇城那面去。

"妈妈,你瞧呀,好大的乌龟!"孩子们一看见,就嚷起来,跑上去,围住了车子。

"小鬼,快滚开!这是万岁爷的宝贝,当心杀头!"

然而关于禹爷的新闻,也和珍宝的入京一同多起来了。百姓的檐前,路旁的树下,大家都在谈他的故事;最多的是他怎样夜里化为黄熊,①用嘴和爪子,一拱一拱的疏通了九河,以及怎样请了天兵天将,捉住兴风作浪的妖怪无支祁,镇在龟山的脚下。② 皇上舜爷的事情,可是谁也不再提起了,至多,也不过谈谈丹朱太子③的没出息。

禹要回京的消息,原已传布得很久了,每天总有一群人站在关口,看可有他的仪仗的到来。并没有。然而消息却愈传愈紧,也好像愈真。一

---

① 禹化为熊的传说,见清代马骕《绎史》卷十二引《随巢子》:"(禹)治洪水,通轘辕山,化为熊。"按,随巢子,战国时墨翟弟子,著《随巢子》六篇,清代马国翰《玉函山房辑佚书》内有辑文一卷。

② 禹捉无支祁的传说,见唐代李公佐《古岳渎经》:"禹理水,三至桐柏山,惊风走雷,石号木鸣,五伯拥川,天老肃兵,不能兴。禹怒,召集百灵,搜命夔龙。桐柏千君长稽首请命。……乃获淮涡水神,名无支祁,善应对言语,辨江淮之浅深,原隰之远近。形若猿猴,缩鼻高额,青躯白首,金目雪牙。颈伸百尺,力逾九象,搏击腾踔疾奔,轻利倏忽,闻视不可久。……颈锁大索,鼻穿金铃,徙淮阴之龟山之足下。俾淮水永安流注海也。"(据鲁迅辑《唐宋传奇集》卷三)

③ 丹朱太子 尧的儿子。古书中说他"不肖"(品德不像他的父亲),所以尧不把天下传给他而传给舜。《史记·五帝本纪》:"尧知子丹朱之不肖,不足授天下,于是乃权授舜。"

个半阴半晴的上午,他终于在百姓们的万头攒动之间,进了冀州的帝都了。前面并没有仪仗,不过一大批乞丐似的随员。临末是一个粗手粗脚的大汉,黑脸黄须,腿弯微曲,双手捧着一片乌黑的尖顶的大石头——舜爷所赐的"玄圭"①,连声说道"借光,借光,让一让,让一让",从人丛中挤进皇宫里去了。

百姓们就在宫门外欢呼,议论,声音正好像浙水的涛声②一样。

舜爷坐在龙位上,原已有了年纪,不免觉得疲劳,这时又似乎有些惊骇。禹一到,就连忙客气的站起来,行过礼,皋陶先去应酬了几句,舜才说道:

"你也讲几句好话我听呀。"

"哼,我有什么说呢?"禹简截的回答道。"我就是想,每天孳孳!"

"什么叫作'孳孳'?"皋陶问。

"洪水滔天,"禹说,"浩浩怀山襄陵,下民都浸在水里。我走旱路坐车,走水路坐船,走泥路坐橇,走山路坐轿。到一座山,砍一通树,和益③俩给大家有饭吃,有肉吃。放田水入川,放川水入海,和稷④俩给大家有难得的东西吃。东西不够,就调有余,补不足。搬家。大家这才静下来了,各地方成了个样子。"

"对啦对啦,这些话可真好!"皋陶称赞道。

"唉!"禹说。"做皇帝要小心,安静。对天有良心,天才会仍旧给你好处!"

舜爷叹一口气,就托他管理国家大事,有意见当面讲,不要背后说坏话。看见禹都答应了,又叹一口气,道:"莫像丹朱的不听话,只喜欢游荡,旱地上要撑船,在家里又捣乱,弄得过不了日子,这我可真看的不顺眼!"

"我讨过老婆,四天就走,"禹回答说。"生了阿启,也不当他儿子看。

---

① "玄圭" 见《尚书·禹贡》:"禹锡玄圭,告厥成功。"又《史记·夏本纪》:"帝锡禹玄圭,以告成功于天下。"圭,古代诸侯大夫在朝会和祭祀时所执的一种长条尖顶的玉器。玄,黑色。
② 浙水的涛声 浙水,即钱塘江,涨潮时涛声很大。
③ 益 传说中,舜命益治水泽草木鸟兽,又传说益曾协助大禹治水。
④ 稷 传说中的五谷之神。

所以能够治了水,分作五圈,简直有五千里,计十二州,直到海边,立了五个头领,都很好。只是有苗可不行,你得留心点!"

"我的天下,真是全仗的你的功劳弄好的!"舜爷也称赞道。

于是皋陶也和舜爷一同肃然起敬,低了头;退朝之后,他就赶紧下一道特别的命令,叫百姓都要学禹的行为,倘不然,立刻就算是犯了罪。

这使商家首先起了大恐慌。但幸而禹爷自从回京以后,态度也改变一点了:吃喝不考究,但做起祭祀和法事来,是阔绰的;衣服很随便,但上朝和拜

终于太平到连百兽都会跳舞,凤凰也飞来凑热闹了。(裘沙、王伟君、裘大力 作)

客时候的穿著,是要漂亮的。所以市面仍旧不很受影响,不多久,商人们就又说禹爷的行为真该学,皋爷的新法令也很不错;终于太平到连百兽都会跳舞,凤凰也飞来凑热闹了。①

一九三五年十一月作。

【讲析】

小说《理水》写的是大禹治水的故事,一共四节,可是前两节都不见大禹出场,而是写被洪水包围的"文化山"上那群"学者",他们关于是否"世界上真有这个禹"的考证,以及和"乡下人"展开的荒唐辩论,等等。为什么

---

① 文末关于禹同舜和皋陶谈话的情形,所据是《史记·夏本纪》。

写这些？读者可能会有些纳闷。尤其是在古代的人事描写中插入一些现代的事物和名词，诸如"下民的代表"、"遗传"、"水利局"、"古貌林"（英语"早安"）、"O.K"，等等，更是觉得有些"搞笑"。其实鲁迅是有意为之，要制造一种"穿越"的喜剧效果，以讽刺当时文化界的某些迂腐的现象。

阅读时参考相关的注释，我们知道这些讽刺性描写当时都是有现实所指的。虽然拉开历史距离，我们必须承认作品所讽刺的一些"学者"，如顾颉刚、潘光旦等，也都各有其学术建树。鲁迅给高踞于"文化山"上的"学者"鼻子涂上白粉，当作"丑角"，是作为一种反衬，以"文化人"的酸腐、蹈空来衬托为人民做实事、做好事的大禹。

大禹是在第三节才闪亮登场的。那时"水利局"的官员正大摆筵席，大禹带着一群面目黧黑、破衣烂衫、乞丐似的汉子闯进来了。禹爷一径跨到席上坐下，便"伸开了两脚，把大脚底对着大员们，又不穿袜子，满脚底都是栗子一般的老茧"。接下来，讨论治水问题，在水利局官员仍然争论不休之时，大禹一锤定音，大声表明先前"湮"的办法不行，必须要改用"导"的方法。而且声明他的同事也都赞同这个办法。小说写大禹的"同事"，在论争中是"一排黑瘦的乞丐似的东西，不动，不言，不笑，像铁铸的一样"。和那些夸夸其谈、迂腐无能的"学者"、官员相比，这些沉默的百姓正是支持大禹治水的坚定力量。鲁迅"重写"大禹治水的故事，是要凸显在艰难时期承担国家重任的"中国的脊梁"。

鲁迅把《故事新编》说成是"神话,传说及史实的演义"。（《南腔北调集·〈自选集〉自序》）所谓"演义"，就是所写主要人物事物都有历史记载的某些根据，然后加上作者的想象与虚构，让古人史事"活"起来，让作品尽可能生发出现实的意义。这样来理解《理水》中古今"穿越"和讽刺"搞笑"，就不能不赞佩鲁迅对于小说艺术的独特创造。

铸　剑[*]

一

眉间尺[①]刚和他的母亲睡下，老鼠便出来咬锅盖，使他听得发烦。他轻轻地叱了几声，最初还有些效验，后来是简直不理他了，格支格支地径自咬。他又不敢大声赶，怕惊醒了白天做得劳乏，晚上一躺就睡着了的母亲。

许多时光之后，平静了；他也想睡去。忽然，扑通一声，惊得他又睁开眼。同时听到沙沙地响，是爪子抓着瓦器的声音。

"好！该死！"他想着，心里非常高兴，一面就轻轻地坐起来。

他跨下床，借着月光走向门背后，摸到钻火家伙，点上松明，向水瓮里

---

[*] 本文最初发表于1927年4月25日、5月10日《莽原》半月刊第二卷第八、九期，原题为《眉间尺》。1932年编入《自选集》时改为现名。

[①] 眉间尺复仇的传说，在相传为魏曹丕所著的《列异传》中有如下记载："干将莫邪为楚王作剑，三年而成。剑有雄雌，天下名器也，乃以雌剑献君，藏其雄者。谓其妻曰：'吾藏剑在南山之阴，北山之阳；松生石上，剑在其中矣。君若觉，杀我；尔生男，以告之。'及至君觉，杀干将。妻后生男，名赤鼻，告之。赤鼻斫南山之松，不得剑；忽于屋柱中得之。楚王梦一人，眉广三寸，辞欲报仇。购求甚急，乃逃朱兴山中。遇客，欲为之报；乃刎首，将以奉楚王。客令镬煮之，头三日三夜跳不烂。王往观之，客以雄剑倚拟王，王头堕镬中；客又自刎。三头悉烂，不可分别，分葬之，名曰三王冢。"（据鲁迅辑《古小说钩沉》本）又晋代干宝《搜神记》卷十一也有内容大致相同的记载，而叙述较为细致，如眉间尺山中遇客一段说："（楚）王梦见一儿，眉间广尺，言欲报雠，王即购之千金。儿闻之，亡去，入山行歌。客有逢者，谓子年少，何哭之甚悲耶？曰：'吾干将莫邪子也。楚王杀我父，吾欲报之。'客曰：'闻王购子头千金，将子头与剑来，为子报之。'儿曰：'幸甚！'即自刎，两手捧头及剑奉之，立僵。客曰：'不负子也。'于是尸乃仆。"（此外相传为后汉赵晔所著的《楚王铸剑记》，完全与《搜神记》所记相同。）

眉間尺

——新編的故事之一

鲁迅

一

眉間尺剛和他的母親睡下，老鼠便出來咬鍋盖，使他聽得發煩。他輕輕地叱一聲，最初還有些效驗，後來是簡直不理他了，格支格支地使勁咬。他又不敢大聲，怕驚醒了白天做得勞乏，晚上一躺就睡着了的母親。

許多時光之後，手靜了。他也想睡去。忽然，撲通一聲，驚得他又睜開眼。同時聽到沙沙地響，是爪子抓着瓦器的聲音。

"好！該死！"他想着，心裏非常高興，一面就輕輕地坐起來。

他跨下床，借着月光走到門背後，摸到鑽火傢伙，點上松明，向小甕裏一照。

《眉间尺》(即《铸剑》)手稿

一照。果然,一匹很大的老鼠落在那里面了;但是,存水已经不多,爬不出来,只沿着水瓮内壁,抓着,团团地转圈子。

"活该!"他一想到夜夜咬家具,闹得他不能安稳睡觉的便是它们,很觉得畅快。他将松明插在土墙的小孔里,赏玩着;然而那圆睁的小眼睛,又使他发生了憎恨,伸手抽出一根芦柴,将它直按到水底去。过了一会,才放手,那老鼠也随着浮了上来,还是抓着瓮壁转圈子。只是抓劲已经没有先前似的有力,眼睛也淹在水里面,单露出一点尖尖的通红的小鼻子,咻咻地急促地喘气。

他近来很有点不大喜欢红鼻子的人。但这回见了这尖尖的小红鼻子,却忽然觉得它可怜了,就又用那芦柴,伸到它的肚下去,老鼠抓着,歇了一回力,便沿着芦干爬了上来。待到他看见全身,——湿淋淋的黑毛,大的肚子,蚯蚓似的尾巴,——便又觉得可恨可憎得很,慌忙将芦柴一抖,扑通一声,老鼠又落在水瓮里,他接着就用芦柴在它头上捣了几下,叫它赶快沉下去。

换了六回松明之后,那老鼠已经不能动弹,不过沉浮在水中间,有时还向水面微微一跳。眉间尺又觉得很可怜,随即折断芦柴,好容易将它夹了出来,放在地面上。老鼠先是丝毫不动,后来才有一点呼吸;又许多时,四只脚运动了,一翻身,似乎要站起来逃走。这使眉间尺大吃一惊,不觉提起左脚,一脚踏下去。只听得吱的一声,他蹲下去仔细看时,只见口角上微有鲜血,大概是死掉了。

他又觉得很可怜,仿佛自己作了大恶似的,非常难受。他蹲着,呆看着,站不起来。

"尺儿,你在做什么?"他的母亲已经醒来了,在床上问。

"老鼠……。"他慌忙站起,回转身去,却只答了两个字。

"是的,老鼠。这我知道。可是你在做什么?杀它呢,还是在救它?"

他没有回答。松明烧尽了;他默默地立在暗中,渐看见月光的皎洁。

"唉!"他的母亲叹息说,"一交子时[①],你就是十六岁了,性情还是那

[①] 子时 我国古代用十二地支(子、丑、寅、卯、辰、巳、午、未、申、酉、戌、亥)记时,从夜里十一点到次晨一点称为子时。

样,不冷不热地,一点也不变。看来,你的父亲的仇是没有人报的了。"

他看见他的母亲坐在灰白色的月影中,仿佛身体都在颤动;低微的声音里,含着无限的悲哀,使他冷得毛骨悚然,而一转眼间,又觉得热血在全身中忽然腾沸。

"父亲的仇?父亲有什么仇呢?"他前进几步,惊急地问。

"有的。还要你去报。我早想告诉你的了;只因为你太小,没有说。现在你已经成人了,却还是那样的性情。这教我怎么办呢?你似的性情,能行大事的么?"

"能。说罢,母亲。我要改过……。"

"自然。我也只得说。你必须改过……。那么,走过来罢。"

他走过去;他的母亲端坐在床上,在暗白的月影里,两眼发出闪闪的光芒。

"听哪!"她严肃地说,"你的父亲原是一个铸剑的名工,天下第一。他的工具,我早已都卖掉了来救了穷了,你已经看不见一点遗迹;但他是一个世上无二的铸剑的名工。二十年前,王妃生下了一块铁①,听说是抱了一回铁柱之后受孕的,是一块纯青透明的铁。大王知道是异宝,便决计用来铸一把剑,想用它保国,用它杀敌,用它防身。不幸你的父亲那时偏偏入了选,便将铁捧回家里来,日日夜夜地锻炼,费了整三年的精神,炼成两把剑。

"当最末次开炉的那一日,是怎样地骇人的景象呵!哗拉拉地腾上一道白气的时候,地面也觉得动摇。那白气到天半便变成白云,罩住了这处所,渐渐现出绯红颜色,映得一切都如桃花。我家的漆黑的炉子里,是躺着通红的两把剑。你父亲用井华水②慢慢地滴下去,那剑嘶嘶地吼着,慢慢转成青色了。这样地七日七夜,就看不见了剑,仔细看时,却还在炉底里,纯青的,透明的,正像两条冰。

---

① 王妃生下了一块铁　清代陈元龙撰《格致镜原》卷三十四引《列士传》佚文:"楚王夫人于夏纳凉,抱铁柱,心有所感,遂怀孕,产一铁;王命莫邪铸为双剑。"
② 井华水　清晨第一次汲取的井水。明代李时珍《本草纲目》卷五井泉水《集解》:"汪颖曰:……平旦第一汲,为井华水。"

"大欢喜的光采,便从你父亲的眼睛里四射出来;他取起剑,拂拭着,拂拭着。然而悲惨的皱纹,却也从他的眉头和嘴角出现了。他将那两把剑分装在两个匣子里。

"'你只要看这几天的景象,就明白无论是谁,都知道剑已炼就的了。'他悄悄地对我说。'一到明天,我必须去献给大王。但献剑的一天,也就是我命尽的日子。怕我们从此要长别了。'

"'你……。'我很骇异,猜不透他的意思,不知怎么说的好。我只是这样地说:'你这回有了这么大的功劳……。'

"'唉!你怎么知道呢!'他说。'大王是向来善于猜疑,又极残忍的。这回我给他炼成了世间无二的剑,他一定要杀掉我,免得我再去给别人炼剑,来和他匹敌,或者超过他。'

"我掉泪了。

"'你不要悲哀。这是无法逃避的。眼泪决不能洗掉运命。我可是早已有准备在这里了!'他的眼里忽然发出电火似的光芒,将一个剑匣放在我膝上。'这是雄剑。'他说。'你收着。明天,我只将这雌剑献给大王去。倘若我一去竟不回来了呢,那是我一定不再在人间了。你不是怀孕已经五六个月了么?不要悲哀;待生了孩子,好好地抚养。一到成人之后,你便交给他这雄剑,教他砍在大王的颈子上,给我报仇!'"

"那天父亲回来了没有呢?"眉间尺赶紧问。

"没有回来!"她冷静地说。"我四处打听,也杳无消息。后来听得人说,第一个用血来饲你父亲自己炼成的剑的人,就是他自己——你的父亲。还怕他鬼魂作怪,将他的身首分埋在前门和后苑了!"

眉间尺忽然全身都如烧着猛火,自己觉得每一枝毛发上都仿佛闪出火星来。他的双拳,在暗中捏得格格地作响。

他的母亲站起了,揭去床头的木板,下床点了松明,到门背后取过一把锄,交给眉间尺道:"掘下去!"

眉间尺心跳着,但很沉静的一锄一锄轻轻地掘下去。掘出来的都是黄土,约到五尺多深,土色有些不同了,似乎是烂掉的材木。

"看罢!要小心!"他的母亲说。

眉间尺伏在掘开的洞穴旁边,伸手下去,谨慎小心地撮开烂树,待到指尖一冷,有如触着冰雪的时候,那纯青透明的剑也出现了。他看清了剑靶,捏着,提了出来。

窗外的星月和屋里的松明似乎都骤然失了光辉,惟有青光充塞宇内。那剑便溶在这青光中,看去好像一无所有。眉间尺凝神细视,这才仿佛看见长五尺余,却并不见得怎样锋利,剑口反而有些浑圆,正如一片韭叶。

"你从此要改变你的优柔的性情,用这剑报仇去!"他的母亲说。

"我已经改变了我的优柔的性情,要用这剑报仇去!"

"但愿如此。你穿了青衣,背上这剑,衣剑一色,谁也看不分明的。衣服我已经做在这里,明天就上你的路去罢。不要记念我!"她向床后的破衣箱一指,说。

眉间尺取出新衣,试去一穿,长短正很合式。他便重行叠好,裹了剑,放在枕边,沉静地躺下。他觉得自己已经改变了优柔的性情;他决心要并无心事一般,倒头便睡,清晨醒来,毫不改变常态,从容地去寻他不共戴天的仇雠。

但他醒着。他翻来覆去,总想坐起来。他听到他母亲的失望的轻轻的长叹。他听到最初的鸡鸣;他知道已交子时,自己是上了十六岁了。

二

当眉间尺肿着眼眶,头也不回的跨出门外,穿着青衣,背着青剑,迈开大步,径奔城中的时候,东方还没有露出阳光。杉树林的每一片叶尖,都挂着露珠,其中隐藏着夜气。但是,待到走到树林的那一头,露珠里却闪出各样的光辉,渐渐幻成晓色了。远望前面,便依稀看见灰黑色的城墙和雉堞①。

和挑葱卖菜的一同混入城里,街市上已经很热闹。男人们一排一排的呆站着;女人们也时时从门里探出头来。她们大半也肿着眼眶;蓬着

---

① 雉堞　城上排列如齿状的矮墙,俗称城垛。

头;黄黄的脸,连脂粉也不及涂抹。

眉间尺预觉到将有巨变降临,他们便都是焦躁而忍耐地等候着这巨变的。

他径自向前走;一个孩子突然跑过来,几乎碰着他背上的剑尖,使他吓出了一身汗。转出北方,离王宫不远,人们就挤得密密层层,都伸着脖子。人丛中还有女人和孩子哭嚷的声音。他怕那看不见的雄剑伤了人,不敢挤进去;然而人们却又在背后拥上来。他只得宛转地退避;面前只看见人们的背脊和伸长的脖子。

忽然,前面的人们都陆续跪倒了;远远地有两匹马并着跑过来。此后是拿着木棍、戈、刀、弓弩,旌旗的武人,走得满路黄尘滚滚。又来了一辆四匹马拉的大车,上面坐着一队人,有的打钟击鼓,有的嘴上吹着不知道叫什么名目的劳什子①。此后又是车,里面的人都穿画衣,不是老头子,便是矮胖子,个个满脸油汗。接着又是一队拿刀枪剑戟的骑士。跪着的人们便都伏下去了。这时眉间尺正看见一辆黄盖的大车驰来,正中坐着一个画衣的胖子,花白胡子,小脑袋;腰间还依稀看见佩着和他背上一样的青剑。

他不觉全身一冷,但立刻又灼热起来,像是猛火焚烧着。他一面伸手向肩头捏住剑柄,一面提起脚,便从伏着的人们的脖子的空处跨出去。

但他只走得五六步,就跌了一个倒栽葱,因为有人突然捏住了他的一只脚。这一跌又正压在一个干瘪脸的少年身上;他正怕剑尖伤了他,吃惊地起来看的时候,肋下就挨了很重的两拳。他也不暇计较,再望路上,不但黄盖车已经走过,连拥护的骑士也过去了一大阵了。

路旁的一切人们也都爬起来。干瘪脸的少年却还扭住了眉间尺的衣领,不肯放手,说被他压坏了贵重的丹田②,必须保险,倘若不到八十岁便死掉了,就得抵命。闲人们又即刻围上来,呆看着,但谁也不开口;后来有人从旁笑骂了几句,却全是附和干瘪脸少年的。眉间尺遇到了这样的敌人,真是怒不得,笑不得,只觉得无聊,却又脱身不得。这样地经过了煮熟

---

① 劳什子　北方方言。指物件,含有轻蔑、厌恶的意思。
② 丹田　道家把人身脐下三寸的地方称为丹田,据说这个部位受伤,可以致命。

一锅小米的时光,眉间尺早已焦躁得浑身发火,看的人却仍不见减,还是津津有味似的。

前面的人圈子动摇了,挤进一个黑色的人来,黑须黑眼睛,瘦得如铁。他并不言语,只向眉间尺冷冷地一笑,一面举手轻轻地一拨干瘪脸少年的下巴,并且看定了他的脸。那少年也向他看了一会,不觉慢慢地松了手,溜走了;那人也就溜走了;看的人们也都无聊地走散。只有几个人还来问眉间尺的年纪,住址,家里可有姊姊。眉间尺都不理他们。

他向南走着;心里想,城市中这么热闹,容易误伤,还不如在南门外等候他回来,给父亲报仇罢,那地方是地旷人稀,实在很便于施展。这时满城都议论着国王的游山,仪仗,威严,自己得见国王的荣耀,以及俯伏得有怎么低,应该采作国民的模范等等,很像蜜蜂的排衙①。直至将近南门,这才渐渐地冷静。

他走出城外,坐在一株大桑树下,取出两个馒头来充了饥;吃着的时候忽然记起母亲来,不觉眼鼻一酸,然而此后倒也没有什么。周围是一步一步地静下去了,他至于很分明地听到自己的呼吸。

天色愈暗,他也愈不安,尽目力望着前方,毫不见国王回来的影子。上城卖菜的村人,一个个挑着空担出城回家去了。

人迹绝了许久之后,忽然从城里闪出那一个黑色的人来。

"走罢,眉间尺!国王在捉你了!"他说,声音好像鸱鸮。

眉间尺浑身一颤,中了魔似的,立即跟着他走;后来是飞奔。他站定了喘息许多时,才明白已经到了杉树林边。后面远处有银白的条纹,是月亮已从那边出现;前面却仅有两点燐火一般的那黑色人的眼光。

"你怎么认识我?……"他极其惶骇地问。

"哈哈!我一向认识你。"那人的声音说。"我知道你背着雄剑,要给你的父亲报仇,我也知道你报不成。岂但报不成;今天已经有人告密,你的仇人早从东门还宫,下令捕拿你了。"

眉间尺不觉伤心起来。

---

① 蜜蜂的排衙　蜜蜂早晚两次群集蜂房外面,就像朝见蜂王一般。这里用来形容人群拥挤喧闹。排衙,旧时衙署中下属依次参谒长官的仪式。

"唉唉,母亲的叹息是无怪的。"他低声说。

"但她只知道一半。她不知道我要给你报仇。"

"你么?你肯给我报仇么,义士?"

"阿,你不要用这称呼来冤枉我。"

"那么,你同情于我们孤儿寡妇?……"

"唉,孩子,你再不要提这些受了污辱的名称。"他严冷地说,"仗义,同情,那些东西,先前曾经干净过,现在却都成了放鬼债的资本①。我的心里全没有你所谓的那些。我只不过要给你报仇!"

"好。但你怎么给我报仇呢?"

"只要你给我两件东西。"两粒燐火下的声音说。"那两件么?你听着:一是你的剑,二是你的头!"

眉间尺虽然觉得奇怪,有些狐疑,却并不吃惊。他一时开不得口。

"你不要疑心我将骗取你的性命和宝贝。"暗中的声音又严冷地说。"这事全由你。你信我,我便去;你不信,我便住。"

"但你为什么给我去报仇的呢?你认识我的父亲么?"

"我一向认识你的父亲,也如一向认识你一样。但我要报仇,却并不为此。聪明的孩子,告诉你罢。你还不知道么,我怎地善于报仇。你的就是我的;他也就是我。我的魂灵上是有这么多的,人我所加的伤,我已经憎恶了我自己!"

暗中的声音刚刚停止,眉间尺便举手向肩头抽取青色的剑,顺手从后项窝向前一削,头颅坠在地面的青苔上,一面将剑交给黑色人。

"呵呵!"他一手接剑,一手捏着头发,提起眉间尺的头来,对着那热的死掉的嘴唇,接吻两次,并且冷冷地尖利地笑。

笑声即刻散布在杉树林中,深处随着有一群燐火似的眼光闪动,倏忽临近,听到咻咻的饿狼的喘息。第一口撕尽了眉间尺的青衣,第二口便身体全都不见了,血痕也顷刻舐尽,只微微听得咀嚼骨头的声音。

---

① 放鬼债的资本 作者在创作本篇数月后,曾在一篇杂感里说,旧社会"有一种精神的资本家",惯用"同情"一类美好言辞作为"放债"的"资本",以求"报答"。参看《而已集·新时代的放债法》。

最先头的一匹大狼就向黑色人扑过来。他用青剑一挥，狼头便坠在地面的青苔上。别的狼们第一口撕尽了它的皮，第二口便身体全都不见了，血痕也顷刻舐尽，只微微听得咀嚼骨头的声音。

他已经掣起地上的青衣，包了眉间尺的头，和青剑都背在背脊上，回转身，在暗中向王城扬长地走去。

狼们站定了，耸着肩，伸出舌头，咻咻地喘着，放着绿的眼光看他扬长地走。

他在暗中向王城扬长地走去，发出尖利的声音唱着歌：

哈哈爱兮爱乎爱乎！
爱青剑兮一个仇人自屠。
夥颐连翩兮多少一夫。
一夫爱青剑兮呜呼不孤。
头换头兮两个仇人自屠。
一夫则无兮爱乎呜呼！
爱乎呜呼兮呜呼阿呼，
阿呼呜呼兮呜呼呜呼！①

三

游山并不能使国王觉得有趣；加上了路上将有刺客的密报，更使他扫兴而还。那夜他很生气，说是连第九个妃子的头发，也没有昨天那样的黑得好看了。幸而她撒娇坐在他的御膝上，特别扭了七十多回，这才使龙眉之间的皱纹渐渐地舒展。

午后，国王一起身，就又有些不高兴，待到用过午膳，简直现出怒容来。

"唉唉！无聊！"他打一个大呵欠之后，高声说。

---

① 这里和下文的歌，意思介于可解不可解之间。作者在1936年3月28日给日本增田涉的信中曾说："在《铸剑》里，我以为没有什么难懂的地方。但要注意的，是那里面的歌，意思都不明显，因为是奇怪的人和头颅唱出来的歌，我们这种普通人是难以理解的。"

上自王后,下至弄臣,看见这情形,都不觉手足无措。白须老臣的讲道,矮胖侏儒①的打诨,王是早已听厌的了;近来便是走索,缘竿,抛丸,倒立,吞刀,吐火等等奇妙的把戏,也都看得毫无意味。他常常要发怒;一发怒,便按着青剑,总想寻点小错处,杀掉几个人。

偷空在宫外闲游的两个小宦官,刚刚回来,一看见宫里面大家的愁苦的情形,便知道又是照例的祸事临头了,一个吓得面如土色;一个却像是大有把握一般,不慌不忙,跑到国王的面前,俯伏着,说道:

"奴才刚才访得一个异人,很有异术,可以给大王解闷,因此特来奏闻。"

"什么?!"王说。他的话是一向很短的。

"那是一个黑瘦的,乞丐似的男子。穿一身青衣,背着一个圆圆的青包裹;嘴里唱着胡诌的歌。人问他。他说善于玩把戏,空前绝后,举世无双,人们从来就没有看见过;一见之后,便即解烦释闷,天下太平。但大家要他玩,他却又不肯。说是第一须有一条金龙,第二须有一个金鼎。……"

"金龙?我是的。金鼎?我有。"

"奴才也正是这样想。……"

"传进来!"

话声未绝,四个武士便跟着那小宦官疾趋而出。上自王后,下至弄臣,个个喜形于色。他们都愿意这把戏玩得解愁释闷,天下太平;即使玩不成,这回也有了那乞丐似的黑瘦男子来受祸,他们只要能挨到传了进来的时候就好了。

并不要许多工夫,就望见六个人向金阶趋进。先头是宦官,后面是四个武士,中间夹着一个黑色人。待到近来时,那人的衣服却是青的,须眉头发都黑;瘦得颧骨,眼圈骨,眉棱骨都高高地突出来。他恭敬地跪着俯伏下去时,果然看见背上有一个圆圆的小包袱,青色布,上面还画上一些暗红色的花纹。

"奏来!"王暴躁地说。他见他家伙简单,以为他未必会玩什么好

---

① 侏儒　形体矮小、专以滑稽笑谑供君王娱乐消遣的人,略似戏剧中的丑角。

把戏。

"臣名叫宴之敖者①；生长汶汶乡②。少无职业；晚遇明师，教臣把戏，是一个孩子的头。这把戏一个人玩不起来，必须在金龙之前，摆一个金鼎，注满清水，用兽炭③煎熬。于是放下孩子的头去，一到水沸，这头便随波上下，跳舞百端，且发妙音，欢喜歌唱。这歌舞为一人所见，便解愁释闷，为万民所见，便天下太平。"

"玩来！"王大声命令说。

并不要许多工夫，一个煮牛的大金鼎便摆在殿外，注满水，下面堆了兽炭，点起火来。那黑色人站在旁边，见炭火一红，便解下包袱，打开，两手捧出孩子的头来，高高举起。那头是秀眉长眼，皓齿红唇；脸带笑容；头发蓬松，正如青烟一阵。黑色人捧着向四面转了一圈，便伸手擎到鼎上，动着嘴唇说了几句不知什么话，随即将手一松，只听得扑通一声，坠入水中去了。水花同时溅起，足有五尺多高，此后是一切平静。

许多工夫，还无动静。国王首先暴躁起来，接着是王后和妃子，大臣，宦官们也都有些焦急，矮胖的侏儒们则已经开始冷笑了。王一见他们的冷笑，便觉自己受愚，回顾武士，想命令他们就将那欺君的莠民掷入牛鼎里去煮杀。

但同时就听得水沸声；炭火也正旺，映着那黑色人变成红黑，如铁的烧到微红。王刚又回过脸来，他也已经伸起两手向天，眼光向着无物，舞蹈着，忽地发出尖利的声音唱起歌来：

哈哈爱兮爱乎爱乎！

爱兮血兮兮谁乎独无。

民萌冥行兮一夫壶卢。

彼用百头颅，千头颅兮用万头颅！

---

① 宴之敖者　作者虚拟的人名。1924年9月，鲁迅辑成《俟堂砖文杂集》一书，题记后用宴之敖者作为笔名，但以后即未再用。
② 汶汶乡　作者虚拟的地名。汶汶，昏暗不明。
③ 兽炭　古时豪富之家将木炭屑做成各种兽形的一种燃料。东晋裴启《语林》有如下记载："洛下少林木，炭止如粟状。羊琇骄豪，乃捣小炭为屑，以物和之，作兽形。后何召之徒共集，乃以温酒；火蒸既猛，兽皆开口，向人赫然。诸豪相矜，皆服而效之。"（据鲁迅辑《古小说钩沉》本）

我用一头颅兮而无万夫。

爱一头颅兮血乎呜呼！

血乎呜呼兮呜呼阿呼，

阿呼呜呼兮呜呼呜呼！

　　随着歌声，水就从鼎口涌起，上尖下广，像一座小山，但自水尖至鼎底，不住地回旋运动。那头即随水上上下下，转着圈子，一面又滴溜溜自己翻筋斗，人们还可以隐约看见他玩得高兴的笑容。过了些时，突然变了逆水的游泳，打旋子夹着穿梭，激得水花向四面飞溅，满庭洒下一阵热雨来。一个侏儒忽然叫了一声，用手摸着自己的鼻子。他不幸被热水烫了一下，又不耐痛，终于免不得出声叫苦了。

　　黑色人的歌声才停，那头也就在水中央停住，面向王殿，颜色转成端庄。这样的有十余瞬息之久，才慢慢地上下抖动；从抖动加速而为起伏的游泳，但不很快，态度很雍容。绕着水边一高一低地游了三匝，忽然睁大眼睛，漆黑的眼珠显得格外精采，同时也开口唱起歌来：

王泽流兮浩洋洋；

克服怨敌，怨敌克服兮，赫兮强！

宇宙有穷止兮万寿无疆。

幸我来也兮青其光！

青其光兮永不相忘。

异处异处兮堂哉皇！

堂哉皇哉兮嗳嗳唷，

嗟来归来，嗟来陪来兮青其光！

　　头忽然升到水的尖端停住；翻了几个筋斗之后，上下升降起来，眼珠向着左右瞥视，十分秀媚，嘴里仍然唱着歌：

阿呼呜呼兮呜呼呜呼，

爱乎呜呼兮呜呼阿呼！

血一头颅兮爱乎呜呼。

我用一头颅兮而无万夫！

彼用百头颅，千头颅……

唱到这里,是沉下去的时候,但不再浮上来了;歌词也不能辨别。涌起的水,也随着歌声的微弱,渐渐低落,像退潮一般,终至到鼎口以下,在远处什么也看不见。

"怎了?"等了一会,王不耐烦地问。

"大王,"那黑色人半跪着说。"他正在鼎底里作最神奇的团圆舞,不临近是看不见的。臣也没有法术使他上来,因为作团圆舞必须在鼎底里。"

王站起身,跨下金阶,冒着炎热立在鼎边,探头去看。只见水平如镜,那头仰面躺在水中间,两眼正看着他的脸。待到王的眼光射到他脸上时,他便嫣然一笑。这一笑使王觉得似曾相识,却又一时记不起是谁来。刚在惊疑,黑色人已经擎出了背着的青色的剑,只一挥,闪电般从后项窝直劈下去,扑通一声,王的头就落在鼎里了。

仇人相见,本来格外眼明,况且是相逢狭路。王头刚到水面,眉间尺的头便迎上来,很命在他耳轮上咬了一口。鼎水即刻沸涌,澎湃有声;两头即在水中死战。约有二十回合,王头受了五个伤,眉间尺的头上却有七处。王又狡猾,总是设法绕到他的敌人的后面去。眉间尺偶一疏忽,终于被他咬住了后项窝,无法转身。这一回王的头可是咬定不放了,他只是连连蚕食进去;连鼎外面也仿佛听到孩子的失声叫痛的声音。

上自王后,下至弄臣,骇得凝结着的神色也应声活动起来,似乎感到暗无天日的悲哀,皮肤上都一粒一粒地起粟;然而又夹着秘密的欢喜,瞪了眼,像是等候着什么

只一挥,闪电般从后项窝直劈下去,扑通一声,王的头就落在鼎里了。
(刘颖 作)

似的。

　　黑色人也仿佛有些惊慌,但是面不改色。他从从容容地伸开那捏着看不见的青剑的臂膊,如一段枯枝;伸长颈子,如在细看鼎底。臂膊忽然一弯,青剑便蓦地从他后面劈下,剑到头落,坠入鼎中,殢的一声,雪白的水花向着空中同时四射。

　　他的头一入水,即刻直奔王头,一口咬住了王的鼻子,几乎要咬下来。王忍不住叫一声"阿唷",将嘴一张,眉间尺的头就乘机挣脱了,一转脸倒将王的下巴下死劲咬住。他们不但都不放,还用全力上下一撕,撕得王头再也合不上嘴。于是他们就如饿鸡啄米一般,一顿乱咬,咬得王头眼歪鼻塌,满脸鳞伤。先前还会在鼎里面四处乱滚,后来只能躺着呻吟,到底是一声不响,只有出气,没有进气了。

　　黑色人和眉间尺的头也慢慢地住了嘴,离开王头,沿鼎壁游了一匝,看他可是装死还是真死。待到知道了王头确已断气,便四目相视,微微一笑,随即合上眼睛,仰面向天,沉到水底里去了。

四

　　烟消火灭;水波不兴。特别的寂静倒使殿上殿下的人们警醒。他们中的一个首先叫了一声,大家也立刻迭连惊叫起来;一个迈开腿向金鼎走去,大家便争先恐后地拥上去了。有挤在后面的,只能从人脖子的空隙间向里面窥探。

　　热气还炙得人脸上发烧。鼎里的水却一平如镜,上面浮着一层油,照出许多人脸孔:王后,王妃,武士,老臣,侏儒,太监。……

　　"阿呀,天哪!咱们大王的头还在里面哪,唉唉唉!"第六个妃子忽然发狂似的哭嚷起来。

　　上自王后,下至弄臣,也都恍然大悟,仓皇散开,急得手足无措,各自转了四五个圈子。一个最有谋略的老臣独又上前,伸手向鼎边一摸,然而浑身一抖,立刻缩了回来,伸出两个指头,放在口边吹个不住。

　　大家定了定神,便在殿门外商议打捞办法。约略费去了煮熟三锅小米的工夫,总算得到一种结果,是:到大厨房去调集了铁丝勺子,命武士协力捞起来。

器具不久就调集了,铁丝勺,漏勺,金盘,擦桌布,都放在鼎旁边。武士们便揎起衣袖,有用铁丝勺的,有用漏勺的,一齐恭行打捞。有勺子相触的声音,有勺子刮着金鼎的声音;水是随着勺子的搅动而旋绕着。好一会,一个武士的脸色忽而很端庄了,极小心地两手慢慢举起了勺子,水滴从勺孔中珠子一般漏下,勺里面便显出雪白的头骨来。大家惊叫了一声;他便将头骨倒在金盘里。

"阿呀!我的大王呀!"王后,妃子,老臣,以至太监之类,都放声哭起来。但不久就陆续停止了,因为武士又捞起了一个同样的头骨。

他们泪眼模胡地四顾,只见武士们满脸油汗,还在打捞。此后捞出来的是一团糟的白头发和黑头发;还有几勺很短的东西,似乎是白胡须和黑胡须。此后又是一个头骨。此后是三枝簪。

直到鼎里面只剩下清汤,才始住手;将捞出的物件分盛了三金盘:一盘头骨,一盘须发,一盘簪。

"咱们大王只有一个头。那一个是咱们大王的呢?"第九个妃子焦急地问。

"是呵……。"老臣们都面面相觑。

"如果皮肉没有煮烂,那就容易辨别了。"一个侏儒跪着说。

大家只得平心静气,去细看那头骨,但是黑白大小,都差不多,连那孩子的头,也无从分辨。王后说王的右额上有一个疤,是做太子时候跌伤的,怕骨上也有痕迹。果然,侏儒在一个头骨上发现了;大家正在欢喜的时候,另外的一个侏儒却又在较黄的头骨的右额上看出相仿的瘢痕来。

"我有法子。"第三个王妃得意地说,"咱们大王的龙准①是很高的。"

太监们即刻动手研究鼻准骨,有一个确也似乎比较地高,但究竟相差

———————
① 龙准 指帝王的鼻子。准,鼻子。《汉书·高帝纪》:"高祖为人,隆准而龙颜。"

无几；最可惜的是右额上却并无跌伤的瘢痕。

"况且，"老臣们向太监说，"大王的后枕骨是这么尖的么？"

"奴才们向来就没有留心看过大王的后枕骨……。"

王后和妃子们也各自回想起来，有的说是尖的，有的说是平的。叫梳头太监来问的时候，却一句话也不说。

当夜便开了一个王公大臣会议，想决定那一个是王的头，但结果还同白天一样。并且连须发也发生了问题。白的自然是王的，然而因为花白，所以黑的也很难处置。讨论了小半夜，只将几根红色的胡子选出；接着因为第九个王妃抗议，说她确曾看见王有几根通黄的胡子，现在怎么能知道决没有一根红的呢。于是也只好重行归并，作为疑案了。

到后半夜，还是毫无结果。大家却居然一面打呵欠，一面继续讨论，直到第二次鸡鸣，这才决定了一个最慎重妥善的办法，是：只能将三个头骨都和王的身体放在金棺里落葬。

七天之后是落葬的日期，合城很热闹。城里的人民，远处的人民，都奔来瞻仰国王的"大出丧"。天一亮，道上已经挤满了男男女女；中间还夹着许多祭桌。待到上午，清道的骑士才缓辔而来。又过了不少工夫，才看见仪仗，什么旌旗，木棍，戈戟，弓弩，黄钺之类；此后是四辆鼓吹车。再后面是黄盖随着路的不平而起伏着，并且渐渐近来了，于是现出灵车，上载金棺，棺里面藏着三个头和一个身体。

百姓都跪下去，祭桌便一列一列地在人丛中出现。几个义民很忠愤，咽着泪，怕那两个大逆不道的逆贼的魂灵，此时也和王一同享受祭礼，然而也无法可施。

此后是王后和许多王妃的车。百姓看她们，她们也看百姓，但哭着。此后是大臣，太监，侏儒等辈，都装着哀戚的颜色。只是百姓已经不看他们，连行列也挤得乱七八糟，不成样子了。

一九二六年十月作。①

---

① 本文最初发表时未署写作日期。现在文末的日期是收入《故事新编》时补记。据鲁迅日记，本文完成时间为 1927 年 4 月 3 日。

【讲析】

《铸剑》颇似武侠，情节离奇，人物非凡，充溢着侠义精神，引人入胜，然而立意和笔法显然又远高于一般武侠，是很"先锋"的现代小说。猜想鲁迅写此篇是有意在形式上翻新，来点"武侠"，又不止于"武侠"，是完全属于自己的"故事新编"，那一定会有一种随性逞才、捭阖纵横的创作快感，"很好玩"的。

这篇小说虽然离奇，却也有所本，是取材相传魏曹丕所著《列异传》和晋代干宝的《搜神记》，其中关于铸剑匠人的儿子刺杀楚王，为父亲复仇的故事。原来记载的传说二三百字，只有梗概，而鲁迅加以点染发挥，让情节细化，人物丰满，成就了这篇"历史小说"。

作品重点写的不是替父报仇的眉间尺，而是出手相助的义士"黑色人"宴之敖者。当眉间尺刺杀大王失手、陷于危险之时，"黑色人"出现了，提出要眉间尺的头和剑来替他报仇。眉间尺毫不犹疑砍下自己的头颅相托。"黑色人"来到王宫，以游戏之名用大鼎煮眉间尺的头颅，哄骗大王探头观看，随即飞剑砍下大王的头落入沸鼎。眉间尺与大王的两头在鼎中撕咬，眉间尺处于劣势，"黑色人"便砍下自己的头颅，在鼎中为眉间尺助战，直到王头眼歪鼻塌死去，"黑色人"和眉间尺才微笑相视，合上眼睛，沉到水里。这一段"战斗"场面极其惨烈瘆人，读过都会留下很深的印象。鲁迅是要通过这种匪夷所思的描写来表达"复仇"的题旨与情绪，是向"不义"的权势和残忍的压迫者进行殊死的搏斗。很多论者从鲁迅为遭遇苦难的人民报仇这个角度来解释作品，也有人认为宴之敖者是作者的自况。

阅读时注意欣赏作品所呈现的那种冷峻、奇异的风格，人物描写干练，如同黑白分明的木刻，或者沉雄的汉人石刻。其中杀戮与佛性，刀光剑影与玄思奇想，暴力与静美，都融为一体，又让人似乎感受到了"魏晋风骨"。"黑色人"和眉间尺是"铁的人物"，而文中写愚蠢的大王和他那些颟顸的臣子王妃，用了揶揄和嘲讽的笔调，起到反衬作用。

起　死[*]

（一大片荒地。处处有些土冈，最高的不过六七尺。没有树木。遍地都是杂乱的蓬草；草间有一条人马踏成的路径。离路不远，有一个水溜。远处望见房屋。）

庄子①——（黑瘦面皮，花白的络腮胡子，道冠②，布袍，拿着马鞭，上。）出门没有水喝，一下子就觉得口渴。口渴可不是玩意儿呀，真不如化为蝴蝶。可是这里也没有花儿呀，……哦！海子③在这里了，运气，运气！（他跑到水溜旁边，拨开浮萍，用手掬起水来，喝了十几口。）唔，好了。慢慢的上路。（走着，向四处看，）阿呀！一个髑髅。这是怎的？（用马鞭在蓬草间拨了一拨，敲着，说：）

您是贪生怕死，倒行逆施，成了这样的呢？（橐橐。）还是失掉地盘，吃着板刀，成了这样的呢？（橐橐。）还是闹得一榻胡涂，对不起父母妻子，成

---

*　本文收进《故事新编》前未在报刊上发表过。

①　庄子（约前369—前286）　名周，战国时宋国人，曾为漆园吏，我国古代思想家，道家思想的代表人物。他的著作流传至今的有《庄子》三十三篇；本篇的材料主要即采自《庄子·至乐》中的一个寓言："庄子之楚，见空髑髅，髐然有形，撽以马捶，因而问之曰：'夫子贪生失理，而为此乎？将子有亡国之事，斧钺之诛，而为此乎？将子有不善之行，愧遗父母妻子之丑，而为此乎？将子有冻馁之患，而为此乎？将子之春秋，故及此乎？'于是语卒，援髑髅枕而卧。夜半，髑髅见梦曰：'子之谈者似辩士，视子所言，皆生人之累也，死则无此矣。子欲闻死之说乎？'庄子曰：'然。'髑髅曰：'死，无君于上，无臣于下，亦无四时之事，从然以天地为春秋，虽南面王，乐不能过也。'庄子不信，曰：'吾使司命，复生子形，为子骨肉肌肤，反子父母妻子，闾里知识，子欲之乎？'髑髅深矉蹙頞曰：'吾安能弃南面王乐，而复为人间之劳乎？'"

②　道冠　道士帽。按，以老庄为代表的道家学派并非宗教，庄周亦并非道士。由于道家思想对后来的道教有相当影响，道教遂奉老聃为教祖，尊称他为"太上老君"。这里也把庄子写作道士装束。

③　海子　即湖泊，蒙古语"淖尔"的意译；《新元史·河渠志》："淖尔，译言海子也。"按，从元代以后"海子"也成为北京的口语。

了这样的呢?(橐橐。)您不知道自杀是弱者的行为①吗?(橐橐橐!)还是您没有饭吃,没有衣穿,成了这样的呢?(橐橐。)还是年纪老了,活该死掉,成了这样的呢?(橐橐。)还是……唉,这倒是我胡涂,好像在做戏了。那里会回答。好在离楚国已经不远,用不着忙,还是请司命大神②复他的形,生他的肉,和他谈谈闲天,再给他重回家乡,骨肉团聚罢。(放下马鞭,朝着东方,拱两手向天,提高了喉咙,大叫起来:)

至心朝礼③,司命大天尊!……

《起死》手稿

（一阵阴风,许多蓬头的,秃头的,瘦的,胖的,男的,女的,老的,少的鬼魂出现。）

鬼魂——庄周,你这胡涂虫!花白了胡子,还是想不通。死了没有四季,也没有主人公。天地就是春秋,做皇帝也没有这么轻松。还是莫管闲事罢,快到楚国去干你自家的运动。……

庄子——你们才是胡涂鬼,死了也还是想不通。要知道活就是死,死就是活呀,奴才也就是主人公。我是达性命之源的,可不受你们小鬼的运动。

---

① 自杀是弱者的行为　当时社会上曾陆续发生一些人因不堪封建礼教的压迫而自杀的事件,一些文人不加分析地说这种自杀是"弱者的行为"。作者在这里顺笔给予讽刺。参看《花边文学·论秦理斋夫人事》《论"人言可畏"》。
② 司命大神　司命,我国古书中记载的星名。旧时认为司命主管人的生死寿命。
③ 至心朝礼　道教经书中的常用语。意思是诚心诚意地礼拜。

鬼魂——那么，就给你当场出丑……

庄子——楚王的圣旨在我头上，更不怕你们小鬼的起哄！（又拱两手向天，提高了喉咙，大叫起来：）

至心朝礼，司命大天尊！

天地玄黄，宇宙洪荒。日月盈昃，辰宿列张。

赵钱孙李，周吴郑王。冯秦褚卫，姜沈韩杨。①

太上老君急急如律令②！敕！敕！敕！

（一阵清风，司命大神道冠布袍，黑瘦面皮，花白的络腮胡子，手执马鞭，在东方的朦胧中出现。鬼魂全都隐去。）

司命——庄周，你找我，又要闹什么玩意儿了？喝够了水，不安分起来了吗？

庄子——臣是见楚王去的，路经此地，看见一个空髑髅，却还存着头样子。该有父母妻子的罢，死在这里了，真是呜呼哀哉，可怜得很。所以恳请大神复他的形，还他的肉，给他活转来，好回家乡去。

司命——哈哈！这也不是真心话，你是肚子还没饱就找闲事做。认真不像认真，玩耍又不像玩耍。还是走你的路罢，不要和我来打岔。要知道"死生有命"③，我也碍难随便安排。

庄子——大神错矣。其实那里有什么死生。我庄周曾经做梦变了蝴蝶④，是一只飘飘荡荡的蝴蝶，醒来成了庄周，是一个忙忙碌碌的庄周。究竟是庄周做梦变了蝴蝶呢，还是蝴蝶做梦变了庄周呢，可是到现在还没有弄明白。这样看来，又安知道这髑髅不是现在正活着，所谓活了转来之后，倒是死掉了呢？请大神随随便便，通融一点罢。做人要圆

---

① "天地玄黄"至"辰宿列张"，是《千字文》的开首四句。"赵钱孙李"至"姜沈韩杨"，是《百家姓》的开首四句（按，后二句原作"冯陈褚卫，蒋沈韩杨"）。这里是作者随意取用，并非一般道士所念的真的咒语。

② 急急如律令　意思是如法律命令，必须迅速执行。如律令，原为汉代公文常用语；道士仿效，用于符咒的末尾。敕，旧时上对下的命令词。

③ "死生有命"　孔子弟子子夏的话，见《论语·颜渊》："死生有命，富贵在天。"

④ 庄周曾经做梦变了蝴蝶　见《庄子·齐物论》："昔者庄周梦为胡蝶，栩栩然胡蝶也。自喻适志与，不知周也。俄然觉，则蘧蘧然周也。不知周之梦为胡蝶与，胡蝶之梦为周与？"下文"彼亦一是非，此亦一是非"，也见《齐物论》："是亦彼也，彼亦是也。彼亦一是非，此亦一是非。"

滑,做神也不必迂腐的。

司命——(微笑,)你也还是能说不能行,是人而非神……那么,也好,给你试试罢。

　　(司命用马鞭向蓬中一指。同时消失了。所指的地方,发出一道火光,跳起一个汉子来。)

汉子——(大约三十岁左右,体格高大,紫色脸,像是乡下人,全身赤条条的一丝不挂。用拳头揉了一通眼睛之后,定一定神,看见了庄子,)唵?

庄子——唵?(微笑着走近去,看定他,)你是怎么的?

汉子——唉唉,睡着了。你是怎么的?(向两边看,叫了起来,)阿呀,我的包裹和伞子呢?(向自己的身上看,)阿呀呀,我的衣服呢?(蹲了下去。)

这样看来,又安知道这髑髅不是现在正活着,所谓活了转来之后,倒是死掉了呢?(裘沙、王伟君、裘大力　作)

庄子——你静一静,不要着慌罢。你是刚刚活过来的。你的东西,我看是早已烂掉,或者给人拾去了。

汉子——你说什么?

庄子——我且问你:你姓甚名谁,那里人?

汉子——我是杨家庄的杨大呀。学名叫必恭。

庄子——那么,你到这里是来干什么的呢?

汉子——探亲去的呀,不提防在这里睡着了。(着急起来,)我的衣服呢?我的包裹和伞子呢?

庄子——你静一静,不要着慌罢——我且问你:你是什么时候的人?

汉子——(诧异,)什么?……什么叫作"什么时候的人"?……我的衣服呢?……

庄子——啧啧,你这人真是胡涂得要死的角儿——专管自己的衣服,真是一个澈底的利己主义者。你这"人"尚且没有弄明白,那里谈得到你的衣服呢?所以我首先要问你:你是什么时候的人?唉唉,你不懂。……那么,(想了一想,)我且问你:你先前活着的时候,村子里出了什么故事?

汉子——故事吗?有的。昨天,阿二嫂就和七太婆吵嘴。

庄子——还欠大!

汉子——还欠大?……那么,杨小三旌表了孝子……

庄子——旌表了孝子,确也是一件大事情……不过还是很难查考……(想了一想,)再没有什么更大的事情,使大家因此闹了起来的了吗?

汉子——闹了起来?……(想着,)哦,有有!那还是三四个月前头,因为孩子们的魂灵,要摄去垫鹿台脚了①,真吓得大家鸡飞狗走,赶忙做起符袋来,给孩子们带上……

庄子——(出惊,)鹿台?什么时候的鹿台?

汉子——就是三四个月前头动工的鹿台。

庄子——那么,你是纣王的时候死的?这真了不得,你已经死了五百多年了。

汉子——(有点发怒,)先生,我和你还是初会,不要开玩笑罢。我不过在这儿睡了一忽,什么死了五百多年。我是有正经事,探亲去的。快还我的衣服,包裹和伞子。我没有陪你玩笑的工夫。

庄子——慢慢的,慢慢的,且让我来研究一下。你是怎么睡着的呀?

汉子——怎么睡着的吗?(想着,)我早上走到这地方,好像头顶上轰的一声,眼前一黑,就睡着了。

庄子——疼吗?

汉子——好像没有疼。

---

① 垫鹿台脚 旧时迷信传说,大建筑物要摄取孩子们的魂灵奠基,才能建成。鹿台,是商纣的仓库,用于贮藏珠玉钱帛,故址在今河南汤阴朝歌镇南。《史记·殷本纪》:"帝纣……厚赋税以实鹿台之钱,而盈钜桥之粟。"

庄子——哦……(想了一想,)哦……我明白了。一定是你在商朝的纣王的时候,独个儿走到这地方,却遇着了断路强盗,从背后给你一闷棍,把你打死,什么都抢走了。现在我们是周朝,已经隔了五百多年,还那里去寻衣服。你懂了没有?

汉子——(瞪了眼睛,看着庄子,)我一点也不懂。先生,你还是不要胡闹,还我衣服,包裹和伞子罢。我是有正经事,探亲去的,没有陪你玩笑的工夫!

庄子——你这人真是不明道理……

汉子——谁不明道理?我不见了东西,当场捉住了你,不问你要,问谁要?(站起来。)

庄子——(着急,)你再听我讲:你原是一个髑髅,是我看得可怜,请司命大神给你活转来的。你想想看:你死了这许多年,那里还有衣服呢!我现在并不要你的谢礼,你且坐下,和我讲讲纣王那时候……

汉子——胡说!这话,就是三岁小孩子也不会相信的。我可是三十三岁了!(走开来,)你……

庄子——我可真有这本领。你该知道漆园的庄周的罢。

汉子——我不知道。就是你真有这本领,又值什么鸟?你把我弄得精赤条条的,活转来又有什么用?叫我怎么去探亲?包裹也没有了……(有些要哭,跑开来拉住了庄子的袖子,)我不相信你的胡说。这里只有你,我当然问你要!我扭你见保甲①去!

庄子——慢慢的,慢慢的,我的衣服旧了,很脆,拉不得。你且听我几句话:你先不要专想衣服罢,衣服是可有可无的,也许是有衣服对,也许是没有衣服对。鸟有羽,兽有毛,然而王瓜茄子赤条条。此所谓"彼亦一是非,此亦一是非",你固然不能说没有衣服对,然而你又怎么能说有衣服对呢?……

---

① 保甲 指保甲长。保甲制始于宋代。国民党政府为加强对民众的控制,也在各地基层实行保甲制度。根据1931年7月在南昌行营颁布的《保甲条例》,1932年8月在河南、湖北、安徽颁布的《各县编查保甲户口条例》规定,以十户为一甲,设甲长,十甲为一保,设保长,各户实行互相监视的连坐法。1934年11月起在全国施行。

汉子——（发怒，）放你妈的屁！不还我的东西，我先揍死你！（一手捏了拳头，举起来，一手去揪庄子。）

庄子——（窘急，招架着，）你敢动粗！放手！要不然，我就请司命大神来还你一个死！

汉子——（冷笑着退开，）好，你还我一个死罢。要不然，我就要你还我的衣服，伞子和包裹，里面是五十二个圜钱①，斤半白糖，二斤南枣……

庄子——（严正地，）你不反悔？

汉子——小舅子才反悔！

庄子——（决绝地，）那就是了。既然这么胡涂，还是送你还原罢。（转脸朝着东方，拱两手向天，提高了喉咙，大叫起来：）

至心朝礼，司命大天尊！

天地玄黄，宇宙洪荒。日月盈昃，辰宿列张。

赵钱孙李，周吴郑王。冯秦褚卫，姜沈韩杨。

太上老君急急如律令！敕！敕！敕！

（毫无影响，好一会。）

天地玄黄！

太上老君！敕！敕！敕！……敕！

（毫无影响，好一会。）

（庄子向周围四顾，慢慢的垂下手来。）

汉子——死了没有呀？

庄子——（颓唐地，）不知怎的，这回可不灵……

汉子——（扑上前，）那么，不要再胡说了。赔我的衣服！

庄子——（退后，）你敢动手？这不懂哲理的野蛮！

汉子——（揪住他，）你这贼骨头！你这强盗军师！我先剥你的道袍，拿你的马，赔我……

（庄子一面支撑着，一面赶紧从道袍的袖子里摸出警笛来，狂吹了三声。汉子愕然，放慢了动作。不多久，从远处跑来一个巡士。）

---

① 圜钱 周代钱币。《汉书·食货志》："太公为周立九府圜法……钱圜函方，轻重以铢。"

巡士——(且跑且喊,)带住他!不要放!(他跑近来,是一个鲁国大汉,身材高大,制服制帽,手执警棍,面赤无须。)带住他!这舅子!……

汉子——(又揪紧了庄子,)带住他!这舅子!……

  (巡士跑到,抓住庄子的衣领,一手举起警棍来。汉子放手,微弯了身子,两手掩着小肚。)

庄子——(托住警棍,歪着头,)这算什么?

巡士——这算什么?哼!你自己还不明白?

庄子——(愤怒,)怎么叫了你来,你倒来抓我?

巡士——什么?

庄子——我吹了警笛……

巡士——你抢了人家的衣服,还自己吹警笛,这昏蛋!

庄子——我是过路的,见他死在这里,救了他,他倒缠住我,说我拿了他的东西了。你看看我的样子,可是抢人东西的?

巡士——(收回警棍,)"知人知面不知心",谁知道。到局里去罢。

庄子——那可不成。我得赶路,见楚王去。

巡士——(吃惊,松手,细看了庄子的脸,)那么,您是漆……

庄子——(高兴起来,)不错!我正是漆园吏庄周。您怎么知道的?

巡士——咱们的局长这几天就常常提起您老,说您老要上楚国发财去了,也许从这里经过的。敝局长也是一位隐士,带便兼办一点差使,很爱读您老的文章,读《齐物论》,什么"方生方死,方死方生,方可方不可,方不可方可",真写得有劲,真是上流的文章①,真好!您老还是到敝局里去歇歇罢。

  (汉子吃惊,退进蓬草丛中,蹲下去。)

庄子——今天已经不早,我要赶路,不能耽搁了。还是回来的时候,再去拜访贵局长罢。

  (庄子且说且走,爬在马上,正想加鞭,那汉子突然跳出草丛,跑上去拉住了马嚼子。巡士也追上去,拉住汉子的臂膊。)

---

① 上流的文章 林语堂在《宇宙风》第六期(1935年12月)发表的《烟屑》一文中说:"吾好读极上流书或极下流书,……上流如佛老孔孟庄生,下流如小调童谣民歌盲词。"

庄子——你还缠什么？

汉子——你走了,我什么也没有,叫我怎么办？(看着巡士,)您瞧,巡士先生……

巡士——(搔着耳朵背后,)这模样,可真难办……但是,先生……我看起来,(看着庄子,)还是您老富裕一点,赏他一件衣服,给他遮遮羞……

庄子——那自然可以的,衣服本来并非我有。不过我这回要去见楚王,不穿袍子,不行,脱了小衫,光穿一件袍子,也不行……

巡士——对啦,这实在少不得。(向汉子,)放手！

汉子——我要去探亲……

巡士——胡说！再麻烦,看我带你到局里去！(举起警棍,)滚开！

(汉子退走,巡士追着,一直到乱蓬里。)

庄子——再见再见。

巡士——再见再见。您老走好哪！

(庄子在马上打了一鞭,走动了。巡士反背着手,看他渐跑渐远,没入尘头中,这才慢慢的回转身,向原来的路上踱去。)

(汉子突然从草丛中跳出来,拉住巡士的衣角。)

巡士——干吗？

汉子——我怎么办呢？

巡士——这我怎么知道。

汉子——我要去探亲……

巡士——你探去就是了。

汉子——我没有衣服呀。

巡士——没有衣服就不能探亲吗？

汉子——你放走了他。现在你又想溜走了,我只好找你想法子。不问你,问谁呢？你瞧,这叫我怎么活下去！

巡士——可是我告诉你：自杀是弱者的行为呀！

汉子——那么,你给我想法子！

巡士——(摆脱着衣角,)我没有法子想！

汉子——(缍住巡士的袖子,)那么,你带我到局里去！

巡士——(摆脱着袖子,)这怎么成。赤条条的,街上怎么走。放手!

汉子——那么,你借我一条裤子!

巡士——我只有这一条裤子,借给了你,自己不成样子了。(竭力的摆脱着,)不要胡闹!放手!

汉子——(揪住巡士的颈子,)我一定要跟你去!

巡士——(窘急,)不成!

汉子——那么,我不放你走!

巡士——你要怎么样呢?

汉子——我要你带我到局里去!

巡士——这真是……带你去做什么用呢?不要捣乱了。放手!要不然……(竭力的挣扎。)

汉子——(揪得更紧,)要不然,我不能探亲,也不能做人了。二斤南枣,斤半白糖……你放走了他,我和你拚命……

巡士——(挣扎着,)不要捣乱了!放手!要不然……要不然……(说着,一面摸出警笛,狂吹起来。)

一九三五年十二月作。

【讲析】

《起死》可以和《故事新编·出关》比照着读。《出关》写老子,《起死》写庄子,都采取辛辣的讽刺,把他们写得很是"无厘头"。鲁迅自然知道老庄在中国思想史、文学史上的地位与价值,但他对老庄的"无为"与"无是非观"是持批判态度的。就在写《起死》这一年,鲁迅一连写了七篇论"文人相轻"的文章,批评"彼亦一是非,此亦一是非"、混淆黑白的相对主义。

《起死》主要取材自《庄子》"至乐篇",其中写庄子在梦中和髑髅对话,宣扬"不知悦生,不知恶死"的"外死生"论。鲁迅在《起死》中则把髑髅与鬼魂分开,鬼魂讲的还是"至乐篇"中那些关于死的轻快的话,而髑髅则是五百年前冤死的乡下人,对死毫无知觉,直到庄子请司命官把他起死回生之后,才有了知觉。可是这个乡下汉子"起死"之后,第一件事就是不能赤身裸体,要有衣服。于是就围绕"衣服"问题和庄子展开"是与非"的辩论,弄得庄子颇为狼狈,其故弄玄虚的相对主义"是非论"也赤条条地出丑了。

《起死》是用荒诞的形式"重写"传统文化中惯常信服甚至崇拜的观念,虽不无偏激,但也的确展示了另一种眼光。阅读时要体察这种荒诞背后的批判性思考。而小说采用独幕剧形式,也别开生面,其戏剧效果令人捧腹。

散 文 诗

鲁迅的《野草》是散文诗集，收有作品二十三篇，大部分写于1924年至1926年。这里选收了其中五篇。在《野草》之外，鲁迅还写过其他一些散文诗，这里选收了《夜颂》一篇。

《野草》是鲁迅自己最喜欢的作品，写给自己的内向性创作，在这样的创作中舔自己的伤口，安顿自己的灵魂。人有的时候会停下来问一问自己，我到底是谁？我到底怎么啦？我这是怎么回事啊？这就有点导向哲学思索了。《野草》属于鲁迅的哲学。

《野草》结集出版时，鲁迅为之写了《题辞》，第一句就是："当我沉默着的时候，我觉得充实；我将开口，同时感到空虚。"鲁迅写《野草》时，心情是寂寞而悲哀的。1927年9月23日，鲁迅在《怎么写》(后收入《三闲集》)一文中，曾经描绘过他的这种心情："我靠了石栏远眺，听得自己的心音，四远还仿佛有无量悲哀，苦恼，零落，死灭，都杂入这寂静中，使它变成药酒，加色，加味，加香。这时，我曾经想要写，但是不能写，无从写。这也就是我所谓'当我沉默着的时候，我觉得充实；我将开口，同时感到空虚'。"

鲁迅通过《野草》的写作，对于生命意义和状态进行自我的反思。鲁迅是一个坚韧的战士，但又是有深邃思想和丰富精神世界的作家，他从不附庸权势与流俗，总是在观察与批判现实的同时，也解剖自己。他很清醒地把世界分为"身外"与"身内"两部分，个体生命既是外部世界的批判者，同时也是承担者，包括对于世界之黑暗部分的承担。《野草》主要是写自我生命中种种矛盾、悖论与黑暗的，包括生与死，明与暗，过去与未来,友与仇,人与兽,爱与不爱,等等。鲁迅的许多创作都是把自己"烧"进去的,《野草》更是如此。读《野草》,应当多从"生命的眷顾"这一点上去理解其中的矛盾与纠缠。

《野草》很美,但很难懂,因为它大量运用了象征手法,构思奇特,多是通过梦境与匪夷所思的情境来暗示、表达作者内心的悲抑与寂寞,包括一些难于言说的矛盾和犹豫,某些潜意识的、"超验"的东西。这很难按一般逻辑思路去索解,也很难用一两句话去清晰表达到底写了什么,但总能感觉到那些微妙的情绪,那些内心的迂回曲折,矛盾和纠缠。阅读时不要先入为主,不拘泥于某一种解,不一定要"死扣"什么意识,要努力去感受作品的氛围与直观刺激,体味那些冷峻、奇异和梦幻背后的鲁迅的"自剖",他的人生体验的复杂性。沉浸其中,细加思索,可能我们自己也都会有类似的体悟。

《野草》显然受到德国哲学家尼采的影响。鲁迅在日本留学时,就读过尼采的代表作《查拉图斯特拉如是说》日译本,他的杂文多次引用尼采的语录。

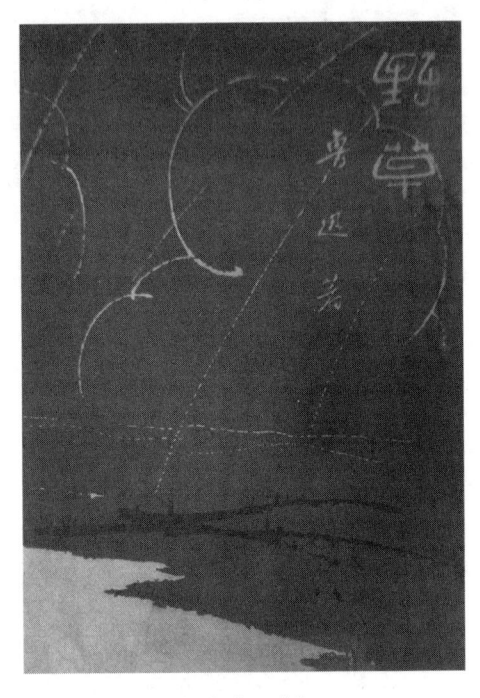

初版《野草》

在《野草》中也常见到尼采式的警句箴言,觉醒的孤独者在生活漩涡中的挣扎,以及用文学写作作为面对痛苦与荒谬的依藉。《野草》对生命的探究是有些侧重哲学的,阅读时宜细加体味,放开想象,若过于世俗地考索,恐怕难解其意。

像《野草》这样深入书写灵魂神秘幽深之处的作品,在鲁迅以前的中国文学史上从未有过,后来也极其罕见。而散文诗这一具有诗的精粹却又能享有散文自由的文体,也在鲁迅这里登峰造极了。

秋　夜[*]

在我的后园,可以看见墙外有两株树,一株是枣树,还有一株也是枣树。

这上面的夜的天空,奇怪而高,我生平没有见过这样的奇怪而高的天空。他仿佛要离开人间而去,使人们仰面不再看见。然而现在却非常之蓝,闪闪地䀹着几十个星星的眼,冷眼。他的口角上现出微笑,似乎自以为大有深意,而将繁霜洒在我的园里的野花草上。

我不知道那些花草真叫什么名字,人们叫他们什么名字。我记得有一种开过极细小的粉红花,现在还开着,但是更极细小了,她在冷的夜气中,瑟缩地做梦,梦见春的到来,梦见秋的到来,梦见瘦的诗人将眼泪擦在她最末的花瓣上,告诉她秋虽然来,冬虽然来,而此后接着还是春,胡蝶乱飞,蜜蜂都唱起春词来了。她于是一笑,虽然颜色冻得红惨惨地,仍然瑟缩着。

枣树,他们简直落尽了叶子。先前,还有一两个孩子来打他们别人打剩的枣子,现在是一个也不剩了,连叶子也落尽了。他知道小粉红花的梦,秋后要有春;他也知道落叶的梦,春后还是秋。他简直落尽叶子,单剩干子,然而脱了当初满树是果实和叶子时候的弧形,欠伸得很舒服。但是,有几枝还低亚着,护定他从打枣的竿梢所得的皮伤,而最直最长的几枝,却已默默地铁似的直刺着奇怪而高的天空,使天空闪闪地鬼䀹眼;直刺着天空中圆满的月亮,使月亮窘得发白。

---

[*] 本文最初发表于1924年12月1日《语丝》周刊第三期,后收入《野草》。

鬼䀹眼的天空越加非常之蓝,不安了,仿佛想离去人间,避开枣树,只将月亮剩下。然而月亮也暗暗地躲到东边去了。而一无所有的干子,却仍然默默地铁似的直刺着奇怪而高的天空,一意要制他的死命,不管他各式各样地䀹着许多蛊惑的眼睛。

　　哇的一声,夜游的恶鸟飞过了。

　　我忽而听到夜半的笑声,吃吃地,似乎不愿意惊动睡着的人,然而四围的空气都应和着笑。夜半,没有别的人,我即刻听出这声音就在我嘴里,我也即刻被这笑声所驱逐,回进自己的房。灯火的带子也即刻被我旋高了。

　　后窗的玻璃上丁丁地响,还有许多小飞虫乱撞。不多久,几个进来了,许是从窗纸的破孔进来的。他们一进来,又在玻璃的灯罩上撞得丁丁地响。一个从上面撞进去了,他于是遇到火,而且我以为这火是真的。两三个却休息在灯的纸罩上喘气。那罩是昨晚新换的罩,雪白的纸,折出波浪纹的叠痕,一角还画出一枝猩红色的栀子①。

　　猩红的栀子开花时,枣树又要做小粉红花的梦,青葱地弯成弧形了……。我又听到夜半的笑声;我赶紧砍断我的心绪,看那老在白纸罩上的小青虫,头大尾小,向日葵子似的,只有半粒小麦那么大,遍身的颜色苍翠得可爱,可怜。

　　我打一个呵欠,点起一支纸烟,喷出烟来,对着灯默默地敬奠这些苍

---

① 猩红色的栀子　栀子,一种常绿灌木,夏日开花,一般为白色或淡黄色;红栀子花是罕见的品种。据《广群芳谱》卷三十八引《万花谷》载:"蜀孟昶十月宴芳林园,赏红栀子花;其花六出而红,清香如梅。"

翠精致的英雄们。

一九二四年九月十五日。

【讲析】

　　《秋夜》是《野草》的首篇，有很多不同的解释。代表性的观点认为，文中描写那些秋天夜晚的各色景物都隐含有现实意义，寄托了鲁迅坚韧的斗争精神。"奇怪而高"的夜空象征残酷的统治者；在冷气中"瑟缩"着做梦的小粉红花代表青年一代；而着重写的两颗枣树，枝丫"铁似的直刺着奇怪而高的天空"，则是在颂赞饱经风霜又无私无畏的战士，要制敌于死命。其他如"恶鸟""月亮""小青虫"，等等，各有其所暗示的社会角色。

　　这种阅读解释自然也能成立。鲁迅受了太多的压迫，他是主张锲而不舍地反抗与斗争的。但这样一一考索象征物涵义的读法，未免零碎牵强。

　　"诗无达诂"。不妨换一种读法，先整体感受《秋夜》全文营造的氛围，然后再体味这种氛围可能唤起的想象与感受。那么《秋夜》给人印象最深的可能就是夜色中各种事物的"变形"，一切景物和生物似乎都变了个样，在诗人想象与感觉中"人化"了，有了人的各种性格、感情和意志。天空那样威严地俯瞰万物，小粉红花在梦想春天的到来，而枣树则拼命地向上伸展和刺杀天空，等等。这些奇思妙想，在白天是不正常的，而夜晚则可能蜂拥而来，理智的和玄想混沌交织。鲁迅是孤独和寂寞的，也是爱夜的人，夜晚可以更安静，冥想、做梦，可以沉入内心，发现白天未必能觉察到的幽秘世界。同一事物，白天与深夜，日下和灯前，人的感觉也许会两样。《秋夜》所织造的夜的幽玄世界，让我们惊讶，然后会感受到平时容易被忽略的天地间的律动。

　　《秋夜》首句很有意思："在我的后园，可以看见墙外有两株树，一株是枣树，还有一株也是枣树。"常见有人纳闷，不解这种表达，甚至认为啰嗦。但若变动一下，变成"在我的后园有两株枣树"怎么样？倒是简单，但"味道"全失了。鲁迅这里不是日常语言的陈述,而是诗化语言的表现,读了让人有新鲜感,不由自主停下来琢磨,才发现这是类似和弦式的语声叠加,"无言"状态中的独白,强化"两株枣树"的孤独感。《野草》是散文诗,常用诗的语言,欣赏时要注意陌生化的效果。

影 的 告 别*

人睡到不知道时候的时候,就会有影来告别,说出那些话——

有我所不乐意的在天堂里,我不愿去;有我所不乐意的在地狱里,我不愿去;有我所不乐意的在你们将来的黄金世界里,我不愿去。

然而你就是我所不乐意的。

朋友,我不想跟随你了,我不愿住。

我不愿意!

呜乎呜乎,我不愿意,我不如彷徨于无地①。

我不过一个影,要别你而沉没在黑暗里了。然而黑暗又会吞并我,然而光明又会使我消失。

然而我不愿彷徨于明暗之间,我不如在黑暗里沉没。

然而我终于彷徨于明暗之间,我不知道是黄昏还是黎明。我姑且举灰黑的手装作喝干一杯酒,我将在不知道时候的时候独自远行。

呜乎呜乎,倘若黄昏,黑夜自然会来沉没我,否则我要被白天消失,如果现是黎明。

---

* 本文最初发表于1924年12月8日《语丝》周刊第四期,后收入《野草》。
① 无地 形容位置高渺或范围广袤。《楚辞·远游》:"下峥嵘而无地兮,上寥廓而无天。视倏忽而无见兮,听惝恍而无闻。"

1923年与爱罗先珂等合影

朋友,时候近了。

我将向黑暗里彷徨于无地。

你还想我的赠品。我能献你甚么呢?无已,则仍是黑暗和虚空而已。但是,我愿意只是黑暗,或者会消失于你的白天;我愿意只是虚空,决不占你的心地。

我愿意这样,朋友——

我独自远行,不但没有你,并且再没有别的影在黑暗里。只有我被黑暗沉没,那世界全属于我自己。

一九二四年九月二十四日。

【讲析】

本文构思奇异,难懂,所写是荒诞的梦境,"我"的"影子"居然要和"我"告别,说了一番颠三倒四充满悖论的话。"影"可以看作是鲁迅潜意识中的另一个"我",它和本体的"我"告别,所诉说的是鲁迅内心的分裂与苦恼。这些困扰用通常的语言难于述说，而用"影子"脱离"我"这个梦境，则可以得到象征性的深刻的表现。

作品前面一部分，"影子"诉说要"告别"的理由，用得最多的是"我不愿"。为何"不愿"？因为不相信"天堂"，不相信"地狱"，也不相信"黄金世界"，这种"怀疑一切"，却又包含有非常清醒的认识。鲁迅的思维方式本来就是怀疑与批判的。然而这样多的"不愿意"，也就不容于世，只能"彷徨于无地"了。于是"影"的告别便陷于了无可选择的两难：不是在黑暗中沉没，就是在光明中消失。

中间部分，"影"还是要告别，"装作喝干一杯酒"给自己"壮行"，"在不知道时候的时候独自远行"，这表明鲁迅那种"知其不可为而为之"的执着，即使自己被光明吞没，也还是向往"黎明"。鲁迅1925年3月18日致许广平信中，曾说他自己"常觉得'惟黑暗与虚无'乃是'实有'"，但又"终于不能证实"，那就是仍然保留一点对"黎明"的向往了。这些话对于理解"影"告别时那种决绝而又犹疑的心态，是有帮助的。

最后部分，重复使用的是"我愿意"，还是要"独自远行"，去承受所有黑暗与虚空，也"决不占你的心地"。这和鲁迅说竭力要遮蔽自己灵魂中的"毒气和鬼气"，免得传染给别人，是比较接近的意思。

《影的告别》是鲁迅的自剖。这位精神界的战士，其实时常反省自己，从不否认内心有怀疑、寂寞、分裂的一面，不否认有时也会彷徨于无地。当他由解剖自己而思考人生意义的时候，那种自以为苦的寂寞就涂上了浓重的暗色。

好 的 故 事[*]

灯火渐渐地缩小了,在预告石油的已经不多;石油又不是老牌,早熏得灯罩很昏暗。鞭爆的繁响在四近,烟草的烟雾在身边:是昏沉的夜。

我闭了眼睛,向后一仰,靠在椅背上;捏着《初学记》[①]的手搁在膝髁上。

我在蒙胧中,看见一个好的故事。

这故事很美丽,幽雅,有趣。许多美的人和美的事,错综起来像一天云锦,而且万颗奔星似的飞动着,同时又展开去,以至于无穷。

我仿佛记得曾坐小船经过山阴道[②],两岸边的乌桕,新禾,野花,鸡,狗,丛树和枯树,茅屋,塔,伽蓝[③],农夫和村妇,村女,晒着的衣裳,和尚,蓑笠,天,云,竹,……都倒影在澄碧的小河中,随着每一打桨,各各夹带了闪烁的日光,并水里的萍藻游鱼,一同荡漾。诸影诸物,无不解散,而且摇动,扩大,互相融和;刚一融和,却又退缩,复近于原形。边缘都参差如夏云头,镶着日光,发出水银色焰。凡是我所经过的河,都是如此。

现在我所见的故事也如此。水中的青天的底子,一切事物统在上面交错,织成一篇,永是生动,永是展开,我看不见这一篇的结束。

---

[*] 本文最初发表于1925年2月9日《语丝》周刊第十三期,后收入《野草》。

[①] 《初学记》 类书名,唐代徐坚等辑,共三十卷。取材于群经、诸子、历代诗赋及唐初诸家作品。

[②] 山阴道 指绍兴县城西南一带风景优美的地方。《世说新语·言语》里说:"王子敬云:从山阴道上行……山川自相映发,使人应接不暇。"

[③] 伽蓝 梵语"僧伽蓝摩"(Saṅghārama)的略称,意思是僧众所住的园林,后泛指寺庙。

河边枯柳树下的几株瘦削的一丈红①,该是村女种的罢。大红花和斑红花,都在水里面浮动,忽而碎散,拉长了,如缕缕的胭脂水,然而没有晕。茅屋,狗,塔,村女,云,……也都浮动着。大红花一朵朵全被拉长了,这时是泼剌奔进的红锦带。带织入狗中,狗织入白云中,白云织入村女中……。在一瞬间,他们又将退缩了。但斑红花影也已碎散,伸长,就要织进塔,村女,狗,茅屋,云里去。

现在我所见的故事清楚起来了,美丽,幽雅,有趣,而且分明。青天上面,有无数美的人和美的事,我一一看见,一一知道。

我就要凝视他们……。

我正要凝视他们时,骤然一惊,睁开眼,云锦也已皱蹙,凌乱,仿佛有谁掷一块大石下河水中,水波陡然起立,将整篇的影子撕成片片了。我无意识地赶忙捏住几乎坠地的《初学记》,眼前还剩着几点虹霓色的碎影。

我真爱这一篇好的故事,趁碎影还在,我要追回他,完成他,留下他。我抛了书,欠身伸手去取笔,——何尝有一丝碎影,只见昏暗的灯光,我不在小船里了。

但我总记得见过这一篇好的故事,在昏沉的夜……。

一九二五年二月二十四日。②

水中的青天的底子,一切事物统在上面交错,织成一篇,永是生动,永是展开,……
(裘沙、王伟君、裘大力 作)

---

① 一丈红 即蜀葵,茎高六七尺,六月开花,形大,有红、紫、白、黄等颜色。
② 文末所注写作日期迟于发表日期,有误;鲁迅1925年1月28日日记有"作《野草》一篇",当指本文。

【讲析】

鲁迅的《野草》多写梦,而且多是噩梦、怪梦,而《好的故事》则是美梦,让我们看到孤独、寂寞的战士鲁迅,内心也有热爱生活、追求美好的柔软一面。写的是梦,也是童年故乡的印象,笔法颇像晋人笔下的山水游记,写山阴道上,山川风物的交相映照,让人目不暇接。所谓"好的故事",其实没有故事情节性,却是回忆的梦中的景致,优雅、和谐、有趣的人和事,是"故去"了的美事,"像一天云锦"。

注意欣赏景物描写特有的审美效果。比如这一段是水中倒影的经典之作:"大红花和斑红花,都在水里面浮动,忽而碎散,拉长了,如缕缕的胭脂水,然而没有晕。茅屋,狗,塔,村女,云,……也都浮动着。大红花一朵朵全被拉长了,这时是泼剌奔迸的红锦带。带织入狗中,狗织入白云中,白云织入村女中……。在一瞬间,他们又将退缩了。但斑红花影也已碎散,伸长,就要织进塔,村女,狗,茅屋,云里去。"水中倒影色彩斑斓又迷离变幻,鲁迅写下这个梦境时,很可能是在回忆和想象梦境,同时把童年故乡的各种印象添加融汇,用的是画面叠合的方式,一个个美图彼此交织、融合,产生色彩交替混合的视角作用,似乎在展现一幅印象派的图画。

这篇美文是用白话文写的,又带点文言的语气,简洁而有古风。如"诸影诸物,无不解散,而且摇动,扩大,互相融和;刚一融和,却又退缩,复近于原形"。这不是古今夹杂,而是有意创造的书面语体文,读来别有一种韵味。

死　火[*]

我梦见自己在冰山间奔驰。

这是高大的冰山,上接冰天,天上冻云弥漫,片片如鱼鳞模样。山麓有冰树林,枝叶都如松杉。一切冰冷,一切青白。

但我忽然坠在冰谷中。

上下四旁无不冰冷,青白。而一切青白冰上,却有红影无数,纠结如珊瑚网。我俯看脚下,有火焰在。

这是死火。有炎炎的形,但毫不摇动,全体冰结,像珊瑚枝;尖端还有凝固的黑烟,疑这才从火宅[①]中出,所以枯焦。这样,映在冰的四壁,而且互相反映,化为无量数影,使这冰谷,成红珊瑚色。

哈哈!

当我幼小的时候,本就爱看快舰激起的浪花,洪炉喷出的烈焰。不但爱看,还想看清。可惜他们都息息变幻,永无定形。虽然凝视又凝视,总不留下怎样一定的迹象。

死的火焰,现在先得到了你了!

我拾起死火,正要细看,那冷气已使我的指头焦灼;但是,我还熬着,将他塞入衣袋中间。冰谷四面,登时完全青白。我一面思索着走出冰谷的法子。

---

[*] 本文最初发表于1925年5月4日《语丝》周刊第二十五期,后收入《野草》。
[①] 火宅　佛家语,《法华经·譬喻品》中说:"三界(按,这里指欲界、色界、无色界,泛指世界)无安,犹如火宅,众苦充满,甚可怖畏,常有生老病死忧患,如是等火,炽然不息。"

我的身上喷出一缕黑烟,上升如铁线蛇①。冰谷四面,又登时满有红焰流动,如大火聚②,将我包围。我低头一看,死火已经燃烧,烧穿了我的衣裳,流在冰地上了。

　　"唉,朋友!你用了你的温热,将我惊醒了。"他说。

　　我连忙和他招呼,问他名姓。

　　"我原先被人遗弃在冰谷中,"他答非所问地说,"遗弃我的早已灭亡,消尽了。我也被冰冻冻得要死。倘使你不给我温热,使我重行烧起,我不久就须灭亡。"

　　"你的醒来,使我欢喜。我正在想着走出冰谷的方法;我愿意携带你去,使你永不冰结,永得燃烧。"

　　"唉唉!那么,我将烧完!"

　　"你的烧完,使我惋惜。我便将你留下,仍在这里罢。"

　　"唉唉!那么,我将冻灭了!"

　　"那么,怎么办呢?"

　　"但你自己,又怎么办呢?"他反而问。

　　"我说过了:我要出这冰谷……。"

　　"那我就不如烧完!"

　　他忽而跃起,如红彗星,并我都出冰谷口外。有大石车突然驰来,我终于碾死在车轮底下,但我还来得及看见那车就坠入冰谷中。

　　"哈哈!你们是再也遇不着死火了!"我得意地笑着说,仿佛就愿意这样似的。

一九二五年四月二十三日。

【讲析】

　　《野草》的阅读总是会立马给读者某种氛围的刺激,我们会感觉冷

---

① 铁线蛇　又名盲蛇,无毒,状如蚯蚓,是一种小蛇。
② 火聚　佛家语,猛火聚集的地方。

峻、奇异和梦幻,那种微妙的阅读体验,往往是潜意识的、"超验"的,很难说得清楚。阅读时不急于逐句解释,先总体把握整体氛围,再慢慢琢磨体味,进入状况。《死火》分为六部分,第一部分开头就是"我梦见",写的是梦境。"冻云""冰树林"都是梦中特异的景象。第二部分"我"突然坠落"冰谷",常理是"冰火不容",这里却是冰天雪地里冒出"火"来了。注意其中对"死火"样态的描写,有火的形状,但不会动,冒烟是枯焦的。"死火"意象给人的直观感觉是那么诡异:冰与火、动与静、冷与热,这些彼此对立的物象都能融合为一了。

第三部分,是发现"死火"的惊喜。居然能把"死火"捡起来。结果被"冷气""烧焦了"。忍着把"死火"放入衣袋,想办法把它带出冰谷。接下来是第四部分"死火"把衣袋烧穿,流在冰地上了。"死火"居然和"我"对上话了!于是出现"死火"的去与留、活与死的矛盾。

第五部分的对话显示"死火"的矛盾。如果让它燃烧,就烧完了,一切结束了。如果留下,仍然是"死火",必将"冻灭",那又不甘心。左右都不是,是无解的难题。结局是第六部分"死火"和"我"都要冲出冰谷,刹那间就被大石车轮碾死。更奇怪的,是"我"在死去那时,还来得及看见那车坠入冰谷,然后,为这同归于尽而感到得意!

《死火》到底要表达什么?历来有各种各样的解释。有的认为《死火》写的就是曾经的理想与现实境遇的"对话"。最终"我"与"死火"一并逃脱冰谷,表示宁肯牺牲也不要苟活,要拼搏。那辆大石车压过来,象征社会的压迫,以及准备牺牲自己,等等。

若一定要把《死火》的复杂意涵转用比较清晰的语言来表达,就是既冷又热,冷中有热,热中又很冷。想想看,冰谷中的"死火",火本是热的,燃烧的,这里却是冻的,冷的,燃烧后会流下来的。简直匪夷所思!通常冰火不容,而"死火"呢,是冰火相容。文中似乎总听到"我"与"死火"的"对话",进一步去想,"我"与"死火"可能都是鲁迅,是鲁迅情感的两个方面。"死火"这个意象是前所未有的,奇特的,文学史上谁人这样写过?鲁迅用这个奇特的意象,表达自己性格心理的矛盾。

《死火》可以理解为是"自剖",是鲁迅的热情、理想、希望和他的幻灭、冷静、无奈的一种碰撞,一种纠结。但最终还是鲁迅这种"死火"没有完全熄灭,还要拼,与黑暗抗击,在"自焚"的牺牲中实现生命的价值,表现了鲁迅那普罗米修斯式的思考。这种情绪表达的哲学寓意很深,可以有多种多样的解释。

鲁迅自感在新旧两个世界都无处安身,他总是矛盾与纠结。尽管鲁迅在现实中一直坚执地致力于他认为必须要去做的许多实际工作,但在精神上一直都没有真正的归属。这就是所谓哲人式文艺家的悲哀吧。在《死火》中我们看见了这种矛盾与悲哀:说"回去",却满心"憎恶"绝不愿再回转;而"前去",也"料不定可能走完"。也许就像"死火",早被人遗弃在冰谷,不是留在原处被冻灭,就是走出冰谷再烧完。

鲁迅通过梦境和匪夷所思的情境来暗示、表达他的复杂的内心,包括一些难于言说的矛盾和犹豫。不一定要"死扣"什么意识,表达的就是人性的复杂,人生选择的困难,以及"命中注定"的无奈,等等。这是鲁迅的"自剖",但细加体味,岂不是人生常态?可能人人都会有类似的感觉与体悟。

墓 碣 文[*]

我梦见自己正和墓碣[①]对立,读着上面的刻辞。那墓碣似是沙石所制,剥落很多,又有苔藓丛生,仅存有限的文句——

……于浩歌狂热之际中寒;于天上看见深渊。于一切眼中看见无所有;于无所希望中得救。……

……有一游魂,化为长蛇,口有毒牙。不以啮人,自啮其身,终以殒颠[②]。……

……离开!……

我绕到碣后,才见孤坟,上无草木,且已颓坏。即从大阙口中,窥见死尸,胸腹俱破,中无心肝。而脸上却绝不显哀乐之状,但蒙蒙如烟然。

我在疑惧中不及回身,然而已看见墓碣阴面的残存的文句——

……抉心自食,欲知本味。创痛酷烈,本味何能知?……

……痛定之后,徐徐食之。然其心已陈旧,本味又何由知?……

……答我。否则,离开!……

我就要离开。而死尸已在坟中坐起,口唇不动,然而说——

"待我成尘时,你将见我的微笑!"

我疾走,不敢反顾,生怕看见他的追随。

一九二五年六月十七日。

---

[*] 本文最初发表于1925年6月22日《语丝》周刊第三十二期,后收入《野草》。
① 墓碣 墓碑。
② 殒颠 死亡。

【讲析】

　　《墓碣文》即墓志铭，构思荒诞，哲理深邃，是《野草》中最难懂的一篇。文中的"我"梦见"墓碣"，即墓碑，读碑文，难于回答其所提出的离奇的问题。于是发生"诈尸"，"我"落荒而逃。

　　读懂这离奇的梦，要弄清几重关系。坟中的死尸代表被埋葬的鲁迅的过去；墓志铭所写是鲁迅的人生，那些始终纠缠不清的矛盾与焦虑；"我"则代表现在的鲁迅，和墓碣"对立"，是在审视自己生命历程中的困惑。《墓碣文》写于1926年10月，之后不久鲁迅就把既往二十多年的文章结集，起名就是《坟》，并表明"造成一座小小的新坟，一面是埋藏，一面也是留恋"。写《墓碣文》也有反观与清理自己的意思，是借这个诗化的寓言来"自剖"。

　　墓碣的正面，写有"于浩歌狂热之际中寒；于天上看见深渊。于一切眼中看见无所有；于无所希望中得救。……"全是悖论，充满否定之否定，而这正是鲁迅思维的特点。"于浩歌狂热之际中寒"，让人联想到鲁迅《呐喊·自序》中说过的，年轻时也曾向往"振臂一呼应者云集的英雄"之举，但后来发现这"叫喊于生人中"，"如置身毫无边际的荒原"，也就陷入了悲哀与寂寞；"于天上看见深渊"，是从不相信有完满的"黄金世界"；"于一切眼中看见无所有"，一种解释是指麻木的庸众，与改革是隔膜的；不过又"于无所希望中得救"，这和鲁迅所说的"希望之为虚妄，正与绝望相同"是一个意思，那就是"反抗绝望"。墓志碑所写这些，概括了鲁迅精神结构的矛盾和复杂性，可看作是鲁迅哲学。

　　难懂的还有"游魂"，大致是指曾对鲁迅产生过影响的某些传统观念和外来思潮，鲁迅既相信又怀疑，现在这些东西也都化作长蛇的"毒牙"，要反啮自己。鲁迅是多疑的，对任何事物都不轻易信任，尤其是权威，他总要以辩证思维去质疑，以超越凡庸，可是这也让鲁迅精神上始终焦虑、紧张。长蛇的"自啮"意味着要在痛苦中否定自己的过去。

　　果然，"我"就窥见孤坟中死尸"胸腹俱破，中无心肝"。而阴面的碣文写着"抉心自食，欲知本味，……心已陈旧，本味又何由知？"所谓"本味",就是对自己本质意义上的了解,可惜即使经过残忍的"自啮",也还是"蒙蒙如烟",不知其味,始终陷于悖论之泥淖。

既然关于"本味"的问题无从作答,那么只有逃离,也是现在的"我"逃离墓碣中的过去的"我",不要再纠缠那些无解与焦虑。当死尸在坟中坐起,"我"就吓得"疾走,不敢反顾"。写的就是否定过去,努力摆脱精神困境的意思。

鲁迅敢于"自剖",承认自己思想和精神上的矛盾、焦虑,甚至某些黑暗,这种"自剖"在《墓碣文》中得到痛彻的呈现。从中我们也更深刻体会到鲁迅为人及其思维的复杂性。更重要的是,《墓碣文》所触及的人生悖论,不只是鲁迅个人的,也是普遍的人生哲学命题,人人都可能遇到,只是人们一般未必有勇气"抉心自食",也无从了解真实的自己。

腊　　叶[*]

　　灯下看《雁门集》[①]，忽然翻出一片压干的枫叶来。

　　这使我记起去年的深秋。繁霜夜降，木叶多半凋零，庭前的一株小小的枫树也变成红色了。我曾绕树徘徊，细看叶片的颜色，当他青葱的时候是从没有这么注意的。他也并非全树通红，最多的是浅绛，有几片则在绯红地上，还带着几团浓绿。一片独有一点蛀孔，镶着乌黑的花边，在红、黄和绿的斑驳中，明眸似的向人凝视。我自念：这是病叶呵！便将他摘了下来，夹在刚才买到的《雁门集》里。大概是愿使这将坠的被蚀而斑斓的颜色，暂得保存，不即与群叶一同飘散罢。

1927年在厦门时摄

　　但今夜他却黄蜡似的躺在我的眼前，那眸子也不复似去年一般灼灼。

---

[*]　本文最初发表于1926年1月4日《语丝》周刊第六十期，后收入《野草》。
[①]　《雁门集》　诗词集，元代萨都剌(1271—1340)著。

假使再过几年,旧时的颜色在我记忆中消去,怕连我也不知道他何以夹在书里面的原因了。将坠的病叶的斑斓,似乎也只能在极短时中相对,更何况是葱郁的呢。看看窗外,很能耐寒的树木也早经秃尽了;枫树更何消说得。当深秋时,想来也许有和这去年的模样相似的病叶的罢,但可惜我今年竟没有赏玩秋树的余闲。

一九二五年十二月二十六日。

【讲析】

作者在《〈野草〉英文译本序》里说:"《腊叶》,是为爱我者的想要保存我而作的。"又,许广平在《因校对〈三十年集〉而引起的话旧》中说,"在《野草》中的那篇《腊叶》,那假设被摘下来夹在《雁门集》里的斑驳的枫叶,就是自况的"。

腊叶是夹在书中的一片被虫蛀坏了的枫叶:"乌黑的花边""在红,黄和绿的斑驳中,明眸似的向人凝视"。那眸子,即那虫眼,树叶生病了,有双渴望的眼睛在看着自己似的,不过不像去年那样有神了。就想到再过几年,旧的颜色消去了,恐怕这树叶是怎么来由的也不清楚了。"……当深秋时,想来也许有和这去年的模样相似的病叶的罢,但可惜我今年竟没有赏玩秋树的余闲。"写得很美,实际上,鲁迅是写一片病叶的变化,暗示自己内心的变化,进而引出对人生的哲学——时间、人生、生命的思考。《腊叶》是一种自况,"我"就是这个病叶。

鲁迅写这篇文章的时候,身体很不好。他得过肺病,一生肺病发作就有三次,写这篇文章的1925年,肺病曾第二次发作。那个时代得肺病跟现在得癌症差不多,很难治。鲁迅得了这种病,恐怕也有一种对生命一天天消损的悲凉感觉?鲁迅自比病叶,黄蜡似的躺着,仿佛预感到那种昔时的颜色就要在记忆中消失。这里写生命和时间的关系,有些悲郁、无奈,这也是人之常情。所以读《腊叶》应当考虑到病的因素。

除了病之外,还有其他原因,那就是鲁迅这时候在爱情婚姻问题上的自虐。前面说了,他跟原配夫人朱安的婚姻实际上是死亡了的。许广平闯入鲁迅的生活以后,鲁迅感到前所未有的幸福,也感到踌躇不安。他对朱安有一种歉疚感,他经常有意折磨自己,优柔寡断。《腊叶》翻译成英文时加上了一句话:"为爱我者想要保存我而作",潜台词是写给许广平的。鲁迅有病,希望许忘掉自己。可以想象,鲁迅写这篇文章时是很痛苦的。后来鲁迅离开北京,到厦门大学任教,也是他自虐最严重的时候,有一种赎罪的心理。鲁迅的文章猛烈抨击旧物,可是生活中未见的就是那样果断和理智。他也受新旧道德碰撞的困扰,看《两地书》里面就有很多内心的解剖。联系起来读《腊叶》,对其中那种自虐的心理就会比较理解。

鲁迅以自己珍藏病叶的心情,来比喻许广平和亲友们对他的爱护,包括爱情,写得非常细腻、蕴藉;另一方面,又蕴含有鲁迅对自己身体的感受,以及由此所引起的对人生的思索。人生是如此的短促、脆弱,就像一片树叶似的,一年一度地飘零,多么渺小。人不也是这样吗?终究要衰老、病死的。所以鲁迅希望他人对鲁迅自己不要过分珍重,彼此关系不可能永存,也无法保持原来灿烂的颜色。颜色、生命、青春都不可能永存。有人曾经将鲁迅与萨特的存在主义相比较,有一定的道理。存在主义认为人生都是悲剧的,注定最后要走向死亡的,但还是要追求人生的价值,要充分地展示现在的生活和过程。《腊叶》写得很悲凉,但也并不完全是一种消极的思想。鲁迅是匕首般的"战士",亦有常人的哀愁、痛苦和无奈,唯其如此,他的作品不全是讽刺与批判,也还有怜悯和慰藉,有锋利出鞘前的弩钝。

《腊叶》是自况、自虐、自怜的表现,需要了解一定的背景才能理解它的含义。如果完全不知道鲁迅及背景,这个作品能不能读呢?也是可以读的,你读到树叶的变化,也会引起一些联想,这就是诗嘛!

夜　颂[*]

爱夜的人,也不但是孤独者,有闲者,不能战斗者,怕光明者。

人的言行,在白天和在深夜,在日下和在灯前,常常显得两样。夜是造化所织的幽玄的天衣,普覆一切人,使他们温暖,安心,不知不觉的自己渐渐脱去人造的面具和衣裳,赤条条地裹在这无边际的黑絮似的大块[①]里。

虽然是夜,但也有明暗。有微明,有昏暗,有伸手不见掌,有漆黑一团糟。爱夜的人要有听夜的耳朵和看夜的眼睛,自在暗中,看一切暗。君子们从电灯下走入暗室中,伸开了他的懒腰;爱侣们从月光下走进树阴里,突变了他的眼色。夜的降临,抹杀了一切文人学士们当光天化日之下,写在耀眼的白纸上的超然,混然,恍然,勃然,粲然的文章,只剩下乞怜,讨好,撒谎,骗人,吹牛,捣鬼的夜气,形成一个灿烂的金色的光圈,像见于佛画[②]上面似的,笼罩在学识不凡的头脑上。

爱夜的人于是领受了夜所给与的光明。

高跟鞋的摩登女郎在马路边的电光灯下,阁阁的走得很起劲,但鼻尖也闪烁着一点油汗,在证明她是初学的时髦,假如长在明晃晃的照耀

---

[*] 本文最初发表于1933年6月10日《申报·自由谈》,署名游光,后收入《准风月谈》。鲁迅用"游光"这个笔名所写的文章多半都是与夜有关的,如《夜颂》《谈蝙蝠》《秋夜纪游》《文床秋梦》等。"游光"含有欣赏夜所给予的"光明"之意。

① 大块　大自然,大地。《庄子·齐物论》:"夫大块噫气,其名为风。"意思是大地吐气出声便成了风。

② 佛画　佛、菩萨等的画像,头顶上一般有光轮。

中,将使她碰着"没落"①的命运。一大排关着的店铺的昏暗助她一臂之力,使她放缓开足的马力,吐一口气,这时才觉得沁人心脾的夜里的拂拂的凉风。

爱夜的人和摩登女郎,于是同时领受了夜所给与的恩惠。

一夜已尽,人们又小心翼翼的起来,出来了;便是夫妇们,面目和五六点钟之前也何其两样。从此就是热闹,喧嚣。而高墙后面,大厦中间,深闺里,黑狱里,客室里,秘密机关里,却依然弥漫着惊人的真的大黑暗。

现在的光天化日,熙来攘往,就是这黑暗的装饰,是人肉酱缸上的金盖,是鬼脸上的雪花膏。只有夜还算是诚实的。我爱夜,在夜间作《夜颂》。

六月八日。

【讲析】

夜本是黑暗的,鲁迅偏要给"夜"作"颂",不只是另辟蹊径,而且别有一番意味。在鲁迅的感觉中,"夜"是"真实"的,是有个人自由的,"造化所织的幽玄的天衣,普覆一切人,使他们温暖,安心,不知不觉的自己渐渐脱去人造的面具和衣裳,赤条条地裹在这无边际的黑絮似的大块里"。这个"大块",是指自然造化。而且夜的降临,"抹杀了一切文人学士们当光天化日之下,写在耀眼的白纸上的超然,混然,恍然,勃然,粲然的文章,只剩下乞怜,讨好,撒谎,骗人,吹牛"。这也可以理解为在"夜"的"诚实"思考,更能看穿"文人学士"的虚伪。文中还有意给一点诙谐的实写,把"爱夜的人"和"摩登女郎"放在一起,让人在想象与写实之间游弋,感受那沁人心脾的夜气,同时也是为了防止"夜颂"变得清高而且典雅。

可是一夜过去,人们又小心翼翼地穿起"人造的面具和衣裳","从此就是热闹,喧嚣"。在这光天化日之中,"却依然弥漫着惊人的真的大黑

---

① "没落" 在"革命文学"论争中,创造社成员曾讥讽作者"没落"(见1928年5月《创造月刊》第一卷第十一期成仿吾的《毕竟是"醉眼陶然"罢了》),这里借引此语。

暗"。可见，鲁迅喜欢"夜"，是因为喜欢真实，憎恨伪饰，喜欢在自然的状态中自由舒展个性，而不喜欢光天化日的熙来攘往，却到处弥漫着的黑暗的装饰。在鲁迅看来，"大黑暗"其实多在"白日"里，他用惊人的想象把"白日"的装饰比作"人肉酱缸上的金盖"和"鬼脸上的雪花膏"。

当然，"爱夜者"其实是光明的追求者，他有"听夜的耳朵和看夜的眼睛"，能"自在暗中，看一切暗"，领受夜所给予的"温暖"与"恩惠"，而又不至于被黑暗所吞没。这大概也是夫子自道罢。

"高丘寂寞竦中夜"。性格冷峻的鲁迅的确是"爱夜者"，习惯于晚上写作，夜的宁静能带给他孤寂而又深邃的思考。他的大部分创作总是不断在叙说"夜"，但又自外于"夜"，在黑暗中闪烁思想之光。这篇散文诗也是这样，借以"黑夜"与"白天"的比较，表达了对社会人生的一些微妙的感觉，带有哲理性。阅读此作，不要停留于索解它的现实意旨，比如"批判帮闲的文人""鞭挞国统区和敌占区的黑暗"之类，其含义似乎比这些"现实"要广大得多。文中有许多描写充满神妙的想象，如"幽玄的天衣""黑絮似的大块""人肉酱缸上的金盖""鬼脸上的雪花膏"，等等，让人过目不忘，反复体味。而一些句子的反复咏叹，又加强了全篇的节奏与氛围，有助于抒发作者微妙而又激越的心声。

散　文

　　这一部分选了《朝花夕拾》中的散文五篇，另外还选了散落在鲁迅其他文集中的散文四篇。中学语文课上我们已经学过《朝花夕拾》中的多篇散文，如《从百草园到三味书屋》《阿长与〈山海经〉》《藤野先生》，等等。由于中学语文教学受制于考试要求，又要满足语文训练需要，所以对这些课文的讲解分析一般都很细，很琐碎，对于所谓思想意义之类的概括也比较死板教条，不利于大家对鲁迅作品的学习与理解。这可能是造成有些同学对鲁迅比较隔膜，不那么喜欢的原因吧。读《朝花夕拾》，应当注意超越中学语文教学一般找标准答案的模式，摆脱应试教育的思维束缚。其实《朝花夕拾》能让我们看到的，是鲁迅作为"战士"的另一面，看到鲁迅除了批判性、叛逆性之外，还有质朴真诚的挚爱之心，甚至还保留有童心。需要提醒的是，阅读《朝花夕拾》最好先放弃所谓的"意义"追索，有更多的兴趣与感情的投入，就当作是和"人间鲁迅"的闲散对话、聊天好了。这样就更能读出作品的原味，体验那种人间味，那种特别的散文诗的艺术之美。

　　《朝花夕拾》是初中语文指定的必读名著。其实有的篇章很难懂。比如开头的《狗·猫·鼠》和《〈二十四孝图〉》两篇，就把人难倒了。要越过这个阅读障碍，才读得下去。《狗·猫·鼠》写孩子眼中的宠物与动物世界，说的是鲁迅为何会"仇猫"，也就是讨厌猫，为什么会有这个心理暗影。原来小时候鲁迅养过一只"隐鼠"，他误以为可爱的小老鼠被猫吃掉了，就很伤心，总想着要给老鼠报仇，而且终生都变得"仇猫"。这里写得好的是孩子的心理，非常真切感人。在大人看来不值得一提的某些琐碎的事情,在孩子的心目中可能是非常重要的。很多人小时候可能都喜欢动物,我们读的童话中动物往往都是通人性的,动物的世界和孩子的世界似乎没有什么界限。这种混淆容易被看作幼稚,其实又可能包含有某种人性的柔弱与善良。而到了成年,这些都会被改变。鲁迅回忆自己小时候为什么会"仇猫",写得那样感人,阅读时会把兴趣放到这里,会勾起自己的回忆,这也是很自然的。

读《朝花夕拾》等散文,要注重欣赏鲁迅的幽默,那是一种自信的、智慧的力量,一种语言的风格,更是一种气质的表现。要格外注意这种由幽默产生的美感。读完《朝花夕拾》,鲁迅在我们心目中的形象可能有所改变,鲁迅不单是黑暗时代最勇敢的"战士",不单是寂寞、忧虑、愤怒的,同时也是有温情的、淘气的、可爱的。幽默构成了鲁迅形象的一个重要侧面。

鲁迅的散文好在哪里呢?首先是大气,放得开。《朝花夕拾》主要是写他自己的童年、青年时代的生活,带有一种很抒情的心态。他文章里面做到了"任意而说,无所顾忌",但是一篇有一篇的中心,所以我给它一个命题——"雍容大气"。现在我们的文章这么大气的是不多的。鲁迅也说过,写文章要放开,但是要有一条中线,就像骑马一样,让它跑没关系,但是要拽着那个绳子。

鲁迅的另一个特点是简单味。首先是他的勾勒,往往非常简洁,他用一笔两笔就把一个人的神态给写出来了,把一个社会的心态给写出来了。这就叫简单味,是鲁迅的拿手好戏。

总之,鲁迅的散文,那种大气、幽默、简单味,是现当代散文里面比较少见的。鲁迅通过写他个人的生活来写一个时代的变迁,所以《朝花夕拾》等散文是带有很浓烈的抒情意味的。抒情,古代就有,但鲁迅这种抒情,比较多的是个性化的抒情,是个人的感觉。所以如果和中国古代的文章比较一下,鲁迅这种用白话文写的文章,会让我们觉得很新鲜,甚至觉得鲁迅的这种写法是前所未有的,在古文里也找不到。古人的文章写家国情怀,写大事比较多;鲁迅的文章更多的写的是个人感受,通过个人感受来表达一个时代的变迁。

初版《朝花夕拾》

《朝花夕拾》手稿

阿长与《山海经》*

长妈妈①,已经说过,是一个一向带领着我的女工,说得阔气一点,就是我的保姆。我的母亲和许多别的人都这样称呼她,似乎略带些客气的意思。只有祖母叫她阿长。我平时叫她"阿妈",连"长"字也不带;但到憎恶她的时候,——例如知道了谋死我那隐鼠②的却是她的时候,就叫她阿长。

我们那里没有姓长的;她生得黄胖而矮,"长"也不是形容词。又不是她的名字,记得她自己说过,她的名字是叫作什么姑娘的。什么姑娘,我现在已经忘却了,总之不是长姑娘;也终于不知道她姓什么。记得她也曾告诉过我这个名称的来历:先前的先前,我家有一个女工,身材生得很高大,这就是真阿长。后来她回去了,我那什么姑娘才来补她的缺,然而大家因为叫惯了,没有再改口,于是她从此也就成为长妈妈了。

虽然背地里说人长短不是好事情,但倘使要我说句真心话,我可只得说:我实在不大佩服她。最讨厌的是常喜欢切切察察,向人们低声絮说些什么事,还竖起第二个手指,在空中上下摇动,或者点着对手或自己的鼻尖。我的家里一有些小风波,不知怎的我总疑心和这"切切察察"有些关系。又不许我走动,拔一株草,翻一块石头,就说我顽皮,要告诉我的母亲去了。一到夏天,睡觉时她又伸开两脚两手,在床中间摆成一个"大"字,

---

* 本文最初发表于1926年3月25日《莽原》半月刊第一卷第六期,后收入《朝花夕拾》。
① 长妈妈 绍兴东浦大门溇人。生年不详,死于1899年4月,夫家姓余。文末提及她的"过继的儿子",名五九,是一个裁缝。
② 隐鼠 即鼩鼱,一种体型较小的老鼠。

挤得我没有余地翻身,久睡在一角的席子上,又已经烤得那么热。推她呢,不动;叫她呢,也不闻。

"长妈妈生得那么胖,一定很怕热罢?晚上的睡相,怕不见得很好罢?……"

母亲听到我多回诉苦之后,曾经这样地问过她。我也知道这意思是要她多给我一些空席。她不开口。但到夜里,我热得醒来的时候,却仍然看见满床摆着一个"大"字,一条臂膊还搁在我的颈子上。我想,这实在是无法可想了。

但是她懂得许多规矩;这些规矩,也大概是我所不耐烦的。一年中最高兴的时节,自然要数除夕了。辞岁之后,从长辈得到压岁钱,红纸包着,放在枕边,只要过一宵,便可以随意使用。睡在枕上,看着红包,想到明天买来的小鼓,刀枪,泥人,糖菩萨……。然而她进来,又将一个福橘①放在床头了。

"哥儿,你牢牢记住!"她极其郑重地说。"明天是正月初一,清早一睁开眼睛,第一句话就得对我说:'阿妈,恭喜恭喜!'记得么?你要记着,这是一年的运气的事情。不许说别的话!说过之后,还得吃一点福橘。"她又拿起那橘子来在我的眼前摇了两摇,"那么,一年到头,顺顺流流……。"

梦里也记得元旦的,第二天醒得特别早,一醒,就要坐起来。她却立刻伸出臂膊,一把将我按住。我惊异地看她时,只见她惶急地看着我。

她又有所要求似的,摇着我的肩。我忽而记得了——

"阿妈,恭喜……。"

"恭喜恭喜!大家恭喜!真聪明!恭喜恭喜!"她于是十分喜欢似的,笑将起来,同时将一点冰冷的东西,塞在我的嘴里。我大吃一惊之后,也就忽而记得,这就是所谓福橘,元旦辟头②的磨难,总算已经受完,可以下床玩耍去了。

---

① 福橘　福建产的橘子。因带有"福"字,为取吉利,旧时江浙民间有在夏历元旦早晨(年初一)吃"福橘"的习俗。

② 辟头　即开头。

从此对于她就有了特别的敬意,……(马夔元 作)

她教给我的道理还很多,例如说人死了,不该说死掉,必须说"老掉了";死了人,生了孩子的屋子里,不应该走进去;饭粒落在地上,必须拣起来,最好是吃下去;晒裤子用的竹竿底下,是万不可钻过去的……。此外,现在大抵忘却了,只有元旦的古怪仪式记得最清楚。总之:都是些烦琐之至,至今想起来还觉得非常麻烦的事情。

然而我有一时也对她发生过空前的敬意。她常常对我讲"长毛"。她之所谓"长毛"者,不但洪秀全军,似乎连后来一切土匪强盗都在内,但除却革命党,因为那时还没有。她说得长毛非常可怕,他们的话就听不懂。她说先前长毛进城的时候,我家全都逃到海边去了,只留一个门房和年老的煮饭老妈子看家。后来长毛果然进门来了,那老妈子便叫他们"大王",——据说对长毛就应该这样叫,——诉说自己的饥饿。长毛笑道:"那么,这东西就给你吃了罢!"将一个圆圆的东西掷了过来,还带着一条小辫子,正是那门房的头。煮饭老妈子从此就骇破了胆,后来一提起,还是立刻面如土色,自己轻轻地拍着胸脯道:"阿呀,骇死我了,骇死我了……。"

我那时似乎倒并不怕,因为我觉得这些事和我毫不相干的,我不是一个门房。但她大概也即觉到了,说道:"像你似的小孩子,长毛也要掳的,掳去做小长毛。还有好看的姑娘,也要掳。"

"那么,你是不要紧的。"我以为她一定最安全了,既不做门房,又不是小孩子,也生得不好看,况且颈子上还有许多灸疮疤。

"那里的话?!"她严肃地说。"我们就没有用么?我们也要被掳去。城外有兵来攻的时候,长毛就叫我们脱下裤子,一排一排地站在城墙上,外面的大炮就放不出来;再要放,就炸了!"

这实在是出于我意想之外的,不能不惊异。我一向只以为她满肚子是麻烦的礼节罢了,却不料她还有这样伟大的神力。从此对于她就有了特别的敬意,似乎实在深不可测;夜间的伸开手脚,占领全床,那当然是情有可原的了,倒应该我退让。

这种敬意,虽然也逐渐淡薄起来,但完全消失,大概是在知道她谋害了我的隐鼠之后。那时就极严重地诘问,而且当面叫她阿长。我想我又不真做小长毛,不去攻城,也不放炮,更不怕炮炸,我惧惮她什么呢!

但当我哀悼隐鼠,给它复仇的时候,一面又在渴慕着绘图的《山海经》①了。这渴慕是从一个远房的叔祖②惹起来的。他是一个胖胖的,和蔼的老人,爱种一点花木,如珠兰,茉莉之类,还有极其少见的,据说从北边带回去的马缨花。他的太太却正相反,什么也莫名其妙,曾将晒衣服的竹竿搁在珠兰的枝条上,枝折了,还要愤愤地咒骂道:"死尸!"这老人是个寂寞者,因为无人可谈,就很爱和孩子们往来,有时简直称我们为"小友"。在我们聚族而居的宅子里,只有他书多,而且特别。制艺和试帖诗③,自然也是有的;但我却只在他的书斋里,看见过陆玑的《毛诗草木鸟

---

① 《山海经》 先秦时期的一部著作,作者和具体的成书时间不详。主要内容记述山川、河流、民族、风物、物产、祭祀、巫医,等等,保存了不少远古时代流传下来的神话传说。
② 远房的叔祖 指周兆蓝(1844—1898),字玉田,清末秀才。
③ 制艺和试帖诗 都是科举考试规定的公式化诗文。制艺,即摘取"四书""五经"中的文句命题、立论的八股文;试帖诗,大抵取古人诗句或成语命题,冠以"赋得"二字,并限韵脚,一般为五言八韵。这里指当时书坊刊印的八股文和试帖诗的范本。

兽虫鱼疏》①,还有许多名目很生的书籍。我那时最爱看的是《花镜》②,上面有许多图。他说给我听,曾经有过一部绘图的《山海经》,画着人面的兽,九头的蛇,三脚的鸟,生着翅膀的人,没有头而以两乳当作眼睛的怪物,……可惜现在不知道放在那里了。

我很愿意看看这样的图画,但不好意思力逼他去寻找,他是很疏懒的。问别人呢,谁也不肯真实地回答我。压岁钱还有几百文,买罢,又没有好机会。有书买的大街离我家远得很,我一年中只能在正月间去玩一趟,那时候,两家书店都紧紧地关着门。

玩的时候倒是没有什么的,但一坐下,我就记得绘图的《山海经》。

大概是太过于念念不忘了,连阿长也来问《山海经》是怎么一回事。这是我向来没有和她说过的,我知道她并非学者,说了也无益;但既然来问,也就都对她说了。

过了十多天,或者一个月罢,我还很记得,是她告假回家以后的四五天,她穿着新的蓝布衫回来了,一见面,就将一包书递给我,高兴地说道:

"哥儿,有画儿的'三哼经',我给你买来了!"

我似乎遇着了一个霹雳,全体都震悚起来;赶紧去接过来,打开纸包,是四本小小的书,略略一翻,人面的兽,九头的蛇,……果然都在内。

这又使我发生新的敬意了,别人不肯做,或不能做的事,她却能够做成功。她确有伟大的神力。谋害隐鼠的怨恨,从此完全消灭了。

这四本书,乃是我最初得到,最为心爱的宝书。

书的模样,到现在还在眼前。可是从还在眼前的模样来说,却是一部刻印都十分粗拙的本子。纸张很黄;图像也很坏,甚至于几乎全用直线凑合,连动物的眼睛也都是长方形的。但那是我最为心爱的宝书,看起来,

---

① 陆玑 字元恪,三国时吴国吴郡(治今苏州)人,曾任太子中庶子。《毛诗草木鸟兽虫鱼疏》,二卷,是解释《毛诗》中动植物名称的书。《毛诗》即《诗经》,相传为西汉初毛亨、毛苌所传,故称《毛诗》。

② 《花镜》 即《秘传花镜》,清代杭州人陈淏子著。是一部讲述园圃花木的书。康熙二十七年(1688)刊印。全书六卷,内分"花历新栽""课花十八法""花木类考""藤蔓类考""花草类考""养禽鸟、兽畜、鳞介、昆虫法"六门。

确是人面的兽;九头的蛇;一脚的牛;袋子似的帝江①;没有头而"以乳为目,以脐为口",还要"执干戚而舞"的刑天②。

此后我就更其搜集绘图的书,于是有了石印的《尔雅音图》和《毛诗品物图考》③,又有了《点石斋丛画》和《诗画舫》④。《山海经》也另买了一部石印的,每卷都有图赞,绿色的画,字是红的,比那木刻的精致得多了。这一部直到前年还在,是缩印的郝懿行⑤疏。木刻的却已经记不清是什么时候失掉了。

我的保姆,长妈妈即阿长,辞了这人世,大概也有了三十年了罢。我终于不知道她的姓名,她的经历;仅知道有一个过继的儿子,她大约是青年守寡的孤孀。

仁厚黑暗的地母呵,愿在你怀里永安她的魂灵!

三月十日。

【讲析】

《阿长与〈山海经〉》是一篇回忆散文,写的都是实有的人事。长妈妈有癫痫病,1899 年 4 月在一次看戏时发病身故。那位给小鲁迅说起《山海经》的"远房叔祖"周兆蓝,是鲁迅的启蒙塾师。《山海经》作者和成书

---

① 帝江 《山海经》中能歌善舞的神鸟。该书《西山经》说:"其状如黄囊,赤如丹火,六足四翼,浑敦无面目。"
② 刑天 《山海经》中的神话人物。该书《海外西经》说:"刑天与帝争神,帝断其首,葬之羊之山;乃以乳为目,以脐为口,操干戚以舞。"干,盾牌;戚,大斧。都是古代兵器。
③ 《尔雅音图》 《尔雅》是我国古代的辞书,作者不详,大概是汉初的著作。《尔雅音图》,是宋人注明字音并加插图的一种《尔雅》版本。清嘉庆六年(1801)曾燠曾翻刻元人影写的宋钞绘图本,清光绪八年(1882)上海同文书局曾据以石印。《毛诗品物图考》,日本人冈元凤所作,共七卷。是把《毛诗》中的动植物等画出图像并加以简单考证的书,1784 年(日本天明四年,即清乾隆四十九年)出版。
④ 《点石斋丛画》 尊闻阁主人编,共十卷。是一部汇辑中国画家作品的画谱,其中也收录有日本画家的作品。1885 年(清光绪十一年)上海点石斋书局石印。《诗画舫》,画谱名,汇印明代隆庆、万历年间画家的作品,分山水、人物、花鸟、草虫、四友、扇谱六卷。1879 年(清光绪五年)上海点石斋书局翻印。
⑤ 郝懿行(1757—1825) 山东栖霞人,清代经学家。著有《尔雅义疏》《山海经笺疏》及《易说》《春秋说略》等。

年代不详，一般认为成书不止一人，大约写于战国到西汉初年。主要记录民间传说中的地理知识，包括山川、民族、物产、祭祀、巫医等，还保存许多神话传说，包括夸父逐日、精卫填海、大禹治水等。明代胡应麟称《山海经》为"古今语怪之祖"。文中长妈妈捎给小鲁迅的四册《山海经》，是刻印的"粗拙"本子，"纸张很黄；图像也很坏"，也有可能是明清刻本。

《阿长与〈山海经〉》中见不到鲁迅惯常的辛辣笔触，文字是温暖的，情感是细腻和柔软的。文章回忆"我"儿时与长妈妈相处的几件事，让这位有几分粗俗，却又淳朴乐观的农妇形象呼之若出。鲁迅在回忆中是以幼小孩童的心理视角去观察长妈妈的，对她有些讨厌，主要是"切切察察"，满肚子麻烦的礼节。虽然也对她产生过"敬意"，就是讲骇人听闻的"长毛"故事。但"敬意"的消失又是因为她"谋害"了"小隐鼠"。当小鲁迅渴望能有一套绘画的《山海经》时，不识字的长妈妈居然给他弄来这套心爱的"宝书"。这些都是一些琐事，但对孩子来说可能是终生难忘的"大事"。鲁迅写下的就是这样一些有"童心"的回忆，在这位极平凡的保姆身上，重新感觉到伟大的母爱和人性的光辉。

长妈妈这个人物血肉丰满，个性突出，读后让人过目不忘，也可见鲁迅文字的功力。文章主要通过几件"琐事"，去写她性格的几个侧面，包括粗俗与细致，愚昧与爽朗，热情与善良，等等。往往是寥寥几笔，几句话或一二动作的勾勒，长妈妈逼真的情态便跃然纸上。

这篇散文吸引人的还有对清末浙东地区的风土习俗和人情世态的真实记录，会激起我们对这些历史和民俗的丰富想象。

当鲁迅沉湎于回忆时，笔触是诙谐幽默的。如文中用一种貌似"严重"的口气追叙长妈妈的"缺点"时说，她睡觉时，"满床摆着一个'大'字，一条臂膊还搁在我的颈子上。我想，这实在是无法可想了"。但自从听她讲了"长毛"的故事之后，"对于她就有了特别的敬意，……夜间的伸开手脚，占领全床，那当然是情有可原的了，倒应该我退让"。因为作者对长妈妈是如此怀念，以至连想起她的缺点都感到可亲。成年人回顾幼时生活，那些童年趣事往往具有特别的喜剧性，幽默感也油然而生。而鲁迅就特别写出了这种人之常情。

《二十四孝图》*

我总要上下四方寻求,得到一种最黑,最黑,最黑的咒文,先来诅咒一切反对白话,妨害白话者。即使人死了真有灵魂,因这最恶的心,应该堕入地狱,也将决不改悔,总要先来诅咒一切反对白话,妨害白话者。

自从所谓"文学革命"①以来,供给孩子的书籍,和欧,美,日本的一比较,虽然很可怜,但总算有图有说,只要能读下去,就可以懂得的了。可是一班别有心肠的人们,便竭力来阻遏它,要使孩子的世界中,没有一丝乐趣。北京现在常用"马虎子"这一句话来恐吓孩子们。或者说,那就是《开河记》②上所载的,给隋炀帝开河,蒸死小儿的麻叔谋;正确地写起来,须是"麻胡子"。那么,这麻叔谋乃是胡人③了。但无论他是甚么人,他的吃小孩究竟也还有限,不过尽他的一生。妨害白话者的流毒却甚于洪水猛兽,非常广大,也非常长久,能使全中国化成一个麻胡,凡有孩子都死在他肚子里。

只要对于白话来加以谋害者,都应该灭亡!

这些话,绅士们自然难免要掩住耳朵的,因为就是所谓"跳到半天

---

* 本文最初发表于1926年5月25日《莽原》半月刊第一卷第十期,后收入《朝花夕拾》。

① "文学革命" "五四"时期反对文言文、提倡白话文,反对旧文学、提倡新文学的运动。文学革命问题的讨论,1917年在《新青年》杂志上初步展开。该刊第二卷第六号(1917年2月)发表陈独秀的《文学革命论》,正式提出"文学革命"的口号。"五四运动"爆发以后,它成为新文化革命的一个重要组成部分。

② 《开河记》 传奇小说,宋代人作。记隋炀帝令麻叔谋开掘卞渠的故事,其中有麻叔谋蒸食小孩的传说。

③ 参看《朝花夕拾·后记》第一段:"我在第三篇讲《二十四孝》的开头,说北京恐吓小孩的'马虎子'应作'麻胡子',是指麻叔谋,而且以他为胡人。现在知道是错了,'胡'应作'祜',是叔谋之名,见唐人李济翁做的《资暇集》卷下,题云《非麻胡》。"

空,骂得体无完肤,——还不肯罢休。"①而且文士们一定也要骂,以为大悖于"文格",亦即大损于"人格"。岂不是"言者心声也"②么?"文"和"人"当然是相关的,虽然人间世本来千奇百怪,教授们中也有"不尊敬"作者的人格而不能"不说他的小说好"③的特别种族。但这些我都不管,因为我幸而还没有爬上"象牙之塔"④去,正无须怎样小心。倘若无意中竟已撞上了,那就即刻跌下来罢。然而在跌下来的中途,当还未到地之前,还要说一遍:

只要对于白话来加以谋害者,都应该灭亡!

每看见小学生欢天喜地地看着一本粗拙的《儿童世界》⑤之类,另想到别国的儿童用书的精美,自然要觉得中国儿童的可怜。但回忆起我和我的同窗小友的童年,却不能不以为他幸福,给我们的永逝的韶光一个悲哀的吊唁。我们那时有什么可看呢,只要略有图画的本子,就要被塾师,就是当时的"引导青年的前辈"禁止,呵斥,甚而至于打手心。我的小同学因为专读"人之初性本善"⑥读得要枯燥而死了,只好偷偷地翻开第一叶,看那题着"文星高照"四个字的恶鬼一般的魁星像⑦,来满足他幼稚的爱美的天性。昨天看这个,今天也看这个,然而他们的眼睛里还闪出苏醒和欢喜的光辉来。

---

① "跳到半天空"等语,指陈西滢1926年1月30日在《晨报副刊》上发表的《致志摩》一信中议论鲁迅的话,陈说:"他常常的无故骂人,……可是要是有人侵犯了他一言半语,他就跳到半天空,骂得你体无完肤——还不肯罢休。"

② "言者心声也" 语出汉代杨雄《法言·问神》:"故言,心声也。"意思是说,语言和文章是人的思想的表现。

③ 不能"不说他的小说好" 陈西滢在《现代评论》第三卷第七十一期(1926年4月17日)的《闲话》中说:"我不能因为我不尊敬鲁迅先生的人格,就不说他的小说好,我也不能因为佩服他的小说,就称赞他其余的文章。"

④ "象牙之塔" 最初是19世纪法国文艺批评家圣佩韦(C. A. Sainte-Beuve,1804—1869)评论同时代诗人维尼(A. Vigny,1797—1863)的用语,后用以比喻脱离现实生活的艺术家的小天地。

⑤ 《儿童世界》 一种供高小程度儿童阅读的周刊(后改为半月刊)。内容分诗歌、童话、故事、谜语、笑话和儿童创作等,上海商务印书馆编印,1922年1月创刊,1937年8月停刊。

⑥ "人之初性本善" 旧时学塾通用的初级读物《三字经》的首二句。

⑦ 魁星 参见第181页注②。魁星像,略似"魁"字字形,一手执笔,一手持墨斗,上身前倾,一脚后翘,好像正在用笔点定谁将在科举中考中的样子。旧时学塾初级读物的扉页上常刊有魁星像。

在书塾以外,禁令可比较的宽了,但这是说自己的事,各人大概不一样。我能在大众面前,冠冕堂皇地阅看的,是《文昌帝君阴骘文图说》①和《玉历钞传》②,都画着冥冥之中赏善罚恶的故事,雷公电母站在云中,牛头马面布满地下,不但"跳到半天空"是触犯天条的,即使半语不合,一念偶差,也都得受相当的报应。这所报的也并非"睚眦之怨"③,因为那地方是鬼神为君,"公理"作宰,请酒下跪,全都无功,简直是无法可想。在中国的天地间,不但做人,便是做鬼,也艰难极了。然而究竟很有比阳间更好的处所:无所谓"绅士",也没有"流言"。

阴间,倘要稳妥,是颂扬不得的。尤其是常常好弄笔墨的人,在现在的中国,流言的治下,而又大谈"言行一致"④的时候。前车可鉴,听说阿尔志跋绥夫⑤曾答一个少女的质问说,"惟有在人生的事实这本身中寻出欢喜者,可以活下去。倘若在那里什么也不见,他们其实倒不如死。"于是乎有一个叫作密哈罗夫的,寄信嘲骂他道,"……所以我完全诚实地劝你自杀来祸福你自己的生命,因为这第一是合于逻辑,第二是你的言语和行为不至于背驰。"

其实这论法就是谋杀,他就这样地在他的人生中寻出欢喜来。阿尔

---

① 《文昌帝君阴骘文图说》 据迷信传说,晋代四川人张亚子,死后成为掌管人间功名禄籍的神道,称文昌帝君。《阴骘文图说》,相传为张亚子所作,是一部宣传因果报应的迷信思想的画集。阴骘,即阴德。

② 《玉历钞传》 全称《玉历至宝钞传》,是一部宣传迷信的书,题称宋代"淡痴道人梦中得授,弟子勿迷道人钞录传世",序文说它是"地藏王与十殿阎君,悯地狱之惨,奏请天帝,传《玉历》以警世"。共八章,第二章《〈玉历〉之图像》,即所谓十殿阎王地狱轮回等图像。

③ "睚眦之怨" 语出《史记·范雎传》:"一饭之德必偿,睚眦之怨必报。"睚眦之怨,意即小小的怨恨。陈西滢在《现代评论》第三卷第七十期(1926年4月10日)发表《杨德群女士事件》一文,以答复女师大学生雷榆等五人为杨德群辩诬的信,其中暗指鲁迅说:"因为那'杨女士不大愿意去'一句话,有些人在许多文章里就说我的罪状比执政府卫队还大!比军阀还凶!……不错,我曾经有一次在生气的时候揭穿过有些人的真面目,可是,难道四五十个死者的冤可以不雪,睚眦之仇却不可报吗?"后文提到"'公理'作宰,请酒下跪"等,也是对杨荫榆宴请陈西滢等人,策划迫害进步学生的嘲讽。

④ 大谈"言行一致" 陈西滢在《现代评论》第三卷第五十九期(1926年1月23日)《闲话》中曾说:"言行不相顾本没有多大稀罕,世界上多的是这样的人。讲革命的做官僚,讲言论自由的烧报馆"。这里说的"做官僚",是指鲁迅在教育部任金事;"烧报馆",指1925年11月29日,北京群众在反对段祺瑞的示威中烧毁晨报(研究系的报纸)馆的事件。

⑤ 阿尔志跋绥夫(М. П. Арцыбашев,1878—1927) 俄国小说家。十月革命后于1923年逃亡国外,死于华沙。著有长篇小说《沙宁》、中篇小说《工人绥惠略夫》等。

志跋绥夫只发了一大通牢骚,没有自杀。密哈罗夫先生后来不知道怎样,这一个欢喜失掉了,或者另外又寻到了"什么"了罢。诚然,"这些时候,勇敢,是安稳的;情热,是毫无危险的。"

然而,对于阴间,我终于已经颂扬过了,无法追改;虽有"言行不符"之嫌,但确没有受过阎王或小鬼的半文津贴,则差可以自解。总而言之,还是仍然写下去罢:

我所看的那些阴间的图画,都是家藏的老书,并非我所专有。我所收得的最先的画图本子,是一位长辈的赠品:《二十四孝图》①。这虽然不过薄薄的一本书,但是下图上说,鬼少人多,又为我一人所独有,使我高兴极了。那里面的故事,似乎是谁都知道的;便是不识字的人,例如阿长,也只要一看图画便能够滔滔地讲出这一段的事迹。但是,我于高兴之余,接着就是扫兴,因为我请人讲完了二十四个故事之后,才知道"孝"有如此之难,对于先前痴心妄想,想做孝子的计划,完全绝望了。

"人之初,性本善"么?这并非现在要加研究的问题。但我还依稀记得,我幼小时候实未尝蓄意忤逆,对于父母,倒是极愿意孝顺的。不过年幼无知,只用了私见来解释"孝顺"的做法,以为无非是"听话""从命",以及长大之后,给年老的父母好好地吃饭罢了。自从得了这一本孝子的教科书以后,才知道并不然,而且还要难到几十几百倍。其中自然也有可以勉力仿效的,如"子路负米"②"黄香扇枕"③之类。"陆绩怀橘"④也并不难,只要有阔人请我吃饭。"鲁迅先生作宾客而怀橘乎?"我便跪答云,"吾母性之所爱,欲归以遗母。"阔人大佩服,于是孝子就做稳了,也非常

---

① 《二十四孝图》 《二十四孝》,元代郭居敬编,内容是辑录古代所传二十四个孝子的故事。后来的印本都配上图画,通称《二十四孝图》,是旧时宣扬封建孝道的通俗读物。
② "子路负米" 子路,姓仲名由,春秋时鲁国卞(今山东泗水)人,孔丘的学生。《孔子家语·致思》中,子路自述"事二亲之时,常食藜藿之实,为亲负米百里之外"。
③ "黄香扇枕" 黄香,东汉安陆(今属湖北)人,九岁丧母,《东观汉记》中说他对父亲"尽心供养,……暑即扇床枕,寒即以身温席"。
④ 陆绩怀橘 陆绩,三国时吴国吴县(今江苏苏州)人,科学家。《三国志·吴书·陆绩传》说他"年六岁,于九江见袁术。术出橘,绩怀三枚,去,拜辞堕地,术谓曰:'陆郎作宾客而怀橘乎?'绩跪答曰:'归欲遗母。'术大奇之"。

省事。"哭竹生笋"①就可疑,怕我的精诚未必会这样感动天地。但是哭不出笋来,还不过抛脸而已,一到"卧冰求鲤"②,可就有性命之虞了。我乡的天气是温和的,严冬中,水面也只结一层薄冰,即使孩子的重量怎样小,躺上去,也一定哗喇一声,冰破落水,鲤鱼还不及游过来。自然,必须不顾性命,这才孝感神明,会有出乎意料之外的奇迹,但那时我还小,实在不明白这些。

其中最使我不解,甚至于发生反感的,是"老莱娱亲"③和"郭巨埋儿"④两件事。

我至今还记得,一个躺在父母跟前的老头子,一个抱在母亲手上的小孩子,是怎样地使我发生不同的感想呵。他们一手都拿着"摇咕咚"。这玩意儿确是可爱的,北京称为小鼓,盖即鼗也,朱熹⑤曰,"鼗,小鼓,两旁有耳;持其柄而摇之,则旁耳还自击,"咕咚咕咚地响起来。然而这东西是不该拿在老莱子手里的,他应该扶一枝拐杖。现在这模样,简直是装佯,侮辱了孩子。我没有再看第二回,一到这一叶,便急速地翻过去了。

那时的《二十四孝图》,早已不知去向了,目下所有的只是一本日本小田海仙⑥所画的本子,叙老莱子事云,"行年七十,言不称老,常著五色

---

① "哭竹生笋"　三国时吴国孟宗的故事。原出《三国志·吴书·孙皓传》注引《楚国先贤传》:"宗母嗜笋,冬节将至。时笋尚未生,宗入竹林哀叹,而笋为之出,得以供母。皆以为至孝之所致感。"唐白居易《白氏六帖》记此故事演变为:"孟宗后母好笋,令宗冬月求之,宗入竹林恸哭,笋为之出。"后世流传的"哭竹",即本白氏所载故事。
② "卧冰求鲤"　晋代王祥的故事。《晋书·王祥传》说他后母"常欲生鱼,时天寒冰冻,祥解衣将剖冰求之,冰忽自解,双鲤跃出,持之而归"。
③ "老莱娱亲"　老莱,春秋末楚国人,隐士。相传以孝事亲,楚王召仕不就。《艺文类聚·人部》记有他七十岁时穿五色彩衣诈跌"娱亲"的故事。
④ "郭巨埋儿"　郭巨,晋代陇虑(今河南林县)人。《太平御览》卷四一一引刘向《孝子图》说:"郭巨,……甚富。父没,分财二千万为两,分与两弟,己独取母供养。……妻产男,虑举之则妨供养,乃令妻抱儿,欲掘地埋之。于土中得金一釜,上有铁券云:'赐孝子郭巨。'……遂得兼养儿。"
⑤ 朱熹(1130—1200)　字元晦,徽州婺源(今属江西)人,宋代理学家。这里的一段话,原是汉代郑玄关于《周礼·春官·小诗》的注释,后被朱熹用作他的《论语集注·微子》中"播鼗武入于汉"一句的注释。
⑥ 小田海仙(1785—1862)　日本江户幕府末期的文人画家。他画的《二十四孝图》是1844年(日本天保十四年,即清道光二十四年)的作品,曾收入上海点石斋书局印行的《点石斋丛画》。

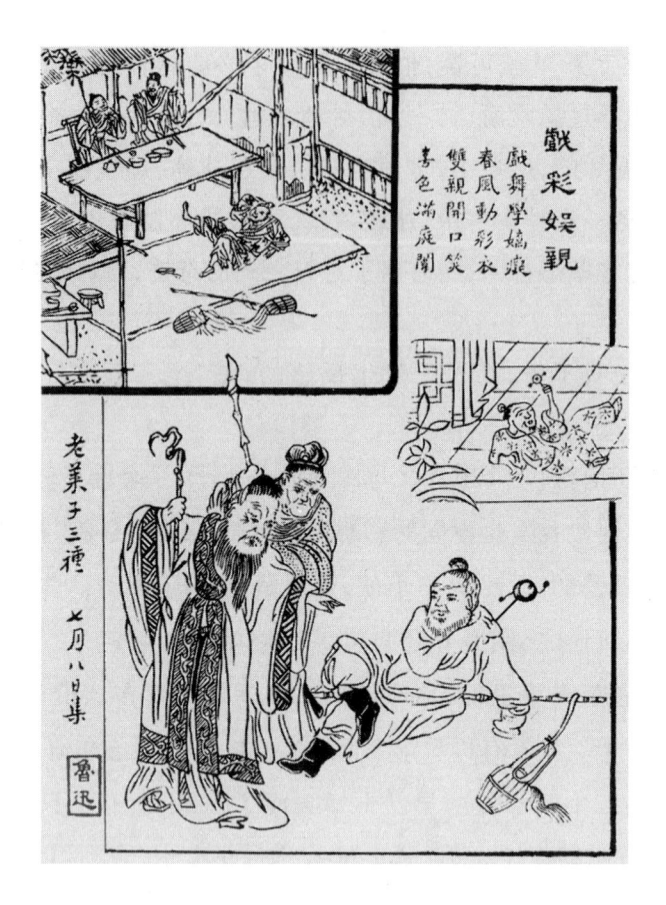

鲁迅搜集的老莱娱亲图画

斑斓之衣，为婴儿戏于亲侧。又常取水上堂，诈跌仆地，作婴儿啼，以娱亲意。"大约旧本也差不多，而招我反感的便是"诈跌"。无论忤逆，无论孝顺，小孩子多不愿意"诈"作，听故事也不喜欢是谣言，这是凡有稍稍留心儿童心理的都知道的。

然而在较古的书上一查，却还不至于如此虚伪。师觉授①《孝子传》云，"老莱子……常著斑斓之衣，为亲取饮，上堂脚跌，恐伤父母之心，僵仆为婴儿啼。"(《太平御览》②四百十三引) 较之今说，似稍近于人情。不

---

① 师觉授　南朝宋涅阳 (今河南镇平县) 人。不仕。他所著的《孝子传》八卷，已散佚。后有清代黄奭辑本，收入《汉学堂丛书》。
② 《太平御览》　类书名，宋太平兴国二年 (977) 李昉等奉敕撰。初名《太平总类》，书成后经太宗阅览，因名《太平御览》。全书一千卷，分五十五门，所引书籍一千六百九十种，其中不少现已散佚。

知怎地,后之君子却一定要改得他"诈"起来,心里才能舒服。邓伯道弃子救侄①,想来也不过"弃"而已矣,昏妄人也必须说他将儿子捆在树上,使他追不上来才肯歇手。正如将"肉麻当作有趣"一般,以不情为伦纪②,诬蔑了古人,教坏了后人。老莱子即是一例,道学先生③以为他白璧无瑕时,他却已在孩子的心中死掉了。

至于玩着"摇咕咚"的郭巨的儿子,却实在值得同情。他被抱在他母亲的臂膊上,高高兴兴地笑着;他的父亲却正在掘窟窿,要将他埋掉了。说明云,"汉郭巨家贫,有子三岁,母尝减食与之。巨谓妻曰,贫乏不能供母,子又分母之食。盍埋此子?"但是刘向《孝子传》所说,却又有些不同:巨家是富的,他都给了两弟;孩子是才生的,并没有到三岁。结末又大略相像了,"及掘坑二尺,得黄金一釜,上云:天赐郭巨,官不得取,民不得夺!"

我最初实在替这孩子捏一把汗,待到掘出黄金一釜,这才觉得轻松。然而我已经不但自己不敢再想做孝子,并且怕我父亲去做孝子了。家景正在坏下去,常听到父母愁柴米;祖母又老了,倘使我的父亲竟学了郭巨,那么,该埋的不正是我么?如果一丝不走样,也掘出一釜黄金来,那自然是如天之福,但是,那时我虽然年纪小,似乎也明白天下未必有这样的巧事。

现在想起来,实在很觉得傻气。这是因为现在已经知道了这些老玩意,本来谁也不实行。整饬伦纪的文电是常有的,却很少见绅士赤条条地躺在冰上面,将军跳下汽车去负米。何况现在早长大了,看过几部古书,买过几本新书,什么《太平御览》咧,《古孝子传》咧,《人口问题》咧,《节制生育》咧,《二十世纪是儿童的世界》咧,可以抵抗被埋的理由多得很。不过彼一时,此一时,彼时我委实有点害怕:掘好深坑,不见黄金,连"摇

---

① 邓伯道弃子救侄 邓伯道,晋代平阳襄陵(今属山西襄汾)人。东晋时官至尚书右仆射。据《晋书·邓攸传》载,石勒攻晋的战乱中,他全家南逃,途中弃子救侄。
② 伦纪 即伦常、纲纪,指封建的"三纲""五常"等道德规范,是封建社会人与人之间应该遵守的准则。
③ 道学先生 道学,又称理学,即宋代程颢、程颐、朱熹等人阐释儒家学说而形成的思想体系,当时称为道学。道学先生,即指信奉和宣扬这种学说的人。

咕咚"一同埋下去,盖上土,踏得实实的,又有什么法子可想呢。我想,事情虽然未必实现,但我从此总怕听到我的父母愁穷,怕看见我的白发的祖母,总觉得她是和我不两立,至少,也是一个和我的生命有些妨碍的人。后来这印象日见其淡了,但总有一些留遗,一直到她去世——这大概是送给《二十四孝图》的儒者所万料不到的罢。

五月十日。

【讲析】

《二十四孝图》是元代开始流行的宣传儒家孝道思想的普及读物,有图有文,讲述了传说中二十四位古人如何孝敬父母的故事。孝敬父母是必须的,是一种基本的道德。但在封建社会,往往把这个道德要求极端发挥,变成可以牺牲子女的幸福去无条件服从父母,甚至有很多非常苛刻的毫无人性的做法,并且成为要人们学习的楷模。

比如鲁迅这篇作品提到的"郭巨埋儿",说的是晋代有一孝子郭巨,家贫,有个三岁孩子,还有个老母亲。因为要侍奉老母亲,怕老母亲照顾孙子而减少她自己的进食,居然要掘个坑把孩子埋掉。另外还提到"老莱娱亲",说老莱孝养二老双亲,自己七十岁了,为了使老父母快乐,还经常穿着彩衣,做婴儿的动作。

还有,"卧冰求鲤",讲晋代有一人叫王祥,他的母亲在冬天想吃鲜鱼,但天寒冰冻,打不到鱼呀,他就解衣卧冰求之。结果冰突然开裂,双鲤跃出,持归供母。总之都是这一类牺牲后代以孝敬父母的故事,是非人性的。"五四"时期那些改革的先驱者就激烈抨击儒家这些迂腐的思想。

鲁迅这篇《〈二十四孝图〉》,和其他几篇不太一样,杂文性的议论比较多,批判性很强。开头一段就声称"总要上下四方寻求,得到一种最黑,最黑,最黑的咒文,先来诅咒一切反对白话,妨害白话者"为什么这么激烈?因为鲁迅写这篇文章之时,一些复古文人正在企图剿灭"五四"新文化运动所提倡的白话文,鲁迅要毫不留情地回击。

懂得了这个背景,就好理解作者为何用许多笔墨来写自己小时候读《二十四孝图》时的那种困惑与反感了。比如回忆读"郭巨埋儿"的故事时那段心理描写,也是带有讽刺与批判的。

阅读《朝花夕拾》的《狗·猫·鼠》和《〈二十四孝图〉》,不要完全当作故事来读,要适当关注其中的批判性内容,关注鲁迅"儿童本位"和健全人格培养的思想,这样,也就比较能理解,读得进去,而且很有兴味。

五 猖 会*

孩子们所盼望的,过年过节之外,大概要数迎神赛会①的时候了。但我家的所在很偏僻,待到赛会的行列经过时,一定已在下午,仪仗之类,也减而又减,所剩的极其寥寥。往往伸着颈子等候多时,却只见十几个人抬着一个金脸或蓝脸红脸的神像匆匆地跑过去。于是,完了。

我常存着这样的一个希望:这一次所见的赛会,比前一次繁盛些。可是结果总是一个"差不多";也总是只留下一个纪念品,就是当神像还未抬过之前,化一文钱买下的,用一点烂泥,一点颜色纸,一枝竹签和两三枝鸡毛所做的,吹起来会发出一种刺耳的声音的哨子,叫作"吹都都"的,呲呲地吹它两三天。

现在看看《陶庵梦忆》②,觉得那时的赛会,真是豪奢极了,虽然明人的文章,怕难免有些夸大。因为祷雨而迎龙王,现在也还有的,但办法却已经很简单,不过是十多人盘旋着一条龙,以及村童们扮些海鬼。那时却还要扮故事,而且实在奇拔得可观。他记扮《水浒传》中人物云:"……于是分头四出,寻黑矮汉,寻梢长大汉,寻头陀③,寻胖大和尚,寻茁壮妇人,寻姣长妇人,寻青面,寻歪头,寻赤须,寻美髯,寻黑大汉,寻赤脸长须。大索城中;无,则之郭,之村,之山僻,之邻府州县。用重价

---

* 本文最初发表于1926年6月10日《莽原》半月刊第一卷第十一期,后收入《朝花夕拾》。
① 迎神赛会 旧时一种民间习俗,用仪仗鼓乐和杂戏迎神出庙,周游街巷,以酬神祈福。
② 《陶庵梦忆》 小品文集,明代张岱(号陶庵)著,共八卷。本文所引见该书卷七《及时雨》条,记的是明崇祯五年(1632)七月绍兴的祈雨赛会情况。
③ 头陀 梵语Dhūta的音译。原义为佛教苦行,后用以称游方乞食的和尚。

聘之,得三十六人,梁山泊好汉,个个呵活,臻臻至至①,人马称娖②而行。……"这样的白描的活古人,谁能不动一看的雅兴呢?可惜这种盛举,早已和明社③一同消灭了。

赛会虽然不像现在上海的旗袍④,北京的谈国事⑤,为当局所禁止,然而妇孺们是不许看的,读书人即所谓士子,也大抵不肯赶去看。只有游手好闲的闲人,这才跑到庙前或衙门前去看热闹;我关于赛会的知识,多半是从他们的叙述上得来的,并非考据家所贵重的"眼学"⑥。然而记得有一回,也亲见过较盛的赛会。开首是一个孩子骑马先来,称为"塘报"⑦;过了许久,"高照"⑧到了,长竹竿揭起一条很长的旗,一个汗流浃背的胖大汉用两手托着;他高兴的时候,就肯将竿头放在头顶或牙齿上,甚而至于鼻尖。其次是所谓"高

旧时孩子们常玩的"吹都都"(丰子恺　作)

---

① 臻臻至至　齐备周到的意思。
② 称娖　行列整齐的样子。《后汉书·中山简王传》:"今五国各官骑百人,称娖前行。"
③ 明社　即明王朝。社,这里指社稷之意,旧时用作国家的代称。
④ 上海的旗袍　当时江浙一带的军阀孙传芳认为妇女穿旗袍,与男子没有多大区别(当时男子通行穿长袍),是伤风败俗的,曾下令禁止。
⑤ 北京的谈国事　当时北京的北洋军阀为了防止革命活动,实行恐怖政策,密探四布,饭铺茶馆等多贴有"莫谈国事"的字条。
⑥ "眼学"　语见北齐颜之推《颜氏家训·勉学》:"谈说制文,援引古昔,必须眼学,勿信耳受。"
⑦ "塘报"　即驿报,古代驿站用快马急行传递的公文。浙东一带赛会时,由一个化装的孩子骑马先行,预示赛会队伍即将到来,也叫"塘报"。
⑧ "高照"　高挂在长竹竿上的通告。"照"就是通告。绍兴赛会中的"高照"由人举着,长二三丈,用绸缎刺绣而成。

跷""抬阁""马头"①了;还有扮犯人的,红衣枷锁,内中也有孩子。我那时觉得这些都是有光荣的事业,与闻其事的即全是大有运气的人,——大概羡慕他们的出风头罢。我想,我为什么不生一场重病,使我的母亲也好到庙里去许下一个"扮犯人"的心愿的呢?……然而我到现在终于没有和赛会发生关系过。

　　要到东关②看五猖会去了。这是我儿时所罕逢的一件盛事。因为那会是全县中最盛的会,东关又是离我家很远的地方,出城还有六十多里水路,在那里有两座特别的庙。一是梅姑庙,就是《聊斋志异》③所记,室女守节,死后成神,却篡取别人的丈夫的;现在神座上确塑着一对少年男女,眉开眼笑,殊与"礼教"有妨。其一便是五猖庙了,名目就奇特。据有考据癖的人说:这就是五通神④。然而也并无确据。神像是五个男人,也不见有什么猖獗之状;后面列坐着五位太太,却并不"分坐",远不及北京戏园里界限之谨严。其实呢,这也是殊与"礼教"有妨的,——但他们既然是五猖,便也无法可想,而且自然也就"又作别论"了。

　　因为东关离城远,大清早大家就起来。昨夜预定好的三道明瓦窗的大船,已经泊在河埠头,船椅、饭菜、茶炊、点心盒子,都在陆续搬下去了。我笑着跳着,催他们要搬得快。忽然,工人的脸色很谨肃了,我知道有些蹊跷,四面一看,父亲就站在我背后。

　　"去拿你的书来。"他慢慢地说。

---

①　"抬阁"　赛会中常见的一种游艺,一个木制四方形的小阁,里面有两三个扮饰戏曲故事中人物的儿童,由成年人抬着游行。"马头",也是赛会中的游艺,扮饰戏曲故事中人物的儿童骑在马上游行。

②　东关　绍兴旧属的一个大集镇。在绍兴城东约六十里,今属上虞。

③　《聊斋志异》　短篇小说集,清代蒲松龄著。梅姑事见于卷十四《金姑夫》篇:"会稽有梅姑祠,神故马姓,族居东莞,未嫁而夫早死,遂矢志不醮,三旬而卒。族人祠之,谓之梅姑。丙申,上虞金生赴试经此,入庙徘徊,颇涉冥想。至夜,梦青衣来,传梅姑命招之,从去。入祠,梅姑立候檐下,笑曰:'蒙君宠顾,实切依恋,不嫌陋拙,愿以身为姬侍。'金唯唯。梅姑送之曰:'君且去;设座成,当相迓耳。'醒而恶之。是夜,居人梦梅姑曰:'上虞金生,今为吾婿,宜塑其像。'诘旦,村人语梦悉同。族长恐玷其贞,以故不从;未几一家俱病,大惧,为肖像于左。既成,金生告妻曰:'梅姑迎我矣!'衣冠而死。妻痛恨,诣祠指女像秽骂,又升座批颊数四乃去。今马氏呼为金姑夫。"梅姑庙在宋代《嘉泰会稽志》中已有记载。

④　五通神　旧时南方乡村中供奉的凶神。唐末已有香火,庙号"五通"。唐末郑愚《大沩虚祐师铭》有"牛阿房,鬼五通"的记载(见《唐诗纪事》卷六六)。据传为兄弟五人,俗称五圣。

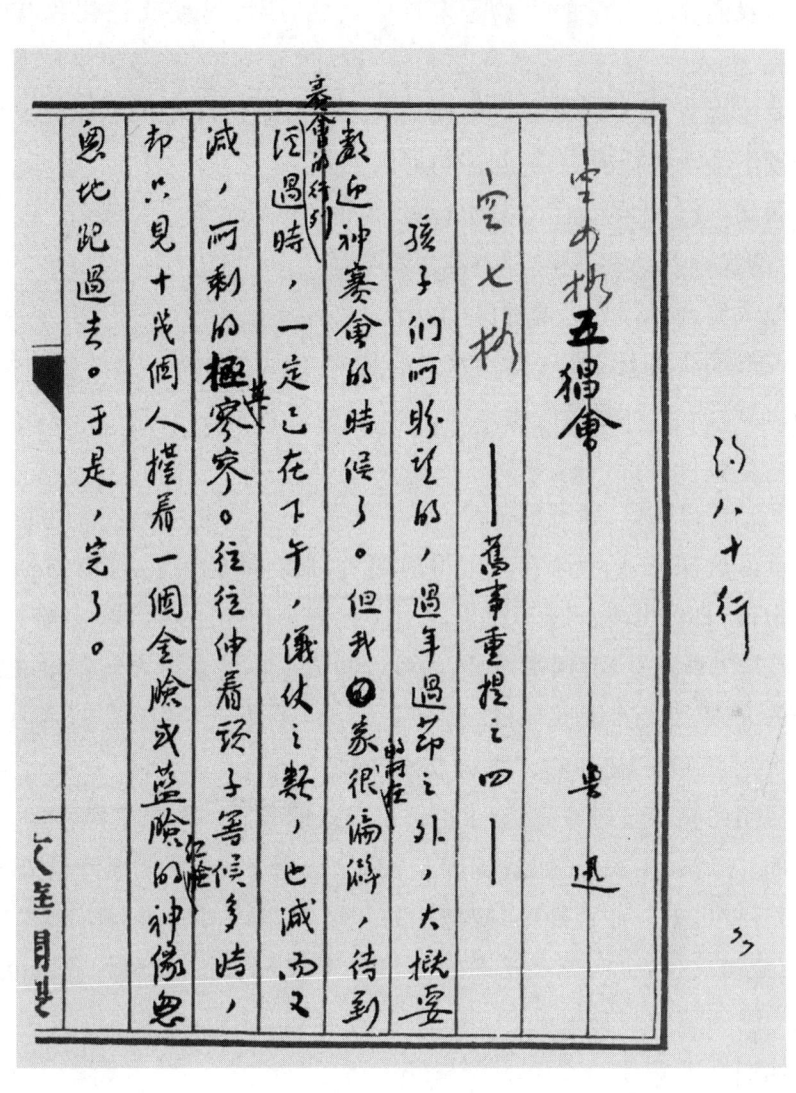

《五猖会》手稿

这所谓"书",是指我开蒙时候所读的《鉴略》①,因为我再没有第二本了。我们那里上学的岁数是多拣单数的,所以这使我记住我其时是七岁。

我忐忑着,拿了书来了。他使我同坐在堂中央的桌子前,教我一句一句地读下去。我担着心,一句一句地读下去。

两句一行,大约读了二三十行罢,他说:

"给我读熟。背不出,就不准去看会。"

他说完,便站起来,走进房里去了。

我似乎从头上浇了一盆冷水。但是,有什么法子呢?自然是读着,读着,强记着,——而且要背出来。

粤自盘古,生于太荒,
首出御世,肇开混茫。

就是这样的书,我现在只记得前四句,别的都忘却了;那时所强记的二三十行,自然也一齐忘却在里面了。记得那时听人说,读《鉴略》比读《千字文》《百家姓》有用得多,因为可以知道从古到今的大概。知道从古到今的大概,那当然是很好的,然而我一字也不懂。"粤自盘古"就是"粤自盘古",读下去,记住它,"粤自盘古"呵!"生于太荒"呵!……

应用的物件已经搬完,家中由忙乱转成静肃了。朝阳照着西墙,天气很清朗。母亲,工人,长妈妈即阿长,都无法营救,只默默地静候着我读熟,而且背出来。在百静中,我似乎头里要伸出许多铁钳,将什么"生于太荒"之流夹住;也听到自己急急诵读的声音发着抖,仿佛深秋的蟋蟀,在夜中鸣叫似的。

他们都等候着;太阳也升得更高了。

我忽然似乎已经很有把握,便即站了起来,拿书走进父亲的书房,一气背将下去,梦似的就背完了。

"不错。去罢。"父亲点着头,说。

大家同时活动起来,脸上都露出笑容,向河埠走去。工人将我高高地

---

① 《鉴略》 旧时学塾所用的一种初级历史读物,清代王仕云著,四言韵语,上起盘古,下迄明代弘光。

抱起,仿佛在祝贺我的成功一般,快步走在最前头。

我却并没有他们那么高兴。开船以后,水路中的风景,盒子里的点心,以及到了东关的五猖会的热闹,对于我似乎都没有什么大意思。

直到现在,别的完全忘却,不留一点痕迹了,只有背诵《鉴略》这一段,却还分明如昨日事。

我至今一想起,还诧异我的父亲何以要在那时候叫我来背书。

五月二十五日。

【讲析】

"五猖会"是浙东一带风俗,过年时举行的迎神赛会。"五猖"又称"五通",即阴司凶神恶煞的马、牛、狗、鸡、蛇等动物之精,或者各种横死的鬼魂,各由人扮演周游街巷,伴以鼓乐杂耍,期望驱邪除灾,护佑平安。《五猖会》没有正面写迎神赛会的热闹,写的主要是孩子盼望观看而不得的遗憾。文中特意写了成年后读《陶庵梦忆》,觉得赛会真是"豪奢极了",越发感到儿时未能参与盛会的那种遗憾。

回忆重点在这里:有一回要去东关看"五猖会"了,"我"兴奋至极,大清早就起来准备。笑着跳着,没想到这兴头上,父亲却突然出现,让背书。"粤自盘古"呀!"生于太荒"呀! 好不容易背完了,真煞风景,去看"五猖会"的兴味也全无了。以至鲁迅成年之后,一想起这事,"还诧异我的父亲何以要在那时候叫我来背书"。那么有情趣的一件事,却这样结束,留给孩子很尴尬无奈的记忆。

可能有些评论或者有些老师非得把这篇文章的主题说成是对于封建家长制和僵化的旧教育的批判。虽然这也可以自成一说,但大可不必把"主题"提拔得这么"严重"。现如今的家长也完全可能会这样做的,他们不一定能意识到必须尽可能呵护孩子的心灵世界,照顾孩子的好奇心。这几乎是许多家长对待孩童的"常态",他们未必意识到童年本身就是人生一个美好的阶段,不全是为今后发展做准备的,应当尊重和珍惜童年童心。那么我们读这篇作品,一是对诸如迎神赛会和五猖会这样的民俗多一份了解,另外对童心,以及孩子成长过程中很难避免的所谓"代隔",也有所了解。这就够了。

读《朝花夕拾》,可以放松一点,那才读得更加有味。

无 常*

迎神赛会这一天出巡的神,如果是掌握生杀之权的,——不,这生杀之权四个字不大妥,凡是神,在中国仿佛都有些随意杀人的权柄似的,倒不如说是职掌人民的生死大事的罢,就如城隍和东岳大帝①之类,那么,他的卤簿②中间就另有一群特别的脚色:鬼卒,鬼王,还有活无常。

这些鬼物们,大概都是由粗人和乡下人扮演的。鬼卒和鬼王是红红绿绿的衣裳,赤着脚;蓝脸,上面又画些鱼鳞,也许是龙鳞或别的什么鳞罢,我不大清楚。鬼卒拿着钢叉,叉环振得琅琅地响,鬼王拿的是一块小小的虎头牌。据传说,鬼王是只用一只脚走路的;但他究竟是乡下人,虽然脸上已经画上些鱼鳞或者别的什么鳞,却仍然只得用了两只脚走路。所以看客对于他们不很敬畏,也不大留心,除了念佛老妪和她的孙子们为面面圆到起见,也照例给他们一个"不胜屏营待命之至"③的仪节。

至于我们——我相信:我和许多人——所最愿意看的,却在活无常。他不但活泼而诙谐,单是那浑身雪白这一点,在红红绿绿中就有"鹤立鸡群"之概。只要望见一顶白纸的高帽子和他手里的破芭蕉扇的影子,大家就都有些紧张,而且高兴起来了。

人民之于鬼物,惟独与他最为稔熟,也最为亲密,平时也常常可以遇

---

* 本文最初发表于1926年7月10日《莽原》半月刊第一卷第十三期,后收入《朝花夕拾》。
① 东岳大帝 道教所奉的泰山神。汉代的纬书《孝经援神契》中说:"泰山,天帝之孙也,主召人魂。"又《尔雅·释山》称"泰山为东岳"。旧时迷信传说泰山神掌管人的生死。元世祖至元二十八年(1291)被尊为东岳天齐大生仁皇帝,简称东岳大帝。
② 卤簿 封建时代帝王或大臣外出时的侍从仪仗队。
③ "不胜屏营待命之至" 旧时官府对上级呈文结束处所用的套话,这里用作肃立敬畏的意思。

见他。譬如城隍庙或东岳庙中,大殿后面就有一间暗室,叫作"阴司间",在才可辨色的昏暗中,塑着各种鬼:吊死鬼,跌死鬼,虎伤鬼,科场鬼,……而一进门口所看见的长而白的东西就是他。我虽然也曾瞻仰过一回这"阴司间",但那时胆子小,没有看明白。听说他一手还拿着铁索,因为他是勾摄生魂的使者。相传樊江①东岳庙的"阴司间"的构造,本来是极其特别的:门口是一块活板,人一进门,踏着活板的这一端,塑在那一端的他便扑过来,铁索正套在你脖子上。后来吓死了一个人,钉实了,所以在我幼小的时候,这就已不能动。

倘使要看个分明,那么,《玉历钞传》上就画着他的像,不过《玉历钞传》也有繁简不同的本子的,倘是繁本,就一定有。身上穿的是斩衰凶服②,腰间束的是草绳,脚穿草鞋,项挂纸锭③;手上是破芭蕉扇,铁索,算盘;肩膀是耸起的,头发却披下来;眉眼的外梢都向下,像一个"八"字。头上一顶长方帽,下大顶小,按比例一算,该有二尺来高罢;在正面,就是遗老遗少们所戴瓜皮小帽的缀一粒珠子或一块宝石的地方,直写着四个字道:"一见有喜"。有一种本子上,却写的是"你也来了"。这四个字,是有时也见于包公殿④的扁额上的,至于他的帽上是何人所写,他自己还是阎罗王⑤,我可没有研究出。

《玉历钞传》上还有一种和活无常相对的鬼物,装束也相仿,叫作"死有分"。这在迎神时候也有的,但名称却讹作死无常了,黑脸,黑衣,谁也不爱看。在"阴司间"里也有的,胸口靠着墙壁,阴森森地站着;那才真真是"碰壁"⑥。凡有进去烧香的人们,必须摩一摩他的脊梁,据说可以摆脱了晦气;我小时也曾摩过这脊梁来,然而晦气似乎终于没有脱,——也许

---

① 樊江　绍兴县城东二十里的一个乡镇。
② 斩衰凶服　封建丧制中规定的重孝丧服,用粗麻布裁制,不缝下边。
③ 纸锭　一种迷信用品,用纸或锡箔折成的元宝。旧俗认为焚化后可供死者在"阴间"使用。
④ 包公殿　供奉宋代包拯(999—1062)的庙宇。旧时迷信传说,包拯死后做了阎罗十殿中第五殿的阎罗王,东岳庙或城隍庙中供有他的神像。
⑤ 阎罗王　即下文的阎罗天子,小乘佛教所称的地狱主宰。《法苑珠林》卷十二中说:"阎罗王者,昔为毗沙国王,经与维陀如生王共战,兵力不敌,因立誓愿为地狱主。"
⑥ "碰壁"　在女师大学生反对校长杨荫榆的事件中,有教员阻挠学生,说"你们做事不要碰壁"。作者这里用这个词含有讽刺的意思。参看《华盖集·"碰壁"之后》。

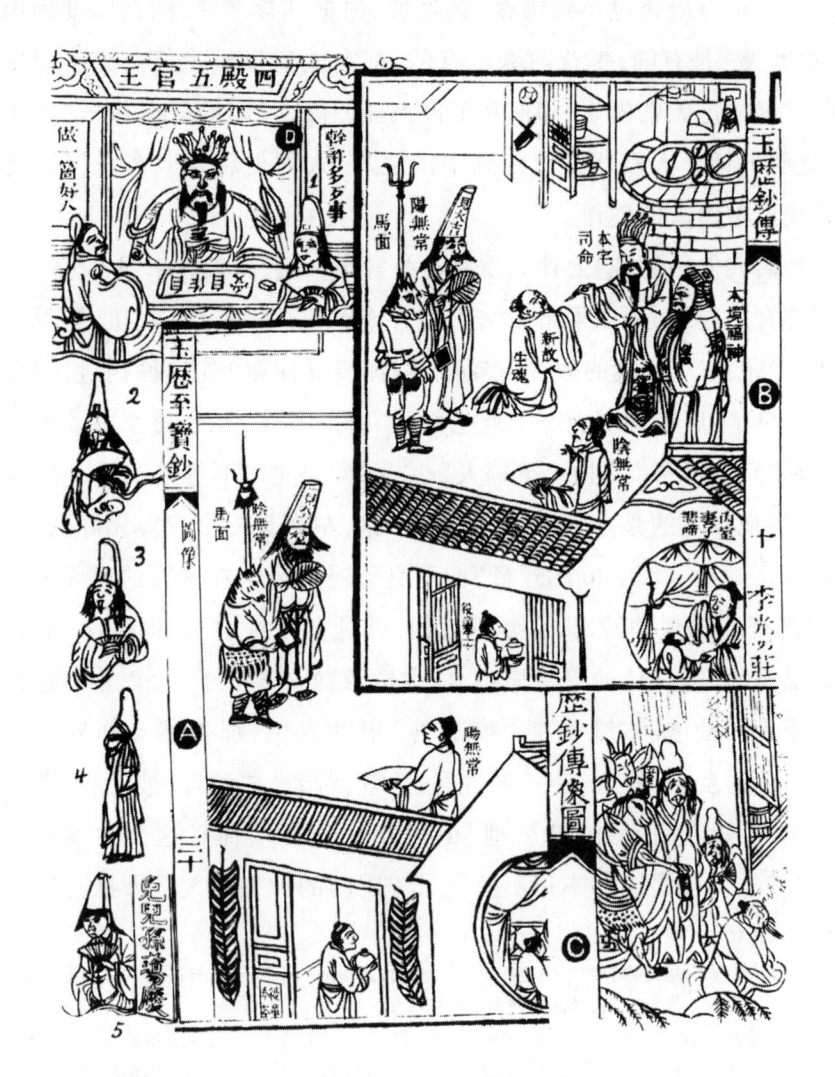

鲁迅从《玉历钞传》(或称《玉历钞传警世》)和《玉历至宝钞》(或称《玉历至宝编》)两种书上搜集的无常像。A图来源为天津思过斋本;B图南京李光明庄刻本;C图绍兴许广记刻本;D图诸无常中,图1取自天津思过斋本,图2南京本,图3广州宝经阁本,图4北京龙光斋本,图5天津石印局本

那时不摩,现在的晦气还要重罢,这一节也还是没有研究出。

　　我也没有研究过小乘佛教①的经典,但据耳食之谈,则在印度的佛经里,焰摩天②是有的,牛首阿旁也有的,都在地狱里做主任。至于勾摄生魂的使者的这无常先生,却似乎于古无征,耳所习闻的只有什么"人生无常"之类的话。大概这意思传到中国之后,人们便将他具象化了。这实在是我们中国人的创作。

　　然而人们一见他,为什么就都有些紧张,而且高兴起来呢?

　　凡有一处地方,如果出了文士学者或名流,他将笔头一扭,就很容易变成"模范县"③。我的故乡,在汉末虽曾经虞仲翔④先生揄扬过,但是那究竟太早了,后来到底免不了产生所谓"绍兴师爷"⑤,不过也并非男女老小全是"绍兴师爷",别的"下等人"也不少。这些"下等人",要他们发什么"我们现在走的是一条狭窄险阻的小路,左面是一个广漠无际的泥潭,右面也是一片广漠无际的浮砂,前面是遥遥茫茫荫在薄雾的里面的目的地"⑥那样热昏似的妙语,是办不到的,可是在无意中,看得往这"荫在薄雾的里面的目的地"的道路很明白:求婚,结婚,养孩子,死亡。但这自然是专就我的故乡而言,若是"模范县"里的人民,那当然又作别论。他们——敝同乡"下等人"——的许多,活着,苦着,被流言,被反噬,因了积久的经验,知道阳间维持"公理"的只有一个会⑦,而且这会的本身就是"遥遥茫茫",于是乎势不得不发生对于阴间的神往。人是大抵自以为衔

---

① 小乘佛教　早期佛教的主要流派,注重个人修行持戒,自我解脱,与后来自称普度无量众生的大乘教派旨趣有别,自认为是佛教的正统派。
② 焰摩天　佛教所说"欲界诸天"中的一天。佛经中又有"焰摩界",即所谓轮回六道中的饿鬼道。它的主宰者是琰魔王,也就是阎罗王。这里所说的"焰摩天",当是地狱的"焰摩界"。
③ "模范县"　这里是对陈西滢的讽刺。陈是无锡人,他在《现代评论》第二卷第三十七期(1925年8月22日)《闲话》中曾谈论过"无锡是中国的模范县"。
④ 虞仲翔(164—233)　名翻,三国吴会稽余姚(今浙江)人,经学家。他揄扬绍兴的话,见《三国志·吴书·虞翻传》注引虞预《会稽典录》。
⑤ "绍兴师爷"　旧时官署中承办刑事案件的幕僚叫"刑名师爷"。一般善于舞文弄法,往往能左右人的祸福;当时绍兴籍的幕僚较多,因而有"绍兴师爷"之称。陈西滢在1926年1月30日《晨报副刊》上发表的《致志摩》信中曾讥讽鲁迅"有他们贵乡绍兴的刑名师爷的脾气"。
⑥ 这几句话都出自陈西滢的《致志摩》。
⑦ 指1925年12月陈西滢等为支持当局压迫北京女师大学生和教育界进步人士而组织的"教育界公理维持会"。参看《华盖集·"公理"的把戏》。

些冤抑的;活的"正人君子"们只能骗鸟,若问愚民,他就可以不假思索地回答你:公正的裁判是在阴间!

想到生的乐趣,生固然可以留恋;但想到生的苦趣,无常也不一定是恶客。无论贵贱,无论贫富,其时都是"一双空手见阎王"①,有冤的得伸,有罪的就得罚。然而虽说是"下等人",也何尝没有反省?自己做了一世人,又怎么样呢?未曾"跳到半天空"么?没有"放冷箭"②么?无常的手里就拿着大算盘,你摆尽臭架子也无益。对付别人要滴水不羼的公理,对自己总还不如虽在阴司里也还能够寻到一点私情。然而那又究竟是阴间,阎罗天子,牛首阿旁,还有中国人自己想出来的马面③,都是并不兼差,真正主持公理的脚色,虽然他们并没有在报上发表过什么大文章。当还未做鬼之前,有时先不欺心的人们,遥想着将来,就又不能不想在整块的公理中,来寻一点情面的末屑,这时候,我们的活无常先生便见得可亲爱了,利中取大,害中取小,我们的古哲墨翟④先生谓之"小取"云。

在庙里泥塑的,在书上墨印的模样上,是看不出他那可爱来的。最好是去看戏。但看普通的戏也不行,必须看"大戏"或者"目连戏"⑤。目连戏的热闹,张岱⑥在《陶庵梦忆》上也曾夸张过,说是要连演两三天。在我幼小时候可已经不然了,也如大戏一样,始于黄昏,到次日的天明便完结。这都是敬神禳灾的演剧,全本里一定有一个恶人,次日的将近天明便是这

---

① "一双空手见阎王"　语出《何典》:"说嘴郎中无好药……一双空手见阎王。"
② "放冷箭"　这也是陈西滢在《致志摩》中攻击鲁迅的话:"他没有一篇文章里不放几支冷箭。"
③ 马面　迷信传说地狱中人身马头的狱卒。
④ 墨翟(约前468—前376)　即墨子,名翟,春秋战国之际鲁国人,曾为宋国大夫,我国古代思想家,墨家学派的创始者。所著《墨子》十五卷,其中有《大取》《小取》两篇。《大取》篇中说:"利之中取大,害之中取小也。害之中取小也,非取害也,取利也。"
⑤ "大戏"或者"目连戏"　都是绍兴的地方戏。清代范寅《越谚》卷中说:"班子,唱戏成齼(班)者,有文班、武班之别。文专唱和,名高调班;武演战斗,名乱弹班。"又说:"万(按,此处读'木')莲班:此专唱万莲一出戏者,百姓为之。"高调班和乱弹班就是大戏,万莲班就是目连戏。唐代已有《大目乾连冥间救母变文》,以后各种戏曲中多有目连戏。参看本书"散文"一辑中所收的《女吊》第五段。
⑥ 张岱(1597—约1689)　字宗子,号陶庵,浙江山阴(今绍兴)人,明末文学家。他在《陶庵梦忆·目连戏》中记载当时的演出情况说:"选徽州旌阳戏子,剽轻精悍,能相扑跌打者三四十人,搬演《目连》,凡三日三夜。"

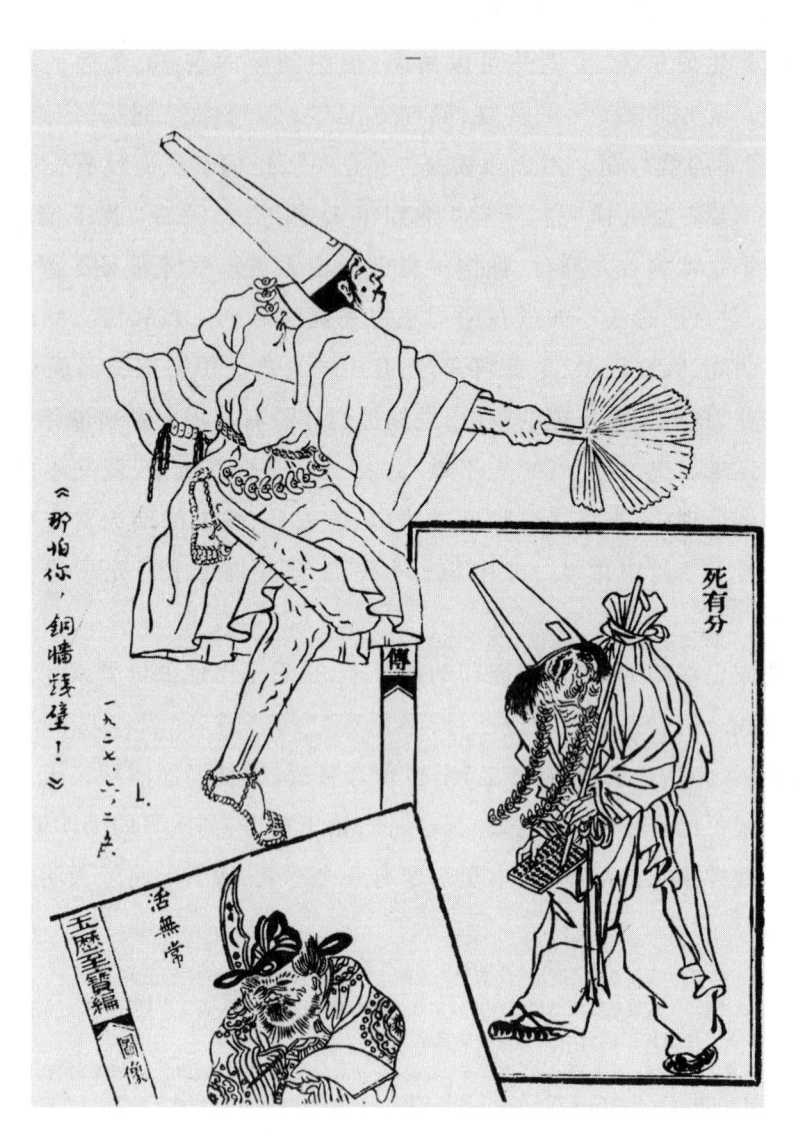

鲁迅搜集的活无常、死有分像及根据记忆所绘活无常像(左上图)

恶人的收场的时候,"恶贯满盈",阎王出票来勾摄了,于是乎这活的活无常便在戏台上出现。

我还记得自己坐在这一种戏台下的船上的情形,看客的心情和普通是两样的。平常愈夜深愈懒散,这时却愈起劲。他所戴的纸糊的高帽子,本来是挂在台角上的,这时预先拿进去了;一种特别乐器,也准备使劲地吹。这乐器好像喇叭,细而长,可有七八尺,大约是鬼物所爱听的罢,和鬼无关的时候就不用;吹起来,Nhatu, nhatu, nhatututuu 地响,所以我们叫它"目连嗐头"①。

在许多人期待着恶人的没落的凝望中,他出来了,服饰比画上还简单,不拿铁索,也不带算盘,就是雪白的一条莽汉,粉面朱唇,眉黑如漆,蹙着,不知道是在笑还是在哭。但他一出台就须打一百零八个嚏,同时也放一百零八个屁,这才自述他的履历。可惜我记不清楚了,其中有一段大概是这样:

"……………

大王出了牌票,叫我去拿隔壁的癞子。

问了起来呢,原来是我堂房的阿侄。

生的是什么病?伤寒,还带痢疾。

看的是什么郎中?下方桥的陈念义②la 儿子。

开的是怎样的药方?附子,肉桂,外加牛膝。

第一煎吃下去,冷汗发出;

第二煎吃下去,两脚笔直。

我道 nga 阿嫂哭得悲伤,暂放他还阳半刻。

大王道我是得钱买放,就将我捆打四十!"

这叙述里的"子"字都读作入声。陈念义是越中的名医,俞仲华曾将

---

① "目连嗐头" 嗐头,绍兴方言,即号筒。范寅《越谚》卷中说是"铜制,长四尺"。"目连嗐头"是一种特别加长的号筒,专用于道场和目连戏。据《越谚》卷中说:"道场及召鬼戏皆用,万莲戏为多,故名。"
② 陈念义 清代嘉庆道光年间绍兴的名医,即叶腾骧《证谛山人杂志》卷五中所记的陈念二:"陈念二者,山阴方桥人,偶忘其名字,世业医,称为妙手,远近就医者不绝。"

他写入《荡寇志》①里,拟为神仙;可是一到他的令郎,似乎便不大高明了。la 者"的"也;"儿"读若"倪",倒是古音罢;nga 者,"我的"或"我们的"之意也。

他口里的阎罗天子仿佛也不大高明,竟会误解他的人格,——不,鬼格。但连"还阳半刻"都知道,究竟还不失其"聪明正直之谓神"②。不过这惩罚,却给了我们的活无常以不可磨灭的冤苦的印象,一提起,就使他更加蹙紧双眉,捏定破芭蕉扇,脸向着地,鸭子浮水似的跳舞起来。

Nhatu, nhatu, nhatu-nhatu-nhatututuu！目连嗐头也冤苦不堪似的吹着。

他因此决定了:

"难是弗放者个！
那怕你,铜墙铁壁！
那怕你,皇亲国戚！
…………"

"难"者,"今"也;"者个"者,"的了"之意,词之决也。"虽有忮心,不怨飘瓦"③,他现在毫不留情了,然而这是受了阎罗老子的督责之故,不得已也。一切鬼众中,就是他有点人情;我们不变鬼则已,如果要变鬼,自然就只有他可以比较的相亲近。

我至今还确凿记得,在故乡时候,和"下等人"一同,常常这样高兴地正视过这鬼而人,理而情,可怖而可爱的无常;而且欣赏他脸上的哭或笑,口头的硬语与谐谈……。

迎神时候的无常,可和演剧上的又有些不同了。他只有动作,没有言语,跟定了一个捧着一盘饭菜的小丑似的脚色走,他要去吃;他却不给他。

---

① 俞仲华(1794—1849) 名万春,字仲华,浙江山阴(今绍兴)人。《荡寇志》,一名《结水浒传》,长篇小说,共七十回(又结子一回),写梁山泊头领全部被宋王朝剿灭的故事,书中把起义者说成草寇,故名。
② "聪明正直之谓神" 语出《左传·庄公三十二年》:"神,聪明正直而壹者也。"
③ "虽有忮心,不怨飘瓦" 语出《庄子·达生》:"虽有忮心者,不怨飘瓦。"用在这里的意思是说,心里虽有愤恨,却也不好怨谁了。

另外还加添了两名脚色,就是"正人君子"①之所谓"老婆儿女"②。凡"下等人",都有一种通病:常喜欢以己之所欲,施之于人。虽是对于鬼,也不肯给他孤寂,凡有鬼神,大概总要给他们一对一对地配起来。无常也不在例外。所以,一个是漂亮的女人,只是很有些村妇样,大家都称她无常嫂;这样看来,无常是和我们平辈的,无怪他不摆教授先生的架子。一个是小孩子,小高帽,小白衣;虽然小,两肩却已经耸起了,眉目的外梢也向下。这分明是无常少爷了,

活无常(丰子恺　作)

大家却叫他阿领③,对于他似乎都不很表敬意;猜起来,仿佛是无常嫂的前夫之子似的。但不知何以相貌又和无常有这么像? 吁!鬼神之事,难言之矣,只得姑且置之弗论。至于无常何以没有亲儿女,到今年可很容易解释了:鬼神能前知,他怕儿女一多,爱说闲话的就要旁敲侧击地锻成他拿卢布,所以不但研究,还早已实行了"节育"了。

这捧着饭菜的一幕,就是"送无常"。因为他是勾魂使者,所以民间凡有一个人死掉之后,就得用酒饭恭送他。至于不给他吃,那是赛会时候

---

① "正人君子"　这里的"正人君子"和下文的"教授先生",指当时现代评论派中的胡适、陈西滢等人。他们在1925年北京女子师范大学风潮中,站在北洋军阀政府一边,攻击鲁迅和女师大进步师生,拥护北洋军阀的《大同晚报》在同年8月7日的一篇报道中称他们为"正人君子"。

② "老婆儿女"　陈西滢在《现代评论》第三卷第七十四期(1926年5月8日)的《闲话》中说:"家累日重,需要日多,才智之士,也没法可想,何况一般普通人。因此,依附军阀和依附洋人便成了许多人唯一的路径,就是有些志士,也常常未能免俗。……他们自己可以捱饿,老婆子女却不能不吃饭啊! 就是那些直接或间接用苏俄金钱的人,也何尝不是如此。"

③ 阿领　妇女再嫁时领(带)来的同前夫所生的孩子。

的开玩笑,实际上并不然。但是,和无常开玩笑,是大家都有此意的,因为他爽直,爱发议论,有人情,——要寻真实的朋友,倒还是他妥当。

有人说,他是生人走阴,就是原是人,梦中却入冥去当差的,所以很有些人情。我还记得住在离我家不远的小屋子里的一个男人,便自称是"走无常",门外常常燃着香烛。但我看他脸上的鬼气反而多。莫非入冥做了鬼,倒会增加人气的么?吁!鬼神之事,难言之矣,这也只得姑且置之弗论了。

六月二十三日。

【讲析】

《无常》写民间传说与戏剧中的"鬼"。现在提到"鬼",大家都会说是迷信,不存在的。但在传统文化与民间文化生活中,"鬼"是一种很普遍的"存在",似有实无,让人惧怕,却又渗入普遍的精神生活中。鲁迅回忆小时候观看"鬼"的"巡游"和"演出",那种刺激,那种想象,是现在读者所难于理解的。鲁迅在多篇创作中都写到"鬼",这是他们那个时代童年文化生活的一个部分。但这篇童年回忆,更多的是从成年的角度去思考与评说。"鬼文化"的解释,是这篇散文的叙述角度,也应当是我们阅读理解的角度。

文中重点写的是"无常",包括书上的、庙里泥塑的、目连戏中的、迎神赛会的各种"无常",这些面目可憎的"鬼"似乎又像勇敢爽直的人,让人感到稔熟和亲密,也格外受到民众的喜爱。鲁迅在回忆和描述"活无常"时,力图站在民众的立场,想象民众如何把这个鬼物"人格化",赋予他情感认同,并以"活无常"那特有的"鬼趣"和品性,来反衬人间的无聊与平庸。鲁迅认为因为人间缺少公正,恶人得不到恶报,民众只好寄希望于"阴间",在敬神禳灾时一定请出讲情义、敢担当的"好鬼",来替他们伸张正义,主持公正。"无常"的形象,实际上担负着民众在现实中未能实现的夙愿,人们希望这夙愿能在彼岸世界得以实现。

鲁迅在文中描述各种"无常"，许多细节都富于民间文化的意味。比如描述"无常"戴的高帽子上写着"一见有喜"，鲁迅解释在民间，鬼和死亡不一定是可怖的，反而是"可亲爱"的："想到生的苦趣，无常也不一定是恶客。……在整块的公理中，来寻一点情面的末屑，这时候，我们的活无常先生便见得可亲爱了。"鲁迅在这里是运用了文化人类学的解释。

鲁迅写鬼，其实也在写人，鬼事和人事互相比照，又在回忆中不时插入思考与评说，这篇有趣的纪事散文便渗透了若干杂文味。阅读此文，除了关注其中讥刺现实的成分，更要体味和思索文中流淌的鲁迅的人生感慨："鬼神之事，难言之矣，这也只得姑且置之弗论了。"

"无常"本是佛教语，原意指一切事物是因缘所生，迁流变异，皆悉无常。民间加以发挥，把勾摄生魂的鬼称作"无常"，是很有意思的，带有对生死无定，却又平常的观念。俗语就有"人生无常"的说法，表示命运的变化不定，难以把握。《无常》在回忆和评说中也流露出这种对生死哲学的思考。

从百草园到三味书屋[*]

我家的后面有一个很大的园,相传叫作百草园。现在是早已并屋子一起卖给朱文公[①]的子孙了,连那最末次的相见也已经隔了七八年,其中似乎确凿[②]只有一些野草;但那时却是我的乐园。

不必说碧绿的菜畦,光滑的石井栏,高大的皂荚树,紫红的桑椹;也不必说鸣蝉在树叶里长吟,肥胖的黄蜂伏在菜花上,轻捷的叫天子(云雀)忽然从草间直窜向云霄里去了。单是周围的短短的泥墙根一带,就有无限趣味。油蛉[③]在这里低唱,蟋蟀们在这里弹琴。翻开断砖来,有时会遇见蜈蚣;还有斑蝥[④],倘若用手指按住它的脊梁,便会拍的一声,从后窍[⑤]喷出一阵烟雾。何首乌藤和木莲藤缠络着,木莲有莲房[⑥]一般的果实,何首乌有拥肿的根。有人说,何首乌根是有像人形的,吃了便可以成仙,我于是常常拔它起来,牵连不断地拔起来,也曾因此弄坏了泥墙,却从来没有见过有一块根像人样。如果不怕刺,还可以摘到覆盆子,像小珊瑚珠攒成的小球,又酸又甜,色味都比桑椹要好得远。

长的草里是不去的,因为相传这园里有一条很大的赤练蛇。

---

[*] 本文最初发表于1926年10月《莽原》半月刊第一卷第十九期,后收入《朝花夕拾》。
[①] 朱文公　即朱熹(1130—1200),南宋哲学家。"文公"是宋宁宗赐给他的谥号。作者绍兴的老屋于1919年卖给一个姓朱的人,所以这里戏称为"卖给朱文公的子孙"。
[②] 确凿　确实。
[③] 油蛉　也叫蛉虫,黑色,状如瓜子。
[④] 斑蝥　一种昆虫,能飞,翅膀上有黑色斑纹。这里是指类似斑蝥的"放屁虫"。
[⑤] 后窍　肛门。
[⑥] 莲房　莲蓬。

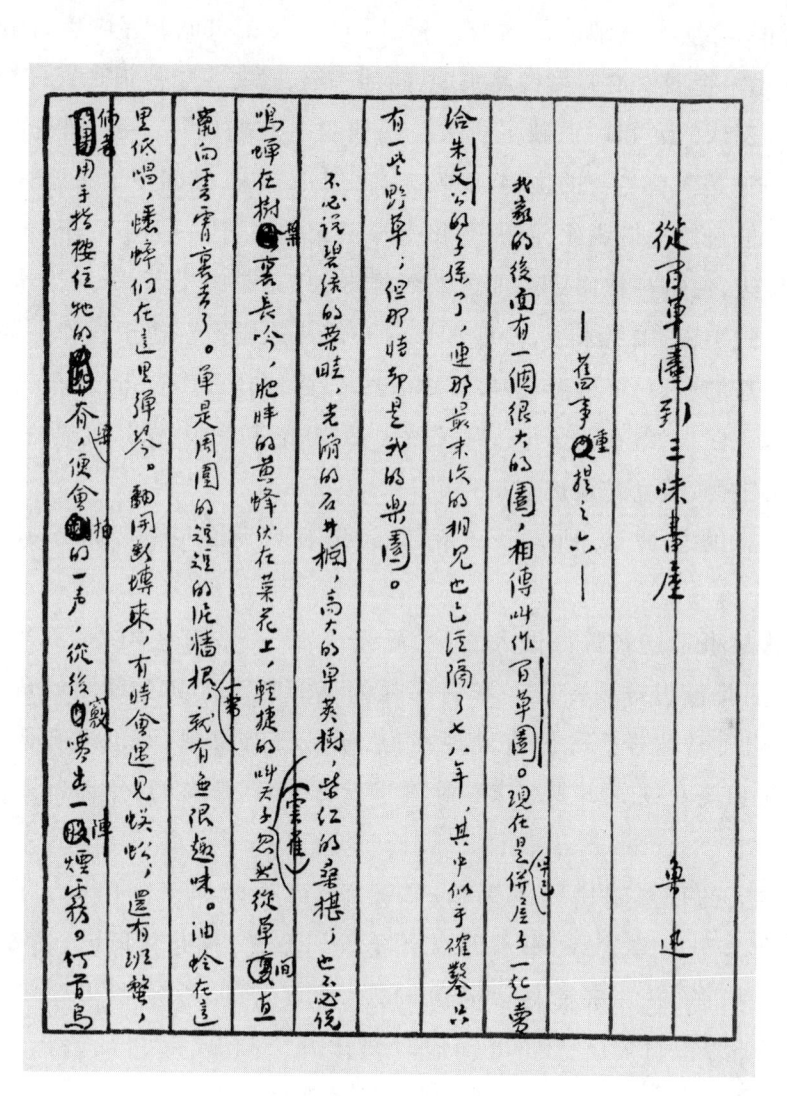

《从百草园到三味书屋》手稿

长妈妈①曾经讲给我一个故事听:先前,有一个读书人住在古庙里用功,晚间,在院子里纳凉的时候,突然听到有人在叫他。答应着,四面看时,却见一个美女的脸露在墙头上,向他一笑,隐去了。他很高兴;但竟给那走来夜谈的老和尚识破了机关。说他脸上有些妖气,一定遇见"美女蛇"了;这是人首蛇身的怪物,能唤人名,倘一答应,夜间便要来吃这人的肉的。他自然吓得要死,而那老和尚却道无妨,给他一个小盒子,说只要放在枕边,便可高枕而卧。他虽然照样办,却总是睡不着,——当然睡不着的。到半夜,果然来了,沙沙沙!门外像是风雨声。他正抖作一团时,却听得豁的一声,一道金光从枕边飞出,外面便什么声音也没有了,那金光也就飞回来,敛在盒子里。后来呢?后来,老和尚说,这是飞蜈蚣,它能吸蛇的脑髓,美女蛇就被它治死了。

结末的教训是:所以倘有陌生的声音叫你的名字,你万不可答应他。

这故事很使我觉得做人之险,夏夜乘凉,往往有些担心,不敢去看墙上,而且极想得到一盒老和尚那样的飞蜈蚣。走到百草园的草丛旁边时,也常常这样想。但直到现在,总还是没有得到,但也没有遇见过赤练蛇和美女蛇。叫我名字的陌生声音自然是常有的,然而都不是美女蛇。

冬天的百草园比较的无味;雪一下,可就两样了。拍雪人(将自己的全形印在雪上)和塑雪罗汉需要人们鉴赏,这是荒园,人迹罕至,所以不相宜,只好来捕鸟。薄薄的雪,是不行的;总须积雪盖了地面一两天,鸟雀们久已无处觅食的时候才好。扫开一块雪,露出地面,用一枝短棒支起一面大的竹筛来,下面撒些秕谷,棒上系一条长绳,人远远地牵着,看鸟雀下来啄食,走到竹筛底下的时候,将绳子一拉,便罩住了。但所得的是麻雀居多,也有白颊的"张飞鸟"②,性子很躁,养不过夜的。

---

① 长妈妈 鲁迅小时候家里的女工。下文的"阿长"也是指她。
② "张飞鸟" 即鹡鸰。头圆而黑,额纯白,形似舞台上张飞的脸谱,所以浙东有的地方叫它"张飞鸟"。

这是闰土①的父亲所传授的方法，我却不大能用。明明见它们进去了，拉了绳，跑去一看，却什么都没有，费了半天力，捉住的不过三四只。闰土的父亲是小半天便能捕获几十只，装在叉袋②里叫着撞着的。我曾经问他得失的缘由，他只静静地笑道：你太性急，来不及等它走到中间去。

我不知道为什么家里的人要将我送进书塾③里去了，而且还是全城中称为最严厉的书塾。也许是因为拔何首

捕鸟（丰子恺　作）

乌毁了泥墙罢，也许是因为将砖头抛到间壁的梁家去了罢，也许是因为站在石井栏上跳了下来罢，……都无从知道。总而言之：我将不能常到百草园了。Ade④，我的蟋蟀们！Ade，我的覆盆子们和木莲们！……

出门向东，不上半里，走过一道石桥，便是我的先生⑤的家了。从一扇黑油的竹门进去，第三间是书房。中间挂着一块扁道：三味书屋⑥；扁⑦下面是一幅画，画着一只很肥大的梅花鹿伏在古树下。没有孔子牌位，我

---

① 闰土　作者小说《故乡》中的人物。原型为章运水，绍兴道墟乡杜浦村（今属绍兴上虞）人。他的父亲名福庆，是个农民，兼作竹匠，常在作者家做短工。
② 叉袋　袋口成叉角的麻袋或布袋。
③ 书塾　即私塾，就是家庭、家族或者教师自己设立的教学场所。
④ Ade　德语，"再见"的意思。
⑤ 我的先生　指寿怀鉴(1849—1930)，字镜吾，清末秀才。
⑥ 三味书屋　在绍兴作者故居附近。它和百草园现在都是绍兴鲁迅纪念馆的一部分。周作人（遐寿）在《鲁迅小说里的人物·百草园和三味书屋》中说："关于三味书屋名称的意义，曾经请教过寿洙邻先生（按，寿镜吾的次子、周作人的塾师），据说古人有言，'书有三味'，经如米饭，史如肴馔，子如调味之料，他只记得大意如此，原名以及人名已忘记了。"宋代学者李淑《邯郸书目·序》："诗书，味之太羹，史为折俎，子为醯醢，是为三味。"
⑦ 扁　现写作匾。

三味书屋内景

们便对着那匾和鹿行礼。第一次算是拜孔子,第二次算是拜先生。

第二次行礼时,先生便和蔼地在一旁答礼。他是一个高而瘦的老人,须发都花白了,还戴着大眼镜。我对他很恭敬,因为我早听到,他是本城中极方正,质朴,博学的人。

不知从那里听来的,东方朔①也很渊博,他认识一种虫,名曰"怪哉"②,冤气所化,用酒一浇,就消释了。我很想详细地知道这故事,但阿长是不知道的,因为她毕竟不渊博。现在得到机会了,可以问先生。

"先生,'怪哉'这虫,是怎么一回事?……"我上了生书③,将要退下来的时候,赶忙问。

"不知道!"他似乎很不高兴,脸上还有怒色了。

我才知道做学生是不应该问这些事的,只要读书,因为他是渊博的宿儒,决不至于不知道,所谓不知道者,乃是不愿意说。年纪比我大的人,往

---

① 东方朔(前161—前93) 西汉文学家。善讽谏,喜诙谐,民间流传很多关于他的传说。
② "怪哉" 传说中的一种怪虫。据《古小说钩沉·小说》:"武帝幸甘泉宫,驰道中,有虫赤色,头目牙齿耳鼻尽具,观者莫识。帝乃使朔视之,还对曰:'此"怪哉"也。昔秦时拘系无辜,众庶愁怨,咸仰首叹曰:"怪哉怪哉!"盖感动上天愤所生也,故名"怪哉"。此地必秦之狱处。'即按地图,果秦故狱。又问:'何以去虫?'朔曰:'凡忧者得酒而解,以酒灌之当消。'于是使人取虫置酒中,须臾果糜散矣。"
③ 生书 还没有学的课文。

往如此,我遇见过好几回了。

我就只读书,正午习字,晚上对课①。先生最初这几天对我很严厉,后来却好起来了,不过给我读的书渐渐加多,对课也渐渐地加上字去,从三言到五言,终于到七言。

三味书屋后面也有一个园,虽然小,但在那里也可以爬上花坛去折蜡梅花,在地上或桂花树上寻蝉蜕。最好的工作是捉了苍蝇喂蚂蚁,静悄悄地没有声音。然而同窗们到园里的太多,太久,可就不行了,先生在书房里便大叫起来:

"人都到那里去了?!"

人们便一个一个陆续走回去;一同回去,也不行的。他有一条戒尺,但是不常用,也有罚跪的规则,但也不常用,普通总不过瞪几眼,大声道:

"读书!"

于是大家放开喉咙读一阵书,真是人声鼎沸。有念"仁远乎哉我欲仁斯仁至矣"的,有念"笑人齿缺曰狗窦大开"的,有念"上九潜龙勿用"的,有念"厥土下上上错厥贡苞茅橘柚"的……。②先生自己也念书。后来,我们的声音便低下去,静下去了,只有他还大声朗读着:

"铁如意,指挥倜傥,一座皆惊呢~~;金叵罗,颠倒淋漓噫,千杯未

① 对课 即对"对子"。旧时学塾教学生练习对仗的一种功课,用虚实平仄的字相对,如"桃红"对"柳绿"之类。
② 这些都是旧时学塾读物中的句子。"仁远乎哉我欲仁斯仁至矣",见《论语·述而》。"笑人齿缺曰狗窦大开",见《幼学琼林·身体》。"上九潜龙勿用",见《周易·乾》,原作"初九,潜龙勿用"。"厥土下上上错厥贡苞茅橘柚",这是学生读《尚书·禹贡》时念错的句子;原作"厥田惟下下,厥赋下上上错……厥包橘柚锡贡"。

醉嚹〰〰……。"①

我疑心这是极好的文章,因为读到这里,他总是微笑起来,而且将头仰起,摇着,向后面拗过去,拗过去。

先生读书入神的时候,于我们是很相宜的。有几个便用纸糊的盔甲套在指甲上做戏。我是画画儿,用一种叫作"荆川纸"②的,蒙在小说的绣像③上一个个描下来,像习字时候的影写一样。读的书多起来,画的画也多起来;书没有读成,画的成绩却不少了,最成片段的是《荡寇志》④和《西游记》的绣像,都有一大本。后来,因为要钱用,卖给一个有钱的同窗了。他的父亲是开锡箔店的;听说现在自己已经做了店主,而且快要升到绅士的地位了。这东西早已没有了罢。

九月十八日。

【讲析】

我们多数人都在中学语文课上学过这篇散文,这篇脍炙人口的童年纪事,让我们看到了不一样的鲁迅,他的有趣而温暖的一面,同时也唤起我们对于自己童年的记忆。尽管时代不同,每个人也都会有自己心灵的"百草园"和"三味书屋"。这也是这篇散文的魅力所在吧。

前一部分写百草园,"其中似乎确凿只有一些野草",可是,"那时却是我的乐园"。这是成年鲁迅回忆中的情景,"似乎确凿"是模糊而又有些难忘的印象,这是鲁迅常用的似乎不规范的表述,却又很能"很文学"地表达特定的心境。在成年人不以为然的地方,孩子却有他特别的发现,比如,那蝉的"长吟",油蛉的"低唱",蟋蟀的"弹琴",都是孩子们才听得

---

① "铁如意"等语,是清末刘翰作《李克用置酒三垂岗赋》中的句子。原文作:"玉如意指挥倜傥,一座皆惊;金叵罗倾倒淋漓,千杯未醉。"刘翰,江苏武进人,江阴南菁书院学生。这篇赋是颂扬五代后唐李克用父子的。见王先谦编的《清嘉集初稿》卷五。

② "荆川纸" 一种竹纸,薄而透明。

③ 绣像 明清以来附在通俗小说卷首的书中人物白描画像。

④ 《荡寇志》 参见第304页注①。

"懂"的昆虫的音乐。很普通的一个荒凉的园子，在孩子的心目中却是充满颜色和声音的生命世界，连野草丛中也可能藏有动人的故事。成年鲁迅尽可能回顾和理解自己小时候的好奇心，以及亲近大自然的天性。

文中还特别写到百草园的草丛里相传"有一条很大的赤练蛇"，恐怖极了，孩子们对"美女蛇"的故事是又好奇又害怕的。我们的童年也可能有类似的经历。这不是迷信的闲笔，同样也在写幼童的心理。孩子好奇，对未知世界总是有某种神秘感，有畏惧，这很正常，也很可爱。鲁迅的笔深入了孩子心灵的奥秘，成年的他似乎在和幼年的"我"分享那些惊险。

有一种说法认为百草园是无拘无束的儿童乐园，而三味书屋就是一个囚牢，禁锢儿童身心，因此论定作者意在批判封建教育制度。这种说法并不符合作品实际。三味书屋虽然"是全城中称为最严厉的书塾"，课程安排也刻板，甚至还有打人的戒尺和罚跪的规则，但并不是枯燥乏味的囚牢。在作者的回忆中，三味书屋里也流动着一股亲切的气氛，功课并未压制儿童的谐趣。孩子偷偷从课堂里溜出来到后园玩耍；课堂上放开喉咙胡乱诵读，读到后来声音渐渐地低下去，只有老师一人仍然在那儿摇头晃脑地朗读；当先生独自"读书入神"之时，孩子们便又调皮玩耍。这些情景实在有趣，哪里有什么封建教育的压迫？

显然，和百草园的回忆一样，鲁迅对于三味书屋的回忆也是充满温情与童趣的，从百草园到三味书屋，孩子长大了一些，但天性仍然是好奇与爱玩的。鲁迅尽可能回忆那个私塾老先生，想象孩子的眼睛和感觉中的先生，他那种对读书的自我陶醉，神游其间，"将头仰起，摇着，向后面拗过去，拗过去"，有点迂，却又是如此可爱的老夫子。鲁迅的笔触隐含调侃，但更多的是眷念和感恩。说鲁迅有意批判这位老先生，恐怕也是不符合实际的。

这篇散文主要运用白描，以简约而幽默的笔调，写出富于情趣的童年生活，字里行间饱含对儿时生活的眷恋。开头写百草园现在是早已并屋子卖给别人了，文中还特意写："Ade，我的蟋蟀们！Ade，我的覆盆子们和木莲们！……"文末写儿时画的小说绣像也卖给一个同窗，最后一句是自我答问："这东西早已没有了罢。"这些都透露着对人生易老、青春不再的深沉思考。童年，那懵懂、好奇、快乐的人生之初，是那样短暂而又有不可重复之美啊！

藤野先生[*]

东京也无非是这样。上野①的樱花烂熳的时节,望去确也像绯红的轻云,但花下也缺不了成群结队的"清国留学生"的速成班②,头顶上盘着大辫子,顶得学生制帽的顶上高高耸起,形成一座富士山③。也有解散辫子,盘得平的,除下帽来,油光可鉴,宛如小姑娘的发髻一般,还要将脖子扭几扭。实在标致极了。

中国留学生会馆的门房里有几本书买,有时还值得去一转;倘在上午,里面的几间洋房里倒也还可以坐坐的。但到傍晚,有一间的地板便常不免要咚咚咚地响得震天,兼以满房烟尘斗乱;问问精通时事的人,答道,"那是在学跳舞。"

到别的地方去看看,如何呢?

我就往仙台④的医学专门学校去。从东京出发,不久便到一处驿站,写道:日暮里。不知怎地,我到现在还记得这名目。其次却只记得水户⑤了,这是明的遗民朱舜水⑥先生客死的地方。仙台是一个市镇,并不大;冬天冷得利害;还没有中国的学生。

---

[*] 本文最初发表于1926年12月10日《莽原》半月刊第一卷第二十三期,后收入《朝花夕拾》。
① 上野 日本东京的公园,以樱花著名。
② 速成班 指东京弘文学院速成班。当时初到日本的我国留学生,一般先在这里学习日语等课程。
③ 富士山 日本最高的山峰,著名火山,位于本州岛中南部。
④ 仙台 日本本州岛东北部的城市,宫城县首府。1904年至1906年作者曾在这里习医。
⑤ 水户 日本东部的一个城市,位于东京与仙台之间,旧为水户藩的都城。
⑥ 朱舜水(1600—1682) 名之瑜,号舜水,浙江余姚人,明末思想家。明亡后曾进行反清复明活动,失败后长住日本讲学,客死水户。

大概是物以希为贵罢。北京的白菜运往浙江,便用红头绳系住菜根,倒挂在水果店头,尊为"胶菜";福建野生着的芦荟,一到北京就请进温室,且美其名曰"龙舌兰"。我到仙台也颇受了这样的优待,不但学校不收学费,几个职员还为我的食宿操心。我先是住在监狱旁边一个客店①里的,初冬已经颇冷,蚊子却还多,后来用被盖了全身,用衣服包了头脸,只留两个鼻孔出气。在这呼吸不息的地方,蚊子竟无从插嘴,居然睡安稳了。饭食也不坏。但一位先生却以为这客店也包办囚人的饭食,我住在那里不相宜,几次三番,几次三番地说。我虽然觉得客店兼办囚人的饭食和我不相干,然而好意难却,也只得别寻相宜的住处了。于是搬到别一家②,离监狱也很远,可惜每天总要喝难以下咽的芋梗汤③。

1904年在东京弘文学院毕业时摄

从此就看见许多陌生的先生,听到许多新鲜的讲义。解剖学是两个教授分任的。最初是骨学。其时进来的是一个黑瘦的先生,八字须,戴着眼镜,挟着一叠大大小小的书。一将书放在讲台上,便用了缓慢而很有顿挫的声调,向学生介绍自己道:

"我就是叫作藤野严九郎④的……。"

---

① 指"佐藤屋",二层木制楼房,在片平丁宫城监狱旁边。房主为佐藤喜东治。
② 指"宫川宅",在土樋町一百五十八番地。房主为宫川信哉。
③ 芋梗汤　日本人用芋梗等物和酱料做成的汤。
④ 藤野严九郎(1874—1945)　日本福井县人。1896年在爱知县立医学专门学校毕业后,即在该校任教;1901年转任仙台医学专门学校讲师,1904年升任教授。1915年回乡自设诊所行医。作者逝世后,他曾作《谨忆周树人君》一文(载日本《文学指南》1937年3月号)。

后面有几个人笑起来了。他接着便讲述解剖学在日本发达的历史，那些大大小小的书，便是从最初到现今关于这一门学问的著作。起初有几本是线装的；还有翻刻中国译本的，他们的翻译和研究新的医学，并不比中国早。

那坐在后面发笑的是上学年不及格的留级学生，在校已经一年，掌故颇为熟悉的了。他们便给新生讲演每个教授的历史。这藤野先生，据说是穿衣服太模胡了，有时竟会忘记带领结；冬天是一件旧外套，寒颤颤的，有一回上火车去，致使管车的疑心他是扒手，叫车里的客人大家小心些。

他们的话大概是真的，我就亲见他有一次上讲堂没有带领结。

过了一星期，大约是星期六，他使助手来叫我了。到得研究室，见他坐在人骨和许多单独的头骨中间，——他其时正在研究着头骨，后来有一篇论文在本校的杂志上发表出来。

"我的讲义，你能抄下来么？"他问。

"可以抄一点。"

"拿来我看！"

我交出所抄的讲义去，他收下了，第二三天便还我，并且说，此后每一星期要送给他看一回。我拿下来打开看时，很吃了一惊，同时也感到一种不安和感激。原来我的讲义已经从头到末，都用红笔添改过了，不但增加了许多脱漏的地方，连文法的错误，也都一一订正。这样一直继续到教完了他所担任的功课：骨学，血管学，神经学。

可惜我那时太不用功，有时也很任性。还记得有一回藤野先生将我叫到他的研究室里去，翻出我那讲义上的一个图来，是下臂的血管，指着，向我和蔼的说道：

"你看，你将这条血管移了一点位置了。——自然，这样一移，的确比较的好看些，然而解剖图不是美术，实物是那么样的，我们没法改换它。现在我给你改好了，以后你要全照着黑板上那样的画。"

但是我还不服气，口头答应着，心里却想道：

"图还是我画的不错；至于实在的情形，我心里自然记得的。"

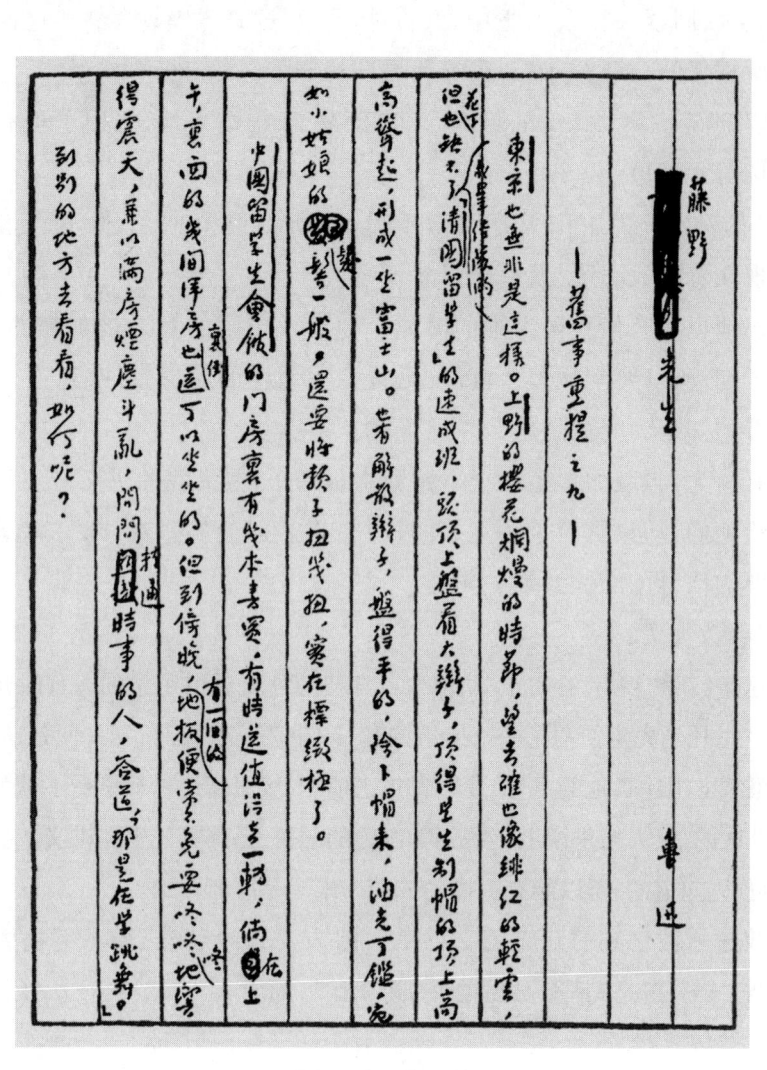

《藤野先生》手稿

学年试验完毕之后,我便到东京玩了一夏天,秋初再回学校,成绩早已发表了,同学一百余人之中,我在中间,不过是没有落第①。这回藤野先生所担任的功课,是解剖实习和局部解剖学。

解剖实习了大概一星期,他又叫我去了,很高兴地,仍用了极有抑扬的声调对我说道:

"我因为听说中国人是很敬重鬼的,所以很担心,怕你不肯解剖尸体。现在总算放心了,没有这回事。"

但他也偶有使我很为难的时候。他听说中国的女人是裹脚的,但不知道详细,所以要问我怎么裹法,足骨变成怎样的畸形,还叹息道,"总要看一看才知道。究竟是怎么一回事呢?"

有一天,本级的学生会干事到我寓里来了,要借我的讲义看。我检出来交给他们,却只翻检了一通,并没有带走。但他们一走,邮差就送到一封很厚的信,拆开看时,第一句是:

"你改悔罢!"

这是《新约》②上的句子罢,但经托尔斯泰③新近引用过的。其时正值日俄战争④,托老先生便写了一封给俄国和日本的皇帝的信⑤,开首便是这一句。日本报纸上很斥责他的不逊,爱国青年也愤然,然而暗地里却早受了他的影响了。其次的话,大略是说上年解剖学试验的题目,是藤野先生在讲义上做了记号,我预先知道的,所以能有这样的成绩。末尾是匿名。

我这才回忆到前几天的一件事。因为要开同级会,干事便在黑板上写广告,末一句是"请全数到会勿漏为要",而且在"漏"字旁边加了一个

---

① 落第　原指科举考试不中,这里指不及格。

② 《新约》　《新约全书》的简称,是基督教《圣经》的后一部分。内容主要是记载耶稣及其门徒的言行。

③ 托尔斯泰　即列夫·托尔斯泰(Л. Н. Толстой,1828—1910),俄国作家。出身于贵族地主家庭。他的作品无情地揭露沙皇制度和资本主义势力的种种罪恶,同时又宣扬道德的自我完善和"不用暴力抵抗邪恶"。著有长篇小说《战争与和平》《安娜·卡列尼娜》《复活》等。

④ 日俄战争　指1904年2月至1905年9月,日本帝国主义和沙皇俄国为争夺我国东北地区和朝鲜的侵略权益而进行的一场帝国主义战争。这场战争主要在我国境内进行,使我国人民遭受巨大的灾难。

⑤ 列夫·托尔斯泰写给俄国和日本皇帝的信,刊载于1904年6月27日伦敦《泰晤士报》;两个月后,译载于日本《平民新闻》。

圈。我当时虽然觉到圈得可笑,但是毫不介意,这回才悟出那字也在讥刺我了,犹言我得了教员漏泄出来的题目。

我便将这事告知了藤野先生;有几个和我熟识的同学也很不平,一同去诘责干事托辞检查的无礼,并且要求他们将检查的结果,发表出来。终于这流言消灭了,干事却又竭力运动,要收回那一封匿名信去。结末是我便将这托尔斯泰式的信退还了他们。

中国是弱国,所以中国人当然是低能儿,分数在六十分以上,便不是自己的能力了:也无怪他们疑惑。但我接着便有参观枪毙中国人的命运了。第二年添教霉菌学,细菌的形状是全用电影①来显示的,一段落已完而还没有到下课的时候,便影几片时事的片子,自然都是日本战胜俄国的情形。但偏有中国人夹在里边:给俄国人做侦探,被日本军捕获,要枪毙了,围着看的也是一群中国人;在讲堂里的还有一个我。

"万岁!"他们都拍掌欢呼起来。

这种欢呼,是每看一片都有的,但在我,这一声却特别听得刺耳。此后回到中国来,我看见那些闲看枪毙犯人的人们,他们也何尝不酒醉似的喝采,——呜呼,无法可想!但在那时那地,我的意见却变化了。

到第二学年的终结,我便去寻藤野先生,告诉他我将不学医学,并且离开这仙台。他的脸色仿佛有些悲哀,似乎想说话,但竟没有说。

"我想去学生物学,先生教给我的学问,也还有用的。"其实我并没有决意要学生物学,因为看得他有些凄然,便说了一个慰安他的谎话。

"为医学而教的解剖学之类,怕于生物学也没有什么大帮助。"他叹息说。

将走的前几天,他叫我到他家里去,交给我一张照相,后面写着两个字道:"惜别",还说希望将我的也送他。但我这时适值没有照相了;他便叮嘱我将来照了寄给他,并且时时通信告诉他此后的状况。

我离开仙台之后,就多年没有照过相,又因为状况也无聊,说起来无非使他失望,便连信也怕敢写了。经过的年月一多,话更无从说起,所以虽然有时想写信,却又难以下笔,这样的一直到现在,竟没有寄过一封信和一张照片。

---

① 电影 这里指幻灯片。

藤野先生赠鲁迅像及题字

从他那一面看起来，是一去之后，杳无消息了。

但不知怎地，我总还时时记起他，在我所认为我师的之中，他是最使我感激，给我鼓励的一个。有时我常常想：他的对于我的热心的希望，不倦的教诲，小而言之，是为中国，就是希望中国有新的医学；大而言之，是为学术，就是希望新的医学传到中国去。他的性格，在我的眼里和心里是伟大的，虽然他的姓名并不为许多人所知道。

他所改正的讲义，我曾经订成三厚本，收藏着的，将作为永久的纪念。不幸七年前迁居①的时候，中途毁坏了一口书箱，失去半箱书，恰巧这讲义也遗失在内了②。责成运送局去找寻，寂无回信。只有他的照相至今还挂在我北京寓居的东墙上，书桌对面。每当夜间疲倦，正想偷懒时，仰面在灯光中瞥见他黑瘦的面貌，似乎正要说出抑扬顿挫的话来，便使我忽又良心发现，而且增加勇气了，于是点上一枝烟，再继续写些为"正人君子"之流所深恶痛疾的文字。

十月十二日。

---

① 七年前迁居　指 1919 年 12 月作者从绍兴搬家到北京。
② 这讲义 20 世纪 50 年代已从鲁迅留在绍兴的藏书中找到，现藏北京鲁迅博物馆。

【讲析】

　　本篇标题是《藤野先生》,主要写了藤野先生给"我"的教导和彼此的交往,因此中学语文讲授此课往往把藤野先生当作"主角"(其实散文不一定有"主角"),突出的是如何"写人",一般读者也比较看重这篇文章所表现的师生情谊。但仔细阅读,发现鲁迅写此文的本意主要不是忆念"师生情谊",而是记述自己在日本留学的经历,以及人格思想的形成过程,而师从藤野先生只是这其中一个关键因素。

　　鲁迅1902年入日本东京弘文学院,1904年转入仙台医学专门学校。那时鲁迅很关注中国的民族性问题。据挚友许寿裳回忆,在东京那时,他们常讨论"中国人的病根"是"缺乏爱与诚"。文中鲁迅回忆藤野先生对自己的影响,中轴也是"爱与诚"。为何要离开东京去仙台学医?原因之一是对在东京留学的"清国留学生"的无聊、庸俗感到腻味,要换一个中国学生较少的安静的地方学习,也因为知道医学对于日本维新有很大的助力,以为学医是可以救国的。开头几段回忆,可以看出鲁迅有自己的思考与志向,他的转学与此有关。他在仙台医专学习了一年七个月,成绩一般,但有几件事让他终生难忘,刺激并唤起了他的报国情怀。

　　一件事是鲁迅无端受到日本学生的歧视,写匿名信告发鲁迅解剖学的成绩及格是因为得到藤野先生的照顾,还检查他的讲义。在许多日本人看来,"中国是弱国,所以中国人当然是低能儿,分数在六十分以上,便不是自己的能力了"。此事严重挫伤作为"弱国子民"的鲁迅的自尊。另一件事便是"幻灯事件",在课余的影片上看到日俄战争时日军枪毙中国人,而围着观看的也是一群中国人,这件事更是给鲁迅极大的震动,导致鲁迅"觉得医学并非一件紧要事,凡是愚弱的国民,即使体格如何健全,如何茁壮,也只能做毫无意义的示众的材料和看客,病死多少是不必以为不幸的"。鲁迅认识到重要的是改变国民精神,所以决定弃医从文,提倡文艺运动。整篇回忆的重点是这几件事让鲁迅受到刺激和启示,人格精神得到锤炼,从此改变了人生轨迹。

　　文中写藤野先生的笔墨不少,但都是围绕"我"的遭遇与感受而展开。藤野先生对鲁迅的关爱是基于人道主义的博爱,一个教师与医者的良知。甲午战争之后中国处于亡国危难之中,日本被军国主义喧嚣的气氛笼罩,文中也写到那些日本学生对"清国人"的歧视与冷漠,而藤野先生却默默地关怀一个来自弱国的青年,希望鲁迅能学好医术回国效劳。这是多么伟大的胸怀!鲁迅在仙台医专一年七个月的精神转向,是因为深感弱国子民的悲哀,而藤野先生却在鲁迅这个寂寞难堪的时期给予他温暖,促成他成长和立定志向。所以鲁迅很感谢这位恩师。《藤野先生》是鲁迅回忆和叙写日本留学那段生活最完整的文字,我们读后,对鲁迅如何走上文学道路,他的人格自尊如何促成救国的理想,就有比较具体而感性的了解,当然,藤野先生的诚爱、敬业与勤谨的形象,也给人留下难忘的印象。

这篇回忆性散文所记述的事情很平凡,采用的是一些片断的连缀,但可读性很强。也因为叙述中不时插入回忆时的感受与评说,常用调侃、幽默的语言和富于张力的"鲁迅句式",比如"东京也无非是这样";那些清国留学生的装扮"实在标致极了";到仙台因为留学生少"颇受了这样的优待","大概是物以希为贵罢";看到国民充当看客之后,"呜呼,无法可想!但在那时那地,我的意见却变化了",等等。这样一些语言句式,有些特别,仔细琢磨,又很有味道。

记念刘和珍君[*]

一

中华民国十五年三月二十五日,就是国立北京女子师范大学为十八日在段祺瑞执政府[①]前遇害的刘和珍[②]杨德群[③]两君开追悼会的那一天,我独在礼堂外徘徊,遇见程君[④],前来问我道,"先生可曾为刘和珍写了一点什么没有?"我说"没有"。她就正告我,"先生还是写一点罢;刘和珍生前就很爱看先生的文章。"

这是我知道的,凡我所编辑的期刊,大概是因为往往有始无终之故罢,销行一向就甚为寥落,然而在这样的生活艰难中,毅然预定了《莽原》[⑤]全年的就有她。我也早觉得有写一点东西的必要了,这虽然于死者毫不相干,但在生者,却大抵只能如此而已。倘使我能够相信真有所谓"在天之灵",那自然可以得到更大的安慰,——但是,现在,却只能如此而已。

---

[*] 本文发表于1926年4月《语丝》周刊第七十四期,后收入《华盖集续编》。
[①] 段祺瑞执政府　1924年第二次"直奉战争",直系军阀失败,奉系军阀推段祺瑞为北洋政府临时执政。段祺瑞(1865—1936),北洋军阀皖系首领,曾几次把持北洋军阀的中央政权,1926年4月被冯玉祥驱逐下台。
[②] 刘和珍(1904—1926)　江西南昌人,北京女子师范大学英文系学生。
[③] 杨德群(1902—1926)　湖南湘阴人,北京女子师范大学国文系预科学生。
[④] 程君　指程毅志,湖北孝感人,北京女子师范大学教育系学生。
[⑤] 《莽原》　文艺刊物,鲁迅编辑。1925年4月24日创刊于北京,初为周刊,后改为半月刊,未名社出版。这里所说的"毅然预定了《莽原》全年",指《莽原》半月刊。

可是我实在无话可说。我只觉得所住的并非人间。四十多个青年的血，洋溢在我的周围，使我艰于呼吸视听，那里还能有什么言语？长歌当哭，是必须在痛定之后的。而此后几个所谓学者文人的阴险的论调①，尤使我觉得悲哀。我已经出离②愤怒了。我将深味这非人间的浓黑的悲凉；以我的最大哀痛显示于非人间，使它们快意于我的苦痛，就将这作为后死者的菲薄的祭品，奉献于逝者的灵前。

二

真的猛士，敢于直面惨淡的人生，敢于正视淋漓的鲜血。这是怎样的哀痛者和幸福者？然而造化又常常为庸人设计，以时间的流驶，来洗涤旧迹，仅使留下淡红的血色和微漠③的悲哀。在这淡红的血色和微漠的悲哀中，又给人暂得偷生，维持着这似人非人的世界。我不知道这样的世界何时是一个尽头！

我们还在这样的世上活着；我也早觉得有写一点东西的必要了。离三月十八日也已有两星期，忘却的救主快要降临了罢④，我正有写一点东西的必要了。

三

在四十余被害的青年之中，刘和珍君是我的学生。学生云者，我向来这样想，这样说，现在却觉得有些踌躇了，我应该对她奉献我的悲哀与尊敬。她不是"苟活到现在的我"的学生，是为了中国而死的中国的青年。

---

① 几个所谓学者文人的阴险的论调　指林学衡、陈源等人的言论。林学衡于1926年3月20日在《晨报》发文《为青年流血问题敬告全国国民》，诬称爱国青年"激于意气，铤而走险，乃陷入奸人居间利用之彀中"。陈源在1926年3月27日的《现代评论》发文污蔑爱国青年"没有审判力"，被人引入"死地"，惨案责任在"民众领袖"。
② 出离　超出。
③ 微漠　依稀，淡薄。
④ 忘却的救主快要降临了罢　这是讽刺的说法，意思是有些人快要忘记这件事了吧。

她的姓名第一次为我所见,是在去年夏初杨荫榆①女士做女子师范大学校长,开除校中六个学生自治会职员的时候。其中的一个就是她;但是我不认识。直到后来,也许已经是刘百昭率领男女武将,强拖出校②之后了,才有人指着一个学生告诉我,说:这就是刘和珍。其时我才能将姓名和实体联合起来,心中却暗自诧异。我平素想,能够不为势利所屈,反抗一广有羽翼的校长的学生,无论如何,总该是有些桀骜锋利的,但她却常常微笑着,态度很温和。待到偏安于宗帽胡同③,赁屋授课之后,她才始来听我的讲义,于是见面的回数就较多了,也还是始终微笑着,态度很温和。待到学校恢复旧观④,往日的教职员以为责任已尽,准备陆续引退的时候,我才见她虑及母校前途,黯然至于泣下。此后似乎就不相见。总之,在我的记忆上,那一次就是永别了。

四

我在十八日早晨,才知道上午有群众向执政府请愿的事;下午便得到噩耗,说卫队居然开枪,

刘和珍

---

① 杨荫榆(1884—1938)　江苏无锡人,1924 年起担任北京女子师范大学校长,以封建家长作风掌校,引起师生强烈抗争,后被免职。1938 年被侵华日军杀害。
② 刘百昭率领男女武将,强拖出校　北京女子师范大学学生反对校长杨荫榆,教育总长章士钊派亲信刘百昭雇人殴打学生,把一些学生强行拖出学校。
③ 偏安于宗帽胡同　反对杨荫榆的女师大学生被赶出学校后,在西城宗帽胡同租赁房屋作为临时校舍,于 1925 年 9 月 21 日开学。当时鲁迅和部分教师曾去义务授课,表示支持。
④ 学校恢复旧观　女师大学生经过一年多的斗争,在社会进步力量的声援下,于 1925 年 11 月 30 日迁回宣武门内石驸马大街原址,宣告复校。

死伤至数百人,而刘和珍君即在遇害者之列。但我对于这些传说,竟至于颇为怀疑。我向来是不惮以最坏的恶意,来推测中国人的,然而我还不料,也不信竟会下劣凶残到这地步。况且始终微笑着的和蔼的刘和珍君,更何至于无端在府门前喋血呢?

然而即日证明是事实了,作证的便是她自己的尸骸。还有一具,是杨德群君的。而且又证明着这不但是杀害,简直是虐杀,因为身体上还有棍棒的伤痕。

但段政府就有令,说她们是"暴徒"!

但接着就有流言,说她们是受人利用的。

惨象,已使我目不忍视了;流言,尤使我耳不忍闻。我还有什么话可说呢?我懂得衰亡民族之所以默无声息的缘由了。沉默呵,沉默呵!不在沉默中爆发,就在沉默中灭亡。

五

但是,我还有要说的话。

我没有亲见;听说,她,刘和珍君,那时是欣然前往的。自然,请愿而已,稍有人心者,谁也不会料到有这样的罗网。但竟在执政府前中弹了,从背部入,斜穿心肺,已是致命的创伤,只是没有便死。同去的张静淑①君想扶起她,中了四弹,其一是手枪,立仆;同去的杨德群君又想去扶起她,也被击,弹从左肩入,穿胸偏右出,也立仆。但她还能坐起来,一个兵在她头部及胸部猛击两棍,于是死掉了。

始终微笑的和蔼的刘和珍君确是死掉了,这是真的,有她自己的尸骸为证;沉勇而友爱的杨德群君也死掉了,有她自己的尸骸为证;只有一样沉勇而友爱的张静淑君还在医院里呻吟。当三个女子从容地转辗于文明人所发明的枪弹的攒射中的时候,这是怎样的一个惊心动魄的伟大呵!中国军人的屠戮妇婴的伟绩,八国联军的惩创学生的武功,不幸全被这几

---

① 张静淑(1902—1978) 湖南长沙人,北京女子师范大学教育系学生。受伤后经医治,幸得不死。

缕血痕抹杀了。

但是中外的杀人者却居然昂起头来,不知道个个脸上有着血污……。

六

时间永是流驶,街市依旧太平,有限的几个生命,在中国是不算什么的,至多,不过供无恶意的闲人以饭后的谈资,或者给有恶意的闲人作"流言"的种子。至于此外的深的意义,我总觉得很寥寥,因为这实在不过是徒手的请愿。人类的血战前行的历史,正如煤的形成,当时用大量的木材,结果却只是一小块,但请愿是不在其中的①,更何况是徒手。

然而既然有了血痕了,当然不觉要扩大。至少,也当浸渍了亲族,师友,爱人的心,纵使时光流驶,洗成绯红,也会在微漠的悲哀中永存微笑的和蔼的旧影。陶潜说过,"亲戚或余悲,他人亦已歌,死去何所道,托体同山阿。"②倘能如此,这也就够了。

七

我已经说过:我向来是不惮以最坏的恶意来推测中国人的。但这回却很有几点出于我的意外。一是当局者竟会这样地凶残,一是流言家竟至如此之下劣,一是中国的女性临难竟能如是之从容。

我目睹中国女子的办事,是始于去年的,虽然是少数,但看那干练坚决,百折不回的气概,曾经屡次为之感叹。至于这一回在弹雨中互相救助,虽殒身不恤的事实,则更足为中国女子的勇毅,虽遭阴谋秘计,压抑至数千年,而终于没有消亡的明证了。倘要寻求这一次死伤者对于将来的意义,意义就在此罢。

苟活者在淡红的血色中,会依稀看见微茫的希望;真的猛士,将更奋

---

① 请愿是不在其中的　鲁迅是不主张采用向反动势力请愿这一方式的。可参看他在写本文的第二天写的《空谈》一文。
② 这里引用的是东晋诗人陶渊明所作《挽歌》中的四句。按,关于陶渊明参见第467页注②。

然而前行。

呜呼,我说不出话,但以此记念刘和珍君!

四月一日。

【讲析】

  这是一篇悼文,却没有一般悼文的格式或套话,通篇蘸满血泪,悲愤和控诉奔涌而出,感人至深。

  1926年3月,日本帝国主义军舰驶入大沽口,并炮击守军。事后,又与英、美、法、意、荷、比、西等八国公使,以中国破坏《辛丑条约》为由,向段祺瑞执政府发出最后通牒,提出拆除大沽口国防设施等种种无理的要求。同时派军舰聚集大沽口,以示威胁。3月18日,国民党与共产党联合发动八十多所学校共约五千多师生,在天安门举行"反对八国最后通牒的国民大会"。会后,游行队伍来到段祺瑞执政府(今张自忠路1号院)门前请愿。段祺瑞执政府担心局势失控,命令军警以武力驱散游行队伍,造成当场死亡四十七人、伤二百多人的惨剧。死者中为人们所熟知的有北京女子师范大学学生刘和珍、杨德群。

  据鲁迅的学生许美苏回忆,惨案过去三天,她去看鲁迅先生,得知他这几天气得饭也不吃,话也不说,生病了。鲁迅是在刘和珍牺牲之后的"二七"那天(4月1日)作《记念刘和珍君》的。这篇悼文追忆这位始终微笑的和蔼的学生,痛悼"为中国而死的中国的青年",歌颂"虽殒身不恤"的"中国女子的勇毅"。

  这篇悼文一边记述"三一八惨案"的事实,回忆对被虐杀的学生刘和珍的印象,一边控诉当局的暴行和所谓"学者文人"的阴险流言,插入沉哀至痛的抒情和议论,吟味死的价值以及当世人心的反应。

  全文七个小节,如同七个乐章,奏响了悲愤的哀乐,同时又是催人反抗奋进的战歌。如第四部分写听到刘和珍遇害的噩耗,自己不敢相信,即使自己"向来是不惮以最坏的恶意,来推测中国人的,然而我还不料,也不信竟会下劣凶残到这地步。况且始终微笑着的和蔼的刘和珍君,更何至于无端在府门前喋血呢?"然后,写"作证的便是她自己的尸骸"。而人被虐杀死了,还要冠于"暴徒"和"受人利用"的恶名。最后抒发悲愤的感情:"惨象,已使我目不忍视了;流言,尤使我耳不忍闻。我还有什么话可说呢?……沉默呵,沉默呵!不在沉默中爆发,就在沉默中灭亡。"文章把记叙、议论和抒情融为一体,充分而强烈地表达了悲愤的感情,又激起人们去思考这一场惨剧应当留下的教训。

在悲哀和激愤之余,鲁迅对于青年的徒手抗争与牺牲又有其深沉的思索。他说"有限的几个生命,在中国是不算什么的",这句话意味着少数的被害者在反动派的眼里是算不了什么的,请愿对于黑暗势力也起不了什么作用,况且牺牲未必唤起庸众的觉醒。"人类的血战前行的历史,正如煤的形成,当时用大量的木材,结果却只是一小块,但请愿是不在其中的,更何况是徒手。"但鲁迅又还是希望抗争:"不在沉默中爆发,就在沉默中灭亡。"

这篇悼词的风格独特,对于"出离的"愤怒,若用平常的语言表达显然很不够了,所以语言运用要有所"突破"与"变形"。"始终微笑的和蔼的刘和珍君"的印象叠现,"我实在无话可说""我还有要说的话"这类似乎矛盾的语句多次重复,就如同歌剧中情致高昂部分的咏叹调,让极度悲愤的感情得到充分的宣泄。又如,作者用自称"苟活"来反衬刘和珍崇高的牺牲,用"稍有人心者"反衬"杀人者"的兽性。文章还交错使用了对偶和排比句式,穿插诗的语言,行文参差错落,千回百折,荡气回肠,洋溢着悲抑而激越的文气。

忆刘半农君[*]

这是小峰出给我的一个题目。

这题目并不出得过分。半农[①]去世,我是应该哀悼的,因为他也是我的老朋友。但是,这是十来年前的话了,现在呢,可难说得很。

我已经忘记了怎么和他初次会面,以及他怎么能到了北京。他到北京,恐怕是在《新青年》[②]投稿之后,由蔡孑民[③]先生或陈独秀[④]先生去请来的,到了之后,当然更是《新青年》里的一个战士。他活泼,勇敢,很

---

[*] 本文最初发表于1934年10月上海《青年界》月刊第六卷第三期,后收入《且介亭杂文》。

[①] 半农 刘半农(1891—1934),名复,字半侬,后改为半农,江苏江阴人。历任北京大学教授、北平大学女子文理学院院长等。曾参加《新青年》的编辑工作,是新文学运动初期重要作家之一。后留学法国,研究语音学。著有《半农杂文》、诗集《扬鞭集》以及《中国文法通论》《四声实验录》等。

[②] 《新青年》 综合性月刊,"五四"时期倡导新文化运动、传播马克思主义的重要刊物。1915年9月创刊于上海,由陈独秀主编。第一卷名《青年杂志》,第二卷起改名《新青年》。1916年底迁至北京。从1918年1月起,李大钊等参加编辑工作。1921年4月第八卷第六号起移广州出版。1922年7月出满九卷后休刊,共出九卷,每卷六期。1923年6月起改出季刊,季刊共出九册,1926年7月以后即未再出版。

[③] 蔡孑民(1868—1940) 蔡元培,字鹤卿,号孑民,浙江绍兴人,近代教育家。反清革命组织光复会的创始人之一,后又参加同盟会,民国成立后曾任教育总长、北京大学校长等职;"五四"时期赞成和支持新文化运动。

[④] 陈独秀(1879—1942) 字仲甫,安徽怀宁人,新文化运动的倡导者、发起者和领军人物,中国共产党的主要创始人之一。1921年7月在中共第一次全国代表大会上被选为中央局书记,后任中央局执行委员会委员长(中共二大、中共三大)、中央总书记(中共四大、中共五大)等职务。1929年11月因就中东路事件发表不同意见而被开除党籍。1932年10月被国民政府逮捕判刑,1937年8月出狱,1942年5月27日于四川江津逝世。

打了几次大仗。譬如罢,答王敬轩的双鐄信①,"她"字和"牠"字的创造②,就都是的。这两件,现在看起来,自然是琐屑得很,但那是十多年前,单是提倡新式标点,就会有一大群人"若丧考妣",恨不得"食肉寝皮"的时候,所以的确是"大仗"。现在的二十左右的青年,大约很少有人知道三十年前,单是剪下辫子就会坐牢或杀头的了。然而这曾经是事实。

但半农的活泼,有时颇近于草率,勇敢也有失之无谋的地方。但是,要商量袭击敌人的时候,他还是好伙伴,进行之际,心口并不相应,或者暗暗的给你一刀,他是决不会的。倘若失了算,那是因为没有算好的缘故。

刘半农

《新青年》每出一期,就开一次编辑会,商定下一期的稿件。其时最惹我注意的是陈独秀和胡适之。假如将韬略比作一间仓库罢,独秀先生的是外面竖一面大旗,大书道:"内皆武器,来者小心!"但那门却开着的,里面有几枝枪,几把刀,一目了然,用不着提防。适之先生的是紧紧的关着门,门上粘一条小纸条道:"内无武器,请勿疑虑。"这自然可以是真的,

---

① 答王敬轩的双鐄信　1918年初,《新青年》为了推动文学革命运动,开展对复古派的斗争,曾由编者之一钱玄同化名王敬轩,把当时社会上反对新文化运动的论调集中起来,模仿封建复古派口吻写信给《新青年》编辑部,又由刘半农写回信痛加批驳。两信同时发表在当年3月《新青年》第四卷第三号。

② "她"字和"牠"字的创造　刘半农在1920年6月6日所作《"她"字问题》一文中主张创造"她"字,作为第三位阴性代词。附带提出"应当另造一个字,以代无生物"。稍后,郭沫若在《时事新报·学灯》(同年9月11日)和泰东图书局《新的小说》第二卷第二期(同年10月1日)发表通信,提出"牠"字,说"这是我杜撰的新字,表示第三人称代名词底中性"。

但有些人——至少是我这样的人——有时总不免要侧着头想一想。半农却是令人不觉其有"武库"的一个人,所以我佩服陈胡,却亲近半农。

所谓亲近,不过是多谈闲天,一多谈,就露出了缺点。几乎有一年多,他没有消失掉从上海带来的才子必有"红袖添香夜读书"的艳福的思想,好容易才给我们骂掉了。但他好像到处都这么的乱说,使有些"学者"皱眉。有时候,连到《新青年》投稿都被排斥。他很勇于写稿,但试去看旧报去,很有几期是没有他的。那些人们批评他的为人,是:浅。

不错,半农确是浅。但他的浅,却如一条清溪,澄澈见底,纵有多少沉渣和腐草,也不掩其大体的清。倘使装的是烂泥,一时就看不出它的深浅来了;如果是烂泥的深渊呢,那就更不如浅一点的好。

但这些背后的批评,大约是很伤了半农的心的,他的到法国留学,我疑心大半就为此。我最懒于通信,从此我们就疏远起来了。他回来时,我才知道他在外国钞古书,后来也要标点《何典》①,我那时还以老朋友自居,在序文上说了几句老实话,事后,才知道半农颇不高兴了,"驷不及舌"②,也没有法子。另外还有一回关于《语丝》的彼此心照的不快活③。五六年前,曾在上海的宴会上见过一回面,那时候,我们几乎已经无话可谈了。

近几年,半农渐渐的据了要津,我也渐渐的更将他忘却;但从报章上看见他禁称"蜜斯"④之类,却很起了反感:我以为这些事情是不必半农来做的。从去年来,又看见他不断的做打油诗,弄烂古文,⑤回想先前的交情,也往往不免长叹。我想,假如见面,而我还以老朋友自居,不给一个

---

① 《何典》 清代张南庄(署名"过路人")编著,是运用俗谚写成、带有讽刺而流于油滑的章回体小说,共十回,清光绪四年(1878)上海申报馆出版。1926 年 6 月,刘半农将此书标点重印,鲁迅曾为它作题记,现收入《集外集拾遗》。
② "驷不及舌" 语出《论语·颜渊》,据朱熹《集注》:"言出于舌,则驷马不能追之。"
③ 《语丝》第四卷第九期(1928 年 2 月 27 日)曾发表刘半农的《林则徐照会英吉利国王公文》,其中说林则徐被英人俘虏,并且"明正了典刑,在印度异尸游街"。不久有读者洛卿来信指出这是史实性的错误,《语丝》第四卷第十四期(同年 4 月 2 日)发表了这封信,从此刘半农就不再给《语丝》写稿。
④ 禁称"蜜斯" 见 1931 年 4 月 1 日北平《世界日报》所载刘半农答记者的谈话。其中说他不赞成学生间以蜜斯互称,在 1930 年他任北平大学女子文理学院院长时即曾加以禁止;他主张废弃"带有奴性的"蜜斯称呼,而代以国语中原有的姑娘、小姐、女士等。蜜斯,英语 Miss 的音译,小姐的意思。
⑤ 指刘半农于 1933 年至 1934 年间发表于《论语》《人间世》等刊物的《桐花芝豆堂诗集》和《双凤凰砖斋小品文》等。参看《准风月谈·"感旧"以后(下)》。

"今天天气……哈哈哈"完事，那就也许会弄到冲突的罢。

不过，半农的忠厚，是还使我感动的。我前年曾到北平，后来有人通知我，半农是要来看我的，有谁恐吓了他一下，不敢来了。这使我很惭愧，因为我到北平后，实在未曾有过访问半农的心思。

现在他死去了，我对于他的感情，和他生时也并无变化。我爱十年前的半农，而憎恶他的近几年。这憎恶是朋友的憎恶，因为我希望他常是十年前的半农，他的为战士，即使"浅"罢，却于中国更为有益。我愿以愤火照出他的战绩，免使一群陷沙鬼将他先前的光荣和死尸一同拖入烂泥的深渊。

《忆刘半农君》手稿

八月一日。

【讲析】

刘半农"五四"时期参与《新青年》杂志的编辑工作，积极投身文学革命，反对文言文，提倡白话文，是新文化运动的一员干将。1920年到英国学习实验语音学，后转法国巴黎大学，1925年获得文学博士学位。回国后任北京大学国文系教授，讲授语音学。1934年夏到绥远、内蒙古一带考察方言，不幸染上"回归热"病，7月14日在北平逝世，年仅四十四岁。鲁迅悼念这位老朋友，是要还刘半农在"五四"历史上的本来面目，"免使一群陷沙鬼将他先前的光荣与死尸一同拖入烂泥的深渊"。

文章首先肯定刘半农的"活泼,勇敢,很打了几次大仗"。特别提到的是他与钱玄同合演的批驳封建复古派的"双簧信",以及创造"她"和"牠"字,将男他、女她、物牠分离出来。鲁迅说,现在看来这些事情似乎"琐屑得很",但应当回到十多年前的社会环境中去看,那时"单是提倡新式标点,就会有一大群人'若丧考妣',恨不得'食肉寝皮'的"。所以鲁迅那么赞扬刘半农打了"大仗"。

鲁迅也谈到刘半农有弱点,即"近于草率,勇敢也有失之无谋的地方",表现为"浅"。有意思的是,鲁迅把刘半农和"五四"当年的另外两员大将陈独秀、胡适相比较,发现刘半农的弱点又是优点了。鲁迅打个比方,"假如将韬略比作一间仓库罢,独秀先生的是外面竖一面大旗,大书道:'内皆武器,来者小心!'但那门却开着的,里面有几枝枪,几把刀,一目了然,用不着提防。适之先生的是紧紧的关着门,门上粘一条小纸条道:'内无武器,请勿疑虑。'这自然可以是真的,但有些人——至少是我这样的人——有时总不免要侧着头想一想。半农却是令人不觉其有'武库'的一个人"。其实,鲁迅未见得是贬损陈独秀和胡适,他们三人性格各异,却又都能互为组合,取长补短,在"五四"当年一起攻坚克难,而且各有建树。鲁迅对当年《新青年》的战斗时光是带有深深的眷恋的。

鲁迅又回忆起自己与刘半农有过一些纠结。刘半农后来转入语言学研究,点校古书,包括标点方言小说《何典》,又在《论语》《人间世》等"闲适"刊物上发表古文,鲁迅是不以为然的,还写文章批评刘半农的"倒退",刘半农和鲁迅也不太往来了。鲁迅说刘半农是"据了要津"之后,便"做打油诗,弄烂古文","当时的白话运动是胜利了,有些战士,还因此爬了上去,但也因为爬了上去,就不但不再为白话战斗,并且将它踏在脚下,拿出古字来嘲笑后进的青年了"。这批评有些"刻薄",却又是坦然的,并无伪饰。不过平心而论,说此时的刘半农在开历史的倒车,倒也未必。当鲁迅批评他发表于《语丝》中的《林则徐照会英吉利国王公文》有史实性错误,他便"不快活",这也说明刘半农毕竟是"浅"。

鲁迅总是实在的,他的评价不因为"死者为大"就只是曲意谀词:"现在他死去了,我对于他的感情,和他生时也并无变化。我爱十年前的半农,而憎恶他的近几年。这憎恶是朋友的憎恶,因为我希望他常是十年前的半农,他的为战士,即使'浅'罢,却于中国更为有益。"

说出真相,还刘半农本来面目,这本身就是对死去的老朋友最好的纪念。鲁迅写此文还附带另一番深意,就是通过忆念刘半农来反思历史:"五四"的先驱者清浅激越,敢打大仗,却也少了一点深沉和韧性。而这一切,都是不可重复的"五四"风格。

本文遒劲练达,一千四百多字,就把一位"五四"人物写活了。给人印象最深的可能是那段文字:"半农确是浅。但他的浅,却如一条清溪,澄澈见底,纵有多少沉渣和腐草,也不掩其大体的清。倘使装的是烂泥,一时就看不出它的深浅来了;如果是烂泥的深渊呢,那就更不如浅一点的好。"这不只是比喻得妙,更是知人论世,给人洞察历史的启示。

女　吊[*]

　　大概是明末的王思任[①]说的罢："会稽乃报仇雪耻之乡,非藏垢纳污之地!"这对于我们绍兴人很有光彩,我也很喜欢听到,或引用这两句话。但其实,是并不的确的;这地方,无论为那一样都可以用。

　　不过一般的绍兴人,并不像上海的"前进作家"那样憎恶报复,却也是事实。单就文艺而言,他们就在戏剧上创造了一个带复仇性的,比别的一切鬼魂更美,更强的鬼魂。这就是"女吊"。我以为绍兴有两种特色的鬼,一种是表现对于死的无可奈何,而且随随便便的"无常"[②],我已经在《朝华夕拾》里得了介绍给全国读者的光荣了,这回就轮到别一种。

　　"女吊"也许是方言,翻成普通的白话,只好说是"女性的吊死鬼"。其实,在平时,说起"吊死鬼",就已经含有"女性的"的意思的,因为投缳而死者,向来以妇人女子为最多。有一种蜘蛛,用一枝丝挂下自己的身体,悬在空中,《尔雅》上已谓之"蜆,缢女"[③],可见在周朝或汉朝,自经的已经大抵是女性了,所以那时不称它为男性的"缢夫"或中性的"缢者"。不过一到做"大戏"或"目连戏"的时候,我们便能在看客的嘴里听到"女吊"的称呼。也叫作"吊神"。横死的鬼魂而得到"神"的尊号的,我还没

---

[*] 本文最初发表于1936年10月5日《中流》半月刊第一卷第三期,后收入《且介亭杂文末编》。
[①] 王思任(1574—1646)　字季重,浙江山阴(今绍兴)人,明末官九江佥事。弘光元年(1645)清兵破南京,明朝宰相马士英逃往浙江,王思任在骂他的信中说:"叛兵至则束手无措,强敌来则缩颈先逃……且欲求奔吾越;夫越乃报仇雪耻之国,非藏垢纳污之地也。"鲁王监国于绍兴,思任曾为礼部尚书,不久,绍兴城破,绝食而死。著有《文饭小品》等。
[②] "无常"　参见第104页注[①]。
[③] 《尔雅》　我国最早的解释词义的专著,大概由汉初学者缀辑周汉著作而成。儒家经典之一。"蜆,缢女",见《尔雅·释虫》。

有发见过第二位,则其受民众之爱戴也可想。但为什么这时独要称她"女吊"呢?很容易解:因为在戏台上,也要有"男吊"出现了。

我所知道的是四十年前的绍兴,那时没有达官显宦,所以未闻有专门为人(堂会?)的演剧。凡做戏,总带着一点社戏性,供着神位,是看戏的主体,人们去看,不过叨光。但"大戏"或"目连戏"所邀请的看客,范围可较广了,自然请神,而又请鬼,尤其是横死的怨鬼。所以仪式就更紧张,更严肃。一请怨鬼,仪式就格外紧张严肃,我觉得这道理是很有趣的。

也许我在别处已经写过。"大戏"和"目连"①,虽然同是演给神,人,鬼看的戏文,但两者又很不同。不同之点:一在演员,前者是专门的戏子,后者则是临时集合的 Amateur②——农民和工人;一在剧本,前者有许多种,后者却好歹总只演一本《目连救母记》。然而开场的"起殇",中间的鬼魂时时出现,收场的好人升天,恶人落地狱,是两者都一样的。

当没有开场之前,就可看出这并非普通的社戏,为的是台两旁早已挂满了纸帽,就是高长虹之所谓"纸糊的假冠"③,是给神道和鬼魂戴的。所

《女吊》手稿

---

① "大戏"和"目连"　参见第301页注⑤。大戏和目连戏所演的《目连救母》,内容繁简不一,但开场和收场,以及鬼魂的出现则都相同。可参看本书"散文"一辑中所收的《无常》和"杂文"一辑中所收的《门外文谈》第十节。

② Amateur　英语(源出拉丁语):业余从事文艺、科学或体育运动的人;这里用作业余演员的意思。

③ 高长虹在1925年11月7日《狂飙周刊》第五期上发表的《一九二五年北京出版界形势指掌图》中攻击鲁迅说:"实际的反抗者(按,指女师大学生)从哭声中被迫出校后⋯⋯鲁迅遂戴其纸糊的权威者的假冠入于心身交病之状况矣!"参看《华盖集续编·所谓"思想界先驱者"鲁迅启事》。

以凡内行人,缓缓的吃过夜饭,喝过茶,闲闲而去,只要看挂着的帽子,就能知道什么鬼神已经出现。因为这戏开场较早,"起殇"在太阳落尽时候,所以饭后去看,一定是做了好一会了,但都不是精彩的部分。"起殇"者,绍兴人现已大抵误解为"起丧",以为就是召鬼,其实是专限于横死者的。《九歌》中的《国殇》①云:"身既死兮神以灵,魂魄毅兮为鬼雄",当然连战死者在内。明社垂绝,越人起义而死者不少,至清被称为叛贼,我们就这样的一同招待他们的英灵。在薄暮中,十几匹马,站在台下了;戏子扮好一个鬼王,蓝面鳞纹,手执钢叉,还得有十几名鬼卒,则普通的孩子都可以应募。我在十余岁时候,就曾经充过这样的义勇鬼,爬上台去,说明志愿,他们就给在脸上涂上几笔彩色,交付一柄钢叉。待到有十多人了,即一拥上马,疾驰到野外的许多无主孤坟之处,环绕三匝,下马大叫,将钢叉用力的连连掷刺在坟墓上,然后拔叉驰回,上了前台,一同大叫一声,将钢叉一掷,钉在台板上。我们的责任,这就算完结,洗脸下台,可以回家了,但倘被父母所知,往往不免挨一顿竹篾(这是绍兴打孩子的最普通的东西),一以罚其带着鬼气,二以贺其没有跌死,但我却幸而从来没有被觉察,也许是因为得了恶鬼保佑的缘故罢。

  这一种仪式,就是说,种种孤魂厉鬼,已经跟着鬼王和鬼卒,前来和我们一同看戏了,但人们用不着担心,他们深知道理,这一夜决不丝毫作怪。于是戏文也接着开场,徐徐进行,人事之中,夹以出鬼:火烧鬼,淹死鬼,科场鬼(死在考场里的),虎伤鬼……孩子们也可以自由去扮,但这种没出息鬼,愿意去扮的并不多,看客也不将它当作一回事。一到"跳吊"时分——"跳"是动词,意义和"跳加官"②之"跳"同——情形的松紧可就大不相同了。台上吹起悲凉的喇叭来,中央的横梁上,原有一团布,也在这时放下,长约戏台高度的五分之二。看客们都屏着气,台上就闯出一个不

---

① 《九歌》 我国古代楚国人民祭神的歌词。计十一篇,相传为屈原所作。《国殇》是对阵亡将士的颂歌。
② "跳加官" 旧时在戏剧开场演出以前,常由演员一人戴面具(即"加官脸"),穿袍执笏,手里拿着写有"天官赐福""指日高升"等吉利话的条幅,在场上回旋舞蹈,称为跳加官。

穿衣裤,只有一条犊鼻裈①,面施几笔粉墨的男人,他就是"男吊"。一登台,径奔悬布,像蜘蛛的死守着蛛丝,也如结网,在这上面钻,挂。他用布吊着各处:腰,胁,胯下,肘弯,腿弯,后项窝……一共七七四十九处。最后才是脖子,但是并不真套进去的,两手扳着布,将颈子一伸,就跳下,走掉了。这"男吊"最不易跳,演目连戏时,独有这一个脚色须特请专门的戏子。那时的老年人告诉我,这也是最危险的时候,因为也许会招出真的"男吊"来。所以后台上一定要扮一个王灵官②,一手捏诀,一手执鞭,目不转睛的看着一面照见前台的镜子。倘镜中见有两个,那么,一个就是真鬼了,他得立刻跳出去,用鞭将假鬼打落台下。假鬼一落台,就该跑到河边,洗去粉墨,挤在人丛中看戏,然后慢慢的回家。倘打得慢,他就会在戏台上吊死;洗得慢,真鬼也还会认识,跟住他。这挤在人丛中看自己们所做的戏,就如要人下野而念佛,或出洋游历一样,也正是一种缺少不得的过渡仪式。

　　这之后,就是"跳女吊"。自然先有悲凉的喇叭;少顷,门幕一掀,她出场了。大红衫子,黑色长背心,长发蓬松,颈挂两条纸锭,垂头,垂手,弯弯曲曲的走一个全台,内行人说:这是走了一个"心"字。为什么要走"心"字呢?我不明白。我只知道她何以要穿红衫。看王充的《论衡》③,知道汉朝的鬼的颜色是红的,但再看后来的文字和图画,却又并无一定颜色,而在戏文里,穿红的则只有这"吊神"。意思是很容易了然的;因为她投缳之际,准备作厉鬼以复仇,红色较有阳气,易于和生人相接近,……绍兴的妇女,至今还偶有搽粉穿红之后,这才上吊的。自然,自杀是卑怯的行为,鬼魂报仇更不合于科学,但那些都是愚妇人,连字也不认识,敢请"前进"的文学家和"战斗"的勇士们不要十分生气罢。我真怕你们要变

---

① 犊鼻裈　原出《史记·司马相如列传》,据南朝宋裴骃《集解》引三国吴韦昭说:"今三尺布作,形如犊鼻。"这里是指绍兴一带称为牛头裤的一种短裤。

② 王灵官　相传是北宋末年的方士,明宣宗时封为隆恩真君。据《明史·礼志》:"隆恩真君者……玉枢火府天将王灵官也。"后来道观中都奉其为镇山之神。

③ 王充(27—约97)　字仲任,会稽上虞(今浙江上虞)人,东汉思想家和散文家。曾任刺史从事、治中等微职,后居家著述。《论衡》是他的论文集,今存八十四篇。《论衡·订鬼篇》说:"鬼,阳气也,时藏时见。阳气赤,故世人尽见鬼,其色纯朱。"

呆鸟。

她将披着的头发向后一抖,人这才看清了脸孔:石灰一样白的圆脸,漆黑的浓眉,乌黑的眼眶,猩红的嘴唇。听说浙东的有几府的戏文里,吊神又拖着几寸长的假舌头,但在绍兴没有。不是我袒护故乡,我以为还是没有好;那么,比起现在将眼眶染成淡灰色的时式打扮来,可以说是更彻底,更可爱。不过下嘴角应该略略向上,使嘴巴成为三角形:这也不是丑模样。假使半夜之后,在薄暗中,远处隐约着一位这样的粉面朱唇,就是现在的我,也许会跑过去看看的,但自然,却未必就被诱惑得上吊。她两肩微耸,四顾,倾听,似惊,似喜,似怒,终于发出悲哀的声音,慢慢地唱道:

"奴奴本是杨家女①,

呵呀,苦呀,天哪!……"

下文我不知道了。就是这一句,也还是刚从克士②那里听来的。但那大略,是说后来去做童养媳,备受虐待,终于弄到投缳。唱完就听到远处的哭声,这也是一个女人,在衔冤悲泣,准备自杀。她万分惊喜,要去"讨替代"了,却不料突然跳出"男吊"来,主张应该他去讨。他们由争论而至动武,女的当然不敌,幸而王灵官虽然脸相并不漂亮,却是热烈的女权拥护家,就在危急之际出现,一鞭把男吊打死,放女的独去活动了。老年人告诉我说:古时候,是男女一样的要上吊的,自从王灵官打死了男吊神,才少有男人上吊;而且古时候,是身上有七七四十九处,都可以吊死的,自从王灵官打死了男吊神,致命处才只在脖子上。中国的鬼有些奇怪,好像是做鬼之后,也还是要死的,那时的名称,绍兴叫作"鬼里鬼"。但男吊既然早被王灵官打死,为什么现在"跳吊",还会引出真的来呢?我不懂这道理,问问老年人,他们也讲说不明白。

而且中国的鬼还有一种坏脾气,就是"讨替代",这才完全是利己主义;倘不然,是可以十分坦然的和他们相处。习俗相沿,虽女吊不免,她

---

① 杨家女　应为良家女。据目连戏的故事说:她幼年时父母双亡,婶母将她领给杨家做童养媳,后又被婆婆卖入妓院,终于自缢身死。在目连戏中,她的唱词是:"奴奴本是良家女,将奴卖入勾栏里;生前受不过王婆气,将奴逼死勾栏里。呵呀,苦呀,天哪! 将奴逼死勾栏里。"

② 克士　周建人的笔名。周建人(1888—1984),字乔峰,生物学家。鲁迅的三弟。当时任商务印书馆编辑。

有时也单是"讨替代",忘记了复仇。绍兴煮饭,多用铁锅,烧的是柴或草,烟煤一厚,火力就不灵了,因此我们就常在地上看见刮下的锅煤。但一定是散乱的,凡村姑乡妇,谁也决不肯省些力,把锅子伏在地面上,团团一刮,使烟煤落成一个黑圈子。这是因为吊神诱人的圈套,就用煤圈炼成的缘故。散掉烟煤,正是消极的抵制,不过为的是反对"讨替代",并非因为怕她去报仇。被压迫者即使没有报复的毒心,也决无被报复的恐惧,只有明明暗暗,吸血吃肉的凶手或其帮闲们,这才赠人以"犯而勿校"或"勿念旧恶"①的格言,——我到今年,也愈加看透了这些人面东西的秘密。

九月十九—二十日。

【讲析】

　　《女吊》完稿是在1936年9月20日(发表于同年10月《中流》半月刊第一卷第三期,收《且介亭杂文末编》),那时鲁迅已经病重,一个月后(10月19日)就过世了。在写《女吊》前不久,鲁迅还写了杂感《死》。可以把《女吊》和《死》放在一块来读。显然,这两篇文章都和"死"有关,鲁迅此时可能已意识到自己将不久于人世了,要做些交代。在《死》这篇文章中,鲁迅就谈到了不同社会阶层的人,对于"死"的观念往往不同。富贵者想的是超度升天,而被压迫者则确信自己不至于轮回堕为畜生,因为他们生前未曾制造畜生的罪孽。鲁迅还拟了七条遗嘱,特别提到,"只还记得在发热时,又曾想到欧洲人临死时,往往有一种仪式,是请别人宽恕,自己也宽恕了别人。我的怨敌可谓多矣,倘有新式的人问起我来,怎么回答呢?我想了一想,决定的是:让他们怨恨去,我也一个都不宽恕"。这就是鲁迅倔强的性格和彻底战斗的精神。

　　鲁迅写《女吊》,大概也是想到过生前死后,以及有没有灵魂地狱的"终极"问题,他回忆故乡的社戏,回忆儿时的快乐,尤其是回忆目连戏中

---

① "犯而勿校" 语出《论语·泰伯》:"有若无,实若虚,犯而不校。"校,计较的意思。"勿念旧恶",语出《论语·公冶长》:"伯夷、叔齐不念旧恶,怨是用希。"

最特别的鬼——"女吊"。

鲁迅所记下的"女吊"的形象,是具有人间性,又肩负复仇使命的。"女吊"生前"做童养媳,备受虐待,终于弄到投缳"。她在投缳之际,已准备做厉鬼以复仇。鲁迅认为她"比别的一切鬼魂更美,更强的鬼魂",是因为其带复仇性。鲁迅说:"横死的鬼魂而得到'神'的尊号的,我还没有发见过第二位,则其受民众之爱戴也可想。"鲁迅热烈地赞美这复仇的厉鬼,同时对那些高唱"勿念旧恶"而暗中"吸血吃肉"的伪君子们以深刻的讽刺和批判。"女吊"是被压迫者反抗精神的化身,鲁迅赞美她,是在讴歌被压迫者的复仇反抗精神,同时也在表达自己即使死去,对"怨敌""一个都不宽恕"的心态。

鲁迅其实是在借鬼魂写人生,以死的恐怖来反衬与强化生的恐怖,看到现实世界还不如鬼蜮世界。

鲁迅笔下的"女吊"的复仇反抗性格:她身穿"大红衫子,黑色长背心,长发蓬松,……弯弯曲曲的走一个全台"。这是出场。接着是亮相:"石灰一样白的圆脸,漆黑的浓眉,乌黑的眼眶,猩红的嘴唇。"这个特写镜头形神兼备,色彩鲜明,给人以怨念深重的深刻的印象。更精彩的是她的独唱:"她两肩微耸,四顾,倾听,似惊,似喜,似怒,终于发出悲哀的声音,慢慢地唱道:'奴奴本是杨家女,呵呀,苦呀,天哪!……'"如此传神写照,堪称穷形尽相而又着墨不多;如此演唱悲诉,真是不鸣则已,一鸣惊人!

鲁迅回忆中的"女吊"形象,是绍兴地方民众所喜欢的。在故乡风俗观念中,往往人鬼神的世界交融,生与死交融,现实与荒诞并存,普通百姓心目中的鬼魂特别是"女吊"是具有人情人性,甚至高出于一般人的德行的。"女吊"的悲惨遭遇催人泪下,但她又是永生的,她那复仇的精神深入人心。鲁迅在病中特别回忆并写下这一切,可能是想到死亡和彼岸世界,不由自主地展示了这样绝妙的地方风俗画卷,以此寄托抵抗与挣扎的精神。

这篇文章以记忆书写为主,夹叙夹议,寓庄于谐,在叙说中穿插以精警的议论,还不时借题发挥、触类旁通,给现实中的丑恶以出人意料的闪击。即使是死前的书写,鲁迅仍不改他那诙谐犀利的笔法。他分明在这种战斗的书写中获取了快意。

关于太炎先生二三事[*]

前一些时,上海的官绅为太炎[①]先生开追悼会,赴会者不满百人,遂在寂寞中闭幕,于是有人慨叹,以为青年们对于本国的学者,竟不如对于外国的高尔基的热诚。这慨叹其实是不得当的。官绅集会,一向为小民所不敢到;况且高尔基是战斗的作家,太炎先生虽先前也以革命家现身,后来却退居于宁静的学者,用自己所手造的和别人所帮造的墙,和时代隔绝了。纪念者自然有人,但也许将为大多数所忘却。

我以为先生的业绩,留在革命史上的,实在比在学术史上还要大。回忆三十余年之前,木板的《訄书》[②]已

章太炎

---

[*] 本文最初印入1937年3月10日在上海出版的《工作与学习丛刊》之一《二三事》一书,后收入《且介亭杂文末编》。

[①] 太炎 章炳麟(1869—1936),又名绛,字枚叔,号太炎,浙江余杭人,清末革命家、学者。光复会的发起人之一,后参加同盟会,主编《民报》。他的著作汇编为《章氏丛书》(共三编)。

[②] 《訄书》 章太炎早期的一部学术论著,木刻本印行于1899年。1902年改订出版时,作者删去了带有改良主义色彩的《客帝》等篇,增加了宣传反清革命的论文,共收入《原学》《原人》《序种姓》《原教》《哀清史》《解辫发》等文共六十三篇,卷首有"前录"二篇:《客帝匡谬》和《分镇匡谬》。并在《客帝匡谬》文末说:"余自戊己违难,与尊清者游,而作《客帝》,饰苟且之心,弃本崇教,其违于形势远矣……著之以自劾,录而删是篇。"1914年作者重新增删时,删去"前录"二篇及《解辫发》等文,并将书名改为《检论》。

经出版了,我读不断,当然也看不懂,恐怕那时的青年,这样的多得很。我的知道中国有太炎先生,并非因为他的经学和小学,是为了他驳斥康有为①和作邹容的《革命军》序②,竟被监禁于上海的西牢③。那时留学日本的浙籍学生,正办杂志《浙江潮》④,其中即载有先生狱中所作诗,却并不难懂。这使我感动,也至今并没有忘记,现在抄两首在下面——

  狱中赠邹容

  邹容吾小弟,被发下瀛洲。快剪刀除辫,干牛肉作粮。英雄一入狱,天地亦悲秋。临命须掺手,乾坤只两头。

  狱中闻沈禹希⑤见杀

  不见沈生久,江湖知隐沦,萧萧悲壮士,今在易京门。螭魅羞争焰,文章总断魂。中阴当待我,南北几新坟。

  一九〇六年六月出狱,即日东渡,到了东京,不久就主持《民报》⑥。我爱看这《民报》,但并非为了先生的文笔古奥,索解为难,或说佛法,谈"俱分

---

① 康有为　参见第99页注④。这里所说"驳斥康有为",指章太炎发表于1903年5月《苏报》的《驳康有为论革命书》,批驳了康有为主张中国只可立宪、不能革命的《与南北美洲诸华商书》。

② 邹容(1885—1905)　字蔚丹,四川巴县人,清末革命家。1902年留学日本,积极参加爱国学生运动,1903年回国,于5月出版《革命军》一书,宣扬反清革命,建立中华共和国。书前有章太炎序。同年7月被清政府勾结上海英租界当局拘捕,次年3月判处监禁二年,1905年4月死于租界狱中。

③ 这就是当时有名的"《苏报》案"。《苏报》,1896年创刊于上海的宣扬反清革命的日报。因它曾刊文介绍《革命军》一书,经清政府勾结上海英租界当局于1903年6月和7月先后将章炳麟、邹容等人逮捕。次年3月由上海知县会同会审公廨审讯,宣布他们的罪状为:"章炳麟作《訄书》并《〈革命军〉序》,又有驳康有为之一书,污蔑朝廷,形同悖逆;邹容作《革命军》一书,谋为不轨,更为大逆不道。"邹容被判监禁二年,章炳麟监禁三年。

④ 《浙江潮》　月刊,清末浙江籍留日学生创办,光绪二十九年正月(1903年2月)创刊于东京。这里的两首诗发表于该刊第七期(1903年9月)。

⑤ 沈禹希(1872—1903)　名荩,字禹希,湖南善化(今属长沙)人。清末维新运动的参加者,戊戌变法失败后留学日本。1900年回国,曾参加唐才常自立军的活动。1903年被捕,杖死狱中。章太炎所作《祭沈禹希文》,载《浙江潮》第九期(1903年11月)。

⑥ 《民报》　月刊,同盟会的机关杂志。1905年11月在东京创刊,1908年11月出至第二十四号被日本政府查禁;1910年初由汪精卫续编两期秘密出版。其中第六至十八号、二十三至二十四号由章太炎主编。

进化"①,是为了他和主张保皇的梁启超②斗争,和"××"的×××斗争③,和"以《红楼梦》为成佛之要道"的×××斗争④,真是所向披靡,令人神旺。前去听讲也在这时候,但又并非因为他是学者,却为了他是有学问的革命家,所以直到现在,先生的音容笑貌,还在目前,而所讲的《说文解字》,却一句也不记得了。⑤

民国元年革命后,先生的所志已达,该可以大有作为了,然而还是不得志。这也是和高尔基的生受崇敬,死备哀荣,截然两样的。我以为两人遭遇的所以不同,其原因乃在高尔基先前的理想,后来都成为事实,他的

---

① "俱分进化" 章太炎曾在《民报》第七号(1906年9月)发表谈佛法的《俱分进化论》一文,其中说:"进化之所以为进化者,非由一方直进,而必由双方并进。专举一方,惟言智识进化可尔,若以道德言,则善亦进化,恶亦进化;若以生计言,则乐亦进化,苦亦进化。双方并进,如影之随形……进化之实不可非,而进化之用无所职;自标吾论曰:'俱分进化论'。"

② 梁启超(1873—1929) 号任公,广东新会人,清末维新运动领导人之一。戊戌政变后逃亡日本。逃亡日本后,于1902年在横滨创办《新民丛报》,鼓吹君主立宪,反对民主革命。章太炎主编的《民报》曾对这种主张予以批驳。

③ 和"××"的×××斗争 "××"疑为"献策"二字,×××指吴稚晖。吴稚晖(名敬恒)曾参加《苏报》工作,在《苏报》案中有叛变行为。章太炎在《民报》第十九号(1908年2月)发表的《复吴敬恒书》中说:"案仆入狱数日,足下来视,自述见俞明震(按,当时为江苏候补道)屈膝请安及赐面事,又述俞明震语,谓'奉上官条教,来捕足下,但吾辈办事不可野蛮,有释足下意,愿足下善为谋。'时慰丹在傍,问曰:'何以有我与章先生?'足下即面色青黄,嗫嚅不语……足下献策事,则□□□言之。……仆参以足下之屈膝请安,与闻慰丹语而面色青黄……有以知□□之言实也。"后来又在《民报》第二十二号(1908年7月)的《再复吴敬恒书》中说:"今告足下,□□□乃一幕友,前岁来此游历,与仆相见而说其事……足下既见震,而火票未发以前,未有一言见告;非表里为奸,岂有坐视同党之危而不先警报者? 及巡捕抵门,他人犹未知明震与美领事磋商事状,足下已先言之。非足下与明震通情之证乎?非足下献策之之证乎?"

④ ×××指蓝公武。章太炎在《民报》第十号(1906年12月)发表的《与人书》中说:"某某足下:顷者友人以大著见示,中有《俱分进化论批评》一篇。足下尚崇拜苏轼《赤壁赋》,以《红楼梦》为成佛之要道,所见如此,仆岂必与足下辩乎?"书末又有附白:"再贵报《新教育学冠言》有一语云:'虽如汗牛之充栋',思之累日不解。"1924年5月25日北京《晨报副刊》发表有蓝公武《"汗牛之充栋"不是一件可笑的事》一文,说:"当日和太炎辨难的是我,所辩论的题目,是哲学上一个善恶的问题。"按,蓝公武(1887—1957),江苏吴江人。早年留学日本和德国。曾任《国民公报》社长、《时事新报》总编辑等职。又,章太炎函中所说的"贵报",指当时蓝公武与张东荪主办的在日本发行的《教育杂志》。

⑤ 1908年作者在东京时曾在章太炎处听讲小学。据许寿裳在《亡友鲁迅印象记·从章先生学》中说:"章先生出狱以后,东渡日本,一面为《民报》撰文,一面为青年讲学,……我和鲁迅极愿往听,而苦与学课时间相冲突,因托庞未生(名宝铨)转达,希望另设一班,蒙先生慨然允许。……每星期日清晨,我们前往受业,……先生讲段氏《说文解字注》、郝氏《尔雅义疏》等。"

一身,就是大众的一体,喜怒哀乐,无不相通;而先生则排满之志虽伸,但视为最紧要的"第一是用宗教发起信心,增进国民的道德;第二是用国粹激动种性,增进爱国的热肠"(见《民报》第六本)①,却仅止于高妙的幻想;不久而袁世凯②又攘夺国柄,以遂私图,就更使先生失却实地,仅垂空文,至于今,惟我们的"中华民国"之称,尚系发源于先生的《中华民国解》(最先亦见《民报》)③,为巨大的记念而已,然而知道这一重公案者,恐怕也已经不多了。既离民众,渐入颓唐,后来的参与投壶④,接收馈赠,遂每为论者所不满,但这也不过白圭之玷,并非晚节不终。考其生平,以大勋章作扇坠,临总统府之门,大诟袁世凯的包藏祸心者,并世无第二人;七被追捕,三入牢狱,⑤而革命之志,终不屈挠者,并世亦无第二人:这才是先哲的精神,后生的楷范。近有文侩,勾结小报,竟也作文奚落先生以自鸣得意,真可谓"小人不欲成人之美"⑥,而且"蚍蜉撼大树,可笑不自量"⑦了!

但革命之后,先生亦渐为昭示后世计,自藏其锋铓。浙江所刻的《章

---

① 章太炎这几句话,见《民报》第六号(1906年8月)所载他的《演说录》:"近日办事的方法……第一要在感情,没有感情,凭你有百千万亿的拿坡仑、华盛顿,总是人各一心,不能团结……要成就这感情,有两件事是最紧要的,第一是用宗教发起信心,增进国民的道德;第二是用国粹激动种性,增进爱国的热肠。"

② 袁世凯(1859—1916) 河南项城人,自1896年(清光绪二十二年)在天津小站训练"新建陆军"起,即成为北洋军阀的首领。后任直隶总督、军机大臣、内阁总理大臣。1911年辛亥革命后,他利用革命领导者的软弱妥协攫取新政府的权力,于1912年3月就任中华民国临时大总统,次年10月任大总统。1915年12月12日宣布恢复帝制,称"中华帝国"皇帝,翌年元旦举行登基大典,改年号为"洪宪"。蔡锷等在云南起义反对帝制,得到各省响应,袁世凯被迫于1916年3月22日取消帝制,6月6日死于北京。

③ 《中华民国解》 发表于《民报》第十五号(1907年7月),后来收入《太炎文录·别录》卷一。

④ 投壶 古代宴会时的一种娱乐,宾主依次投矢壶中,负者饮酒。《礼记·投壶》孔颖达注引郑玄的话,说投壶是"主人与客饮讲论才艺之礼"。北洋直系军阀孙传芳(1885—1935),字馨远,山东历城人,他盘踞东南五省时,为了提倡复古,于1926年8月6日在南京举行投壶古礼。1926年8月间,章太炎在南京任孙传芳设立的婚丧祭礼制会会长,孙传芳曾邀他参加投壶仪式,但章未去。

⑤ 七被追捕,三入牢狱 章太炎在1906年5月出狱后,东渡日本,在7月15日旅日的革命者为他举行的欢迎会上说:"算来自戊戌年(1898)以后,已有七次查拿,六次都拿不到,到第七次方才拿到;以前三次,或因事株连,或是普拿新党,不专为我一人,后来四次,却都为逐满独立的事。"(载《民报》第六号)"三入牢狱",第一次是1903年5月因《苏报》案被捕,监禁三年,期满获释;第二次是日本东京地方裁判所封禁《民报》时,判纳罚金一百一十五圆,章未能交纳,1909年3月3日被东京小石川警察署拘留,由许寿裳等学生筹款交付后,当天获释;第三次是1913年8月因反对袁世凯被软禁,袁死后始得自由。

⑥ "小人不欲成人之美" 语出《论语·颜渊》:"君子成人之美,不成人之恶;小人反是。"

⑦ "蚍蜉撼大树,可笑不自量" 语见韩愈诗《调张籍》。

氏丛书》①,是出于手定的,大约以为驳难攻讦,至于诟詈,有违古之儒风,足以贻讥多士的罢,先前的见于期刊的斗争的文章,竟多被刊落,上文所引的诗两首,亦不见于《诗录》中。一九三三年刻《章氏丛书续编》于北平,所收不多,而更纯谨,且不取旧作,当然也无斗争之作,先生遂身衣学术的华衮,粹然成为儒宗,执贽愿为弟子者綦众,至于仓皇制《同门录》②成册。近阅日报,有保护版权的广告,有三续丛书的记事,可见又将有遗著出版了,但补入先前战斗的文章与否,却无从知道。战斗的文章,乃是先生一生中最大,最久的业绩,假使未备,我以为是应该一一辑录,校印,使先生和后生相印,活在战斗者的心中的。然而此时此际,恐怕也未必能如所望罢,呜呼!

十月九日。

【讲析】

  鲁迅 1936 年 10 月 19 日逝世。此前十天,先后写了本文和《因太炎先生而想起的二三事》。《关于太炎先生二三事》写于 1936 年 10 月 9 日,载 1937 年 3 月 10 日《工作与学习丛刊》之一。《因太炎先生而想起的二三事》写于 1936 年 10 月 17 日,未完辍笔,载 1937 年 3 月 25 日《工作与学习丛刊》之二。在生命的最后十天,鲁迅已经非常衰弱和痛苦,还坚持连写两文来评论章太炎,这是为什么?为了怀念自己在东京留学时曾经追随过的这位老师,同时想到"死",担心名人死后如何被社会所"消费"。

  章太炎死于 1936 年 6 月 14 日,那时鲁迅已经罹患严重的肺结核。6 月 30 日的日记中记载"日渐萎顿,终至艰于起坐""一时颇虞奄忽"。在病中他听到章太炎病逝的噩耗,而当时报刊上纪念章太炎的文章很多,连

---

① 《章氏丛书》　浙江图书馆木刻本于 1919 年刊行,共收著作十三种。其中无《诗录》,诗即附于"文录"卷二之末。下文的《章氏丛书续编》,由章太炎的学生吴承仕、钱玄同等编校,1933 年刊行,共收著作七种。
② 《同门录》　即同学姓名录。据《汉书·孟喜传》唐代颜师古注:"同门,同师学者也。"

上海一些官绅也都要纪念这位"国学大师",而章太炎先前的革命贡献几乎被抹杀。鲁迅对此不满,他对章太炎做出基本论断:"我以为先生的业绩,留在革命史上的,实在比在学术史上还要大。"章太炎死后被人纪念,已经是"将他先前的光荣和死尸一同拖入烂泥的深渊"了。鲁迅此时物伤其类,特别在乎当时社会上对章太炎的"消费",他要出来公正说话,给老师"盖棺定论"。

在这篇文章中,鲁迅历史地辩证地评说了章太炎一生的是非功过,用较多篇幅叙写了章太炎在清末民初献身革命的一些事迹,包括撰写驳康有为的文章和为邹容的《革命军》作序,到因《苏报》案而被捕,再到出狱后主持同盟会机关杂志《民报》,同梁启超、吴稚晖、蓝公武等人斗争,以及因反袁世凯而被软禁。在列举了这些事迹后,作者热情洋溢地赞扬道,"考其生平,以大勋章作扇坠,临总统府之门,大诟袁世凯的包藏祸心者,并世无第二人;七被追捕,三入牢狱,而革命之志,终不屈挠者,并世亦无第二人",充分肯定了章太炎作为革命者和思想家的业绩,认为这比他的学问贡献更大也更重要。鲁迅从自己的亲历和感受来叙说他所认识的太炎先生,并非因为"他的经学和小学",是为了他驳斥康有为和为《革命军》作序以至被监禁;爱看《民报》,并非因为章太炎的"文笔古奥,索解为难",而是因为他与保皇派等进行斗争,"令人神旺";前去听讲,也"并非因为他是学者,却为了他是有学问的革命家"。

鲁迅也指出,章太炎在辛亥革命以后,"既离民众,渐入颓唐","参与投壶","接收馈赠",这当然是一种倒退。但衡量功过,鲁迅认为这只是"白圭之玷,并非晚节不终",不能以此否定他前期的革命业绩,不能借此歪曲他的"全人"。鲁迅对章太炎的盖棺论定是全面而准确的,他高度赞扬太炎先生的革命业绩,指出"这才是先哲的精神,后生的楷范",从而澄清了当时社会上对于章太炎评价上的偏颇。

平心而论,章太炎对于近代中国的重大影响,一是作为革命家,二是作为国学家。1907年在《民报》撰文《中华民国解》,被视为"中华民国"国号的创始者。1905年在东京开设国学讲习班,弟子有黄侃、汪东、钱玄同、朱希祖、沈兼士、马裕藻、吴承仕、鲁迅、周作人,等等。1913年以后,

"章门弟子"纷纷进入北京大学,成为国学和文史教学的中坚,深刻影响到中国现代学术的形态。鲁迅对章太炎的学术与为人是非常尊崇的,执弟子礼甚恭,革命家"章疯子"的形象也隐约出现在鲁迅的一些作品中,甚至鲁迅文章的那种魏晋神韵,也多少受到过太炎先生的影响。

　　本文侧重记事,并无一般悼文那样罗列铺陈,而是大刀阔斧摘取章太炎早年革命活动代表性的二三事,凸显他不怕牺牲、视死如归的革命精神,以及与保皇复辟势力斗争中"所向披靡,令人神旺"的战斗锋芒。对章太炎的革命活动写得较详,学术上的成就则一笔带过。其间穿插对章太炎一生功过的议论评断,言简意赅,饱含着对先生诚挚的敬意。

旧体诗

鲁迅主要以小说和杂文名世，但他本质上是个诗人，写过散文诗《野草》，还写过一些新诗和旧体诗。他的新诗数量很少，主要是为了配合"五四"时期新派人物对于"旧文学"的示威，带有诙谐"打油"的意味。大概也因为鲁迅对于新诗的形式是颇有些怀疑的，后来也就洗手不干了。他对旧体诗的看法也特别，认为"一切好诗，到唐已经做完，此后倘非能翻出如来掌心之'齐天大圣'，大可不必动手"。(1934年12月20日致杨霁云信)这是朋友间通信聊天的话，不是定论，但也可见鲁迅对古典诗词艺术还是比较尊崇，对旧体诗的写作标准是定得非常高的。他不轻易动笔，留下的旧体诗作其实不多，也就四十七首。

鲁迅的旧体诗多数是应朋友索要书法而写，是为了写字应酬而写诗，取材会考虑对方，也会借以发表一些感慨。他对自己的诗作未见得很看重。起初鲁迅还不愿意把他的旧体诗编入集中。但研究民国时期旧体诗的学者普遍认为鲁迅是这方面的高手，他的诗形式多采取近体，有的风格接近杜甫的沉郁或李商隐的绵密。鲁迅的老友许寿裳也说：鲁迅作诗"虽不过是他的余事，偶尔为之，可是意境和音节，无不讲究，功夫深厚，自成风格"。

这里选收了鲁迅不同时期的旧体诗九首。阅读欣赏时大可不必拘泥于某一解释，也不必多费心思去追寻微言大义，只要体味鲁迅诗作的意境，发挥自己的感悟和想象就好。各首诗的注释已经融进"讲析"之中，也就不再列出。"诗无达诂"，且将"讲析"当作多种说法的其中一种就是了。

灵台无计逃神矢，风雨如磐闇故园，寄意寒星荃不察，我以我血荐轩辕。 二十一岁时作 五十一岁时写之 时辛未八月十六日也 鲁迅

《自题小像》手迹

自题小像

灵台无计逃神矢,风雨如磐暗故园。
寄意寒星荃不察,我以我血荐轩辕。

【讲析】

　　这首七绝写于1903年3月底或4月初,鲁迅时年二十一岁,到日本留学已一年。按清朝风习,鲁迅留有辫子,又是弱国子民,常受到日本人的奚落,这遭遇激起鲁迅抗争救国的强烈意愿。1903年他毅然剪去辫子,表示与"满洲政府"(清王朝)的决裂。鲁迅断发之后拍照纪念。1904年鲁迅入仙台医学专门学校后,将题诗的断发照片寄赠好友许寿裳。1936年鲁迅逝世后,许寿裳作《怀旧》,首次披露了这首诗。后收入《集外集拾遗》。

　　"灵台无计"句。"灵台"指心。《庄子·庚桑楚》有句"不可内于灵台"。郭象注"灵台者,心也"。"神矢"是神箭,一说是采用希腊神话故事,爱神丘比特有双翅,手持弓箭,若射中男女的心,双方就会相恋。鲁迅化用这个典故,表达自己对故国的眷恋关切之情难以抑制,就如同被爱神之箭射中了那样。另一说认为,是典出《圣经》中的《耶利米哀歌》,其中有写神(耶和华)"使我行在黑暗中","用苦楚和艰难围困我",还"张弓将我当作箭靶子,他把箭袋中的箭,射入我的肺腑"。"灵台无计逃神矢"中的"神矢",就是神的惩罚,无可逃避。鲁迅生前购阅过俄罗斯基督教思想家舍斯托夫的《在约伯的天平上》,这引发了他对于《圣经》的兴趣。

而其中《约伯记》一节也有"因全能者(上帝)的箭射入我身,其毒,我的灵喝尽了"的典故。鲁迅是借此表达来自故国的那些令人困厄的消息,就如同"神矢"射心,让"我"摆脱不了哀伤。这就和下一句连上了。

"风雨如磐"句。"磐"即大石。"故园"即故乡,泛指祖国。"风雨如磐"喻清朝政府腐败统治下的中国人民困苦不堪,而列强的宰割瓜分更使故国灾难深重,面临亡国灭种的危险。这就像狂风暴雨猛烈地打击神州大地,整个中国蒙受着大石重压般的无边黑暗。第一、二两句是倒装的,第二句是"因",因为故国灾难深重,那第一句思念和救国的心情如同被"神矢"所射中,就可以顺解了。

"寄意寒星"句,转用了屈原《离骚》中"荃不揆(察)余之中情兮"的句意。"荃"原指香草,象征君王,鲁迅转指故国民众。鲁迅感到自己和众多革命义士的救国心志,千万国民同胞未必能识察理解,他们仍然那样麻木沉睡。此番寂寞向谁诉说?只能"寄意"天上的孤冷的星星了。另一说,"荃"就是主,是神,指某种外在的力量,造化或者运命。"神矢"穿心,故园如墨,怎么办呢?这就逼出了最后一句。

"我以我血"句。"轩辕"指黄帝,史籍所载中华民族的先祖,清末言黄帝意味着反清革命。"荐",是贡献,古代祭祀先祖时宰杀牛羊供奉。鲁迅以此表达为拯救国家民族而"鞠躬尽瘁、死而后已"的心愿。

这首七绝采取平起首句不入韵式,节奏劲健利落。又巧用古人和西洋的典故,翻出新意,寄植青春热血之情志,心声锋起,感人肺腑。确如许寿裳所说:"鲁迅对于民族解放事业,坚贞无比……三十余年来,刻苦奋斗以至于死,完全是为中华民族的生存而牺牲,一息尚存,不容稍懈"(《亡友鲁迅印象记》),"真是实践了他三十五年前所做的'我以我血荐轩辕'的诗句!"(《鲁迅的生活》)

无 题

惯于长夜过春时,挈妇将雏鬓有丝。
梦里依稀慈母泪,城头变幻大王旗。
忍看朋辈成新鬼,怒向刀丛觅小诗。
吟罢低眉无写处,月光如水照缁衣。

【讲析】

　　这首七言律诗写于1931年2月。当时柔石等多名左翼作家被国民党当局逮捕,由于柔石被捕时身上带有一份鲁迅的出书合同,极可能株连到鲁迅,在朋友的劝说下,鲁迅带着妻儿离寓避难三十九天。该诗是鲁迅闻知柔石等人牺牲之后所写,后录入《为了忘却的记念》这篇祭奠"左联五烈士"的文中(该文写于1933年2月,烈士捐躯两周年)。

　　首联"惯于长夜"句。"长夜"指避难时夜不能寐,也指当时国民党统治下的社会情状,即使时至春天,也不见春光,而只有漫长的黑夜。"挈妇将雏"即携带妻儿,"鬓有丝"指头发都白了。1930年3月,鲁迅曾因参加"自由大同盟"遭国民党当局通缉而避难,这次是第二次了,故曰"惯于",带有对黑暗势力的蔑视,对这种迫害已经"习惯"也无所谓了。

　　颔联"梦里依稀"句。梦中仿佛见到自己的母亲在流泪。鲁迅避难时,有谣传说鲁迅已被捕,让当时仍在北京的老母亲非常牵挂。鲁迅思念母亲,即时去信问安。"城头变幻大王旗"指战乱频仍,时局无常,国民党政府和地方军阀之间连连发生冲突,战争导致政权频繁更迭,给人民带来

《无题》手迹

无穷的灾难。

颈联"忍看朋辈"句。"朋辈"指被当局逮捕的左翼作家柔石等人。不忍心看到这些年轻的革命者在敌人的枪口下变成了"新鬼"。"忍"字凝聚着鲁迅对烈士的深沉哀悼,与对句中的"怒"字相应。压抑着的火山熔岩般的激情要迸发了,才有"怒向刀丛觅小诗"。"刀丛"渲染出白色恐怖的严酷,而诗人和革命者还是要不屈不挠地发出反抗的呼喊。"小诗"似乎只是纸上创作,却是发自内心的雄强之力,足以面对严酷的压迫,有意称之为"小",更凸显鲁迅顽强的战斗精神。1932年7月11日,鲁迅曾手书这首诗,赠给日本歌人山本初枝。翌年6月25日致这位歌人的信中说,"只要我还活着,就要拿起笔,去回敬他们的手枪"。这句话也可以帮助我们理解"怒向刀丛觅小诗"的含义。

尾联"吟罢低眉"句,和首联对应,情绪似乎又有回落,回到实写"长夜"。虽然诗作奔涌出无边的悲愤,但"吟罢"还是要"低眉"沉思,面对当局文化"围剿"的残酷现实。"无写处"指白色恐怖和文化"围剿",有如刀斧林立,文章无从发表。鲁迅1931年7月致李小峰的信中说,"但现在文网密极,动招罪尤"。同时期给孙用的信中又说:"文艺遂没有什么好东西了,而出版也难,一不小心,便不得了……"说的都是"无写处"。最后一句的意象很特别,时当深夜,冷清的月光如水一般染射在"缁衣"即黑色的衣袍上,倍感死寂,烘托出鲁迅内心深处的悲凉。

全诗首尾都写到"长夜",前后呼应,回婉曲折,结构严整。有写实成分,但又很多暗喻与延伸,不宜逐句落实,要体味充溢全诗的那种郁怒、哀切的氛围与感情。

自　　嘲

运交华盖欲何求,未敢翻身已碰头。
破帽遮颜过闹市,漏船载酒泛中流。
横眉冷对千夫指,俯首甘为孺子牛。
躲进小楼成一统,管它冬夏与春秋。

【讲析】

　　据鲁迅日记1932年10月12日载:"午后为柳亚子书一条幅,云:'运交华盖欲何求……',达夫赏饭,闲人打油,偷得半联,凑成一律以请。"所谓"偷得半联",是指鲁迅从郁达夫那里得到启发,写成这首诗。10月5日,郁达夫、王映霞夫妇在聚丰园饭店宴请鲁迅、柳亚子等众人。鲁迅到时,达夫和他开玩笑说:你这些天辛苦了吧。所谓辛苦,指鲁迅那几天同许广平几次带海婴看病。鲁迅微笑着就用一天前想到的"横眉冷对"两句作答。郁达夫继续打趣,看来你的"华盖运"还没有脱呵。鲁迅道,你这样一说,我又得了半联。散席时,郁达夫请大家在他准备好的绢纸上题字,鲁迅写了前面说的半联,略加思索后,又加了半联,写成这首七律。

　　首联"运交华盖欲何求,未敢翻身已碰头"。"华盖"是星座名,今说仙后座。旧时迷信,以为人若犯了华盖星,运气就不好。鲁迅有杂文集《华盖集》,其题记说:"我平生没有学过算命,不过听老年人说,人是有时要交'华盖运'的。……华盖在上,就要给罩住了,只好碰钉子。"这是自嘲生逢黑暗社会,自有悲苦抗争,就难免碰钉子,算是自认倒霉。《诗经》

有句"不知我者,谓我何求",此处"欲何求",是自嘲,谓自身对现实总采取批判和不合作的立场,是"命定"的。"未敢"是愤激的反说,喻指当时国民党当局钳制言论自由,动辄得咎。但对鲁迅来说"无所谓",他还是要抗争。

颔联"破帽遮颜过闹市,漏船载酒泛中流"。"闹市"指当时社会混乱,"中流"指水深湍急,都象征形势险恶,只能用"破帽"遮住头脸闯过"闹市",障鹰犬之目;处境之危险就如同在湍急的"中流"乘坐一条"漏船",但也还是要喝点小酒取乐,泰然处之。"漏船载酒"典出《晋书·毕卓传》:"得酒满数百斛……浮酒船中,便足了一生矣。"一个"过"和一个"泛",带有无奈却也洒脱的含义,寓庄于谐,从容淡定,表达在恶劣的社会环境中仍然要生存与奋斗的意思。

颈联"横眉冷对千夫指,俯首甘为孺子牛",是传扬甚广的警句。"横眉"是怒目而视,"千夫指"典出《汉书·王嘉传》:"里谚曰:'千人所指,无病而死。'"意思是那些奸佞之徒,人所共弃,千夫所指,其死不必以病。一说"千夫"是坏人或敌人,"千夫指"即诗人自喻。但看鲁迅1931年2月4日致李秉中函中,也曾提到"千夫指"。当时柔石被捕,谣传鲁迅也被捕,鲁迅告以无事,说:"然而三告投杼,贤母生疑。千夫所指,无疾而死。生于今世,正不知来日如何耳。"可见"千夫指"是指众多论敌的"围剿"。鲁迅用"横眉冷对千夫指"表明自己对敌斗争决不妥协的凛然正气。

"孺子牛"也有出典:春秋时齐景公跟儿子嬉戏,装牛趴在地上,让儿子骑在背上。鲁迅借用这个典故回应郁达夫的玩笑,表明自己作为父亲为儿子操劳是理所当然的。鲁迅致李秉中函内曾提到:"长吉诗云:'已生须已养,荷担出门去'。只得加倍服劳,为孺子牛耳,尚何言哉。"但这首诗前后意思统观,"俯首甘为孺子牛"又可以引申比喻为人民大众服务,而且是心甘情愿,尽力而为的。颈联表达了鲁迅为人处事爱憎分明的两个侧面。

尾联"躲进小楼成一统,管它冬夏与春秋。""小楼"是作者居住的地方。"躲进"有隐避的意思。面对当局的压迫与外界的流言蜚语,鲁迅自是不屑与蔑视,但也想摆脱这些乱局骚扰与无聊的纠缠,有自己的空间做点自己的事情。

运交华盖欲何求,未敢翻身已碰头。破帽遮颜过闹市,破船载酒泛中流。横眉冷对千夫指,俯首甘为孺子牛。躲进小楼成一统,管他冬夏与春秋。

达夫赏饭,闲人打油,偷得半联,凑成一律以请

亚子先生教正

鲁迅

《自嘲》手迹

答 客 诮

无情未必真豪杰,怜子如何不丈夫。
知否兴风狂啸者,回眸时看小於菟。

【讲析】

　　这首七言绝句写于1931年冬,曾写成两个条幅,先后赠予郁达夫和当时给海婴看病的日本医生平井芳治。据好友许寿裳回忆:"这大概是因为他的爱子海婴活泼会闹,客人指为溺爱而作。""答客诮"的"诮",指嘲讽或责问,回应有人讽其溺爱幼子。古诗常有"答客"以抒发怀抱者,鲁迅此诗亦带有抒怀和自解嘲的意味。全诗的意思是:对子女没有感情的人不一定是真的豪杰,怜爱孩子怎见得就不是大丈夫呢?山林里威武狂啸的老虎,都还时时回头看顾小老虎呢。"眸"指眼睛。"於菟"(wū tú)是一古词,老虎的别称。

"海婴与鲁迅,一岁与五十"(摄于1930年)

1931年3月6日鲁迅在致李秉中信中提到:"孩子生于前年九月间,今已一岁半,男也,以其为生于上海之婴孩,故名之曰海婴。我不信人死而魂存,亦无求于后嗣,虽无子女,素不介怀。后顾无忧,反以为快。今则多此一累,与几只书箱,同觉笨重,每当迁徙之际,大加掣画之劳。但既已生之,必须育之,尚何言哉。"海婴出生时,鲁迅已四十八岁,可谓高龄得子,自然非常怜惜。这首诗在为父子间舐犊之情"辩护"时,不无自得之乐,也可见鲁迅"横眉冷对"的另一面,有那样的脉脉温情。

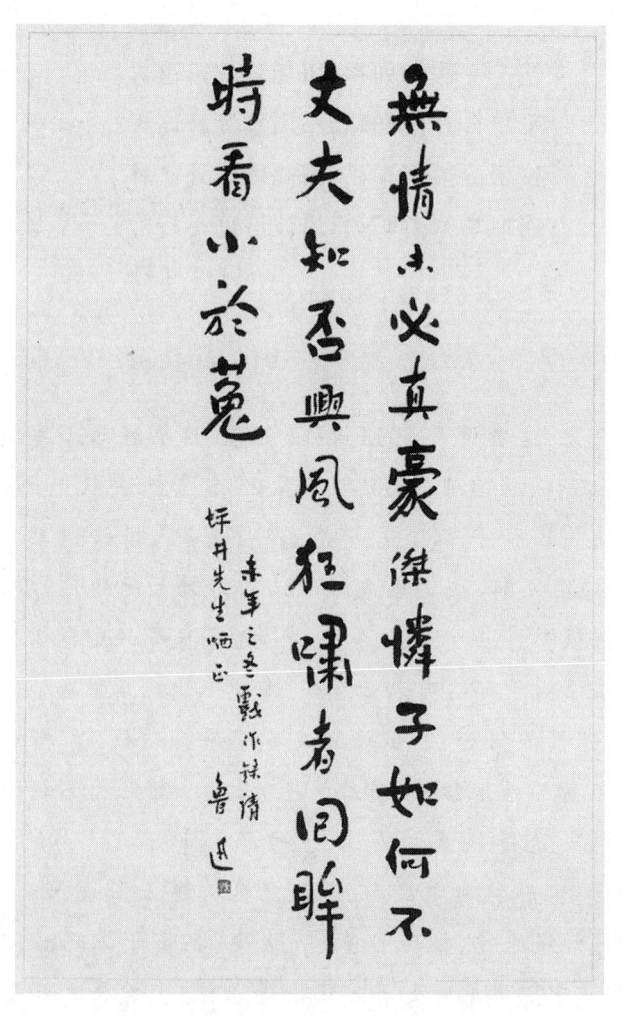

《答客诮》手迹

阻郁达夫移家杭州

钱王登假仍如在，伍相随波不可寻。
平楚日和憎健翮，小山香满蔽高岑。
坟坛冷落将军岳，梅鹤凄凉处士林。
何似举家游旷远，风波浩荡足行吟。

【讲析】

据鲁迅日记，这首诗是1933年12月30日书赠郁达夫、黄映霞夫妇的，写作时间不详，应当是1933年4月25日郁达夫从上海迁居杭州之后。诗题中的"阻"似乎不确当，那是高疆在《今人诗话》（载1934年7月20日《人间世》第8期）一文率先披露这首诗时加的题目，后沿用。鲁迅同郁达夫交谊很深，深知郁氏搬家意在逃避国民党的白色恐怖，但又觉得杭州的退隐生活对于郁达夫未必适合，希望他能继续振奋创作。

首联"钱王登假仍如在，伍相随波不可寻"。"钱王"指钱镠，五代临安（杭州）人。曾为唐末镇海、镇东节度使，后以割据称吴越国王，偏霸一方，急征苛惨，是荒淫残暴的君王。"登假"同"登遐"，旧指帝王死亡。"伍相"即伍子胥，春秋时楚国人，其父兄皆为楚王所杀，他潜奔吴国，助吴伐楚。后被奸佞所谗，被迫自杀。"随波"指伍子胥死后，其尸体被放一皮囊，浮于江中。事见《史记·伍子胥列传》。首联大意是，残暴的吴越王钱镠虽早已死去，但他的鬼魂仍附着在现今杭州的权贵身上，而忠贞耿直的伍子胥却死无葬身之地。"仍如在"三字指向现实，杭州仍然存在欺压百姓、残害忠良的现代版"钱镠"之流,郁达夫虽然移家杭州,恐怕也难逃黑暗。

颔联"平楚日和憎健翮,小山香满蔽高岑"。"健翮"是矫健的翅膀,借指有才干的人。"小山香满"是说西湖一带美景充满温馨的香气。"高岑"是高山。这一句大意是,西湖平林脉脉,风和日丽,但这样的美景并不为战斗者所向往留恋;那充满温香的气氛,会遮蔽高远的目光,忘记了现实的残酷。提醒郁达夫别忘记自己曾是"五四"时期的健将,一只翱翔高空的"健翮",杭州虽好,却容易消磨意志,并非战斗者久留之地。

颈联"坟坛冷落将军岳,梅鹤凄凉处士林",都是写杭州景致。"将军岳"指岳飞,南宋抗金名将,为了雪靖康之耻,誓死尽忠,后被宋高宗、秦桧所害,葬于西湖畔,岳坟遂成胜迹。"梅鹤"指宋代诗人林逋,隐居西湖孤山,喜欢种梅养鹤,宋真宗赐号曰"和靖处士"。"处士林"即西湖孤山的林逋墓和梅林。鲁迅感叹现在岳王坟冷落,"处士林"凄清,岳飞和林逋一为忠臣,一为名士,所代表的气节精神都得不到张扬。

尾联"何似举家游旷远,风波浩荡足行吟"。"旷远"是辽远之地,"游旷远"可解为摆脱狭小萎靡的生活圈子,开阔胸襟。"行吟"典出《楚辞·渔父》:"屈原既放,游于江潭,行吟泽畔。"这一联的大意是,何不向屈原学习,重整精神,到更广大辽远的现实生活之中去,做时代的歌者!

全诗写的几乎都是和杭州有关的典故,顺手拈来,巧妙联结,借古喻今,沉郁凝重,情意恳切,显出鲁迅旧体诗的功力。

题《呐喊》《彷徨》

题《呐 喊》

弄文罹文网,抗世违世情。
积毁可销骨,空留纸上声。

题《彷 徨》

寂寞新文苑,平安旧战场。
两间馀一卒,荷戟独彷徨。①

---

① 本诗曾见录于 1934 年 7 月 20 日《人间世》半月刊第八期高疆《今人诗话》一文。诗中"独"原作"尚"。

寂寞新文苑，平安舊戰場。兩間餘一卒，荷戟尚彷徨。

午年之春書請

山縣先生教正 魯迅

鲁迅题《彷徨》

【讲析】

据鲁迅日记1933年3月2日记载:"山县氏索小说并题诗,于夜写两册赠之。"山县氏即山县初男,日本人,时任湖北汉冶萍煤铁公司顾问,对中国古典文学有兴趣,由内山完造引荐和鲁迅相识。题赠的两册小说即《呐喊》与《彷徨》。后来这两首诗分别题为《题〈呐喊〉》与《题〈彷徨〉》。后者收入《集外集》,前者收入《集外集拾遗》。

先说《题〈呐喊〉》。"弄文"即舞文弄墨。"罹",遭遇。"文网"指当局文化专制的各种禁令,也指文坛的各种势力的毁谤攻击,流言蜚语,等于是为鲁迅编织的罗网。《史记·游侠列传》有句"虽时扞当世之文罔。"司马贞《索隐》:"违扞当世之文罔"谓犯法禁也。""抗世"指《呐喊》是反封建礼教、批判落后国民性的,容易被看作违抗世俗。"弄文罹文网,抗世违世情"这句大意是:昔曾弄笔写作,却总是犯禁,遭遇各种限制与迫害;而且因为反封建反礼教而不能不违背守旧的世情,这就为世所不容,身陷囹圄。

"积毁可销骨",意思是遭受毁谤太多,似乎连骨头都要被销蚀了。这里借用了"众口铄金,积毁销骨"的典故。层出不穷的造谣、诋毁、污蔑,让鲁迅应接不暇,鲁迅曾慨叹,"在中国,却确是谣言也足以谋害人的"。(1931年2月2日致韦素园信)

"空留纸上声",是指所谓"呐喊",也不过是"纸上声"而已。

鲁迅是在反顾《呐喊》创作时如何冲决封建专制和旧礼教的罗网,批判国民性,和黑暗势力斗争,以及个人连续不断遭受毁谤与迫害的状况。鲁迅虽然认为文艺可以转移性情,催促社会改革,但又清醒地看到文学的实际影响力是有限的,"改革最快的还是火与剑"。(《两地书·十》)尽管对社会变革的前景并不乐观,也深知文艺的作用有限,鲁迅还是知其不可为而为之,一直坚持把写作当作斗争的武器。"空留纸上声",在自谦的背后还是有一种傲气,任何毁谤迫害也奈何不了。

鲁迅早年对反抗社会的"摩罗诗人"(即19世纪富于反抗性的欧洲

浪漫主义诗人)甚为赞赏,认为他们"立意在反抗,指归在动作,而为世所不甚愉悦者"。(《坟·摩罗诗力说》)1932年12月鲁迅在上海做题为《文艺与政治的歧途》的演讲,其中讲到政治与文艺的社会功能不同,"政治想维系现状使它统一,文艺催促社会进化使它渐渐分离;文艺虽使社会分裂,但是社会这样才进步起来。文艺既然是政治家的眼中钉,那就不免被挤出去。"联系这些说法,对《题〈呐喊〉》的含义也许有更深入的了解。

再说《题〈彷徨〉》。"寂寞新文苑",是感叹"五四"落潮期,思想分化,新文化阵线中人已"有的高升,有的退隐,有的前进",作家星散,热情冷却,北京文坛显得寂寞冷清。"平安旧战场"是顺着前一句来的,"旧战场"和"新文苑"对仗,指"五四"时期反封建专制、反礼教的激烈战场,而现在已成历史陈迹,变得"平安"无事了。"寂寞"与"平安"都带有某些悲凉。

"两间馀一卒,荷戟独彷徨"。"两间"指"新文苑"与"旧战场"之间。"戟",古代的武器,兼有勾啄和刺击双重功能。这两句意思是,"五四"新文化运动的队伍已经消散,剩下"我""一卒"仍然在彷徨中坚持探索。鲁迅1932年写的《〈自选集〉自序》中有这么一段话,能帮助我们理解这首诗所表达的情绪:"后来《新青年》的团体散掉了,有的高升,有的退隐,有的前进,我又经验了一回同一战阵中的伙伴还是会这么变化,并且落得一个'作家'的头衔,依然在沙漠中走来走去,不过已经逃不出在散漫的刊物上做文字,叫作随便谈谈。有了小感触,就写些短文,夸大点说,就是散文诗,以后印成一本,谓之《野草》。得到较整齐的材料,则还是做短篇小说,只因为成了游勇,布不成阵了,所以技术虽然比先前好一些,思路也似乎较无拘束,而战斗的意气却冷得不少。新的战友在那里呢?我想,这是很不好的。于是集印了这时期的十一篇作品,谓之《彷徨》,愿以后不再这模样。"

两诗都是第一、二句对仗,三、四句是散句,整散自如,寂寞悲凉中有调侃。

戌年初夏偶作

万家墨面没蒿莱,敢有歌吟动地哀。
心事浩茫连广宇,于无声处听惊雷。

【讲析】

　　本篇写于1934年5月30日,据鲁迅当天日记载:"午后为新居格君书一幅云:'万家墨面没蒿莱……。'"新居格是日本作家,记者。此诗未另发表,后以《无题》为题,收入《集外集拾遗》。1961年10月7日毛泽东手书此诗赠日本访华朋友,题曰:"这一首诗是鲁迅在中国黎明前最黑暗的年代里写的。"此诗传播甚广。

　　首句"万家墨面没蒿莱"。"墨面"一作面容憔悴黑瘦解。《淮南子·览冥训》:"逮至夏桀之时……美人挐首墨面而不容",指在夏桀暴政下,民不聊生,妇女都蓬头垢面,不施装扮。二作墨刑解,古代五刑之一,在囚徒脸上刺墨以刑辱。"蒿莱"即野草。"没蒿莱"指被野草淹没。本句写千百万民众过着贫穷悲苦的生活,暗指当时社会黑暗,民不聊生。

　　第二句"敢有歌吟动地哀"。"敢有"是岂敢,哪敢。意思是黑暗年代实施言论钳制,谁敢发声表达愤懑,让悲壮的歌声震撼大地?

　　第三句"心事浩茫连广宇"。"广宇"是广阔无边的宇宙。意思是诗人的命运和苍生联结,思虑国家民族命运,忧愤深广。

　　结句"于无声处听惊雷",是回应"敢有歌吟动地哀"一句,其意是,民众遭受极度压迫,那种禁锢无声的高压状态下,已经能够听到震天动地的惊雷。

全诗外示冰谷,内蕴火山,凛然正气,一气呵成,读来振聋发聩。

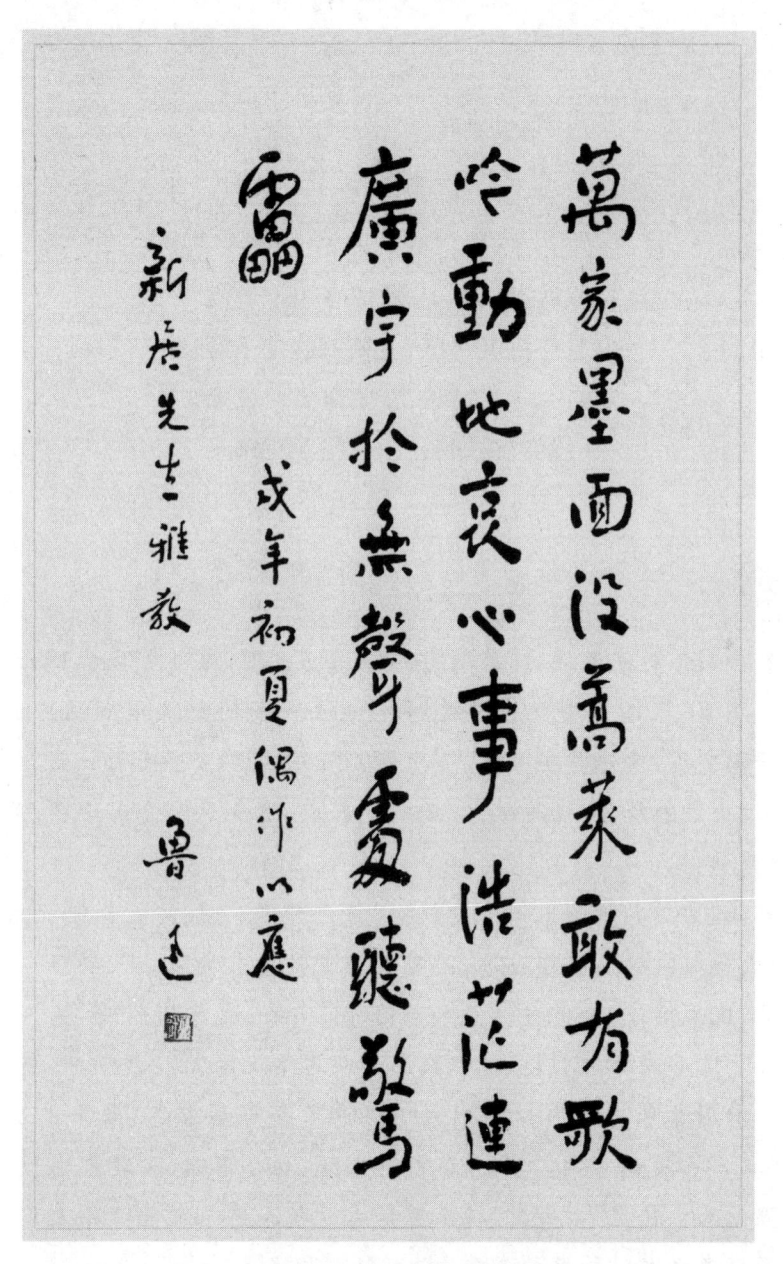

《戌年初夏偶作》手书条幅

亥年残秋偶作

曾惊秋肃临天下，敢遣春温上笔端。
尘海苍茫沉百感，金风萧瑟走千官。
老归大泽菰蒲尽，梦坠空云齿发寒。
竦听荒鸡偏阒寂，起看星斗正阑干。

【讲析】

本诗写作时间不详，据诗题"亥年残秋"推定，应当是写于1935年10月。翌年10月19日鲁迅去世后，许寿裳在《怀旧》一文中回忆："去年我备了一张宣纸，请他写些旧作，不拘文言或白话，到今年七月一日，我们见面，他说去年的纸，已经写就，时正病卧在床，便命景宋检出给我，是一首《亥年残秋偶作》。"

首联"曾惊秋肃临天下，敢遣春温上笔端"。"秋肃"，指深秋肃杀之气，照应诗题残秋与写作时间，同时暗指当时日本帝国主义侵华，当局抵抗不力，民生憔悴，社会人心混乱与消沉。"敢"是岂敢。"春温"指春天的温暖。这一联的意思是，社会氛围如此肃杀沉沦，让人惊心忧愤，我岂敢写诗以颂春来排遣内心的烦忧呢？1907年鲁迅曾在《坟·摩罗诗力说》里说，"人有读古国文化史者，循代而下，至于卷末，必凄以有所觉，如脱春温而入于秋肃"。可见，诗人曾惊心于秋天肃杀之气降临天下，正表示了国家危亡之时的那种深重的忧愤。

颔联"尘海苍茫沉百感，金风萧瑟走千官"。"尘海"指人间世。"苍茫"是旷远迷茫貌。"沉"是沉重,这里有思虑沉重的意思。"金风"即秋风,古人以阴阳五行解释季节演变,秋属金。"萧瑟"是风吹草木摇落的声音。"走千官",指日军入关后制造了"华北事件",逼迫国民党政府签订"何梅协定",从京、冀、察撤走驻军和党政机构,官员纷纷南逃。这一联写国事枯槁,人心凄凉,如同秋风摇落,让人百感交集,大有"尘海苍茫"之慨。

颈联"老归大泽菰蒲尽,梦坠空云齿发寒"。"大泽"是广大的湖沼地区。"菰蒲"指两种水生植物。"菰"即茭白,可作蔬菜,结实为菰米可煮食。"蒲"是蒲草,可制席和扇子,嫩蒲可食。"空云"指高空云端。此联写诗人想到侵略者长驱直入,国势如此衰败,恐避之荒无人烟的湖沼泽地也不能幸免,那时无以充饥,就连"菰蒲"一类野生植物也吃光了,不知自己老来何为归宿。每念及此,就像做梦从高空坠落,遍身悲寒,牙齿都发凉。鲁迅是推己及人,哀民生之憔悴,状心事之浩茫。

尾联"竦听荒鸡偏阒寂,起看星斗正阑干"。"竦听",指引颈举足侧耳屏息地静听。"荒鸡",指三更以前的鸡鸣。"阒(qù)寂"即静寂。"星斗"即北斗星。"阑干",指北斗星沉落之前呈横斜貌。曹植《善哉行》有"月没参横,北斗阑干"句。尾联二句大意是,三更半夜就竖起耳朵盼着鸡鸣,希望黎明尽快到来,可是一片死寂,就如同前三联所写现实之严酷。听之不得,便"起看星斗",北斗星正横斜天际呢,更深写苦盼天明的焦渴。一个"正"字,虽仍处孤寂浩茫之境,却也略寓熹微之希望。悲凉孤寂,斗志愈坚,这正是鲁迅的心态。有一说是鲁迅得知中央红军长征到达陕北而写此诗,证据不足,也不符全诗悲抑为主的情绪,这里不采用。

本诗特点是多写动作或动态(如惊、遣、沉、归、坠、竦听、起看,等等),连带兴发密集的意象(如秋肃、春温、大泽、空云、荒鸡、星斗,等等),引起各种感官刺激及心理感觉(如温、寒、阒寂、阑干,以及如苍茫、萧瑟,等等),虽是时代感触和议论,却都化成浓郁的气氛,作用于直观感受,读来荡气回肠。最妙的还有八句皆对仗,极富功力,实属七律创格之极品。

曾惊秋肃临天下敢遣春温上
笔端尘海苍茫沉百感金风
萧瑟走千官老归大泽菰
蒲尽梦坠空云齿发寒
听彼难偏阒寂起看星斗
正阑干

亥年残秋偶作录应

季市吾兄教正　鲁迅

《亥年残秋偶作》手书条幅

杂　文

　　杂文是现代的一种文体,属于议论文,但又带有浓烈的文学色彩。杂文的兴起和鲁迅以及一份杂志有关,这个杂志叫作《语丝》,是鲁迅、周作人等人办的。《语丝》上面刊发的文章很有意思,可概括为八个字:"任意而谈,无所顾忌"。"五四"时期人写文章啊,真是放得开!鲁迅一辈子活了五十多岁,占他时间最多的,第一件事是整理古籍,第二件事就是写杂文,第三件事才是写小说、散文。杂文是鲁迅创作最重要的部分之一。但是现在社会上,特别是国外汉学界,有些人对鲁迅的杂文是不理解也看不起的,认为他就是打嘴仗,浪费了才华与精力,还不如多写点小说呢。

　　不能同意这些观点。鲁迅的杂文不但有巨大的思想价值,也有独特的艺术价值,它是文学史上的一大景观。

　　鲁迅一辈子写过六百五十多篇杂文,一百三十五万字,收到十六个杂文集子里。鲁迅的杂文不是一般的文学创作,也不是一般的论文,而是有感而发,直接参与现实、干预现实的。从20世纪初到30年代,中国经历了许多重大的事变,包括辛亥革命、北洋政府统治、"五四"、北伐、"五卅"、"三一八惨案"、大革命失败、国共合作分裂、红军长征、左翼文化运动、革命文学论争、日本发动侵华,等等,几乎所有这些事变,都在鲁迅杂文中得到记录与回应。不是历史学家那样的记录,而是文学家角度的有血有肉的记录,是偏重社会人心、思想文化角度的记录。如我们在中学时期学过的《记念刘和珍君》,读这篇杂文就可以非常感性地了解"三一八惨案",了解北洋政府当局镇压学生爱国运动以及惨案发生后的各种反应和世道人心,等等。如果读历史,事件的线索会比较清晰完整,但不可能有很多细部的感觉与体验，也很难顾及诸如社会心理等因素，而鲁迅杂文对20世纪前半叶的历史记录和感受，就是另一种鲜活的中国现代史。

读鲁迅杂文，可以获得丰富的文史知识，了解现代中国的历史，了解我们传统文化的得失，特别是了解一百多年来的民族心灵史，了解国情，做到知人论世。接触社会现实，要到乡下，到基层，到社会里边，而许多时候还得通过书本了解，读鲁迅杂文就是了解中国的一种非常好的途径。鲁迅可以让我们真正认知中国的根底，中国人的精神的"老底子"是什么样，而这些不是通过一般的知识传授就可以做到，要有体验、感性地进入。鲁迅杂文带有自己对历史、文化深切的感受，他绝对不是空论，不是书斋里的学问，是带着自己的血肉去看取人生，看取中国。

读鲁迅杂文还可以从中了解大量的社会历史知识。我给大家一些数字。据不完全统计，鲁迅全集中评述涉及的古今中外各个领域的人物就达四千五百多人，涉及各种书籍文献近五千种，涉及各种历史事件四百五十多件。真是包罗万象。其中绝大多数都是在杂文中出现的。《鲁迅全集》专门有一个索引，就跟个小辞典似的。可以看到鲁迅作品（特别是杂文）涉及中国古代文化、现代文化、外国文化，涉及哲学、历史、经济、宗教、文物，甚至校勘、翻译、出版、心理学、教育学、考据学、目录学、生物学，什么都有。有人说鲁迅的杂文有史诗式的气魄，是百科全书式的精神实体，我想这并不过誉。它像百科全书般包罗万象，但它又是一种精神实体，广博、深邃，带有鲜活的个人的体验。

现在的青年因为生活在比较平和的环境中，可能不太了解鲁迅所处那个时代的特点，所以对鲁迅的作品，尤其是他与人论战的许多杂文，容易形成一种印象：鲁迅爱骂人，太尖刻。这也是近年来一些人批评乃至否定鲁迅的"理由"。对这个问题应当怎么看？

鲁迅的确叛逆性强，敏感、多疑、尖刻，与现实格格不入，不那么随和。大家可以参考李长之写的《鲁迅批判》，对鲁迅的心理性格有很到位的分析。天才人物，思想深刻超前，往往不易为常人所理解，甚至不容于世。鲁迅杂文多做"文明批评与社会批评"，尤其是对国民性劣习的批判，时常一针见血，不留情面。加上又常用文学形象的描写，漫画式概括，给人辛辣的讽刺性的效果,若不理解其本意,难免会以为是"骂人"。其实细读鲁迅就能体会,鲁迅何尝是在骂人?他尖刻的批评中,更多的是在做"社会相"的揭露和研究。他所画下的许多脸谱,如"媚态的猫""二丑""叭儿狗""'商定'文豪""革命小贩""奴隶总管""洋场恶少",等等,固然也都有所指,有的还是针对论争的对象,但鲁迅一般都将批判深入文化心理和社会行为模式,是一种"社会相"的概括。鲁迅杂文中指名道姓"骂过"许多人,但大都不停留于个人攻击,而是做社会文化现象剖析,最终也都是对国民性弱点的研究与批判。鲁迅说他"没有私敌,只有公仇",的确如此。

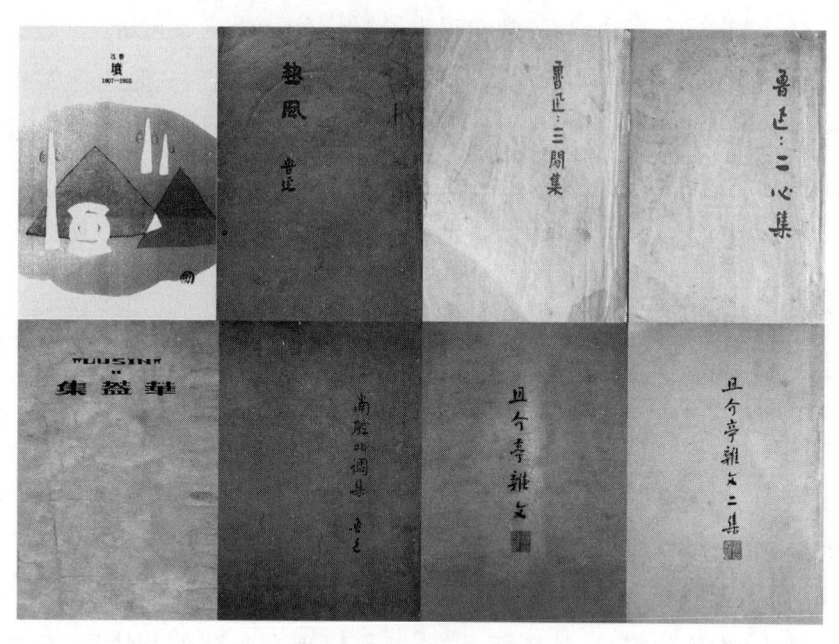

鲁迅部分杂文集的初版本

随感录第三十五*

从清朝末年，直到现在，常常听人说"保存国粹"这一句话。

前清末年说这话的人，大约有两种：一是爱国志士，一是出洋游历的大官。他们在这题目的背后，各各藏着别的意思。志士说保存国粹，是光复旧物的意思；大官说保存国粹，是教留学生不要去剪辫子的意思。

现在成了民国了。以上所说的两个问题，已经完全消灭。所以我不能知道现在说这话的是那一流人，这话的背后藏着什么意思了。

可是保存国粹的正面意思，我也不懂。

什么叫"国粹"？照字面看来，必是一国独有，他国所无的事物了。换一句话，便是特别的东西。但特别未必定是好，何以应该保存？

譬如一个人，脸上长了一个瘤，额上肿出一颗疮，的确是与众不同，显出他特别的样子，可以算他的"粹"。然而据我看来，还不如将这"粹"割去了，同别人一样的好。

倘说：中国的国粹，特别而且好；又何以现在糟到如此情形，新派摇头，旧派也叹气。

倘说：这便是不能保存国粹的缘故，开了海禁①的缘故，所以必须保存。但海禁未开以前，全国都是"国粹"，理应好了；何以春秋战国五胡十

---

* 本文最初发表于 1918 年 11 月 15 日《新青年》第五卷第五号"随感录"专栏，署名唐俟，后收入《热风》。

① 海禁　明清两朝实行闭关政策，禁止民间商船出口从事海外贸易，规定外国商船在指定的海口通商，这些措施叫"海禁"。从 1840 年鸦片战争开始，西方列强用枪炮打开了中国的大门，强迫中国接受了一系列不平等条约，海禁遂开，中国逐渐沦为半封建半殖民地社会，西方科学文化也随之传入中国。

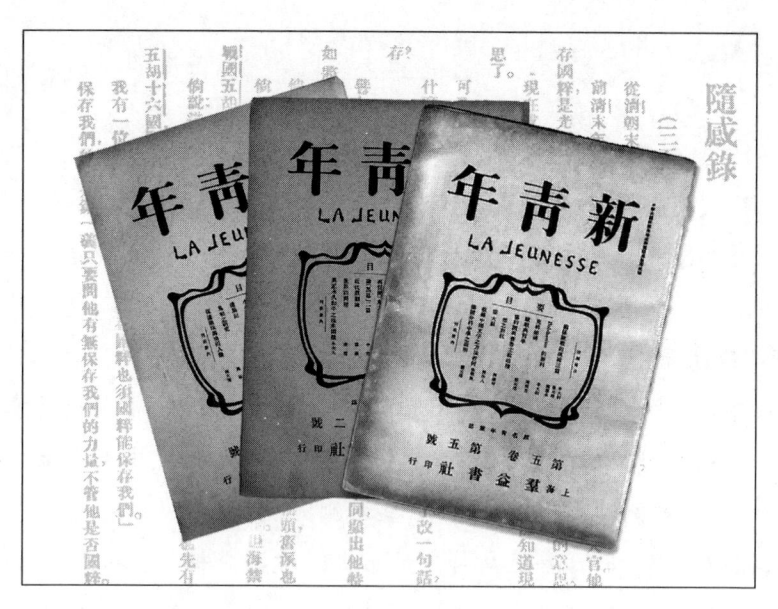

《新青年》杂志

六国闹个不休,古人也都叹气。

倘说:这是不学成汤文武周公①的缘故;何以真正成汤文武周公时代,也先有桀纣暴虐,后有殷顽作乱②;后来仍旧弄出春秋战国五胡十六国闹个不休,古人也都叹气。

我有一位朋友说得好:"要我们保存国粹,也须国粹能保存我们。"

保存我们,的确是第一义。只要问他有无保存我们的力量,不管他是否国粹。

---

① 成汤文武周公　成汤,商代的第一个君主。文,即周文王,姬姓,名昌,商末周族领袖,周代尊称为文王。武,即周武王,名发,文王的儿子,周代第一个君主。周公,名旦,武王之弟,成王时曾由他摄政。下文的桀,夏代最后一个君主。纣,商代最后一个君主。

② 殷顽作乱　周武王灭殷之后,把殷的旧地分为三个部分,分别由他的兄弟管叔、蔡叔、霍叔管领。又封纣的儿子武庚为诸侯,受三叔的监视。武王死后,成王继位,周公监国,三叔与周公不和,武庚遂联合东方的奄、蒲姑等国,起兵反周。周公率兵东征,杀武庚,平定叛乱。这次反抗周朝统治的殷人,被称为"顽民"或"殷顽"。

【讲析】

  1918年4月《新青年》第四卷第四号起设立"随感录"专栏，专门刊发杂感、短论，多是应时急就章，对于社会、文明毫无忌惮加以批评，倾注探求新社会的激情。这是现代杂文的发祥地之一。很多新文化运动的先驱者都曾为这个专栏写过杂文。鲁迅在上面共发过二十七篇，这里选读其一，是"随感录"第三十五。

  从晚清到"五四"时期，甚至到现在，都有"保存国粹"一说。其实最初提出"保存国粹"，是因为国家濒临危亡，"国将不国"，有些人希望借此光复旧物，传承民族文化血脉；另一些人则是抱残守缺，闭关自守，以"国粹"来抵御社会变革。鲁迅从特定的历史语境去分析"保存国粹"的不同含义。在鲁迅看来，中国传统文化有其优秀的成分，值得继承，但不能笼统以为是与众不同的"粹"，就盲目崇拜，关起门来无选择地"保存"。文中的三个"倘说"，是针对在这问题上的三种糊涂观念。鲁迅很直白地点明一个"标准"，"要我们保存国粹，也须国粹能保存我们"，"保存我们，的确是第一义"。其意是只有那些能转化为现代社会需要，并有利于民族生存发展的"粹"，才值得保存和发扬。鲁迅这种历史的辩证分析的态度，于今也有意义。

我们现在怎样做父亲*

我作这一篇文的本意,其实是想研究怎样改革家庭;又因为中国亲权重,父权更重,所以尤想对于从来认为神圣不可侵犯的父子问题,发表一点意见。总而言之:只是革命要革到老子身上罢了。但何以大模大样,用了这九个字的题目呢?这有两个理由:

第一,中国的"圣人之徒"①,最恨人动摇他的两样东西。一样不必说,也与我辈绝不相干;一样便是他的伦常②,我辈却不免偶然发几句议论,所以株连牵扯,很得了许多"铲伦常""禽兽行"之类的恶名。他们以为父对于子,有绝对的权力和威严;若是老子说话,当然无所不可,儿子有话,却在未说之前早已错了。但祖父子孙,本来各各都只是生命的桥梁的一级,决不是固定不易的。现在的子,便是将来的父,也便是将来的祖。我知道我辈和读者,若不是现任之父,也一定是候补之父,而且也都有做祖宗的希望,所差只在一个时间。为想省却许多麻烦起见,我们便该无须客气,尽可先行占住了上风,摆出父亲的尊严,谈谈我们和我们子女的事;不但将来着手实行,可以减少困难,在中国也顺理成章,免得"圣人之徒"听了害怕,总算是一举两得之至的事了。所以说,"我们怎样做父亲。"

---

* 本文最初发表于1919年11月《新青年》月刊第六卷第六号,署名唐俟,后收入《坟》。
① "圣人之徒" 这里指当时竭力维护旧道德和旧文学的林琴南等人。林琴南在1919年3月给北京大学校长蔡元培的信中,曾以"必覆孔孟、铲伦常为快""拾李卓吾之余唾""卓吾有禽兽行"等语,攻击新文化运动的参加者。按,李卓吾(1527—1602),名赞,字卓吾,泉州晋江(今属福建)人,明代思想家。他反对当时的道学派,主张男女婚姻自主,曾被人诬蔑有"挟妓女白昼同浴,勾引士人妻女"等"禽兽行"。
② 伦常 封建社会的伦理道德。以君臣、父子、夫妇、兄弟、朋友为五伦,认为制约他们各自之间关系的道德准则是不可改变的常道,因此称为伦常。

第二,对于家庭问题,我在《新青年》的《随感录》①(二五,四十,四九)中,曾经略略说及,总括大意,便只是从我们起,解放了后来的人。论到解放子女,本是极平常的事,当然不必有什么讨论。但中国的老年,中了旧习惯旧思想的毒太深了,决定悟不过来。譬如早晨听到乌鸦叫,少年毫不介意,迷信的老人,却总须颓唐半天。虽然很可怜,然而也无法可救。没有法,便只能先从觉醒的人开手,各自解放了自己的孩子。自己背着因袭的重担,肩住了黑暗的闸门,放他们到宽阔光明的地方去;此后幸福的度日,合理的做人。

还有,我曾经说,自己并非创作者,便在上海报纸的《新教训》里,挨了一顿骂②。但我辈评论事情,总须先评论了自己,不要冒充,才能像一篇说话,对得起自己和别人。我自己知道,不特并非创作者,并且也不是真理的发见者。凡有所说所写,只是就平日见闻的事理里面,取了一点心以为然的道理;至于终极究竟的事,却不能知。便是对于数年以后的学说的进步和变迁,也说不出会到如何地步,单相信比现在总该还有进步还有变迁罢了。所以说,"我们现在怎样做父亲。"

我现在心以为然的道理,极其简单。便是依据生物界的现象,一,要保存生命;二,要延续这生命;三,要发展这生命(就是进化)。生物都这样做,父亲也就是这样做。

生命的价值和生命价值的高下,现在可以不论。单照常识判断,便知道既是生物,第一要紧的自然是生命。因为生物之所以为生物,全在有这生命,否则失了生物的意义。生物为保存生命起见,具有种种本能,最显著的是食欲。因有食欲才摄取食品,因有食品才发生温热,保存了生命。但生物的个体,总免不了老衰和死亡,为继续生命起见,又有一种本能,便是性欲。因性欲才有性交,因有性交才发生苗裔,继续了生命。所以食欲

---

① 《随感录》《新青年》从1918年4月第四卷第四号起发表的关于社会和文化短评的总题。
② 指《时事新报》对作者的谩骂。作者曾在《新青年》第六卷第一、二、三号(1919年1月、2月、3月),发表《随感录》第四十三、第四十六、第五十三,批评上海《时事新报》副刊《泼克》所载讽刺画的恶劣形象和错误倾向,并对新的美术创作表达了自己的意见,在《随感录第四十六》中有"我辈即使才能不及,不能创作,也该当学习"的话;1919年4月27日《时事新报》发表署名"记者"的《新教训》一文,骂鲁迅"轻佻""狂妄""头脑未免不清楚,可怜!"等等。

是保存自己,保存现在生命的事;性欲是保存后裔,保存永久生命的事。饮食并非罪恶,并非不净;性交也就并非罪恶,并非不净。饮食的结果,养活了自己,对于自己没有恩;性交的结果,生出子女,对于子女当然也算不了恩。——前前后后,都向生命的长途走去,仅有先后的不同,分不出谁受谁的恩典。

可惜的是中国的旧见解,竟与这道理完全相反。夫妇是"人伦之中",却说是"人伦之始"①;性交是常事,却以为不净;生育也是常事,却以为天大的大功。人人对于婚姻,大抵先夹带着不净的思想。亲戚朋友有许多戏谑,自己也有许多羞涩,直到生了孩子,还是躲躲闪闪,怕敢声明;独有对于孩子,却威严十足。这种行径,简直可以说是和偷了钱发迹的财主,不相上下了。我并不是说,——如他们攻击者所意想的,——人类的性交也应如别种动物,随便举行;或如无耻流氓,专做些下流举动,自鸣得意。是说,此后觉醒的人,应该先洗净了东方固有的不净思想,再纯洁明白一些,了解夫妇是伴侣,是共同劳动者,又是新生命创造者的意义。所生的子女,固然是受领新生命的人,但他也不永久占领,将来还要交付子女,像他们的父母一般。只是前前后后,都做一个过付的经手人罢了。

生命何以必需继续呢?就是因为要发展,要进化。个体既然免不了死亡,进化又毫无止境,所以只能延续着,在这进化的路上走。走这路须有一种内的努力,有如单细胞动物有内的努力,积久才会繁复,无脊椎动物有内的努力,积久才会发生脊椎。所以后起的生命,总比以前的更有意义,更近完全,因此也更有价值,更可宝贵;前者的生命,应该牺牲于他。

但可惜的是中国的旧见解,又恰恰与这道理完全相反。本位应在幼者,却反在长者;置重应在将来,却反在过去。前者做了更前者的牺牲,自己无力生存,却苛责后者又来专做他的牺牲,毁灭了一切发展本身的能力。我也不是说,——如他们攻击者所意想的,——孙子理应终日痛打他的祖父,女儿必须时时咒骂他的亲娘。是说,此后觉醒的人,应该先洗净

---

① "人伦之始" 语出《南史·阮孝绪传》:孝绪年十五,"冠而见其父,彦之诫曰:'三加弥尊,人伦之始,宜思自勖,以庇尔躬。'"冠,即行冠礼,加戴布、皮、爵三冠,又称"三加",表示男子进入成年。

了东方古传的谬误思想，对于子女，义务思想须加多，而权利思想却大可切实核减，以准备改作幼者本位的道德。况且幼者受了权利，也并非永久占有，将来还要对于他们的幼者，仍尽义务。只是前前后后，都做一切过付的经手人罢了。

"父子间没有什么恩"这一个断语，实是招致"圣人之徒"面红耳赤的一大原因。① 他们的误点，便在长者本位与利己思想，权利思想很重，义务思想和责任心却很轻。以为父子关系，只须"父兮生我"②一件事，幼者的全部，便应为长者所有。尤其堕落的，是因此责望报偿，以为幼者的全部，理该做长者的牺牲。殊不知自然界的安排，却件件与这要求反对，我们从古以来，逆天行事，于是人的能力，十分萎缩，社会的进步，也就跟着停顿。我们虽不能说停顿便要灭亡，但较之进步，总是停顿与灭亡的路相近。

自然界的安排，虽不免也有缺点，但结合长幼的方法，却并无错误。他并不用"恩"，却给与生物以一种天性，我们称他为"爱"。动物界中除了生子数目太多——爱不周到的如鱼类之外，总是挚爱他的幼子，不但绝无利益心情，甚或至于牺牲了自己，让他的将来的生命，去上那发展的长途。

人类也不外此，欧美家庭，大抵以幼者弱者为本位，便是最合于这生物学的真理的办法。便在中国，只要心思纯白，未曾经过"圣人之徒"作践的人，也都自然而然的能发现这一种天性。例如一个村妇哺乳婴儿的时候，决不想到自己正在施恩；一个农夫娶妻的时候，也决不以为将要放债。只是有了子女，即天然相爱，愿他生存；更进一步的，便还要愿他比自己更好，就是进化。这离绝了交换关系利害关系的爱，便是人伦的索子，便是所谓"纲"。倘如旧说，抹煞了"爱"，一味说"恩"，又因此责望报偿，那便不但败坏了父子间的道德，而且也大反于做父母的实际的真情，播下乖剌的种子。有人做了乐府，说是"劝孝"，大意是什么"儿子上学堂，母

---

① 这是针对林琴南而发的，林琴南在1919年3月给蔡元培的信中曾说："乃近来尤有所谓新道德者，斥父母为自感情欲，于子无恩，……仆方以为俺于不伦。"

② "父兮生我" 语出《诗经·小雅·蓼莪》："父兮生我，母兮鞠我。"鞠，哺育。

亲在家磨杏仁,预备回来给他喝,你还不孝么"之类,①自以为"拚命卫道"。殊不知富翁的杏酪和穷人的豆浆,在爱情上价值同等,而其价值却正在父母当时并无求报的心思;否则变成买卖行为,虽然喝了杏酪,也不异"人乳喂猪"②,无非要猪肉肥美,在人伦道德上,丝毫没有价值了。

所以我现在心以为然的,便只是"爱"。

无论何国何人,大都承认"爱己"是一件应当的事。这便是保存生命的要义,也就是继续生命的根基。因为将来的运命,早在现在决定,故父母的缺点,便是子孙灭亡的伏线,生命的危机。易卜生做的《群鬼》(有潘家洵君译本,载在《新潮》一卷五号)虽然重在男女问题,但我们也可以看出遗传的可怕。欧士华本是要生活,能创作的人,因为父亲的不检,先天得了病毒,中途不能做人了。他又很爱母亲,不忍劳他服侍,便藏着吗啡,想待发作时候,由使女瑞琴帮他吃下,毒杀了自己;可是瑞琴走了。他于是只好托他母亲了。

欧　"母亲,现在应该你帮我的忙了。"

阿夫人　"我吗?"

欧　"谁能及得上你。"

阿夫人　"我!你的母亲!"

欧　"正为那个。"

阿夫人　"我,生你的人!"

欧　"我不曾教你生我。并且给我的是一种什么日子?
　　我不要他!你拿回去罢!"

这一段描写,实在是我们做父亲的人应该震惊戒惧佩服的;决不能昧了良心,说儿子理应受罪。这种事情,中国也很多,只要在医院做事,便能时时看见先天梅毒性病儿的惨状;而且傲然的送来的,又大抵是他的父母。但

---

① 这里说的"劝孝"的乐府,指1919年3月24日《公言报》所载林琴南作《劝世白话新乐府》的《母送儿》篇,其中说:"母送儿,儿往学堂母心悲。……娘亲方自磨杏仁,儿来儿来尝新。娇儿含泪将娘近,儿近退学娘休嗔。……儿言往就教,那想教师不教孝。……再读孝经一卷终,不去学堂倒罢了。"

② "人乳喂猪"　《世说新语·汰侈》载:"武帝(司马炎)尝降王武子(济)家,武子供馔,……烝㹠肥美,异于常味。帝怪而问之,答曰:'以人乳饮㹠。'"

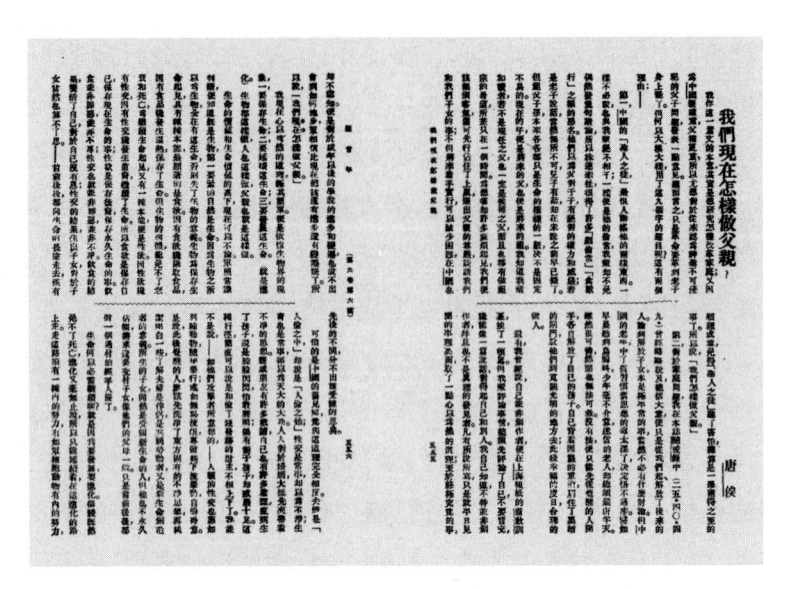

《我们现在怎样做父亲》发表于1919年11月《新青年》第六卷第六号

可怕的遗传,并不只是梅毒;另外许多精神上体质上的缺点,也可以传之子孙,而且久而久之,连社会都蒙着影响。我们且不高谈人群,单为子女说,便可以说凡是不爱己的人,实在欠缺做父亲的资格。就令硬做了父亲,也不过如古代的草寇称王一般,万万算不了正统。将来学问发达,社会改造时,他们侥幸留下的苗裔,恐怕总不免要受善种学(Eugenics)①者的处置。

倘若现在父母并没有将什么精神上体质上的缺点交给子女,又不遇意外的事,子女便当然健康,总算已经达到了继续生命的目的。但父母的责任还没有完,因为生命虽然继续了,却是停顿不得,所以还须教这新生命去发展。凡动物较高等的,对于幼雏,除了养育保护以外,往往还教他们生存上必需的本领。例如飞禽便教飞翔,鸷兽便教搏击。人类更高几等,便也有愿意子孙更进一层的天性。这也是爱,上文所说的是对于现在,这是对于将来。只要思想未遭锢蔽的

---

① 善种学 即优生学,是英国高尔顿在1883年提出的"改良人种"的学说。他认为人或人种在生理和智力上的差别是由遗传决定的,借助遗传手段发展"优等人",淘汰"劣等人",社会问题才能解决。鲁迅对这种把生物学照搬到社会生活上来的学说采取了否定态度,参看《二心集·"硬译"与"文学的阶级性"》。

人,谁也喜欢子女比自己更强,更健康,更聪明高尚,——更幸福;就是超越了自己,超越了过去。超越便须改变,所以子孙对于祖先的事,应该改变,"三年无改于父之道可谓孝矣"①,当然是曲说,是退婴的病根。假使古代的单细胞动物,也遵着这教训,那便永远不敢分裂繁复,世界上再也不会有人类了。

幸而这一类教训,虽然害过许多人,却还未能完全扫尽了一切人的天性。没有读过"圣贤书"的人,还能将这天性在名教的斧钺底下,时时流露,时时萌蘖;这便是中国人虽然凋落萎缩,却未灭绝的原因。

所以觉醒的人,此后应将这天性的爱,更加扩张,更加醇化;用无我的爱,自己牺牲于后起新人。开宗第一,便是理解。往昔的欧人对于孩子的误解,是以为成人的预备;中国人的误解,是以为缩小的成人。直到近来,经过许多学者的研究,才知道孩子的世界,与成人截然不同;倘不先行理解,一味蛮做,便大碍于孩子的发达。所以一切设施,都应该以孩子为本位,日本近来,觉悟的也很不少;对于儿童的设施,研究儿童的事业,都非常兴盛了。第二,便是指导。时势既有改变,生活也必须进化;所以后起的人物,一定尤异于前,决不能用同一模型,无理嵌定。长者须是指导者协商者,却不该是命令者。不但不该责幼者供奉自己;而且还须用全副精神,专为他们自己,养成他们有耐劳作的体力,纯洁高尚的道德,广博自由能容纳新潮流的精神,也就是能在世界新潮流中游泳,不被淹没的力量。第三,便是解放。子女是即我非我的人,但既已分立,也便是人类中的人。因为即我,所以更应该尽教育的义务,交给他们自立的能力;因为非我,所以也应同时解放,全部为他们自己所有,成一个独立的人。

这样,便是父母对于子女,应该健全的产生,尽力的教育,完全的解放。

但有人会怕,仿佛父母从此以后,一无所有,无聊之极了。这种空虚的恐

---

① "三年无改于父之道可谓孝矣" 语出《论语·学而》:"父在,观其志,父殁,观其行,三年无改于父之道,可谓孝矣。"

怖和无聊的感想,也即从谬误的旧思想发生;倘明白了生物学的真理,自然便会消灭。但要做解放子女的父母,也应预备一种能力。便是自己虽然已经带着过去的色采,却不失独立的本领和精神,有广博的趣味,高尚的娱乐。要幸福么？连你的将来的生命都幸福了。要"返老还童",要"老复丁"①么？子女便是"复丁",都已独立而且更好了。这才是完了长者的任务,得了人生的慰安。倘若思想本领,样样照旧,专以"勃谿"②为业,行辈自豪,那便自然免不了空虚无聊的苦痛。

或者又怕,解放之后,父子间要疏隔了。欧美的家庭,专制不及中国,早已大家知道；往者虽有人比之禽兽,现在却连"卫道"的圣徒,也曾替他们辩护,说并无"逆子叛弟"了。③ 因此可知：惟其解放,所以相亲；惟其没有"拘挛"子弟的父兄,所以也没有反抗"拘挛"的"逆子叛弟"。若威逼利诱,便无论如何,决不能有"万年有道之长"④。例便如我中国,汉有举孝,唐有孝悌力田科,清末也还有孝廉方正,⑤都能换到官做。父恩谕之于先,皇恩施之于后,然而割股⑥的人物,究属寥寥。足可证明中国的旧学说旧手段,实在从古以来,并无良效,无非使坏人增长些虚伪,好人无端的多受些人我都无利益的苦痛罢了。

独有"爱"是真的。路粹引孔融说,"父之于子,当有何亲？论其本意,实为情欲发耳。子之于母,亦复奚为,譬如寄物瓶中,出则离矣。"（汉末的孔府上,很出过几个有特色的奇人,不像现在这般冷落,这话也许确

---

① "老复丁" 从老年回复壮年。语出汉代史游《急就篇》："长乐无极老复丁。"
② "勃谿" 指婆媳争吵。语出《庄子·外物》："室无空虚,则妇姑勃谿。"
③ 欧美家庭并无"逆子叛弟"之说,见于林琴南所译小说《孝友镜》（比利时恩海贡斯翁士著）的《译余小识》："此书为西人辩诬也。中国人之习西者恒曰：'男子二十一外必自立,父母之力不能笼约而拘挛之；兄弟各立门户,不相恤也。是名社会主义,国因以强。'然近年所见,家庭革命,逆子叛弟,接踵而起,国胡不强？是果真奉西人之圭臬？抑凶顽之气中于腑焦,用以自便其所为,与西俗胡涉？此书……父以友传,女以孝传,足为人伦之鉴矣。命曰《孝友镜》,亦以醒吾中国人勿诬人而打诳语也。"
④ "万年有道之长" 久远的意思。这是封建臣子颂扬朝廷的一句常用语。
⑤ 举孝 汉代选拔官吏的办法之一,由各地推荐"善事父母"的孝子到朝中做官。孝悌力田,是汉唐科举名目之一,由地方官向朝廷推荐所谓有"孝悌"德行和努力耕作的人,中选者分别给予任用或赏赐。孝廉方正,是清代特设的科举名目,由地方官荐举孝、廉、方正的人,经礼部考试,授以知县等官。
⑥ 割股 参见第14页注①。

是北海先生所说；只是攻击他的偏是路粹和曹操，教人发笑罢了。）①虽然也是一种对于旧说的打击，但实于事理不合。因为父母生了子女，同时又有天性的爱，这爱又很深广很长久，不会即离。现在世界没有大同，相爱还有差等，子女对于父母，也便最爱，最关切，不会即离。所以疏隔一层，不劳多虑。至于一种例外的人，或者非爱所能钩连。但若爱力尚且不能钩连，那便任凭什么"恩威，名分，天经，地义"之类，更是钩连不住。

或者又怕，解放之后，长者要吃苦了。这事可分两层：第一，中国的社会，虽说"道德好"，实际却太缺乏相爱相助的心思。便是"孝""烈"这类道德，也都是旁人毫不负责，一味收拾幼者弱者的方法。在这样社会中，不独老者难于生活，即解放的幼者，也难于生活。第二，中国的男女，大抵未老先衰，甚至不到二十岁，早已老态可掬，待到真实衰老，便更须别人扶持。所以我说，解放子女的父母，应该先有一番预备；而对于如此社会，尤应该改造，使他能适于合理的生活。许多人预备着，改造着，久而久之，自然可望实现了。单就别国的往时而言，斯宾塞②未曾结婚，不闻他侘傺无聊；瓦特早没有了子女，也居然"寿终正寝"，何况在将来，更何况有儿女的人呢？

或者又怕，解放之后，子女要吃苦了。这事也有两层，全如上文所说，不过一是因为老而无能，一是因为少不更事罢了。因此觉醒的人，愈觉有改造社会的任务。中国相传的成法，谬误很多：一种是锢闭，以为可以与社会隔离，不受影响。一种是教给他恶本领，以为如此才能在社会中生活。用这类方法的长者，虽然也含有继续生命的好意，但比照事理，却决定谬误。此外还有一种，是传授些周旋方法，教他们顺应社会。这与数年

---

① 路粹引孔融说　见《后汉书·孔融传》。路粹（？—214），字文蔚，陈留（今河南）人，建安初官尚书郎，迁军谋祭酒。他承曹操的意旨，"枉奏"孔融"跌荡放言"，对祢衡讲过这几句话，曹操便用"不孝"的罪名杀掉孔融。但曹操在《求贤令》中又说只要有才能，"不仁不孝"的人也可任用，在这件事上自相矛盾，因此鲁迅说"教人发笑"。孔融（153—208），字文举，鲁国（今山东曲阜）人，汉献帝时曾为北海相，因而有"北海先生"之称。
② 斯宾塞（H. Spencer, 1820—1903）　英国哲学家。终身未婚。主要著作有《综合哲学体系》等。

前讲"实用主义"①的人,因为市上有假洋钱,便要在学校里遍教学生看洋钱的法子之类,同一错误。社会虽然不能不偶然顺应,但决不是正当办法。因为社会不良,恶现象便很多,势不能一一顺应;倘都顺应了,又违反了合理的生活,倒走了进化的路。所以根本方法,只有改良社会。

就实际上说,中国旧理想的家族关系父子关系之类,其实早已崩溃。这也非"于今为烈",正是"在昔已然"。历来都竭力表彰"五世同堂",便足见实际上同居的为难;拚命的劝孝,也足见事实上孝子的缺少。而其原因,便全在一意提倡虚伪道德,蔑视了真的人情。我们试一翻大族的家谱,便知道始迁祖宗,大抵是单身迁居,成家立业;一到聚族而居,家谱出版,却已在零落的中途了。况在将来,迷信破了,便没有哭竹,卧冰;医学发达了,也不必尝秽②,割股。又因为经济关系,结婚不得不迟,生育因此也迟,或者子女才能自存,父母已经衰老,不及依赖他们供养,事实上也就是父母反尽了义务。世界潮流逼拶着,这样做的可以生存,不然的便都衰落;无非觉醒者多,加些人力,便危机可望较少就是了。

但既如上言,中国家庭,实际久已崩溃,并不如"圣人之徒"纸上的空谈,则何以至今依然如故,一无进步呢?这事很容易解答。第一,崩溃者自崩溃,纠缠者自纠缠,设立者又自设立;毫无戒心,也不想到改革,所以如故。第二,以前的家庭中间,本来常有勃谿,到了新名词流行之后,便都改称"革命",然而其实也仍是讨嫖钱至于相骂,要赌本至于相打之类,与觉醒者的改革,截然两途。这一类自称"革命"的勃谿子弟,纯属旧式,待到自己有了子女,也决不解放;或者毫不管理,或者反要寻出《孝经》③,勒

---

① "实用主义" 又称实验主义或经验自然主义,西方现代哲学学说与流派。19世纪末产生于美国,20世纪初在西方国家广泛流行。主要代表人物有美国的詹姆斯、皮尔斯、杜威等。他们认为客观现实和主观意识都包括在"经验"之中,"经验"是二者的交互作用;思想不是客观世界的反映,而是人根据自身的需要提出的"假设"和设计的"工具",能"兑现价值"和有"效用"就是真理。强调个人应付环境的"实践"活动。
② 哭竹、卧冰 参见第285页注①②。尝秽,南朝梁庾黔娄的故事。《梁书·庾黔娄传》说,他的父亲庾易"疾始二日,医云:'欲知差剧,但尝粪甜苦。'易泄痢,黔娄辄取尝之,味转甜滑,心逾忧苦。"这三个故事都收在《二十四孝》中。
③ 《孝经》 儒家经典之一,共十八章,战国时孔门后学所述。汉代列入"七经"之一,后来又列入"十三经"。

令诵读,想他们"学于古训"①,都做牺牲。这只能全归旧道德旧习惯旧方法负责,生物学的真理决不能妄任其咎。

　　既如上言,生物为要进化,应该继续生命,那便"不孝有三无后为大"②,三妻四妾,也极合理了。这事也很容易解答。人类因为无后,绝了将来的生命,虽然不幸,但若用不正当的方法手段,苟延生命而害及人群,便该比一人无后,尤其"不孝"。因为现在的社会,一夫一妻制最为合理,而多妻主义,实能使人群堕落。堕落近于退化,与继续生命的目的,恰恰完全相反。无后只是灭绝了自己,退化状态的有后,便会毁到他人。人类总有些为他人牺牲自己的精神,而况生物自发生以来,交互关联,一人的血统,大抵总与他人有多少关系,不会完全灭绝。所以生物学的真理,决非多妻主义的护符。

　　总而言之,觉醒的父母,完全应该是义务的,利他的,牺牲的,很不易做;而在中国尤不易做。中国觉醒的人,为想随顺长者解放幼者,便须一面清结旧账,一面开辟新路。就是开首所说的"自己背着因袭的重担,肩住了黑暗的闸门,放他们到宽阔光明的地方去;此后幸福的度日,合理的做人。"这是一件极伟大的要紧的事,也是一件极困苦艰难的事。

　　但世间又有一类长者,不但不肯解放子女,并且不准子女解放他们自己的子女;就是并要孙子曾孙都做无谓的牺牲。这也是一个问题;而我是愿意平和的人,所以对于这问题,现在不能解答。

一九一九年十月。

【讲析】

　　本文发表于 1919 年 11 月,当时"五四"新文化运动正在批判旧礼教,提倡思想解放,本文即是一篇"覆孔孟,铲伦常"的檄文。其宗旨是批判父权,解放儿童,改革家庭。此文比一般杂感的篇幅长,论理也很充分,主

---

① "学于古训"　语出《尚书·说命》:"学于古训乃有获。"
② "不孝有三无后为大"　参见第 62 页注①。

要以进化论的立场剖析封建伦理钳制儿童和青年个性发展之荒谬,直指过分的违反人性的"孝道",是造成民族精神禁锢的"退婴的病根"。文中指出中国父母误解儿童为"缩小的成人",并不了解"孩子的世界,与成人截然不同",而对待儿女的"成法"谬误甚多,比如"锢闭"儿童天性,"教给他恶本领",传授顺应社会的"周旋方法"之类。鲁迅呼吁要尊重天性,以"幼者本位",而"父母对于子女,应该健全的产生,尽力的教育,完全的解放",以"养成他们有耐劳作的体力,纯洁高尚的道德,广博自由能容纳新潮流的精神,也就是能在世界新潮流中游泳,不被淹没的力量"。这些思想对于现今应当如何处理父母与子女的关系,以及如何"做父母",养育健全的后代,仍然有针对性和很高的认识价值。

鲁迅呼吁觉醒的人们,应先解放了自己的孩子,"自己背着因袭的重担,肩住了黑暗的闸门,放他们到宽阔光明的地方去;此后幸福的度日,合理的做人"。这"幸福的度日,合理的做人"的提法耐人寻味,足可以针砭那些把无休止的竞争过早放到孩子肩上的蠢行。而"黑暗的闸门"典故出自通俗小说《说唐》,说的是多行不义的隋炀帝觉察"十八家王子"谋反,令放下城门的千斤铁闸,围剿谋反者。此时一位绿林好汉硬是托起铁闸,放英雄们杀出重围。因闸门太重,好汉被压成肉泥。鲁迅借用这个典故,赋予诗性的涵义,以表达社会改革的决心。那震耳欲聋的呼喊,让今天的我们读了,也感到沉重与悲壮。

文章视野开阔,论辩犀利,加上很多幽默的比喻,呈现鲁迅特有的杂文风格。

论雷峰塔的倒掉[*]

听说,杭州西湖上的雷峰塔[①]倒掉了,听说而已,我没有亲见。但我却见过未倒的雷峰塔,破破烂烂的映掩于湖光山色之间,落山的太阳照着这些四近的地方,就是"雷峰夕照",西湖十景之一。"雷峰夕照"的真景我也见过,并不见佳,我以为。

然而一切西湖胜迹的名目之中,我知道得最早的却是这雷峰塔。我的祖母曾经常常对我说,白蛇娘娘就被压在这塔底下。有个叫作许仙的人救了两条蛇,一青一白,后来白蛇便化作女人来报恩,嫁给许仙了;青蛇化作丫鬟,也跟着。一个和尚,法海禅师,得道的禅师,看见许仙脸上有妖气,——凡讨妖怪做老婆的人,脸上就有妖气的,但只有非凡的人才看得出,——便将他藏在金山寺的法座后,白蛇娘娘来寻夫,于是就"水满金山"。我的祖母讲起来还要有趣得多,大约是出于一部弹词叫作《义妖传》[②]里的,但我没有看过这部书,所以也不知道"许仙""法海"究竟是否这样写。总而言之,白蛇娘娘终于中了法海的计策,被装在一个小小的钵盂里了。钵盂埋在地里,上面还造起一座镇压的塔来,这就是雷峰塔。此后似乎事情还很多,如"白状元祭塔"之类,但我现在都忘记了。

---

[*] 本文最初发表于1924年11月17日北京《语丝》周刊第一期,后收入《坟》。
[①] 雷峰塔 原在杭州西湖净慈寺前面,宋开宝八年(975)吴越王钱俶为贺王妃得子而建,名王妃塔,也称西关砖塔;因建在名为雷峰的小山上,通称雷峰塔。此塔1924年9月25日倒坍。
[②] 《义妖传》 演述关于白蛇娘娘的民间神话故事的弹词,清代陈遇乾著,共二十八卷五十四回,又《续集》二卷十六回。同治八年(1869)刊行。"水满金山"和"白状元祭塔",都是白蛇故事中的情节。金山在江苏镇江,山上有金山寺,东晋时所建。白状元是故事中白蛇娘娘和许仙所生的儿子许士林,他后来中了状元回来祭塔,与被法海和尚镇在雷峰塔下的白蛇娘娘相见。

那时我惟一的希望,就在这雷峰塔的倒掉。后来我长大了,到杭州,看见这破破烂烂的塔,心里就不舒服。后来我看看书,说杭州人又叫这塔作保叔塔,其实应该写作"保俶塔",是钱王的儿子造的。① 那么,里面当然没有白蛇娘娘了,然而我心里仍然不舒服,仍然希望他倒掉。

现在,他居然倒掉了,则普天之下的人民,其欣喜为何如?

这是有事实可证的。试到吴越的山间海滨,探听民意去。凡有田夫野老,蚕妇村氓,除了几个脑髓里有点贵恙的之外,可有谁不为白娘娘抱不平,不怪法海太多事的?

和尚本应该只管自己念经。白蛇自迷许仙,许仙自娶妖怪,和别人有什么相干呢?他偏要放下经卷,横来招是搬非,大约是怀着嫉妒罢,——那简直是一定的。

听说,后来玉皇大帝也就怪法海多事,以至荼毒生灵,想要拿办他了。他逃来逃去,终于逃在蟹壳里避祸,不敢再出来,到现在还如此。我对于玉皇大帝所做的事,腹诽的非常多,独于这一件却很满意,因为"水满金山"一案,的确应该由法海负责;他实在办得很不错。只可惜我那时没

---

① 本文最初发表时,篇末有作者的"附记"说:"这篇东西,是一九二四年十月二十八日做的。今天孙伏园来,我便将草稿给他看。他说,雷峰塔并非就是保叔塔。那么,大约是我记错的了,然而我却确乎早知道雷峰塔下并无白娘娘。现在既经前记者先生指点,知道这一节并非得于所看之书,则当时何以知之,也就莫名其妙矣。特此声明,并且更正。十一月三日。"保俶塔在西湖宝石山顶,今仍在。一说是吴越王钱俶入宋朝贡时所造。明代朱国桢《涌幢小品》卷十四中有简单记载:"杭州有保俶塔,因俶入朝,恐其被留,作此以保之……今误为保叔。"另一传说是宋咸平(998—1003)时僧永保化缘所筑。明代郎瑛《七修类稿》:"咸平中,僧永保化缘筑塔,人以师叔称之,遂名塔曰保叔。"

有打听这话的出处,或者不在《义妖传》中,却是民间的传说罢。

秋高稻熟时节,吴越间所多的是螃蟹,煮到通红之后,无论取那一只,揭开背壳来,里面就有黄,有膏;倘是雌的,就有石榴子一般鲜红的子。先将这些吃完,即一定露出一个圆锥形的薄膜,再用小刀小心地沿着锥底切下,取出,翻转,使里面向外,只要不破,便变成一个罗汉模样的东西,有头脸,身子,是坐着的,我们那里的小孩子都称他"蟹和尚",就是躲在里面避难的法海。

当初,白蛇娘娘压在塔底下,法海禅师躲在蟹壳里。现在却只有这位老禅师独自静坐了,非到螃蟹断种的那一天为止出不来。莫非他造塔的时候,竟没有想到塔是终究要倒的么?

活该。

一九二四年十月二十八日。

【讲析】

杭州西湖的雷峰塔建于宋代,相传是吴越王钱弘俶为宠妃得子而建,是西湖一景。至明代遭火焚,只剩砖体塔身。1924 年 9 月 25 日倒坍。作为文物古迹的消失,自然是挺可惜的,鲁迅却通过自己的感受,把雷峰塔想象为一种文化压迫的象征,写了《论雷峰塔的倒掉》。在鲁迅的批判视野中,雷峰塔对白蛇娘娘的镇压,代表封建威权对青春与爱情的镇压,所以它的"倒掉"让人"欣喜"。文中认为民间心理是同情白蛇娘娘,讨厌和尚法海的。鲁迅把法海"放下经卷,横来招是搬非"解释为"嫉妒",可能是故意采用一点弗洛伊德性心理分析去"糟蹋"这个虚伪而"多事"的和尚。而法海终究酿成"水满金山",受到玉皇大帝的惩罚,只好躲在螃蟹壳里边避难。这当然是民间传说,经过鲁迅诙谐而辛辣的笔触点染,便生发出思想的光芒。这篇回忆和叙说中夹带诙谐议论的杂感,读来妙趣横生。

鲁迅意犹未尽,大约一年后,又针对社会上关于雷峰塔坍塌的某些议论，借题发挥，写了《再论雷峰塔的倒掉》，批判传统的国民心理中固有的"十景病"，以及历来都有的"寇盗式"与"奴才式"两种"破坏"，都只能让中国社会"留下一片瓦砾"。鲁迅呼吁不要再"在瓦砾场上修补老例"，而要欢迎那些内心怀着"理想的光"的"革新的破坏者"。这些箴言卓识总能点亮读者的思维，让人眼界洞开。

看镜有感*

因为翻衣箱,翻出几面古铜镜子来,大概是民国初年初到北京时候买在那里的,"情随事迁",全然忘却,宛如见了隔世的东西了。

一面圆径不过二寸,很厚重,背面满刻蒲陶①,还有跳跃的鼯鼠,沿边是一圈小飞禽。古董店家都称为"海马葡萄镜"。但我的一面并无海马,其实和名称不相当。记得曾见过别一面,是有海马的,但贵极,没有买。这些都是汉代的镜子;后来也有模造或翻沙者,花纹可造粗拙得多了。汉武通大宛安息,以致天马蒲萄,②大概当时是视为盛事的,所以便取作什器的装饰。古时,于外来物品,每加海字,如海榴,海红花,海棠之类。海即现在之所谓洋,海马译成今文,当然就是洋马。镜鼻是一个虾蟆,则因为镜如满月,月中有蟾蜍③之故,和汉事不相干了。

遥想汉人多少闳放,新来的动植物,即毫不拘忌,来充装饰的花纹。唐人也还不算弱,例如汉人的墓前石兽,多是羊,虎,天禄,辟邪④,而长安

---

* 本文最初发表于1925年3月2日《语丝》周刊第十六期,后收入《坟》。
① 蒲陶 即葡萄。
② 汉武通大宛安息 汉武帝刘彻从建元三年(前138)起,曾多次派遣张骞出使西域,直至大宛、安息等地,开辟了通往西亚的贸易往来和文化交流的道路。大宛、安息,都是古国名。大宛旧址在今乌兹别克斯坦境内;安息旧址在今伊朗境内。天马和葡萄都来自大宛。《史记·大宛列传》说:"得乌孙马好,名曰天马。及得大宛汗血马益壮,更名乌孙马曰西极,名大宛马曰天马云。"又说:"宛左右以蒲陶为酒,富人藏酒至万余石,久者数十岁不败。俗嗜酒,马嗜苜蓿,汉使取其实来,于是天子始种苜蓿蒲陶肥饶地。及天马多,外国使来众,则离宫别观旁,尽种蒲陶苜蓿极望。"
③ 月中有蟾蜍 我国古代的神话传说,见《淮南子·精神训》:"日中有踆乌,而月中有蟾蜍。"
④ 天禄,辟邪 据《汉书·西域传》及三国魏孟康的注释,是产于西域乌弋山离国(当在今阿富汗西部)的动物:"似鹿,长尾,一角者或为天鹿(禄),两角者或为辟邪。"

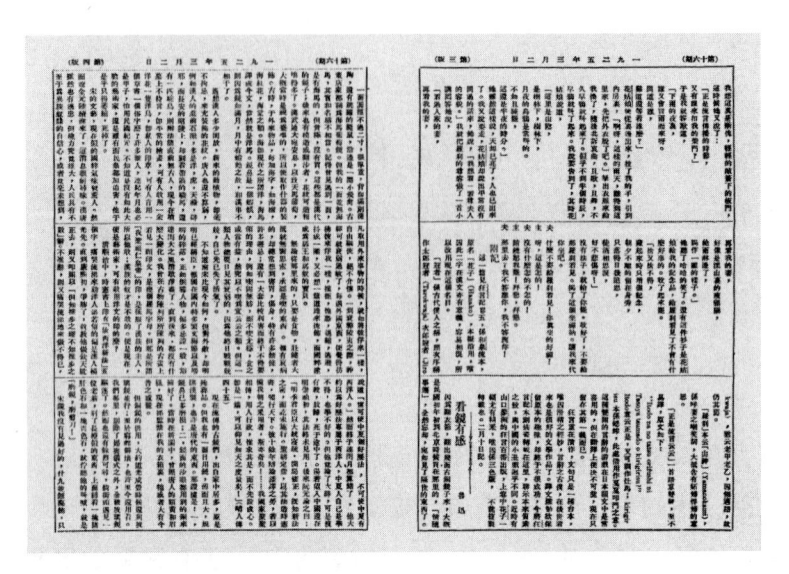

《看镜有感》发表于 1925 年 3 月 2 日《语丝》周刊第 16 期

的昭陵上,却刻着带箭的骏马①,还有一匹驼鸟,则办法简直前无古人。现今在坟墓上不待言,即平常的绘画,可有人敢用一朵洋花一只洋鸟,即私人的印章,可有人肯用一个草书一个俗字么?许多雅人,连记年月也必是甲子,怕用民国纪元。不知道是没有如此大胆的艺术家;还是虽有而民众都加迫害,他于是乎只得萎缩,死掉了?

宋的文艺,现在似的国粹气味就熏人。然而辽金元陆续进来了,这消息很耐寻味。汉唐虽然也有边患,但魄力究竟雄大,人民具有不至于为异族奴隶的自信心,或者竟毫未想到,凡取用外来事物的时候,就如将彼俘来一样,自由驱使,绝不介怀。一到衰弊陵夷之际,神经可就衰弱过敏了,每遇外国东西,便觉得仿佛彼来俘我一样,推拒,惶恐,退缩,逃避,抖成一团,又必想一篇道理来掩饰,而国粹遂成为屠王和屠奴的宝贝。

---

① 昭陵是唐太宗李世民墓,在陕西醴泉东北九嵕山。昭陵带箭的骏马,是唐太宗于武德四年(621)平定洛阳时所乘名马飒露紫的石刻浮雕像,为昭陵六骏中的代表杰作。唐太宗在这次战争中,因该马受伤,濒于危险,有勇士丘行恭将自己的乘马献上,始得脱走。石刻所表现的,即为披甲带剑的丘行恭献马以后,立在飒露紫前,手执马羁,拔去马胸所中之箭的情状。按,昭陵六骏是:飒露紫、拳毛䯄、白蹄乌、特勒骠、青骓、什伐赤。唐太宗为纪念其阵亡的六匹骏马,于贞观十年(636)下诏刻浮雕石像,镶嵌在昭陵寝殿东西两庑壁间。飒露紫、拳毛䯄两石刻于 1914 年被盗,现存费城宾夕法尼亚大学博物馆。其余四骏现藏陕西省博物馆。

无论从那里来的，只要是食物，壮健者大抵就无需思索，承认是吃的东西。惟有衰病的，却总常想到害胃，伤身，特有许多禁条，许多避忌；还有一大套比较利害而终于不得要领的理由，例如吃固无妨，而不吃尤稳，食之或当有益，然究以不吃为宜云云之类。但这一类人物总要日见其衰弱的，因为他终日战战兢兢，自己先已失了活气了。

不知道南宋比现今如何，但对外敌，却明明已经称臣，惟独在国内特多繁文缛节以及唠叨的碎话。正如倒霉人物，偏多忌讳一般，豁达闳大之风消歇净尽了。直到后来，都没有什么大变化。我曾在古物陈列所所陈列的古画上看见一颗印文，是几个罗马字母。但那是所谓"我圣祖仁皇帝"①的印，是征服了汉族的主人，所以他敢；汉族的奴才是不敢的。便是现在，便是艺术家，可有敢用洋文的印的么？

清顺治中，时宪书②上印有"依西洋新法"五个字，痛哭流涕来劾洋人汤若望的偏是汉人杨光先③。直到康熙初，争胜了，就教他做钦天监正去，则又叩阍以"但知推步之理不知推步之数"辞。不准辞，则又痛哭流涕地来做《不得已》，说道"宁可使中夏无好历法，不可使中夏有西洋人。"然而终于连闰月都算错了，他大约以为好历法专属于西洋人，中夏人自己是学不得，也学不好的。但他竟论了大辟，可是没有杀，放归，死于途中了。汤若望入中国还在明崇祯初，其法终

---

① "我圣祖仁皇帝"　指清朝康熙皇帝玄烨。"圣祖"是庙号，"仁皇帝"是谥号。
② 时宪书　即历书。清初睿亲王多尔衮颁布汤若望修正的历法，名《时宪历》，乾隆时因避高宗弘历的名讳，改称为"时宪书"。
③ 汤若望（J. A. Schall von Bell, 1592—1666）　德国人，天主教传教士。明天启二年（1622）来中国传教，后在历局供职。清顺治元年（1644）任钦天监监正（观察天象，推算节气历法的主要长官），变更历法，新编历书。杨光先（1597—1669），字长公，安徽歙县人。顺治十七年（1660）他上书礼部，说历书封面上不该用"依西洋新法"五字，无结果。康熙三年（1664）秋又上书礼部，指责历书推算该年十二月初一日食的错误，翌年春汤若望等因而被判罪，杨光先接任钦天监监正，复用旧历。康熙八年（1669）因推闰失实，康熙为汤若望等冤狱平反，杨光先被夺官下狱，初论死罪，后以年老免死放归。下文的《不得已》，完成于康熙四年（1665），是杨光先几次控告汤若望，批评西洋传教士、天主教和西洋历法的专文、呈状的汇集。鲁迅文中所引的话，分别见于该书中的《二叩阍辞疏》《日食天象验》。"但知推步之理不知推步之数"，鲁迅引自阮元《畴人传》"杨光先"条，原文为"但知历之理，而不知历之数"。

未见用；后来阮元①论之曰："明季君臣以大统寖疏，开局修正，既知新法之密，而讫未施行。圣朝定鼎，以其法造时宪书，颁行天下。彼十余年辩论翻译之劳，若以备我朝之采用者，斯亦奇矣！……我国家圣圣相传，用人行政，惟求其是，而不先设成心。即是一端，可以仰见如天之度量矣！"（《畴人传》四十五）

现在流传的古镜们，出自冢中者居多，原是殉葬品。但我也有一面日用镜，薄而且大，规抚汉制，也许是唐代的东西。那证据是：一，镜鼻已多磨损；二，镜面的沙眼都用别的铜来补好了。当时在妆阁中，曾照唐人的额黄和眉绿②，现在却监禁在我的衣箱里，它或者大有今昔之感罢。

但铜镜的供用，大约道光咸丰时候还与玻璃镜并行；至于穷乡僻壤，也许至今还用着。我们那里，则除了婚丧仪式之外，全被玻璃镜驱逐了。然而也还有余烈可寻，倘街头遇见一位老翁，肩了长凳似的东西，上面缚着一块猪肝色石和一块青色石，试伫听他的叫喊，就是"磨镜，磨剪刀！"

宋镜我没有见过好的，什九并无藻饰，只有店号或"正其衣冠"等类的迂铭词，真是"世风日下"。但是要进步或不退步，总须时时自出新裁，至少也必取材异域，倘若各种顾忌，各种小心，各种唠叨，这么做即违了祖宗，那么做又像了夷狄，终生惴惴如在薄冰上，发抖尚且来不及，怎么会做出好东西来。所以事实上"今不如古"者，正因为有许多唠叨着"今不如古"的诸位先生们之故。现在情形还如此。倘再不放开度量，大胆地，无畏地，将新文化尽量地吸收，则杨光先似的向西洋主人沥陈中夏的精神文明的时候，大概是不劳久待的罢。

但我向来没有遇见过一个排斥玻璃镜子的人。单知道咸丰年间，汪

---

① 阮元（1764—1849） 字伯元，号芸台，江苏仪征人，清代学者。曾任两广总督、体仁阁大学士。著有《揅经室集》《畴人传》等。《畴人传》，共四十六卷，包括我国从远古到清代的天文历算学者二百四十三人和曾在中国居留的利马窦、汤若望、南怀仁等三十七个西洋人的传记。畴人，即历算学家。

② 额黄和眉绿 古代妇女在额中和眉上所作的修饰。额黄起于六朝时，眉绿大约于战国时已开始，二者都盛行于唐代。

曰桢①先生却在他的大著《湖雅》里攻击过的。他加以比较研究之后,终于决定还是铜镜好。最不可解的是:他说,照起面貌来,玻璃镜不如铜镜之准确。莫非那时的玻璃镜当真坏到如此,还是因为他老先生又带上了国粹眼镜之故呢?我没有见过古玻璃镜。这一点终于猜不透。

一九二五年二月九日。

【讲析】

鲁迅从箱子里翻出几面古铜镜子,欣赏其艺术创造的气魄,同时引申出去,遥想汉人的闳放,唐代魄力的雄大,对待外来事物都是"自由驱使,绝不介怀";进而联想到宋代以后"闳大之风"消歇,对外来事物就往往神经过敏,"推拒,惶恐,退缩,逃避,抖成一团,又必想一篇道理来掩饰,而国粹遂成为屠王和屠奴的宝贝"。文章最终批判抱残守缺的"国粹家",鲜明地指出,"要进步或不退步,总须时时自出新裁,至少也必取材异域,倘若各种顾忌,各种小心,各种唠叨,这么做即违了祖宗,那么做又像了夷狄,终生悁悁如在薄冰上,发抖尚且来不及,怎么会做出好东西来"。呼吁要"放开度量,大胆地,无畏地,将新文化尽量地吸收"。

此文才两千字,围绕"铜镜"论古说今,驱遣自如,从汉唐讲到清末民初,对中国文化的历史兴衰有精辟的解释。这豪放的文气,有赖于鲁迅对传统文化的博识精通。现今不是有人批评鲁迅"割裂"传统吗?其实鲁迅对传统文化的了解最深,还做了许多选择与扬弃的工作,他的文化修养之深厚在本文亦可以斑见豹。比如文章开头关于"海马葡萄镜"的描述,有考证,有审美,有内功,而表述的文字又那样精美跳脱,不是一般学术论著所能企及的。

---

① 汪曰桢(1813—1881) 字刚木,号谢城,浙江乌程(今湖州)人。清咸丰时任会稽教谕。著有《湖雅》《历代长术辑要》等。《湖雅》共九卷,收在他自己编纂的《荔墙丛刻》中。在《湖雅》卷九"器用之属"中谈到镜子时说:"近年玻璃镜盛行,薛镜(按,指明人薛惠公所铸铜镜)已久不复铸。然玻璃镜每多照物不准,俗谓之走作,铜镜则无此病。又玻璃易碎,不及铜质耐久,世俗乃弃彼取此,良不可解。盖风气日薄,厌常喜新,即一物可征矣。"

灯下漫笔*

一

有一时，就是民国二三年时候，北京的几个国家银行的钞票，信用日见其好了，真所谓蒸蒸日上。听说连一向执迷于现银的乡下人，也知道这既便当，又可靠，很乐意收受，行使了。至于稍明事理的人，则不必是"特殊知识阶级"，也早不将沉重累坠的银元装在怀中，来自讨无谓的苦吃。想来，除了多少对于银子有特别嗜好和爱情的人物之外，所有的怕大都是钞票了罢，而且多是本国的。但可惜后来忽然受了一个不小的打击。

就是袁世凯①想做皇帝的那一年，蔡松坡②先生溜出北京，到云南去起义。这边所受的影响之一，是中国和交通银行的停止兑现。③虽然停止兑现，政府勒令商民照旧行用的威力却还有的；商民也自有商民的老本领，不说不要，却道找不出零钱。假如拿几十几百的钞票去买东西，我不知道怎样，但倘使只要买一枝笔，一盒烟卷呢，难道就付给一元钞票么？不但不甘心，也没有这许多票。那么，换铜元，少换几个罢，又都说没有铜

---

* 本文最初发表于1925年5月1日、22日《莽原》周刊第二期和第五期，后收入《坟》。
① 袁世凯　参见第348页注②。
② 蔡松坡（1882—1916）　名锷，字松坡，湖南邵阳人，辛亥革命时任云南都督，1913年被袁世凯调到北京，加以监视。1915年11月他潜离北京，在昆明组织护国军。同年12月袁世凯宣布称帝后，他于25日通电宣布独立，起兵讨伐袁世凯。
③ 当时袁世凯政府财政困难，于1916年5月12日下令中国银行和交通银行（当时都是国家银行）停止其发行的纸钞的兑现。下文的中交票，即中国银行和交通银行发的纸钞。

元。那么,到亲戚朋友那里借现钱去罢,怎么会有?于是降格以求,不讲爱国了,要外国银行的钞票。但外国银行的钞票这时就等于现银,他如果借给你这钞票,也就借给你真的银元了。

我还记得那时我怀中还有三四十元的中交票,可是忽而变了一个穷人,几乎要绝食,很有些恐慌。俄国革命以后的藏着纸卢布的富翁的心情,恐怕也就这样的罢;至多,不过更深更大罢了。我只得探听,钞票可能折价换到现银呢?说是没有行市。幸而终于,暗暗地有了行市了:六折几。我非常高兴,赶紧去卖了一半。后来又涨到七折了,我更非常高兴,全去换了现银,沉垫垫地坠在怀中,似乎这就是我的性命的斤两。倘在平时,钱铺子如果少给我一个铜元,我是决不答应的。

但我当一包现银塞在怀中,沉垫垫地觉得安心,喜欢的时候,却突然起了另一思想,就是:我们极容易变成奴隶,而且变了之后,还万分喜欢。

假如有一种暴力,"将人不当人",不但不当人,还不及牛马,不算什么东西;待到人们羡慕牛马,发生"乱离人,不及太平犬"①的叹息的时候,然后给与他略等于牛马的价格,有如元朝定律,打死别人的奴隶,赔一头牛,②则人们便要心悦诚服,恭颂太平的盛世。为什么呢?因为他虽不算人,究竟已等于牛马了。

我们不必恭读《钦定二十四史》,或者入研究室,审察精神文明的高超。只要一翻孩子所读的《鉴略》,——还嫌烦重,则看《历代纪元编》③,就知道"三千余年古国古"④的中华,历来所闹的就不过是这一个小玩艺。但在新近编纂的所谓"历史教科书"一流东西里,却不大看得明白了,只仿佛说:咱们向来就很好的。

但实际上,中国人向来就没有争到过"人"的价格,至多不过是奴隶,

---

① "乱离人,不及太平犬" 元代施惠《幽闺记》:"宁为太平犬,莫作乱离人。"
② 关于元朝的打死别人奴隶赔一头牛的定律,多桑《蒙古史》第二卷第二章中引有元太宗窝阔台的话说:"成吉思汗法令,杀一回教徒者罚黄金四十巴里失,而杀一汉人者其偿价仅与一驴相等。"(据冯承钧译文)又元代陶宗仪《辍耕录》卷十七"奴婢"条载:"刑律,私宰牛马,杖百。殴死驱口(按,指奴婢),比常人减死一等,杖一百七,所以视奴婢与马牛无异。"
③ 《鉴略》 参见第294页注①。《历代纪元编》,清代李兆洛门人六承如编,分三卷,上卷纪元总载,中卷纪元甲子表,下卷纪元编韵。是中国历史的干支年表。
④ "三千余年古国古" 语出清代黄遵宪《出军歌》:"四千余岁古国古,是我完全土。"

到现在还如此,然而下于奴隶的时候,却是数见不鲜的。中国的百姓是中立的,战时连自己也不知道属于那一面,但又属于无论那一面。强盗来了,就属于官,当然该被杀掠;官兵既到,该是自家人了罢,但仍然要被杀掠,仿佛又属于强盗似的。这时候,百姓就希望有一个一定的主子,拿他们去做百姓,——不敢,是拿他们去做牛马,情愿自己寻草吃,只求他决定他们怎样跑。

假使真有谁能够替他们决定,定下什么奴隶规则来,自然就"皇恩浩荡"了。可惜的是往往暂时没有谁能定。举其大者,则如五胡十六国①的时候,黄巢②的时候,五代③时候,宋末元末时候,除了老例的服役纳粮以外,都还要受意外的灾殃。张献忠的脾气更古怪了,不服役纳粮的要杀,服役纳粮的也要杀,敌他的要杀,降他的也要杀:将奴隶规则毁得粉碎。这时候,百姓就希望来一个另外的主子,较为顾及他们的奴隶规则的,无论仍旧,或者新颁,总之是有一种规则,使他们可上奴隶的轨道。

"时日曷丧,予及汝偕亡!"④愤言而已,决心实行的不多见。实际上大概是群盗如麻,纷乱至极之后,就有一个较强,或较聪明,或较狡猾,或是外族的人物出来,较有秩序地收拾了天下。厘定规则:怎样服役,怎样纳粮,怎样磕头,怎样颂圣。而且这规则是不像现在那样朝三暮四的。于是便"万姓胪欢"⑤了;用成语来说,就叫作"天下太平"。

任凭你爱排场的学者们怎样铺张,修史时候设些什么"汉族发祥时代""汉族发达时代""汉族中兴时代"的好题目,好意诚然是可感的,但措辞太绕湾子了。有更其直捷了当的说法在这里——

---

① 五胡十六国 公元304年至439年间,我国匈奴、羯、鲜卑、氐、羌等五个少数民族先后在北方和西蜀立国,计有前赵、后赵、前燕、后燕、南燕、后凉、南凉、北凉、前秦、后秦、西秦、夏、成汉,加上汉族建立的前凉、西凉、北燕,共十六国,史称"五胡十六国"。
② 黄巢(?—884) 曹州冤句(今山东曹县)人,唐末农民起义领袖。唐乾符二年(875)参加王仙芝的起义。王仙芝阵亡后,被推为领袖,破洛阳,入潼关,广明元年(880)据长安,称大齐皇帝。后因内部分裂,为沙陀国李克用所败,中和四年(884)在泰山狼虎谷被围自杀。黄巢和张献忠一样,旧史书中多有关于他们杀人的记载。
③ 五代 即公元907年至960年间的梁、唐、晋、汉、周五个朝代。
④ "时日曷丧,予及汝偕亡!" 语出《尚书·汤誓》。时日,指夏桀。
⑤ "万姓胪欢" 天下歌呼欢腾之意。《汉书·礼乐志》:"遍胪欢,腾天歌。"唐颜师古注:"胪,陈也;腾,升也。"

一,想做奴隶而不得的时代;

二,暂时做稳了奴隶的时代。

这一种循环,也就是"先儒"之所谓"一治一乱"①;那些作乱人物,从后日的"臣民"看来,是给"主子"清道辟路的,所以说:"为圣天子驱除云尔"②。

现在入了那一时代,我也不了然。但看国学家的崇奉国粹,文学家的赞叹固有文明,道学家的热心复古,可见于现状都已不满了。然而我们究竟正向着那一条路走呢？百姓是一遇到莫名其妙的战争,稍富的迁进租界,妇孺则避入教堂里去了,因为那些地方都比较的"稳",暂不至于想做奴隶而不得。总而言之,复古的,避难的,无智愚贤不肖,似乎都已神往于三百年前的太平盛世,就是"暂时做稳了奴隶的时代"了。

但我们也就都像古人一样,永久满足于"古已有之"的时代么？都像复古家一样,不满于现在,就神往于三百年前的太平盛世么？

自然,也不满于现在的,但是,无须反顾,因为前面还有道路在。而创造这中国历史上未曾有过的第三样时代,则是现在的青年的使命!

二

但是赞颂中国固有文明的人们多起来了,加之以外国人。我常常想,凡有来到中国的,倘能疾首蹙额而憎恶中国,我敢诚意地捧献我的感谢,因为他一定是不愿意吃中国人的肉的!

鹤见祐辅③氏在《北京的魅力》中,记一个白人将到中国,预定的暂住时候是一年,但五年之后,还在北京,而且不想回去了。有一天,他们两人一同吃晚饭——

"在圆的桃花心木的食桌前坐定,川流不息地献着山海的珍味,

---

① "一治一乱" 语出《孟子·滕文公(下)》:"天下之生久矣,一治一乱。"

② "为圣天子驱除云尔" 语出《汉书·王莽传赞》:"圣王之驱除云尔。"颜师古注:"言驱逐蠲除以待圣人也。"

③ 鹤见祐辅(1885—1973) 日本评论家。作者曾选译过他的随笔集《思想·山水·人物》,《北京的魅力》一文即见于该书。

谈话就从古董,画,政治这些开头。电灯上罩着支那式的灯罩,淡淡的光洋溢于古物罗列的屋子中。什么无产阶级呀,Proletariat① 呀那些事,就像不过在什么地方刮风。

"我一面陶醉在支那生活的空气中,一面深思着对于外人有着'魅力'的这东西。元人也曾征服支那,而被征服于汉人种的生活美了;满人也征伐支那,而被征服于汉人种的生活美了。现在西洋人也一样,嘴里虽然说着 Democracy② 呀,什么什么呀,而却被魅于支那人费六千年而建筑起来的生活的美。一经住过北京,就忘不掉那生活的味道。大风时候的万丈的沙尘,每三月一回的督军们的开战游戏,都不能抹去这支那生活的魅力。"

这些话我现在还无力否认他。我们的古圣先贤既给与我们保古守旧的格言,但同时也排好了用子女玉帛所做的奉献于征服者的大宴。中国人的耐劳,中国人的多子,都就是办酒的材料,到现在还为我们的爱国者所自诩的。西洋人初入中国时,被称为蛮夷,自不免个个蹙额,但是,现在则时机已至,到了我们将曾经献于北魏,献于金,献于元,献于清的盛宴,来献给他们的时候了。出则汽车,行则保护:虽遇清道,然而通行自由的;虽或被劫,然而必得赔偿的;孙美瑶③掳去他们站在军前,还使官兵不敢开火。何况在华屋中享用盛宴呢?待到享受盛宴的时候,自然也就是赞颂中国固有文明的时候;但是我们的有些乐观的爱国者,也许反而欣然色喜,以为他们将要开始被中国同化了罢。古人曾以女人作苟安的城堡,美其名以自欺曰"和亲",今人还用子女玉帛为作奴的赞敬,又美其名曰"同化"。所以倘有外国的谁,到了已有赴宴的资格的现在,而还替我们诅咒中国的现状者,这才是真有良心的真可佩服的人!

但我们自己是早已布置妥帖了,有贵贱,有大小,有上下。自己被人凌虐,但也可以凌虐别人;自己被人吃,但也可以吃别人。一级一级的制

---

① Proletariat 英语:无产阶级。
② Democracy 英语:民主。
③ 孙美瑶(1899—1923) 山东峄县(今枣庄)人,当时占领山东抱犊崮的土匪头领。聚众四千余人,自称"建国自治军"。1923年5月6日晨,他在津浦铁路临城站劫车,掳去中外旅客一百多人,是当时轰动一时的事件。同年12月9日孙被兖州镇守使张培荣诱杀。

驭着,不能动弹,也不想动弹了。因为倘一动弹,虽或有利,然而也有弊。我们且看古人的良法美意罢——

"天有十日,人有十等。下所以事上,上所以共神也。故王臣公,公臣大夫,大夫臣士,士臣皂,皂臣舆,舆臣隶,隶臣僚,僚臣仆,仆臣台①。"
(《左传·昭公七年》)

但是"台"没有臣,不是太苦了么?无须担心的,有比他更卑的妻,更弱的子在。而且其子也很有希望,他日长大,升而为"台",便又有更卑更弱的妻子,供他驱使了。如此连环,各得其所,有敢非议者,其罪名曰不安分!

虽然那是古事,昭公七年离现在也太辽远了,但"复古家"尽可不必悲观的。太平的景象还在:常有兵燹,常有水旱,可有谁听到大叫唤么?打的打,革的革,可有处士来横议么?对国民如何专横,向外人如何柔媚,不犹是差等的遗风么?中国固有的精神文明,其实并未为共和二字所埋没,只有满人已经退席,和先前稍不同。

因此我们在目前,还可以亲见各式各样的筵宴,有烧烤,有翅席,有便饭,有西餐。但茅檐下也有淡饭,路傍也有残羹,野上也有饿莩;有吃烧烤的身价不资的阔人,也有饿得垂死的每斤八文的孩子②(见《现代评论》二十一期)。所谓中国的文明者,其实不过是安排给阔人享用的人肉的筵宴。所谓中国者,其实不过是安排这人肉的筵宴的厨房。不知道而赞颂者是可恕的,否则,此辈当得永远的诅咒!

外国人中,不知道而赞颂者,是可恕的;占了高位,养尊处优,因此受了蛊惑,昧却灵性而赞叹者,也还可恕的。可是还有两种,其一是以中国人为劣种,只配悉照原来模样,因而故意称赞中国的旧物。其一是愿世间人各不相同以增自己旅行的兴趣,到中国看辫子,到日本看木屐,到高丽看笠子,倘若服饰一样,便索然无味了,因而来反对亚洲的欧化。这些都

---

① 王、公、大夫、士、皂、舆、隶、僚、仆、台是奴隶社会等级的名称。前四种是统治者的等级,后六种是被奴役者的等级。
② 每斤八文的孩子 1925年5月2日《现代评论》第一卷第二十一期载有仲瑚的《一个四川人的通信》,叙说当时军阀统治下四川民众的悲惨生活,其中说:"人类到了这步田地,那里还讲得起仁民爱物的大道理,自然就闹到食起同类来了。据我所晓得的:男小孩只卖八枚铜子一斤,女小孩连这个价钱也卖不了。"

可憎恶。至于罗素在西湖见轿夫含笑①,便赞美中国人,则也许别有意思罢。但是,轿夫如果能对坐轿的人不含笑,中国也早不是现在似的中国了。

这文明,不但使外国人陶醉,也早使中国一切人们无不陶醉而且至于含笑。因为古代传来而至今还在的许多差别,使人们各各分离,遂不能再感到别人的痛苦;并且因为自己各有奴使别人,吃掉别人的希望,便也就忘却自己同有被奴使被吃掉的将来。于是大小无数的人肉的筵宴,即从有文明以来一直排到现在,人们就在这会场中吃人,被吃,以凶人的愚妄的欢呼,将悲惨的弱者的呼号遮掩,更不消说女人和小儿。

这人肉的筵宴现在还排着,有许多人还想一直排下去。扫荡这些食人者,掀掉这筵席,毁坏这厨房,则是现在的青年的使命!

一九二五年四月二十九日。

【讲析】

所谓"灯下漫笔",大概就是晚上写得比较随意的漫谈式文字,但读来却未必轻松,而是沉甸甸的。文中许多警句让人过目不忘,不能不佩服鲁迅思想揭开历史迷雾的那种穿透力。

文章分两部分。第一部分开头写袁世凯复辟期间钞票贬值的旧事,是个引子,从自身体验说明危难之中人们容易"降格"以求保命。鲁迅自嘲当时急迫地将中交票兑换现银,本是很大损失,却也感觉占了便宜,"似乎这就是我的性命的斤两"。然后笔锋一转,联想到"我们极容易变成奴隶,而且变了之后,还万分喜欢"。进而反观历史,得出"实际上,中国人向来就没有争到过'人'的价格,至多不过是奴隶"的结论,甚至有时候等而下之,想做驯服的奴隶都不可得。鲁迅对漫长的中国历史自有他

---

① 罗素(B. Russell,1872—1970) 英国哲学家。1920 年 10 月曾来中国讲学,并在各地游览。关于"轿夫含笑"事,见他所著《中国问题》一书:"我记得一个大夏天,我们几个人坐轿过山,道路崎岖难行,轿夫非常的辛苦;我们到了山顶,停十分钟,让他们休息一会。立刻他们就并排的坐下来了,抽出他们的烟袋来,谈着笑着,好像一点忧虑都没有似的。"

特别的发现：他认为无非是"想做奴隶而不得"的时代，和"暂时做稳了奴隶"的时代的交替，一治一乱，反复循环。鲁迅这里侧重揭示与批判的是传统文化三纲五常长期培植起来的"奴性"。一代代百姓所盼望的只能是"可上奴隶的轨道"，能够喘息生存下去。

在文章的第二部分，鲁迅谈到外国人往往颂赞中国"固有文明"，可能是国人引以为豪的。所以虽然不满现实，可也是有"国学家的崇奉国粹，文学家的赞叹固有文明，道学家的热心复古"，都又在神往古已有之的太平盛世。但鲁迅揭穿了这"固有文明"背后的历史真实，这段话非常直白却又深刻："古代传来而至今还在的许多差别，使人们各各分离，遂不能再感到别人的痛苦；并且因为自己各有奴使别人，吃掉别人的希望，便也就忘却自己同有被奴使被吃掉的将来。于是大小无数的人肉的筵宴，即从有文明以来一直排到现在，人们就在这会场中吃人，被吃，以凶人的愚妄的欢呼，将悲惨的弱者的呼号遮掩，更不消说女人和小儿。"

现在看来，鲁迅对于传统文化的抨击确实激烈，甚至有些"偏激"，但显然是出于对当时所处时代仍然"想做奴隶而不得"而深感忧虑，他要以霹雳手的姿态打破中庸和犹疑，让人们意识到社会变革所遭遇的巨大障碍，其中就包括被传统所束缚的沉滞的"国民性"问题。鲁迅指出只有革命者才是有希望的，因为他们并不想重复古代的老路，而要创造"中国历史上未曾有过的第三样时代"。

论睁了眼看*

虚生先生所做的时事短评中，曾有一个这样的题目：《我们应该有正眼看各方面的勇气》（《猛进》十九期）①。诚然，必须敢于正视，这才可望敢想，敢说，敢作，敢当。倘使并正视而不敢，此外还能成什么气候。然而，不幸这一种勇气，是我们中国人最所缺乏的。

但现在我所想到的是别一方面——

中国的文人，对于人生，——至少是对于社会现象，向来就多没有正视的勇气。我们的圣贤，本来早已教人"非礼勿视"的了；而这"礼"又非常之严，不但"正视"，连"平视""斜视"也不许。现在青年的精神未可知，在体质，却大半还是弯腰曲背，低眉顺眼，表示着老牌的老成的子弟，驯良的百姓，——至于说对外却有大力量，乃是近一月来的新说，还不知道究竟是如何。

再回到"正视"问题去：先既不敢，后便不能，再后，就自然不视，不见了。一辆汽车坏了，停在马路上，一群人围着呆看，所得的结果是一团乌油油的东西。然而由本身的矛盾或社会的缺陷所生的苦痛，虽不正视，却要身受。文人究竟是敏感人物，从他们的作品上看来，有些人确也早已感到不满，可是一到快要显露缺陷的危机一髪之际，他们总即刻连说"并无其事"，同时便闭上了眼睛。这闭着的眼睛便看见一切圆满，当前的苦

---

* 本文最初发表于1925年8月3日《语丝》周刊第三十八期，后收《坟》。

① 虚生　即徐炳昶（1886—1976），字旭生，又作虚生，河北唐河人。北京大学哲学系教授，《猛进》周刊主编。《猛进》，政论性刊物，1925年3月6日创刊于北京，次年3月19日出至第五十三期停刊。

痛不过是"天之将降大任于是人也,必先苦其心志,劳其筋骨,饿其体肤,空乏其身,行拂乱其所为。"①于是无问题,无缺陷,无不平,也就无解决,无改革,无反抗。因为凡事总要"团圆",正无须我们焦躁;放心喝茶,睡觉大吉。再说费话,就有"不合时宜"之咎,免不了要受大学教授的纠正了。呸!

我并未实验过,但有时候想:倘将一位久蛰洞房的老太爷抛在夏天正午的烈日底下,或将不出闺门的千金小姐拖到旷野的黑夜里,大概只好闭了眼睛,暂续他们残存的旧梦,总算并没有遇到暗或光,虽然已

《论睁了眼看》发表于 1925 年 8 月 3 日《语丝》周刊第 38 期

经是绝不相同的现实。中国的文人也一样,万事闭眼睛,聊以自欺,而且欺人,那方法是:瞒和骗。

中国婚姻方法的缺陷,才子佳人小说作家早就感到了,他于是使一个才子在壁上题诗,一个佳人便来和,由倾慕——现在就得称恋爱——而至于有"终身之约"。但约定之后,也就有了难关。我们都知道,"私订终身"在诗和戏曲或小说上尚不失为美谈(自然只以与终于中状元②的男人私订为限),实际却不容于天下的,仍然免不了要离异。明末的作家③便闭上眼睛,并这一层也加以补救了,说是:才子及第,奉旨成婚。"父母之

---

① "天之将降大任于是人也"等语,见《孟子·告子(下)》。
② 状元　科举时代殿试(皇帝亲自主持的考试)取中的第一名进士。
③ 明末的作家　指明代末年写才子佳人小说的那些作家,如著《平山冷燕》的荻岸山人、《好逑传》的名教中人等。

命媒妁之言"①经这大帽子来一压,便成了半个铅钱也不值,问题也一点没有了。假使有之,也只在才子的能否中状元,而决不在婚姻制度的良否。

(近来有人以为新诗人的做诗发表,是在出风头,引异性;且迁怒于报章杂志之滥登。殊不知即使无报,墙壁实"古已有之",早做过发表机关了;据《封神演义》,纣王已曾在女娲庙壁上题诗,②那起源实在非常之早。报章可以不取白话,或排斥小诗,墙壁却拆不完,管不及的;倘一律刷成黑色,也还有破磁可划,粉笔可书,真是穷于应付。做诗不刻木板,去藏之名山,却要随时发表,虽然很有流弊,但大概是难以杜绝的罢。)

《红楼梦》中的小悲剧,是社会上常有的事,作者又是比较的敢于实写的,而那结果也并不坏。无论贾氏家业再振,兰桂齐芳,即宝玉自己,也成了个披大红猩猩毡斗篷的和尚。和尚多矣,但披这样阔斗篷的能有几个,已经是"入圣超凡"无疑了。至于别的人们,则早在册子里一一注定,末路不过是一个归结:是问题的结束,不是问题的开头。读者即小有不安,也终于奈何不得。然而后来或续或改,非借尸还魂,即冥中另配,必令"生旦当场团圆",才肯放手者,乃是自欺欺人的瘾太大,所以看了小小骗局,还不甘心,定须闭眼胡说一通而后快。赫克尔(E. Haeckel)③说过:人和人之差,有时比类人猿和原人之差还远。我们将《红楼梦》的续作者和原作者一比较,就会承认这话大概是确实的。

"作善降祥"④的古训,六朝人本已有些怀疑了,他们作墓志,竟会说"积善不报,终自欺人"⑤的话。但后来的昏人,却又瞒起来。元刘信

---

① "父母之命媒妁之言" 语出《孟子·滕文公(下)》:"不待父母之命媒妁之言,钻穴隙相窥,踰墙相从,则父母国人皆贱之。"
② 《封神演义》 神魔小说,明代许仲琳编写,一百回。纣王在女娲庙壁上题诗的情节,见该书第一回。
③ 赫克尔(1834—1919) 通译海克尔,德国生物学家。这里所引他的话,见所著《宇宙之谜》第四章《我们的胚胎史》。
④ "作善降祥" 语出《尚书·伊训》:"惟上帝不常,作善降之百祥,作不善降之百殃。"
⑤ "积善不报,终自欺人" 语出东魏《元湛墓志铭》:"曰仁者寿,所期必信,积善不报,终自欺人。"

将三岁痴儿抛入醮纸火盆,妄希福祐,是见于《元典章》①的;剧本《小张屠焚儿救母》②却道是为母延命,命得延,儿亦不死了。一女愿侍痼疾之夫,《醒世恒言》中还说终于一同自杀的;后来改作的却道是有蛇坠入药罐里,丈夫服后便全愈了。③ 凡有缺陷,一经作者粉饰,后半便大抵改观,使读者落诬妄中,以为世间委实尽够光明,谁有不幸,便是自作,自受。

有时遇到彰明的史实,瞒不下,如关羽岳飞的被杀,便只好别设骗局了。一是前世已造夙因,如岳飞;一是死后使他成神,如关羽。④ 定命不可逃,成神的善报更满人意,所以杀人者不足责,被杀者也不足悲,冥冥中自有安排,使他们各得其所,正不必别人来费力了。

中国人的不敢正视各方面,用瞒和骗,造出奇妙的逃路来,而自以为正路。在这路上,就证明着国民性的怯弱,懒惰,而又巧滑。一天一天的满足着,即一天一天的堕落着,但却又觉得日见其光荣。在事实上,亡国一次,即添加几个殉难的忠臣,后来每不想光复旧物,而只去赞美那几个忠臣;遭劫一次,即造成一群不辱的烈女,事过之后,也每每不思惩凶,自卫,却只顾歌咏那一群烈女。仿佛亡国遭劫的事,反而给中国人发挥"两间正气"的机会,增高价值,即在此一举,应该一任其至,不足忧悲似的。自然,此上也无可为,因为我们已经借死人获得最上的光荣了。沪汉烈士的追悼会⑤中,活的人们在一块很可景仰的高大的木主下互相打骂,也就

---

① 《元典章》 即《大元圣政国朝典章》,前集六十卷,新集不分卷。内容系汇辑元世祖中统元年(1260)至英宗至治二年(1322)间的法令文牍。刘信的事载该书第五十七卷。
② 《小张屠焚儿救母》 杂剧,元代无名氏作。见《古今杂剧》。
③ 一女愿侍痼疾之夫 见《醒世恒言》第九卷《陈多寿生死夫妻》。鲁迅所说后来的改作,大概是指清代宣鼎《夜雨秋灯录》第三卷中的《麻风女邱丽玉》。
④ 关羽(160?—220) 字云长,河东解县(今山西临猗)人,三国时蜀汉大将。刘备定西蜀,他留镇荆襄。建安二十四年在荆州与孙权军作战,兵败被杀。在小说《三国演义》中有他死后显圣成神的描述。岳飞(1103—1142),字鹏举,相州汤阴(今属河南)人,南宋名将。因坚持抗金,于绍兴十一年十二月十九日被宋高宗和秦桧杀害。小说《说岳全传》中说,岳飞是大鹏转世,秦桧是黑龙转世;秦桧害死岳飞,是报前世大鹏啄伤黑龙的宿怨。
⑤ 沪汉烈士的追悼会 1925年上海"五卅惨案"发生后,6月11日汉口群众的反帝斗争也遭到英帝国主义及湖北督军萧耀南的镇压。6月25日,北京各界数十万人游行示威,并在天安门召开沪汉烈士追悼会。有人在会场设立一座两丈四尺高的木质灵位,悬挂着三丈六尺长的挽联,上写"在孔曰成仁在孟曰正命""于礼为国殇于义为鬼雄";指挥台正中的白布横额上,写有"天地正气"四个大字。

是和我们的先辈走着同一的路。

　　文艺是国民精神所发的火光,同时也是引导国民精神的前途的灯火。这是互为因果的,正如麻油从芝麻榨出,但以浸芝麻,就使它更油。倘以油为上,就不必说;否则,当参入别的东西,或水或硷去。中国人向来因为不敢正视人生,只好瞒和骗,由此也生出瞒和骗的文艺来,由这文艺,更令中国人更深地陷入瞒和骗的大泽中,甚而至于已经自己不觉得。世界日日改变,我们的作家取下假面,真诚地,深入地,大胆地看取人生并且写出他的血和肉来的时候早到了;早就应该有一片崭新的文场,早就应该有几个凶猛的闯将!

　　现在,气象似乎一变,到处听不见歌吟花月的声音了,代之而起的是铁和血的赞颂。然而倘以欺瞒的心,用欺瞒的嘴,则无论说 A 和 O,或 Y 和 Z,一样是虚假的;只可以吓哑了先前鄙薄花月的所谓批评家的嘴,满足地以为中国就要中兴。可怜他在"爱国"的大帽子底下又闭上了眼睛了——或者本来就闭着。

　　没有冲破一切传统思想和手法的闯将,中国是不会有真的新文艺的。

一九二五年七月二十二日。

【讲析】

　　鲁迅是清醒的现实主义者,他以直面现实、毫无伪饰的创作实绩,为"五四"新文学竖起了鲜明的大旗,而在《论睁了眼看》这篇杂感中,可以看到鲁迅文艺观的集中体现。不过鲁迅并不就事论事,而是透过现象直抵本质,以其论析文艺问题的利刃,切入中国文化特别是国民精神状态的肌理深层。这是鲁迅常用的笔法。

　　鲁迅发现"中国的文人,对于人生,——至少是对于社会现象,向来就多没有正视的勇气",不能睁眼看世界,面对种种社会矛盾与悲剧却视而不见,总是陶醉于"一切圆满"的幻想,于是"无问题,无缺陷,无不平,也就无解决,无改革,无反抗"。这是多么的"阿Q"呀!鲁迅分析许多古

1925 年在北京时摄

代小说戏剧的个案，发现一个"秘密"：中国文艺历来多以"作善降祥"的古训教化民众，"凡有缺陷，一经作者粉饰，后半便大抵改观，使读者落诬妄中，以为世间委实尽够光明，谁有不幸，便是自作，自受"。这种以写"圆满"为特征的"瞒和骗"的文艺，实质是要粉饰现实，掩盖黑暗，自欺欺人，起到愚民的作用，让民众"一天一天的满足着，即一天一天的堕落着"，深陷于"瞒和骗"的泥淖而不拔，越发生成了普遍的奴性文化心理。

鲁迅进而指出："中国人的不敢正视各方面，用瞒和骗，造出奇妙的逃路来，而自以为正路。在这路上，就证明着国民性的怯弱，懒惰，而又巧滑。"这好像有点自贬我们的民族自信，其实是恨铁不成钢，把国民精神之病况凸显，希望能冲破卑怯的精神谜障，振发民族的活力。

文末，鲁迅对现实中翻着花样继续搞"瞒和骗"的那些新批评家掷以鄙视，说他们"无论说 A 和 O，或 Y 和 Z，一样是虚假的"。但他仍然寄希望于新的文艺。鲁迅的呼吁比"五四"以来任何文学理论都更加令人震撼。他所期望的新的作家，是能"取下假面，真诚地，深入地，大胆地看取人生并且写出他的血和肉来"的，是"冲破一切传统思想和手法的闯将"，必将开辟"一片崭新的文场"。由此反观鲁迅，也许我们对他创作的独特素质，也就可能有更深切的了解。

这个与那个*

一　读经与读史

　　一个阔人说要读经①，嗡的一阵一群狭人也说要读经。岂但"读"而已矣哉，据说还可以"救国"哩。"学而时习之，不亦说乎？"②那也许是确凿的罢，然而甲午战败了，——为什么独独要说"甲午"呢，是因为其时还在开学校，废读经③以前。

　　我以为伏案还未功深的朋友，现在正不必埋头来哼线装书。倘其咿唔日久，对于旧书有些上瘾了，那么，倒不如去读史，尤其是宋朝明朝史，而且尤须是野史；或者看杂说。

　　现在中西的学者们，几乎一听到"钦定四库全书"④这名目就魂不附

---

　*　本文最初发表于1925年12月10日、12日、22日北京《国民新报副刊》，后收入《华盖集》。
　①　一个阔人　指章士钊。《甲寅》周刊第一卷第九号（1925年9月12日）发表章士钊和孙师郑关于"读经救国"的通讯。
　②　"学而时习之，不亦说乎？"　语出《论语·学而》。孔子语，"说"同"悦"。
　③　开学校，废读经　清政府在1894年（光绪二十年，甲午）中日战争中战败后，曾采取了一些改良主义的办法。戊戌变法（1898）期间，光绪帝于七月六日下诏普遍设立中小学，改书院为学堂；六月二十曾诏令在科举考试中废止八股，"向用四书文者，一律改试策论"。变法失败后，清廷于1902年（光绪二十八年）颁布《钦定学堂章程》，开始兴办学堂；1905年又下诏停科举，自此废止读经。
　④　"钦定四库全书"　清乾隆三十八年（1773）设立四库全书馆，把宫中所藏和民间所献书籍，命馆臣分别加以选择、钞录，费时十年，共选录书籍三千五百零三种，分经、史、子、集四部，即所谓"钦定四库全书"。它在一定程度上起到了保存和整理文献的作用；但这也是清政府文化统治的具体措施之一，凡被认为"违碍"的书，或遭"全毁""抽毁"，或被加以篡改，使后来无可依据。

体,膝弯总要软下来似的。其实呢,书的原式是改变了,错字是加添了,甚至于连文章都删改了,最便当的是《琳琅秘室丛书》①中的两种《茅亭客话》②,一是宋本,一是四库本,一比较就知道。"官修"而加以"钦定"的正史也一样,不但本纪咧,列传咧,要摆"史架子";里面也不敢说什么。据说,字里行间是也含着什么褒贬的,但谁有这么多的心眼儿来猜闷壶卢。至今还道"将平生事迹宣付国史馆立传",还是算了罢。

野史和杂说自然也免不了有讹传,挟恩怨,但看往事却可以较分明,因为它究竟不像正史那样地装腔作势。看宋事,《三朝北盟汇编》③已经变成古董,太贵了,新排印的《宋人说部丛书》④却还便宜。明事呢,《野获编》⑤原也好,但也化为古董了,每部数十元;易于入手的是《明季南北略》⑥,《明季稗史汇编》⑦,以及新近集印的《痛史》⑧。

史书本来是过去的陈帐簿,和急进的猛士不相干。但先前说过,倘若还不能忘情于呻唔,倒也可以翻翻,知道我们现在的情形,和那时的何其神似,而现在的昏妄举动,胡涂思想,那时也早已有过,并且都闹糟了。

试到中央公园去,大概总可以遇见祖母带着她孙女儿在玩的。这位祖母的模样,就预示着那娃儿的将来。所以倘有谁要预知令夫人后日的丰姿,也只要看丈母。不同是当然要有些不同的,但总归相去不远。我们

---

① 《琳琅秘室丛书》 清代胡珽校刊,共五集,计三十六种。所收主要是掌故、说部、释道方面的书。
② 《茅亭客话》 宋代黄休复著,共十卷。内容是记录从五代到宋代真宗时(约当公元10世纪)的蜀中杂事。
③ 《三朝北盟汇编》 宋代徐梦莘编,共二百五十卷。书中汇辑从宋徽宗政和七年(1117)到高宗绍兴三十一年(1161)间宋金和战的史料。
④ 《宋人说部丛书》 指商务印书馆印行的"宋人说部书"(都是笔记小说),夏敬观编校,共出二十余种。
⑤ 《野获编》 即《万历野获编》,明代沈德符著,三十卷,补遗四卷。记载明代开国至神宗万历间的典章制度和街谈巷语。
⑥ 《明季南北略》 指《明季北略》和《明季南略》。清代计六奇编。《北略》二十四卷,记载万历四十四年(1616)至崇祯十七年(1644)间事;《南略》十八卷,与《北略》相衔接,记至清康熙元年(1662)南明永历帝被害止。
⑦ 《明季稗史汇编》 清代留云居士辑,共二十七卷,汇刊稗史十六种。各书所记都是明末的遗事。有都城留云居排印本。
⑧ 《痛史》 乐天居士编,共三集。辛亥革命后由上海商务印书馆汇印,收录明末清初野史二十余种。

查帐的用处就在此。

但我并不说古来如此,现在遂无可为,劝人们对于"过去"生敬畏心,以为它已经铸定了我们的运命。Le Bon①先生说,死人之力比生人大,诚然也有一理的,然而人类究竟进化着。又据章士钊总长说,则美国的什么地方已在禁讲进化论②了,这实在是吓死我也,然而禁只管禁,进却总要进的。

总之:读史,就愈可以觉悟中国改革之不可缓了。虽是国民性,要改革也得改革,否则,杂史杂说上所写的就是前车。一改革,就无须怕孙女儿总要像点祖母那些事,譬如祖母的脚是三角形,步履维艰的,小姑娘的却是天足,能飞跑;丈母老太太出过天花,脸上有些缺点的,令夫人却种的是牛痘,所以细皮白肉:这也就大差其远了。

十二月八日。

二 捧与挖

中国的人们,遇见带有会使自己不安的朕兆的人物,向来就用两样法:将他压下去,或者将他捧起来。

压下去就用旧习惯和旧道德,或者凭官力,所以孤独的精神的战士,虽然为民众战斗,却往往反为这"所为"而灭亡。到这样,他们这才安心了。压不下时,则于是乎捧,以为抬之使高,餍之使足,便可以己稍稍无害,得以安心。

---

① Le Bon 勒朋(1841—1931),法国社会心理学家。他在《民族进化的心理定律》一书中说:"欲了解种族之真义必将之同时伸长于过去与将来,死者较之生者是无限的更众多,也是较之他们更强有力。"(张公表译,商务印书馆版)

② 关于美国禁讲进化论,章士钊在《甲寅》周刊第一卷第十七号(1925年11月7日)的《再疏解辟义》中说:"田芮西州Tennessee。尊崇耶教较笃者也。曾于州宪订明。凡学校教科书。理与圣经相悟。应行禁制。州有市曰堞塘Dayton。其小学校中。有教员曰师科布John Thomas Scopes。以进化论授于徒。州政府大怒。谓其既违教义。复触宪纲。因名捕斯氏。下法官按问其罪。"后来因"念其文士。罚锾百元"。进化论,英国生物学家达尔文(1809—1882)在《物种起源》等著作中提出的以自然选择为基础的进化学说。它揭示了生物的起源、变异和发展的规律,对近代生物科学产生了巨大影响。

伶俐的人们，自然也有谋利而捧的，如捧阔老，捧戏子，捧总长之类；但在一般粗人，——就是未尝"读经"的，则凡有捧的行为的"动机"，大概是不过想免害。即以所奉祀的神道而论，也大抵是凶恶的，火神瘟神不待言，连财神也是蛇呀刺猬呀似的骇人的畜类；观音菩萨倒还可爱，然而那是从印度输入的，并非我们的"国粹"。要而言之：凡是被捧者，十之九不是好东西。

既然十之九不是好东西，则被捧而后，那结果便自然和捧者的希望适得其反了。不但能使不安，还能使他们很不安，因为人心本来不易餍足。然而人们终于至今没有悟，还以捧为苟安之一道。

记得有一部讲笑话的书，名目忘记了，也许是《笑林广记》①罢，说，当一个知县的寿辰，因为他是子年生，属鼠的，属员们便集资铸了一个金老鼠去作贺礼。知县收受之后，另寻了机会对大众说道：明年又恰巧是贱内的整寿；她比我小一岁，是属牛的。其实，如果大家先不送金老鼠，他决不敢想金牛。一送开手，可就难于收拾了，无论金牛无力致送，即使送了，怕他的姨太太也会属象。象不在十二生肖之内，似乎不近情理罢，但这是我替他设想的法子罢了，知县当然别有我们所莫测高深的妙法在。

民元革命时候，我在 S 城，来了一个都督。② 他虽然也出身绿林大学，未尝"读经"（？），但倒是还算顾大局，听舆论的，可是自绅士以至于庶民，又用了祖传的捧法群起而捧之了。这个拜会，那个恭维，今天送衣料，明天送翅席，捧得他连自己也忘其所以，结果是渐渐变成老官僚一样，动手刮地皮。

最奇怪的是北几省的河道，竟捧得河身比屋顶高得多了。当初自然是防其溃决，所以壅上一点土；殊不料愈壅愈高，一旦溃决，那祸害就更

---

① 《笑林广记》 明代冯梦龙编有《广笑府》十三卷，至清代被禁止，后来书坊改编为《笑林广记》，共十二卷，编者署名游戏主人。关于金老鼠的笑话，见该书卷一（亦见《广笑府》卷二）。
② 民元革命 即辛亥革命。S 城，指绍兴。都督，官名。辛亥革命时为地方最高军政长官，后改称督军。此处指王金发（1883—1915），名逸，字季高，浙江嵊州人。曾留学日本，后由光复会创始人陶成章介绍加入该会。辛亥革命后任绍兴军政分府都督。"二次革命"失败后，在1915 年 7 月 13 日被督理浙江军务朱瑞杀害。参看《朝花夕拾·范爱农》。王金发曾领导浙东洪门会党平阳党，号称万人，故作者戏称他"出身绿林大学"。

大。于是就"抢堤"咧,"护堤"咧,"严防决堤"咧,花色繁多,大家吃苦。如果当初见河水泛滥,不去增堤,却去挖底,我以为决不至于这样。

有贪图金牛者,不但金老鼠,便是死老鼠也不给。那么,此辈也就连生日都未必做了。单是省却拜寿,已经是一件大快事。

中国人的自讨苦吃的根苗在于捧,"自求多福"①之道却在于挖。其实,劳力之量是差不多的,但从惰性太多的人们看来,却以为还是捧省力。

十二月十日。

三　最先与最后

《韩非子》说赛马的妙法,在于"不为最先,不耻最后"。② 这虽是从我们这样外行的人看起来,也觉得很有理。因为假若一开首便拚命奔驰,则马力易竭。但那第一句是只适用于赛马的,不幸中国人却奉为人的处世金鍼了。

中国人不但"不为戎首""不为祸始",甚至于"不为福先"。③ 所以凡事都不容易有改革;前驱和闯将,大抵是谁也怕得做。然而人性岂真能如道家所说的那样恬淡;欲得的却多。既然不敢径取,就只好用阴谋和手段。以此,人们也就日见其卑怯了,既是"不为最先",自然也不敢"不耻最后",所以虽是一大堆群众,略见危机,便"纷纷作鸟兽散"了。如果偶有几个不肯退转,因而受害的,公论家便异口同声,称之曰傻子。对于"锲而不舍"④的人们也一样。

我有时也偶尔去看看学校的运动会。这种竞争,本来不像两敌国的

---

① "自求多福"　语出《诗经·大雅·文王》:"永言配命,自求多福。"意思是只要顺天命而行,则福禄自来。

② "不为最先,不耻最后"　《韩非子》中没有"不耻最后"的话,在《淮南子·诠言训》中有类似的记载:"圣者不贪最先,不恐独后;缓急调乎手,御心调乎马,虽不能必先哉,马力必尽矣。"圣,赛马。

③ "不为戎首"　语出《礼记·檀弓》:"毋为戎首,不亦善乎?"据汉代郑玄注:"为兵主来攻伐曰戎首。""不为祸始""不为福先",语出《庄子·刻意》:"不为福先,不为祸始;感而后应,迫而后动,不得已而后起。"

④ "锲而不舍"　语出《荀子·劝学》:"锲而不舍,金石可镂。"锲,雕刻的意思。

开战,挟有仇隙的,然而也会因了竞争而骂,或者竟打起来。但这些事又作别论。竞走的时候,大抵是最快的三四个人一到决胜点,其余的便松懈了,有几个还至于失了跑完豫定的圈数的勇气,中途挤入看客的群集中;或者佯为跌倒,使红十字队用担架将他抬走。假若偶有虽然落后,却尽跑,尽跑的人,大家就嗤笑他。大概是因为他太不聪明,"不耻最后"的缘故罢。

所以中国一向就少有失败的英雄,少有韧性的反抗,少有敢单身鏖战的武人,少有敢抚哭叛徒的吊客;见胜兆则纷纷聚集,见败兆则纷纷逃亡。战具比我们精利的欧美人,战具未必比我们精利的匈奴蒙古满洲人,都如入无人之境。"土崩瓦解"这四个字,真是形容得有自知之明。

多有"不耻最后"的人的民族,无论什么事,怕总不会一下子就"土崩瓦解"的,我每看运动会时,常常这样想:优胜者固然可敬,但那虽然落后而仍非跑至终点不止的竞技者,和见了这样竞技者而肃然不笑的看客,乃正是中国将来的脊梁。

四　流产与断种

近来对于青年的创作,忽然降下一个"流产"的恶谥,哄然应和的就有一大群。我现在相信,发明这话的是没有什么恶意的,不过偶尔说一说;应和的也是情有可原的,因为世事本来大概就这样。

我独不解中国人何以于旧状况那么心平气和,于较新的机运就这么疾首蹙额;于已成之局那么委曲求全,于初兴之事就这么求全责备?

智识高超而眼光远大的先生们开导我们:生下来的倘不是圣贤,豪杰,天才,就不要生;写出来的倘不是不朽之作,就不要写;改革的事倘不是一下子就变成极乐世界,或者,至少能给我(!)有更多的好处,就万万不要动!……

那么,他是保守派么?据说:并不然的。他正是革命家。惟独他有公平,正当,稳健,圆满,平和,毫无流弊的改革法;现下正在研究室里研究着哩,——只是还没有研究好。

什么时候研究好呢？答曰：没有准儿。

孩子初学步的第一步，在成人看来，的确是幼稚，危险，不成样子，或者简直是可笑的。但无论怎样的愚妇人，却总以恳切的希望的心，看他跨出这第一步去，决不会因为他的走法幼稚，怕要阻碍阔人的路线而"逼死"他；也决不至于将他禁在床上，使他躺着研究到能够飞跑时再下地。因为她知道：假如这么办，即使长到一百岁也还是不会走路的。

古来就这样，所谓读书人，对于后起者却反而专用彰明较著的或改头换面的禁锢。近来自然客气些，有谁出来，大抵会遇见学士文人们挡驾：且住，请坐。接着是谈道理了：调查，研究，推敲，修养，……结果是老死在原地方。否则，便得到"捣乱"的称号。我也曾有如现在的青年一样，向已死和未死的导师们问过应走的路。他们都说：不可向东，或西，或南，或北。但不说应该向东，或西，或南，或北。我终于发现他们心底里的蕴蓄了：不过是一个"不走"而已。

坐着而等待平安，等待前进，倘能，那自然是很好的，但可虑的是老死而所等待的却终于不至；不生育，不流产而等待一个英伟的宁馨儿①，那自然也很可喜的，但可虑的是终于什么也没有。

倘以为与其所得的不是出类拔萃的婴儿，不如断种，那就无话可说。但如果我们永远要听见人类的足音，则我以为流产究竟比不生产还有望，因为这已经明明白白地证明着能够生产的了。

十二月二十日。

【讲析】

这一组短文四篇，每文可独立成篇，但又聚焦一个共同的话题：社会改革与国民性。标题《这个与那个》，让人有些不解，其实归纳了四篇的小标题，全都是"什么与什么"的句式，带有对立和选择的意思。

---

① 宁馨儿　晋宋时代俗语。《晋书·王衍传》："何物老妪，生宁馨儿。"宁馨儿是"这样的孩子"的意思。宁，这样；馨，语助词。

《读经与读史》选择的是"读史"。1925年12月北洋政府教育部长提出从初小就要开始"读经",文中一个"阔人"指教育部长章士钊。鲁迅反对此事,并引申表明,"读经"复古还不如"读史"明示,而且最好读野史。鲁迅多次讲到"钦定"的正史往往由统治者掌握了阐释权,有太多的涂饰,而且还装腔作势,不如读野史杂说看事比较分明。读史的目的是鉴古观今,看到"我们现在的情形",和历史上的昏妄糊涂何其相似,这就"愈可以觉悟中国改革之不可缓了"。鲁迅很幽默地将读史比作"查帐","倘有谁要预知令夫人后日的丰姿,也只要看丈母。不同是当然要有些不同的,但总归相去不远。我们查帐的用处就在此"。改革尽管也难免带有传统的缺陷,但必然又是进化了的,就如同丈母娘脸上有天花斑点,而令夫人种过牛痘却细皮白肉。

在《捧与挖》里,鲁迅指出国人喜欢"捧",权势者对于可能让自己"不安"的人物,多采取"压",不然就是"捧","抬之使高",结果就是"捧杀";普通人或为谋利而讨好阔佬贿赂上司,或"想免害"而奉祀神道观音,也都是"捧"。殊不知人心无餍足,今年送了当官的一个金鼠,明年后年他就可能要收受金牛、金象。"捧"并不能苟安,而且是自讨苦吃,还不如采取"挖"的办法,就如同"围堤"不如"挖河"即疏浚河道一样的道理。鲁迅看穿"捧"的陋习背后,是国民的"惰性"。

《最先与最后》论及运动会上的竞赛,以为"优胜者固然可敬,但那虽然落后而仍非跑至终点不止的竞技者,和见了这样竞技者而肃然不笑的看客,乃正是中国将来的脊梁"。为何把"不耻最后"提升到"中国将来的脊梁"的高度?因为鲁迅在提倡锲而不舍的斗争精神。他感慨这种精神的稀缺:"中国一向就少有失败的英雄,少有韧性的反抗,少有敢单身鏖战的武人,少有敢抚哭叛徒的吊客;见胜兆则纷纷聚集,见败兆则纷纷逃亡。"

《流产与断种》说的是对待改革和新生事物的态度。鲁迅从讪笑青年创作为"流产"这种"恶谥",联想到对新事物总是挑剔求全的社会习性。他非常鄙薄地发问:"我独不解中国人何以于旧状况那么心平气和,于较新的机运就这么疾首蹙额;于已成之局那么委曲求全,于初兴之事就这么求全责备?"社会的惰性往往是改革和进步的羁绊,鲁迅对此痛加批判,并以一个诙谐的比喻来揭示这种习性的荒谬:"孩子初学步的第一步,在成人看来,的确是幼稚,危险,不成样子,或者简直是可笑的。但无论怎样的愚妇人,却总以恳切的希望的心,看他跨出这第一步去,决不会因为他的走法幼稚,怕要阻碍阔人的路线而'逼死'他;也决不至于将他禁在床上,使他躺着研究到能够飞跑时再下地。因为她知道:假如这么办,即使长到一百岁也还是不会走路的。"

学界的三魂*

从《京报副刊》上知道有一种叫《国魂》①的期刊,曾有一篇文章说章士钊固然不好,然而反对章士钊的"学匪"们也应该打倒。我不知道大意是否真如我所记得?但这也没有什么关系,因为不过引起我想到一个题目,和那原文是不相干的。意思是,中国旧说,本以为人有三魂六魄,或云七魄;国魂也该这样。而这三魂之中,似乎一是"官魂",一是"匪魂",还有一个是什么呢?也许是"民魂"罢,我不很能够决定。又因为我的见闻很偏隘,所以未敢悉指中国全社会,只好缩而小之曰"学界"。

中国人的官瘾实在深,汉重孝廉而有埋儿刻木,②宋重理学③而有高

---

* 本文最初发表于1926年2月1日《语丝》周刊第六十四期,后收入《华盖集续编》。原有"附记",反击陈源的诬陷与讽刺。陈源又名陈西滢,时任北京大学外文系教授,曾参与主编《现代评论》杂志的"闲话"专栏。

① 《国魂》 国家主义派所办的一种旬刊,1925年10月在北京创刊,次年1月改为周刊。该刊第九期(1925年12月30日)载有姜华的《学匪与学阀》一文,主要意思是煽动北京的学生起来打倒马裕藻一派的所谓"学匪"(按,马裕藻是当时反对章士钊、杨荫榆的女师大教员之一);但也故作公正地小骂了章士钊几句。这里说到《京报副刊》,是因为1926年1月10日该刊载有何曾亮(即周作人)驳斥姜华的《国魂之学匪观》一文。

② 汉朝选用人才的制度中,有推举"孝子"和"廉士"做官的办法,因此社会上产生了许多虚伪矫情的事情。《太平御览》卷四一一引刘向《孝子图》记郭巨埋儿的事,参见第285页注④。又卷四八二引干宝《搜神记》记丁兰刻木的事说:"丁兰,河内野王人。年十五,丧母,乃刻木作母事之,供养如生。邻人有所借,木母颜和则与,不和不与。后邻人忿兰,盗斫木母,应刀血出。兰乃殡殓,报仇。汉宣帝嘉之,拜中大夫。"

③ 理学 参见第99页注②。当时那些理学家在服装上也往往和一般人不同,如《程氏外书》记程颐的服装说:"先生常服茧袍,高帽檐劣半寸,系绦。曰:此野人之服也。"

帽破靴,清重帖括而有"且夫""然则"①。总而言之:那魂灵就在做官,——行官势,摆官腔,打官话。顶着一个皇帝做傀儡,得罪了官就是得罪了皇帝,于是那些人就得了雅号曰"匪徒"。学界的打官话是始于去年,凡反对章士钊的都得了"土匪""学匪""学棍"的称号,但仍然不知道从谁的口中说出,所以还不外乎一种"流言"。

但这也足见去年学界之糟了,竟破天荒的有了学匪。以大点的国事来比罢,太平盛世,是没有匪的;待到群盗如毛时,看旧史,一定是外戚,宦官,奸臣,小人当国,即使大打一通官话,那结果也还是"呜呼哀哉"。当这"呜呼哀哉"之前,小民便大抵相率而为盗,所以我相信源增②先生的话:"表面上看只是些土匪与强盗,其实是农民革命军。"(《国民新报副刊》四三)那么,社会不是改进了么?并不,我虽然也是被谥为"土匪"之一,却并不想为老前辈们饰非掩过。农民是不来夺取政权的,源增先生又道:"任三五热心家将皇帝推倒,自己过皇帝瘾去。"但这时候,匪便被称为帝,除遗老外,文人学者却都来恭维,又称反对他的为匪了。

所以中国的国魂里大概总有这两种魂:官魂和匪魂。这也并非硬要将我辈的魂挤进国魂里去,贪图与教授名流的魂为伍,只因为事实仿佛是这样。社会诸色人等,爱看《双官诰》③,也爱看《四杰村》④,望偏安巴蜀的刘玄德成功,也愿意打家劫舍的宋公明⑤得法;至少,是受了官的

---

① 帖括　科举考试文体之名。唐代考试制度,明经科以"帖经"试士。《文献通考·选举二》:"凡举司课试之法:帖经者,以所习之经,掩其两端,中间惟开一行,裁纸为帖。"后考生因帖经难记,就总括经文编成歌诀,叫帖括。后世因称科举应试的文章为帖括;这里是指清代的制义,即八股文。"且夫""然则",是这一类文字中的滥调。

② 源增　姓谷,山东文登人,北京大学法文系学生。1926 年 1 月 20 日《国民新报副刊》载有他翻译的《帝国主义与帝国主义国家的工人阶级》一文,这里的引文即见于该文译后记中。

③ 《双官诰》　戏曲名。明代杨善之著有传奇《双官诰》。后来京剧中也有此剧,内容是:薛广出外经商,讹传已死,他的第二妾王春娥守节抚养儿子薛倚。后来薛广做了高官回家,薛倚也及第还乡,由此王春娥便得了双重的官诰。京剧《三娘教子》亦演此故事。

④ 《四杰村》　京剧名。故事出自清代无名氏著《绿牡丹》。内容是:骆宏勋被历城县知县贺世赖诬为强盗,在解往京城途中,又被四杰村恶霸朱氏兄弟将囚车夺去,欲加杀害,幸为几个绿林好汉救出,并放火烧了四杰村。

⑤ 刘玄德(161—223)　名备,字玄德,涿郡涿县(今河北涿州)人,三国时在西蜀称帝。长篇小说《三国演义》以他作为主要人物之一。宋公明,长篇小说《水浒传》中的主要人物宋江,其原型是北宋末年山东一带农民起义的领袖。

恩惠时候则艳羡官僚，受了官的剥削时候便同情匪类。但这也是人情之常；倘使连这一点反抗心都没有，岂不就成为万劫不复的奴才了？

然而国情不同，国魂也就两样。记得在日本留学时候，有些同学问我在中国最有大利的买卖是什么，我答道："造反。"他们便大骇怪。在万世一系的国度里，那时听到皇帝可以一脚踢落，就如我们听说父母可以一棒打杀一般。为一部分士女所心悦诚服的李景林①先生，可就深知此意了，要是报纸上所传非虚。今天的《京报》即载着他对某外交官的谈话道："予预计于旧历正月间，当能与君在天津晤谈；若天津攻击竟至失败，则拟俟三四月间卷土重来，若再失败，则暂投土匪，徐养兵力，以待时机"云。但他所希望的不是做皇帝，那大概是因为中华民国之故罢。

所谓学界，是一种发生较新的阶级，本该可以有将旧魂灵略加湔洗之望了，但听到"学官"的官话，和"学匪"的新名，则似乎还走着旧道路。那末，当然也得打倒的。这来打倒他的是"民魂"，是国魂的第三种。先前不很发扬，所以一闹之后，终不自取政权，而只"任三五热心家将皇帝推倒，自己过皇帝瘾去"了。

惟有民魂是值得宝贵的，惟有他发扬起来，中国才有真进步。但是，当此连学界也倒走旧路的时候，怎能轻易地发挥得出来呢？在乌烟瘴气之中，有官之所谓"匪"和民之所谓匪；有官之所谓"民"和民之所谓民；有官以为"匪"而其实是真的国民，有官以为"民"而其实是衙役和马弁。所以貌似"民魂"的，有时仍不免为"官魂"，这是鉴别魂灵者所应该十分注意的。

---

① 李景林（1885—1931）　字芳岑，河北枣强人，奉系军阀，曾任直隶保安司令兼直隶省长等职。1925年冬，奉军郭松龄倒戈与张作霖作战，冯玉祥国民军也乘机对李景林发动攻击，占领天津。李逃匿租界，后于1926年1月到济南收拾残部，与张宗昌联合，组成直鲁联军，任副总司令，伺机反攻。他对某外交官的谈话，就是这时发表的。

话又说远了,回到本题去。去年,自从章士钊提了"整顿学风"①的招牌,上了教育总长的大任之后,学界里就官气弥漫,顺我者"通"②,逆我者"匪",官腔官话的余气,至今还没有完。但学界却也幸而因此分清了颜色;只是代表官魂的还不是章士钊,因为上头还有"减膳"执政③在,他至多不过做了一个官魄;现在是在天津"徐养兵力,以待时机"了。④ 我不看《甲寅》⑤,不知道说些什么话:官话呢,匪话呢,民话呢,衙役马弁话呢?……

一月二十四日。

【讲析】

旧时民间相信道教"三魂七魄"的说法,是指人有灵魂精气,人死则七魄消散,三魂归于天路、墓地和地狱。鲁迅把人的"三魂"的说法化为国之"三魂",即"官魂""匪魂"与"民魂"。在鲁迅看来,中国的官本位制

---

① "整顿学风" 1925年8月25日,段祺瑞政府内阁会议通过章士钊草拟的"整顿学风令",并由执政府明令发表。段祺瑞(1865—1936),字芝泉,安徽合肥人,北洋军阀皖系首领。曾随袁世凯创建北洋军,历任北洋政府陆军总长、国务总理。1924年任北洋政府"临时执政",1926年屠杀北京爱国群众,造成"三一八惨案"。同年4月被冯玉祥的国民军驱逐下台。1925年8月25日,段祺瑞发布"整顿学风令",其中说:"迩来学风不靖。屡次变端。一部分不职之教职员。与旷课滋事之学生。交相结托。破坏学纪。……倘有故酿风潮。蔑视政令。则火烈水懦之喻。孰杀谁嗣之谣。前例具存。所宜取则。本执政敢先父兄之教。不博宽大之名。依法从事。决不姑贷。"

② 顺我者"通" 这是对章士钊、陈西滢等人的讽刺。章士钊在他主编的《甲寅》周刊第一卷第二号(1925年7月25日)发表的《孤桐杂记》中曾称赞陈西滢说:"《现代评论》有记者自署西滢。无锡陈源之别字也。陈君本字通伯。的是当今通品。"

③ "减膳"执政 指段祺瑞。1925年5月,北京学生因章士钊禁止纪念"五七"国耻,于9日向北洋政府临时执政段祺瑞提出罢免章士钊的要求;章即采取以退为进的手段,于11日向段祺瑞辞职,并在辞呈中向段献媚说:"钊诚举措失当。众怒齐撄。一人之祸福安危。自不足计。万一钧座因而减膳。时局为之不宁。……钊有百身。亦何能赎。"

④ 1925年11月28日,北京群众为反对关税会议要求关税自主举行游行示威,提出"驱逐段祺瑞""打死朱深、章士钊"等口号,章士钊即避居天津。

⑤ 《甲寅》 指《甲寅》周刊。《甲寅》周刊是章士钊主编的杂志。章曾于1914年5月在日本东京发行《甲寅》月刊,两年后出至第十期停刊。《甲寅》周刊是他任教育总长之后于1925年7月在北京出版的,至1927年2月停刊,共出四十五期。该刊坚持用文言文,内容杂载公文、通讯,鲁迅说它是"自己广告性的半官报"。

度观念根深蒂固，国人的"官瘾"很重，从汉代重孝廉，宋代重理学，清代重八股，那"魂灵就在做官——行官势，摆官腔，打官话"，"官魂"自然很盛。而当官的总是把反对者视作"匪"，也有人的确利用"匪"的起义造反取得权势，转为新的"官"，反过来又把他们的反对者称作"匪"。可见"官魂"与"匪魂"是可以转化的，是"国魂"的两个组成部分。而且这"魂"已经侵入学界，于是学界也不干净，也成了官场，把那些忤逆者又称之为"学匪"了。鲁迅对"官魂"与"匪魂"这些乌烟瘴气的现象很反感，寄希望于新的改革精神，那就是"民魂"。认为"惟有民魂是值得宝贵的，惟有他发扬起来，中国才有真进步"。不过还得特别警惕，因为有些貌似民魂而实为官魂者的面目，是不那么容易辨识的。

　　鲁迅写此文本是有感于当时学界与教育界"官气弥漫，顺我者'通'，逆我者'匪'"，甚至污蔑鲁迅等为"土匪"。鲁迅要进行反击。但拉开历史距离看，鲁迅此文意义绝不止于对"现代评论派"的反击，更在于对一种"官本位"的"国情"与"风气"的观察分析。

无声的中国*

——二月十六日在香港青年会①讲

以我这样没有什么可听的无聊的讲演,又在这样大雨的时候,竟还有这许多来听的诸君,我首先应当声明我的郑重的感谢。

我现在所讲的题目是:《无声的中国》。

现在,浙江,陕西,都在打仗,②那里的人民哭着呢还是笑着呢,我们不知道。香港似乎很太平,住在这里的中国人,舒服呢还是不很舒服呢,别人也不知道。

发表自己的思想,感情给大家知道的是要用文章的,然而拿文章来达意,现在一般的中国人还做不到。这也怪不得我们;因为那文字,先就是我们的祖先留传给我们的可怕的遗产。人们费了多年的工夫,还是难于运用。因为难,许多人便不理它了,甚至于连自己的姓也写不清是张还是章,或者简直不会写,或者说道:Chang。虽然能说话,而只有几个人听到,远处的人们便不知道,结果也等于无声。又因为难,有些人便当作宝贝,像玩把戏似的,之乎者也,只有几个人懂,——其实是不知道可真懂,而大多数的人们却不懂得,结果也等于无声。

文明人和野蛮人的分别,其一,是文明人有文字,能够把他们的思想,

---

* 本文最初发表于香港报纸(报纸名称及日期未详),1927年3月23日汉口《中央日报》副刊转载。后收入《三闲集》。据鲁迅日记,这篇讲演作于1927年2月18日。

① 青年会 即基督教青年会,基督教进行社会文化活动的机构之一。

② 这里说的浙江陕西在打仗,指1926年末至1927年初北洋军阀孙传芳在浙江进攻与广州国民政府有联系的陈仪、周凤歧等部,和1926年12月冯玉祥所部国民军在陕西与北洋镇嵩军的战争。

感情，借此传给大众，传给将来。中国虽然有文字，现在却已经和大家不相干，用的是难懂的古文，讲的是陈旧的古意思，所有的声音，都是过去的，都就是只等于零的。所以，大家不能互相了解，正像一大盘散沙。

将文章当作古董，以不能使人认识，使人懂得为好，也许是有趣的事罢。但是，结果怎样呢？是我们已经不能将我们想说的话说出来。我们受了损害，受了侮辱，总是不能说出些应说的话。拿最近的事情来说，如中日战争，拳匪事件，民元革命①这些大事件，一直到现在，我们可有一部像样的著作？民国以来，也还是谁也不作声。反而在外国，倒常有说起中国的，但那都不是中国人自己的声音，是别人的声音。

这不能说话的毛病，在明朝是还没有这样厉害的；他们还比较地能够说些要说的话。待到满洲人以异族侵入中国，讲历史的，尤其是讲宋末的事情的人被杀害了，讲时事的自然也被杀害了。所以，到乾隆年间，人民大家便更不敢用文章来说话了。② 所谓读书人，便只好躲起来读经，校刊古书，做些古时的文章，和当时毫无关系的文章。有些新意，也还是不行的；不是学韩，便是学苏。韩愈苏轼③他们，用他们自己的文章来说当时要说的话，那当然可以的。我们却并非唐宋时人，怎么做和我们毫无关系的时候的文章呢。即使做得像，也是唐宋时代的声音，韩愈苏轼的声音，而不是我们现代的声音。然而直到现在，中国人却还要着这样的旧戏法。人是有的，没有声音，寂寞得很。——人会没有声音的么？没有，可以说：是死了。倘要说得客气一点，那就是：已经哑了。

要恢复这多年无声的中国，是不容易的，正如命令一个死掉的人道："你活过来！"我虽然并不懂得宗教，但我以为正如想出现一个宗教上之

---

① 中日战争　指1894年（甲午）日本军国主义侵略中国而引起的战争。拳匪事件，指1900年中国北方爆发的义和团运动。民元革命，即1911年（辛亥）孙中山领导的推翻清王朝、建立民国的民主革命。
② 指清初统治者多次施于汉族人民的文字狱，其中较著名的有康熙年间的"庄廷𬬻狱""戴名世之狱"、雍正年间的"吕留良曾静之狱"、乾隆年间的"胡中藻之狱"等。这些文字狱的起因，都是由于他们在著作中记载了汉族人民在历史上（特别是宋末和明末）反抗民族压迫的事实，或涉嫌触犯清朝的统治，因而遭到迫害和屠杀。
③ 韩愈(768—824)　字退之，河阳（今河南孟州）人，自称郡望昌黎，唐代文学家，著有《韩昌黎集》。苏轼，参见第549页注②。

所谓"奇迹"一样。

　　首先来尝试这工作的是"五四运动"前一年,胡适之先生所提倡的"文学革命"①。"革命"这两个字,在这里不知道可害怕,有些地方是一听到就害怕的。但这和文学两字连起来的"革命",却没有法国革命②的"革命"那么可怕,不过是革新,改换一个字,就很平和了,我们就称为"文学革新"罢,中国文字上,这样的花样是很多的。那大意也并不可怕,不过说:我们不必再去费尽心机,学说古代的死人的话,要说现代的活人的话;不要将文章看作古董,要做容易懂得的白话的文章。然而,单是文学革新是不够的,因为腐败思想,能用古文做,也能用白话做。所以后来就有人提倡思想革新。思想革新的结果,是发生社会革新运动。这运动一发生,自然一面就发生反动,于是便酿成战斗……。

　　但是,在中国,刚刚提起文学革新,就有反动了。不过白话文却渐渐风行起来,不大受阻碍。这是怎么一回事呢?就因为当时又有钱玄同先生提倡废止汉字,用罗马字母来替代③。这本也不过是一种文字革新,很平常的,但被不喜欢改革的中国人听见,就大不得了了,于是便放过了比较的平和的文学革命,而竭力来骂钱玄同。白话乘了这一个机会,居然减去了许多敌人,反而没有阻碍,能够流行了。

　　中国人的性情是总喜欢调和,折中的。譬如你说,这屋子太暗,须在这里开一个窗,大家一定不允许的。但如果你主张拆掉屋顶,他们就会来调和,愿意开窗了。没有更激烈的主张,他们总连平和的改革也不肯行。那时白话文之得以通行,就因为有废掉中国字而用罗马字母的议论的缘故。

　　其实,文言和白话的优劣的讨论,本该早已过去了,但中国是总不肯

---

① 胡适之　参见第 54 页注①。这里所说他提倡"文学革命",是指他在《新青年》杂志第四卷第四号(1918 年 4 月)发表的《建设的文学革命论》一文。
② 法国革命　指 1789 年至 1794 年的法国资产阶级革命。这次革命摧毁了法国封建专制制度,促进了法国资本主义的发展,并推动了欧洲各国的革命。
③ 钱玄同(1887—1939)　浙江吴兴人,文字学家,"五四"时期新文化运动的积极参加者。他在 1918 年 1 月《新青年》第四卷第一号《论注音字母》一文中说过,"高等字典和中学以上的高深书籍,都应该用罗马字母记音";在同年 4 月《新青年》第四卷第四号《中国今后之文字问题》的"通信"中,提出"废灭汉文"代以世界语的主张。

早早解决的,到现在还有许多无谓的议论。例如,有的说:古文各省人都能懂,白话就各处不同,反而不能互相了解了。殊不知这只要教育普及和交通发达就好,那时就人人都能懂较为易解的白话文;至于古文,何尝各省人都能懂,便是一省里,也没有许多人懂得的。有的说:如果都用白话文,人们便不能看古书,中国的文化就灭亡了。其实呢,现在的人们大可以不必看古书,即使古书里真有好东西,也可以用白话来译出的,用不着那么心惊胆战。他们又有人说,外国尚且译中国书,足见其好,我们自己倒不看么?殊不知埃及的古书,外国人也译,非洲黑人的神话,外国人也译,他们别有用意,即使译出,也算不了怎样光荣的事的。

近来还有一种说法,是思想革新紧要,文字改革倒在其次,所以不如用浅显的文言来作新思想的文章,可以少招一重反对。这话似乎也有理。然而我们知道,连他长指甲都不肯剪去的人,是决不肯剪去他的辫子的。

因为我们说着古代的话,说着大家不明白,不听见的话,已经弄得像一盘散沙,痛痒不相关了。我们要活过来,首先就须由青年们不再说孔子孟子和韩愈柳宗元①们的话。时代不同,情形也两样,孔子时代的香港不这样,孔子口调的"香港论"是无从做起的,"吁嗟阔哉香港也",不过是笑话。

我们要说现代的,自己的话;用活着的白话,将自己的思想,感情直白地说出来。但是,这也要受前辈先生非笑的。他们说白话文卑鄙,没有价值;他们说年青人作品幼稚,贻笑大方。我们中国能做文言的有多少呢,其余的都只能说白话,难道这许多中国人,就都是卑鄙,没有价值的么?至于幼稚,尤其没有什么可羞,正如孩子对于老人,毫没有什么可羞一样。幼稚是会生长,会成熟的,只不要衰老,腐败,就好。倘说待到纯熟了才可以动手,那是虽是村妇也不至于这样蠢。她的孩子学走路,即使跌倒了,她决不至于叫孩子从此躺在床上,待到学会了走法再下地面来的。

---

① 孔子(前551—前479) 名丘,字仲尼,春秋末期鲁国陬邑(今山东曲阜)人,儒家学派创始人。他的主要言行记载在《论语》一书中。孟子(约前372—前289),名轲,字子舆,战国中期邹(今山东邹城)人,继孔子之后儒家的代表人物。他的重要言行记载在《孟子》一书中。柳宗元(773—819),字子厚,河东(今山西运城)人,唐代文学家,著有《柳河东集》等。

青年们先可以将中国变成一个有声的中国。大胆地说话,勇敢地进行,忘掉了一切利害,推开了古人,将自己的真心的话发表出来。——真,自然是不容易的。譬如态度,就不容易真,讲演时候就不是我的真态度,因为我对朋友,孩子说话时候的态度是不这样的。——但总可以说些较真的话,发些较真的声音。只有真的声音,才能感动中国的人和世界的人;必须有了真的声音,才能和世界的人同在世界上生活。

我们试想现在没有声音的民族是那几种民族。我们可听到埃及人的声音?可听到安南①,朝鲜的声音?印度除了泰戈尔②,别的声音可还有?

我们此后实在只有两条路:一是抱着古文而死掉,一是舍掉古文而生存。

【讲析】

1927年2月18日,应香港青年会的邀请,鲁迅乘船由广州前往,当晚发表了这篇讲演。演讲时由许广平即时翻译成粤语。

鲁迅演讲这个题目,在当时有针对性,就是反对尊孔读经的复古思潮,维护"五四"新文化运动的成果。演讲是围绕"文白之争"而展开的。文言文固然有它的优长,现在的中学生也还要学点文言文,那是文化传承与语言学习的需要,学文言文是为了用好现代汉语。鲁迅的演讲那么激烈地反对文言文,其实是抵制当时尊孔读经的潮流,为了推进社会变革与进步。鲁迅是从社会变革与普通国民需要的角度去看"文白之争"的。演讲集中阐释的观点认为,文言文是古人的话,即使在古代也只有少数人懂,在现代就更不可能流行,所以必须推广白话文,"用活着的白话,将自己的思想,感情直白地说出来"。其实"五四"时期早就争论过文言白话之优劣,1922年起,连中小学也都开始学白话文写的文章了,白话文事实上已经广泛使用,再来复古,就是开倒车了。

---

① 安南 越南的旧称。1803年其国号已改为越南,但中国民间仍沿用旧称。
② 泰戈尔 参见第162页注②。

鲁迅还回顾了"五四"当年推广白话文与"文学革命"的艰难,为当时一些激进行为的"历史正当性"辩护。其中谈到钱玄同的"废除汉字"说引起轩然大波,守旧者全都来围剿,结果反而转移了压力,让白话文"乘机"流行起来。鲁迅在回顾这件事时很感慨:"中国人的性情是总喜欢调和,折中的。譬如你说,这屋子太暗,须在这里开一个窗,大家一定不允许的。但如果你主张拆掉屋顶,他们就会来调和,愿意开窗了。没有更激烈的主张,他们总连平和的改革也不肯行。"这就又从本质上去分析社会思潮,批判保守、中庸的国民性了。

"无声的中国"这个演讲题目很引人注目,不只是为白话文声辩,更在于对当时压抑的社会现实之反思。鲁迅讲到清代的"文字狱",人们都不敢说话了,只好躲起来读经和校勘古书,做些和时事毫不相干的考据之类。近代中国遭受了许多侮辱和损害,也总是"不能将我们想说的话说出来","民国以来,也还是谁也不作声"。这就是"无声的中国"!鲁迅还列举当时像埃及、安南(越南)、朝鲜、印度等弱小国家沉闷的状况,来看殖民或者专制统治下的言论不自由如何导致举国的"无声"。鲁迅沉痛地呼吁,"青年们先可以将中国变成一个有声的中国。大胆地说话,勇敢地进行,忘掉了一切利害,推开了古人,将自己的真心的话发表出来"。因为"只有真的声音,才能感动中国的人和世界的人;必须有了真的声音,才能和世界的人同在世界上生活"。

鲁迅讲的是语言变革,内里却包含对社会变革与国民性改造的思考与忧虑。演讲富于思想穿透力和磅礴气势,多用生动的事例和比喻阐述深刻的道理,深入浅出,妙趣横生,即使纸面读来,也如临现场,耐人寻味。

读书杂谈*

——七月十六日在广州知用中学①讲

因为知用中学的先生们希望我来演讲一回,所以今天到这里和诸君相见。不过我也没有什么东西可讲。忽而想到学校是读书的所在,就随便谈谈读书。是我个人的意见,姑且供诸君的参考,其实也算不得什么演讲。

说到读书,似乎是很明白的事,只要拿书来读就是了,但是并不这样简单。至少,就有两种:一是职业的读书,一是嗜好的读书。所谓职业的读书者,譬如学生因为升学,教员因为要讲功课,不翻翻书,就有些危险的就是。我想在坐的诸君之中一定有些这样的经验,有的不喜欢算学,有的不喜欢博物②,然而不得不学,否则,不能毕业,不能升学,和将来的生计便有妨碍了。我自己也这样,因为做教员,有时即非看不喜欢看的书不可,要不这样,怕不久便会于饭碗有妨。我们习惯了,一说起读书,就觉得是高尚的事情,其实这样的读书,和木匠的磨斧头,裁缝的理针线并没有什么分别,并不见得高尚,有时还很苦痛,很可怜。你爱做的事,偏不给你做,你不爱做的,倒非做不可。这是由于职业和嗜好不能合一而来的。倘能够大家去做爱做的事,而仍然各有饭吃,那是多么幸福。但现在的社会上还做不到,所以读书的人们的最大部分,大概是勉勉强强的,带着苦痛

---

* 本篇记录稿经作者校阅后最初发表于 1927 年 8 月 18、19、22 日广州《民国日报》副刊;后重刊于 1927 年 9 月 16 日《北新》周刊第四十七、四十八期合刊。后收入《而已集》。
① 知用中学　1924 年 9 月由广州知用学社创办的一所学校。知用学社是共产党人毕磊等组织的社团。
② 博物　旧时中学的一门课程,包括动物、植物、矿物等学科的内容。

的为职业的读书。

现在再讲嗜好的读书罢。那是出于自愿,全不勉强,离开了利害关系的。——我想,嗜好的读书,该如爱打牌的一样,天天打,夜夜打,连续的去打,有时被公安局捉去了,放出来之后还是打。诸君要知道真打牌的人的目的并不在赢钱,而在有趣。牌有怎样的有趣呢,我是外行,不大明白。但听得爱赌的人说,它妙在一张一张的摸起来,永远变化无穷。我想,凡嗜好的读书,能够手不释卷的原因也就是这样。他在每一叶每一叶里,都得着深厚的趣味。自然,也可以扩大精神,增加智识的,但这些倒都不计及,一计及,便等于意在赢钱的博徒了,这在博徒之中,也算是下品。

不过我的意思,并非说诸君应该都退了学,去看自己喜欢看的书去,这样的时候还没有到来;也许终于不会到,至多,将来可以设法使人们对于非做不可的事发生较多的兴味罢了。我现在是说,爱看书的青年,大可以看看本分以外的书,即课外的书,不要只将课内的书抱住。但请不要误解,我并非说,譬如在国文讲堂上,应该在抽屉里暗看《红楼梦》之类;乃是说,应做的功课已完而有余暇,大可以看看各样的书,即使和本业毫不相干的,也要泛览。譬如学理科的,偏看看文学书,学文学的,偏看看科学书,看看别个在那里研究的,究竟是怎么一回事。这样子,对于别人,别事,可以有更深的了解。现在中国有一个大毛病,就是人们大概以为自己所学的一门是最好,最妙,最要紧的学问,而别的都无用,都不足道的,弄这些不足道的东西的人,将来该当饿死。其实是,世界还没有如此简单,学问都各有用处,要定什么是头等还很难。也幸而有各式各样的人,假如世界上全是文学家,到处所讲的不是"文学的分类"便是"诗之构造",那倒反而无聊得很了。

不过以上所说的,是附带而得的效果,嗜好的读书,本人自然并不计及那些,就如游公园似的,随随便便去,因为随随便便,所以不吃力,因为不吃力,所以会觉得有趣。如果一本书拿到手,就满心想道,"我在读书了!""我在用功了!"那就容易疲劳,因而减掉兴味,或者变成苦事了。

我看现在的青年,为兴味的读书的是有的,我也常常遇到各样的询问。此刻就将我所想到的说一点,但是只限于文学方面,因为我不明白其他的。

第一，是往往分不清文学和文章。甚至于已经来动手做批评文章的，也免不了这毛病。其实粗粗的说，这是容易分别的。研究文章的历史或理论的，是文学家，是学者；做做诗，或戏曲小说的，是做文章的人，就是古时候所谓文人，此刻所谓创作家。创作家不妨毫不理会文学史或理论，文学家也不妨做不出一句诗。然而中国社会上还很误解，你做几篇小说，便以为你一定懂得小说概论，做几句新诗，就要你讲诗之原理。我也尝见想做小说的青年，先买小说法程和文学史来看。据我看来，是即使将这些书看烂了，和创作也没有什么关系的。

事实上，现在有几个做文章的人，有时也确去做教授。但这是因为中国创作不值钱，养不活自己的缘故。听说美国小名家的一篇中篇小说，时价是二千美金；中国呢，别人我不知道，我自己的短篇寄给大书铺，每篇卖过二十元。当然要寻别的事，例如教书，讲文学。研究是要用理智，要冷静的，而创作须情感，至少总得发点热，于是忽冷忽热，弄得头昏，——这也是职业和嗜好不能合一的苦处。苦倒也罢了，结果还是什么都弄不好。那证据，是试翻世界文学史，那里面的人，几乎没有兼做教授的。

还有一种坏处，是一做教员，未免有顾忌；教授有教授的架子，不能畅所欲言。这或者有人要反驳：那么，你畅所欲言就是了，何必如此小心。然而这是事前的风凉话，一到有事，不知不觉地他也要从众来攻击的。而教授自身，纵使自以为怎样放达，下意识里总不免有架子在。所以在外国，称为"教授小说"的东西倒并不少，但是不大有人说好，至少，是总难免有令人发烦的炫学的地方。

所以我想，研究文学是一件事，做文章又是一件事。

第二，我常被询问：要弄文学，应该看什么书？这实在是一个极难回答的问题。先前也曾有几位先生给青年开过一大篇书目[①]。但从我看来，这是没有什么用处的，因为我觉得那都是开书目的先生自己想要看或者未必想要看的书目。我以为倘要弄旧的呢，倒不如姑且靠着张之洞的

[①] 这里说的"开过一大篇书目"，指胡适的《一个最低限度的国学书目》、梁启超的《国学入门书要目及其读法》和吴宓的《西洋文学入门必读书目》等。这些书目都开列于1923年。

《书目答问》①去摸门径去。倘是新的,研究文学,则自己先看看各种的小本子,如本间久雄的《新文学概论》②,厨川白村的《苦闷的象征》③,瓦浪斯基们的《苏俄的文艺论战》④之类,然后自己再想想,再博览下去。因为文学的理论不像算学,二二一定得四,所以议论很纷歧。如第三种,便是俄国的两派的争论,——我附带说一句,近来听说连俄国的小说也不大有人看了,似乎一看见"俄"字就吃惊,其实苏俄的新创作何尝有人介绍,此刻译出的几本,都是革命前的作品,作者在那边都已经被看作反革命的了。倘要看看文艺作品呢,则先看几种名家的选本,从中觉得谁的作品自己最爱看,然后再看这一个作者的专集,然后再从文学史上看看他在史上的位置;倘要知道得更详细,就看一两本这人的传记,那便可以大略了解了。如果专是请教别人,则各人的嗜好不同,总是格不相入的。

第三,说几句关于批评的事。现在因为出版物太多了,——其实有什么呢,而读者因为不胜其纷纭,便渴望批评,于是批评家也便应运而起。批评这东西,对于读者,至少对于和这批评家趣旨相近的读者,是有用的。但中国现在,似乎应该暂作别论。往往有人误以为批评家对于创作是操生杀之权,占文坛的最高位的,就忽而变成批评家;他的灵魂上挂了刀。但是怕自己的立论不周密,便主张主观,有时怕自己的观察别人不看重,又主张客观;有时说自己的作文的根柢全是同情,有时将校对者骂得一文不值。凡中国的批评文字,我总是越看越胡涂,如果当真,就要无路可走。印度人是早知道的,有一个很普通的比喻。他们说:一个老翁和一个孩子用一匹驴子驮着货物去出卖,货卖去了,孩子骑驴回来,老翁跟着走。但

---

① 张之洞的《书目答问》　张之洞(1837—1909),字孝达,河北南皮人,清末提倡"洋务运动"的大臣。曾任四川学政、胡广总督。《书目答问》,张之洞在四川学政任内所著,成于1875年(清光绪元年),一说为缪荃孙代笔。

② 本间久雄(1886—1981)　日本文艺理论家。曾任早稻田大学教授。《新文学概论》有章锡琛中译本,1925年8月商务印书馆出版。

③ 厨川白村(1880—1923)　日本文艺评论家。曾留学美国,归国后任京都帝国大学教授。《苦闷的象征》是他的文艺论文集。曾由鲁迅译为中文,1924年12月北京新潮社出版。

④ 《苏俄的文艺论战》　任国桢译,内收1923年至1924年间苏联瓦浪斯基(A. K. Воронский)等人关于文艺问题的论文四篇。为鲁迅主编的《未名丛刊》之一,1925年8月北京北新书局出版。

路人责备他了,说是不晓事,叫老年人徒步。他们便换了一个地位,而旁人又说老人忍心;老人忙将孩子抱到鞍鞯上,后来看见的人却说他们残酷;于是都下来,走了不久,可又有人笑他们了,说他们是呆子,空着现成的驴子却不骑。于是老人对孩子叹息道,我们只剩了一个办法了,是我们两人抬着驴子走。① 无论读,无论做,倘若旁征博访,结果是往往会弄到抬驴子走的。

不过我并非要大家不看批评,不过说看了之后,仍要看看本书,自己思索,自己做主。看别的书也一样,仍要自己思索,自己观察。倘只看书,便变成书厨,即使自己觉得有趣,而那趣味其实是已在逐渐硬化,逐渐死去了。我先前反对青年躲进研究室②,也就是这意思,至今有些学者,还将这话算作我的一条罪状哩。

听说英国的培那特萧(Bernard Shaw)③,有过这样意思的话:世间最不行的是读书者。因为他只能看别人的思想艺术,不用自己。这也就是勖本华尔(Schopenhauer)④之所谓脑子里给别人跑马。较好的是思索者。因为能用自己的生活力了,但还不免是空想,所以更好的是观察者,他用自己的眼睛去读世间这一部活书。

这是的确的,实地经验总比看,听,空想确凿。我先前吃过干荔支,罐头荔支,陈年荔支,并且由这些推想过新鲜的好荔支。这回吃过了,和我所猜想的不同,非到广东来吃就永不会知道。但我对于萧的所说,还要加一点骑墙的议论。萧是爱尔兰人,立论也不免有些偏激的。我以为假如

---

① 这个比喻见于印度何种书籍,未详。1888 年(清光绪十四年)张赤山译的伊索寓言《海国妙喻·丧驴》中有同样内容的故事。
② 进研究室 "五四"以后,胡适提出青年学生应该"进研究室""整理国故"的主张。鲁迅认为这是诱导青年脱离现实斗争,曾多次撰文予以批驳,参看《坟·未有天才之前》等文。
③ 培那特萧 即萧伯纳(G. B. Shaw,1856—1950),英国剧作家、批评家。早期参加改良主义的政治组织"费边社",第一次世界大战爆发后曾谴责帝国主义战争,十月革命后同情社会主义。著有剧本《华伦夫人的职业》《巴巴拉少校》《真相毕露》等。他关于"读书者""思索者""观察者"的议论见于何种著作,未详。(按,英国学者嘉勒尔说过类似的话,见鲁迅译日本鹤见祐辅《思想·山水·人物》中的《说旅行》。)
④ 勖本华尔 即叔本华(A. Schopenhauer,1788—1860)。脑子里给别人跑马,可能指他的《读书和书籍》中的这段话:"我们读着的时候,别人却替我们想。我们不过反复了这人的心的过程。……读书时,我们的脑已非自己的活动地。这是别人的思想的战场了。"

从广东乡下找一个没有历练的人，叫他从上海到北京或者什么地方，然后问他观察所得，我恐怕是很有限的，因为他没有练习过观察力。所以要观察，还是先要经过思索和读书。

总之，我的意思是很简单的：我们自动的读书，即嗜好的读书，请教别人是大抵无用，只好先行泛览，然后决择而入于自己所爱的较专的一门或几门；但专读书也有弊病，所以必须和实社会接触，使所读的书活起来。

【讲析】

1927年7月16日，鲁迅在广州知用中学为学生做关于读书的演讲，许广平即时翻译成粤语。本文是根据记录稿整理的。鲁迅把读书分为两种："职业的读书"和"嗜好的读书"，都有必要，但主张学生多看看"本分以外的书，即课外的书"，也就是"嗜好的读书"，形成"嗜好"，也就是读书的兴趣与习惯。鲁迅建议学生"应做的功课已完而有余暇，大可以看看各样的书，即使和本业毫不相干的，也要泛览。譬如学理科的，偏看看文学书，学文学的，偏看看科学书，看看别个在那里研究的，究竟是怎么一回事"。可以采取"泛览"，很放松，没有什么功利，但总是有利于"扩大精神，增加智识"的。鲁迅重点讨论了如何读文学书，认为要区分文学研究和创作，这是两回事，即使把小说法程和文学史一类书看烂了，和创作也没有什么关系的。也不必在乎什么权威的书目，如果看文学作品，可以先看选本，再看这位作家在文学史上的位置，或者再看看这位作家的传记，便可以大略了解了。要紧的是读书必须思考和体验，"自己思索，自己做主"，不能像叔本华所说的让自己的脑子给别人"跑马"。还有就是不能死读书，"必须和实社会接触"，观察社会，要"用自己的眼睛去读世间这一部活书"。

鲁迅是给中学生演讲，内容深入浅出，观点的说明也多举明白易懂的例子，比如赌博、吃荔枝，等等，说话的口气也多带鲁迅式的诙谐，想来当时场面是极活跃的。这篇演讲对于当今学生的读书兴趣培养，仍然具有指导意义。

文艺与政治的歧途*

——十二月二十一日在上海暨南大学讲

我是不大出来讲演的;今天到此地来,不过因为说过了好几次,来讲一回也算了却一件事。我所以不出来讲演,一则没有什么意见可讲,二则刚才这位先生说过,在座的很多读过我的书,我更不能讲什么。书上的人大概比实物好一点,《红楼梦》里面的人物,像贾宝玉林黛玉这些人物,都使我有异样的同情;后来,考究一些当时的事实,到北京后,看看梅兰芳姜妙香①扮的贾宝玉林黛玉,觉得并不怎样高明。

我没有整篇的鸿论,也没有高明的见解,只能讲讲我近来所想到的。我每每觉到文艺和政治时时在冲突之中;文艺和革命原不是相反的,两者之间,倒有不安于现状的同一。惟政治是要维持现状,自然和不安于现状的文艺处在不同的方向。不过不满意现状的文艺,直到十九世纪以后才兴起来,只有一段短短历史。政治家最不喜欢人家反抗他的意见,最不喜欢人家要想,要开口。而从前的社会也的确没有人想过什么,又没有人开过口。且看动物中的猴子,它们自有它们的首领;首领要它们怎样,它们就怎样。在部落里,他们有一个酋长,他们跟着酋长走,酋长的吩咐,就是他们的标准。酋长要他们死,也只好去死。那时没有什么文艺,即使有,也不过赞美上帝(还没有后人所谓 God②

---

* 本篇记录稿最初发表于 1928 年 1 月 29 日、30 日上海《新闻报·学海》第一八二、一八三期,署周鲁迅讲,刘率真(即曹聚仁)记。后收入《集外集》时经过作者校阅。
① 梅兰芳(1894—1961) 名澜,字畹华,江苏泰州人,京剧艺术家。姜妙香(1890—1972),北京人,京剧演员。他们二人自 1916 年起同台演出《黛玉葬花》。
② God 英语:上帝。

那么玄妙)罢了!那里会有自由思想?后来,一个部落一个部落你吃我吞,渐渐扩大起来,所谓大国,就是吞吃那多多少少的小部落;一到了大国,内部情形就复杂得多,夹着许多不同的思想,许多不同的问题。这时,文艺也起来了,和政治不断地冲突;政治想维系现状使它统一,文艺催促社会进化使它渐渐分离;文艺虽使社会分裂,但是社会这样才进步起来。文艺既然是政治家的眼中钉,那就不免被挤出去。外国许多文学家,在本国站不住脚,相率亡命到别个国度去;这个方法,就是"逃"。要是逃不掉,那就被杀掉,割掉他的头;割掉头那是最好的方法,既不会开口,又不会想了。俄国许多文学家,受到这个结果,还有许多充军到冰雪的西伯利亚去。

有一派讲文艺的,主张离开人生,讲些月呀花呀鸟呀的话(在中国又不同,有国粹的道德,连花呀月呀都不许讲,当作别论),或者专讲"梦",专讲些将来的社会,不要讲得太近。这种文学家,他们都躲在象牙之塔①里面;但是"象牙之塔"毕竟不能住得很长久的呀!象牙之塔总是要安放在人间,就免不掉还要受政治的压迫。打起仗来,就不能不逃开去。北京有一班文人②,顶看不起描写社会的文学家,他们想,小说里面连车夫的生活都可以写进去,岂不把小说应该写才子佳人一首诗生爱情的定律都打破了吗?现在呢,他们也不能做高尚的文学家了,还是要逃到南边来;"象牙之塔"的窗子里,到底没有一块一块面包递进来的呀!

等到这些文学家也逃出来了,其他文学家早已死的死,逃的逃了。别的文学家,对于现状早感到不满意,又不能不反对,不能不开口,"反对""开口"就是有他们的下场。我以为文艺大概由于现在生活的感受,亲身所感到的,便影印到文艺中去。挪威有一文学家③,他描写肚子饿,写了

---

① 象牙之塔　参见第282页注④。
② 指新月社的一些人。梁实秋在1926年3月27日《晨报副刊》发表的《现代中国文学之浪漫的趋势》中说:"近年来新诗中产出了一个'人力车夫派'。这一派是专门为人力车夫抱不平,以为神圣的人力车夫被经济制度压迫过甚,……其实人力车夫……既没有什么可怜恤的,更没有什么可赞美。"
③ 指汉姆生(K. Hamsun,1859—1952),挪威小说家。曾两度流落美国,生活在社会底层,当过水手和木工。著有长篇小说《饥饿》《老爷》《大地的生长物》等。获1920年诺贝尔文学奖。"写了一本书"指汉姆生著长篇小说《饥饿》。

一本书,这是依他所经验的写的。对于人生的经验,别的且不说,"肚子饿"这件事,要是欢喜,便可以试试看,只要两天不吃饭,饭的香味便会是一个特别的诱感;要是走过街上饭铺子门口,更会觉得这个香味一阵阵冲到鼻子来。我们有钱的时候,用几个钱不算什么;直到没有钱,一个钱都有它的意味。那本描写肚子饿的书里,它说起那人饿得久了,看见路人个个是仇人,即是穿一件单裤子的,在他眼里也见得那是骄傲。我记起我自己曾经写过这样一个人,他身边什么都光了,时常抽开抽屉看看,看角上边上可以找到什么;路上一处一处去找,看有什么可以找得到;这个情形,我自己是体验过来的。

从生活窘迫过来的人,一到了有钱,容易变成两种情形:一种是理想世界,替处同一境遇的人着想,便成为人道主义;一种是什么都是自己挣起来,从前的遭遇,使他觉得什么都是冷酷,便流为个人主义。我们中国大概是变成个人主义者多。主张人道主义的,要想替穷人想想法子,改变改变现状,在政治家眼里,倒还不如个人主义的好;所以人道主义者和政治家就有冲突。俄国文学家托尔斯泰讲人道主义,反对战争,写过三册很厚的小说——那部《战争与和平》①,他自己是个贵族,却是经过战场的生活,他感到战争是怎么一个惨痛。尤其是他一临到长官的铁板前(战场上重要军官都有铁板挡住枪弹),更有刺心的痛楚。而他又眼见他的朋友们,很多在战场上牺牲掉。战争的结果,也可以变成两种态度:一种是英雄,他见别人死的死伤的伤,只有他健存,自己就觉得怎样了不得,这么那么夸耀战场上的威雄。一种是变成反对战争的,希望世界上不要再打仗了。托尔斯泰便是后一种,主张用无抵抗主义来消灭战争。他这么主张,政府自然讨厌他;反对战争,和俄皇的侵掠欲望冲突;主张无抵抗主义,叫兵士不替皇帝打仗,警察不替皇帝执法,审判官不替皇帝裁判,大家都不去捧皇帝;皇帝是全要人捧的,没有人捧,还成什么皇帝,更和政治相冲突。这种文学家出来,对于社会现状不满意,这样批评,那样批评,弄得社会上个个都自己觉到,都不安起来,自然非杀头不可。

---

① 《战争与和平》 托尔斯泰以1812年拿破仑入侵俄国为题材的长篇小说,写于1863年至1869年。

但是，文艺家的话其实还是社会的话，他不过感觉灵敏，早感到早说出来（有时，他说得太早，连社会也反对他，也排轧他）。譬如我们学兵式体操，行举枪礼，照规矩口令是"举……枪"这般叫，一定要等"枪"字令下，才可以举起。有些人却是一听到"举"字便举起来，叫口令的要罚他，说他做错。文艺家在社会上正是这样；他说得早一点，大家都讨厌他。政治家认定文学家是社会扰乱的煽动者，心想杀掉他，社会就可平安。殊不知杀了文学家，社会还是要革命；俄国的文学家被杀掉的充军的不在少数，革命的火焰不是到处燃着吗？文学家生前大概不能得到社会的同情，潦倒地过了一生，直到死后四五十年，才为社会所认识，大家大闹起来。政治家因此更厌恶文学家，以为文学家早就种下大祸根；政治家想不准大家思想，而那野蛮时代早已过去了。在座诸位的见解，我虽然不知道；据我推测，一定和政治家是不相同；政治家既永远怪文艺家破坏他们的统一，偏见如此，所以我从来不肯和政治家去说。

到了后来，社会终于变动了；文艺家先时讲的话，渐渐大家都记起来了，大家都赞成他，恭维他是先知先觉。虽是他活的时候，怎样受过社会的奚落。刚才我来讲演，大家一阵子拍手，这拍手就见得我并不怎样伟大；那拍手是很危险的东西，拍了手或者使我自以为伟大不再向前了，所以还是不拍手的好。上面我讲过，文学家是感觉灵敏了一点，许多观念，文学家早感到了，社会还没有感到。譬如今天衣萍①先生穿了皮袍，我还只穿棉袍；衣萍先生对于天寒的感觉比我灵。再过一月，也许我也感到非穿皮袍不可，在天气上的感觉，相差到一个月，在思想上的感觉就得相差到三四十年。这个话，我这么讲，也有许多文学家在反对。我在广东，曾经批评一个革命文学家②——现在的广东，是非革命文学不能算做文学的，是非"打打打，杀杀杀，革革革，命命命"，不能算做革命文学的——我以为革命并不能和文学连在一块儿，虽然文学中也有文学革命。但做文学的人总得闲定一点，正在革命中，那有功夫做文学。我们且想想：在生活困乏中，一面拉车，一面"之乎者也"，到底不大便当。古人虽有种田做

---

① 衣萍　章鸿熙（1900—1946），字衣萍。曾在北京大学文学院旁听，是《语丝》撰稿人之一。
② 指吴稚晖（1865—1953），江苏武进人。早年曾参加同盟会，任国民党中央监察委员等职。

诗的,那一定不是自己在种田;雇了几个人替他种田,他才能吟他的诗;真要种田,就没有功夫做诗。革命时候也是一样;正在革命,那有功夫做诗?我有几个学生,在打陈炯明①时候,他们都在战场;我读了他们的来信,只见他们的字与词一封一封生疏下去。俄国革命以后,拿了面包票排了队一排一排去领面包;这时,国家既不管你什么文学家艺术家雕刻家;大家连想面包都来不及,那有功夫去想文学?等到有了文学,革命早成功了。革命成功以后,闲空了一点;有人恭维革命,有人颂扬革命,这已不是革命文学。他们恭维革命颂扬革命,就是颂扬有权力者,和革命有什么关系?

这时,也许有感觉灵敏的文学家,又感到现状的不满意,又要出来开口。从前文艺家的话,政治革命家原是赞同过;直到革命成功,政治家把从前所反对那些人用过的老法子重新采用起来,在文艺家仍不免于不满意,又非被排轧出去不可,或是割掉他的头。割掉他的头,前面我讲过,那是顶好的法子咾,——从十九世纪到现在,世界文艺的趋势,大都如此。

十九世纪以后的文艺,和十八世纪以前的文艺大不相同。十八世纪的英国小说,它的目的就在供给太太小姐们的消遣,所讲的都是愉快风趣的话。十九世纪的后半世纪,完全变成和人生问题发生密切关系。我们看了,总觉得十二分的不舒服,可是我们还得气也不透地看下去。这因为以前的文艺,好像写别一个社会,我们只要鉴赏;现在的文艺,就在写我们自己的社会,连我们自己也写进去;在小说里可以发见社会,也可以发见我们自己;以前的文艺,如隔岸观火,没有什么切身关系;现在的文艺,连自己也烧在这里面,自己一定深深感觉到;一到自己感觉到,一定要参加到社会去!

十九世纪,可以说是一个革命的时代;所谓革命,那不安于现在,不满意于现状的都是。文艺催促旧的渐渐消灭的也是革命(旧的消灭,新的

---

① 陈炯明(1875—1933) 字竞存,广东海丰人,广东军阀。1917 年任广东省长兼粤军总司令。1922 年企图谋害孙中山发动武装叛乱,被击败后退守东江。1925 年所部被广东革命军消灭。鲁迅的学生李秉中等曾参加讨伐陈炯明的战争。鲁迅在 1926 年 6 月 17 日致李秉中信中说:"这一年来,不闻消息,我可是历来没有忘记,但常有两种推测,一是在东江负伤或战死了,一是你已经变了一个武人,不再写字,因为去年你从梅县给我的信,内中已很有几个空白及没有写全的字了。"

才能产生),而文学家的命运并不因自己参加过革命而有一样改变,还是处处碰钉子。现在革命的势力已经到了徐州①,在徐州以北文学家原站不住脚;在徐州以南,文学家还是站不住脚,即共了产,文学家还是站不住脚。革命文学家和革命家竟可说完全两件事。诋斥军阀怎样怎样不合理,是革命文学家;打倒军阀是革命家;孙传芳②所以赶走,是革命家用炮轰掉的,决不是革命文艺家做了几句"孙传芳呀,我们要赶掉你呀"的文章赶掉的。在革命的时候,文学家都在做一个梦,以为革命成功将有怎样怎样一个世界;革命以后,他看看现实全不是那么一回事,于是他又要吃苦了。照他们这样叫,啼,哭都不成功;向前不成功,向后也不成功,理想和现实不一致,这是注定的运命;正如你们从《呐喊》上看出的鲁迅和讲坛上的鲁迅并不一致;或许大家以为我穿洋服头发分开,我却没有穿洋服,头发也这样短短的。所以以革命文学自命的,一定不是革命文学,世间那有满意现状的革命文学?除了吃麻醉药!苏俄革命以前,有两个文学家,叶遂宁和梭波里③,他们都讴歌过革命,直到后来,他们还是碰死在自己所讴歌希望的现实碑上,那时,苏维埃是成立了!

不过,社会太寂寞了,有这样的人,才觉得有趣些。人类是欢喜看看戏的,文学家自己来做戏给人家看,或是绑出去砍头,或是在最近墙脚下枪毙,都可以热闹一下子。且如上海巡捕用棒打人,大家围着去看,他们自己虽然不愿意挨打,但看见人家挨打,倒觉得颇有趣的。文学家便是用自己的皮肉在挨打的啦!

今天所讲的,就是这么一点点,给它一个题目,叫做……《文艺与政治的歧途》。

---

① 革命的势力已经到了徐州 国民党发动清党反共之后仍以"北伐革命"为旗帜,1927年12月16日何应钦指挥的第一路军占领徐州,山东军阀张宗昌溃退。

② 孙传芳(1885—1935) 字馨远,山东历城人,北洋直系军阀。1925年盘踞东南五省,自任五省联军总司令。1926年冬其主力在江西南昌、九江一带被北伐军击溃。

③ 叶遂宁(С. А. Есенин,1895—1925) 通译叶赛宁,苏联诗人。他以描写宗法制度下田园生活的抒情诗著称。十月革命时曾向往革命,写过一些赞美革命的诗,如《天上的鼓手》等。但革命后陷入苦闷,最后自杀。著有长诗《四旬祭》《苏维埃俄罗斯》等。梭波里(А. Соболь,1888—1926),苏联作家。十月革命后曾接近革命,但终因不满于现实生活而自杀。著有长篇小说《尘土》,短篇小说集《樱桃开花的时候》。

【讲析】

这是1927年12月21日鲁迅在上海暨南大学的演讲整理稿。

1927年国民党发动"四一二"事变,大规模搜捕和屠杀共产党人和革命者。鲁迅这次讲演涉及政治与文艺的关系,着重讲"文艺与政治的歧途",应当放在当时历史背景中去解读。鲁迅对文艺与政治的关系有其深刻的理解,他认为文艺创作有其独立性和批判性,但也指出革命文艺是现实斗争的反映,它必然和政治处于对立的"歧途"之中。鲁迅的演讲隐含对国民党当局及御用文人摧残进步文艺事业的谴责,并指出革命文艺必须丢掉不切实际的幻想,努力反映社会,表现人生。

讲演分三部分。第一部分纵论文艺和政治的关系,指出文艺和革命有共同处,就是不安于现状,但文艺和政治则不同,"惟政治是要维持现状,自然和不安于现状的文艺处在不同的方向"。鲁迅分析说,文艺和政治之所以"歧途",是因为彼此的功能与目标不同:"政治想维系现状使它统一,文艺催促社会进化使它渐渐分离;文艺虽使社会分裂,但是社会这样才进步起来。"鲁迅这里所说的是文艺的批判功能,认为这样才能催促社会进步。演讲还特别讲到文艺是现实生活的反映,带有个人的感受,又持有批判的态度,在阶级社会里,就很容易得罪政治家,为政治家所不容。

第二部分谈革命时期的文艺与政治的关系。鲁迅认为革命前文艺家因要写出人民群众的愿望,便与政治家发生冲突。政治家往往认定文学家是社会扰乱的煽动者。而革命时期的文艺往往会被"恭维"为"先知先觉",这是需警惕的。鲁迅特别提到当时革命文学阵营中的那些动辄打着革命招牌打打杀杀的"左倾"言行,其实是"不能算做革命文学的"。他认为革命时期其实未必有革命文学。而到了革命成功以后,文学家仍然会不满于现状,仍然要开口,政治家照例也仍然要出来镇压……这种状况将循环往复,没有穷尽。"从十九世纪到现在,世界文艺的趋势,大都如此。""现在"两字,矛头直指当时国民党背叛革命、扼杀革命的行为。

第三部分树立一个创作的标杆,认为19世纪外国现实主义的创作是真实地反映社会人生,不是隔岸观火,而是"连自己也烧在这里面"。鲁迅肯定这种创作所具有的改造社会人生的作用,指出那些"以革命文学自命的,一定不是革命文学";"满意现状的革命文学"也不是革命文学,真正的革命文学家不是躲在"象牙之塔"中修行的或者"帮闲"的,要勇于抗争,敢于挺身而出,有"用自己的皮肉在挨打"的思想准备。

鲁迅关于文艺与政治关系的观点是深刻的,对当时革命文学所存在的问题是批评的,他并没有过分强调文艺的社会作用,认为无产阶级的文艺与政治也各有自己的特殊规律,其间的矛盾自然也是存在的。他的演讲中很多精彩的名言也给人很深的印象,比如他说:"打倒军阀是革命家;孙传芳所以赶走,是革命家用炮轰掉的,决不是革命文艺家做了几句'孙传芳呀,我们要赶掉你呀'的文章赶掉的。"关于文艺与政治的关系是很大的命题,鲁迅举重若轻,讲得深入浅出,生动活泼,发人深省。

魏晋风度及文章与药及酒之关系*

——九月间在广州夏期学术演讲会①讲

我今天所讲的,就是黑板上写着的这样一个题目。

中国文学史,研究起来,可真不容易,研究古的,恨材料太少,研究今的,材料又太多,所以到现在,中国较完全的文学史尚未出现。今天讲的题目是文学史上的一部分,也是材料太少,研究起来很有困难的地方。因为我们想研究某一时代的文学,至少要知道作者的环境,经历和著作。

汉末魏初这个时代是很重要的时代,在文学方面起一个重大的变化,因当时正在黄巾②和董卓③大乱之后,而且又是党锢④的纠纷之后,这时

---

* 本篇记录稿最初发表于1927年8月11、12、13、15、16、17日广州《民国日报》副刊《现代青年》第一七三至一七八期;改定稿发表于1927年11月16日《北新》半月刊第二卷第二号。后收入《而已集》。

① 广州夏期学术演讲会 国民党政府广州市教育局主办,1927年7月18日在广州市立师范学校礼堂举行开幕式。当时的广州市市长林云陔、教育局长刘懋初等均在会上做反共演说。他们打着"学术"的旗号,也"邀请"学者演讲。作者这篇演讲是在7月23日、26日的会上所作的(题下注"九月间"有误)。作者后来说过:"在广州之谈魏晋事,盖实有慨而言。"(1928年12月30日致陈濬信)他在这次关于中国古典文学的演讲里,曲折地对国民党当局进行了揭露和讽刺。

② 黄巾 指东汉末年巨鹿人张角领导的农民起义军。汉灵帝中平元年(184)起义,参加的人都以黄巾缠头为标志,称为"黄巾军"。他们提出"苍天已死,黄天当立"的口号,攻占城邑,焚烧官府,旬日之间,全国响应,给东汉政权以沉重的打击。后来在官军和地主武装的镇压下失败。

③ 董卓(?—192) 字仲颖,陇西临洮(今甘肃岷县)人。东汉末献帝时为并州牧,灵帝死后,外戚首领大将军何进为了对抗宦官,召他率兵入朝相助,他到洛阳后,即废少帝(刘辩),立献帝(刘协),自任丞相,专断朝政。献帝初平元年(190),山东河北等地军阀袁绍、韩馥等为了和董卓争权,联合起兵讨卓,他便劫持献帝迁都长安,自为太师。后为王允、吕布所杀。他在离洛阳时,焚烧宫殿府库民房,二百里内尽成墟土;又驱毁百万人口入关,积尸盈途。在他被杀以后,他的部将李傕、郭汜等又攻破长安,焚掠屠杀,人民受害甚烈。

④ 党锢 东汉末年,宦官擅权,政治黑暗,民生痛苦。一部分比较正直的官员与太学生互通声气,议论朝政,揭露宦官集团的罪恶。汉桓帝延熹九年(166),宦官诬告司隶校尉李膺、太仆杜密和太学生领袖郭泰、贾彪等人结党为乱,桓帝便捕李膺、范滂等下狱,株连二百余人。以后又于灵帝建宁二年(169)、熹平元年(172)、熹平五年(176)三次捕杀党人,更诏各州郡凡党人的门生、故吏、父子、兄弟有做官的,都免官禁锢。直到灵帝中平元年(184)黄巾起义,才下诏将他们赦免。这件事,史称"党锢之祸"。

曹操①出来了。——不过我们讲到曹操，很容易就联想起《三国志演义》②，更而想起戏台上那一位花面的奸臣，但这不是观察曹操的真正方法。现在我们再看历史，在历史上的记载和论断有时也是极靠不住的，不能相信的地方很多，因为通常我们晓得，某朝的年代长一点，其中必定好人多；某朝的年代短一点，其中差不多没有好人。为什么呢？因为年代长了，做史的是本朝人，当然恭维本朝的人物，年代短了，做史的是别朝人，便很自由地贬斥其异朝的人物，所以在秦朝，差不多在史的记载上半个好人也没有。曹操在史上年代也是颇短的，自然也逃不了被后一朝人说坏话的公例。其实，曹操是一个很有本事的人，至少是一个英雄，我虽不是曹操一党，但无论如何，总是非常佩服他。

研究那时的文学，现在较为容易了，因为已经有人做过工作：在文集一方面有清严可均辑的《全上古三代秦汉三国晋南北朝文》③。其中于此有用的，是《全汉文》《全三国文》《全晋文》。

在诗一方面有丁福保辑的《全汉三国晋南北朝诗》④。——丁福保是做医生的，现在还在。

辑录关于这时代的文学评论有刘师培编的《中国中古文学史》⑤。这本书是北大的讲义，刘先生已死，此书由北大出版。

---

① 曹操(155—220) 字孟德，沛国谯(今安徽亳县)人。二十岁举孝廉，汉献帝时官至丞相，封魏王。曹丕篡汉后追尊为武帝。他是政治家、军事家，又是诗人。他和其子曹丕、曹植，都喜欢延揽文士，奖励文学，为当时文坛的领袖人物。后人把他的诗文编为《魏武帝集》。

② 《三国志演义》 即长篇小说《三国演义》，元末明初罗贯中著。书中将曹操描写为"奸雄"。

③ 严可均(1762—1843) 字景文，号铁桥，浙江乌程(今湖州)人。清嘉庆举人，曾任建德教谕。他自嘉庆十三年(1808)起，开始搜集唐以前的文章，历二十余年，成《全上古三代秦汉三国六朝文》，内收作者三千四百多人，分代编辑为十五集，总计七百四十六卷。稍后，他的同乡蒋壑为其作编目一百零三卷，并以为原书题名不能概括全书，故将书名改为《全上古三代秦汉三国晋南北朝文》。原书于 1894 年(光绪二十年)由黄冈王毓藻刊于广州。

④ 丁福保(1874—1952) 字仲祜，江苏无锡人。清末肄业于江阴南菁书院，曾任京师大学堂和译学馆教习。后习医，曾至日本考察医学，归国后在上海创办医学书局。他所辑的《全汉三国晋南北朝诗》，收作者七百余人，依时代分为十一集，总计五十四卷。1916 年上海医学书局出版。

⑤ 刘师培(1884—1919) 字申叔，江苏仪征人。1907 年在日本加入同盟会，后成为清朝两江总督端方的幕僚。民国后与杨度、孙毓筠等人组织筹安会，助袁世凯实行帝制。他的著作很多，《中国中古文学史》是他在民国初年任北京大学教授时所编的讲义，后收入《刘申叔先生遗书》中。

上面三种书对于我们的研究有很大的帮助。能使我们看出这时代的文学的确有点异彩。

我今天所讲,倘若刘先生的书里已详的,我就略一点;反之,刘先生所略的,我就较详一点。

董卓之后,曹操专权。在他的统治之下,第一个特色便是尚刑名。他的立法是很严的,因为当大乱之后,大家都想做皇帝,大家都想叛乱,故曹操不能不如此。曹操曾自己说过:"倘无我,不知有多少人称王称帝!"①这句话他倒并没有说谎。因此之故,影响到文章方面,成了清峻的风格。——就是文章要简约严明的意思。

此外还有一个特点,就是尚通脱。他为什么要尚通脱呢?自然也与当时的风气有莫大的关系。因为在党锢之祸以前,凡党中人都自命清流,不过讲"清"讲得太过,便成固执,所以在汉末,清流的举动有时便非常可笑了。

比方有一个有名的人,普通的人去拜访他,先要说几句话,倘这几句话说得不对,往往会遭倨傲的待遇,叫他坐到屋外去,甚而至于拒绝不见。

又如有一个人,他和他的姊夫是不对的,有一回他到姊姊那里去吃饭之后,便要将饭钱算回给姊姊。她不肯要,他就于出门之后,把那些钱扔在街上,算是付过了。②

个人这样闹闹脾气还不要紧,若治国平天下也这样闹起执拗的脾气来,那还成甚么话?所以深知此弊的曹操要起来反对这种习气,力倡通脱。通脱即随便之意。此种提倡影响到文坛,便产生多量想说甚么便说甚么的文章。

更因思想通脱之后,废除固执,遂能充分容纳异端和外来的思想,故

---

① 《三国志·魏书·武帝纪》裴松之注引《魏武故事》,曹操于汉献帝建安十五年(210)下令"自明本志",表白自己并无篡汉的意图,内有"设使国家无有孤,不知当几人称帝,几人称王!"的话。

② 《太平御览》卷四二五引谢承《后汉书》:"范丹姊病,往看之,姊设食;丹以姊婿不德,出门留二百钱,姊使人追索还之,丹不得已受之。闻里中刍藁童仆更相怒曰:'言汝清高,岂范史云辈而云不盗我菜乎?'丹闻之,曰:'吾之微志,乃在童竖之口,不可不勉。'遂投钱去。"按,范丹(112—185),一作范冉,字史云,后汉陈留外黄(今河南杞县东北)人。

孔教以外的思想源源引入。

总括起来,我们可以说汉末魏初的文章是清峻,通脱。在曹操本身,也是一个改造文章的祖师,可惜他的文章传的很少。他胆子很大,文章从通脱得力不少,做文章时又没有顾忌,想写的便写出来。

所以曹操征求人才时也是这样说,不忠不孝不要紧,只要有才便可以。① 这又是别人所不敢说的。曹操做诗,竟说是"郑康成行酒伏地气绝"②,他引出离当时不久的事实,这也是别人所不敢用的。还有一样,比方人死时,常常写点遗令,这是名人的一件极时髦的事。当时的遗令本有一定的格式,且多言身后当葬于何处何处,或葬于某某名人的墓旁;操独不然,他的遗令不但没有依着格式,内容竟讲到遗下的衣服和伎女怎样处置等问题③。

陆机虽然评曰"贻尘谤于后王"④,然而我想他无论如何是一个精明人,他自己能做文章,又有手段,把天下的方士文士统统搜罗起来,省得他们跑在外面给他捣乱。所以他帷幄里面,方士文士就特别地多。

---

① 曹操曾于建安十五年(210)、二十二年(217)下求贤令,又于建安十九年(214)令有司取士毋废"偏短",均强调以才能为用人的标准。《魏书·武帝纪》载建安十五年令说:"今天下尚未定,此特求贤之急时也。……若必廉士而后可用,则齐桓其何以霸世!今天下得无有被褐怀玉而钓于渭滨者乎? 又得无盗嫂受金而未遇无知者乎? 二三子其佐我明扬仄陋,唯才是举,吾得而用之。"又裴注引王沈《魏书》所载二十二年令说:"今天下得无有至德之人,放在民间? 及果勇不顾,临敌力战,若文俗之吏,高才异质,或堪为将守;负污辱之名,见笑之行,或不仁不孝,而有治国用兵之术:其各举所知,勿有所遗。"

② "郑康成行酒伏地气绝" 语出《三国志·魏书·袁绍传》裴注引《英雄记》载曹操《董卓歌》:"德行不亏缺,变故自难常。郑康成行酒伏地气绝,郭景图命尽于园桑。"按,郑康成(127—200),名玄,字康成,北海高密(今山东高密)人,东汉经学家。曾聚徒讲学,建安中官拜大司农,寻卒。其生活时代较曹操约早二十余年。

③ 曹操的遗令,散见于《三国志·魏书·武帝纪》及其他古书中,严可均缀合为一篇,收《全三国文》卷三,其中有这样的话:"吾婢妾与伎人皆勤苦,使著铜雀台,善待之。……余香可分与诸夫人……诸舍中(按,指诸妾)无所为,可学作履组卖也。吾历官所得绶(印绶),皆著藏中,吾余衣裳,可别为一藏,不能者兄弟可共分之。"

④ 陆机(261—303) 字士衡,吴郡吴县(今江苏苏州)人,晋代诗人。陆逊之孙,在吴为牙门将,入晋后曾任相国参军、平原内史等职,后为成都王司马颖所杀。他评曹操的话,见萧统《文选》卷六十《吊魏武帝文》:"彼裘绂于何有,贻尘谤于后王。"唐代李善注:"言裘绂轻微何所有,而空贻尘谤而及后王。"

孝文帝曹丕①，以长子而承父业，篡汉而即帝位。他也是喜欢文章的。其弟曹植②，还有明帝曹叡③，都是喜欢文章的。不过到那个时候，于通脱之外，更加上华丽。丕著有《典论》，现已失散无全本，那里面说："诗赋欲丽"，"文以气为主"。《典论》的零零碎碎，在唐宋类书中；一篇整的《论文》，在《文选》④中可以看见。

后来有一般人很不以他的见解为然。他说诗赋不必寓教训，反对当时那些寓训勉于诗赋的见解，用近代的文学眼光看来，曹丕的一个时代可说是"文学的自觉时代"，或如近代所说是为艺术而艺术⑤（Art for Art's Sake）的一派。所以曹丕做的诗赋很好，更因他以"气"为主，故于华丽以外，加上壮大。归纳起来，汉末，魏初的文章，可说是："清峻，通脱，华丽，壮大。"在文学的意见上，曹丕和曹植表面上似乎是不同的。曹丕说文章事可以留名声于千载⑥；但子建却说文章小道⑦，不足论的。据我的意见，子建大概是违心之论。这里有两个原因，第一，子建的文章做得好，一个人大概总是不满意自己所做而羡慕他人所为的，他的文章已经做得好，于是他便敢说文章是小道；第二，子建活动的目标在于政治方面，政治方面

---

① 曹丕（187—226）　字子桓，曹操的次子（按，操长子名昂字子修，随操征张绣阵亡，故一般都以曹丕为操的长子）。建安二十五年（220）废汉献帝自立为帝，即魏文帝。他爱好文学，创作之外，兼擅批评，所著《典论》，《隋书·经籍志》著录五卷，已佚，严可均《全三国文》内有辑佚一卷。其中《论文》篇论及各种文体的特征说："奏议宜雅，书论宜理，铭诔尚实，诗赋欲丽。"又论文气说："文以气为主，气之清浊有体，不可力强而致。"
② 曹植（192—232）　字子建，曹操的第三子。曾封东阿王，后封陈王，死谥思，后世称陈思王。他是建安时代重要诗人之一，流传下来的著作，以清代丁晏所编的《曹集诠评》搜罗较为完备。
③ 曹叡（204—239）　字元仲，曹丕的儿子，即魏明帝。
④ 《文选》　南朝梁昭明太子萧统编选。内选秦汉至齐梁间的诗文，共三十卷，是我国最早的一部诗文总集。唐代李善为之作注，分为六十卷。曹丕《典论·论文》，见该书第五十二卷。
⑤ "为艺术而艺术"　最早由19世纪法国诗人戈蒂叶（T. Gautier，1811—1872）提出的一种文艺观点（见小说《莫班小姐·序》）。他认为艺术可以超越一切功利而存在，创作的目的就在于艺术作品的本身，与社会政治无关。
⑥ 文章事可以留名声于千载　曹丕《典论·论文》："盖文章经国之大业，不朽之盛事。年寿有时而尽，荣乐止乎其身，二者必至之常期，未若文章之无穷。是以古之作者，寄身于翰墨，见意于篇籍，不假良史之辞，不托飞驰之势，而声名自传于后。"
⑦ 文章小道　曹植《与杨德祖（修）书》："辞赋小道，固未足以揄扬大义，彰示来世也。昔扬子云先朝执戟之臣耳，犹称壮夫不为也；吾虽德薄，位为藩侯，犹庶几戮力上国，流惠下民，建永世之业，留金石之功；岂徒以翰墨为勋绩，辞赋为君子哉！"

不甚得志①,遂说文章是无用了。

曹操曹丕以外,还有下面的七个人:孔融,陈琳,王粲,徐幹,阮瑀,应玚,刘桢,都很能做文章,后来称为"建安七子"②。七人的文章很少流传,现在我们很难判断;但,大概都不外是"慷慨""华丽"罢。华丽即曹丕所主张,慷慨就因当天下大乱之际,亲戚朋友死于乱者特多,于是为文就不免带着悲凉,激昂和"慷慨"了。

七子之中,特别的是孔融,他专喜和曹操捣乱。曹丕《典论》里有论孔融的,因此他也被拉进"建安七子"一块儿去。其实不对,很两样的。不过在当时,他的名声可非常之大。孔融作文,喜用讥嘲的笔调,曹丕很不满意他。孔融的文章现在传的也很少,就他所有的看起来,我们可以瞧出他并不大对别人讥讽,只对曹操。比方操破袁氏兄弟,曹丕把袁熙的妻甄氏拿来,归了自己,孔融就写信给曹操,说当初武王伐纣,将妲己给了周公了。操问他的出典,他说,以今例古,大概那时也是这样的。又比方曹操要禁酒,说酒可以亡国,非禁不可,孔融又反对他,说也有以女人亡国的,何以不禁婚姻?③

---

① 曹植早年以文才为曹操所爱,屡次想立他为太子;他也结纳杨修、丁仪、丁廙等为羽翼,在曹操面前和曹丕争宠。但他后来因为任性骄纵,失去了曹操的欢心,终于未得嗣立。到了曹丕即位以后,他常被猜忌,更觉雄才无所施展。明帝时又一再上表求"自试",希望能够用他带兵去征吴伐蜀,建功立业,但他的要求也未实现。

② "建安七子"这个名称始于曹丕的《典论·论文》:"今之文人,鲁国孔融文举,广陵陈琳孔璋,山阳王粲仲宣,北海徐幹伟长,陈留阮瑀元瑜,汝南应玚德琏,东平刘桢公幹:斯七子者,于学无所遗,于辞无所假,咸以自骋骥骥于千里,仰齐足而并驰。"后人据此即称孔融等为"建安七子"。按,孔融(153—208),鲁国(今山东曲阜)人,汉献帝时为北海相,太中大夫。陈琳(?—217),广陵(今江苏江都)人,曾任司空(曹操)军谋祭酒。王粲(177—217),山阳高平(今山东邹县)人,曾任丞相(曹操)军谋祭酒、侍中。徐幹(171—217),北海(今山东潍坊西南)人,曾任司空军谋祭酒、五官将(曹丕)文学。阮瑀(?—212),陈留尉氏(今河南尉氏)人,曾任司空军谋祭酒。应玚(?—217),汝南(今河南汝南)人,曾任丞相掾属、五官将文学。刘桢(?—217),东平(今山东东平)人,曾任丞相掾属。

③ 曹丕在《典论·论文》中评论孔融的文章说:"孔融体气高妙,有过人者。然不能持论,理不胜词,以至乎杂以嘲戏;及其所善,扬、班俦也。"按,"建安七子"中,陈琳等都是曹操门下的属官,只有孔融例外;在年龄上,他比其余六人约长十余岁而又最先逝世,年辈也不相同。他没有应酬和颂扬曹氏父子的作品,而且还常常讽刺曹操。《后汉书·孔融传》载:"曹操攻屠邺城,袁氏妇子多见侵略,而操子丕私纳袁熙(按,为袁绍子)妻甄氏。融乃与操书,称'武王伐纣,以妲己赐周公'。操不悟,后问出何经典。对曰:'以今度之,想当然耳。'……时年饥兵兴,操表制酒禁,融频书争之,多侮慢之辞。"唐代章怀太子(李贤)注引孔融与曹操论酒禁书,其中有"夏商亦以妇人失天下,今令不断婚姻。而将酒独急者,疑但惜谷耳"等语。

其实曹操也是喝酒的。我们看他的"何以解忧？惟有杜康"①的诗句，就可以知道。为什么他的行为会和议论矛盾呢？此无他，因曹操是个办事人，所以不得不这样做；孔融是旁观的人，所以容易说些自由话。曹操见他屡屡反对自己，后来借故把他杀了。②他杀孔融的罪状大概是不孝。因为孔融有下列的两个主张：

第一，孔融主张母亲和儿子的关系是如瓶之盛物一样，只要在瓶内把东西倒了出来，母亲和儿子的关系便算完了。第二，假使有天下饥荒的一个时候，有点食物，给父亲不给呢？孔融的答案是：倘若父亲是不好的，宁可给别人。——曹操想杀他，便不惜以这种主张为他不忠不孝的根据，把他杀了。倘若曹操在世，我们可以问他，当初求才时就说不忠不孝也不要紧，为何又以不孝之名杀人呢？然而事实上纵使曹操再生，也没人敢问他，我们倘若去问他，恐怕他把我们也杀了！

与孔融一同反对曹操的尚有一个祢衡③，后来给黄祖杀掉的。祢衡的文章也不错，而且他和孔融早是"以气为主"来写文章的了。故在此我们又可知道，汉文慢慢壮大起来，是时代使然，非专靠曹操父子之功的。但华丽好看，却是曹丕提倡的功劳。

这样下去一直到明帝的时候，文章上起了个重大的变化，因为出了一个何晏④。

何晏的名声很大，位置也很高，他喜欢研究《老子》和《易经》。至于

---

① "何以解忧？惟有杜康" 见曹操的《短歌行》。杜康，相传为周代人，善造酒。
② 关于曹操杀孔融的经过，《后汉书·孔融传》说："曹操既积嫌忌，而郗虑复构成其罪，遂令丞相军谋祭酒路粹枉状奏融曰：'……（融）前与白衣祢衡跌荡放言，云："父之于子，当有何亲？论其本意，实为情欲发耳。子之于母，亦复奚为？譬如寄物瓶中，出则离矣。"……大逆不道，宜极重诛。'书奏，下狱弃市。"又《三国志·魏书·崔琰传》注引孙盛《魏氏春秋》，内载曹操宣布孔融罪状的令文说："平原祢衡受传融论，以为父母与人无亲，譬若缶器，寄盛其中。又言若遭饿馑，而父不肖，宁赡活余人。融违天反道，败伦乱理，虽肆市朝，犹恨其晚。"
③ 祢衡(173—198) 字正平，平原般（今山东临邑）人，汉末文学家。他恃才不仕，性刚傲慢，与孔融、杨修友善，曾屡次羞辱曹操；因为他文名很大，曹操虽想杀他而又有所顾忌，便将他送与刘表，后因侮慢刘表，又被送给江夏太守黄祖，终为黄祖所杀，死时年二十六岁。
④ 何晏（？—249） 字平叔，南阳宛（今河南南阳）人。曹操的女婿。齐王曹芳时，曹爽执政，用他为吏部尚书，后与曹爽同时被司马懿所杀。《三国志·魏书·曹爽传》说他"少以才秀知名，好老庄言，作《道德论》及诸文赋著述凡数十篇"。

他是怎样的一个人呢?那真相现在可很难知道,很难调查。因为他是曹氏一派的人,司马氏很讨厌他,所以他们的记载对何晏大不满。因此产生许多传说,有人说何晏的脸上是搽粉的,又有人说他本来生得白,不是搽粉的。① 但究竟何晏搽粉不搽粉呢?我也不知道。

但何晏有两件事我们是知道的。第一,他喜欢空谈,是空谈的祖师;第二,他喜欢吃药,是吃药的祖师。②

此外,他也喜欢谈名理。他身子不好,因此不能不服药。他吃的不是寻常的药,是一种名叫"五石散"的药。

"五石散"是一种毒药,是何晏吃开头的。汉时,大家还不敢吃,何晏或者将药方略加改变,便吃开头了。五石散的基本,大概是五样药:石钟乳,石硫黄,白石英,紫石英,赤石脂;另外怕还配点别样的药。但现在也不必细细研究它,我想各位都是不想吃它的。

从书上看起来,这种药是很好的,人吃了能转弱为强。因此之故,何晏有钱,他吃起来了;大家也跟着吃。那时五石散的流毒就同清末的鸦片的流毒差不多,看吃药与否以分阔气与否的。现在由隋巢元方做的《诸病源候论》③的里面可以看到一些。据此书,可知吃这药是非常麻烦的,穷人不能吃,假使吃了之后,一不小心,就会毒死。先吃下去的时候,倒不怎样的,后来药的效验既显,名曰"散发"。倘若没有"散发",就有弊而无利。因此吃了之后不能休息,非走路不可,因走路才能"散发",所以走路名曰"行散"。比方我们看六朝人的诗,有云:"至城东行散",就是此意。后来做诗的人不知其故,以为"行散"即步行之意,所以不服药也以"行

---

① 关于何晏搽粉的事,《三国志·魏书·曹爽传》注引鱼豢《魏略》说:"晏性自喜,动静粉白不去手,行步顾影。"但晋代人裴启所著《语林》则说:"(晏)美姿仪,面绝白,魏文常疑其著粉;后正夏月,唤来,与热汤饼,既啖,大汗出,随以朱衣自拭,色转皎洁,帝始信之。"

② 关于何晏服药的事,《世说新语·言语》载:"何平叔云:服五石散,非唯治病,亦觉神明开朗。"刘孝标注引秦丞相(按,当作秦承祖)《寒食散论》说:"寒食散之方,虽出汉代,而用之者寡,靡有传焉。魏尚书何晏首获神效,由是大行于世,服者相寻。"又隋代巢元方《诸病源候论》卷六《寒食散发候》篇说:"皇甫(谧)云:然寒食药者,世莫知焉,或言华佗,或曰仲景(张机)。……近世尚书何晏,耽声好色,始服此药。心加开朗,体力转强。京师翕然,传以相授。……晏死之后,服者弥繁,于时不辍。"

③ 巢元方　隋代人,炀帝时任太医博士,大业六年奉诏撰《诸病源候论》五十卷。关于寒食散的服法与解法,详见该书卷六《寒食散发候》篇。

散"二字入诗,这是很笑话的。

走了之后,全身发烧,发烧之后又发冷。普通发冷宜多穿衣,吃热的东西。但吃药后的发冷刚刚要相反:衣少,冷食,以冷水浇身。倘穿衣多而食热物,那就非死不可。因此五石散一名寒食散。只有一样不必冷吃的,就是酒。

吃了散之后,衣服要脱掉,用冷水浇身;吃冷东西;饮热酒。这样看起来,五石散吃的人多,穿厚衣的人就少;比方在广东提倡,一年以后,穿西装的人就没有了。因为皮肉发烧之故,不能穿窄衣。为豫防皮肤被衣服擦伤,就非穿宽大的衣服不可。现在有许多人以为晋人轻裘缓带,宽衣,在当时是人们高逸的表现,其实不知他们是吃药的缘故。一班名人都吃药,穿的衣都宽大,于是不吃药的也跟着名人,把衣服宽大起来了!

还有,吃药之后,因皮肤易于磨破,穿鞋也不方便,故不穿鞋袜而穿屐。所以我们看晋人的画像或那时的文章,见他衣服宽大,不鞋而屐,以为他一定是很舒服,很飘逸的了,其实他心里都是很苦的。

更因皮肤易破,不能穿新的而宜于穿旧的,衣服便不能常洗。因不洗,便多虱。所以在文章上,虱子的地位很高,"扪虱而谈"①,当时竟传为美事。比方我今天在这里演讲的时候,扪起虱来,那是不大好的。但在那时不要紧,因为习惯不同之故。这正如清朝是提倡抽大烟的,我们看见两肩高耸的人,不觉得奇怪。现在就不行了,倘若多数学生,他的肩成为一字样,我们就觉得很奇怪了。

此外可见服散的情形及其他种种的书,还有葛洪的《抱朴子》②。

到东晋以后,作假的人就很多,在街旁睡倒,说是"散发"以示阔气。③

---

① "扪虱而谈" 这是王猛的故事。王猛(325—375),字景略,北海剧(今山东寿光)人,隐居华山。《晋书·王猛传》说:"桓温入关,猛被褐而诣之,一面谈当世之事,扪虱而言,旁若无人。"
② 葛洪(约283—363) 字稚川,号抱朴子,句容(今江苏句容)人。晋惠帝时拜伏波将军,赐关内侯。《晋书·葛洪传》说他"为人木讷,不好荣利,⋯⋯究览典籍,尤好神仙导养之法"。所著《抱朴子》,共八卷,分内外二篇,内篇论神仙方药,外篇论时政人事。关于服散的记载,见该书内篇。
③ 关于服散作假的事,《太平广记》卷二四七引侯白《启颜录》载:"后魏孝文帝时,诸王及贵臣多服石药,皆称石发。乃有热者,非富贵者,亦云服石发热,时人多嫌其诈作富贵体。有一人于市门前卧,宛转称热,众人竞看,同伴怪之,报曰:'我石发。'同伴人曰:'君何时服石,今得石发?'曰:'我昨市得米,米中有石,食之乃今发。'众人大笑。自后少有人称患石发者。"

就像清时尊读书,就有人以墨涂唇,表示他是刚才写了许多字的样子。故我想,衣大,穿屐,散发等等,后来效之,不吃也学起来,与理论的提倡实在是无关的。

又因"散发"之时,不能肚饿,所以吃冷物,而且要赶快吃,不论时候,一日数次也不可定。因此影响到晋时"居丧无礼"。——本来魏晋时,对于父母之礼是很繁多的。比方想去访一个人,那么,在未访之前,必先打听他父母及其祖父母的名字,以便避讳。否则,嘴上一说出这个字音,假如他的父母是死了的,主人便会大哭起来①——他记得父母了——给你一个大大的没趣。晋礼居丧之时,也要瘦,不多吃饭,不准喝酒。但在吃药之后,为生命计,不能管得许多,只好大嚼,所以就变成"居丧无礼"了。

居丧之际,饮酒食肉,由阔人名流倡之,万民皆从之,因为这个缘故,社会上遂尊称这样的人叫作名士派。

吃散发源于何晏,和他同志的,有王弼和夏侯玄②两个人,与晏同为服药的祖师。有他三人提倡,有多人跟着走。他们三人多是会做文章,除了夏侯玄的作品流传不多外,王何二人现在我们尚能看到他们的文章。他们都是生于正始的,所以又名曰"正始名士"③。但这种习惯的末流,是只会吃药,或竟假装吃药,而不会做文章。

东晋以后,不做文章而流为清谈,由《世说新语》④一书里可以看

---

① 关于闻讳而哭的事,《世说新语·任诞》载:"桓南郡(桓玄)被召作太子洗马,船泊荻渚。王大(王忱)服散后已小醉,往看桓,桓为设酒,不能冷饮,频语左右,令温酒来。桓乃流涕呜咽,王便欲去。桓以手巾掩泪,因谓王曰:'犯我家讳,何预卿事。'王叹曰:'灵宝(桓玄小名)故自达。'"按,桓玄的父亲名温,所以他听见王忱叫人温酒便哭泣起来。
② 王弼(226—249) 字辅嗣,魏国山阳(今河南焦作)人。王粲的族孙。《三国志·魏书·钟会传》说:"弼好论儒道,辞才逸辩,注《易》及《老子》,为尚书郎。"夏侯玄(209—254),字太初,沛国谯(今安徽亳州)人。《三国志·魏书·夏侯尚传》说:"(玄)少知名,弱冠为散骑黄门侍郎……正始初,曹爽辅政。玄,爽之姑子也。累迁散骑常侍、中护军。……顷之,为征西将军,假节都督雍、凉州诸军事。"曹爽被司马懿所杀后,他也为司马师所杀。
③ "正始名士" 《世说新语·文学》"袁彦伯作《名士传》成"条下梁刘孝标注:"宏(彦伯名)以夏侯太初、何平叔、王辅嗣为正始名士。阮嗣宗、嵇叔夜、山巨源、向子期、刘伯伦、阮仲容、王浚仲为竹林名士。"按,正始(240—249),魏废帝齐王曹芳的年号。
④ 《世说新语》 南朝宋刘义庆撰,共三卷。内容是记述东汉至东晋间一般文士学士的言谈风貌轶事等。有南朝梁刘孝标所作注释。今传本共三卷,三十六篇。按,刘义庆(403—444),彭城(今江苏徐州)人,宋武帝刘裕的侄子,袭爵为临川王,曾任南兖州刺史。

到。此中空论多而文章少，比较他们三个差得远了。三人中王弼二十余岁便死了，夏侯何二人皆为司马懿①所杀。因为他二人同曹操有关系，非死不可，犹曹操之杀孔融，也是借不孝做罪名的。

二人死后，论者多因其与魏有关而骂他，其实何晏值得骂的就是因为他是吃药的发起人。这种服散的风气，魏，晋，直到隋，唐，还存在着，因为唐时还有"解散方"②，即解五石散的药方，可以证明还有人吃，不过少点罢了。唐以后就没有人吃，其原因尚未详，大概因其弊多利少，和鸦片一样罢？

晋名人皇甫谧③作一书曰《高士传》，我们以为他很高超。但他是服散的，曾有一篇文章，自说吃散之苦。因为药性一发，稍不留心，即会丧命，至少也会受非常的苦痛，或要发狂；本来聪明的人，因此也会变成痴呆。所以非深知药性，会解救，而且家里的人多深知药性不可。晋朝人多是脾气很坏，高傲，发狂，性暴如火的，大约便是服药的缘故。比方有苍蝇扰他，竟至拔剑追赶；④就是说话，也要胡胡涂涂地才好，有时简直是近于发疯。但在晋朝更有以痴为好的，这大概也是服药的缘故。

魏末，何晏他们以外，又有一个团体新起，叫做"竹林名士"，也是七个，所以又称"竹林七贤"⑤。正始名士服药，竹林名士饮酒。竹林的代

---

① 司马懿（179—251） 字仲达，河内温县（今河南温县）人。初为曹操主簿，魏明帝时任大将军。齐王曹芳即位后，他专断国政；死后其子司马昭继为大将军，日谋篡位。咸熙二年（265），昭子司马炎代魏称帝，建立晋朝。按，夏侯玄是被司马师所杀，作者误记为司马懿。
② "解散方" 《唐书·经籍志》著录《解寒食散方》十三卷，徐叔和撰；《新唐书·艺文志》著录《解寒食方》十五卷，徐叔向撰。
③ 皇甫谧（215—282） 字士安，安定朝那（今甘肃平凉）人。晋朝初年屡征不出，著有《高士传》《逸士传》《玄晏春秋》等。《晋书·皇甫谧传》载有他的一篇上司马炎疏，其中自述因吃散而得的种种苦痛说："臣以尪弊，迷于道趣。……又服寒食药，违错节度，辛苦荼毒，于今七年。隆冬裸袒食冰，当暑烦闷，加以咳逆，或若温疟，或类伤寒，浮气流肿，四肢酸重。于今困劣，救命呼喻，父兄见出，妻息长诀。"
④ 关于拔剑逐蝇的故事，《三国志·魏书·梁习传》注引《魏略》："（王）思又性急，尝执笔作书，蝇集笔端，驱去复来，如是再三。思恚怒，自起逐蝇，不能得，还取笔掷地，踏坏之。"按，清代张英等所编《渊鉴类函》卷三一五《褊急》门载王思事，有"思自起拔剑逐蝇"的话，但未注明引用书名。按，王思，济阴（今山东定陶）人，正始中为大司农。
⑤ "竹林七贤" 《三国志·魏书·王粲传》内附述嵇康事略，裴注引《魏氏春秋》说："康寓居河内之山阳县，……与陈留阮籍、河内山涛、河南向秀、籍兄子咸、琅琊王戎、沛人刘伶相与友善，游于竹林，号为'七贤'。"《世说新语·任诞》亦有一则，说七人"常集于竹林之下，肆意酣畅，故世谓'竹林七贤'"参见第460页注③。

表是嵇康①和阮籍②。但究竟竹林名士不纯粹是喝酒的,嵇康也兼服药,而阮籍则是专喝酒的代表。但嵇康也饮酒,刘伶③也是这里面的一个。他们七人中差不多都是反抗旧礼教的。

这七人中,脾气各有不同。嵇阮二人的脾气都很大;阮籍老年时改得很好,嵇康就始终都是极坏的。

阮年青时,对于访他的人有加以青眼和白眼的分别④。白眼大概是全然看不见眸子的,恐怕要练习很久才能够。青眼我会装,白眼我却装不好。

后来阮籍竟做到"口不臧否人物"⑤的地步,嵇康却全不改变。结果阮得终其天年,而嵇竟丧于司马氏之手,与孔融何晏等一样,遭了不幸的杀害。这大概是因为吃药和吃酒之分的缘故:吃药可以成仙,仙是可以骄视俗人的;饮酒不会成仙,所以敷衍了事。

他们的态度,大抵是饮酒时衣服不穿,帽也不带。若在平时,有这种状态,我们就说无礼,但他们就不同。居丧时不一定按例哭泣;子之于父,是不能提父的名,但在竹林名士一流人中,子都会叫父的名号⑥。旧传下来的礼教,竹林名士是不承认的。即如刘伶——他曾做过一篇

---

① 嵇康(223—262)　字叔夜,谯国铚(今安徽宿县)人,诗人。《晋书·嵇康传》说:"康早孤,有奇才,远迈不群。……学不师受,博览无不该通,长好老庄。与魏宗室婚,拜中散大夫。常修养性服食(服药)之事,弹琴咏诗,自足于怀。……康善谈理,又能属文,其高情远趣,率然玄远。"他的著作,现存《嵇康集》十卷,有鲁迅校本。
② 阮籍(210—263)　字嗣宗,陈留尉氏(今河南尉氏)人,阮瑀之子,诗人,与嵇康齐名。仕魏为从事中郎、步兵校尉。《晋书·阮籍传》说他"博览群籍,尤好庄老。嗜酒能啸,善弹琴"。又说:"籍本有济世志,属魏晋之际,天下多故,名士少有全者,籍由是不与世事,遂酣饮为常。"他的著作,现存《阮籍集》十卷。
③ 刘伶(约221—约300)　字伯伦,沛国(今安徽濉溪)人。仕魏为建威参军。性放纵嗜酒,著有《酒德颂》,托言有大人先生,"止则操卮执觚,动则挈榼提壶,唯酒是务,焉知其余。"有"贵介公子,搢绅处士"在他的面前"陈说礼法",而他"方捧罂承槽,衔杯漱醪,奋髯箕踞,枕曲藉糟,无思无虑,其乐陶陶"。
④ 关于阮籍能为青白眼,见《晋书·阮籍传》:"籍又能为青白眼,见礼俗之士,以白眼对之。"他的母亲死了,"嵇喜来吊,籍作白眼,喜不怿而退。喜弟康闻之,乃赍酒挟琴造焉,籍大悦,乃见青眼。由是礼法之士疾之若雠。"
⑤ "口不臧否人物"　语出《晋书·阮籍传》:"籍虽不拘礼教,然发言玄远,口不臧否人物。"
⑥ 晋代常有子呼父名的例子,如《晋书·胡母辅之传》:"辅之正酣饮,谦之(辅之的儿子)窥而厉声曰:'彦国(辅之的号),年老不得为尔! 将令我尻背东壁。'辅之欢笑,呼入与共饮。"又《王蒙传》:"王蒙,字仲祖……美姿容,尝览镜自照,称其父字曰:'王文开生如此儿耶!'"

《酒德颂》,谁都知道——他是不承认世界上从前规定的道理的,曾经有这样的事,有一次有客见他,他不穿衣服。人责问他;他答人说,天地是我的房屋,房屋就是我的衣服,你们为什么进我的裤子中来?① 至于阮籍,就更甚了,他连上下古今也不承认,在《大人先生传》②里有说:"天地解兮六合开,星辰陨兮日月颓,我腾而上将何怀?"他的意思是天地神仙,都是无意义,一切都不要,所以他觉得世上的道理不必争,神仙也不足信,既然一切都是虚无,所以他便沉湎于酒了。然而他还有一个原因,就是他的饮酒不独由于他的思想,大半倒在环境。其时司马氏已想篡位,而阮籍名声很大,所以他讲话就极难,只好多饮酒,少讲话,而且即使讲话讲错了,也可以借醉得到人的原谅。只要看有一次司马懿求和阮籍结亲,而阮籍一醉就是两个月,没有提出的机会,③就可以知道了。

阮籍作文章和诗都很好,他的诗文虽然也慷慨激昂,但许多意思都是隐而不显的。宋的颜延之④已经说不大能懂,我们现在自然更很难看得懂他的诗了。他诗里也说神仙,但他其实是不相信的。嵇康的论文,比阮籍更好,思想新颖,往往与古时旧说反对。孔子说:"学而时习之,不亦说乎?"嵇康做的《难自然好学论》⑤,却道,人是并不好学的,假如一个人可以不做事而又有饭吃,就随便闲游不喜欢读书了,所以现在人之好学,是由于习惯和不得已。还有管叔蔡叔⑥,是疑心周公,率殷民叛,因而被诛,

---

① 关于刘伶裸形见客的事,《世说新语·任诞》载:"刘伶恒纵酒放达,或脱衣裸形在屋中,人见讥之。伶曰:'我以天地为栋宇,屋室为裈衣,诸君何为入我裈中?'"刘孝标注引邓粲《晋纪》所记略同。
② 《大人先生传》 阮籍借"大人先生"之口来抒写自己胸怀的一篇文章。这里所引的三句是"大人先生"所作的歌。
③ 关于阮籍借醉辞婚的故事,《晋书·阮籍传》载:"文帝(司马昭,鲁迅误记为司马懿)初欲为武帝(司马炎)求婚于籍,籍醉六十日,不得言而止。"
④ 颜延之(384—456) 字延年,琅琊临沂(今山东临沂)人,南朝宋诗人。官至金紫光禄大夫。《文选》卷二十三阮籍《咏怀》诗下,李善注引颜延之的话:"嗣宗身仕乱朝,常恐罹谤遇祸,因兹发咏,故每有忧生之嗟;虽志在刺讥,而文多隐避,百代之下,难以情测,故粗明大意,略其幽旨也。"
⑤ 《难自然好学论》 嵇康为反驳张邈(字辽叔)的《自然好学论》而作的一篇论文。
⑥ 管叔蔡叔 是周武王的两个兄弟。《史记·管蔡世家》说:"武王已克殷纣,平天下,封功臣昆弟。于是封叔鲜于管,封叔度于蔡,二人相纣子武庚禄父(按,禄父为武庚之名),治殷遗民。封叔旦于鲁而相周,为周公。……武王既崩,成王少,周公旦专王室。管叔、蔡叔疑周公之为不利于成王,乃挟武庚以作乱。周公旦承成王命伐诛武庚,杀管叔,而放蔡叔,迁之。"嵇康的《管蔡论》为管、蔡辩解,说"管、蔡皆服教殉义,忠诚自然。……周公践政,率朝诸侯。……而管、蔡服教,不达圣权,卒遇大变,不能自通。忠于乃心,思在王室。遂乃抗言率众,欲除国患"。

一向公认为坏人的。而嵇康做的《管蔡论》,就也反对历代传下来的意思,说这两个人是忠臣,他们的怀疑周公,是因为地方相距太远,消息不灵通。

但最引起许多人的注意,而且于生命有危险的,是《与山巨源绝交书》中的"非汤武而薄周孔"。司马懿因这篇文章,就将嵇康杀了①。非薄了汤武周孔,在现时代是不要紧的,但在当时却关系非小。汤武是以武定天下的;周公是辅成王的;孔子是祖述尧舜,而尧舜是禅让天下的。嵇康都说不好,那么,教司马懿篡位的时候,怎么办才是好呢?没有办法。在这一点上,嵇康于司马氏的办事上有了直接的影响,因此就非死不可了。嵇康的见杀,是因为他的朋友吕安不孝,连及嵇康,罪案和曹操的杀孔融差不多。魏晋,是以孝治天下的,不孝,故不能不杀。为什么要以孝治天下呢?因为天位从禅让,即巧取豪夺而来,若主张以忠治天下,他们的立脚点便不稳,办事便棘手,立论也难了,所以一定要以孝治天下。但倘只是实行不孝,其实那时倒不很要紧的,嵇康的害处是在发议论;阮籍不同,不大说关于伦理上的话,所以结局也不同。

但魏晋也不全是这样的情形,宽袍大袖,大家饮酒。反对的也很多。在文章上我们还可以看见裴𫖯的《崇有论》②,孙盛的《老子非大贤论》③,

---

① 《与山巨源绝交书》 山巨源,即"竹林七贤"之一的山涛(205—283),河内怀(今河南武陟)人。他在魏元帝(曹奂)景元年间投靠司马昭,曾任选曹郎,后将去职,欲举嵇康代任,康作书拒绝,并表示和他绝交,书中自说不堪受礼法的束缚,"又每非汤武而薄周孔,在人间不止,此事会显,世教所不容"。后来嵇康受朋友吕安案的牵连,钟会便乘机劝司马昭把他杀了。《三国志·魏书·王粲传》注引《魏氏春秋》叙述他被杀的经过说:"大将军(司马昭)尝欲辟(征召)康。康既有绝世之言,又从子不善,避之河东,或云避世。及山涛为选曹郎,举康自代,康答书拒绝,因自说不堪流俗而非薄汤武。大将军闻而怒焉。初,康与东平吕昭子巽及巽弟安亲善。会巽淫安妻徐氏,而诬安不孝,囚之。安引康为证,康义不负心,保明其事。安亦至烈,有济世志力。钟会劝大将军因此除之,遂杀安及康。康临刑自若,援琴而鼓,既而叹曰:'雅音于是绝矣!'时人莫不哀之。"按,杀嵇康的是司马昭,鲁迅误记为司马懿。

② 裴𫖯(267—300) 字逸民,河东闻喜(今山西闻喜)人。晋惠帝时为国子祭酒,兼右军将军,迁尚书左仆射,后为司马伦(赵王)所杀。《晋书·裴𫖯传》说:"𫖯深患时俗放荡,不尊儒术。何晏、阮籍素有高名于世,口谈浮虚,不遵礼法,尸禄耽宠,仕不事事;至王衍之徒,声誉太盛,位高势重,不以物务自婴,遂相仿效,风教陵迟,乃著《崇有》之论以释其蔽。"

③ 孙盛(约306—378) 字安国,太原中都(今山西平遥)人。曾任桓温参军,官至给事中。著有《魏氏春秋》《晋阳秋》等。他的《老聃非大贤论》,批评当时清谈家奉为宗主的老聃,用老聃自己的话证明他的学说的自相矛盾、不切实际,从而断定老聃并非大贤。

这些都是反对王何们的。在史实上,则何曾劝司马懿杀阮籍有好几回①,司马懿不听他的话,这是因为阮籍的饮酒,与时局的关系少些的缘故。

然而后人就将嵇康阮籍骂起来,人云亦云,一直到现在,一千六百多年。季札说:"中国之君子,明于礼义而陋于知人心。"②这是确的,大凡明于礼义,就一定要陋于知人心的,所以古代有许多人受了很大的冤枉。例如嵇阮的罪名,一向说他们毁坏礼教。但据我个人的意见,这判断是错的。魏晋时代,崇奉礼教的看来似乎很不错,而实在是毁坏礼教,不信礼教的。表面上毁坏礼教者,实则倒是承认礼教,太相信礼教。因为魏晋时所谓崇奉礼教,是用以自利,那崇奉也不过偶然崇奉,如曹操杀孔融,司马懿杀嵇康,都是因为他们和不孝有关,但实在曹操司马懿何尝是著名的孝子,不过将这个名义,加罪于反对自己的人罢了。于是老实人以为如此利用,亵渎了礼教,不平之极,无计可施,激而变成不谈礼教,不信礼教,甚至于反对礼教。——但其实不过是态度,至于他们的本心,恐怕倒是相信礼教,当作宝贝,比曹操司马懿们要迂执得多。现在说一个容易明白的比喻罢,譬如有一个军阀,在北方——在广东的人所谓北方和我常说的北方的界限有些不同,我常称山东山西直隶河南之类为北方——那军阀从前是压迫民党的,后来北伐军势力一大,他便挂起了青天白日旗,说自己已经信仰三民主义了,是总理的信徒。这样还不够,他还要做总理的纪念周。这时候,真的三民主义的信徒,去呢,不去呢?不去,他那里就可以说你反对三民主义,定罪,杀人。但既然在他的势力之下,没有别法,真的总理的信徒,倒会不谈三民主义,或者听人假惺惺的谈起来就皱眉,好像反对三民主义模样。所以我想,魏晋时所谓反对礼教的人,有许多大约也如此。

---

① 何曾(197—278) 字颖考,陈国阳夏(今河南太康)人。司马炎篡魏,他因劝进有功,拜太尉,封公爵。《晋书·何曾传》说:"时(按,当为魏高贵乡公即位初年)步兵校尉阮籍负才放诞,居丧无礼。曾面质籍于文帝(鲁迅误记为司马懿)座曰:'卿纵情背礼,败俗之人。今忠贤执政,综核名实,若卿之曹,不可长也。'因言于帝曰:'公方以孝治天下,而听阮籍以重哀(母丧)饮酒食肉于公座。宜摈四裔,无令污染华夏。'帝曰:'此子羸病若此,君不能为吾忍邪!'曾重引据,辞理甚切。帝虽不从,时人敬惮之。"

② "明于礼义而陋于知人心"二句,见《庄子·田子方》:"温伯雪子适齐,舍于鲁,鲁人有请见之者,温伯雪子曰:'不可,吾闻中国之君子,明乎礼义而陋于知人心,吾不欲见也。'"据唐代成玄英注:温伯,字雪子,春秋时楚国人。鲁迅误记为季札。

他们倒是迂夫子,将礼教当作宝贝看待的。

　　还有一个实证,凡人们的言论,思想,行为,倘若自己以为不错的,就愿意天下的别人,自己的朋友都这样做。但嵇康阮籍不这样,不愿意别人来模仿他。竹林七贤中有阮咸,是阮籍的侄子,一样的饮酒。阮籍的儿子阮浑也愿加入时,阮籍却道不必加入,吾家已有阿咸在,够了。① 假若阮籍自以为行为是对的,就不当拒绝他的儿子,而阮籍却拒绝自己的儿子,可知阮籍并不以他自己的办法为然。至于嵇康,一看他的《绝交书》,就知道他的态度很骄傲的;有一次,他在家打铁——他的性情是很喜欢打铁的——钟会来看他了,他只打铁,不理钟会。② 钟会没有意味,只得走了。其时嵇康就问他:"何所闻而来,何所见而去?"钟会答道:"闻所闻而来,见所见而去。"这也是嵇康杀身的一条祸根。但我看他做给他的儿子看的《家诫》③——当嵇康被杀时,其子方十岁,算来当他做这篇文章的时候,他的儿子是未满十岁的——就觉得宛然是两个人。他在《家诫》中教他的儿子做人要小心,还有一条一条的教训。有一条是说长官处不可常去,亦不可住宿;官长送人们出来时,你不要在后面,因为恐怕将来官长惩办坏人时,你有暗中密告的嫌疑。又有一条是说宴饮时候有人争论,你可立刻走开,免得在旁批评,因为两者之间必有对与不对,不批评则不像样,

---

① 阮籍不愿儿子效法自己的事,见《晋书·阮籍传》:"(籍)子浑,字长成,有父风,少慕通达,不饰小节,籍谓曰:'仲容已豫吾此流,汝不得复尔。'"又《世说新语·任诞》也载有此事。按,阮咸,字仲容,阮籍兄阮熙之子。

② 嵇康怠慢钟会,见《晋书·嵇康传》:"(康)性绝巧而好锻(打铁)。宅中有一柳树甚茂,乃激水圜之,每夏月,居其下以锻。"又说:"初,康居贫,尝与向秀共锻于大树之下,以自赡给。颍川钟会,贵公子也,精练有才辩,故往造焉。康不为之礼,而锻不辍。良久会去,康谓曰:'何所闻而来,何所见而去?'会曰:'闻所闻而来,见所见而去。'会以此憾之。"按,钟会(225—264),字士季,颍川长社(今河南长葛)人。司马昭的重要谋士,官至左徒。魏常道乡公景元三年(262)拜镇西将军,次年统兵伐蜀,蜀平后谋反,被杀。

③ 《家诫》 见《嵇康集》卷十。鲁迅所举的这几条的原文是:"君子用心,所欲准行,自当量其善者,必拟议而后动。……所居长吏,但宜敬之而已矣,不当极亲密,不宜数往;往当有时。其有众人,又不当独在后,又不当宿。所以然者,长吏喜问外事,或时发举,则怨者谓人所说,无以自免也。……若会酒坐,见人争语,其形势似欲转盛,便当舍去之。此将斗之兆也。坐视必见曲直,傥不能不有言,有言必是在一人;其不是者方自谓为直,则谓曲我者有私于彼,便怨之情生矣;或便获悖辱之言。……又慎不须离楼,强劝人酒,不饮自己;若人来劝己,辄当为持之,勿稍逆也。"(据鲁迅校本)按,嵇康的儿子名绍,字延祖,《晋书·嵇绍传》说他"十岁而孤"。

一批评就总要是甲非乙,不免受一方见怪。还有人要你饮酒,即使不愿饮也不要坚决地推辞,必须和和气气的拿着杯子。我们就此看来,实在觉得很希奇:嵇康是那样高傲的人,而他教子就要他这样庸碌。因此我们知道,嵇康自己对于他自己的举动也是不满足的。所以批评一个人的言行实在难,社会上对于儿子不像父亲,称为"不肖",以为是坏事,殊不知世上正有不愿意他的儿子像自己的父亲哩。试看阮籍嵇康,就是如此。这是,因为他们生于乱世,不得已,才有这样的行为,并非他们的本态。但又于此可见魏晋的破坏礼教者,实在是相信礼教到固执之极的。

不过何晏王弼阮籍嵇康之流,因为他们的名位大,一般的人们就学起来,而所学的无非是表面,他们实在的内心,却不知道。因为只学他们的皮毛,于是社会上便很多了没意思的空谈和饮酒。许多人只会无端的空谈和饮酒,无力办事,也就影响到政治上,弄得玩"空城计",毫无实际了。在文学上也这样,嵇康阮籍的纵酒,是也能做文章的,后来到东晋,空谈和饮酒的遗风还在,而万言的大文如嵇阮之作,却没有了。刘勰①说:"嵇康师心以遣论,阮籍使气以命诗。"这"师心"和"使气",便是魏末晋初的文章的特色。正始名士和竹林名士的精神灭后,敢于师心使气的作家也没有了。

到东晋,风气变了。社会思想平静得多,各处都夹入了佛教的思想。再至晋末,乱也看惯了,篡也看惯了,文章便更和平。代表平和的文章的人有陶潜②。他的态度是随便饮酒,乞食,高兴的时候就谈论和作文章,无尤无怨。所以现在有人称他为"田园诗人",是个非常和平的田园诗人。他的态度是不容易学的,他非常之穷,而心里很平静。家常无米,就

---

① 刘勰(约465—约532) 字彦和,南东莞(今江苏镇江)人,南朝梁文艺理论家。曾任步兵校尉,晚年出家。著有《文心雕龙》。这里所引的两句,见于该书《才略》篇。
② 陶潜(约372—427) 又名渊明,字元亮,浔阳柴桑(今江西九江)人,晋代诗人。曾任彭泽令,因不满当时政治的黑暗和官场的虚伪,辞官归隐。著作有《陶渊明集》。梁代钟嵘在《诗品》中称他为"古今隐逸诗人之宗","五四"以后又常被人称为"田园诗人"。他在《乞食》一诗中说:"饥来驱我去,不知竟何之。行行至斯里,叩门拙言辞。主人解余意,遗赠岂虚来。谈谐终日夕,觞至辄倾杯。……衔戢知何谢,冥报以相贻。"又南朝宋檀道鸾《续晋阳秋》说:"江州刺史王弘造渊明,无履,弘从人脱履以给之。弘语左右为彭泽作履,左右请履度,渊明于众坐伸脚,及履至,著而不疑。""采菊东篱下"句见他所作的《饮酒》诗第五首。

去向人家门口求乞。他穷到有客来见,连鞋也没有,那客人给他从家丁取鞋给他,他便伸了足穿上了。虽然如此,他却毫不为意,还是"采菊东篱下,悠然见南山"。这样的自然状态,实在不易模仿。他穷到衣服也破烂不堪,而还在东篱下采菊,偶然抬起头来,悠然的见了南山,这是何等自然。现在有钱的人住在租界里,雇花匠种数十盆菊花,便做诗,叫作"秋日赏菊效陶彭泽体",自以为合于渊明的高致,我觉得不大像。

陶潜之在晋末,是和孔融于汉末与嵇康于魏末略同,又是将近易代的时候。但他没有什么慷慨激昂的表示,于是便博得"田园诗人"的名称。但《陶集》里有《述酒》一篇,是说当时政治的。① 这样看来,可见他于世事也并没有遗忘和冷淡,不过他的态度比嵇康阮籍自然得多,不至于招人注意罢了。还有一个原因,先已说过,是习惯。因为当时饮酒的风气相沿下来,人见了也不觉得奇怪,而且汉魏晋相沿,时代不远,变迁极多,既经见惯,就没有大感触,陶潜之比孔融嵇康和平,是当然的。例如看北朝的墓志,官位升进,往往详细写着,再仔细一看,他是已经经历过两三个朝代了,但当时似乎并不为奇。

据我的意思,即使是从前的人,那诗文完全超于政治的所谓"田园诗人""山林诗人",是没有的。完全超出于人间世的,也是没有的。既然是超出于世,则当然连诗文也没有。诗文也是人事,既有诗,就可以知道于世事未能忘情。譬如墨子兼爱,杨子为我。② 墨子当然要著书;杨子就一定不著,这才是"为我"。因为若做出书来给别人看,便变成"为人"了。

由此可知陶潜总不能超于尘世,而且,于朝政还是留心,也不能忘掉

---

① 陶潜的《述酒》诗,据南宋汤汉的注语,以为它是为当时最重大的政治事变——晋宋易代而作,注语中说:"晋元熙二年(420)六月,刘裕废恭帝(司马德文)为零陵王,明年,以毒酒一罂授张伟使酖王,伟自饮而卒;继又令兵人逾垣进药,王不肯饮,遂掩杀之。此诗所为作,故以《述酒》名篇也。诗辞尽隐语,故观者弗省。……予反复详考,而后知决为零陵哀诗也。"(见《陶靖节诗注》卷三)

② 墨子　参见第301页注④。他认为"天下兼相爱则治,交相恶则乱",提倡"兼爱"的学说。现存《墨子》书中有《兼爱》上中下三篇。杨子(约前395—约前335),即杨朱,战国时代思想家。他的学说的中心为"为我",《孟子·尽心(上)》说:"杨子取为我,拔一毛而利天下,不为也。"他没有著作留传下来,后人仅能从先秦书中略知他的学说的大概。

"死",这是他诗文中时时提起的①。用别一种看法研究起来,恐怕也会成一个和旧说不同的人物罢。

自汉末至晋末文章的一部分的变化与药及酒之关系,据我所知的大概是这样。但我学识太少,没有详细的研究,在这样的热天和雨天费去了诸位这许多时光,是很抱歉的。现在这个题目总算是讲完了。

【讲析】

1927年7月23日,鲁迅到广州夏期学术演讲会讲演两个小时,题为《魏晋风度及文章与药及酒之关系》,同月26日又前往讲演两小时,是同一题目,都由许广平即时翻译成粤语。后整理成文。题目就非同一般,把所论及的四种现象联系起来谈,梳理其彼此之关系,其实就是一部微缩版的魏晋"文学生活史",理出了魏晋文风与文坛风气从清峻、通脱、清谈、慷慨,再到平淡的变化过程。该文聚焦于"吃药"与"饮酒"的现象,追溯当时的社会状况与文人心理,推测古人内心和行为方式的特殊性,知人论世,知人论文,揭开一些文学史之谜。演讲的是个大题目,要在短短的一两个小时论说清楚,即使行外的听众与读者,也会很有兴趣,真是举重若轻的大手笔。该文对后起的中国文学史研究有巨大的影响。如著名学者王瑶在他的《中古文学史论》重版后记中就说,他研究中古文学史的思路和方法,是深深受到鲁迅这篇文章的影响的。

演讲分四个部分。开始论说汉末魏初曹操专权,严立法,尚刑名,他本人也是"改造文章的祖师",喜简约严明,这就促成清峻通脱文风的形成。而到了曹丕,主张诗赋不必寓教训,要"以气为主",创作便趋于华丽。和他同一时期的"建安七子",因多感天下大乱,生死无常,文章则带悲凉、慷慨。其后文人又多转为清谈与吃药,鲁迅重点描述了何晏等人吃药"散发"的状况,原来《世说新语》所写所谓"宽袍大袖""扪虱而谈""居

---

① 陶潜诗文中提到"死"的地方很多,如《己酉岁九月九日》中说:"万化相寻绎,人生岂不劳。从古皆有没,念之心中焦。"又《与子俨等疏》中说:"天地赋命,生必有死;自古圣贤,谁能独免。"等等。

丧无礼"等种种放诞不羁的言行,都与此有关。文中重点评述阮籍和嵇康的高傲和真实,纵酒为文,"师心使气",指出他们其实是"破坏礼教者"。再到晋末,"乱也看惯了,篡也看惯了,文章便更和平",没有大感触。而代表"和平"的诗人就是陶潜,虽不能超于尘世,也不再有慷慨激昂的表示,于是便博得"田园诗人"的名称。

鲁迅注重从时代社会的变迁去观察特定时代的"文学生活史",注意到世情人心如何影响文人的思想行为,并折射到文学,形成不同的创作审美趋向。他还有一个"绝招",就是从复杂的历史中提取有本质意义的"现象",比如"吃药"和"纵酒"的"现象",分析其背后的社会动因以及普遍的心理状态。鲁迅对于"现象"的分析往往给出"命名"式的解释。比如评论曹操是个"很有本事的人,至少是一个英雄","也是一个改造文章的祖师"。说曹丕"文以气为主",不重教化,是倡导了"文学的自觉时代"。认为"诗文完全超于政治的所谓'田园诗人''山林诗人',是没有的。……诗文也是人事,既有诗,就可以知道于世事未能忘情。"这看法就和一般评价陶渊明的"旧说"不同。

鲁迅这篇学术性的演讲最让人佩服的是"史识"。所谓知人论世,知人论文,就是紧密结合作家作品所处的时代和个人的性格经历,深入人心和人性的深层,去理解"文学生活"及创作之关系,解释文风的嬗变,道破所谓名士、礼教背后的隐秘心理。

鲁迅在评说古人时,还不时联系兼顾现实。比如说魏晋时崇奉礼教,其实是毁坏礼教,是以礼教自利。如曹操杀孔融,借用了"不孝"这个罪名,但实在曹操何尝信奉礼教?这里就联系到当时北方军阀借用三民主义给人定罪、杀人的现象。

鲁迅 1928 年 12 月 30 日在给陈濬信中谈到"在今笔墨生涯,亦殊非生活之道,以此得活者,岂诚学术才力有以致之欤?种种事故,综错滋多,虽曰著作,实处荆棘。弟在广州之谈魏晋事,盖实有慨而言"。可见他做这篇演讲也不完全是谈学术,而是带进有现实的感慨与批判。

关于知识阶级[*]

我到上海约二十多天,这回来上海并无什么意义,只是跑来跑去偶然跑到上海就是了。

我没有什么学问和思想,可以贡献给诸君。但这次易先生①要我来讲几句话;因为我去年亲见易先生在北京和军阀官僚怎样奋斗;而且我也参与其间,所以他要我来,我是不得不来的。

我不会讲演,也想不出什么可讲的,讲演近于做八股,是极难的,要有讲演的天才才好,在我是不会的。终于想不出什么,只能随便一谈;刚才谈起中国情形,说到"知识阶级"四字,我想对于知识阶级发表一点个人的意见,只是我并不是站在引导者的地位,要诸君都相信我的话,我自己走路都走不清楚,如何能引导诸君?

"知识阶级"一辞是爱罗先珂(V. Eroshenko)七八年前讲演"知识阶级及其使命"②时提出的,他骂俄国的知识阶级,也骂中国的知识阶级,中国人于是也骂起知识阶级来了;后来便要打倒知识阶级,再利害一点甚至于要杀知识阶级了。知识就仿佛是罪恶,但是一方面虽有人骂知识阶级;

---

* 本文系鲁迅在国立劳动大学的演讲记录稿,最初发表于 1927 年 11 月 13 日上海《国立劳动大学周刊》第五期。原有副题"鲁迅先生演讲",下署"黄河清笔记"。文末注明:"十月二十八日下午三时在江湾劳动大学",但据鲁迅日记,演讲时间应为 10 月 25 日下午。演讲记录稿发表前经过鲁迅校阅。后收入《集外集拾遗补编》。国立劳动大学,以国民党西山会议派为背景,标榜无政府主义的一所半工半读学校。1927 年创办,1933 年停办。

① **易先生** 即易培基(1880—1937),字寅村,湖南长沙人。1924 年 11 月、1925 年 12 月两次担任短时期的北洋政府教育总长。他支持北京女子师范大学学生运动,该校复校后曾兼任校长。1927 年任上海国立劳动大学校长。

② **"知识阶级及其使命"** 俄国作家爱罗先珂在北京的一次讲演的题目。记录稿最初连载于 1922 年 3 月 6 日、7 日《晨报副刊》,题为《知识阶级的使命》。

一方面却又有人以此自豪:这种情形是中国所特有的,所谓俄国的知识阶级,其实与中国的不同,俄国当革命以前,社会上还欢迎知识阶级。为什么要欢迎呢?因为他确能替平民抱不平,把平民的苦痛告诉大众。他为什么能把平民的苦痛说出来?因为他与平民接近,或自身就是平民。几年前有一位中国大学教授,他很奇怪,为什么有人要描写一个车夫的事情,①这就因为大学教授一向住在高大的洋房里,不明白平民的生活。欧洲的著作家往往是平民出身,(欧洲人虽出身穷苦,也能做文章;这因为他们的文字容易写,中国的文字却不容易写了。)所以也同样的感受到平民的苦痛,当然能痛痛快快写出来为平民说话,因此平民以为知识阶级对于自身是有益的;于是赞成他,到处都欢迎他,但是他们既受此荣誉,地位就增高了,而同时却把平民忘记了,变成一种特别的阶级。那时他们自以为了不得,到阔人家里去宴会,钱也多了,房子东西都要好的,终于与平民远远的离开了。他享受了高贵的生活,就记不起从前一切的贫苦生活了。——所以请诸位不要拍手,拍了手把我的地位一提高,我就要忘记了说话的。他不但不同情于平民,或许还要压迫平民,以致变成了平民的敌人,现在贵族阶级不能存在;贵族的知识阶级当然也不能站住了,这是知识阶级缺点之一。

还有知识阶级不可免避的运命,在革命时代是注重实行的,动的;思想还在其次,直白地说:或者倒有害。至少我个人的意见如此的。唐朝奸臣李林甫有一次看兵操练很勇敢,就有人对着他称赞。他说:"兵好是好,可是无思想",这话很不差。② 因为兵之所以勇敢,就在没有思想,要是有了思想,就会没有勇气了。现在倘叫我去当兵,要我去革命,我一定不去,因为明白了利害是非,就难于实行了。有知识的人,讲讲柏拉图(Plato)讲讲苏格拉底(Socrates)③是不会有危险的。讲柏拉图可以讲一

---

① 指东南大学教授吴宓。
② 李林甫疑为许敬宗之误。唐代刘悚《隋唐嘉话》卷中:"太宗之征辽,作飞梯临其城。有应募为梯首,城中矢石如雨,而竟为先登。英公指谓中书舍人许敬宗曰:'此人岂不大健?'敬宗曰:'健即大健,要是不解思量。'"
③ 苏格拉底(Socratēs,前469—前399)   古希腊哲学家,被雅典政府以传播异说的罪名指控处死。

年,讲苏格拉底可以讲三年,他很可以安安稳稳地活下去,但要他去干危险的事情,那就很费踌躇。譬如中国人,凡是做文章,总说"有利然而又有弊",这最足以代表知识阶级的思想。其实无论什么都是有弊的,就是吃饭也是有弊的,它能滋养我们这方面是有利的;但是一方面使我们消化器官疲乏,那就不好而有弊了。假使做事要面面顾到,那就什么事都不能做了。

还有,知识阶级对于别人的行动,往往以为这样也不好,那样也不好。先前俄国皇帝杀革命党,他们反对皇帝;后来革命党杀皇族,他们也起来反对。问他怎么才好呢?他们也没办法。所以在皇帝时代他们吃苦,在革命时代他们也吃苦,这实在是他们本身的缺点。

所以我想,知识阶级能否存在还是个问题。知识和强有力是冲突的,不能并立的;强有力不许人民有自由思想,因为这能使能力分散,在动物界有很明显的例;猴子的社会是最专制的,猴王说一声走,猴子都走了。在原始时代酋长的命令是不能反对的,无怀疑的,在那时酋长带领着群众并吞衰小的部落;于是部落渐渐的大了,团体也大了。一个人就不能支配了。因为各个人思想发达了,各人的思想不一,民族的思想就不能统一,于是命令不行,团体的力量减小,而渐趋灭亡。在古时野蛮民族常侵略文明很发达的民族,在历史上是常见的。现在知识阶级在国内的弊病,正与古时一样。

英国罗素(Russel)[①]法国罗曼·罗兰(R. Rolland)[②]反对欧战,大家以为他们了不起,其实幸而他们的话没有实行,否则德国早已打进英国和法国了;因为德国如不能同时实行非战,是没有办法的。俄国托尔斯泰(Tolstoi)的无抵抗主义之所以不能实行,也是这个原因。他不主张以恶报恶的,他的意思是皇帝叫我们去当兵,我们不去当兵,叫警察去捉,他不捉;叫刽子手去杀,他不去杀,大家都不听皇帝的命令,他也没有兴趣;那末做皇帝也无聊起来,天下也就太平了。然而如果一部分的人偏听皇

[①] 罗素　在第一次世界大战时,他反对英国参战,因而被解除剑桥大学教职;之后又因反对征兵,被判监禁四个月。

[②] 罗曼·罗兰　在第一次世界大战时,他曾发表《站在斗争之上》等文,反对帝国主义战争。

帝的话,那就不行。

我从前也很想做皇帝,后来在北京去看到宫殿的房子都是一个刻板的格式,觉得无聊极了。所以我皇帝也不想做了。做人的趣味在和许多朋友有趣的谈天,热烈的讨论。做了皇帝,口出一声,臣民都下跪,只有不绝声的——Yes①,Yes,那有什么趣味?但是还有人做皇帝,因为他和外界隔绝,不知外面还有世界!

总之,思想一自由,能力要减少,民族就站不住,他的自身也站不住了。现在思想自由和生存还有冲突,这是知识阶级本身的缺点。

然而知识阶级将什么样呢?还是在指挥刀下听令行动,还是发表倾向民众的思想呢?要是发表意见,就要想到什么就说什么。真的知识阶级是不顾利害的,如想到种种利害,就是假的,冒充的知识阶级;只是假知识阶级的寿命倒比较长一点。像今天发表这个主张,明天发表那个意见的人,思想似乎天天在进步;只是真的知识阶级的进步,决不能如此快的。不过他们对于社会永不会满意的,所感受的永远是痛苦,所看到的永远是缺点,他们预备着将来的牺牲,社会也因为有了他们而热闹,不过他的本身——心身方面总是苦痛的;因为这也是旧式社会传下来的遗物。至于诸君,是与旧的不同,是二十世纪初叶青年,如在劳动大学一方读书,一方做工,这是新的境遇;或许可以造成新的局面,但是环境还是老样子,着着逼人堕落,倘不与这老社会奋斗,还是要回到老路上去的。

譬如从前我在学生时代不吸烟,不吃酒,不打牌,没有一点嗜好;后来当了教员,有人发传单说我抽鸦片。我很气,但并不辩明,为要报复他们,前年我在陕西就真的抽一回鸦片,看他们怎样?此次来上海有人在报纸上说我来开书店;又有人说我每年版税有一万多元。但是我也并不辩明;但曾经自己想,与其负空名,倒不如真的去赚这许多进款。

还有一层,最可怕的情形,就是比较新的思想运动起来时,如与社会无关,作为空谈,那是不要紧的,这也是专制时代所以能容知识阶级存在的原故。因为痛哭流泪与实际是没有关系的,只是思想运动变成实际的

---

① Yes 英语:是。

社会运动时,那就危险了。往往反为旧势力所扑灭。中国现在也是如此,这现象,革新的人称之为"反动"。我在文艺史上,却找到一个好名辞,就是 Renaissance①,在意大利文艺复兴的意义,是把古时好的东西复活,将现存的坏的东西压倒,因为那时候思想太专制腐败了,在古时代确实有些比较好的;因此后来得到了社会上的信仰。现在中国顽固派的复古,把孔子礼教都拉出来了,但是他们拉出来的是好的么?如果是不好的,就是反动,倒退,以后恐怕是倒退的时代了。

还有,中国人现在胆子格外小了,这是受了共产党的影响。人一听到俄罗斯,一看见红色,就吓得一跳;一听到新思想,一看到俄国的小说,更其害怕,对于较特别的思想,较新思想尤其丧心发抖,总要仔仔细细底想,这有没有变成共产思想的可能性?!这样的害怕,一动也不敢动,怎样能够有进步呢?这实在是没有力量的表示,比如我们吃东西,吃就吃,若是左思右想,吃牛肉怕不消化,喝茶时又要怀疑,那就不行了,——老年人才是如此;有力量,有自信力的人是不至于此的。虽是西洋文明罢,我们能吸收时,就是西洋文明也变成我们自己的了。好像吃牛肉一样,决不会吃了牛肉自己也即变成牛肉的,要是如此胆小,那真是衰弱的知识阶级了,不衰弱的知识阶级,尚且对于将来的存在不能确定;而衰弱的知识阶级是必定要灭亡的。从前或许有,将来一定不能存在的。

现在,比较安全一点的,还有一条路,是不做时评而做艺术家。要为艺术而艺术②。住在"象牙之塔"③里,目下自然要比别处平安。就我自己来说罢,——有人说我只会讲自己,这是真的。我先前独自住在厦门大学的一所静寂的大洋房里;到了晚上,我总是孤思默想,想到一切,想到世界怎样,人类怎样,我静静地思想时,自己以为很了不得的样子;但是给蚊子一咬,跳了一跳,把世界人类的大问题全然忘了,离不开的还是我本身。

就我自己说起来,是早就有人劝我不要发议论,不要做杂感,你还是

---

① Renaissance 英语:文艺复兴。14世纪至15世纪兴起的西方新兴资产阶级反对封建主义和宗教神权的思想文化运动。最初开始于意大利,后来扩及德、法、英、荷等欧洲国家。这个运动以复兴久被湮没的古希腊、罗马文化为口号,因而得名。
② 为艺术而艺术 参见第455页注⑤。
③ "象牙之塔" 参见第282页注④。

创作去吧！因为做了创作在世界史上有名字,做杂感是没有名字的。其实就是我不做杂感,世界史上,还是没有名字的,这得声明一句,是：这些劝我做创作,不要写杂感的人们之中,有几个是别有用意,是被我骂过的。所以要我不再做杂感。但是我不听他,因此在北京终于站不住了,不得不躲到厦门的图书馆上去了。

艺术家住在象牙塔中,固然比较地安全,但可惜还是安全不到底。秦始皇,汉武帝想成仙,终于没有成功而死了。危险的临头虽然可怕,但别的运命说不定,"人生必死"的运命却无法逃避,所以危险也仿佛用不着害怕似的。但我并不想劝青年得到危险,也不劝他人去做牺牲,说为社会死了名望好,高巍巍的镌起铜像来。自己活着的人没有劝别人去死的权利,假使你自己以为死是好的,那末请你自己先去死吧。诸君中恐有钱人不多罢。那末,我们穷人唯一的资本就是生命。以生命来投资,为社会做一点事,总得多赚一点利才好;以生命来做利息很小的牺牲,是不值得的。所以我从来不叫人去牺牲,但也不要再爬进象牙之塔和知识阶级里去了,我以为这是最稳当的一条路。

至于有一班从外国留学回来,自称知识阶级,以为中国没有他们就要灭亡的,却不在我所论之内,像这样的知识阶级,我还不知道是些什么东西？！

今天的说话很没有伦次,望诸君原谅！

【讲析】

鲁迅对于知识分子的社会功能、特点与弱点有过许多论述,这篇演讲比较集中地谈知识分子的问题。鲁迅从俄国的知识阶级谈起,指出知识分子如果接近平民,"替平民抱不平","能把平民的苦痛说出来",是受到欢迎的。但当时中国有些知识分子却不同,他们"变成一种特别的阶级",远离了平民,发表一些与社会无关的空谈,这是缺点之一。还有,就是革命时代"注重实行的",而知识阶级缺少行动力,样样兼顾,犹疑不定,"那就什么事都不能做了"。鲁迅很尖锐地指出知识分子"在皇帝时代他们吃苦,在革命时代他们也吃苦,这实在是他们本身的缺点"。

鲁迅进一步深入探讨知识分子的"存在"问题。他认为"知识和强有力是冲突的",知识分子要的是思想自由,但"思想一自由,能力要减少",鲁迅认为这也是很难避免的缺点。但是鲁迅对于知识分子还是有期待,认为"真的知识阶级是不顾利害的","他们对于社会永不会满意的,所感受的永远是痛苦,所看到的永远是缺点,他们预备着将来的牺牲,社会也因为有了他们而热闹",不过"他们本身——心身方面总是苦痛的"。鲁迅对于知识分子的社会批判性和独立思考的功能是充分肯定的。有些人总以为鲁迅写杂文批判现实是浪费精力,还不如创作文学作品可以留名,但鲁迅还是要坚持写杂文,因为这是"为社会做一点事",也就是知识分子的使命罢。

演讲中鲁迅还谈及知识分子的文化自信问题。他说:对于外来的思想文化不能怕这怕那,神经衰弱,"这实在是没有力量的表示,比如我们吃东西,吃就吃,若是左思右想,吃牛肉怕不消化,喝茶时又要怀疑,那就不行了,——老年人才是如此;有力量,有自信力的人是不至于此的。虽是西洋文明罢,我们能吸收时,就是西洋文明也变成我们自己的了。好像吃牛肉一样,决不会吃了牛肉自己也即变成牛肉的,要是如此胆小,那真是衰弱的知识阶级了"。

1930年五十寿辰时摄

流氓的变迁*

孔墨都不满于现状，要加以改革，但那第一步，是在说动人主，而那用以压服人主的家伙，则都是"天"①。

孔子之徒为儒，墨子之徒为侠②。"儒者，柔也"③，当然不会危险的。惟侠老实，所以墨者的末流，至于以"死"④为终极的目的。到后来，真老实的逐渐死完，止留下取巧的侠，汉的大侠，就已和公侯权贵相馈赠，⑤以备危急时来作护符之用了。

司马迁说："儒以文乱法，而侠以武犯禁"⑥，"乱"之和"犯"，决不是"叛"，不过闹点小乱子而已，而况有权贵如"五侯"⑦者在。

"侠"字渐消，强盗起了，但也是侠之流，他们的旗帜是"替天行道"。

---

* 本文最初发表于1930年1月1日上海《萌芽月刊》第一卷第一期，后收入《三闲集》。
① "天" 指儒、墨两家著作中的所谓"天命""天意"。如《论语·季氏》："君子有三畏：畏天命，畏大人，畏圣人之言。"《墨子·天志》："顺天意者兼相爱，交相利，必得赏。反天意者别相恶，交相贼，必得罚。"
② 墨子 参见第301页注④。他的言行，经他的弟子及后学辑入《墨子》一书。墨子之徒多尚武。他死后，该学派起分化，以宋钘、许行等为代表的正统派，到秦汉时演化成为游侠。
③ "儒者，柔也" 见许慎《说文解字》："儒者，柔也，术士之称。"
④ "死" 指游侠中流行的所谓"其言必信，其行必果，已诺必诚，不爱其躯"（见《史记·游侠列传》）的一种侠义精神。这些游侠往往为某些权贵所豢养。"士为知己者死"是他们的道德观念。
⑤ 汉代的大侠多和权贵交往勾结，如《汉书·游侠传》载，陈遵"居长安中，列侯近臣贵戚皆贵重之。牧守当之官，及郡国豪杰至京师者，莫不相因到门"。
⑥ "儒以文乱法，而侠以武犯禁" 语出《韩非子·五蠹》。司马迁在《史记·游侠列传》中也曾引用此语。
⑦ "五侯" 汉成帝（刘骜）河平二年（前27），外戚王谭、王逢时、王根、王立、王商兄弟五人同日封侯，当时称为"五侯"。据《汉书·游侠传》载，"五侯"豢养许多儒侠之士，其中大侠楼护（君卿）最受信用，是"五侯上客"。

他们所反对的是奸臣,不是天子,他们所打劫的是平民,不是将相。李逵劫法场①时,抡起板斧来排头砍去,而所砍的是看客。一部《水浒》,说得很分明:因为不反对天子,所以大军一到,便受招安,替国家打别的强盗——不"替天行道"②的强盗去了。终于是奴才。

满洲入关,中国渐被压服了,连有"侠气"的人,也不敢再起盗心,不敢指斥奸臣,不敢直接为天子效力,于是跟一个好官员或钦差大臣,给他保镖,替他捕盗,一部《施公案》③,也说得很分明,还有《彭公案》④《七侠五义》⑤之流,至今没有穷尽。他们出身清白,连先前也并无坏处,虽在钦差之下,究居平民之上,对一方面固然必须听命,对别方面还是大可逞雄,安全之度增多了,奴性也跟着加足。

然而为盗要被官兵所打,捕盗也要被强盗所打,要十分安全的侠客,是觉得都不妥当的,于是有流氓。和尚喝酒他来打,男女通奸他来捉,私娼私贩他来凌辱,为的是维持风化;乡下人不懂租界章程他来欺侮,为的是看不起无知;剪发女人他来嘲骂,社会改革者他来憎恶,为的是宝爱秩序。但后面是传统的靠山,对手又都非浩荡的强敌,他就在其间横行过去。现在的小说,还没有写出这一种典型的书,惟《九尾龟》⑥中的章秋谷,以为他给妓女吃苦,是因为她要敲人们竹杠,所以给以惩罚之类的叙述,约略近之。

由现状再降下去,大概这一流人将成为文艺书中的主角了,我在等候

---

① 李逵劫法场　见一百二十回本《水浒传》第四十回。
② 《水浒》　即《水浒传》,元末明初施耐庵作,是一部以北宋宋江领导的农民起义为题材的长篇小说。书中有宋江受朝廷招安后又去镇压方腊等农民起义军的情节。"替天行道"是宋江一贯打着的旗号。
③ 《施公案》　清代公案小说,作者不详,共九十七回。写康熙年间施仕纶官江都知县至漕运总督时,黄天霸为他办案的故事,1838年印行。
④ 《彭公案》　清代公案小说,署贪梦道人作,共一百回。写康熙年间一帮江湖侠客为三河知县彭鹏办案的故事,1891年印行。
⑤ 《七侠五义》　原名《三侠五义》,清代侠义小说,署石玉昆述,入迷道人编订,共一百二十回。1879年印行,后经俞樾修订,1889年重印,改名《七侠五义》。前半部主要写包拯审案的故事,后半部主要写江湖侠客的活动。
⑥ 《九尾龟》　张春帆作,描写妓女生活的小说,1910年出版。

"革命文学家"张资平①"氏"的近作。

【讲析】

鲁迅慧眼如炬,纵观两千多年的流氓变迁史。原先墨子之徒为"侠",有"其言必信,其行必果,已若必诚,不爱其躯"的侠义精神。到了汉代,大侠就取巧堕落,成为公侯权贵应急时的护身符。之后"侠"又转而为"盗",像《水浒传》中诸多所谓"替天行道"的好汉,不过是替"天子"打别的强盗而已,"终于是奴才"。特别是满洲入关之后,连"替天行道"也都做不成,侠义完全消失了,"奴性也跟着加足",于是便出现许多流氓,无非是仗势凌弱的无赖之流。

鲁迅用几百字勾勒了从"侠"变"盗",再到"流氓"的历史线索,虽然粗略,不无偏执,却是极明快地抓住了历史的本质,看出精神蜕化的趋势。文章的矛头是指向当时文坛"流氓"成堆的现象的。其中涉及当时的"革命文学"论争,创造社等一些激进的作家围攻鲁迅,指斥鲁迅为"时代的落伍者"甚至"反革命",鲁迅此文是对这种指斥的反击。张资平是创造社早期成员,写过很多三角恋爱的小说,鲁迅讥讽他"转向"了"革命文学家"。但今天阅读此文,应当能超越历史上论争的是非,从鲁迅对中国传统"侠"文化的评析中得到启发。鲁迅最反感的是中国知识分子的"无特操",也就是流氓性。

当今学界依然存在动辄打棍子扣帽子的"文痞",文学作品中也有张扬"我是流氓我怕谁"的,足见流氓文化远未绝迹。

---

① 张资平(1893—1959) 广东梅县人,创造社早期成员,抗日战争时期任汪伪政府农矿部技正和日伪"兴亚建国运动"的"文化委员会"主席。他写过大量三角恋爱小说,在革命文学论争中,自称"转换方向"。他在自己主编的《乐群》月刊第二卷第十二期(1929年12月)的《编后》中,攻击《拓荒者》《萌芽月刊》等刊物,其中说:"有人还自谦'拓荒''萌芽',或许觉得那样的探求嫌过早,但你们不要因为自己脚小便叫别人在路上停下来等你,我们要勉力跑快一点了,不要'收获'回到'拓荒',回到'萌芽',甚而至于回到'下种'呀!不要自己跟不上,便厌人家太早太快,望着人家走去。"参看《二心集·张资平氏的"小说学"》。

中国无产阶级革命文学和前驱的血[*]

中国的无产阶级革命文学在今天和明天之交发生，在诬蔑和压迫之中滋长，终于在最黑暗里，用我们的同志的鲜血写了第一篇文章。

我们的劳苦大众历来只被最剧烈的压迫和榨取，连识字教育的布施也得不到，惟有默默地身受着宰割和灭亡。繁难的象形字，又使他们不能有自修的机会。智识的青年们意识到自己的前驱的使命，便首先发出战叫。这战叫和劳苦大众自己的反叛的叫声一样地使统治者恐怖，走狗的文人即群起进攻，或者制造谣言，或者亲作侦探，然而都是暗做，都是匿名，不过证明了他们自己是黑暗的动物。

统治者也知道走狗的文人不能抵挡无产阶级革命文学，于是一面禁止书报，封闭书店，颁布恶出版法，通缉著作家，一面用最末的手段，将左翼作家逮捕，拘禁，秘密处以死刑，至今并未宣布。这一面固然在证明他们是在灭亡中的黑暗的动物，一面也在证实中国无产阶级革命文学阵营的力量，因为如传略①所罗列，我们的几个遇害的同志的年龄，勇气，尤其是平日的作品的成绩，已足使全队走狗不敢狂吠。

---

　*　本文最初发表于1931年4月25日《前哨》（纪念战死者专号），署名L.S.，后收入《二心集》。

　①　传略　指刊登在《前哨》（纪念战死者专号）上的"左联五烈士"的小传。他们是李伟森（1903—1931），湖北武昌人，译有《朵思退夫斯基》《动荡中的新俄农村》等。柔石（1902—1931），浙江宁海人，有短篇小说集《疯人》《希望》《为奴隶的母亲》、中篇小说《二月》《三姊妹》等。胡也频（1903—1931），福建福州人，有小说《到莫斯科去》《光明在我们的前面》等。冯铿（1907—1931），女，广东潮州人，有小说《最后的出路》《红的日记》等。殷夫（1910—1931），原名徐祖华，笔名白莽、徐白等，浙江象山人，有新诗《孩儿塔》《伏尔加的黑浪》等。他们都是中共党员。李伟森被捕时在中共中央宣传部工作，其他四人被捕时都是"左联"成员。1931年1月17日，他们在上海东方旅社参加党内集会时被捕。同年2月7日，被国民党当局秘密杀害于龙华。

然而我们的这几个同志已被暗杀了,这自然是无产阶级革命文学的若干的损失,我们的很大的悲痛。但无产阶级革命文学却仍然滋长,因为这是属于革命的广大劳苦群众的,大众存在一日,壮大一日,无产阶级革命文学也就滋长一日。我们的同志的血,已经证明了无产阶级革命文学和革命的劳苦大众是在受一样的压迫,一样的残杀,作一样的战斗,有一样的运命,是革命的劳苦大众的文学。

现在,军阀的报告,已说虽是六十岁老妇,也为"邪说"所中,租界的巡捕,虽对于小学儿童,也时时加以检查;他们除从帝国主义得来的枪炮和几条走狗之外,已将一无所有了,所有的只是老老小小——青年不必说——的敌人。而他们的这些敌人,便都在我们的这一面。

我们现在以十分的哀悼和铭记,纪念我们的战死者,也就是要牢记中国无产阶级革命文学的历史的第一页,是同志的鲜血所记录,永远在显示敌人的卑劣的凶暴和启示我们的不断的斗争。

【讲析】

本文发表于1931年4月25日左联机关刊物《前哨》半月刊第一卷第一期"纪念战死者专号",为痛悼李伟森、柔石、胡也频、冯铿、殷夫"左联五烈士"而作。

文章表明中国无产阶级革命文学如何在诬蔑与压迫中滋长,控诉反动统治者和走狗文人,指出种种剿杀革命的暴行不过在证明他们是"黑暗的动物",并高屋建瓴,雄辩地指出,无产阶级文学尽管现在受压迫和残杀,但是"大众存在一日,壮大一日,无产阶级革命文学也就滋长一日",具有不可摧毁的强大生命力和战斗力。

这篇悼文同时又是战斗的檄文,其激越饱满的爱憎之情,透彻精湛的论说,在富于诗意的语词旋风中喷薄而出,痛快淋漓,恰如匕首、投枪。

二丑艺术[*]

浙东的有一处的戏班中，有一种脚色叫作"二花脸"，译得雅一点，那么，"二丑"就是。他和小丑的不同，是不扮横行无忌的花花公子，也不扮一味仗势的宰相家丁，他所扮演的是保护公子的拳师，或是趋奉公子的清客。总之：身分比小丑高，而性格却比小丑坏。

义仆是老生扮的，先以谏诤，终以殉主；恶仆是小丑扮的，只会作恶，到底灭亡。而二丑的本领却不同，他有点上等人模样，也懂些琴棋书画，也来得行令猜谜，但倚靠的是权门，凌蔑的是百姓，有谁被压迫了，他就来冷笑几声，畅快一下，有谁被陷害了，他又去吓唬一下，吆喝几声。不过他的态度又并不常常如此的，大抵一面又回过脸来，向台下的看客指出他公子的缺点，摇着头装起鬼脸道：你看这家伙，这回可要倒楣哩！

这最末的一手，是二丑的特色。因为他没有义仆的愚笨，也没有恶仆的简单，他是智识阶级。他明知道自己所靠的是冰山，一定不能长久，他将来还要到别家帮闲，所以当受着豢养，分着余炎的时候，也得装着和这贵公子并非一伙。

二丑们编出来的戏本上，当然没有这一种脚色的，他那里肯；小丑，即花花公子们编出来的戏本，也不会有，因为他们只看见一面，想不到的。这二花脸，乃是小百姓看透了这一种人，提出精华来，制定了的脚色。

世间只要有权门，一定有恶势力，有恶势力，就一定有二花脸，而且有二花脸艺术。我们只要取一种刊物，看他一个星期，就会发现他忽而怨恨

---

[*] 本文发表于1933年6月18日《申报·自由谈》，署名丰之余，后收入《准风月谈》。

春天,忽而颂扬战争,忽而译萧伯纳演说,忽而讲婚姻问题;但其间一定有时要慷慨激昂的表示对于国事的不满:这就是用出末一手来了。

这最末的一手,一面也在遮掩他并不是帮闲,然而小百姓是明白的,早已使他的类型在戏台上出现了。

六月十五日。

【讲析】

鲁迅借浙东民间戏曲中"二丑"的角色,讽刺当时配合政府当局围剿革命力量的"帮闲"文人。

文章很短,前三段写"二丑"的角色定位,是趋奉权贵的保镖和清客,"身分比小丑高,而性格却比小丑坏","倚靠的是权门,凌蔑的是百姓"。特别是,这种角色并非"义仆",他有时会转向观众,装起鬼脸来嘲笑主子。这是揭开那些"帮闲"的"智识阶级",所谓"学者""道德家"的虚伪,明明受人豢养,分着余炎,却还要摆出和主子"并非一伙"的姿态。

后三段说明是"小百姓"看透了"二丑"这类人,提出"精华"来让他们出丑,这"精华"就是两面三刀的那"一手"表演。文章还特别提到一个规律性现象:世间只要有权门和恶势力,就必然会有"二丑"。文中用几个"忽而"的句式,描画出现实中无节操、善捣鬼的"智识阶级",那才真是趋炎附势、圆滑狡诈的"二花脸"。

"二丑"是"社会相类型形象",不独指某人,而是对某一类人或某一类社会心理的形象概括。读鲁迅杂文时,可多注意这种"贬固弊常取类型"的笔法。

小品文的危机*

仿佛记得一两月之前,曾在一种日报上见到记载着一个人的死去的文章,说他是收集"小摆设"的名人,临末还有依稀的感喟,以为此人一死,"小摆设"的收集者在中国怕要绝迹了。

但可惜我那时不很留心,竟忘记了那日报和那收集家的名字。

现在的新的青年恐怕也大抵不知道什么是"小摆设"了。但如果他出身旧家,先前曾有玩弄翰墨的人,则只要不很破落,未将觉得没用的东西卖给旧货担,就也许还能在尘封的废物之中,寻出一个小小的镜屏,玲珑剔透的石块,竹根刻成的人像,古玉雕出的动物,锈得发绿的铜铸的三脚癞虾蟆:这就是所谓"小摆设"。先前,它们陈列在书房里的时候,是各有其雅号的,譬如那三脚癞虾蟆,应该称为"蟾蜍砚滴"之类,最末的收集家一定都知道,现在呢,可要和它的光荣一同消失了。

那些物品,自然决不是穷人的东西,但也不是达官富翁家的陈设,他们所要的,是珠玉扎成的盆景,五彩绘画的磁瓶。那只是所谓士大夫的"清玩"。在外,至少必须有几十亩膏腴的田地,在家,必须有几间幽雅的书斋;就是流寓上海,也一定得生活较为安闲,在客栈里有一间长包的房子,书桌一顶,烟榻一张,瘾足心闲,摩挲赏鉴。然而这境地,现在却已经被世界的险恶的潮流冲得七颠八倒,像狂涛中的小船似的了。

然而就是在所谓"太平盛世"罢,这"小摆设"原也不是什么重要的物品。在方寸的象牙版上刻一篇《兰亭序》①,至今还有"艺术品"之称,但

---

* 本文最初发表于 1933 年 10 月 1 日《现代》第三卷第六期,后收入《南腔北调集》。
① 《兰亭序》 即《兰亭集序》,晋代王羲之作,全文三百二十四字。

倘将这挂在万里长城的墙头，或供在云冈①的丈八佛像的足下，它就渺小得看不见了，即使热心者竭力指点，也不过令观者生一种滑稽之感。何况在风沙扑面，狼虎成群的时候，谁还有这许多闲工夫，来赏玩琥珀扇坠，翡翠戒指呢。他们即使要悦目，所要的也是耸立于风沙中的大建筑，要坚固而伟大，不必怎样精；即使要满意，所要的也是匕首和投枪，要锋利而切实，用不着什么雅。

美术上的"小摆设"的要求，这幻梦是已经破掉了，那日报上的文章的作者，就直觉地知道。然而对于文学上的"小摆设"——"小品文"的要求，却正在越加旺盛起来，要求者以为可以靠着低诉或微吟，将粗犷的人心，磨得渐渐的平滑。这就是想别人一心看着《六朝文絜》②，而忘记了自己是抱在黄河决口③之后，淹得仅仅露出水面的树梢头。

但这时却只用得着挣扎和战斗。

而小品文的生存，也只仗着挣扎和战斗的。晋朝的清言④，早和它的朝代一同消歇了。唐末

鲁迅 1933 至 1936 年在上海居住过的大陆新村寓所外景

---

① 云冈　指云冈石窟，在山西大同武周山南麓，创建于北魏中期。现存主要洞窟五十三个，石雕佛像飞天等五万一千多个，其中最高的佛像达十七米。
② 《六朝文絜》　六朝骈体文选集，共四卷，清代许梿编选。
③ 黄河决口　1933 年 7 月，山西、河南的一些黄河河段多次决口，淹数省五十余县，灾民四百余万人。
④ 清言　三国时魏何晏、夏侯玄、王弼等以老庄思想解释儒家经义，崇尚虚无，摈弃世务，专谈玄理，读书人争相慕效，形成风气，叫作"清言"，也叫"清谈"或"玄言"。到晋代有王衍等人提倡，此风更盛。

诗风衰落,而小品放了光辉。但罗隐①的《谗书》,几乎全部是抗争和愤激之谈;皮日休和陆龟蒙②自以为隐士,别人也称之为隐士,而看他们在《皮子文薮》和《笠泽丛书》中的小品文,并没有忘记天下,正是一榻胡涂的泥塘里的光彩和锋铓。明末的小品③虽然比较的颓放,却并非全是吟风弄月,其中有不平,有讽刺,有攻击,有破坏。这种作风,也触着了满洲君臣的心病,费去许多助虐的武将的刀锋,帮闲的文臣的笔锋,直到乾隆年间,这才压制下去了。以后呢,就来了"小摆设"。

"小摆设"当然不会有大发展。到五四运动的时候,才又来了一个展开,散文小品的成功,几乎在小说戏曲和诗歌之上。这之中,自然含着挣扎和战斗,但因为常常取法于英国的随笔(Essay),所以也带一点幽默和雍容;写法也有漂亮和缜密的,这是为了对于旧文学的示威,在表示旧文学之自以为特长者,白话文学也并非做不到。以后的路,本来明明是更分明的挣扎和战斗,因为这原是萌芽于"文学革命"以至"思想革命"的。但现在的趋势,却在特别提倡那和旧文章相合之点,雍容,漂亮,缜密,就是要它成为"小摆设",供雅人的摩挲,并且想青年摩挲了这"小摆设",由粗暴而变为风雅了。

然而现在已经更没有书桌;雅片虽然已经公卖,烟具是禁止的,吸起来还是十分不容易。想在战地或灾区里的人们来鉴赏罢——谁都知道是更奇怪的幻梦。这种小品,上海虽正在盛行,茶话酒谈,遍满小报的摊子上,但其实是正如烟花女子,已经不能在弄堂里拉扯她的生意,只好涂脂抹粉,在夜里蹩到马路上来了。

小品文就这样的走到了危机。但我所谓危机,也如医学上的所谓"极期"(Krisis)一般,是生死的分歧,能一直得到死亡,也能由此至于恢复。麻醉性的作品,是将与麻醉者和被麻醉者同归于尽的。生存的小品

---

① 罗隐(833—909) 字昭谏,余杭(今属浙江)人,晚唐文学家。著有《甲乙集》十卷、《谗书》五卷等。
② 皮日休(约834—约883) 字袭美,襄阳(今湖北襄阳市)人,晚唐文学家。早年隐居鹿门山,曾参加黄巢起义军。著有《皮子文薮》十卷。陆龟蒙(?—约881),字鲁望,姑苏(今江苏苏州)人,晚唐文学家。曾隐居笠泽,著有《笠泽丛书》四卷。
③ 明末的小品 指晚明作家袁宏道、钟惺、张岱等人的小品文。

鲁迅上海大陆新村寓所内景

文,必须是匕首,是投枪,能和读者一同杀出一条生存的血路的东西;但自然,它也能给人愉快和休息,然而这并不是"小摆设",更不是抚慰和麻痹,它给人的愉快和休息是休养,是劳作和战斗之前的准备。

八月二十七日。

【讲析】

20世纪30年代前期,文坛上曾风行过小品文,林语堂创办了《论语》《人间世》与《宇宙风》等刊物,都以发表小品文为主,提倡幽默、闲适和独抒性灵的创作,"以自我为中心,以闲适为格调","宇宙之大,苍蝇之微,皆可取材"。显然,这也是针对当时主流派文艺家强调意识形态,强调文艺的社会使命的观点的,这就引起左翼文坛的反向批评。鲁迅此文就是针对"小品文热"的,也比较集中地体现了鲁迅的审美观。

鲁迅给小品文的"定位"是"小摆设",艺术上自然是等而下之的。开头几段先说一些遗老从尘封的废物中搜寻的镜屏、竹刻、玉雕、铜铸等一类"小摆设",现在"怕要绝迹"了。因为这种"清玩"和现今险恶的世界很不协调,"小摆设"也必然被时代潮流冲得七颠八倒,只剩下"依稀的感唱"。鲁迅顺手写"小摆设"有所谓雅号,比如三脚癞蛤蟆被称为"蟾蜍砚滴",等等,笔端流露出那种对士大夫"清玩"的不屑。鲁迅指出,即使在太平盛世,"小摆设"也实在渺小,没有崇高而永久的思想艺术价值,决不能与万里长城或者云冈佛像那样伟大的艺术相提并论。何况当年阶级斗争激烈,民族危机深重,是"风沙扑面,狼虎成群的时候,谁还有这许多闲工夫,来赏玩琥珀扇坠,翡翠戒指呢"。

原来这些有关"小摆设"的评说是铺垫,接着就转向对"小品文热"的批评。鲁迅认为小品文其实也是文学上的"小摆设",结果是抚平粗犷的人心,让人在大时代面前只有"低诉或微吟"。鲁迅形容这就像黄河决口了还让人抱着露出水面的树梢,一心细读《六朝文絜》。鲁迅断然宣称:"这时却只用得着挣扎和战斗。"

然后鲁迅用两段文字回顾文学史上的小品文,特别是明末小品,认为虽然比较颓放,"却并非全是吟风弄月",也还有不平、讽刺、攻击和破坏。鲁迅提出一个在现代文学史上有名的观点,认为"五四""散文小品的成功,几乎在小说戏曲和诗歌之上。这之中,自然含着挣扎和战斗,但因为常常取法于英国的随笔(Essay),所以也带一点幽默和雍容;写法也有漂亮和缜密的,这是为了对于旧文学的示威,在表示旧文学之自以为特长者,白话文学也并非做不到"。鲁迅肯定"五四"散文小品的成功,是希望能接续这种"挣扎和战斗"的传统,而不满于现在"特别提倡那和旧文章相合之点",认为这就是要它成为"小摆设",供"雅人的摩挲",由粗暴而变为风雅了。

最后指出小品文的书刊虽然卖得不错,"茶话酒谈,遍满小报的摊子上",却又分明是在没落,正面临危机。鲁迅的态度非常鲜明:"生存的小品文,必须是匕首,是投枪,能和读者一同杀出一条生存的血路的东西;但自然,它也能给人愉快和休息,然而这并不是'小摆设',更不是抚慰和麻痹,它给人的愉快和休息是休养,是劳作和战斗之前的准备。"

这篇杂文批判的锋芒犀利,引经据典,语多张力,又富于趣味。阅读时注意欣赏其酣畅的文气。

由聋而哑[*]

医生告诉我们:有许多哑子,是并非喉舌不能说话的,只因为从小就耳朵聋,听不见大人的言语,无可师法,就以为谁也不过张着口呜呜哑哑,他自然也只好呜呜哑哑了。所以勃兰兑斯[①]叹丹麦文学的衰微时,曾经说:文学的创作,几乎完全死灭了。人间的或社会的无论怎样的问题,都不能提起感兴,或则除在新闻和杂志之外,绝不能惹起一点论争。我们看不见强烈的独创的创作。加以对于获得外国的精神生活的事,现在几乎绝对的不加顾及。于是精神上的"聋",那结果,就也招致了"哑"来。(《十九世纪文学的主潮》第一卷自序)

这几句话,也可以移来批评中国的文艺界,这现象,并不能全归罪于压迫者的压迫,五四运动时代的启蒙运动者和以后的反对者,都应该分负责任。前者急于事功,竟没有译出什么有价值的书籍来,后者则故意迁怒,至骂翻译者为媒婆[②],有些青年更推波助澜,有一时期,还至于连人地名下注一原文,以便读者参考时,也就诋之曰"衒学"。

今竟何如?三开间店面的书铺,四马路上还不算少,但那里面满架是薄薄的小本子,倘要寻一部巨册,真如披沙拣金之难。自然,生得又高又胖并不就是伟人,做得多而且繁也决不就是名著,而况还有"剪贴"。但

---

[*] 本文最初发表于1933年9月8日《申报·自由谈》,署名洛文,后收入《准风月谈》。
[①] 勃兰兑斯(G. Brandes,1842—1927) 丹麦文学批评家。他的主要著作《十九世纪文学的主潮》,共六卷,出版于1872年至1890年。鲁迅曾购该书日译本。
[②] 1921年2月郭沫若在《民铎》杂志第二卷第五号发表致李石岑函,其中有这样的话:"我觉得国内人士只注重媒婆,而不注重处子;只注重翻译,而不注重产生。"

是，小小的一本"什么ABC①"里，却也决不能包罗一切学术文艺的。一道浊流，固然不如一杯清水的干净而澄明，但蒸溜了浊流的一部分，却就有许多杯净水在。

因为多年买空卖空的结果，文界就荒凉了，文章的形式虽然比较的整齐起来，但战斗的精神却较前有退无进。文人虽因捐班或互捧，很快的成名，但为了出力的吹，壳子大了，里面反显得更加空洞。于是误认这空虚为寂寞，像煞有介事的说给读者们；其甚者还至于摆出他心的腐烂来，算是一种内面的宝贝。散文，在文苑中算是成功的，但试看今年的选本，便是前三名，也即令人有"貂不足，狗尾续"②之感。用秕谷来养青年，是决不会壮大的，将来的成就，且要更渺小，那模样，可看尼采所描写的"末人"③。

但绍介国外思潮，翻译世界名作，凡是运输精神的粮食的航路，现在几乎都被聋哑的制造者们堵塞了，连洋人走狗，富户赘郎，也会来哼哼的冷笑一下。他们要掩住青年的耳朵，使之由聋而哑，枯涸渺小，成为"末人"，非弄到大家只能看富家儿和小瘪三所卖的春宫，不肯罢手。甘为泥土的作者和译者的奋斗，是已经到了万不可缓的时候了，这就是竭力运输些切实的精神的粮食，放在青年们的周围，一面将那些聋哑的制造者送回黑洞和朱门里面去。

八月二十九日。

【讲析】

鲁迅此文有感于文艺创作的荒凉，提出要拓展眼界与胸襟，扩大对外

---

① ABC 入门、初步的意思。当时上海世界书局出版过一套"ABC丛书"，内收各方面的入门书多种。
② "貂不足，狗尾续" 语出《晋书·赵王伦传》，原意是讽刺司马懿第九子司马伦封爵过滥，连家中奴仆差役都受封，"每朝会，貂蝉盈座，时人为之谚曰：'貂不足，狗尾续'。"
③ 尼采（F. Nietzsche, 1844—1900） 德国哲学家，唯意志论者。主张"超人"哲学。"末人"（Der Letzte Mensch），见尼采所著《查拉图斯特拉如是说》的《序言》，意思是指一种无希望、无创造、平庸畏葸、浅陋渺小的人。鲁迅曾经把这篇《序言》译成中文，发表于1920年6月《新潮》杂志第二卷第五号。

国文学的翻译,为创作提供丰厚的借鉴。

鲁迅是从19世纪丹麦评论家勃兰兑斯的著作中得到启发,用"由聋而哑"这一常见的病象,来批评当时中国的文艺界,指出因为精神上的"聋",招致了创作中的"哑"。鲁迅主要谈翻译,他历来都很重视外国文学的译介,他自己的创作也明显受到外国文学的影响。鲁迅意识到"五四"以来向旧文学斗争,"急于事功",没有翻译出多少有价值的外国著作。而一些吹毛求疵的反对者对翻译的错漏又多有指摘,甚至骂译者为"媒婆",造成了翻译界的沉寂。鲁迅认为翻译薄弱的原因不全在"压迫者的压迫",而在文坛观念的偏误,对外国文学特别是名著的翻译缺少规划与规模。他形象地说明,不能再苛求和纠缠翻译的"质",而放弃翻译的"量":"一道浊流,固然不如一杯清水的干净而澄明,但蒸溜了浊流的一部分,却就有许多杯净水在。"

翻译的缺乏,未能给创作提供充足的借鉴,眼界自然狭窄,精神难免衰落,创作也就只能"买空卖空"。鲁迅顺势批评了文界存在的文人"互捧成名",精神空虚,写作无病呻吟,矫揉造作,这样一些粗劣的作品充斥文界,等于是"用秕谷来养青年",那么受到这等文学影响的青年将会成为尼采笔下的"末人",平庸猥琐,浅陋渺小。更深入看,要使民众变成哑巴,失去话语权,发不出声音,"办法"就是"由聋而哑",思想封闭。鲁迅对这一套老法是深恶痛绝的。鲁迅最后呼吁:"甘为泥土的作者和译者",要"竭力运输些切实的精神的粮食","将那些聋哑的制造者送回黑洞和朱门里面去"。

将这篇杂感和《拿来主义》等文联系起来读,我们更能体会到鲁迅所拥有的世界目光和开阔的胸襟,这是何等充足的文化自信!

《北平笺谱》序*

  镂象于木,印之素纸,以行远而及众,盖实始于中国。法人伯希和氏①从敦煌千佛洞②所得佛象印本,论者谓当刊于五代之末,而宋初施以采色,其先于日耳曼最初木刻者,尚几四百年。宋人刻本,则由今所见医书佛典,时有图形;或以辨物,或以起信,图史之体具矣。降至明代,为用愈宏,小说传奇,每作出相③,或拙如画沙,或细于擘发,亦有画谱,累次套印,文彩绚烂,夺人目睛,是为木刻之盛世。清尚朴学④,兼斥纷华,而此道于是凌替。光绪初,吴友如⑤据点石斋,为小说作绣像,以西法印行,全像之书,颇复腾踊,然绣梓遂愈少,仅在新年花纸与日用信笺中,保其残喘而已。及近年,则印绘花纸,且并为西法与俗工所夺,老鼠嫁女与静女拈花之图,皆渺不复见;信笺亦渐失旧型,复无新意,惟日趋于鄙倍⑥。北京

---

 * 本文最初印入1933年12月印行的《北平笺谱》,后收入《集外集拾遗》。
 ① 伯希和(P. Pelliot,1878—1945)　法国汉学家。1906年至1908年活动于中国新疆、甘肃一带,在敦煌千佛洞盗窃大量珍贵文物,运往巴黎。著有《敦煌千佛洞》等。
 ② 敦煌千佛洞　我国著名的佛教石窟之一。位于甘肃省敦煌市东南。始建于前秦建元二年(366),隋唐宋元均有修建。内存有大量壁画、造像、经卷、变文等珍贵文物。
 ③ 出相　与下文的绣像、全像均指宋元以来小说、戏曲中的插图。参看《且介亭杂文·连环图画琐谈》。
 ④ 朴学　语出《汉书·儒林传》:"(倪)宽有俊材,初见武帝,语经学。上曰:'吾始以《尚书》为朴学,弗好,及闻宽说,可观。'乃从宽问一篇。"后来将汉儒考据训诂之学为朴学,也称汉学。到了清乾隆、嘉靖年间,朴学有很大发展,从经学训诂扩大到古籍史料整理和语言文字的研究,学术上形成了崇尚考据、排斥空论、重质朴、轻文藻的学风。
 ⑤ 吴友如(?—约1893)　名猷(又作嘉猷),字友如,江苏元和(今江苏苏州)人,清末画家。光绪十年(1884)起在上海点石斋石印书局主绘《点石斋画报》。后自创《飞影阁画报》,又为木版年画绘制画稿,影响较大。
 ⑥ 鄙倍　同鄙背,粗陋背理。《论语·泰伯》:"出辞气,斯远鄙倍矣。"

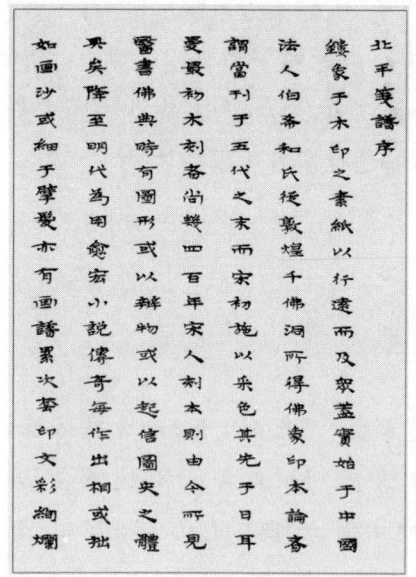

鲁迅为《北平笺谱》作序,序文为魏建功所书

凤为文人所聚,颇珍楮墨,遗范未堕,尚存名笺。顾迫于时会,苓落将始,吾侪好事,亦多杞忧。于是搜索市廛,拔其尤异,各就原版,印造成书,名之曰《北平笺谱》。于中可见清光绪时纸铺,尚止取明季画谱,或前人小品之相宜者,镂以制笺,聊图悦目;间亦有画工所作,而乏韵致,固无足观。宣统末,林琴南先生山水笺出,似为当代文人特作画笺之始[1],然未详。及中华民国立,义宁陈君师曾[2]入北京,初为镌铜者作墨合,镇纸画稿,俾其雕镂;既成拓墨,雅趣盎然。不久复廓其技于笺纸,才华蓬勃,笔简意饶,且又顾及刻工,省其奏刀之困,而诗笺乃开一新境。盖至是而画师梓人,神志暗会,同力合作,遂越前修矣。稍后有齐白石,吴待秋,陈半丁,王梦白[3]诸君,皆画笺高手,而刻工亦足以副之。辛未以后,始见数人分画一题,聚以成帙,格

---

① 林琴南 即林纾(1852—1924),字琴南,福建闽侯(今属福州)人。曾借助别人口述,用文言翻译欧美小说一百七十余种,其中不少是世界名著,当时影响很大,后集为《林译小说》出版。"五四"前后他是反对新文化运动的复古派代表人物之一。著有《畏庐文集》《畏庐诗存》等。他能诗画,宣统年间,曾取宋代吴文英《梦窗词》意,制为山水笺,刻版印行。
② 陈君师曾 指陈师曾(1876—1923),名衡恪,字师曾,江西义宁(今江西修水)人,书画家、篆刻家。
③ 齐白石(1863—1957) 名璜,字濒生,号白石,湖南湘潭人,书画家、篆刻家。吴待秋(1878—1949),名澂,字待秋,浙江崇德人,画家。陈半丁(1876—1970),名年,字半丁,浙江绍兴人,画家。王梦白(1887—1934),名云,字梦白,江西丰城人,画家。

新神涣,异乎嘉祥。意者文翰之术将更,则笺素之道随尽;后有作者,必将别辟涂径,力求新生;其临睨夫旧乡①,当远俟于暇日也。则此虽短书②,所识者小,而一时一地,绘画刻镂盛衰之事,颇寓于中;纵非中国木刻史之丰碑,庶几小品艺术之旧苑,亦将为后之览古者所偶涉欤。

千九百三十三年十月三十日鲁迅记

【讲析】

  本文是鲁迅为《北平笺谱》所写序言。《北平笺谱》由鲁迅与西谛(郑振铎)合编,共收木刻套印彩笺三百三十二幅,瓷青纸书衣,线装,六册一函。书衣题签沈兼士,序言由魏建功书写,琉璃厂老荣宝斋刻印,自费发行。旧时作诗填词或写信多用特殊的纸,叫笺纸,手工制作,用雕版木刻印有的山水花鸟佛像等图案,若结集成册,称为笺谱。鲁迅对木刻画有特别的喜爱,曾努力推动中国新兴木刻画创作风气。他和郑振铎搜访北平所刻的各类笺纸,汇成《北平笺谱》印行,意在张扬中国传统木刻艺术,为现代东方美术创作提供借鉴。

  序文从五代敦煌佛像印本、宋明刻本插图画谱、清代点石斋小说绣像,说到近代民间花纸年画,梳理出中国木刻艺术的粗略流脉。序文后半部分重点叙说近代以来诸家画笺创作的新境,说明收集印行《北平笺谱》也是为了略显"绘画刻镂盛衰之事"。从中可见作为精神界战士的鲁迅,在"金刚怒目"的另一面,亦不缺文人的雅趣。鲁迅在收集印行《北平笺谱》之前,还专门收集和介绍过德国版画家珂勒惠支的作品,甚至曾托人求购珂勒惠支原拓版画。这两件事也都说明鲁迅对版画艺术的格外喜好。

  本文由文言文撰写,以更增添《北平笺谱》的审美情趣。在"五四"之前,鲁迅许多论作都是用文言写的,"五四"后他有关小说史、文学史的著

---

① 临睨夫旧乡 语出屈原《离骚》:"陟升皇之赫戏兮,忽临睨夫旧乡。"
② 短书 指笺牍。宋代赵彦卫《云麓漫钞》:"短书出晋宋兵革之际,时禁书疏,非吊丧问疾不得行尺牍……启事论兵皆短而藏之。"

作，以及古籍整理的序跋，也都用文言。这里特别选收《北平笺谱》序，有意让读者欣赏鲁迅文言写作的美感与神韵。

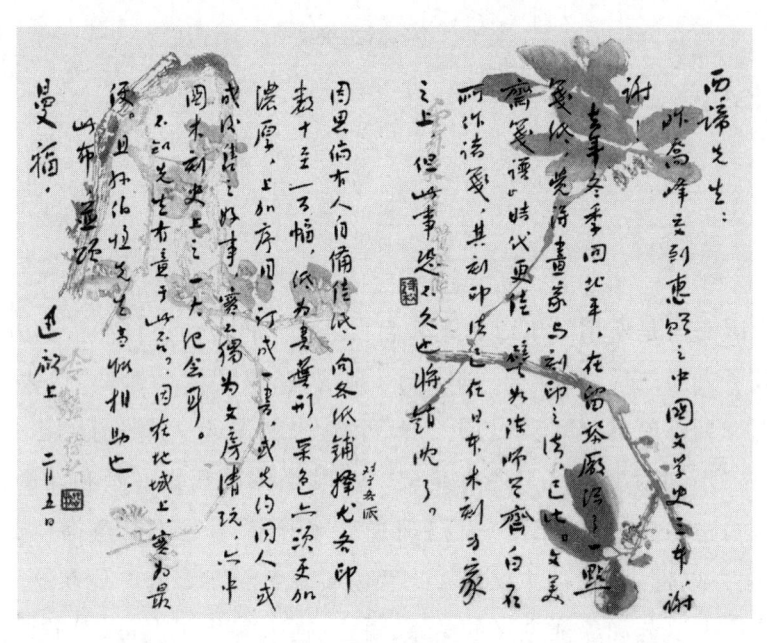

1933年2月5日，鲁迅致郑振铎信，谈及印行笺谱事

拿来主义*

中国一向是所谓"闭关主义",自己不去,别人也不许来。自从给枪炮打破了大门之后,又碰了一串钉子,到现在,成了什么都是"送去主义"了。别的且不说罢,单是学艺上的东西,近来就先送一批古董到巴黎去展览,但终"不知后事如何";还有几位"大师"们捧着几张古画和新画,在欧洲各国一路的挂过去,叫作"发扬国光"①。听说不远还要送梅兰芳博士到苏联去,以催进"象征主义"②,此后是顺便到欧洲传道。我在这里不想讨论梅博士演艺和象征主义的关系,总之,活人替代了古董,我敢说,也可以算得显出一点进步了。

但我们没有人根据了"礼尚往来"的仪节,说道:拿来!

当然,能够只是送出去,也不算坏事情,一者见得丰富,二者见得大度。尼采③就自诩过他是太阳,光热无穷,只是给与,不想取得。然而尼采究竟不是太阳,他发了疯。中国也不是,虽然有人说,掘起地下的煤来,就足够全世界几百年之用。但是,几百年之后呢?几百年之后,我们当然是化为魂灵,或上天堂,或落了地狱,但我们的子孙是在的,所以还应该给

---

* 本文最初发表于1934年6月7日《中华日报·动向》,署名霍冲,后收入《且介亭杂文》。

① "发扬国光" 1932年至1934年,美术家徐悲鸿、刘海粟曾分别去欧洲一些国家举办中国美术展览或个人美术作品展览。"发扬国光"是1934年5月28日《大晚报》报道这些消息时的用语。

② "象征主义" 1934年5月28日《大晚报》报道:"苏俄艺术界向分写实与象征两派,现写实主义已渐没落,而象征主义则经朝野一致提倡,引成欣欣向荣之概。自彼邦艺术家见我国之书画作品深合象征派后,即忆及中国戏剧亦必采取象征主义。因拟……邀中国戏曲名家梅兰芳等前往奏艺。"鲁迅曾在《花边文学·谁在没落》一文中批评《大晚报》的这种歪曲报道。

③ 尼采 参见第492页注③。鼓吹"超人"哲学。这里所述尼采的话,见于他的《查拉图斯特拉如是说·序言》。

他们留下一点礼品。要不然,则当佳节大典之际,他们拿不出东西来,只好磕头贺喜,讨一点残羹冷炙做奖赏。

这种奖赏,不要误解为"抛来"的东西,这是"抛给"的,说得冠冕些,可以称之为"送来",我在这里不想举出实例①。

我在这里也并不想对于"送去"再说什么,否则太不"摩登"了。我只想鼓吹我们再吝啬一点,"送去"之外,还得"拿来",是为"拿来主义"。

但我们被"送来"的东西吓怕了。先有英国的鸦片,德国的废枪炮,后有法国的香粉,美国的电影,日本的印着"完全国货"的各种小东西。于是连清醒的青年们,也对于洋货发生了恐怖。其实,这正是因为那是"送来"的,而不是"拿来"的缘故。

所以我们要运用脑髓,放出眼光,自己来拿!

譬如罢,我们之中的一个穷青年,因为祖上的阴功(姑且让我这么说说罢),得了一所大宅子,且不问他是骗来的,抢来的,或合法继承的,或是做了女婿换来的。那么,怎么办呢?我想,首先是不管三七二十一,"拿来"!但是,如果反对这宅子的旧主人,怕给他的东西染污了,徘徊不敢走进门,是孱头;勃然大怒,放一把火烧光,算是保存自己的清白,则是昏蛋。不过因为原是羡慕这宅子的旧主人的,而这回接受一切,欣欣然的蹩进卧室,大吸剩下的鸦片,那当然更是废物。"拿来主义"者是全不这样的。

他占有,挑选。看见鱼翅,并不就抛在路上以显其"平民化",只要有养料,也和朋友们像萝卜白菜一样的吃掉,只不用它来宴大宾;看见鸦片,也不当众摔在毛厕里,以见其彻底革命,只送到药房里去,以供治病之用,却不弄"出售存膏,售完即止"的玄虚。只有烟枪和烟灯,虽然形式和印度,波斯,阿剌伯的烟具都不同,确可以算是一种国粹,倘使背着周游世界,一定会有人看,但我想,除了送一点进博物馆之外,其余的是大可以毁掉的了。还有一群姨太太,也大以请她们各自走散为是,要不然,"拿来主义"怕未免有些危机。

---

① 1933年6月4日,国民党政府和美国在华盛顿签订五千万美元的"棉麦借款",购买美国的小麦、面粉和棉花。这里指的可能是这一类事。

总之，我们要拿来。我们要或使用，或存放，或毁灭。那么，主人是新主人，宅子也就会成为新宅子。然而首先要这人沉着，勇猛，有辨别，不自私。没有拿来的，人不能自成为新人，没有拿来的，文艺不能自成为新文艺。

六月四日。

【讲析】

本文的主旨是强调借鉴外来与继承传统文化中的开放胸襟与理性精神。

题为"拿来主义"，却从"闭关主义"写起，接着又谈到"送去主义"，绕了一圈，其实这是从反面立论，以"闭关""送去"作为"拿来主义"的"反方"，指出其荒谬的本质，为论证"拿来主义"铺垫。其中提到梅兰芳到苏联和欧洲演出以"催进'象征主义'"，带有讽刺之意。鲁迅对梅兰芳和京剧本来就有些反感，属于他个人的审美偏向，这里主要是借以批评"送去主义"里边包含的盲目自大的心理。接下来有关于尼采"自诩"为太阳，以及吹嘘中国地下的煤开采出来够全世界用几百年之类的评论，都是讽刺文化上的自大心理。所谓"煤"是暗指"国粹"。这些论述主要还是围绕"新文艺"的创造，讨论如何正确对待外来文化，其中批评一些错误的态度，但不一定要归之于"媚外"，或者"主奴关系""卖国求荣"之类。

文章后半部分才转到主张"拿来主义"。因为近代以来帝国主义侵略中国，国人被"送来"的鸦片等许多东西吓坏了，现在只有提倡"拿来"，才能克服这种"送来"的被动与恐惧："我们要运用脑髓，放出眼光，自己来拿！"

这里说的"拿来"，是自主的、开放的、有理性分析及选择的。鲁迅用形象的比喻来说明，明快而深刻。

鲁迅说，比如得了一所大宅子该怎么办？不管三七二十一，"拿来"！

但也要防止出现几种偏误:"如果反对这宅子的旧主人,怕给他的东西染污了,徘徊不敢走进门,是孱头;勃然大怒,放一把火烧光,算是保存自己的清白,则是昏蛋。不过因为原是美慕这宅子的旧主人的,而这回接受一切,欣欣然的蹩进卧室,大吸剩下的鸦片,那当然更是废物。"鲁迅以这三种否定性的比喻来说明"拿来主义"的精要:既要勇敢而大度地接纳,又要有历史的理性的选择。就如同对鱼翅、鸦片、烟具和成群的姨太太,都应该区别处理,不可"拿来"就用,不然,"拿来主义"怕未免有些危机。

鲁迅断然表示:"总之,我们要拿来。我们要或使用,或存放,或毁灭。那么,主人是新主人,宅子也就会成为新宅子。然而首先要这人沉着,勇猛,有辨别,不自私。没有拿来的,人不能自成为新人,没有拿来的,文艺不能自成为新文艺。"

"拿来主义"和"五四"新文化运动的指向是一致的,但又有鲁迅自己的观点。当新文化运动成为历史陈迹,其精神难以赓续之时,鲁迅仍然强调"拿来"就变为非主流。唯其如此,愈显珍贵。

如何对待外来文化与传统的文化是个大命题,鲁迅用千把字就阐释得清清楚楚,又那么幽默和机智,给人留下的印象,比一般说理论述要深刻得多。

从孩子的照相说起[*]

因为长久没有小孩子,曾有人说,这是我做人不好的报应,要绝种的。房东太太讨厌我的时候,就不准她的孩子们到我这里玩,叫作"给他冷清冷清,冷清得他要死!"但是,现在却有了一个孩子,虽然能不能养大也很难说,然而目下总算已经颇能说些话,发表他自己的意见了。不过不会说还好,一会说,就使我觉得他仿佛也是我的敌人。

他有时对于我很不满,有一回,当面对我说:"我做起爸爸来,还要好……"甚而至于颇近于"反动",曾经给我一个严厉的批评道:"这种爸爸,什么爸爸!?"

我不相信他的话。做儿子时,以将来的好父亲自命,待到自己有了儿子的时候,先前的宣言早已忘得一干二净了。况且我自以为也不算怎么坏的父亲,虽然有时也要骂,甚至于打,其实是爱他的。所以他健康,活泼,顽皮,毫没有被压迫得瘟头瘟脑。如果真的是一个"什么爸爸",他还敢当面发这样反动的宣言么?

但那健康和活泼,有时却也使他吃亏,九一八事件后,就被同胞误认为日本孩子,骂了好几回,还挨过一次打——自然是并不重的。这里还要加一句说的听的,都不十分舒服的话:近一年多以来,这样的事情可是一次也没有了。

中国和日本的小孩子,穿的如果都是洋服,普通实在是很难分辨的。

---

[*] 本文最初发表于1934年8月20日《新语林》半月刊第四期,署名孺牛,后收入《且介亭杂文》。

但我们这里的有些人,却有一种错误的速断法:温文尔雅,不大言笑,不大动弹的,是中国孩子;健壮活泼,不怕生人,大叫大跳的,是日本孩子。

然而奇怪,我曾在日本的照相馆里给他照过一张相,满脸顽皮,也真像日本孩子;后来又在中国的照相馆里照了一张相,相类的衣服,然而面貌很拘谨,驯良,是一个道地的中国孩子了。

为了这事,我曾经想了一想。

这不同的大原因,是在照相师的。他所指示的站或坐的姿势,两国的照相师先就不相同,站定之后,他就瞪了眼睛,觑机摄取他以为最好的一刹那的相貌。孩子被摆在照相机的镜头之下,表情是总在变化的,时而活泼,时而顽皮,时而驯良,时而拘谨,时而烦厌,时而疑惧,时而无畏,时而疲劳……。照住了驯良和拘谨的一刹那的,是中国孩子相;照住了活泼或顽皮的一刹那的,就好像日本孩子相。

驯良之类并不是恶德。但发展开去,对一切事无不驯良,却决不是美德,也许简直倒是没出息。"爸爸"和前辈的话,固然也要听的,但也须说得有道理。假使有一个孩子,自以为事事都不如人,鞠躬倒退;或者满脸笑容,实际上却总是阴谋暗箭,我实在宁可听到当面骂我"什么东西"的爽快,而且希望他自己是一个东西。

但中国一般的趋势,却只在向驯良之类——"静"的一方面发展,低眉顺眼,唯唯诺诺,才算一个好孩子,名之曰"有趣"。活泼,健康,顽强,挺胸仰面……凡是属于"动"的,那就未免有人摇头了,甚至于称之为"洋气"。又因为多年受着侵略,就和这"洋气"为仇;更进一步,则故意和这"洋气"反一调:他们活动,我偏静坐;他们讲科学,我偏扶乩[①];他们穿短衣,我偏着长衫;他们重卫生,我偏吃苍蝇;他们壮健,我偏生病……这才是保存中国固有文化,这才是爱国,这才不是奴隶性。

其实,由我看来,所谓"洋气"之中,有不少是优点,也是中国人性质中所本有的,但因了历朝的压抑,已经萎缩了下去,现在就连自己也莫名

---

① 扶乩　亦称扶箕、扶鸾,一种请神的迷信活动。由两人扶一丁字形木架,下垂的木杆在沙盘上画字,作为神示。

1933年五十三岁寿辰全家合影

其妙,统统送给洋人了。这是必须拿它回来——恢复过来的——自然还得加一番慎重的选择。

即使并非中国所固有的罢,只要是优点,我们也应该学习。即使那老师是我们的仇敌罢,我们也应该向他学习。我在这里要提出现在大家所不高兴说的日本来,他的会摹仿,少创造,是为中国的许多论者所鄙薄的,但是,只要看看他们的出版物和工业品,早非中国所及,就知道"会摹仿"决不是劣点,我们正应该学习这"会摹仿"的。"会摹仿"又加以有创造,不是更好么?否则,只不过是一个"恨恨而死"①而已。

我在这里还要附一句像是多余的声明:我相信自己的主张,决不是"受了帝国主义者的指使"②,要诱中国人做奴才;而满口爱国,满身国粹,也于实际上的做奴才并无妨碍。

八月七日。

【讲析】

本文从孩子照相这种普通的事情中,发现了中外国民性的差异,进而论及文化教育的问题。

开头写他自己的孩子海婴,健康、活泼、顽皮,甚至敢和爸爸顶撞,发表近于"反动"的"宣言":"这种爸爸,什么爸爸!?"鲁迅在述说他和孩子的关系时,是那样温馨,又带有某些骄傲和自得。

但接着鲁迅就发现在给孩子照相时的"奇怪"现象:同一个孩子,日本照相馆照出来的"满脸顽皮",而中国照相馆照出来的则"驯良和拘谨"。鲁迅由此展开论说,指出国人在孩子教育方面容易出现的误区,即过于注重"驯良",以为"低眉顺眼,唯唯诺诺"才是好孩子,而"活泼,健康,顽强,挺胸仰面……

---

① "恨恨而死" 指空自愤恨不平而不去进行实际的改革工作。参看《热风·随感录六十二 恨恨而死》。

② "受了帝国主义者的指使" 1934年7月25日,作者在《申报·自由谈》发表《玩笑只当它玩笑(上)》一文,批评当时某些借口反对欧化句法而攻击白话文的人;8月7日,文公直在同刊发表致作者的公开信,说他主张采用欧化句法是"受了帝国主义者的指使"。参看《花边文学·玩笑只当它玩笑(上)》的附录。

凡是属于'动'的"都视为"洋气","又因为多年受着侵略,就和这'洋气'为仇"了,孩子们长大后就有排外心理,甚至"故意和这'洋气'反一调"。

通常父母要求孩子的口头禅是"乖孩子听话",而鲁迅是极力反对这种错误的教育的,认为它只能养育那种逆来顺受、精神萎缩,甚至带有"奴隶性"的人格心理。鲁迅还特别提到"洋气",说这不见得是缺点,其实"有不少是优点,也是中国人性质中所本有的,但因了历朝的压抑,已经萎缩了下去"。鲁迅的意思是对于外国的包括当时的"敌国"日本的好东西,还是要学习借鉴,而不能死抱住"中国所固有"的"国粹"而"恨恨而死"。

鲁迅常从人们熟视无睹的日常生活中独有发现,突破思维的惯性,提出让人顿觉新鲜的话题,上升到新的认识高度。阅读时注意欣赏鲁迅叙事的那种任意而谈,似乎散漫的节奏,以及好用反语,庄词谐用的口气。这些都是鲁迅杂文好读而有趣的地方。

《从孩子的照相说起》手稿

门外文谈[*]

一 开 头

听说今年上海的热,是六十年来所未有的。白天出去混饭,晚上低头回家,屋子里还是热,并且加上蚊子。这时候,只有门外是天堂。因为海边的缘故罢,总有些风,用不着挥扇。虽然彼此有些认识,却不常见面的寓在四近的亭子间或搁楼里的邻人也都坐出来了,他们有的是店员,有的是书局里的校对员,有的是制图工人的好手。大家都已经做得筋疲力尽,叹着苦,但这时总还算有闲的,所以也谈闲天。

闲天的范围也并不小:谈旱灾,谈求雨,谈吊膀子,谈三寸怪人干,谈洋米,谈裸腿,[①]也谈古文,谈白话,谈大众语。因为我写过几篇白话文,所以关于古文之类他们特别要听我的话,我也只好特别说的多。这样的过了两三夜,才给别的话岔开,也总算谈完了。不料过了几天之后,有几个还要我写出来。

---

[*] 本文最初发表于1934年8月至9月的《申报·自由谈》,后收入《且介亭杂文》。

[①] 这些是常见于当时上海报刊的新闻。1934年夏,我国南方大旱,国民党政府于7月间邀请第九世班禅喇嘛和安钦活佛在南京、汤山等地"作法求雨"。8月初,国民党政府行政院秘书长褚民谊为女游泳选手杨秀琼打扇、驾车,被称为"吊膀子秘书长"。上海"大世界"游艺场利用旱灾展出一个所谓"旱魃"的矮人,称"三寸怪人干",以招揽游客。5月,美国政府颁布《白银法案》后,国际银价上升,国民党官僚资本集团趁国内粮价飞涨,大量输出白银,从国外购进大米,牟取暴利。6月,国民党江西省政府根据蒋介石"手令",颁布《取缔妇女奇装异服办法》,规定"裤长最短须过膝四寸,不得露腿赤足",当时重庆、北平等地也禁止"女子裸膝露肘"。

他们里面,有的是因为我看过几本古书,所以相信我的,有的是因为我看过一点洋书,有的又因为我看古书也看洋书;但有几位却因此反不相信我,说我是蝙蝠。我说到古文,他就笑道,你不是唐宋八大家①,能信么?我谈到大众语,他又笑道:你又不是劳苦大众,讲什么海话呢?

这也是真的。我们讲旱灾的时候,就讲到一位老爷下乡查灾,说有些地方是本可以不成灾的,现在成灾,是因为农民懒,不戽水。但一种报上,却记着一个六十老翁,因儿子戽水乏力而死,灾象如故,无路可走,自杀了。老爷和乡下人,意见是真有这么的不同的。那么,我的夜谈,恐怕也终不过是一个门外闲人的空话罢了。

飓风过后,天气也凉爽了一些,但我终于照着希望我写的几个人的希望,写出来了,比口语简单得多,大致却无异,算是抄给我们一流人看的。当时只凭记忆,乱引古书,说话是耳边风,错点不打紧,写在纸上,却使我很踌躇,但自己又苦于没有原书可对,这只好请读者随时指正了。

一九三四年,八月十六夜,写完并记。

《门外文谈》手稿

二　字是什么人造的?

字是什么人造的?

---

① 唐宋八大家　明代茅坤曾选辑唐代的韩愈、柳宗元和宋代的欧阳修、苏洵、苏轼、苏辙、王安石、曾巩八个古文家的文章编为《唐宋八大家文抄》,因有"唐宋八大家"的说法。

我们听惯了一件东西,总是古时候一位圣贤所造的故事,对于文字,也当然要有这质问。但立刻就有忘记了来源的答话:字是仓颉①造的。

这是一般的学者的主张,他自然有他的出典。我还见过一幅这位仓颉的画像,是生着四只眼睛的老头陀。可见要造文字,相貌先得出奇,我们这种只有两只眼睛的人,是不但本领不够,连相貌也不配的。

然而做《易经》②的人(我不知道是谁),却比较的聪明,他说:"上古结绳而治,后世圣人易之以书契。"他不说仓颉,只说"后世圣人",不说创造,只说掉换,真是谨慎得很;也许他无意中就不相信古代会有一个独自造出许多文字来的人的了,所以就只是这么含含胡胡的来一句。

但是,用书契来代结绳的人,又是什么脚色呢?文学家?不错,从现在的所谓文学家的最要卖弄文字,夺掉笔杆便一无所能的事实看起来,的确首先就要想到他;他也的确应该给自己的吃饭家伙出点力。然而并不是的。有史以前的人们,虽然劳动也唱歌,求爱也唱歌,他却并不起草,或者留稿子,因为他做梦也想不到卖诗稿,编全集,而且那时的社会里,也没有报馆和书铺子,文字毫无用处。据有些学者告诉我们的话来看,这在文字上用了一番工夫的,想来该是史官了。

原始社会里,大约先前只有巫,待到渐次进化,事情繁复了,有些事情,如祭祀,狩猎,战争……之类,渐有记住的必要,巫就只好在他那本职的"降神"之外,一面也想法子来记事,这就是"史"的开头。况且"升中于天"③,他在本职上,也得将记载酋长和他的治下的大事的册子,烧给上帝看,因此一样的要做文章——虽然这大约是后起的事。再后来,职掌分得更清楚了,于是就有专门记事的史官。文字就是史官必要的工具,古人说:"仓颉,黄帝史。"④第一句未可信,但指出了史和文字的关系,却是很

---

① 仓颉　相传为黄帝的史官,汉字的创造者,东汉许慎《说文解字·叙》:"黄帝之史仓颉……初造书契"。《荀子·解蔽》中则说"好书者众矣,而仓颉独传者壹也",认为仓颉是文字的搜集和整理者之一。又《太平御览》卷三六六引《春秋孔演图》:"苍颉四目,是谓并明。"
② 《易经》　即《周易》,是我国古代记载占卜的书。儒家经典之一。可能萌芽于殷周之际,并非出自一人之手。这里引的两句,见该书《系辞》篇。
③ "升中于天"　语出《礼记·礼器》:"升中于天,因吉土,以飨帝于郊。"据汉代郑玄注:"升,上也;中,犹成也;燔柴祭天,告以诸侯之成功也。"
④ "仓颉,黄帝史"　语出《汉书·古今人表》。史,即史官。

有意思的。至于后来的"文学家"用它来写"阿呀呀,我的爱哟,我要死了!"那些佳句,那不过是享享现成的罢了,"何足道哉"!

三　字是怎么来的?

照《易经》说,书契之前明明是结绳;我们那里的乡下人,碰到明天要做一件紧要事,怕得忘记时,也常常说:"裤带上打一个结!"那么,我们的古圣人,是否也用一条长绳,有一件事就打一个结呢?恐怕是不行的。只有几个结还记得,一多可就糟了。或者那正是伏羲皇上的"八卦"①之流,三条绳一组,都不打结是"乾",中间各打一结是"坤"罢?恐怕也不对。八组尚可,六十四组就难记,何况还会有五百十二组呢。只有在秘鲁还有存留的"打结字"(Quippus)②,用一条横绳,挂上许多直绳,拉来拉去的结起来,网不像网,倒似乎还可以表现较多的意思。我们上古的结绳,恐怕也是如此的罢。但它既然被书契掉换,又不是书契的祖宗,我们也不妨暂且不去管它了。

夏禹的"岣嵝碑"③是道士们假造的;现在我们能在实物上看见的最古的文字,只有商朝的甲骨和钟鼎文。但这些,都已经很进步了,几乎找不出一个原始形态。只在铜器上,有时还可以看见一点写实的图形,如鹿,如象,而从这图形上,又能发见和文字相关的线索:中国文字的基础是"象形"。

---

① 伏羲　我国传说中的上古帝王,相传他教民结网,从事渔猎畜牧。"八卦",相传为他所作。《易经·系辞》说:"古者包牺氏(按,即伏羲)之王天下也……近取诸身,远取诸物,于是始作八卦,以通神明之德,以类万物之情。"卦,即挂,悬挂物象以示人吉凶,有乾(☰)、坤(☷)、震(☳)、艮(☶)、离(☲)、坎(☵)、兑(☱)、巽(☴)八种式样。《易传》认为八卦主要象征天、地、雷、风、水、火、山、泽八种自然现象。

② "打结字"　古代秘鲁印第安人用以帮助记忆的一种线结,以结绳的方式记录天气、日期、数目等等的变化。线的颜色、线结的大小和多少,都表示着不同的意义。

③ "岣嵝碑"　又称禹碑,在湖南衡山岣嵝峰,相传为夏禹治水时所刻;碑文共七十七字,难于辨识。清末叶昌炽《语石》卷二载:"(韩愈诗)'岣嵝山尖神禹碑,字青石赤形模奇。'郎瑛、杨用修诸家各有释文,灵怪杳冥,难可凭信。不知韩诗又云:'千搜万索何处有,森森绿树猿猱悲。'是但凭道士所言,未尝目睹。"此碑在明朝以前,不见于记载,故多疑为伪造。

画在西班牙的亚勒泰米拉（Altamira）洞①里的野牛，是有名的原始人的遗迹，许多艺术史家说，这正是"为艺术的艺术"，原始人画着玩玩的。但这解释未免过于"摩登"，因为原始人没有十九世纪的文艺家那么有闲，他的画一只牛，是有缘故的，为的是关于野牛，或者是猎取野牛，禁咒野牛的事。现在上海墙壁上的香烟和电影的广告画，尚且常有人张着嘴巴看，在少见多怪的原始社会里，有了这么一个奇迹，那轰动一时，就可想而知了。他们一面看，知道了野牛这东西，原来可以用线条移在别的平面上，同时仿佛也认识了一个"牛"字，一面也佩服这作者的才能，但没有人请他作自传赚钱，所以姓氏也就湮没了。但在社会里，仓颉也不止一个，有的在刀柄上刻一点图，有的在门户上画一些画，心心相印，口口相传，文字就多起来，史官一采集，便可以敷衍记事了。中国文字的由来，恐怕也逃不出这例子的。

自然，后来还该有不断的增补，这是史官自己可以办到的，新字夹在熟字中，又是象形，别人也容易推测到那字的意义。直到现在，中国还在生出新字来。但是，硬做新仓颉，却要失败的，吴的朱育，唐的武则天，都曾经造过古怪字，②也都白费力。现在最会造字的是中国化学家，许多原质和化合物的名目，很不容易认得，连音也难以读出来了。老实说，我是一看见就头痛的，觉得远不如就用万国通用的拉丁名来得爽快，如果二十来个字母都认不得，请恕我直说：那么，化学也大抵学不好的。

---

① 亚勒泰米拉洞　在西班牙北部散坦特尔省境，发现于1879年。洞窟中有旧石器时代用红黑紫三种颜色画成的壁画，画的都是野牛、野鹿、野猪和长毛巨象等动物。

② 关于朱育、武则天造字，据《三国志·吴书·虞翻传》注引《会稽典录》："孙亮时，有山阴朱育，少好奇字，凡所特达，依体象类，造作异字千名以上。"《新唐书·后妃列传》：武则天于"载初中，……作曌、𠀍、埊、……十有二文。太后自名曌。"但《资治通鉴·唐纪二十》载：天授元年，"凤阁侍郎河东宗秦客，改造'天''地'等十二字以献，丁亥，行之。太后自名'曌'"。

四　写字就是画画

《周礼》和《说文解字》①上都说文字的构成法有六种,这里且不谈罢,只说些和"象形"有关的东西。

象形,"近取诸身,远取诸物"②,就是画一只眼睛是"目",画一个圆圈,放几条毫光是"日",那自然很明白,便当的。但有时要碰壁,譬如要画刀口,怎么办呢?不画刀背,也显不出刀口来,这时就只好别出心裁,在刀口上加一条短棍,算是指明"这个地方"的意思,造了"刃"。这已经颇有些办事棘手的模样了,何况还有无形可象的事件,于是只得来"象意"③,也叫作"会意"。一只手放在树上是"采",一颗心放在屋子和饭碗之间是"宓",有吃有住,安宓了。但要写"宁可"的宁,却又得在碗下面放一条线,表明这不过是用了"宓"的声音的意思。"会意"比"象形"更麻烦,它至少要画两样。如"寶"字,则要画一个屋顶,一串玉,一个缶,一个贝,计四样;我看"缶"字还是杵臼两形合成的,那么一共有五样。单单为了画这一个字,就很要破费些工夫。

不过还是走不通,因为有些事物是画不出,有些事物是画不来,譬如松柏,叶样不同,原是可以分出来的,但写字究竟是写字,不能像绘画那样精工,到底还是硬挺不下去。来打开这僵局的是"谐声",意义和形象离开了关系。这已经是"记音"了,所以有人说,这是中国文字的进步。不错,也可以说是进步,然而那基础也还是画画儿。例如"菜,从草,采声",画一窠草,一个爪,一株树:三样;"海,从水,每声",画一条河,一位戴帽(?)的太太,也三样。总之:你如果要写字,就非永远画画不成。

---

① 《周礼》　儒家经典之一,记述周王朝官制和战国时代各国制度的资料汇编,大约成书于战国时期。《说文解字》,东汉许慎撰,我国第一部系统介绍汉字形、音、义的著作。这里讲的汉字六种构成法,即《周礼》和《说文解字》中所记载的"六书"。《周礼》中所说的有:象形、会意、转注、处事、假借、谐声。《说文解字》中所说的稍有不同,是:指事、象形、形声、会意、转注、假借。

② "近取诸身,远取诸物"　语出《易经·系辞》。

③ "象意"　《汉书·艺文志》:"六书,谓象形、象事、象意、象声、转注、假借,造字之本也。"据唐代颜师古注:"象意即会意也。"

但古人是并不愚蠢的,他们早就将形象改得简单,远离了写实。篆字圆折,还有图画的余痕,从隶书到现在的楷书①,和形象就天差地远。不过那基础并未改变,天差地远之后,就成为不象形的象形字,写起来虽然比较的简单,认起来却非常困难了,要凭空一个一个的记住。而且有些字,也至今并不简单,例如"鸞"或"鑿",去叫孩子写,非练习半年六月,是很难写在半寸见方的格子里面的。

还有一层,是"谐声"字也因为古今字音的变迁,很有些和"声"不大"谐"的了。现在还有谁读"滑"为"骨",读"海"为"每"呢?

古人传文字给我们,原是一份重大的遗产,应该感谢的。但在成了不象形的象形字,不十分谐声的谐声字的现在,这感谢却只好踌躇一下了。

五　古时候言文一致么?

到这里,我想来猜一下古时候言文是否一致的问题。

对于这问题,现在的学者们虽然并没有分明的结论,但听他口气,好像大概是以为一致的;越古,就越一致。② 不过我却很有些怀疑,因为文字愈容易写,就愈容易写得和口语一致,但中国却是那么难画的象形字,也许我们的古人,向来就将不关重要的词摘去了的。

《书经》③有那么难读,似乎正可作照写口语的证据,但商周人的的确的口语,现在还没有研究出,还要繁也说不定的。至于周秦古书,虽然作者也用一点他本地的方言,而文字大致相类,即使和口语还相近

---

① 篆、隶、楷是汉字演进过程中先后出现的几种字体的名称。篆书分大篆小篆,大篆是从西周到战国通行的字体,但各国有异。秦始皇时统一字体,称为小篆。隶书开始于秦代,把小篆匀圆的笔画稍改平直,到汉代才出现平直扁正的正式的隶书。楷书始于汉末,以后取代隶书,通行至今。

② 这里指胡适。胡适著的《国语文学史》于1927年出版时,黎锦熙在该书的《代序》中说,这部文学史所以始于战国秦汉而不包括《诗经》,是因为胡适要从他认为语言文字开始分歧的时代写起。《代序》不同意战国前语文合一的看法。1928年胡适将此书修订,抽去《代序》,改名《白话文学史》出版,在第一章说:"我们研究古代文字,可以推知当战国的时候中国的文体已经不能与语体一致了。"仍坚持他的战国前言文一致的看法。

③ 《书经》　即《尚书》,儒家经典之一。我国上古历史文件和部分追述古代事迹的著作的汇编。

罢,用的也是周秦白话,并非周秦大众语。汉朝更不必说了,虽是肯将《书经》里难懂的字眼,翻成今字的司马迁①,也不过在特别情况之下,采用一点俗语,例如陈涉的老朋友看见他为王,惊异道:"夥颐,涉之为王沉沉者"②,而其中的"涉之为王"四个字,我还疑心太史公加过修剪的。

那么,古书里采录的童谣,谚语,民歌,该是那时的老牌俗语罢。我看也很难说。中国的文学家,是颇有爱改别人文章的脾气的。最明显的例子是汉民间的《淮南王歌》③,同一地方的同一首歌,《汉书》和《前汉纪》④记的就两样。

一面是——

一尺布,尚可缝;

一斗粟,尚可舂。

兄弟二人,不能相容。

一面却是——

一尺布,暖童童;

一斗粟,饱蓬蓬。

兄弟二人不相容。

比较起来,好像后者是本来面目,但已经删掉了一些也说不定的:只是一个提要。后来宋人的语录,话本,元人的杂剧和传奇里的科白,也都是提要,只是它用字较为平常,删去的文字较少,就令人觉得"明白如话"了。

---

① 司马迁(约前145—约前86) 字子长,夏阳(今陕西韩城)人,西汉史学家、文学家。曾任太史令。他所撰的《史记》,是我国第一部纪传体通史(从上古起到汉武帝止)。

② "夥颐,涉之为王沉沉者" 语出《史记·陈涉世家》。据唐代司马贞《索隐》:"服虔云:楚人谓多为夥。按,又言'颐'者,助声之辞也。"又据南朝宋裴骃《集解》:"应劭曰:'沈沈,宫室深邃之貌也。'"

③ 《淮南王歌》 淮南王指汉文帝之弟刘长,他因谋反为文帝所废,流放蜀郡,中途绝食而死。后来民间就流传出这首歌谣。

④ 《汉书》 东汉班固编撰的西汉史,是我国第一部纪传体断代史。《前汉纪》,即《汉纪》,东汉荀悦撰,编年体西汉史,内容多取材于《汉书》,有所增补。这里所引的前一首见《汉书·淮南王传》,末句无"能"字,《史记·淮南衡山列传》所载与引文同;后一首未见于《前汉纪》,汉代高诱的《淮南鸿烈解叙》载有此歌,首句作"一尺缯,好童童",末句作"兄弟二人,不能相容"。

我的臆测,是以为中国的言文,一向就并不一致的,大原因便是字难写,只好节省些。当时的口语的摘要,是古人的文;古代的口语的摘要,是后人的古文。所以我们的做古文,是在用了已经并不象形的象形字,未必一定谐声的谐声字,在纸上描出今人谁也不说,懂的也不多的,古人的口语的摘要来。你想,这难不难呢?

六　于是文章成为奇货了

文字在人民间萌芽,后来却一定为特权者所收揽。据《易经》的作者所推测,"上古结绳而治",则连结绳就已是治人者的东西。待到落在巫史的手里的时候,更不必说了,他们都是酋长之下,万民之上的人。社会改变下去,学习文字的人们的范围也扩大起来,但大抵限于特权者。至于平民,那是不识字的,并非缺少学费,只因为限于资格,他不配。而且连书籍也看不见。中国在刻版还未发达的时候,有一部好书,往往是"藏之秘阁,副在三馆"①,连做了士子,也还是不知道写着什么的。

因为文字是特权者的东西,所以它就有了尊严性,并且有了神秘性。中国的字,到现在还很尊严,我们在墙壁上,就常常看见挂着写上"敬惜字纸"的篓子;至于符的驱邪治病,那是靠了它的神秘性的。文字既然含着尊严性,那么,知道文字,这人也就连带的尊严起来了。新的尊严者日出不穷,对于旧的尊严者就不利,而且知道文字的人们一多,也会损伤神秘性的。符的威力,就因为这好像是字的东西,除道士以外,谁也不认识的缘故。所以,对于文字,他们一定要把持。

欧洲中世,文章学问,都在道院里;克罗蒂亚(Kroatia)②,是到了十九世纪,识字的还只有教士的,人民的口语,退步到对于旧生活刚够用。他们革新的时候,就只好从外国借进许多新语来。

---
① "藏之秘阁,副在三馆"　秘阁、三馆都是藏书的地方。《宋史・职官志》载:"国初以史馆、昭文馆、集贤院为三馆,皆寓崇文院。太宗端拱元年(988)诏就崇文院中堂建秘阁,择三馆真本书籍万余卷,及内出古画墨迹,藏其中。"
② 克罗蒂亚　通译克罗地亚,巴尔干半岛北部的国家,西濒亚得里亚海。

我们中国的文字,对于大众,除了身分,经济这些限制之外,却还要加上一条高门槛:难。单是这条门槛,倘不费他十来年工夫,就不容易跨过。跨过了的,就是士大夫,而这些士大夫,又竭力的要使文字更加难起来,因为这可以使他特别的尊严,超出别的一切平常的士大夫之上。汉朝的杨雄的喜欢奇字,就有这毛病的,刘歆想借他的《方言》稿子,他几乎要跳黄浦。① 唐朝呢,樊宗师的文章做到别人点不断②,李贺的诗做到别人看不懂③,也都为了这缘故。还有一种方法是将字写得别人不认识,下焉者,是从《康熙字典》④上查出几个古字来,夹进文章里面去;上焉者是钱坫的用篆字来写刘熙的《释名》⑤,最近还有钱玄同先生的照《说文》字样给太炎先生抄《小学答问》⑥。

文字难,文章难,这还都是原来的;这些上面,又加以士大夫故意特制的难,却还想它和大众有缘,怎么办得到。但士大夫们也正愿其如此,如

---

① 杨雄(前53—18) 一作扬雄,字子云,蜀郡成都(今属四川)人。西汉文学家、语言文字学家。著有《法言》《太玄经》及其他文赋。《汉书·扬雄传》载,"刘棻尝从雄学作奇字",据唐代颜师古注,奇字即"古文之异者"。《方言》,全名《輶轩使者绝代语释别国方言》,相传为扬雄所作,共十三卷,内容杂录中国各地同义异字之字一万一千余。刘歆(约前53—23),字子骏,沛(今江苏沛县)人,西汉学者。他在《与扬雄从取方言书》中说:"属闻子云独采集先代绝言,异国殊语,以为十五卷,其所解略多矣,而不知其目……今谨使密人奉手书,愿颇与其最目,得使入箓,令圣朝留明明之典。"扬雄在《答刘歆书》中却说:"敕以殊言十五卷,君何由知之?……天下上计孝廉及内郡卫卒会者,雄常把三寸弱翰,赍油素四尺,以问其异语,归即以铅摘次之于椠,二十七岁于今矣;而语言或交错相反方复论思详悉集之……诚欲崇而就之,不可以遗,不可以息。即君必欲胁之以威,陵之以武,欲令入之于此;此又未定,未可以见,今君又终之,则缢死以从命也。而可且宽假延期,必不敢有爱。""跳黄浦"是通行于上海的俗语,意即自杀。
② 樊宗师(?—约823) 字绍述,河中(今山西永济)人,唐代散文家。曾任绵州、绛州刺史。他的文章艰涩,难以断句,如《绛守居园池记》的第一句"绛即东雍为守理所",有人断为"绛即东雍,为守理所",也有人断为"绛,即东雍为守理所"。按,理所即治所,避唐高宗李治讳改作理所。
③ 李贺(790—816) 字长吉,昌谷(今河南宜阳)人,唐代诗人。他的诗立意新巧,用语奇特。《新唐书·李贺传》说他"辞尚奇诡,所得皆惊迈绝去翰墨畦径,当时无能效者。"
④ 《康熙字典》 参见第100页注⑤。
⑤ 钱坫(1744—1806) 字献之,江苏嘉定(今属上海市)人,清代汉学家。善写小篆。刘熙,字成国,东汉北海(今山东潍坊)人,训诂学家。所著《释名》,八卷,共二十七篇,是一部解释字义的书。
⑥ 钱玄同 参见第433页注③。他曾用《说文解字》中的篆体字样抄写章太炎的《小学答问》,由浙江官书局刊刻行世。太炎,参见第345页注①。他所作的《小学答问》是据《说文解字》解释本字和借字的流变的书。

果文字易识,大家都会,文字就不尊严,他也跟着不尊严了。说白话不如文言的人,就从这里出发的;现在论大众语,说大众只要教给"千字课"①就够的人,那意思的根柢也还是在这里。

七　不识字的作家

用那么艰难的文字写出来的古语摘要,我们先前也叫"文",现在新派一点的叫"文学",这不是从"文学子游子夏"②上割下来的,是从日本输入,他们的对于英文 Literature 的译名。会写写这样的"文"的,现在是写白话也可以了,就叫作"文学家",或者叫"作家"。

文学的存在条件首先要会写字,那么,不识字的文盲群里,当然不会有文学家的了。然而作家却有的。你们不要太早的笑我,我还有话说。我想,人类是在未有文字之前,就有了创作的,可惜没有人记下,也没有法子记下。我们的祖先的原始人,原是连话也不会说的,为了共同劳作,必需发表意见,才渐渐的练出复杂的声音来,假如那时大家抬木头,都觉得吃力了,却想不到发表,其中有一个叫道"杭育杭育",那么,这就是创作;大家也要佩服,应用的,这就等于出版;倘若用什么记号留存了下来,这就是文学;他当然就是作家,也是文学家,是"杭育杭育派"③。不要笑,这作品确也幼稚得很,但古人不及今人的地方是很多的,这正是其一。就是周

---

① "千字课"　1922年陶行知等人创办的中华平民教育促进会编纂的《平民千字课》,朱经农、陶行知编著,全四册,每册二十四课,读完可识一千二百余字,用作成年人补习常用汉字的读本。后来一些书店也仿照编印了类似读本。1934年8月15日《社会月报》第一卷第三期发表彭子蕴的《大众语与大众文化的水准问题》一文,其中说:"现在市场上有一种叫做《平民千字课》的书,是真用来教育所谓大众的。"
② "文学子游子夏"　语出《论语·先进》,据宋代邢昺疏:"若'文章博学',则有子游、子夏二人也。"子游、子夏,即孔子的弟子言偃、卜商。
③ "杭育杭育派"　意指大众文学。这里是针对林语堂而发的。林语堂在1934年4月28日、30日及5月3日《申报·自由谈》所载《方巾气研究》一文中说:"在批评方面,近来新旧卫道派颇一致,方巾气越来越重。凡非哼哼唧唧文学,或杭育杭育文学,皆在鄙视之列。"又说:"《人间世》出版,动起杭育杭育派的方巾气,七手八脚,乱吹乱播,却丝毫没有打动了《人间世》。"周

朝的什么"关关雎鸠,在河之洲,窈窕淑女,君子好逑"罢,它是《诗经》①里的头一篇,所以吓得我们只好磕头佩服,假如先前未曾有过这样的一篇诗,现在的新诗人用这意思做一首白话诗,到无论什么副刊上去投稿试试罢,我看十分之九是要被编辑者塞进字纸篓去的。"漂亮的好小姐呀,是少爷的好一对儿!"什么话呢?

就是《诗经》的《国风》里的东西,好许多也是不识字的无名氏作品,因为比较的优秀,大家口口相传的。王官②们检出它可作行政上参考的记录了下来,此外消灭的正不知有多少。希腊人荷马——我们姑且当作有这样一个人——的两大史诗③,也原是口吟,现存的是别人的记录。东晋到齐陈的《子夜歌》和《读曲歌》④之类,唐朝的《竹枝词》和《柳枝词》⑤之类,原都是无名氏的创作,经文人的采录和润色之后,留传下来的。这一润色,留传固然留传了,但可惜的是一定失去了许多本来面目。到现在,到处还有民谣,山歌,渔歌等,这就是不识字的诗人的作品;也传述着童话和故事,这就是不识字的小说家的作品;他们,就都是不识字的作家。

但是,因为没有记录作品的东西,又很容易消灭,流布的范围也不能很广大,知道的人们也就很少了。偶有一点为文人所见,往往倒吃惊,吸入自己的作品中,作为新的养料。旧文学衰颓时,因为摄取民间文学或外国文学而起一个新的转变,这例子是常见于文学史上的。不识字的作家

---

① 《诗经》 参见第122页注①。
② 王官 王朝的职官,这里指"采诗之官"。《汉书·艺文志》说:"古有采诗之官,王者所以观风俗、知得失,自考正也。"
③ 荷马的两大史诗指《伊利亚特》和《奥德赛》,约产生于公元前9世纪。荷马的生平以至是否确有其人,欧洲的文学史家颇多争论,所以这里说"姑且当作有这样一个人"。
④ 《子夜歌》 据《晋书·乐志》:"《子夜歌》者,女子名子夜造此声。"《乐府诗集》列为"吴声歌曲",收"晋、宋、齐辞"的《子夜歌》四十二首和《子夜四时歌》七十五首。《读曲歌》,据《宋书·乐志》:"《读曲哥(歌)》者,民间为彭城王义康所作也。"又《乐府诗集》引《古今乐录》:"读曲歌者,元嘉十七年(440)袁后崩,百官不敢作声歌;或因酒宴,止窃声读曲细吟而已,以此为名。"《乐府诗集》收入《读曲歌》八十九首,也列为"吴声歌曲"。
⑤ 《竹枝词》 据《乐府诗集》:"《竹枝》,本出于巴渝。唐贞元中,刘禹锡在沅湘,以俚歌鄙陋,乃依骚人《九歌》作《竹枝》新辞九章,教里中儿歌之,由是盛于贞元、元和之间(785—820)。"《柳枝词》,即《杨柳枝》,唐代教坊曲名。白居易有《杨柳枝词》八首,其中有"古歌旧曲君休听,听取新翻《杨柳枝》"的句子。他又在《杨柳枝二十韵》题下自注:"《杨柳枝》,洛下新声也。"

虽然不及文人的细腻,但他却刚健,清新。

要这样的作品为大家所共有,首先也就是要这作家能写字,同时也还要读者们能识字以至能写字,一句话:将文字交给一切人。

八　怎么交代?

将文字交给大众的事实,从清朝末年就已经有了的。

"莫打鼓,莫打锣,听我唱个太平歌……"是钦颁的教育大众的俗歌;①此外,士大夫也办过一些白话报,②但那主意,是只要大家听得懂,不必一定写得出。《平民千字课》就带了一点写得出的可能,但也只够记账,写信。倘要写出心里所想的东西,它那限定的字数是不够的。譬如牢监,的确是给了人一块地,不过它有限制,只能在这圈子里行立坐卧,断不能跑出设定了的铁栅外面去。

劳乃宣和王照③他两位都有简字,进步得很,可以照音写字了。民国初年,教育部要制字母,他们俩都是会员,劳先生派了一位代表,王先生是亲到的,为了入声存废问题,曾和吴稚晖④先生大战,战得吴先生肚子一凹,棉裤也落了下来。但结果总算几经斟酌,制成了一种东西,叫作"注音字母"。那时很有些人,以为可以替代汉字了,但实际上还是不行,因

---

① 光绪三十二年(1906)起,清政府为了推行所谓"通俗教育",将一些官方发布的政治时事材料,用白话编成通俗的故事和歌谣进行宣讲。"太平歌"以"莲花落"形式编写,一般都用文中所引的三句开头,是当时钦颁的通俗歌谣之一。

② 白话报　清末各地出版过不少白话报,如《无锡白话报》(1897)、《杭州白话报》(1903)、上海的《中国白话报》(1903)、《扬子江白话报》(1904)等。

③ 劳乃宣(1843—1921)　字季瑄,号玉初,浙江桐乡人。清末任京师大学堂总监督兼署学部副大臣,民国初年主张复辟,后来避居青岛。他的《简字全谱》系以王照的《官话字母》为依据,成于1907年。其他著作有《等韵一得》《古筹算考释》等。王照(1859—1933),字小航,河北宁河人。清末维新运动者,戊戌政变时逃往日本,后又自行投案下狱,不久被释。他的《官话合声字母》于1900年刊行。其他著作有《水东集上下编》八种。

④ 吴稚晖　参见第446页注②。1913年2月,北洋政府教育部召集的读音统一会正式开会,由他和王照分任正副议长。因为浊音字母和入声存废问题,南北两方会员争论了一个多月。后来该会除审定六千五百余字的读音以外,还正式将通过审定字音时所用的"记音字母",定名为"注音字母"。到1930年,"注音字母"又改称"注音符号"。

为它究竟不过简单的方块字,恰如日本的"假名"①一样,夹上几个,或者注在汉字的旁边还可以,要它拜帅,能力就不够了。写起来会混杂,看起来要眼花。那时的会员们称它为"注音字母",是深知道它的能力范围的。再看日本,他们有主张减少汉字的,有主张拉丁拼音的,但主张只用"假名"的却没有。

再好一点的是用罗马字拼法,研究得最精的是赵元任先生罢,我不大明白。用世界通用的罗马字拼起来——现在是连土耳其也采用了——一词一串,非常清晰,是好的。但教我似的门外汉来说,好像那拼法还太繁。要精密,当然不得不繁,但繁得很,就又变了"难",有些妨碍普及了。最好是另有一种简而不陋的东西。

这里我们可以研究一下新的"拉丁化"法,《每日国际文选》里有一小本《中国语书法之拉丁化》②,《世界》第二年第六七号合刊附录的一份《言语科学》③,就都是绍介这东西的。价钱便宜,有心的人可以买来看。它只有二十八个字母,拼法也容易学。"人"就是 Rhen,"房子"就是 Fangz,"我吃果子"是 Wo ch goz,"他是工人"是 Ta sh gungrhen。现在在华侨里实验,见了成绩的,还只是北方话。但我想,中国究竟还是讲北方话——不是北京话——的人们多,将来如果真有一种到处通行的大众语,那主力也恐怕还是北方话罢。为今之计,只要酌量增减一点,使它合于各该地方所特有的音,也就可以用到无论什么穷乡僻壤去了。

那么,只要认识二十八个字母,学一点拼法和写法,除懒虫和低能外,就谁都能够写得出,看得懂了。况且它还有一个好处,是写得快。美国人说,时间就是金钱;但我想:时间就是性命。无端的空耗别人的时间,其实

---

① "假名" 日文的字母,因为是从"真名"(即汉字)假借而来的,所以称为"假名"。分片假名(楷体)和平假名(草体)二种。

② 《每日国际文选》 一种"每日提供世界新闻杂志间各种论文之汉译"的刊物,1933年8月1日创刊,孙师毅、明耀五、包可华编选,上海中外出版公司印行。《中国语书法之拉丁化》,萧爱梅(萧三)作,原刊苏联的世界语刊物《新阶段》,后由焦风(方善境)译出,作为《每日国际文选》的第十二号,1933年8月12日出版。

③ 《世界》 上海世界语者协会编印的世界语月刊,1932年12月到1936年12月出刊。《言语科学》是《世界》的每月增刊,创刊于1933年10月;它的第九、十号合刊(即《世界》1934年6月、7月号合刊的增刊)上载有应人(霍应人)作的《中国语书法拉丁化方案之介绍》一文。

是无异于谋财害命的。不过像我们这样坐着乘风凉,谈闲天的人们,可又是例外。

九 专化呢,普遍化呢?

到了这里,就又碰着了一个大问题:中国的言语,各处很不同,单给一个粗枝大叶的区别,就有北方话,江浙话,两湖川贵话,福建话,广东话这五种,而这五种中,还有小区别。现在用拉丁字来写,写普通话,还是写土话呢?要写普通话,人们不会;倘写土话,别处的人们就看不懂,反而隔阂起来,不及全国通行的汉字了。这是一个大弊病!

我的意思是:在开首的启蒙时期,各地方各写它的土话,用不着顾到和别地方意思不相通。当未用拉丁写法之前,我们的不识字的人们,原没有用汉字互通着声气,所以新添的坏处是一点也没有的,倒有新的益处,至少是在同一语言的区域里,可以彼此交换意见,吸收智识了——那当然,一面也得有人写些有益的书。问题倒在这各处的大众语文,将来究竟要它专化呢,还是普通化?

方言土语里,很有些意味深长的话,我们那里叫"炼话",用起来是很有意思的,恰如文言的用古典,听者也觉得趣味津津。各就各处的方言,将语法和词汇,更加提炼,使他发达上去的,就是专化。这于文学,是很有益处的,它可以做得比仅用泛泛的话头的文章更加有意思。但专化又有专化的危险。言语学我不知道,看生物,是一到专化,往往要灭亡的。未有人类以前的许多动植物,就因为太专化了,失其可变性,环境一改,无法应付,只好灭亡。——幸而我们人类还不算专化的动物,请你们不要愁。大众,是有文学,要文学的,但决不该为文学做牺牲,要不然,他的荒谬和为了保存汉字,要十分之八的中国人做文盲来殉难的活圣贤就并不两样。所以,我想,启蒙时候用方言,但一面又要渐渐的加入普通的语法和词汇去。先用固有的,是一地方的语文的大众化,加入新的去,是全国的语文的大众化。

几个读书人在书房里商量出来的方案,固然大抵行不通,但一切都听其自然,却也不是好办法。现在在码头上,公共机关中,大学校里,确已有着一种好像普通话模样的东西,大家说话,既非"国语",又不是京话,各各带着乡音,乡调,却又不是方言,即使说的吃力,听的也吃力,然而总归说得出,听得懂。如果加以整理,帮它发达,也是大众语中的一支,说不定将来还简直是主力。我说要在方言里"加入新的去",那"新的"的来源就在这地方。待到这一种出于自然,又加人工的话一普遍,我们的大众语文就算大致统一了。

此后当然还要做。年深月久之后,语文更加一致,和"炼话"一样好,比"古典"还要活的东西,也渐渐的形成,文学就更加精采了。马上是办不到。你们想,国粹家当作宝贝的汉字,不是化了三四千年工夫,这才有这么一堆古怪成绩么?

至于开手要谁来做的问题,那不消说:是觉悟的读书人。有人说:"大众的事情,要大众自己来做!"①那当然不错的,不过得看看说的是什么脚色。如果说的是大众,那有一点是对的,对的是要自己来,错的是推开了帮手。倘使说的是读书人呢,那可全不同了:他在用漂亮话把持文字,保护自己的尊荣。

十　不必恐慌

但是,这还不必实做,只要一说,就又使另一些人发生恐慌了。

首先是说提倡大众语文的,乃是"文艺的政治宣传员如宋阳之流"②,本意在于造反。给带上一顶有色帽,是极简单的反对法。不过一面也就是说,为了自己的太平,宁可中国有百分之八十的文盲。那么,倘使口头

---

① "大众的事情,要大众自己来做!"　在当时大众语文学的论争中,报刊上曾有过不少这类议论,如吴稚晖在1934年8月1日《申报·自由谈》发表的《大众语万岁》一文中说:"让大众自己来创造,不要代办。"章克标在《人言》第二十一期(1934年7月7日)中说:"大众语文学是要由大众自己创造出来的,才算是真正的大众语文学。"

② "文艺的政治宣传员如宋阳之流"　《社会月报》第一卷第三期(1934年8月15日)发表李焰生的《由大众语文学到国民语文文学》一文中说:"所谓大众语,意义是模糊的,提倡不是始自现在,那些文艺的政治宣传员如宋阳之流,数年前已经很热闹的讨论过。"宋阳,即瞿秋白(1899—1935),江苏常州人,中国共产党早期领导人之一。他曾在《文学月报》第一卷第一号、第三号(1932年6月、10月)先后发表《大众文艺的问题》和《再论大众文艺答止敬》两文。

宣传呢,就应该使中国有百分之八十的聋子了。但这不属于"谈文"的范围,这里也无须多说。

专为着文学发愁的,我现在看见有两种。一种是怕大众如果都会读,写,就大家都变成文学家了①。这真是怕天掉下来的好人。上次说过,在不识字的大众里,是一向就有作家的。我久不到乡下去了,先前是,农民们还有一点余闲,譬如乘凉,就有人讲故事。不过这讲手,大抵是特定的人,他比较的见识多,说话巧,能够使人听下去,懂明白,并且觉得有趣。这就是作家,抄出他的话来,也就是作品。倘有语言无味,偏爱多嘴的人,大家是不要听的,还要送给他许多冷话——讥刺。我们弄了几千年文言,十来年白话,凡是能写的人,何尝个个是文学家呢?即使都变成文学家,又不是军阀或土匪,于大众也并无害处的,不过彼此互看作品而已。

还有一种是怕文学的低落。大众并无旧文学的修养,比起士大夫文学的细致来,或者会显得所谓"低落"的,但也未染旧文学的痼疾,所以它又刚健,清新。无名氏文学如《子夜歌》之流,会给旧文学一种新力量,我先前已经说过了;现在也有人介绍了许多民歌和故事。还有戏剧,例如《朝花夕拾》所引《目连救母》里的无常鬼②的自传,说是因为同情一个鬼魂,暂放还阳半日,不料被阎罗责罚,从此不再宽纵了——

"那怕你铜墙铁壁!

那怕你皇亲国戚!……"

何等有人情,又何等知过,何等守法,又何等果决,我们的文学家做得出来么?

这是真的农民和手业工人的作品,由他们闲中扮演。借目连的巡行

---

① 大家都变成文学家了 1934年8月1日、2日《申报·电影专刊》发表米同的《"大众语"根本上的错误》一文中说:"要是照他们所说,用'大众语'来写作一切文艺作品的话,到了那个时限,一切的人都可以说出就是文章,记下来就是作品,那时不是文学毁灭的时候,就是大家都成了文学家了。"

② 《目连救母》 参见第89页注②。唐代已有《大目乾连冥间救母变文》,以后曾被编成多种戏曲,这里是指绍兴戏。无常鬼,即迷信传说中的"勾魂使者",参看本书"散文"一辑中所收的《无常》。

来贯串许多故事,除《小尼姑下山》外,和刻本的《目连救母记》①是完全不同的。其中有一段《武松打虎》,是甲乙两人,一强一弱,扮着戏玩。先是甲扮武松,乙扮老虎,被甲打得要命,乙埋怨他了,甲道:"你是老虎,不打,不是给你咬死了?"乙只得要求互换,却又被甲咬得要命,一说怨话,甲便道:"你是武松,不咬,不是给你打死了?"我想:比起希腊的伊索②,俄国的梭罗古勃③的寓言来,这是毫无逊色的。

如果到全国的各处去收集,这一类的作品恐怕还很多。但自然,缺点是有的。是一向受着难文字,难文章的封锁,和现代思潮隔绝。所以,倘要中国的文化一同向上,就必须提倡大众语,大众文,而且书法更必须拉丁化。

十一　　大众并不如读书人所想像的愚蠢

但是,这一回,大众语文刚一提出,就有些猛将趁势出现了,来路是并不一样的,可是都向白话,翻译,欧化语法,新字眼进攻。他们都打着"大众"的旗,说这些东西,都为大众所不懂,所以要不得。其中有的是原是文言余孽,借此先来打击当面的白话和翻译的,就是祖传的"远交近攻"的老法术;有的是本是懒惰分子,未尝用功,要大众语未成,白话先倒,让他在这空场上夸海口的,其实也还是文言文的好朋友,我都不想在这里多谈。现在要说的只是那些好意的,然而错误的人,因为他们不是看轻了大众,就是看轻了自己,仍旧犯着古之读书人的老毛病。

读书人常常看轻别人,以为较新,较难的字句,自己能懂,大众却不能懂,所以为大众计,是必须彻底扫荡的;说话作文,越俗,就越好。这意见

---

① 《目连救母记》　明代新安郑之珍作。刻本卷首有"主江南试者冯"写于清光绪二十年(1894)的序言,其中说:"此书出自安徽,或云系瞽者所作,余亦未敢必也。"序言中也说到《小尼姑下山》:"惟《下山》一折,较为憾事;不知清磬场中,杂此妙舞,更觉可观,大有画家绚染之法焉,余不为之咎。"

② 伊索(Aesop,约前6世纪)　相传是古希腊寓言作家,现在流传的《伊索寓言》共有三百余篇,系后人编集。

③ 梭罗古勃(Ф. Сологуб,1863—1927)　一译索洛古勃,俄国诗人和小说家,著有长篇小说《老屋》《小鬼》等。《域外小说集》(1921年上海群益书社版)中曾译载他的寓言十篇。

发展开来，他就要不自觉的成为新国粹派。或则希图大众语文在大众中推行得快，主张什么都要配大众的胃口，甚至于说要"迎合大众"，故意多骂几句，以博大众的欢心。这当然自有他的苦心孤诣，但这样下去，可要成为大众的新帮闲的。

说起大众来，界限宽泛得很，其中包括着各式各样的人，但即使"目不识丁"的文盲，由我看来，其实也并不如读书人所推想的那么愚蠢。他们是要智识，要新的智识，要学习，能摄取的。当然，如果满口新语法，新名词，他们是什么也不懂；但逐渐的检必要的灌输进去，他们却会接受；那消化的力量，也许还赛过成见更多的读书人。初生的孩子，都是文盲，但到两岁，就懂许多话，能说许多话了，这在他，全部是新名词，新语法。他那里是从《马氏文通》或《辞源》①里查来的呢，也没有教师给他解释，他是听过几回之后，从比较而明白了意义的。大众的会摄取新词汇和语法，也就是这样子，他们会这样的前进。所以，新国粹派的主张，虽然好像为大众设想，实际上倒尽了拖住的任务。不过也不能听大众的自然，因为有些见识，他们究竟还在觉悟的读书人之下，如果不给他们随时拣选，也许会误拿了无益的，甚而至于有害的东西。所以，"迎合大众"的新帮闲，是绝对的要不得的。

由历史所指示，凡有改革，最初，总是觉悟的智识者的任务。但这些智识者，却必须有研究，能思索，有决断，而且有毅力。他也用权，却不是骗人，他利导，却并非迎合。他不看轻自己，以为是大家的戏子，也不看轻别人，当作自己的喽罗。他只是大众中的一个人，我想，这才可以做大众的事业。

十二　煞　尾

话已经说得不少了。总之，单是话不行，要紧的是做。要许多人做：

---

① 《马氏文通》　清代马建忠著，共十卷，1898 年出版，是我国最早的一部较有系统的研究汉语语法的专著。《辞源》，陆尔奎等编辑，1915 年上海商务印书馆印行，1931 年增出"续编"，是一部说明汉语词义及其渊源、演变的工具书。

大众和先驱;要各式的人做:教育家,文学家,言语学家……。这已经迫于必要了,即使目下还有点逆水行舟,也只好拉纤;顺水固然好得很,然而还是少不得把舵的。

这拉纤或把舵的好方法,虽然也可以口谈,但大抵得益于实验,无论怎么看风看水,目的只是一个:向前。

各人大概都有些自己的意见,现在还是给我听听你们诸位的高论罢。

【讲析】

20世纪30年代,文化界有些保守势力提出"文言复兴",反对白话文,主张学校恢复文言文为主的教学,甚至提倡小学生读经。针对这种复古的逆流,1934年在上海一些进步的文化人发起了关于"大众语"的讨论,倡导更加接近大众口语的白话文写作。鲁迅此文是支持这一改革的意见的。《门外文谈》开头制造了一个在夏夜乘凉时和普通市民聊天的场景,其本身就使用浅近的白话文书写,采用聊天谈话的口气,轻松诙谐,深入浅出,而支持"大众语"的态度很自然就显现出来。文章站位很高,视野开阔,探讨了文字的产生与发展变化的历史,以及对大众语、新文字的提倡等,最后引入对于新文学的反思,看如何通过语言变革和文学变革,来推进社会变革。此文全文十节,也就是十个话题,包括字是什么人造的,是怎么形成发展的,关于象形字和谐声字的变迁,古时候"言"与"文"的关系,民间口头文学与文人创作,近代的文字改革设想,以及必须推开"大众语"的理由,等等,可以说是一部简明精要的汉语文字发展史。

鲁迅在"闲聊"中不时闪现思想火花,还有独特的发现,给人很深的印象。比如谈古代是否"言文一致",鲁迅说古人作文,原是"口语的摘要";后世的古文,是"古代的口语的摘要";而今人做古文,则完全是"言文悖谬",使文章"奇货可居",导致"文字是特权者的东西,所以它就有了尊严性,并且有了神秘性"。鲁迅的历史逻辑就是解放文学,将文学还给口语,还给民众。

鲁迅在论述文字的产生时,还提出文学产生的独特观点:"我们的祖先的原始人，原是连话也不会说的，为了共同劳作，必需发表意见，才渐渐的练出复杂的声音来，假如那时大家抬木头，都觉得吃力了，却想不到发表，其中有一个叫道'杭育杭育'，那么，这就是创作；大家也要佩服，应用的，这就等于出版；倘若用什么记号留存了下来，这就是文学；他当然就是作家，也是文学家，是'杭育杭育派'。"这是文学产生于劳动的观点，符合历史唯物主义。鲁迅还以诗歌的产生与发展为例，说明很多优秀的创作都由"不识字的作家"即普通民众所创造，是口口相传的民间文学，而文人记录、润饰或者吸收到自己的创作中，虽然细腻，却未必比得上口传文学的刚健，清新。这种以大众为本位的文学观，必然导致鲁迅支持"大众语"运动。

鲁迅支持提倡"大众语"，可是并不赞同"什么都要配大众的胃口，甚至于说要'迎合大众'"，创作也并非越俗、越粗就越好，那样做就可能"不自觉的成为新国粹派"。这就是给"大众语"运动中的极端化现象纠偏。鲁迅认为："凡有改革，最初，总是觉悟的智识者的任务。但这些智识者，却必须有研究，能思索，有决断，而且有毅力。他也用权，却不是骗人，他利导，却并非迎合。他不看轻自己，以为是大家的戏子，也不看轻别人，当作自己的喽罗。他只是大众中的一个人，我想，这才可以做大众的事业。"这样，鲁迅就为"大众语"运动把脉，定方向，希望这一改革能健全地开展。

中国人失掉自信力了吗*

从公开的文字上看起来：两年以前，我们总自夸着"地大物博"，是事实；不久就不再自夸了，只希望着国联①，也是事实；现在是既不夸自己，也不信国联，改为一味求神拜佛②，怀古伤今了——却也是事实。

于是有人慨叹曰：中国人失掉自信力了③。

如果单据这一点现象而论，自信其实是早就失掉了的。先前信"地"，信"物"，后来信"国联"，都没有相信过"自己"。假使这也算一种"信"，那也只能说中国人曾经有过"他信力"，自从对国联失望之后，便把这他信力都失掉了。

失掉了他信力，就会疑，一个转身，也许能够只相信了自己，倒是一条新生路，但不幸的是逐渐玄虚起来了。信"地"和"物"，还是切实的东西，

---

* 本文最初发表于1934年10月20日《太白》半月刊第一卷第三期，署名公汗，后收入《且介亭杂文》。

① 国联 "国际联盟"的简称，第一次世界大战后于1920年成立的国际政府间组织。它宣称以"促进国际合作，维持国际和平与安全"为宗旨，实际上是英法等国控制并为其国家利益服务的工具。1946年4月正式宣告解散，其财产移交给联合国。"九一八事变"后，蒋介石即于9月22日在南京发表讲话，声称"暂取逆来顺受态度，以待国联公理之判决"。国民党政府也多次向国联申诉，要求制止日本帝国主义的侵略，但国联并没有采取有效的行动。它派出的调查团到我国东北调查后，在发表的《国联调查团报告书》中，认为日军发动"九一八事变""不能视为合法的自卫手段"，但又承认日本在中国东北的特殊利益，提出在东北建立以日本为主、由英美等国组成的"顾问会议"共同控制的"满洲自治政府"，不但偏袒日本，并阴谋乘机瓜分中国。

② 求神拜佛 当时一些国民党官僚和"社会名流"，以祈祷"解救国难"为名，多次在一些大城市举办"时轮金刚法会""仁王护国法会"。

③ 中国人失掉自信力了 当时舆论界曾有过这类论调，如1934年8月27日《大公报》社评《孔子诞辰纪念》中说："民族的自尊心与自信力，既已荡焉无存，不待外侮之来，国家固早已濒于精神幻灭之域。"

国联就渺茫,不过这还可以令人不久就省悟到依赖它的不可靠。一到求神拜佛,可就玄虚之至了,有益或是有害,一时就找不出分明的结果来,它可以令人更长久的麻醉着自己。

中国人现在是在发展着"自欺力"。

"自欺"也并非现在的新东西,现在只不过日见其明显,笼罩了一切罢了。然而,在这笼罩之下,我们有并不失掉自信力的中国人在。

我们从古以来,就有埋头苦干的人,有拚命硬干的人,有为民请命的人,有舍身求法的人,……虽是等于为帝王将相作家谱的所谓"正史"①,也往往掩不住他们的光耀,这就是中国的脊梁。

这一类的人们,就是现在也何尝少呢?他们有确信,不自欺;他们在前仆后继的战斗,不过一面总在被摧残,被抹杀,消灭于黑暗中,不能为大家所知道罢了。说中国人失掉自信力,用以指一部分人则可,倘若加于全体,那简直是诬蔑。

要论中国人,必须不被搽在表面的自欺欺人的脂粉所诓骗,却看看他的筋骨和脊梁。自信力的有无,状元宰相的文章是不足为据的,要自己去看地底下。

九月二十五日。

【讲析】

本文写于 1934 年 9 月,当时正处于日本侵华之时,某些国人甚至主政者对于民族命运感到悲观,有的报纸也发表有关国人已失去"自信力"的论调。鲁迅此文即针对这种悲观论进行批驳。鲁迅承认的确有那么一些中国人失掉了"自信力"。他们以前盲目自夸"地大物博",如今受到外国的入侵,却又由"信'物'"转为"信'他'""信'国联'",以至求神拜佛的精神状态。鲁迅指出这诸种"信",其实是麻醉自己的"自欺"心态,鲁

---

① "正史" 参见第 51 页注④。梁启超在《中国史界革命案》中说:"二十四史非史也,二十四姓之家谱而已。"

迅用拟仿的方法,给起个名称叫"自欺力",正好和"自信力"背反。

鲁迅认为这些有"自欺力"的人并不能代表中国人民,失去"自信力"的只是国民中的一部分。他看到了,在现今面对外敌入侵时,不少人的表现是"有确信,不自欺;他们在前仆后继的战斗,不过一面总在被摧残,被抹杀,消灭于黑暗中,不能为大家所知道罢了"。他对中华民族抵御外敌的决心与力量充满自信,因为他看重的不是权势者或被搽在表面的自欺欺人的脂粉所诓骗的那些人,而是有担当做实事的人。鲁迅说:"我们从古以来,就有埋头苦干的人,有拼命硬干的人,有为民请命的人,有舍身求法的人,……虽是等于为帝王将相作家谱的所谓'正史',也往往掩不住他们的光耀,这就是中国的脊梁。"

关于"中国的脊梁"这句话非常响亮。鲁迅这么自信,是因为他的眼光非同一般,是看"地底下",看到了当时不少正在为国奋勇战斗和踏实做事的人,他高度赞扬这些人也是"中国的脊梁"。鲁迅还特别用了讥讽的口吻说,"自信力的有无,状元宰相的文章是不足为据的"。如何看待历史与现实的主导力量?鲁迅于此表达了他的唯物史观。

这篇杂文采用驳论,抓住对立观点的片面性,层层深入分析与推导,显露其逻辑上的荒谬。而类似"中国的脊梁"这样的立论穿插文中,掷地有声,振聋发聩。

说 "面 子"*

"面子",是我们在谈话里常常听到的,因为好像一听就懂,所以细想的人大约不很多。

但近来从外国人的嘴里,有时也听到这两个音,他们似乎在研究。他们以为这一件事情,很不容易懂,然而是中国精神的纲领,只要抓住这个,就像二十四年前的拔住了辫子一样,全身都跟着走动了。相传前清时候,洋人到总理衙门①去要求利益,一通威吓,吓得大官们满口答应,但临走时,却被从边门送出去。不给他走正门,就是他没有面子;他既然没有了面子,自然就是中国有了面子,也就是占了上风了。这是不是事实,我断不定,但这故事,"中外人士"中是颇有些人知道的。

因此,我颇疑心他们想专将"面子"给我们。

但"面子"究竟是怎么一回事呢?不想还好,一想可就觉得胡涂。它像是很有好几种的,每一种身份,就有一种"面子",也就是所谓"脸"。这"脸"有一条界线,如果落到这线的下面去了,即失了面子,也叫作"丢脸"。不怕"丢脸",便是"不要脸"。但倘使做了超出这线以上的事,就"有面子",或曰"露脸"。而"丢脸"之道,则因人而不同,例如车夫坐在路边赤膊捉虱子,并不算什么,富家姑爷坐在路边赤膊捉虱子,才成为"丢脸"。但车夫也并非没有"脸",不过这时不算"丢",要给老婆踢了一脚,就躺倒哭起来,这才成为他的"丢脸"。这一条"丢脸"律,是也适用于

---

* 本文最初发表于 1934 年 10 月上海《漫画生活》月刊第二期,后收入《且介亭杂文》。
① 总理衙门 "总理各国事务衙门"的简称。清政府管理外交事务的中央机构,咸丰十年(1860)设立,光绪二十七年(1901)改为外务部。

1933年与史沫特莱、萧伯纳、宋庆龄、蔡元培、伊罗生、林语堂合影

上等人的。这样看来,"丢脸"的机会,似乎上等人比较的多,但也不一定,例如车夫偷一个钱袋,被人发见,是失了面子的,而上等人大捞一批金珠珍玩,却仿佛也不见得怎样"丢脸",况且还有"出洋考察"①,是改头换面的良方。

谁都要"面子",当然也可以说是好事情,但"面子"这东西,却实在有些怪。九月三十日的《申报》就告诉我们一条新闻:沪西有业木匠大包作头之罗立鸿,为其母出殡,邀开"贯器店之王树宝夫妇帮忙,因来宾众多,所备白衣,不敷分配,其时适有名王道才,绰号三喜子,亦到来送殡,争穿白衣不遂,以为有失体面,心中怀恨,……邀集徒党数十人,各执铁棍,据说尚有持手枪者多人,将王树宝家人乱打,一时双方有剧烈之战争,头破血流,多人受有重伤。……"白衣是亲族有服者所穿的,现在必须"争穿"而又"不遂",足见并非亲族,但竟以为"有失体面",演成这样的大战了。这时候,好像只要和普通有些不同便是"有面子",而自己成了什么,却可以完全不管。这类脾气,是"绅商"也不免发露的:袁世凯②将要称帝的时

---

① "出洋考察"　旧时的军阀、政客在失势或失意时,常以"出洋考察"作为暂时隐退、伺机再起的手段。其中也有并不真正"出洋",只用这句话来保全面子的。

② 袁世凯　参见第348页注②。

候,有人以列名于劝进表中为"有面子";有一国从青岛撤兵①的时候,有人以列名于万民伞②上为"有面子"。

所以,要"面子"也可以说并不一定是好事情——但我并非说,人应该"不要脸"。现在说话难,如果主张"非孝",就有人会说你在煽动打父母,主张男女平等,就有人会说你在提倡乱交——这声明是万不可少的。

况且,"要面子"和"不要脸"实在也可以有很难分辨的时候。不是有一个笑话么?一个绅士有钱有势,我假定他叫四大人罢,人们都以能够和他扳谈为荣。有一个专爱夸耀的小瘪三,一天高兴的告诉别人道:"四大人和我讲过话了!"人问他"说什么呢?"答道:"我站在他门口,四大人出来了,对我说:滚开去!"当然,这是笑话,是形容这人的"不要脸",但在他本人,是以为"有面子"的,如此的人一多,也就真成为"有面子"了。别的许多人,不是四大人连"滚开去"也不对他说么?

在上海,"吃外国火腿"③虽然还不是"有面子",却也不算怎么"丢脸"了,然而比起被一个本国的下等人所踢来,又仿佛近于"有面子"。

中国人要"面子",是好的,可惜的是这"面子"是"圆机活法"④,善于变化,于是就和"不要脸"混起来了。长谷川如是闲说"盗泉"⑤云:"古之君子,恶其名而不饮,今之君子,改其名而饮之。"也说穿了"今之君子"的"面子"的秘密。

十月四日。

---

① 一国从青岛撤兵 指1922年12月日本撤走侵占青岛的军队。
② 旧时地方官员离任时,当地民众赠送仪仗伞一柄,上书所有赠送者的姓名,以示"爱戴""眷恋",称为"万民伞"。
③ "吃外国火腿" 旧时上海俗语,意指被外国人所踢。
④ "圆机活法" 随机应变的方法。"圆机",语出《庄子·盗跖》:"若是若非,执而圆机。"据唐代成玄英注:"圆机,犹环中也;执环中之道,以应是非。"
⑤ 长谷川如是闲(1875—1969) 日本评论家。著有《现代社会批判》《日本的性格》等。不饮盗泉,原是中国的故事,见《尸子》(清代章宗源辑本)卷下:"孔子……过于盗泉,渴矣而不饮,恶其名也。"据《水经注》:盗泉出卞城(今山东泗水县东)东北卞山之阴。

《说"面子"》手稿

【讲析】

讲"面子",给"面子",是人们日常生活中司空见惯的行为模式,鲁迅却从中看到了普遍的国民性,并借外国人看中国的印象,指出这是"中国精神的纲领"。似乎有点"上纲上线",但静下来想,何尝不是?只因为"集体无意识"罢了。

文章开头讲清朝末年洋人到总理衙门求利益,不给他们走正门,以为这样就可以赢得"面子"的事,虽然鲁迅有意以他惯有的"犹疑"口气说这事"断不定",其实是确有其事,有史实记载的。因为那时闭关锁国,清政府根本不懂外交,也不了解外部世界,糊里糊涂就丧权辱国,吃了亏,也还是搞些小动作,争一些场面上的"面子",以遮掩失败心理。这是颇有点"阿Q"的。

不过鲁迅此时对"爱面子"的"国民性"做了阶级的分析,看到在不同层级的人群中,"爱面子"的表现是不一样的。上流社会对"面子"看得很重,因为"面子"就等于"身价",他们"爱面子"似乎出于自尊,然而又往往相反,譬如有些做官的,口头上要廉洁奉公,却趁机"大捞一批金珠珍玩",按说这贪污行为该是很丢脸的,但他们有圆机活法,不顾"面子"了,反而会觉得自己的本事大,有面子。至于车夫偷了一个钱袋,被人发现了就是失了面子的。可见这"面子"的界线是因人而定,包含着阶级内容的。

文中还举了报纸上有写地痞流氓因为在葬礼上"争穿"白衣而不遂,

大打出手的闹剧,透视一种奇怪的心理:有时只是为了"争面子"而不顾"面子",这类"脾气",所谓绅商等"上等人"也难脱其俗。所以鲁迅感慨:"'要面子'和'不要脸'实在也可以有很难分辨的时候。"

文章结尾引用日本长谷川如是闲的"盗泉"说:"古之君子,恶其名而不饮,今之君子,改其名而饮之。"所谓"盗泉"说,原是中国古代传说。据清代章宗源辑《尸子》:"孔子……过于盗泉,渴矣而不饮,恶其名也。""盗泉"在今山东省泗水县东北卞山之阴。孔子不饮盗泉历来被赞扬,说是珍惜名声,其实是"死要面子活受罪"。而"今人"改泉名而饮之,则是自欺欺人的"文饰"现象,更是可笑。这就戳穿了国人"爱面子"的秘密。

鲁迅杂文有一类是闲话式,如同聊天,任意而谈,常插入趣事趣语,幽默而有刺,读来令人忍俊不禁,又不无思索。

运 命[*]

有一天，我坐在内山书店[①]里闲谈——我是常到内山书店去闲谈的，我的可怜的敌对的"文学家"，还曾经借此竭力给我一个"汉奸"的称号[②]，可惜现在他们又不坚持了——才知道日本的丙午年生，今年二十九岁的女性，是一群十分不幸的人。大家相信丙午年生的女人要克夫，即使再嫁，也还要克，而且可以多至五六个，所以想结婚是很困难的。这自然是一种迷信，但日本社会上的迷信也还是真不少。

我问：可有方法解除这厄命呢？回答是：没有。

接着我就想到了中国。

许多外国的中国研究家，都说中国人是定命论者，命中注定，无可奈何；就是中国的论者，现在也有些人这样说。但据我所知道，中国女性就没有这样无法解除的命运。"命凶"或"命硬"，是有的，但总有法子想，就是所谓"禳解"；或者和不怕相克的命的男子结婚，制住她的"凶"或"硬"。假如有一种命，说是要连克五六个丈夫的罢，那就早有道士之类出场，自称知道妙法，用桃木刻成五六个男人，画上符咒，和这命的女人一同行"结俪之礼"后，烧掉或埋掉，于是真来订婚的丈夫，就算是第七个，

---

[*] 本文最初发表于1934年11月20日《太白》半月刊第一卷第五期，署名公汗，后收入《且介亭杂文》。

[①] 内山书店　日本人内山完造（1885—1959）在上海开设的书店，主要经售日文书籍。

[②] 给我一个"汉奸"的称号　1933年7月，曾今可主办的《文艺座谈》第一卷第一期刊登署名白羽遐的《内山书店小坐记》，影射鲁迅为日本的间谍（参看《伪自由书·后记》）。又1934年5月《社会新闻》第七卷第十二期刊登署名思的《鲁迅愿作汉奸》一稿，诬蔑鲁迅"与日本书局订定密约……乐于作汉奸矣"。

運命

有一天，我坐在內山書店裏閒話——我是常到內山書店去閒話的，我的可悲的敵對的"文字家"，這更使我想起为我一個的"漢奸"的稱號，可憐現在他們又不堅持了——才知道日本的丙午年生，今年二十九歲的女性，是一羣十八九的人，大家相信丙午年生的女人要赶夫，而此日本社會上的迷信也還是真的了。

我問：可有方法解除這風命沒？回答是：沒有。

即使再嫁，也還要赶，而此……

接着我又想到了中國。

許多外國研究家都說中國人是定命論者，命中注定，無可奈何；我是中國的論者，現在也有些這樣說。但據我所知道，中國女性並沒有這樣無法解除的命運。命运"或""命硬"，是有的，但都有法子挽救，我是所謂"禳解"；或者和不怕相

《運命》手稿

毫无危险了。

中国人的确相信运命,但这运命是有方法转移的。所谓"没有法子",有时也就是一种另想道路——转移运命的方法。等到确信这是"运命",真真"没有法子"的时候,那是在事实上已经十足碰壁,或者恰要灭亡之际了。运命并不是中国人的事前的指导,乃是事后的一种不费心思的解释。

中国人自然有迷信,也有"信",但好像很少"坚信"。我们先前最尊皇帝,但一面想玩弄他,也尊后妃,但一面又有些想吊她的膀子;畏神明,而又烧纸钱作贿赂,佩服豪杰,却不肯为他作牺牲。崇孔的名儒,一面拜佛,信甲的战士,明天信丁。宗教战争是向来没有的,从北魏到唐末的佛道二教的此仆彼起,是只靠几个人在皇帝耳朵边的甘言蜜语。风水,符咒,拜祷……偌大的"运命",只要化一批钱或磕几个头,就改换得和注定的一笔大不相同了——就是并不注定。

我们的先哲,也有知道"定命"有这么的不定,是不足以定人心的,于是他说,这用种种方法之后所得的结果,就是真的"定命",而且连必须用种种方法,也是命中注定的。但看起一般的人们来,却似乎并不这样想。

人而没有"坚信",狐狐疑疑,也许并不是好事情,因为这也就是所谓"无特操"。但我以为信运命的中国人而又相信运命可以转移,却是值得乐观的。不过现在为止,是在用迷信来转移别的迷信,所以归根结蒂,并无不同,以后倘能用正当的道理和实行——科学来替换了这迷信,那么,定命论的思想,也就和中国人离开了。

假如真有这一日,则和尚,道士,巫师,星相家,风水先生……的宝座,就都让给了科学家,我们也不必整年的见神见鬼了。

十月二十三日。

【讲析】

本文首先比较了中日两国面对命运的不同态度。日本人相信命中注定的事是不能化解的,而中国人虽然也讲宿命,却总有办法"禳解",这运命是可以转移的,不过是"事后的一种不费心思的解释"。鲁迅认为"中国人自然有迷信,也有'信',但好像很少'坚信'"。他举例说:"我们先前最尊皇帝,但一面想玩弄他,也尊后妃,但一面又有些想吊她的膀子;畏神明,而又烧纸钱作贿赂,佩服豪杰,却不肯为他作牺牲。崇孔的名儒,一面拜佛,信甲的战士,明天信丁。宗教战争是向来没有的,从北魏到唐末的佛道二教的此仆彼起,是只靠几个人在皇帝耳朵边的甘言蜜语。"总之,无论"尊"还是"畏",都脱不了世俗的考虑。因为少"坚信",也就少"牺牲",背后还是自私与卑怯的国民性。

鲁迅转而提出"无特操"的现象。他说,"狐狐疑疑,也许并不是好事情,因为这也就是所谓'无特操'。但我以为信运命的中国人而又相信运命可以转移,却是值得乐观的"。这段话有点"绕",其意是批判"无特操"的国民性,所谓"乐观",是顺着缺少信仰这一社会心理说的反话。所以接下来,鲁迅感慨国人至今还是"用迷信来转移别的迷信"。那么改造这种国民性和迷信的出路何在?鲁迅指出只有提倡科学理性。到了中国真会尊重科学,就不必总是"见神见鬼"了。

读此文要关注"无特操"这个词。在《华盖集续编·马上支日记》中,鲁迅也说过:"看看中国的一些人,至少是上等人,他们的对于神,宗教,传统的权威,是'信'和'从'呢,还是'怕'和'利用'?只要看他们的善于变化,毫无特操,是什么也不信从的"。在《华盖集·通讯》中又说:"现在常有人骂议员,说他们收贿,无特操,趋炎附势,自私自利,但大多数的国民,岂非正是如此的么?"可见,鲁迅批判"无坚信""无特操",是指那种信仰实用化的投机心理。对寄植于这种普遍心理之上的社会文化进行深刻的剖析与反思,是鲁迅始终在坚持的工作。

病后杂谈[*]

一

生一点病,的确也是一种福气。不过这里有两个必要条件:一要病是小病,并非什么霍乱吐泻,黑死病,或脑膜炎之类;二要至少手头有一点现款,不至于躺一天,就饿一天。这二者缺一,便是俗人,不足与言生病之雅趣的。

我曾经爱管闲事,知道过许多人,这些人物,都怀着一个大愿。大愿,原是每个人都有的,不过有些人却模模胡胡,自己抓不住,说不出。他们中最特别的有两位:一位是愿天下的人都死掉,只剩下他自己和一个好看的姑娘,还有一个卖大饼的;另一位是愿秋天薄暮,吐半口血,两个侍儿扶着,恹恹的到阶前去看秋海棠。这种志向,一看好像离奇,其实却照顾得很周到。第一位姑且不谈他罢,第二位的"吐半口血",就有很大的道理。才子本来多病,但要"多",就不能重,假使一吐就是一碗或几升,一个人的血,能有几回好吐呢?过不几天,就雅不下去了。

我一向很少生病,上月却生了一点点。开初是每晚发热,没有力,不想吃东西,一礼拜不肯好,只得看医生。医生说是流行性感冒。好罢,就是流行性感冒。但过了流行性感冒一定退热的时期,我的热却还不退。医生从他那大皮包里取出玻璃管来,要取我的血液,我知道他在疑心我生

---

[*] 本文共四节,第一节最初发表于 1935 年 2 月《文学》月刊第四卷第二号,其他三节都被国民党书报检查官删去。后收入《且介亭杂文》。

伤寒病了,自己也有些发愁。然而他第二天对我说,血里没有一粒伤寒菌;于是注意的听肺,平常;听心,上等。这似乎很使他为难。我说,也许是疲劳罢;他也不甚反对,只是沉吟着说,但是疲劳的发热,还应该低一点。……

好几回检查了全体,没有死症,不至于呜呼哀哉是明明白白的,不过是每晚发热,没有力,不想吃东西而已,这真无异于"吐半口血",大可享生病之福了。因为既不必写遗嘱,又没有大痛苦,然而可以不看正经书,不管柴米账,玩他几天,名称又好听,叫作"养病"。从这一天起,我就自己觉得好像有点儿"雅"了;那一位愿吐半口血的才子,也就是那时躺着无事,忽然记了起来的。

《病后杂谈》手稿

光是胡思乱想也不是事,不如看点不劳精神的书,要不然,也不成其为"养病"。像这样的时候,我赞成中国纸的线装书,这也就是有点儿"雅"起来了的证据。洋装书便于插架,便于保存,现在不但有洋装二十五六史,连《四部备要》也硬领而皮靴了,①——原是不为无见的。但看洋装书要年富力强,正襟危坐,有严肃的态度。假使你躺着看,那就好像两只手捧着一块大砖头,不多工夫,就两臂酸麻,只好叹一口气,将它放下。所以,我在叹气之后,就去寻线装书。

---

① 上海开明书店出版的《二十五史》(即原来的《二十四史》加上《新元史》),共精装九大册,另印行圣经纸本精装五册;上海书报合作社出版的《二十六史》(上述的《二十五史》加上《清史稿》),共精装二十大册。又上海中华书局印行的《四部备要》(经、史、子、集四部古籍三百三十六种)原订二千五百册,也有精装本,合订一百册。

一寻,寻到了久不见面的《世说新语》①之类一大堆,躺着来看,轻飘飘的毫不费力了,魏晋人的豪放潇洒的风姿,也仿佛在眼前浮动。由此想起阮嗣宗②的听到步兵厨善于酿酒,就求为步兵校尉;陶渊明③的做了彭泽令,就教官田都种秫,以便做酒,因了太太的抗议,这才种了一点秔。这真是天趣盎然,决非现在的"站在云端里呐喊"④者们所能望其项背。但是,"雅"要想到适可而止,再想便不行。例如阮嗣宗可以求做步兵校尉,陶渊明补了彭泽令,他们的地位,就不是一个平常人,要"雅",也还是要地位。"采菊东篱下,悠然见南山"是渊明的好句,但我们在上海学起来可就难了。没有南山,我们还可以改作"悠然见洋房"或"悠然见烟囱"的,然而要租一所院子里有点竹篱,可以种菊的房子,租钱就每月总得一百两,水电在外;巡捕捐按房租百分之十四,每月十四两。单是这两项,每月就是一百十四两,每两作一元四角算,等于一百五十九元六。近来的文稿又不值钱,每千字最低的只有四五角,因为是学陶渊明的雅人的稿子,现在算他每千字三大元罢,但标点,洋文,空白除外。那么,单单为了采菊,他就得每月译作净五万三千二百字。吃饭呢?要另外想法子生发,否则,他只好"饥来驱我去,不知竟何之"了。

"雅"要地位,也要钱,古今并不两样的,但古代的买雅,自然比现在便宜;办法也并不两样,书要摆在书架上,或者抛几本在地板上,酒杯要摆在桌子上,但算盘却要收在抽屉里,或者最好是在肚子里。

此之谓"空灵"。

---

① 《世说新语》 参见第460页注④。
② 阮嗣宗(210—263)名籍,字嗣宗,陈留尉氏(今属河南)人,三国魏诗人,曾任从事中郎。《晋书·阮籍传》载:"籍闻步兵厨营人善酿,有贮酒三百斛,乃求为步兵校尉。"《三国志·魏书·阮籍传》注引《魏氏春秋》:"(籍)闻步兵校尉缺,厨多美酒,营人善酿酒,求为校尉。"《世说新语·任诞》也有类此记载。
③ 陶渊明 参见第467页注②。《晋书·陶潜传》载:"陶潜……为彭泽令。在县公田悉令种秫谷,曰:'令吾常醉于酒足矣。'妻子固请种秔,乃使一顷五十亩种秫,五十亩种秔。"按《宋书·隐逸传》及《南史·隐逸传》,"一顷五十亩"均作"二顷五十亩"。下文提到的"采菊东篱下""饥来驱我去"等诗句,分别见于陶潜的《饮酒》《乞食》两诗。
④ "站在云端里呐喊" 这原是林语堂说的话,他在《人间世》半月刊第十三期(1934年10月5日)《怎样洗炼白话入文》一文中说:"今日既无人能用一二十字说明大众语是何物,又无人能写一二百字模范大众语,给我们见识见识,只管在云端呐喊,宜乎其为大众之谜也。"

二

　　为了"雅",本来不想说这些话的。后来一想,这于"雅"并无伤,不过是在证明我自己的"俗"。王夷甫①口不言钱,还是一个不干不净人物,雅人打算盘,当然也无损其为雅人。不过他应该有时收起算盘,或者最妙是暂时忘却算盘,那么,那时的一言一笑,就都是灵机天成的一言一笑,如果念念不忘世间的利害,那可就成为"杭育杭育派"②了。这关键,只在一者能够忽而放开,一者却是永远执着,因此也就大有了雅俗和高下之分。我想,这和时而"敦伦"③者不失为圣贤,连白天也在想女人的就要被称为"登徒子"④的道理,大概是一样的。

　　所以我恐怕只好自己承认"俗",因为随手翻了一通《世说新语》,看过"娵隅跃清池"⑤的时候,千不该万不该的竟从"养病"想到"养病费"上去了,于是一骨碌爬起来,写信讨版税,催稿费。写完之后,觉得和魏晋人有点隔膜,自己想,假使此刻有阮嗣宗或陶渊明在面前出现,我们也一定谈不来的。于是另换了几本书,大抵是明末清初的野史,时

---

① 王夷甫(256—311)　名衍,字夷甫,晋代琅琊临沂(今属山东)人。累官尚书令、太尉、太傅军司等职。《晋书·王戎传》:"衍疾郭(按,即王衍妻郭氏)之贪鄙,故口未尝言钱。郭欲试之,令婢以钱绕床,使不得行。衍晨起见钱,谓婢曰:'举阿堵物却!'"又说:"衍虽居宰辅之重,不以经国为念,而思自全之计。说东海王越曰:'中国已乱,当赖方伯,宜得文武兼资以任之。'乃以弟澄为荆州,族弟敦为青州。因谓澄、敦曰:'荆州有江、汉之固,青州有负海之险,卿二人在外,而吾留此,足以为三窟矣。'识者鄙之。……衍以太尉为太傅军司。及越薨,众共推为元帅。……俄而举军为石勒所破,勒呼王公,与之相见……衍自说少不豫事,欲求自免,因劝勒称尊号。勒怒曰:'君名盖四海,身居重任,少壮登朝,至于白首,何得言不豫世事邪!破坏天下,正是君罪。'……使人夜排墙填杀之。"
② "杭育杭育派"　参见第517页注③。
③ "敦伦"　指夫妇间的性交,因"夫妇"为五伦之一,所以说是"敦伦"。清代袁枚在《子不语》卷二十二中说:"李刚主讲正心诚意之学,有日记一部,将所行事,必据实书之。每与其妻交媾,必楷书某月某日与老妻'敦伦'一次。"按,李塨(1659—1733),字刚主,清代经学家。
④ "登徒子"　宋玉曾作有《登徒子好色赋》,后来就称好色的人为登徒子。按,宋玉文中所说的登徒子,是楚国的一个大夫,姓登徒。
⑤ "娵隅跃清池"　《世说新语·排调》载:"郝隆为桓公(按,即桓温)南蛮参军,三月三日会,作诗,不能者罚酒三升。隆初以不能受罚,既饮,揽笔便作一句云:'娵隅跃清池。'桓问:'娵隅是何物?'答曰:'蛮名鱼为娵隅。'桓公曰:'作诗何以作蛮语?'隆曰:'千里投公,始得蛮府参军,那得不作蛮语也?'"

代较近,看起来也许较有趣味。第一本拿在手里的是《蜀碧》①。

这是蜀宾②从成都带来送我的,还有一部《蜀龟鉴》③,都是讲张献忠④祸蜀的书,其实是不但四川人,而是凡有中国人都该翻一下的著作,可惜刻的太坏,错字颇不少。翻了一遍,在卷三里看见了这样的一条——

"又,剥皮者,从头至尻,一缕裂之,张于前,如鸟展翅,率逾日始绝。有即毙者,行刑之人坐死。"

也还是为了自己生病的缘故罢,这时就想到了人体解剖。医术和虐刑,是都要生理学和解剖学智识的。中国却怪得很,固有的医书上的人身五脏图,真是草率错误到见不得人,但虐刑的方法,则往往好像古人早懂得了现代的科学。例如罢,谁都知道从周到汉,有一种施于男子的"宫刑"⑤,也叫"腐刑",次于"大辟"一等。对于女性就叫"幽闭",向来不大有人提起那方法,但总之,是决非将她关起来,或者将它缝起来。近时好像被我查出一点大概来了,那办法的凶恶,妥当,而又合乎解剖学,真使我不得不吃惊。但妇科的医书呢?几乎都不明白女性下半身的解剖学的构造,他们只将肚子看作一个大口袋,里面装着莫名其妙的东西。

单说剥皮法,中国就有种种。上面所抄的是张献忠式;还有孙可望⑥

---

① 《蜀碧》 清代彭遵泗著,共四卷。内容是记述张献忠在四川时的事迹,书前有作者在康熙二十一年(1682)作的自序,说明全书是他根据幼年所闻张献忠遗事及杂采他人的记载而成。

② 蜀宾 许钦文的笔名。据鲁迅1934年12月1日日记:"晚钦文来,并赠《蜀碧》一部二本。"

③ 《蜀龟鉴》 清代刘景伯著,共八卷。内容杂录明季遗闻,与《蜀碧》大致相似。

④ 张献忠(1606—1646) 延安柳树涧(今陕西定边东)人,明末农民起义领袖。崇祯三年(1630)起义,转战陕西、河南等地。崇祯十七年(1644)入川,在成都称帝,国号大西。清顺治三年(1646)出川途中,在川北盐亭界为清兵所杀。旧史书中多记有他杀人的事。

⑤ "宫刑" 《尚书·吕刑》"宫辟疑赦"传:"宫,淫刑也。男子割势,妇人幽闭,次死之刑。"关于幽闭,明遗民徐树丕《识小录》:"《传》谓'男子割势,妇人幽闭',皆不知幽闭之义,今得之:乃是于牝剔去其筋,如制马豕之类,使欲心消灭。国初常用此,而女往往多死,故不可行也。"

⑥ 孙可望(?—1660) 陕西米脂人,张献忠的养子及部将。张败死后,他率部从四川转往贵州、云南。永历五年(1651)他向南明永历帝求封为秦王,后遣兵送永历帝到贵州安隆所(改名为安龙府),自己则驻在贵阳,定朝仪,设官制;最后投降清朝。

式,见于屈大均的《安龙逸史》①,也是这回在病中翻到的。其时是永历六年,即清顺治九年,永历帝已经躲在安隆(那时改为安龙),秦王孙可望杀了陈邦传父子,御史李如月就弹劾他"擅杀勋将,无人臣礼",皇帝反打了如月四十板。可是事情还不能完,又给孙党张应科知道了,就去报告了孙可望。

"可望得应科报,即令应科杀如月,剥皮示众。俄缚如月至朝门,有负石灰一筐,稻草一捆,置于其前。如月问,'如何用此?'其人曰,'是揎你的草!'如月叱曰,'瞎奴!此株株是文章,节节是忠肠也!'既而应科立右角门阶,捧可望令旨,喝如月跪。如月叱曰,'我是朝廷命官,岂跪贼令!?'乃步至中门,向阙再拜。……应科促令仆地,剖脊,及臀,如月大呼曰:'死得快活,浑身清凉!'又呼可望名,大骂不绝。及断至手足,转前胸,犹微声恨骂;至颈绝而死。随以灰渍之,刢以线,后乃入草,移北城门通衢阁上,悬之。……"

张献忠的自然是"流贼"式;孙可望虽然也是流贼出身,但这时已是保明拒清的柱石,封为秦王,后来降了满洲,还是封为义王,所以他所用的其实是官式。明初,永乐皇帝剥那忠于建文帝的景清②的皮,也就是用这方法的。大明一朝,以剥皮始,以剥皮终,可谓始终不变;至今在绍兴戏文里和乡下人的嘴上,还偶然可以听到"剥皮揎草"的话,那皇泽之长也就可想而知了。

真也无怪有些慈悲心肠人不愿意看野史,听故事;有些事情,真也不像人世,要令人毛骨悚然,心里受伤,永不全愈的。残酷的事实尽有,最好

---

① 屈大均(1630—1696) 字翁山,广东番禺人,明末清初文学家,清兵入广州前后曾参加抗清活动,失败后一度削发为僧。著有《翁山文外》《翁山诗外》《广东新语》等。《安龙逸史》,清朝禁毁书籍之一,作者署名沧洲渔隐(据《禁书总目》,又一本署名溪上樵隐),被列入"军机处奉准全毁书"中。1916年吴兴刘氏嘉业堂刻本《安龙逸史》,分上下二卷,题屈大均撰;但内容与《残明纪事》(不署作者,也是"军机处奉准全毁书"之一)相同,字句小异。

② 景清(?—1402) 明代真宁(今甘肃正宁)人,洪武进士,授编修,建文帝(朱允炆)时官御史大夫。据《明史·景清传》载,成祖(朱棣)登位,他佯为归顺,后以谋刺成祖,磔死。他被剥皮事,见谷应泰《明史纪事本末·壬午殉难》:"八月望日早朝,清绯衣入。……朝毕,出御门,清奋跃而前,将犯驾。文皇急命左右收之,得所佩剑。清知志不得遂,乃起植立嫚骂,抉其齿,且抉且骂,含血直喷御袍。乃命剥其皮,草楦之,械系长安门。"

莫如不闻,这才可以保全性灵,也是"是以君子远庖厨也"①的意思。比灭亡略早的晚明名家的潇洒小品在现在的盛行,实在也不能说是无缘无故。不过这一种心地晶莹的雅致,又必须有一种好境遇,李如月仆地"剖脊",脸孔向下,原是一个看书的好姿势②,但如果这时给他看袁中郎的《广庄》③,我想他是一定不要看的。这时他的性灵有些儿不对,不懂得真文艺了。

然而,中国的士大夫是到底有点雅气的,例如李如月说的"株株是文章,节节是忠肠",就很富于诗趣。临死做诗的,古今来也不知道有多少。直到近代,谭嗣同在临刑之前就做一绝"闭门投辖思张俭"④,秋瑾女士也有一句"秋雨秋风愁杀人"⑤,然而还雅得不够格,所以各种诗选里都不载,也不能卖钱。

三

清朝有灭族,有凌迟,却没有剥皮之刑,这是汉人应该惭愧的,但后来脍炙人口的虐政是文字狱。虽说文字狱,其实还含着许多复杂的原因,在

---

① "是以君子远庖厨也" 语出《孟子·梁惠王(上)》:"君子之于禽兽也,见其生,不忍见其死;闻其声,不忍食其肉。是以君子远庖厨也。"
② 看书的好姿势 《论语》第二十八期(1933年11月1日)载有黄嘉音作的一组画,题为《介绍几个读论语的好姿势》,共六图,其中之一为"游蛟伏地式",画的是一人伏在地上看书。作者在这里顺笔给以讽刺。
③ 袁中郎(1568—1610) 名宏道,字中郎,湖广公安(今属湖北)人,明代文学家。他与兄宗道、弟中道,反对文学上的拟古主义,主张"独抒性灵,不拘格套",世称"公安派"。当时林语堂、周作人等提倡"公安派"文章,借明人小品以宣扬所谓"闲适""性灵"。《广庄》是袁中郎仿《庄子》文体谈道家思想的作品,共七篇,后收入《袁中郎全集》。
④ 谭嗣同(1865—1898) 字复生,湖南浏阳人,清末维新运动的重要人物,戊戌政变中牺牲的"六君子"之一。"闭门投辖思张俭",原作"望门投止思张俭",是他被害前所作七绝《狱中题壁》的第一句。张俭,后汉山阳高平(今山东邹县)人,灵帝时官东部督邮。《后汉书·党锢列传》载:他的仇家"上书告俭与同郡二十四人为党,于是刊章讨捕。俭得亡命,困迫遁走,望门投止,莫不重其名行,破家相容"。("闭门投辖"是汉代陈遵好客的故事,见《汉书·游侠列传》。)
⑤ 秋瑾(1875—1907) 字璿卿,号竞雄,别署鉴湖女侠,浙江绍兴人,反清革命团体光复会主要人物之一。1907年7月,她因筹划起义事泄,于14日被清政府逮捕,次日晨被害于绍兴城内轩亭口。陈去病在《鉴湖女侠秋瑾传》中叙述秋瑾受审时的情形说:"有见之者,谓初终无所供,惟于刑庭书'秋雨秋风愁杀人'句而已。"

这里不能细说；我们现在还直接受到流毒的，是他删改了许多古人的著作的字句，禁了许多明清人的书。

《安龙逸史》大约也是一种禁书，我所得的是吴兴刘氏嘉业堂①的新刻本。他刻的前清禁书还不止这一种，屈大均的又有《翁山文外》；还有蔡显的《闲渔闲闲录》②，是作者因此"斩立决"，还累及门生的，但我细看了一遍，却又寻不出什么忌讳。对于这种刻书家，我是很感激的，因为他传授给我许多知识——虽然从雅人看来，只是些庸俗不堪的知识。但是到嘉业堂去买书，可真难。我还记得，今年春天的一个下午，好容易在爱文义路找着了，两扇大铁门，叩了几下，门上开了一个小方洞，里面有中国门房，中国巡捕，白俄镖师各一位。巡捕问我来干什么的。我说买书。他说账房出去了，没有人管，明天再来罢。我告诉他我住得远，可能给我等一会呢？他说，不成！同时也堵住了那个小方洞。过了两天，我又去了，改作上午，以为此时账房也许不至于出去。但这回所得回答却更其绝望，巡捕曰："书都没有了！卖完了！不卖了！"

我就没有第三次再去买，因为实在回复的斩钉截铁。现在所有的几种，是托朋友去辗转买来的，好像必须是熟人或走熟的书店，这才买得到。

每种书的末尾，都有嘉业堂主人刘承干先生的跋文，他对于明季的遗老很有同情，对于清初的文祸也颇不满。但奇怪的是他自己的文章却满是前清遗老的口风；书是民国刻的，"仪"字还缺着末笔③。我想，试看明朝遗老的著作，反抗清朝的主旨，是在异族的入主中夏的，改换朝代，倒还在其次。所以要顶礼明末的遗民，必须接受他的民族思想，这才可以心心

---

① 吴兴刘氏嘉业堂　刘承干的私人藏书楼，在浙江吴兴南浔镇，藏书达六十万卷，并自行雕版印书，刻有《嘉业堂丛书》《求恕斋丛书》等。创办人刘承干（1882—1963），字翰怡，号贞一，浙江吴兴人。继承祖业为巨富。1914年为清皇陵植树捐巨款，得废帝溥仪赐"钦若嘉业"匾额，遂以"嘉业"为堂名。

② 蔡显（1697—1767）　字笠夫，号闲渔，江苏华亭（今上海松江）人。《清代文字狱档》第二辑收有"蔡显《闲渔闲闲录》案"，此案发生于乾隆三十二年（1767），据当时的奏折称：蔡显系雍正时举人，年七十一岁，自号闲渔；所著《闲渔录》一书，语含诽谤，意多悖逆。后来的结果是蔡显被"斩决"，他的儿子"斩监候秋后处决"，门人等分别"杖流"及"发伊犁等处充当苦差"。《闲渔闲闲录》，九卷，是一部杂录朝典、时事、诗句的杂记，刘氏嘉业堂刻本于1915年印行。

③ 缺着末笔　从唐代开始的一种避讳方法，即在书写或镌刻本朝皇帝或尊长的名字时省略最末一笔。刘承干对"仪"字缺末笔，是避清废帝溥仪的讳。

相印。现在以明遗老之仇的满清的遗老自居,却又引明遗老为同调,只着重在"遗老"两个字,而毫不问遗于何族,遗在何时,这真可以说是"为遗老而遗老",和现在文坛上的"为艺术而艺术",成为一副绝好的对子了。

倘以为这是因为"食古不化"的缘故,那可也并不然。中国的士大夫,该化的时候,就未必决不化。就如上面说过的《蜀龟鉴》,原是一部笔法都仿《春秋》的书,但写到"圣祖仁皇帝康熙元年春正月",就有"赞"道:"……明季之乱甚矣!风终《豳》,雅终《召旻》,[1]托乱极思治之隐忧而无其实事,孰若于臣祖亲见之,臣身亲被之乎?是终以元年正月。终者,非徒谓体元表正[2],蔑以加兹;生逢 盛世,荡荡难名,一以寄没世不忘之恩,一以见太平之业所由始耳!"

《春秋》上是没有这种笔法的。满洲的肃王的一箭,不但射死了张献忠[3],也感化了许多读书人,而且改变了"春秋笔法"[4]了。

四

病中来看这些书,归根结蒂,也还是令人气闷。但又开始知道了有些聪明的士大夫,依然会从血泊里寻出闲适来。例如《蜀碧》,总可以说是够惨的书了,然而序文后面却刻着一位乐斋先生的批语道:"古穆有魏晋间人笔意。"

这真是天大的本领!那死似的镇静,又将我的气闷打破了。

---

[1] 风终《豳》,雅终《召旻》 《诗经》计分"国风""小雅""大雅""颂"四类。《豳》列于"国风"的最后,共七篇。据《诗序》称:这些都是关于周公"遭变故""救乱""东征"的诗。《召旻》是"大雅"的最后一篇,据《诗序》称:"《召旻》,凡伯(周大夫)刺幽王大坏也。"

[2] 体元表正 "体元",见《春秋》隐公元年:"元年,春,王正月。"晋代杜预注:"凡人君即位,欲其体元以居正,故不言一年一月也。"据唐代孔颖达疏:"元正实是始长之义,但因名以广之。元者:气之本也,善之长也;人君执大本,长庶物,欲其与元同体,故年称元年。""表正",见《书经·仲虺之诰》:"表正万邦。"汉代孔安国注:"仪表天下,法正万国。"

[3] 关于张献忠之死,史书上的说法不一。据《明史·张献忠传》载:清顺治三年(1646)清肃亲王豪格进兵四川,"献忠尽焚成都宫殿庐舍,夷其城,率众出川北,……会我大清兵至汉中,……至盐亭界,大雾。献忠晓行,猝遇我兵于凤凰坡,中矢坠马,蒲伏积薪下。于是我兵擒献忠出,斩之"。但《明史纪事本末·张献忠之乱》说他是"以病死于蜀中"。

[4] "春秋笔法" 《春秋》是春秋时期鲁国的编年史,相传为孔丘所修。过去的经学家认为它每用一字,都隐含"褒""贬"的"微言大义",称为"春秋笔法"。

我放下书,合了眼睛,躺着想想学这本领的方法,以为这和"君子远庖厨也"的法子是大两样的,因为这时是君子自己也亲到了庖厨里。瞑想的结果,拟定了两手太极拳。一,是对于世事要"浮光掠影",随时忘却,不甚了然,仿佛有些关心,却又并不恳切;二,是对于现实要"蔽聪塞明",麻木冷静,不受感触,先由努力,后成自然。第一种的名称不大好听,第二种却也是却病延年的要诀,连古之儒者也并不讳言的。这都是大道。还有一种轻捷的小道,是:彼此说谎,自欺欺人。

有些事情,换一句话说就不大合式,所以君子憎恶俗人的"道破"。其实,"君子远庖厨也"就是自欺欺人的办法:君子非吃牛肉不可,然而他慈悲,不忍见牛的临死的觳觫,于是走开,等到烧成牛排,然后慢慢的咀嚼。牛排是决不会"觳觫"的了,也就和慈悲不再有冲突,于是他心安理得,天趣盎然,剔剔牙齿,摸摸肚子,"万物皆备于我矣"①了。彼此说谎也决不是伤雅的事情,东坡先生在黄州,有客来,就要客谈鬼,客说没有,东坡道:"姑妄言之!"②至今还算是一件韵事。

撒一点小谎,可以解无聊,也可以消闷气;到后来,忘却了真,相信了谎。也就心安理得,天趣盎然了起来。永乐的硬做皇帝,一部分士大夫是颇以为不大好的。尤其是对于他的惨杀建文的忠臣。和景清一同被杀的还有铁铉③,景清剥皮,铁铉油炸,他的两个女儿则发付了教坊,叫她们做妓子。这更使士大夫不舒服,但有人说,后来二女献诗于原问官,被永乐

---

① "万物皆备于我矣"　孟子的话。语出《孟子·尽心(上)》。
② 东坡　苏轼(1037—1101),字子瞻,号东坡居士,眉山(今属四川)人,宋代文学家。仁宗嘉祐进士,神宗初年曾因言官指摘其诗语为讪谤朝政,被贬黄州,绍圣中又贬谪惠州、琼州。他要客谈鬼的事,见宋代叶梦得《石林避暑录话》卷一:"子瞻在黄州及岭表,每旦起,不招客相与语,则必出而访客。所与游者亦不尽择,各随其人高下,谈谐放荡,不复为畛畦。有不能谈者,则强之使说鬼,或辞无有,则曰'姑妄言之',于是闻者无不绝倒,皆尽欢而后去。"
③ 铁铉(1366—1402)　字鼎石,河南邓州人。明建文帝时任山东参政,燕王朱棣(即后来的永乐帝)起兵夺位,他在济南屡破燕王兵,升兵部尚书。燕王登位后被处死。据谷应泰《明史纪事本末·壬午殉难》载:"铁铉被执至京陛见,背立庭中,正言不屈,令一顾不可得。割其耳鼻,竟不肯顾……遂寸磔之,至死,犹喃喃骂不绝。文皇(永乐)乃令舁大镬至,纳油数斛,熬之,投铉尸,顷刻成煤炭。"

所知,赦出,嫁给士人了。①

这真是"曲终奏雅"②,令人如释重负,觉得天皇毕竟圣明,好人也终于得救。她虽然做过官妓,然而究竟是一位能诗的才女,她父亲又是大忠臣,为夫的士人,当然也不算辱没。但是,必须"浮光掠影"到这里为止,想不得下去。一想,就要想到永乐的上谕③,有些是凶残猥亵,将张献忠祭梓潼神的"咱老子姓张,你也姓张,咱老子和你联了宗罢。尚飨!"的名文④,和他的比起来,真是高华典雅,配登西洋的上等杂志,那就会觉得永乐皇帝决不像一位爱才怜弱的明君。况且那时的教坊是怎样的处所?罪人的妻女在那里是并非静候嫖客的,据永乐定法,还要她们"转营",这就是每座兵营里都去几天,目的是在使她们为多数男性所凌辱,生出"小龟子"和"淫贱材儿"来!所以,现在成了问题的"守节",在那时,其实是只准"良民"专利的特典。在这样的治下,这样的地狱里,做一首诗就能超生的么?

我这回从杭世骏的《订讹类编》⑤(续补卷上)里,这才确切的知道了这佳话的欺骗。他说:

"……考铁长女诗,乃吴人范昌期《题老妓卷》作也。诗云:'教坊落籍洗铅华,一片春心对落花。旧曲听来空有恨,故园归去却无家。云鬟半軃临青镜,雨泪频弹湿绛纱。安得江州司马在,尊前重为赋琵琶。'昌期,字鸣凤;诗见张士瀹《国朝文纂》。同时杜琼用嘉亦

---

① 关于铁铉两个女儿入教坊的事,据明代王鏊的《震泽纪闻》载:"铉有二女,入教坊数月,终不受辱。有铉同官至,二女为诗以献。文皇曰:'彼终不屈乎?'乃赦出之,皆适士人。"教坊,唐代开始设立的掌管教练女乐的机构。后来封建统治者常把罪犯的妻女罚入教坊,实际上是一种官妓。
② "曲终奏雅" 语出《汉书·司马相如传》:"扬雄以为靡丽之赋劝百而讽一,犹骋郑卫之声,曲终而奏雅,不已戏乎?"
③ 永乐的上谕 参看《且介亭杂文·病后杂谈之余》第一节。
④ 张献忠祭梓潼神文见于《蜀碧》卷三和《蜀龟鉴》卷三,原文如下:"咱老子姓张,尔也姓张,为甚吓咱老子?咱与尔联了宗罢。尚享。"(两书中个别字稍有不同)梓潼神,据《明史·礼志四》,梓潼帝君姓张名亚子,晋时人。
⑤ 杭世骏(1696—1773) 字大宗,浙江仁和(今余杭)人,清代考据家。乾隆时官御史。著有《订讹类编》《道古堂诗文集》等。《订讹类编》,六卷,又《续补》二卷,是一部考订古籍真伪异同的书。下面的引文是杭世骏照录钱谦益《列朝诗集》闰集卷四中的话。据《列朝诗集》:"其论"作"其语","好事"作"好事者"。

有次韵诗,题曰《无题》,则其非铁氏作明矣。次女诗所谓'春来雨露深如海,嫁得刘郎胜阮郎',其论尤为不伦。宗正睦㮮论革除事,谓建文流落西南诸诗,皆好事伪作,则铁女之诗可知。……"

《国朝文纂》①我没有见过,铁氏次女的诗,杭世骏也并未寻出根底,但我以为他的话是可信的,——虽然他败坏了口口相传的韵事。况且一则他也是一个认真的考证学者,二则我觉得凡是得到大杀风景的结果的考证,往往比表面说得好听,玩得有趣的东西近真。

首先将范昌期的诗嫁给铁氏长女,聊以自欺欺人的是谁呢?我也不知道。但"浮光掠影"的一看,倒也罢了,一经杭世骏道破,再去看时,就很明白的知道了确是咏老妓之作,那第一句就不像现任官妓的口吻。不过中国的有一些士大夫,总爱无中生有,移花接木的造出故事来,他们不但歌颂升平,还粉饰黑暗。关于铁氏二女的撒谎,尚其小焉者耳,大至胡元杀掠,满清焚屠之际,也还会有人单单捧出什么烈女绝命,难妇题壁的诗词来,这个艳传,那个步韵,比对于华屋丘墟,生民涂炭之惨的大事情还起劲。到底是刻了一本集,连自己们都附进去,而韵事也就完结了。

我在写着这些的时候,病是要算已经好了的了,用不着写遗书。但我想在这里趁便拜托我的相识的朋友,将来我死掉之后,即使在中国还有追悼的可能,也千万不要给我开追悼会或者出什么纪念册。因为这不过是活人的讲演或挽联的斗法场,为了造语惊人,对仗工稳起见,有些文豪们是简直不恤于胡说八道的。结果至多也不过印成一本书,即使有谁看了,于我死人,于读者活人,都无益处,就是对于作者,其实也并无益处,挽联做得好,不过是挽联做得好而已。

现在的意见,我以为倘有购买那些纸墨白布的闲钱,还不如选几部明人,清人或今人的野史或笔记来印印,倒是于大家很有益处的。但是要认真,用点工夫,标点不要错。

十二月十一日。

---

① 《国朝文纂》 明代诗文的汇编。据《明史·艺文志》载:"王稌《国朝文纂》四十卷",又"张士瀹《明文纂》五十卷"。

1936年10月在全国第二回木刻流动展览会上,鲁迅带病与青年版画家聚谈

【讲析】

本文记载鲁迅病中翻阅古代一些野史和禁书,从中看到许多被一般正史抹去了的历史真实,比如酷刑和文字狱,等等,可见封建专制的残酷本质。而本文的真意,是借古讽今,影射和痛斥当局对苏区的军事围剿以及对左翼文艺界的文化围剿,实际上是古今皆然。

第一节写鲁迅病中看《世说新语》,由古人生病的雅趣,联系到当时文人的生存窘境,讥刺那些提倡写闲适空灵小品者的脱离现实。第二节写病中读清初野史《蜀碧》,揭示古代"官式"和"流寇式"的剥皮、揎草、油烹、幽闭等酷刑,真令人毛骨悚然!而某些统治者还要表现出"君子远庖厨"的虚伪姿态。第三节写清代禁书《安龙逸史》中所记的文字狱,以及旧时删改古书的情况。第四节让读者从《订讹类编》中一窥掩盖和删改史实的伎俩,还提到士大夫面对残酷历史还制造"佳话"以粉饰恶迹的恶性。

应该说,20世纪30年代已经开始走向现代社会,和明清社会性质不同,但有些被人性的阴暗所把持的统治术,现实中还是有惊人的重复。鲁迅用曲笔写古今的重复,而这一切又是在看似轻松的读书谈史之中进行的,越是这样,越让人读来感到沉重。

此篇较长的"漫文",不讲究所谓中心与结构,漫话式的轻松散漫,没有他的一般杂感之明快,却也耐人寻味,可以读出鲁迅对当时"文艺上的暗杀政策"的鄙薄,也可以从鲁迅这里学会读史如何洞察幽微,如何看待传统中的阴暗面,以及如何警惕文人士大夫常见的奴性。而那些面对残酷的现实仍然提倡所谓"闲适"小品的行为,和古时竟能在记载"剥皮"的书里作"古穆有魏晋间人笔意"等批语,是一样的让人厌恶。

顺便提到,鲁迅写完此文一个多月后,又写了《病后杂谈之余》(收入《且介亭杂文》),再次通过一些禁书的记载揭露被掩盖的文字狱的真实,指出"愚民政策早已集了大成,剩下的就只有功德了",而清人纂修《四库全书》而"古书亡",国人的社会心理也是不愿正视和记忆惨重的历史,喜欢用趣味、噱头和喜剧去置换。

在现代中国的孔夫子[*]

　　新近的上海的报纸,报告着因为日本的汤岛[①],孔子的圣庙落成了,湖南省主席何键[②]将军就寄赠了一幅向来珍藏的孔子的画像。老实说,中国的一般的人民,关于孔子是怎样的相貌,倒几乎是毫无所知的。自古以来,虽然每一县一定有圣庙,即文庙,但那里面大抵并没有圣像。凡是绘画,或者雕塑应该崇敬的人物时,一般是以大于常人为原则的,但一到最应崇敬的人物,例如孔夫子那样的圣人,却好像连形象也成为亵渎,反不如没有的好。这也不是没有道理的。孔夫子没有留下照相来,自然不能明白真正的相貌,文献中虽然偶有记载,但是胡说白道也说不定。若是从新雕塑的话,则除了任凭雕塑者的空想而外,毫无办法,更加放心不下。于是儒者们也终于只好采取"全部,或全无"的勃兰特[③]式的态度了。

　　然而倘是画像,却也会间或遇见的。我曾经见过三次:一次是《孔子家语》[④]里的插画;一次是梁启超[⑤]氏亡命日本时,作为横滨出版的《清议

---

[*] 本文原以日文写作,发表在日本《改造》月刊的1935年6月号上。后经《杂文》月刊翻译发表,收入《且介亭杂文二集》。

① 汤岛　东京的街名,建有日本最大的孔庙"汤岛圣堂"。该庙于1923年被烧毁,1935年4月重建落成时国民党政府曾派代表专程前往"参谒"。

② 何键(1887—1956)　字芸樵,湖南醴陵人。当时任国民党湖南省政府主席。

③ 勃兰特　易卜生的诗剧《勃兰特》中的人物。"全部,或全无",是他所信奉的一句格言。

④ 《孔子家语》　原书《汉书·艺文志》著录二十七卷,久佚。今本为三国魏王肃编,杂取《左传》《国语》《荀子》《孟子》《礼记》等书中有关孔子的遗文轶事而成,十卷,冒称孔子家传。《四库全书总目提要》说:"特其流传已久,且遗文轶事往往多见于其中,故自唐以来,知其伪而不能废也。"

⑤ 梁启超　参见第347页注②。《清议报》是他在日本横滨发行的旬刊,1898年12月创刊,内容鼓吹君主立宪、保皇反后(保救光绪皇帝,反对那拉太后),1901年12月出至一百期停刊。

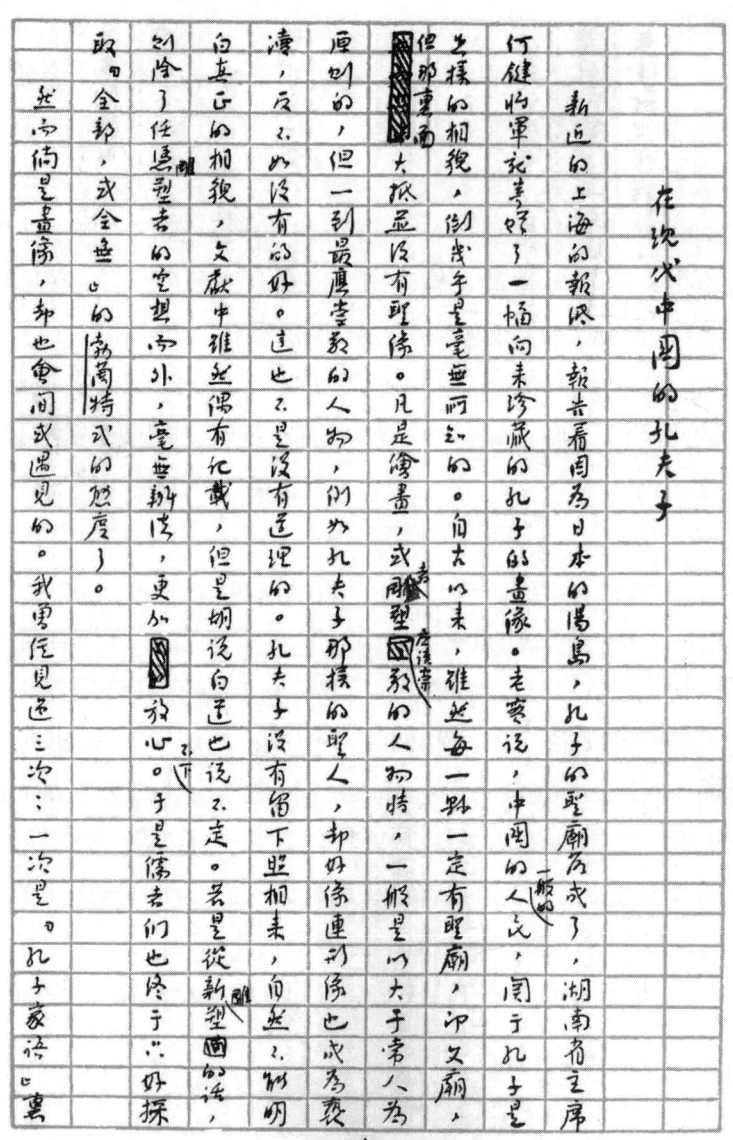

在现代中国的孔夫子

新近的上海的报纸，报告着因为日本的汤岛，孔子的圣庙落成了，湖南省主席何健将军就送去一幅向来珍藏的孔子的画像。老实话，中国的人民，是关于孔子是怎样的相貌，倒是毫无所知的。自古以来，虽然每一县一定有圣庙，即孔庙，即文庙，但那里面大抵并没有圣像。凡是绘画，或雕塑孔子的人物的，也都是从新塑画的话，一般是以大成至圣文宣王"先师"的特别的人物，却好像连神像也成为累赘，一到最庄严的地方，倒是一无所有的。这也不是没有道理的。孔子那样的圣人，是本来没有留下照相来，自汉以来虽然有记载，但是胡说的居多，不足凭信。若是从新塑画的话，则除了任艺术者的空想之外，毫无根据，这也，更加放心。于是儒者们也终于好摸样的相貌，反而没有的好。但一到最庄严的人物，倒不如孔夫子那样的没有留下画像的，但那画面大抵总没有留传。

但正相貌，文献中雖也偶有记载，但是胡说的居多，不足凭信。若是从新塑画的话，则除了任艺术者的空想之外，毫无根据，也会同时遇见的。我曾经见过三次：一次是在《孔子家语》里，一次是全身画像，却也会同时遇见的。

《在现代中国的孔夫子》手稿

报》上的卷头画,从日本倒输入中国来的;还有一次是刻在汉朝墓石上的孔子见老子的画像。说起从这些图画上所得的孔夫子的模样的印象来,则这位先生是一位很瘦的老头子,身穿大袖口的长袍子,腰带上插着一把剑,或者腋下挟着一枝杖,然而从来不笑,非常威风凛凛的。假使在他的旁边侍坐,那就一定得把腰骨挺的笔直,经过两三点钟,就骨节酸痛,倘是平常人,大约总不免急于逃走的了。

后来我曾到山东旅行。在为道路的不平所苦的时候,忽然想到了我们的孔夫子。一想起那具有俨然道貌的圣人,先前便是坐着简陋的车子,颠颠簸簸,在这些地方奔忙的事来,颇有滑稽之感。这种感想,自然是不好的,要而言之,颇近于不敬,倘是孔子之徒,恐怕是决不应该发生的。但在那时候,怀着我似的不规矩的心情的青年,可是多得很。

我出世的时候是清朝的末年,孔夫子已经有了"大成至圣文宣王"①这一个阔得可怕的头衔,不消说,正是圣道支配了全国的时代。政府对于读书的人们,使读一定的书,即四书和五经②;使遵守一定的注释;使写一定的文章,即所谓"八股文"③;并且使发一定的议论。然而这些千篇一律的儒者们,倘是四方的大地,那是很知道的,但一到圆形的地球,却什么也不知道,于是和四书上并无记载的法兰西和英吉利打仗而失败了。不知道为了觉得与其拜着孔夫子而死,倒不如保存自己们之为得计呢,还是为了什么,总而言之,这回是拚命尊孔的政府和官僚先就动摇起来,用官帑大翻起洋鬼子的书籍来了。属于科学上的古典之作的,则有侯失勒的《谈天》,雷侠儿的《地学浅释》,代那的《金石

---

① "大成至圣文宣王"　唐开元二十七年(739)追谥孔子为"文宣王",元大德十一年(1307)又加谥为"大成至圣文宣王"。

② 四书　指《大学》《中庸》《论语》《孟子》。北宋时程颢、程颐特别推崇《礼记》中的《大学》、《中庸》两篇,南宋朱熹又将这两篇和《论语》《孟子》合在一起,撰写《四书章句集注》,自此便有了"四书"这个名称。五经,即《诗经》《尚书》《礼记》《周易》《春秋》的合称,汉武帝时始有此称。

③ "八股文"　明清科举考试制度所规定的一种公式化的文体,它用"四书""五经"中的文句命题,每篇由破题、承题、起讲、入手、起股、中股、后股、束股八个部分构成。后四部分是主体,每一部分有两股相比偶的文字,合共八股,所以叫作八股文。

识别》①,到现在也还作为那时的遗物,间或躺在旧书铺子里。

然而一定有反动。清末之所谓儒者的结晶,也是代表的大学士徐桐②氏出现了。他不但连算学也斥为洋鬼子的学问;他虽然承认世界上有法兰西和英吉利这些国度,但西班牙和葡萄牙的存在,是决不相信的,他主张这是法国和英国常常来讨利益,连自己也不好意思了,所以随便胡诌出来的国名。他又是一九〇〇年的有名的义和团的幕后的发动者,也是指挥者。但是义和团完全失败,徐桐氏也自杀了。政府就又以为外国的政治法律和学问技术颇有可取之处了。我的渴望到日本去留学,也就在那时候。达了目的,入学的地方,是嘉纳先生所设立的东京的弘文学院③;在这里,三泽力太郎先生教我水是养气和轻气所合成,山内繁雄先生教我贝壳里的什么地方其名为"外套"。这是有一天的事情。学监大久保先生集合起大家来,说:因为你们都是孔子之徒,今天到御茶之水④的孔庙里去行礼罢! 我大吃了一惊。现在还记得那时心里想,正因为绝望于孔夫子和他的之徒,所以到日本来的,然而又是拜么?一时觉得很奇怪。而且发生这样感觉的,我想决不止我一个人。

但是,孔夫子在本国的不遇,也并不是始于二十世纪的。孟子批评他为"圣之时者也"⑤,倘翻成现代语,除了"摩登圣人"实在也没有别的法。为他自己计,这固然是没有危险的尊号,但也不是十分值得欢迎的头衔。不过在实际上,却也许并不这样子。孔夫子的做定了"摩登圣人"是死了

---

① 侯失勒(F. W. Herschel,1738—1822) 通译赫歇尔,英国天文学家、物理学家。《谈天》即《天文学纲要》,中译本共十八卷,附表一卷,出版于1859年。雷侠儿(C. Lyell,1797—1875),通译赖尔,英国地质学家。《地学浅释》即《地质学原理》,中译本共三十八卷,出版于1871年。代那(J. D. Dana,1813—1895),通译达纳,美国地质学家、矿物学家。《金石识别》即《矿物学手册》,中译本共十二卷,附表,出版于1871年。
② 徐桐(1819—1900) 字荫轩,汉军正蓝旗人,光绪间官至大学士。他反对维新变法,怂恿义和团围攻外国使馆。八国联军攻入北京时自缢而死。
③ 弘文学院 一所专门为中国留学生设立的学习日语和基础课的预备学校。1902年1月建校,1909年停办。校址在东京牛込区西五轩町。创办人为嘉纳治五郎(1860—1938),学监为大久保高明。
④ 御茶之水 日本东京的地名。汤岛圣堂即在御茶之水车站附近。
⑤ "圣之时者也" 语出《孟子·万章(下)》:"孔子,圣之时者也。"原指孔子做事依时依势而行:"可以速而速,可以久而久,可以处而处,可以仕而仕,孔子也。""时"指识时务之意。

以后的事,活着的时候却是颇吃苦头的。跑来跑去,虽然曾经贵为鲁国的警视总监①,而又立刻下野,失业了;并且为权臣所轻蔑,为野人所嘲弄,甚至于为暴民所包围,饿扁了肚子。弟子虽然收了三千名,中用的却只有七十二,然而真可以相信的又只有一个人。有一天,孔夫子愤慨道:"道不行,乘桴浮于海,从我者,其由与?"②从这消极的打算上,就可以窥见那消息。然而连这一位由,后来也因为和敌人战斗,被击断了冠缨,但真不愧为由呀,到这时候也还不忘记从夫子听来的教训,说道"君子死,冠不免"③,一面系着冠缨,一面被人砍成肉酱了。连唯一可信的弟子也已经失掉,孔子自然是非常悲痛的,据说他一听到这信息,就吩咐去倒掉厨房里的肉酱云。④

孔夫子到死了以后,我以为可以说是运气比较的好一点。因为他不会噜苏了,种种的权势者便用种种的白粉给他来化妆,一直抬到吓人的高度。但比起后来输入的释迦牟尼⑤来,却实在可怜得很。诚然,每一县固然都有圣庙即文庙,可是一副寂寞的冷落的样子,一般的庶民,是决不去参拜的,要去,则是佛寺,或者是神庙。若向老百姓们问孔夫子是什么人,他们自然回答是圣人,然而这不过是权势者的留声机。他们也敬惜字纸,然而这是因为倘不敬惜字纸,会遭雷殛的迷信的缘故;南京的夫子庙固然是热闹的地方,然而这是因为另有各种玩耍和茶店的缘故。虽说孔子作《春秋》而乱臣贼子惧⑥,然而现在的人们,却几乎谁也不知道一个笔伐了的乱臣贼子的名字。说到乱臣贼子,大概以为是曹操,但那并非圣人所

---

① 警视总监 日本主管警察工作的最高长官。孔子曾一度任鲁国的司寇,掌管刑狱,相当于日本的这一官职。
② "道不行,乘桴浮于海" 等句,语出《论语·公冶长》。桴,用竹木编的筏子。由,孔子的弟子仲由,即子路。
③ "君子死,冠不免" 语出《左传》哀公十五年:"石乞、盂黶敌子路,以戈击之,断缨。子路曰:'君子死,冠不免。'结缨而死。"
④ 关于孔丘因子路战死而倒掉肉酱的事,见《孔子家语·子贡问》:"子路……仕于卫,卫有蒯聩之难……既而卫使至,曰:'子路死焉。'夫子哭之于中庭……进使者而问故,使者曰:'醢之矣。'遂令左右皆覆醢,曰:'吾何忍食此!'"
⑤ 释迦牟尼(Sākyamuni,约前565—前486) 原古印度北部迦毗罗卫国净饭王的儿子,后出家修道,成为佛教创始人。佛教于西汉末年开始传入我国。
⑥ 孔子作《春秋》而乱臣贼子惧 语出《孟子·滕文公(下)》:"孔子成《春秋》而乱臣贼子惧。"

教,却是写了小说和剧本的无名作家所教的。

　　总而言之,孔夫子之在中国,是权势者们捧起来的,是那些权势者或想做权势者们的圣人,和一般的民众并无什么关系。然而对于圣庙,那些权势者也不过一时的热心。因为尊孔的时候已经怀着别样的目的,所以目的一达,这器具就无用,如果不达呢,那可更加无用了。在三四十年以前,凡有企图获得权势的人,就是希望做官的人,都是读"四书"和"五经",做"八股",别一些人就将这些书籍和文章,统名之为"敲门砖"。这就是说,文官考试一及第,这些东西也就同时被忘却,恰如敲门时所用的砖头一样,门一开,这砖头也就被抛掉了。孔子这人,其实是自从死了以后,也总是当着"敲门砖"的差使的。

　　一看最近的例子,就更加明白。从二十世纪的开始以来,孔夫子的运气是很坏的,但到袁世凯①时代,却又被从新记得,不但恢复了祭典,还新做了古怪的祭服,使奉祀的人们穿起来。跟着这事而出现的便是帝制。然而那一道门终于没有敲开,袁氏在门外死掉了。余剩的是北洋军阀,当觉得渐近末路时,也用它来敲过另外的幸福之门。盘据着江苏和浙江,在路上随便砍杀百姓的孙传芳将军,一面复兴了投壶之礼;②钻进山东,连自己也数不清金钱和兵丁和姨太太的数目了的张宗昌③将军,则重刻了《十三经》,而且把圣道看作可以由肉体关系来传染的花柳病一样的东西,拿一个孔子后裔的谁来做了自己的女婿。然而幸福之门,却仍然对谁也没有开。

　　这三个人,都把孔夫子当作砖头用,但是时代不同了,所以都明明白白的失败了。岂但自己失败而已呢,还带累孔子也更加陷入了悲境。他们都是连字也不大认识的人物,然而偏要大谈什么《十三经》之类,所以使人们觉得滑稽;言行也太不一致了,就更加令人讨厌。既已厌恶和尚,恨及袈裟,而孔夫子之被利用为或一目的的器具,也从新看得格外清楚起来,于是要打倒他的欲望,也就越加旺盛。所以把孔子装饰得十分尊严

---

① 袁世凯　参见第 348 页注②。他曾于 1914 年 2 月通令全国"祭孔",公布《崇圣典例》,同年 9 月 28 日他率领各部总长和一批文武官员,穿着新制的古祭服,在北京孔庙举行祀孔典礼。
② 孙传芳及投壶之礼,参见第 348 页注④。
③ 张宗昌(1881—1932)　山东掖县(今山东莱州)人,北洋奉系军阀。1925 年他任山东督军时提倡尊孔读经。

时,就一定有找他缺点的论文和作品出现。即使是孔夫子,缺点总也有的,在平时谁也不理会,因为圣人也是人,本是可以原谅的。然而如果圣人之徒出来胡说一通,以为圣人是这样,是那样,所以你也非这样不可的话,人们可就禁不住要笑起来了。五六年前,曾经因为公演了《子见南子》①这剧本,引起过问题,在那个剧本里,有孔夫子登场,以圣人而论,固然不免略有欠稳重和呆头呆脑的地方,然而作为一个人,倒是可爱的好人物。但是圣裔们非常愤慨,把问题一直闹到官厅里去了。因为公演的地点,恰巧是孔夫子的故乡,在那地方,圣裔们繁殖得非常多,成着使释迦牟尼和苏格拉第②都自愧弗如的特权阶级。然而,那也许又正是使那里的非圣裔的青年们,不禁特地要演《子见南子》的原因罢。

　　中国的一般的民众,尤其是所谓愚民,虽称孔子为圣人,却不觉得他是圣人;对于他,是恭谨的,却不亲密。但我想,能像中国的愚民那样,懂得孔夫子的,恐怕世界上是再也没有的了。不错,孔夫子曾经计划过出色的治国的方法,但那都是为了治民众者,即权势者设想的方法,为民众本身的,却一点也没有。这就是"礼不下庶人"③。成为权势者们的圣人,终于变了"敲门砖",实在也叫不得冤枉。和民众并无关系,是不能说的,但倘说毫无亲密之处,我以为怕要算是非常客气的说法了。不去亲近那毫不亲密的圣人,正是当然的事,什么时候都可以,试去穿了破衣,赤着脚,走上大成殿去看看罢,恐怕会像误进上海的上等影戏院或者头等电车一样,立刻要受斥逐的。谁都知道这是大人老爷们的物事,虽是"愚民",却还没有愚到这步田地的。

四月二十九日。

---

① 《子见南子》　林语堂作的独幕剧,发表于《奔流》第一卷第六期(1928年11月)。1929年山东曲阜第二师范学校学生排演此剧时,当地孔氏族人以"公然侮辱宗祖孔子"为由,联名向国民党政府教育部提出控告,结果该校校长被调职。参看《集外集拾遗补编·关于〈子见南子〉》。

② 苏格拉第　即苏格拉底,参见第472页注③。

③ "礼不下庶人"　语出《礼记·曲礼》:"礼不下庶人,刑不上大夫。"

【讲析】

　　20世纪30年代中期,日本帝国主义发动对中国的侵略战争的同时,鼓吹用"孔教"推进"大东亚新秩序"的建设,并在日本多地修筑孔庙。与此同时,国民党当局也于1934年2月下令尊孔,定8月27日为孔诞纪念日,大力宣扬"孔孟之道",提倡所谓"新生活运动"。鲁迅看透了这里边的政治企图,他在1935年4月28日致肖军的信里说,"我……正在为日本杂志做一篇文章,骂孔子的,因为他们正在尊孔"。这篇文章,就是《在现代中国的孔夫子》,以日文发表在1935年6月号日本的《改造》月刊上。后经《杂文》月刊翻译发表,收入《且介亭杂文二集》。

　　文章一开头即点出本文写作的契机,乃为"新近的上海的报纸,报告着因为日本的(东京的)汤岛,孔子的圣庙落成了,湖南省主席何键将军就寄赠了一幅向来珍藏的孔子的画像"。这一新闻,正是内外反动派要用孔教做"敲门砖"的一个证据,的确是很值得议论一番的。

　　文章分五个部分,逐层写出孔子的地位在中国历史上的变化,并揭示其因由。第一个部分从日本汤岛孔庙落成、湖南军阀何键赠孔子画像一事写起,引出对孔子相貌问题的议论,意在说明中国的一般的民众对孔子其实并不怎么了解与关心,而鲁迅自己年轻时对孔子也是有些不恭的。想象中的孔子是"俨然道貌""威风凛凛",和一般人很隔膜。这是引子。

　　接下来第二部分,回顾清末在"外交失败"的打击下,原先"拚命尊孔的政府和官僚",开始"动摇起来",于是孔子便从"大成至圣文宣王"的宝座跌下来,孔教在国内的地位终于一蹶不振了!然而现在的日本和中国国内还要"尊孔",那是有现实的军事或者政治的需要吧。

　　第三部分主要写了孔子地位在历史上的变化,指出"孔夫子的做定了'摩登圣人'是死了以后的事,活着的时候却是颇吃苦头的。跑来跑去,虽然曾经贵为鲁国的警视总监,而又立刻下野,失业了;并且为权臣所轻蔑,为野人所嘲弄,甚至于为暴民所包围,饿扁了肚子",这是何等的孤独,不得志!他"死了以后……运气比较的好一点","因为他不会噜苏了,种种的权势者便用种种的白粉给他来化妆",自汉武帝"罢黜百家、独尊儒术"以来，被中国封建统治者"一直抬到吓人的高度"。鲁迅并非对孔子本人或者孔子的学说做评论，那是比较复杂的事情。鲁迅要说明的主要是历来统治者为何要尊孔："总而言之，孔夫子之在中国，是权势者们捧起来的，是那些权势者或想做权势者们的圣人，和一般的民众并无什么关系。"这是鲁迅的基本观点。

接着在第四部分，便举近代以来的历史，看到"孔夫子的运气是很坏的"，袁世凯、孙传芳、张宗昌都曾经尊孔复古，"孔夫子之被利用为或一目的的器具"但是都失败了，"还带累孔子也更加陷入了悲境"。后来终于演化为"打倒孔家店"的"五四"新文化运动。

最后一部分又指出"中国的一般民众"对于孔夫子的只有"恭谨，却不亲密"的冷淡态度，和开头呼应。为何总是统治者尊孔，而一般百姓比较冷淡呢？鲁迅认为他们心里明白，孔夫子终究只"成为权势者们的圣人，终于变了'敲门砖'"。

需要说明的是，尽管鲁迅是"五四"中人，执着地反传统，但对于孔子本人以及孔子学说还是保留有理性态度的，鲁迅主要是要揭穿历史与现实中"尊孔"的反复出现这个文化现象背后的事实，那就是孔子总是被当作"敲门砖"；而孔子的局限性也在于始终未能进入普通百姓的生活，大都成为场面上的东西。至于文中所流露的对于孔子的某些讥讽，也应当联系特定历史的语境去理解，这毕竟是一篇充满感情和文学性的杂感，而并非严谨的思想史论文。

论"人言可畏"*

"人言可畏"是电影明星阮玲玉①自杀之后,发见于她的遗书中的话。这哄动一时的事件,经过了一通空论,已经渐渐冷落了,只要《玲玉香消记》一停演,就如去年的艾霞②自杀事件一样,完全烟消火灭。她们的死,不过像在无边的人海里添了几粒盐,虽然使扯淡的嘴巴们觉得有些味道,但不久也还是淡,淡,淡。

这句话,开初是也曾惹起一点小风波的。有评论者,说是使她自杀之咎,可见也在日报记事对于她的诉讼事件的张扬;不久就有一位记者公开的反驳,以为现在的报纸的地位,舆论的威信,可怜极了,那里还有丝毫主宰谁的运命的力量,况且那些记载,大抵采自经官的事实,绝非捏造的谣言,旧报具在,可以复按。所以阮玲玉的死,和新闻记者是毫无关系的。

这都可以算是真实话。然而——也不尽然。

现在的报章之不能像个报章,是真的;评论的不能逞心而谈,失了威力,也是真的,明眼人决不会过分的责备新闻记者。但是,新闻的威力其实是并未全盘坠地的,它对甲无损,对乙却会有伤;对强者它是弱者,但对更弱者它却还是强者,所以有时虽然吞声忍气,有时仍可以耀武扬威。于是阮玲玉之流,就成了发扬余威的好材料了,因为她颇有名,却无力。小

---

* 本文发表于1935年5月20日《太白》半月刊第二卷第五期,署名赵令仪,后收入《且介亭杂文二集》。

① 阮玲玉(1910—1935) 广东中山人,电影演员。因婚姻问题被一些报纸毁谤炒作,于1935年3月8日自杀。她在遗书中说:"唉,我一死何足惜,不过还是怕人言可畏,人言可畏罢了!"

② 艾霞(1912—1934) 福建厦门人,电影演员。1932年入上海明星影片公司,主演过《春蚕》《时代的女儿》等影片。1934年2月12日吞鸦片自杀。

《论"人言可畏"》手稿

市民总爱听人们的丑闻,尤其是有些熟识的人的丑闻。上海的街头巷尾的老虔婆,一知道近邻的阿二嫂家有野男人出入,津津乐道,但如果对她讲甘肃的谁在偷汉,新疆的谁在再嫁,她就不要听了。阮玲玉正在现身银幕,是一个大家认识的人,因此她更是给报章凑热闹的好材料,至少也可以增加一点销场。读者看了这些,有的想:"我虽然没有阮玲玉那么漂亮,却比她正经";有的想:"我虽然不及阮玲玉的有本领,却比她出身高";连自杀了之后,也还可以给人想:"我虽然没有阮玲玉的技艺,却比她有勇气,因为我没有自杀"。化几个铜元就发见了自己的优胜,那当然是很上算的。但靠演艺为生的人,一遇到公众发生了上述的前两种的感想,她就够走到末路了。所以我们且不要高谈什么连自己也并不了然的社会组织或意志强弱的滥调,先来设身处地的想一想罢,那么,大概就会知道阮玲玉的以为"人言可畏",是真的,或人的以为她的自杀,和新闻记事有关,也是真的。

但新闻记者的辩解,以为记载大抵采自经官的事实,却也是真的。上海的有些介乎大报和小报之间的报章,那社会新闻,几乎大半是官司已经吃到公安局或工部局去了的案件。但有一点坏习气,是偏要加上些描写,对于女性,尤喜欢加上些描写;这种案件,是不会有名公巨卿在内的,因此也更不妨加上些描写。案中的男人的年纪和相貌,是大抵写得老实的,一遇到女人,可就要发挥才藻了,不是"徐娘半老,风韵犹存",就是"豆蔻年华,玲珑可爱"。一个女孩儿跑掉了,自奔或被诱还不可知,才子就断定道,"小姑独宿,不惯无郎",你怎么知道?一个村妇再醮了两回,原是穷乡僻壤的常事,一到才子的笔下,就又赐以大字的题目道,"奇淫不减武则天",这程度你又怎么知道?这些轻薄句子,加之村姑,大约是并无什么影响的,她不识字,她的关系人也未必看报。但对于一个智识者,尤其是对于一个出到社会上了的女性,却足够使她受伤,更不必说故意张扬,特别渲染的文字了。然而中国的习惯,这些句子是摇笔即来,不假思索的,这时不但不会想到这也是玩弄着女性,并且也不会想到自己乃是人民的喉舌。但是,无论你怎么描写,在强者是毫不要紧的,只消一封信,就会有正误或道歉接着登出来,不过无拳无勇如阮玲玉,可就正做了吃苦的材料了,她被额外的画上一脸花,没法洗刷。叫她奋斗吗?她没有机关报,怎么奋斗;有冤无头,有怨无主,和谁奋斗呢?我们又可以设身处地的想一想,那么,大概就又知她的以为"人言可畏",是真的,或人的以为她的自杀,和新闻记事有关,也是真的。

然而,先前已经说过,现在的报章的失了力量,却也是真的,不过我以为还没有到达如记者先生所自谦,竟至一钱不值,毫无责任的时候。因为它对于更弱者如阮玲玉一流人,也还有左右她命运的若干力量的,这也就是说，它还能为恶，自然也还能为善。"有闻必录"或"并无能力"的话，都不是向上的负责的记者所该采用的口头禅，因为在实际上，并不如此，——它是有选择的，有作用的。

至于阮玲玉的自杀，我并不想为她辩护。我是不赞成自杀，自己也不豫备自杀的。但我的不豫备自杀，不是不屑，却因为不能。凡有谁自杀了，现在是总要受一通强毅的评论家的呵斥，阮玲玉当然也不在例外。然而我想，自杀其实是不很容易，决没有我们不豫备自杀的人们所渺视的那么轻而易举的。倘有谁以为容易么，那么，你倒试试看！

自然，能试的勇者恐怕也多得很，不过他不屑，因为他有对于社会的伟大的任务。那不消说，更加是好极了，但我希望大家都有一本笔记簿，写下所尽的伟大的任务来，到得有了曾孙的时候，拿出来算一算，看看怎么样。

五月五日。

【讲析】

1935年上海有个当红的电影明星阮玲玉，因为无法忍受报纸传媒对她私生活的毁谤，自杀了。一时非常轰动，似乎成为新闻界的盛大节日。鲁迅大概看到这种风尚很感不快，就写了这篇《论"人言可畏"》，剖析当时这一社会热点背后的心理现象，批判庸俗的小市民文化。这是文化批评，其中也有国民性批判。

鲁迅分析"阮玲玉之死"所引起的舆论，特别是一些报纸的报道，指出"现在的报章之不能像个报章"，"评论的不能逞心而谈，失了威力，也是真的"，意思是当时没有言论自由。但鲁迅又认为有些报纸"对强者它是弱者，但对更弱者它却还是强者，所以有时虽然吞声忍气，有时仍可以耀武扬威。于是阮玲玉之流，就成了发扬余威的好材料了"。而一些新闻记者以为其记载"大抵采自经官的事实，绝非捏造"来为自己辩解，鲁迅则指出他们"对于女性，尤喜欢加上些"想当然的"描写"以招引读者的

"坏习气",这样登了出来,就足以杀伤一个弱者!鲁迅说,阮玲玉面对舆情是无能为力的,而新闻报道的添油加醋,特别是对女性私生活的猜测和奚落,等于把人逼到死地,所谓"人言可畏",的确就是催逼阮玲玉自尽的一个原因。

这就提出了一个新闻伦理的问题。不为弱者、沉默者发言,反而拿弱者、沉默者的私密大做文章,吸引读者,赢得利益,这就突破伦理底线了。其实,这种情形始终存在,甚至愈演愈烈,特别是现在常见的自媒体和小报,也都可能是靠标题党或者私密曝露来吸引眼球的。鲁迅的批评现今也还有针对性。

鲁迅又还关注和剖析到"阮玲玉之死"舆情背后的小市民心理。文中写到,"小市民总爱听人们的丑闻,尤其是有些熟识的人的丑闻",以便"发见了自己的优胜"。"上海的街头巷尾的老虔婆,一知道近邻的阿二嫂家有野男人出入,津津乐道",她们知道报纸的有关新闻,"有的想:'我虽然没有阮玲玉那么漂亮,却比她正经';有的想:'我虽然不及阮玲玉的有本领,却比她出身高';连自杀了之后,也还可以给人想:'我虽然没有阮玲玉的技艺,却比她有勇气,因为我没有自杀'"。这种小市民心理极容易形成舆论漩涡,在"公众舆论"的压迫下,阮玲玉"就够走到末路了"。鲁迅以悲愤的笔触,批判了那些对阮玲玉的自杀横加"呵斥"与责难者。那些因想着自己"有对于社会的伟大的任务"而"不屑"自杀的"勇者"们,"希望大家都有一本笔记簿,写下所尽的伟大的任务来,到得有了曾孙的时候,拿出来算一算,看看怎么样"。这里旁敲侧击,又把某些作壁上观的雅人内心掰出来看看。

读鲁迅这样的杂文,可以了解社会史,以及世道人心。

书　信

　　现在是网络时代，人们采用短信、微信、视频等通讯手段，越来越少用纸笔写信。读鲁迅的书信，会有很特别而珍贵的感觉。书信一般带有私密性，特别是亲朋之间的通信，比较自由、坦诚与随性，也更能显示作者的生活与心绪的状况。阅读鲁迅的书信，可以丰富对鲁迅为人处世及其心路历程的了解。

　　人们对《两地书》可能比较感兴趣，那是鲁迅和他的学生与爱人许广平的通信。这里选收了其中的五封（有两封是鲁迅写的），是恋爱前和同居前写的，虽然不见一般情书的浪漫，却也能感觉到鲁迅细腻温情的一面。鲁迅与许广平的关系受到很多非议和攻击，鲁迅也就编《两地书》作答。

　　另外两封信是鲁迅写给学生和朋友的，披露了当时鲁迅内心的某些侧面，在鲁迅的书信中有代表性，值得一读。

　　鲁迅的书信有文献价值，又有文学价值，尤其是写信时那种比较率性的语言，在白话中融入某些文言的因子，自成一种有别于他论著的韵味。

　　鲁迅书信现存一千四百六十通，限于篇幅这里只选了六七通，正所谓弱水三千，只取一瓢了。

陶元庆绘鲁迅像

致李秉中[1]

庸倩兄：

　　回家后看见来信。给幼渔[2]先生的信，已经写出了，我现在也难料结果如何，但好在这并非生死问题的事，何妨随随便便，暂且听其自然。

　　关于我这一方面的推测，并不算对。我诚然总算帮过几回忙，但若是一个有力者，这些便都是些微的小事，或者简直不算是小事，现在之所以看去很像帮忙者，其原因即在我之无力，所以还是无效的回数多。即使有效，也〔不〕算什么，都可以毫不放在心里。

　　我恐怕是以不好见客出名的。但也不尽然，我所怕见的是谈不来的生客，熟识的不在内，因为我可以不必装出陪客的态度。我这里的客并不多，我喜欢寂寞，又憎恶寂寞，所以有青年肯来访问我，很使我喜欢。但我说一句真话罢，这大约你未曾觉得的，就是这人如果以我为是，我便发生一种悲哀，怕他要陷入我一类的命运；倘若一见之后，觉得我非其族类，不复再来，我便知道他较我更有希望，十分放心了。

　　其实我何尝坦白？我已经能够细嚼黄连而不皱眉了。我很憎恶我自己，因为有若干人，或则愿我有钱，有名，有势，或则愿我陨灭，死亡，而我

---

[1] 李秉中（？—1940）　字庸倩，四川彭山人，1923 年到北京大学为旁听生，曾听鲁迅讲授中国小说史。1924 年 11 月去广州入黄埔军校，次年参加北伐东征。1926 年保送到苏联中山大学学习。1927 年回国，后赴日本学习军事。1932 年返国后，在南京政府军事机关任职。此信写于 1924 年 9 月 24 日。李秉中与鲁迅交往甚密，通信频繁。

[2] 幼渔　马裕藻（1878—1945），字幼渔。早年留学日本，后担任浙江教育司视学、北京大学国文系主任。和鲁迅过从甚密。1920 年 8 月鲁迅被聘为北京大学国文系兼职讲师，即由马裕藻递送聘书。此信提到给幼渔先生信，是推荐李秉中一部书稿，并请帮助解决债务问题。

鲁迅致李秉中信手稿

偏偏无钱无名无势,又不灭不亡,对于各方面,都无以报答盛意,年纪已经如此,恐将遂以如此终。我也常常想到自杀,也常想杀人,然而都不实行,我大约不是一个勇士。现在仍然只好对于愿我得意的便拉几个钱来给他看,对于愿我灭亡的避开些,以免他再费机谋。我不大愿意使人失望,所以对于爱人和仇人,都愿意有以骗之,亦即所以慰之,然而仍然各处都弄不好。

我自己总觉得我的灵魂里有毒气和鬼气,我极憎恶他,想除去他,而不能。我虽然竭力遮蔽着,总还恐怕传染给别人,我之所以对于和我往来较多的人有时不免觉到悲哀者以此。

然而这些话并非要拒绝你来访问我,不过忽然想到这里,写到这里,随便说说而已。你如果觉得并不如此,或者虽如此而甘心传染,或不怕传染,或自信不至于被传染,那可以只管来,而且敲门也不必如此小心。

树人　廿四日夜

【讲析】

1923年鲁迅在北京大学国文系讲授中国小说史时,李秉中是旁听生之一,后与鲁迅交往甚密。现存鲁迅给李秉中信二十一封。此信写于1924年9月24日。鲁迅很坦然地向他这位年轻的学生披露自己的思想。

鲁迅说自己不好见客，其实"怕见的是谈不来的生客，熟识的不在内"，因为不愿"装出陪客的态度"。他还提到自己"喜欢寂寞，又憎恶寂寞"。这似乎有些矛盾，其实是鲁迅性格的两方面，厌恶俗人俗套，不喜交游，宁可独处享受寂寞。有时对自己这种孤独也并不满意，所以说又"憎恶寂寞"。鲁迅是很真实的，他总是要直面现实，无论现实多么险恶，他都要说出真话；但又担心别人听信他的"真话"，"怕他要陷入我一类的命运"，所以又会感到"悲哀"。这都表现了鲁迅待人处世的原则立场。

鲁迅说他人生经过太多，到了"细嚼黄连而不皱眉"的境界，各种要改变他的"机谋"都不可能得逞。这真是一个坚执的战士。然而鲁迅感到摆脱不了人生的苦衷，"仍然各处都弄不好"，所以"很憎恶我自己"。鲁迅很清醒地意识到自身的矛盾，承认自己的灵魂里"有毒气和鬼气，我极憎恶他，想除去他，而不能"。鲁迅思想的深刻，除了无所畏惧地正面现实，还在于他时常敢于"自剖"，从自身去挖掘人性的弱点乃至黑暗。

值得注意的是，鲁迅写这封信的那一天，还写了《影的告别》。其中写梦中"我"的"影子"，居然要和"我"告别，说了一番颠三倒四充满悖论的话。"影"可以看作是鲁迅潜意识中的另一个"我"，它和本体的"我"告别，所诉说的是鲁迅内心的分裂与苦恼。鲁迅显然把写《影的告别》的那种情绪带到这封信中了。如果两者结合起来读，就更加能理解鲁迅。

《两地书》之一、二

一

鲁迅先生：

现在写信给你的，是一个受了你快要两年的教训，是每星期翘盼着听讲《小说史略》的，是当你授课时每每忘形地直率地凭其相同的刚决的言语，好发言的一个小学生。他有许多怀疑而愤懑不平的久蓄于中的话，这时许是按抑不住了罢，所以向先生陈诉：

有人以为学校的校址，能愈隔离城市的尘嚣，政潮的影响，愈是效果佳一些。这是否有一部分的理由呢？记得在中学时代，那时也未尝不发生攻击教员，反对校长的事，然而无论反与正的那一方面，总是偏重在"人"的方面的权衡，从没有遇见过以"利"的方面为取舍。先生，这是受了都市或政潮的影响，还是年龄的增长戕害了他呢？先生，你看看罢。现在北京学界上一有驱逐校长的事，同时反对的，赞成的，立刻就各标旗帜，校长以"留学""留堂"——毕业后在本校任职——谋优良位置为钓饵，学生以权利得失为取舍，今日收买一个，明日收买一个……今日被买一个，……明日被买一个……而尤可愤恨的，是这种含有许多毒菌的空气，也弥漫于名为受高等教育之女学界了。① 做

---

① 这是对当时北京女子师范大学校长杨荫榆行为的揭露。据该校学生自治会出版的《驱杨运动特刊》记述，杨荫榆除迫害反对她的学生外，又对某些学生进行利诱，如声称"某校欲聘○○教员，同学中有欲担任者，请至校长办公室接洽"，"北京某大学欲聘助教，月薪十五元，倘能继续任职者，每年可加至七百元"，等等。

女校长的,如果确有干才,有卓见,有成绩,原不妨公开的布告的,然而是"昏夜乞怜",丑态百出,啧啧在人耳口。但也许这是因为环境的种种关系,支配了她不得不如此罢?而何以校内学生,对于此事亦日见其软化:明明今日好好的出席,提出反对条件的,转眼就掉过头去,噤若寒蝉,或则明示其变态行动?情形是一天天的恶化了,五四以后的青年是很可悲观痛哭的了!在无可救药的赫赫的气焰之下,先生,你自然是只要放下书包,洁身远引,就可以"立地成佛"的。然而,你在仰首吸那醉人的一丝丝的烟叶的时候,可也想到有在蛊盆①中辗转待拔的人们么?他自信是一个刚率的人,他也更相信先生是比他更刚率十二万分的人,因为有这点点小同,他对于先生是尽量地直言

鲁迅与许广平合影(1927年摄于广州)

的,是希望先生不以时地为限,加以指示教导的。先生,你可允许他么?

　　苦闷之果是最难尝的,虽然嚼过苦果之后有一点回甘,然而苦的成分太重了,也容易抹煞甘的部分。譬如饮了苦茶——药,再来细细的玩味,虽然有些儿甘香,然而总不能引起人好饮苦茶的兴味。除了病的逼迫,人是绝对不肯无故去寻苦茶喝的。苦闷之不能免掉,或者就如疾病之不能免掉一样,但疾病是不会时时刻刻在身边的——除非毕生抱病。——而苦闷则总比爱人还来得亲密,总是时刻地不招即来,挥之不去。先生,可有甚么法子能在苦药中加点糖分,令人不觉得苦辛的苦辛?而且有了糖

---

① 蛊盆　蛊,蝎子类毒虫。蛊盆,盛毒虫的盆。

分是否即绝对的不苦？先生，你能否不像章锡琛先生在《妇女杂志》①中答话的那样模胡，而给我一个真切的明白的指引？专此布达，敬候撰安！

受教的一个小学生许广平。十一，三，十四年。

他虽则被人视为学生二字上应加一"女"字，但是他之不敢以小姐自居，也如先生之不以老爷自命，因为他实在不配居小姐的身分地位，请先生不要怀疑，一笑。

二

广平兄：

今天收到来信，有些问题恐怕我答不出，姑且写下去看——

学风如何，我以为是和政治状态及社会情形相关的，倘在山林中，该可以比城市好一点，只要办事人员好。但若政治昏暗，好的人也不能做办事人员，学生在学校中，只是少听到一些可厌的新闻，待到出了校门，和社会相接触，仍然要苦痛，仍然要堕落，无非略有迟早之分。所以我的意思，以为倒不如在都市中，要堕落的从速堕落罢，要苦痛的速速苦痛罢，否则从较为宁静的地方突到闹处，也须意外地吃惊受苦，而其苦痛之总量，与本在都市者略同。

学校的情形，也向来如此，但一二十年前，看去仿佛较好者，乃是因为足够办学资格的人们不很多，因而竞争也不猛烈的缘故。现在可多了，竞争也猛烈了，于是坏脾气也就彻底显出。教育界的称为清高，本是粉饰之谈，其实和别的什么界都一样，人的气质不大容易改变，进几年大学是无甚效力的。况且又有这样的环境，正如人身的血液一坏，体中的一部分决不能独保健康一样，教育界也不会在这样的民国里特别清高的。

---

① 章锡琛（1889—1969）　字雪村，浙江绍兴人。当时任商务印书馆《妇女杂志》主编，经常在该刊"通讯"栏内解答读者提出的各种问题。《妇女杂志》，月刊，1915年1月在上海出版，1931年12月停刊。

所以,学校之不甚高明,其实由来已久,加以金钱的魔力,本是非常之大,而中国又是向来善于运用金钱诱惑法术的地方,于是自然就成了这现象。听说现在是中学校也有这样的了。间有例外,大约即因年龄太小,还未感到经济困难或花费的必要之故罢。至于传入女校,当是近来的事,大概其起因,当在女性已经自觉到经济独立的必要,而借以获得这独立的方法,则不外两途,一是力争,一是巧取。前一法很费力,于是就堕入后一手段去,就是略一清醒,又复昏睡了。可是这情形不独女界为然,男人也多如此,所不同者巧取之外,还有豪夺而已。

我其实那里会"立地成佛",许多烟卷,不过是麻醉药,烟雾中也没有见过极乐世界。假使我真有指导青年的本领——无论指导得错不错——我决不藏匿起来,但可惜我连自己也没有指南针,到现在还是乱闯。倘若闯入深渊,自己有自己负责,领着别人又怎么好呢? 我之怕上讲台讲空话者就为此。记得有一种小说里攻击牧师,说有一个乡下女人,向牧师沥诉困苦的半生,请他救助,牧师听毕答道:"忍着罢,上帝使你在生前受苦,死后定当赐福。"①其实古今的圣贤以及哲人学者之所说,何尝能比这高明些。他们之所谓"将来",不就是牧师之所谓"死后"么。我所知道的话就全是这样,我不相信,但自己也并无更好的解释。章锡琛先生的答话是一定要模胡的,听说他自己在书铺子里做伙计,就时常叫苦连天。

我想,苦痛是总与人生联带的,但也有离开的时候,就是当熟睡之际。醒的时候要免去若干苦痛,中国的老法子是"骄傲"与"玩世不恭",我觉得我自己就有这毛病,不大好。苦茶加糖,其苦之量如故,只是聊胜于无糖,但这糖就不容易找到,我不知道在那里,这一节只好交白卷了。

以上许多话,仍等于章锡琛,我再说我自己如何在世上混过去的方法,以供参考罢——

一,走"人生"的长途,最易遇到的有两大难关。其一是"歧路",倘是墨翟②先生,相传是恸哭而返的。但我不哭也不返,先在歧路头坐下,歇一会,或者睡一觉,于是选一条似乎可走的路再走,倘遇见老实人,也许夺

---

① 见波兰作家显克微支的中篇小说《炭画》第六章。
② 墨翟　参见第301页注④。《吕氏春秋·慎行论·疑似》曾说他"见歧道而哭之"。

鲁迅致许广平信手稿

他食物来充饥,但是不问路,因为我料定他并不知道的。如果遇见老虎,我就爬上树去,等它饿得走去了再下来,倘它竟不走,我就自己饿死在树上,而且先用带子缚住,连死尸也决不给它吃。但倘若没有树呢?那么,没有法子,只好请它吃了,但也不妨也咬它一口。其二便是"穷途"了,听说阮籍①先生也大哭而回,我却也像在歧路上的办法一样,还是跨进去,在刺丛里姑且走走。但我也并未遇到全是荆棘毫无可走的地方过,不知道是否世上本无所谓穷途,还是我幸而没有遇着。

二,对于社会的战斗,我是并不挺身而出的,我不劝别人牺牲什么之类者就为此。欧战的时候,最重"壕堑战",战士伏在壕中,有时吸烟,也唱歌,打纸牌,喝酒,也在壕内开美术展览会,但有时忽向敌人开他几枪。中国多暗箭,挺身而出的勇士容易丧命,这种战法是必要的罢。但恐怕也有时会逼到非短兵相接不可的,这时候,没有法子,就短兵相接。

总结起来,我自己对于苦闷的办法,是专与袭来的苦痛捣乱,将无赖手段当作胜利,硬唱凯歌,算是乐趣,这或者就是糖罢。但临末也还是归结到"没有法子",这真是没有法子!

以上,我自己的办法说完了,就不过如此,而且近于游戏,不像步步走在人生的正轨上(人生或者有正轨罢,但我不知道)。我相信写了出来,

---

① 阮籍　参见第462页注②。三国魏诗人。《晋书·阮籍传》曾说他"时率意独驾,不由径路,车迹所穷,辄恸哭而返"。

未必于你有用，但我也只能写出这些罢了。

鲁迅。三月十一日。

【讲析】

  许广平(1898—1968)，广东番禺人。1917年就读天津直隶第一女子师范学校预科，1923年考入北京女子高等师范学校国文系，成为鲁迅的学生。在北京女师反对校长杨荫榆的风潮中，许广平是主要发起人之一。1927年1月，鲁迅到中山大学任教，许任助教和广州话翻译，与鲁迅在白云路租房同居。10月与鲁迅到上海，1929年生子周海婴。在上海九年，许广平精心照顾鲁迅，替鲁迅查找资料，抄写稿件，校对译著。鲁迅于1934年12月在送给许广平的《芥子园画谱》上所题的"十年携手共艰危，以沫相濡亦可哀"，表达了他对许广平深挚的感情。鲁迅后期创作取得的成绩，与许广平的照顾支持是分不开的。鲁迅去世后，许广平保存和整理出版了鲁迅的一些著作。

  1932年10月，鲁迅把他和许广平的从1925年3月至1929年6月的通信共一百三十五封(其中鲁迅信六十七封半)编辑成书，名《两地书》，1933年4月由上海青光书局初版。在序言中，鲁迅说："这一本书，在我们自己，一时是有意思的，但对于别人，却并不如此。其中既没有死呀活呀的热情，也没有花呀月呀的佳句；文辞呢，我们都未曾研究过'尺牍精华'或'书信作法'，只是信笔写来，大背文律，活该进'文章病院'的居多。所讲的又不外乎学校风潮，本身情况，饭菜好坏，天气阴晴，而最坏的是我们当日居漫天幕中，幽明莫辨，讲自己的事倒没有什么，但一遇到推测天下大事，就不免胡涂得很，所以凡有欢欣鼓舞之词，从现在看起来，大抵成了梦呓了。如果定要恭维这一本书的特色，那么，我想，恐怕是因为他的平凡罢。这样平凡的东西，别人大概是不会有，即有也未必存留的，而我们不然，这就只好谓之也是一种特色。"

  这里选了《两地书》的一、二和八二、八三。许广平第一次给鲁迅信

(《两地书》之一),写于1925年11月3日。那时许广平正积极参与女师大学潮,北洋政府的镇压更引起北京各大中学校的示威,在学生遭受迫害时,鲁迅是明确站在学生一边,保护受害学生的。许广平这封信主要是向鲁迅诉说当时女师大学潮遭到当局迫害之后,学生中出现分化和软化的情况。那时富于青春热血的激进的许广平向她的老师鲁迅"直言":"你自然是只要放下书包,洁身远引,就可以'立地成佛'的。然而,你在仰首吸那醉人的一丝丝的烟叶的时候,可也想到有在蛋盆中辗转待拔的人们么?"当然,这种"直言"中也看得出许广平对鲁迅的爱意,那是学生对师长的敬爱,她希望从这位可亲可敬的老师那里得到指导与慰藉,以解除她缠绕不去的苦闷。

而鲁迅其时是以老师的身份回信,言辞是恳切和真诚的,然而也带点幽默。鲁迅以自己的人生经验告诉许广平,学校也是社会的缩影,苦痛是总与人生联带的。还提出两条如何在世上"混"的办法,其实也就是韧性的战斗精神:一是不问"歧路"或者"穷途",总之走自己的路,要"跨进去,在刺丛里姑且走走";二是对于社会的战斗,重要的是坚持打"壕堑战",不去做挺身而出的英雄。

鲁迅与许广平的最终结合,原来也是从"对于社会的战斗"的情谊开始的。

《两地书》之八二、八三

八二

MY DEAR TEACHER①：

　　现在是星期日的下午二时，我从家里回到学校。至十一月十六日止连收你发牢骚的信，此后就未见信来，是没有牢骚呢，还是忍着不发？我这两天是在等信，至迟明天也许会到罢，我这信先写在这里，打算明天收到你的来信后再寄。

　　我十七日寄上一信及印章背心，此时或者将到了。但这天我校又发生了事故，记得前信已经提及，校长原是想要维持到本月三十的，而不料于十七日晨已决然离校，留下一封信，嘱教务，总务，训育三人代拆代行，一面具呈教育厅辞职，这事迫得我们三人没有办法。如何负责呢？学校又正值多事之秋，我们便往教厅面辞这些责任，教厅允寻校长，并加经费，十九日来了一封公函，是慰留校长，并答应经费照豫算支给的。但校长以为这不过口惠，仍不回校。现在校中无款，总务无法办；无教员，教务无法办；学潮未平，训育无法办。所以我们昨天又去一函，要教厅速觅校长，或派人暂代，以免重负，然而一时是恐怕不会有结果的。

　　现时我最觉得无聊的，是校长未去，还可向校长辞职，此刻则办事不能，摆脱又不可，真是无聊得很。

---

① MY DEAR TEACHER　英文，即"亲爱的老师"。许广平到广州后，给鲁迅写信多用此称呼。

报章说你已允到中大来，确否？许多人劝我离开女师，仍在广州做事，不要远去。如广州有我可做的事，我自然也可以仍在这里的。

昨接逢吉信，说未有工夫来，并问我旧校地址，说俟后再来访，我觉得他其实并无事情，打算不回复了。

十一月廿一日下午二时。

MY DEAR TEACHER：

现在是星一（廿二）晚十时，我刚从会议后回校。自前星三校长辞职后，我几乎没有一点闲工夫了，但没有在北京时的气愤，也没有在北京时的紧张，因为事情和环境与那时完全两样。

今日晨往教厅欲见厅长，说明学校现状，不遇；午后一时往教育行政委员会，又不遇，约四时在厅相见。届时前往，见了。商量的结果，是欠薪一层，由教厅于星四（廿五）提出省务会议解决，校长仍挽留，在未回校前，则由三部负责维持。这么一来，我们就又须维持至十二月初，看发款时教厅能否照案办理，或至本星期四，看省务会议能否通过欠薪案，再作计较了。

你到广州认为不合的几点，依我的意见：一，你担任文科，并非政治，只要教得学生好就是了，治校恐不怎样着重；二，政府迁移，尚未实现，"外江佬"之入籍，当然不成问题；三，他行止原未一定，熟人也以在广州者为多，较易设法，所以十之九是还在这里的。

来信之末说到三种路，在寻"一条光"①，我自己还是世人，离不掉环境，教我何从说起。但倘到必要时，我算是一个陌生人，假使从旁发一通批评，那我就要说，你的苦痛，是在为旧社会而牺牲了自己。旧社会留给

---

① 来信之末说到三种路，在寻"一条光"　指鲁迅 1926 年 11 月 15 日给许广平信，其中说到自己在静夜中思索这几年看惯了人们嘴脸的变化，有时不免愤激，又迟疑于此后所走的路，一是"将来什么事都不做，顾自己苦苦过活"；二是"再不顾自己，为人们做些事，将来饿肚也不妨，也一任别人唾骂"；三是"什么事都敢做，但不愿失了我的朋友"。又说，第二条"觉得太傻"，"前一条当先托庇于资本家，恐怕熬不住。末一条则颇险，也无把握（于生活），而且又略有所不忍。所以实在难于下一决心，我也就想写信和我的朋友商议，给我一条光"。

你苦痛的遗产①,你一面反对这遗产,一面又不敢舍弃这遗产,恐怕一旦摆脱,在旧社会里就难以存身,于是只好甘心做一世农奴,死守这遗产。有时也想另谋生活,苦苦做工,但又怕这生活还要遭人打击,所以更无办法,"积几文钱,将来什么事都不做,苦苦过活",就是你防御打击的手段,然而这第一法,就是目下在厦门也已经耐不住了。第二法是在北京试行了好几年的傻事,现在当然可以不提。只有第三法还是疑问,"为生存和报复起见,便什么事都敢做,但不愿……"这一层你也知道危险,于生活无把握,而且又是老脾气,生怕对不起人。总之,第二法是不顾生活,专戕自身,不必说了,第一第三俱想生活,一是先谋后享,三是且谋且享。一知其苦,三觉其危。但我们也是人,谁也没有逼我们独来吃苦的权利,我们也没有必须受苦的义务的,得一日尽人事,求生活,即努力做去就是了。

我的话是那么率直,不知道说得太过分了没有?因为你问起来,我只好照我所想到的说出去,还愿你从长计议才好。

YOUR H. M.② 十一月廿二晚十一时半。

八三

广平兄:

二十六日寄出一信,想当已到。次日即得二十三日来信,包裹的通知书,也一并送到了,即向邮政代办处取得收据,星期六下午已来不及。星

---

① 旧社会留给你苦痛的遗产 是指鲁迅的原配妻子朱安。鲁迅从1906年结婚到1926年离开北京的家为止,与朱安做了整整二十年的挂名夫妻,这二十年鲁迅过的是单身汉的孤独生活。成婚的那年,鲁迅二十五岁,朱安二十八岁,俩人一生中最好的年华,成了封建包办婚姻制度的殉葬品。鲁迅对老友许寿裳讲妻子朱安:"这是母亲给我的一件礼物,我只能好好地供养她,爱情是我所不知道的。"鲁迅本想就此为这婚姻牺牲一生,可是感情是难于控制的,他和学生许广平恋爱了。鲁迅当时的思想压力极大,因为自己毕竟已有家室,他和许广平又是师生关系,年龄相差很大,所以两人是否在一起,鲁迅是很挣扎的。许广平直言"遗产"问题不应该妨碍他们建立新生活,是以表达自己大胆的爱,鼓励鲁迅不再犹疑挣扎。
② YOUR H. M. "H. M."是"害马"的拼音简写。英文"你的害马",是爱人之间的戏称。因北京女子师范大学校长杨荫榆开除包括许广平在内的六位学生会干事,在公告中有"即令出校,以免害群"等语,故称。

八十三

广平兄：

二十六日寄出一信，想当已到。次日即得二十三日来信，包裹的通知书，也一并送到了，即向邮政代办处取得收据。星期六下午已来不及，星期日不办事，下星期一（廿九日）可以取来，这里的邮政，就是如此费事。星期六这一天，我同玉堂往集美学校讲演，以小汽船来往，还耗去了一整天；夜间会客，又耗去许多工夫，客

鲁迅致许广平信手稿

期日不办事，下星期一（廿九日）可以取来，这里的邮政，就是如此费事。星期六这一天，我同玉堂往集美学校讲演①，以小汽船来往，还耗去了一整天；夜间会客，又耗去了许多工夫，客去正想写信，间壁的礼堂里走了电，校役吵嚷，校警吹哨，闹得"石破天惊"②，究竟还是物理学教授有本领，走进去关住了总电门，才得无事，只烧焦了几块木头。我虽住在并排的楼上，但因为墙是石造的，知道不会延烧，所以并不搬动，也没有损失，不过因了电灯俱熄，洋烛的光摇摇而昏暗，于是也不能写信了。

我一生的失计，即在向来不为自己生活打算，一切听人安排，因为那时豫料是活不久的。后来豫料并不确中，仍能生活下去，遂至弊病百出，十分无聊。再后来，思想改变了，但还是多所顾忌，这些顾忌，大部分自然是为生活，几分也为地位，所谓地位者，就是指我历来的一点小小工作而言，怕因我的行为的剧变而失去力量。这些瞻前顾后，其实也是很可笑的，这样下去，更将不能动弹。第三法最为直截了当，而细心一点，也可以比较的安全，所以一时也决不定。总之，我先前的办法已是不妥，在厦大就行不通，我也决计不再敷衍了，第一步我一定于年底离开这里，就中大教授职。但我极希望 H. M. 也

---

① 往集美学校讲演　讲稿佚。据《鲁迅日记》，这次讲演在 1926 年 11 月 27 日。讲演内容参看《华盖集续编·海上通讯》。
② "石破天惊"　语见李贺《李凭箜篌引》："女娲炼石补天处，石破天惊逗秋雨。"

在同地,至少可以时常谈谈,鼓励我再做些有益于人的工作。

昨天我向玉堂提出以本学期为止,即须他去的正式要求,并劝他同走。对于我走这一层,略有商量的话,终于他无话可说了。他自己呢,我看未必走,再碰几个钉子,则明年夏天可以离开。

此地无甚可为。近来组织了一种期刊,而作者不过寥寥数人,或则受创造社影响,过于颓唐,或则像狂飙社嘴脸,大言无实;又在日报上添了一种文艺周刊①,恐怕也不见得有什么好结果。大学生都很沉静,本地人文章,则"之乎者也"居多,他们一面请马寅初写字,一面要我做序,真是一视同仁,不加分别。有几个学生因为我和兼士在此而来的,我们一走,大约也要转学到中大去。

离开此地之后,我必须改变我的农奴生活;为社会方面,则我想除教书外,仍然继续作文艺运动,或其他更好的工作,俟那时再定。我觉得现在 H. M. 比我有决断得多,我自到此地以后,仿佛全感空虚,不再有什么意见,而且有时确也有莫明其妙的悲哀,曾经作了一篇我的杂文集的跋②,就写着那时的心情,十二月末的《语丝》上可以发表,你一看就知道。自己也明知道这是应该改变的,但现在无法,明年从新来过罢。

逢吉既知道通信地方,何以又须详询住址,举动颇为离奇。我想,他是在研究 H. M. 是否真在广州办事,也说不定。因他们一群中流言甚多,或者会有 H. M. 亦在厦门之说也。

女师校长给三主任的信,我在报上早见过了。现在未知如何?无米之炊,是人力所做不到的。能别有较好之地,自以从速走开为宜。但在这个时候,不知道可有这样凑巧的处所?

迅。十一月廿八日午十二时。

---

① 指《鼓浪》周刊。厦门大学学生组织的鼓浪社创办,附《民钟日报》发行。1926 年 12 月 1 日创刊,次年 1 月 5 日出至第七期停刊。

② 指《写在〈坟〉后面》。

【讲析】

　　1926年8月26日，鲁迅离开北京，启程往厦门，许广平陪同南下。鲁迅到厦门大学任教，许广平则到广州的省立女子师范学校任训育主任。当时两人已经确立恋爱关系，约定"做两年工作再做见面"。(许广平《鲁迅回忆录》)但鲁迅在厦门又碰到许多人事矛盾，心情苦闷，才两个多月，就接受中山大学的聘请，准备离开厦门去广州。这里选的《两地书》之八二是许广平接连写给鲁迅的两封信，写信日期是1926年11月21日和11月22日。鲁迅的回信(《两地书》之八三)是同年11月28日。

　　鲁迅本来准备为了他的包办婚姻做一世的牺牲，但感情是难以控制的——他跟许广平恋爱了。他们离开北京，虽然两人分别到厦门和广州，且约定两年之后才结合，但鲁迅还是思虑重重，"有莫明其妙的悲哀"。他在1926年11月15日给许广平的信中说，要和朋友商量一下以后的生活，寻找"一条光"。许广平到底是勇敢的新女性，她勇敢地表白自己的爱，指出鲁迅的苦恼在于如何处理好原配妻子朱安的问题。许广平等于是在批评鲁迅，不能一面反对这旧社会留给他的"遗产"，一面又不敢舍弃这"遗产"，"恐怕一旦摆脱，在旧社会里就难以存身，于是只好甘心做一世农奴"。许广平大胆宣称："我们也是人，谁也没有逼我们独来吃苦的权利，我们也没有必须受苦的义务的。"

　　鲁迅显然受到许广平的鼓励，终于下决心了。他回信给许广平做了"自我批评"："我一生的失计，即在向来不为自己生活打算，一切听人安排"，后来，思想改变了，但"还是多所顾忌，这些顾忌，大部分自然是为生活，几分也为地位"，"怕因我的行为的剧变而失去力量。这些瞻前顾后，其实也是很可笑的，这样下去，更将不能动弹"。他表示要振作起来，离开厦门，去和许广平在一起，改变他的"农奴生活"。随后，他们在处理旧婚姻善后问题上达成了共识，妥善安排好朱安的生活，保留她在周家的地位。

　　读这些信，可以了解鲁迅私人生活的某些侧面，我们看到的不是浪漫的爱情，而是他们那一代所背负的沉重的历史包袱。

致曹聚仁

聚仁先生：

惠书敬悉。近来的事，其实也未尝比明末更坏，不过交通既广，智识大增，所以手段也比较的绵密而且恶辣。然而明末有些士大夫，曾捧魏忠贤①入孔庙，被以衮冕，现在却还不至此，我但于胡公适之之侃侃而谈②，有些不觉为之颜厚有忸怩耳③。但是，如此公者，何代蔑有哉④。

渔仲亭林⑤诸公，我以为今人已无从企及，此时代不同，环境所致，亦无可奈何。中国学问，待从新整理者甚多，即如历史，就该另编一部。古人告诉我们唐如何盛，明如何佳，其实唐室大有胡气，明则无赖儿郎，此种物件，都须褫其华衮，示人本相，庶青年不再乌烟瘴气，莫名其妙。其他如社会史，艺术史，赌博史，娼妓史，文祸史……都未有人著手。然而又怎能著手？居今之世，纵使在决堤灌水，飞机掷弹范围之外，也难得数年粮食，一屋图书。我数年前，曾拟编中国字体变迁史及文学史稿各一部，先从作长编入手，但即此长编，已成难事，剪取欤，无此许多书，赴图书馆抄录欤，上海就没有图书馆，即有之，一人无此精力与时光，请书记又有欠薪之惧，

---

① 魏忠贤（1568—1627）　明末天启时专权的宦官。任司礼监秉笔。他掌管特务机关东厂，凶残跋扈，杀人甚多。当时趋炎附势之徒对他竞相诏媚。
② 胡公适之之侃侃而谈　指胡适1933年2月在北平《独立评论》周刊第三十八号发表的文章《民权的保障》，其中批评中国民权保障同盟要求无条件释放一切政治犯是违反法律的，所要求的不属于"民权"，而是"革命的自由权"。鲁迅曾参加中国民权保障同盟。
③ 颜厚有忸怩　语见《尚书·五子之歌》："郁陶乎予心，颜厚有忸怩。弗慎厥德，虽悔可追。"
④ 何代蔑有哉　意思是哪个朝代没有呢？"蔑"同"没"。
⑤ 渔仲　即郑樵(1104—1162)，宋代史学家，著有《通志》。亭林，即顾炎武(1613—1682)，明末清初学者、思想家，著有《日知录》等。

鲁迅致曹聚仁信手稿

所以直到现在，还是空谈。现在做人，似乎只能随时随手做点有益于人之事，倘其不能，就做些利己而不损人之事，又不能，则做些损人利己之事。只有损人而不利己的事，我是反对的，如强盗之放火是也。

知识分子以外，现在是不能有作家的，戈理基①虽称非知识阶级出身，其实他看的书很不少，中国文字如此之难，工农何从看起，所以新的文学，只能希望于好的青年。十余年来，我所遇见的文学青年真也不少了，而希奇古怪的居多。最大的通病，是以为因为自己是青年，所以最可贵，最不错的，待到被人驳得无话可说的时候，他就说是因为青年，当然不免有错误，该当原谅的了。而变化也真来得快，三四年中，三翻四覆的，你看有多少。

古之师道，实在也太尊，我对此颇有反感。我以为师如荒谬，不妨叛之，但师如非罪而遭冤，却不可乘机下石，以图快敌人之意而自救。太炎先生曾教我小学②，后来因为我主张白话，不敢再去见他了，后来他主张投壶③，心窃非之，但当国民党要没收他的几间破屋④，我实不能向当局作媚笑。以后如相见，仍当执礼甚恭（而太炎先生对于弟子，向来也绝无傲

---

① 戈理基　即苏俄作家高尔基。
② 太炎　参见第345页注①。1908年在东京曾为鲁迅等讲授文字学。小学，旧时关于文字、音韵、训诂等学问的统称。
③ 投壶　参见第348页注④。
④ 据章太炎亲属回忆，1927年"四一二"国民党"清党"时，章太炎在浙江余杭仓前镇老家的房子，曾被国民党当局没收。

态,和蔼若朋友然),自以为师弟之道,如此已可矣。

今之青年,似乎比我们青年时代的青年精明,而有些也更重目前之益,为了一点小利,而反噬构陷,真有大出于意料之外者,历来所身受之事,真是一言难尽,但我是总如野兽一样,受了伤,就回头钻入草莽,舐掉血迹,至多也不过呻吟几声的。只是现在却因为年纪渐大,精力就衰,世故也愈深,所以渐在回避了。

自首之辈,当分别论之,别国的硬汉比中国多,也因为别国的淫刑不及中国的缘故。我曾查欧洲先前虐杀耶稣教徒①的记录,其残虐实不及中国,有至死不屈者,史上在姓名之前就冠一"圣"字了。中国青年之至死不屈者,亦常有之,但皆秘不发表。不能受刑至死,就非卖友不可,于是坚卓者无不灭亡,游移者愈益堕落,长此以往,将使中国无一好人,倘中国而终亡,操此策者为之也。

此复,并颂
著祺

鲁迅 启上 六月十八夜。

【讲析】

曹聚仁(1900—1972),现代著名记者、作家。撰有《鲁迅年谱》《鲁迅评传》。1927年12月鲁迅应邀到上海暨南大学做《文艺与政治的歧途》演讲,曹聚仁担任记录。1932年主编《涛声》半月刊,开始与鲁迅交往,彼此有很多书信来往。

这封信写于1933年6月18日。当天鲁迅获悉中国民权保障同盟总干事杨铨被国民党特务暗杀,非常愤慨。所以在给曹聚仁这封信的开头就谈到"近来的事,其实也未尝比明末更坏,不过交通既广,智识大增,所

---

① 欧洲先前虐杀耶稣教徒 约公元64年,罗马城遭大火,相传乃罗马皇帝尼禄暗中指使士兵纵火所致,此荒唐之举惹起民愤,尼禄就把纵火之事嫁祸于基督徒并下令对其进行残酷虐杀,有的被钉十字架,有的被杀被焚,甚至有被投到竞技场喂狮子的。耶稣的门徒彼得便殉难此时。

以手段也比较的绵密而且恶辣"。实际上就是拿明朝特务机构"东厂"，来和国民党当局的白色恐怖相比。而对于"胡公适之之侃侃而谈"，为当局的统治做所谓"法理"的辩解，鲁迅是嗤之以鼻的，以至发出"如此公者，何代蔑有哉"的感慨。胡适是"五四"新文化运动的先驱者，鲁迅曾与他同一阵线，彼此也有不少交往。但胡适思想是西化的，人格操守是本土的，鲁迅从胡适身上看到现代知识者和"渔仲亭林诸公"已经不可同日而语，是很遗憾的。

鲁迅此信又从时局之坏转到谈治学之难。做学问是要有物质与社会条件的，"居今之世，纵使在决堤灌水，飞机掷弹范围之外，也难得数年粮食，一屋图书"，又有谁能静下心来钻研学术？鲁迅说到自己原也有治学的心愿，要做中国字体变迁史及文学史，可惜各方面的掣肘，直到现在，还是空谈。鲁迅对此也是深感遗憾的。

在私人信件中，鲁迅更加放开谈自己的感受，比如关于"师道"，举了章太炎的例子，认为"师如荒谬，不妨叛之，但师如非罪而遭冤，却不可乘机下石，以图快敌人之意而自救"。其实鲁迅是有切身经验才这样说的："今之青年，似乎比我们青年时代的青年精明，而有些也更重目前之益，为了一点小利，而反噬构陷，真有大出于意料之外者，历来所身受之事，真是一言难尽，但我是总如野兽一样，受了伤，就回头钻入草莽，舐掉血迹，至多也不过呻吟几声的。"这段话让人想到现实中陷于"内卷"的所谓"精致的利己主义者"。鲁迅感慨中国的"淫刑"过于残虐，担心这只会造成"坚卓者无不灭亡，游移者愈益堕落"，那才是可怕的前景。鲁迅是从人性的深层看待现实，有些悲观也仍然证实着他思想之深刻。

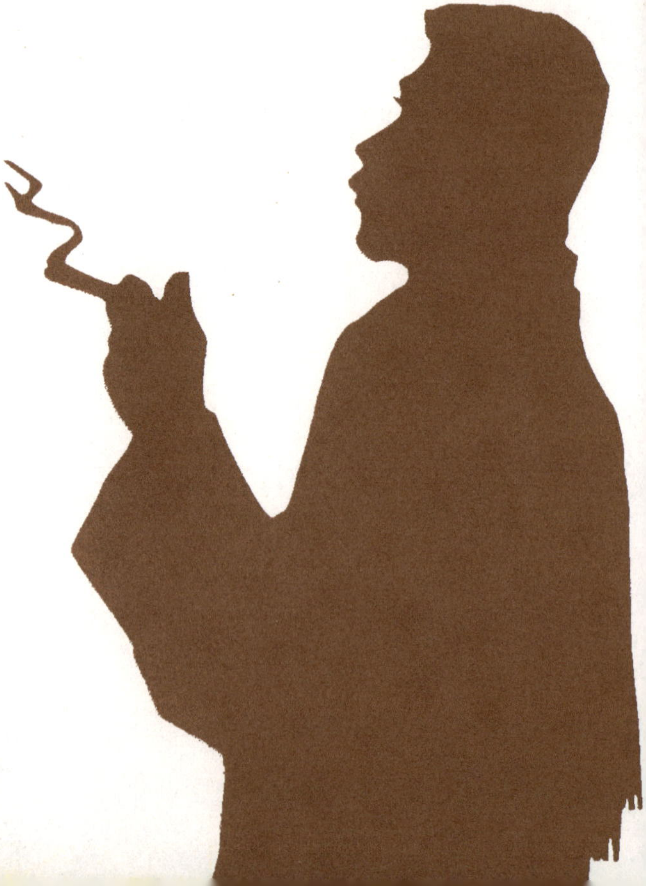